Laurie R. King wuchs in San Francisco auf und bereiste mit ihrem Mann zwanzig Länder und fünf Kontinente. Die Autorin lebt heute mit ihrer Familie in Watsonville, Kalifornien. «Die Farbe des Todes» wurde in zehn Sprachen übersetzt und erhielt den *Edgar Allan Poe Award* und den *John Creasey Memorial Award*.

Laurie R. Kings historische Mary-Russell-Krimis sind ebenfalls als rororo-Taschenbuch erchienen: «Die Gehilfin des Bienenzüchters» (Nr. 13885), «Die Feuerprobe» (Nr. 23130), «Die Apostelin» (Nr. 22182) und «Das Moor von Baskerville» (Nr. 22416).

Laurie R. King

Die Farbe des Todes

Roman

Deutsch von
Armin Gontermann

Rowohlt Taschenbuch Verlag

Einmalige Sonderausgabe
Juni 2003

Veröffentlicht im Rowohlt Taschenbuch Verlag
GmbH, Reinbek bei Hamburg, Dezember 1997

Die Originalausgabe erschien 1993
unter dem Titel «A Grave Talent» bei
St. Martin's Press, New York

Die deutsche Übersetzung erschien 1994
unter dem Titel «Ein Supertalent»
im Bastei-Lübbe Taschenbuch Verlag,
Bergisch Gladbach
Umschlaggestaltung any.way, Andreas Pufal
(Foto: Erik Rank/Photonica)
Gesamtherstellung Clausen & Bosse, Leck
Printed in Germany
ISBN 3 499 23478 5

FÜR NOEL

הֲיֵלְכוּ שְׁנַיִם יַחְדָּו   בִּלְתִּי אִם־נוֹעָדוּ

Andere Sünden sprechen nur;
Mord jedoch schreit gellend auf.

John Webster,
The Duchess of Malfi

Die Menschen fürchten den Tod so, wie Kinder sich vor der Dunkelheit fürchten, und ebenso wie diese eine, natürliche Furcht wird auch jene andere durch Geschichten noch verstärkt.

Francis Bacon,
Of Death

Prolog

Die erste Kinderleiche wurde von Tommy Chesler entdeckt, an einem kalten, nieseligen Nachmittag zwei Wochen vor Weihnachten.

Tommy war an diesem Tag mit seinem altertümlichen und wenig zielgenauen Gewehr unter dem Arm und einer Handvoll Patronen in der Tasche noch vor Morgengrauen aus seiner Blockhütte aufgebrochen, um sich unerlaubterweise mit Wild zu versorgen. Er besaß keinen Jagdschein, es war keine Jagdsaison, und dort, wo er hinwollte, war das Jagen ohnehin strikt untersagt. Aber darüber machte Tommy sich keine Gedanken – jedenfalls keine nennenswerten. Trotzdem ließ er immerhin ein gewisses Maß an Vorsicht walten, damit ihm nicht am Ende im Nationalpark ein Ranger von der Naturschutzbehörde über den Weg lief. Deshalb beschränkte er sich auf die Ecken, wo man um diese Jahreszeit aller Wahrscheinlichkeit nach keiner Menschenseele begegnete, und schon gar nicht bei einem solchen Regen.

Leider traf er nicht nur keine Menschenseele, sondern auch keine Hirsche und Rehe.

Um ein Uhr machte sich Tommy auf den Heimweg, naß bis auf die Knochen, hungrig und in der miesesten Laune, deren er überhaupt fähig war. Zwei Stunden später zog er sich auf allen vieren über den glitschigen, fast senkrecht ansteigenden Wildwechsel, den Generationen flinker Hufe ausgetreten hatten, zu der gefährlich einsehbaren Lichtung hinauf, wo sich auf der Kuppe über ihm der Weg befand. Entrüstet schüttelte er den Kopf über die frischen Huf- und Losungsspuren und sah ein, daß ihm wohl nichts anderes übrigblieb, als zu den Newborns zu gehen und sie um ein wenig Fleisch von dem Schwein zu bitten, das sie letzte Woche geschlachtet hatten. Vielleicht konnte er es gegen etwas Brennholz eintauschen oder ein paar Stämme für den Anbau ihres Blockhauses spalten. Im Grunde genommen war ihm Schweinefleisch sowieso lieber als Wild. Wild konnte man zwar braten oder schmoren, aber das meiste davon mußte man dann doch weggeben, und selbst das, was man behielt, war einem recht bald über. Schweinefleisch dagegen konnte man kochen und braten, oder man konnte es schmoren und mit Äpfeln und Eiern anrichten, und Speck braten und ...

Tommy lief das Wasser im Mund zusammen bei dem Gedanken an ausgelassenen Speck mit Whiskysauce, und als er ein kurzes, raschelndes Geräusch hörte und etwa sieben Meter vom Wegrand entfernt etwas liegen sah, war er in Gedanken noch so sehr bei seinem Schweinefleisch, daß es einen Moment dauerte, bis ihm das, was er da hörte und sah, wirklich ins Bewußtsein drang.

Mit dem rechten Fuß stand Tommy schon auf dem Geröllhaufen, den eine Planierraupe bei den letzten Straßenarbeiten zur Seite gedrückt hatte, als er plötzlich wie angewurzelt stehenblieb. Auf seinem normalerweise stumpfsinnigen Gesicht machte sich ein Ausdruck angestrengten Nachdenkens breit. Selbst in Hochform war Tommy kein Mensch, dem Kopfarbeit leichtfiel, und jetzt, wo er müde und durcheinander war, nahm er sich sogar den Hut vom Kopf und fuhr sich mit der Hand durchs Haar, um sein Gehirn zu stimulieren. Dumm war er nicht, das hatte Tyler ihm schließlich bestätigt. Er war nur eben einfach – vorsichtig. Bedächtig. Vielleicht war das auch der Grund dafür, warum Tommy sich jetzt nicht sofort auf das konzentrierte, was sein Blick da erfaßt hatte, sondern statt dessen eine kleine Ewigkeit lang einfach nur dastand und zum Weg hinaufsah. Vielleicht gab es auch noch einen anderen Grund. Immerhin wandte er sich schließlich doch noch um – und zwar bedächtig. Noch einmal hörte er ein Rascheln (muß ein Wiesel sein, dachte er sofort), das sich blitzschnell durch das tiefe Gebüsch entfernte. Vorsichtig ging er um ein Efeugebüsch herum, und dann sah er vor sich einen Fuß – die Überreste eines kalten, grauen, nackten Füßchens.

Angestrengt konzentrierte er seinen Blick auf den zierlichen runden Nagel des kleinen Zehs, damit er nicht das anschauen mußte, was noch zu diesem Nagel gehörte, und schlagartig kam es ihm in den Sinn, daß er sich wirklich wünschte, er wäre an diesem Morgen zu Hause geblieben und hätte sein Dach repariert, anstatt hier in den Wald zu kommen und zu wildern. Und als ihm dann auch noch unausweichlich der Gedanke an Speck kam, wurde es Tommy Chesler plötzlich ganz, ganz übel.

Es dauerte zwar eine Weile, aber schließlich hörte sein Magen auf zu würgen. Tommy spülte sich mit kaltem Wasser aus der kleinen Feldflasche, die er immer bei sich hatte, den Mund aus und versuchte zu überlegen, was jetzt zu tun sei. Mag sein, daß er nicht besonders helle war, aber trotzdem war er ein gutherziger Mensch und liebte Kinder. Ohne genau zu wissen, warum, spürte er, daß er diesen Ort nicht verlassen durfte, um Hilfe zu holen – in Anbetracht der zum Teil noch ganz frischen Fährten (eindeutig Wiesel, und dann noch Füchse und …) würde er möglicherweise nichts mehr vorfinden, wenn er zurückkam. Ein anderer wäre vielleicht achselzuckend seiner Wege gegangen, um zu vermeiden, daß ihn alle Welt mit seinem Jagdgewehr sah, aber so einer war Tommy nicht. So sicher, als wenn es selbst zu ihm gesprochen hätte, wußte Tommy, daß er für dieses Kind (oder für das, was noch von ihm übrig war) verantwortlich war. Es kam nicht oft vor, daß man Tommy die Verantwortung für einen anderen Menschen übertrug, und er hatte nicht die Absicht, sich jetzt aus dieser Verantwortung hinauszustehlen. Auch wenn das Mädchen schon tot war.

Ein Signal muß her, kam ihm in den Sinn. Die nächsten Häuser lagen etwa zwei Meilen entfernt, also mußte es ein lautes Signal sein. Ohne den heftigen Wind und den beißenden Geruch zu registrieren, stand er da und dachte intensiv nach, bis in seinem Kopf allmählich eine Idee Gestalt annahm, die Erinnerung an einen kernigen Cowboy-Film, den er einmal auf Tylers uraltem Fernseher angeschaut hatte. Er sah hinunter auf sein Gewehr und die Handvoll Patronen, die er aus der Tasche hervorgeholt hatte. Zehn Patronen – und noch eine im Lauf. Die mußten reichen. Er zielte mit dem Gewehr vage in die Luft, drückte einmal ab und nach einer kurzen Pause noch einmal. Wieder eine Pause und noch ein Schuß. Zwei

Minuten später wiederholte er die drei Schüsse und fragte sich dabei ein wenig sorgenvoll, wo die Kugeln wohl zur Erde fallen mochten. Nach einer weiteren Pause wiederholte er die Prozedur noch einmal. Dann sammelte er, ordentlich wie immer, die Patronenhülsen auf und überlegte, was er als nächstes machen sollte. Vielleicht, dachte er, muß ich ja nicht gar so nahe dabeistehen. Er zog sich wieder den glitschigen Abhang bis zum Weg hinauf, und im nächsten Moment kam auch eine Antwort: drei aufeinanderfolgende Schüsse. Er lud eine der noch verbliebenen Patronen und feuerte sie ab. Als Antwort hörte er einen einzelnen Schuß. Jetzt war er beruhigt, hockte sich gegen einen Baum, von dem aus er den Abhang vor sich einsehen konnte, und wartete.

Die nun folgenden Ereignisse waren voraussagbar, auch wenn so etwas noch nie passiert war. Die Riddle-Brüder kamen an, und obwohl ihre Reaktion auf Tommys Fund nicht so drastisch ausfiel wie seine (denn sie waren ja bereits darauf vorbereitet, daß es Ärger gab, und hatten vermutlich auch nicht vorher an Speck gedacht), waren sie, als sie wieder hinauf auf den Weg kamen, doch sehr gedämpfter Stimmung und würgten heftig. Dann machten sich Tommy und Ben Riddle auf den Weg den Berg hinunter zur fünf Meilen entfernt liegenden Dodson-Farm, und nur eine Stunde später jagte Amy Dodson mit wehenden Zöpfen auf ihrem zuverlässigen Pony Mathilda den Feldweg hinab in Richtung zum vier Meilen entfernten Tyler-Anwesen, denn dort gab es ein Telefon. Trotzdem war es schon fast Mitternacht, bis die Polizei bei den sterblichen Überresten von Tina Merrill eintraf, nachdem sie im Tyler's Creek einen Geländewagen mit Allradantrieb nebst Fahrer verloren hatte (der mit gebrochenem Bein ausgeflogen wurde): Natürlich wußte man zunächst nicht, um wen es sich bei dem Kind handelte, und es dauerte noch einige Tage, bis man anhand von Röntgenaufnahmen des Gebisses und den Spuren eines längst verheilten Bruches am rechten Arm jenes Mädchen identifiziert hatte, das die Leute mit seinen Zahnlücken von Hunderten von Anschlagtafeln und Telefonmasten in der gesamten Bay Area herab angrinste. Jetzt gab es keinen Zweifel mehr.

Für die Familie Merrill war es kein schönes Weihnachtsfest.

Weil Tinas Leiche so lange an dem Abhang gelegen hatte, war es für die Leute von der Pathologie schwierig, alle Zweifel auszuschließen, aber letztendlich fand man keine Anhaltspunkte dafür, daß das Mädchen auf irgendeine Weise mißbraucht worden war, bevor man es erdrosselt hatte. Tina war am Mittwoch nach Thanksgiving auf dem Heimweg von ihrer Schule in San Francisco verschwunden und nur wenige Tage danach im Wald abgelegt worden. Offenbar war der Mörder über eine Brandschutz-Zufahrt in das Naturschutzgebiet eingedrungen und hatte die nackte Leiche eine halbe Meile weit bis zu der Stelle geschleppt, wo Tommy Chesler sie zehn Tage später gefunden hatte. Der überarbeitete Kriminalbeamte, den man mit dem Fall betraut hatte, war nicht sehr optimistisch, daß es zu einer schnellen Verhaftung kommen würde. Sein Name war Alonzo Hawkin.

Sechs Wochen später wurde fünfzehn Meilen Luftlinie von der ersten Fundstelle entfernt und außerdem in erheblich frischerem Zustand das zweite Kind gefunden. Das Paar, das es entdeckte, hatte mit Tommy Chesler nichts weiter gemein, als daß die beiden sich im nachhinein sehnlich wünschten, an jenem Tag etwas anderes unternommen zu haben. Es war ein wunderschöner Morgen gewesen, der erste wolkenlose Tag nach einer Woche Regen, und gleich nach dem Aufwachen beschlossen sie spontan, sich auf der Arbeit krank zu melden, etwas Briekäse, Sauerteigbrot und einen Riesling in eine Kühltasche zu packen und die Küste hinunterzufahren. Ein weiterer spontaner Impuls erfaßte sie dann am Strand, an der Stelle, wo der Tyler's Creek ins Meer mündete, und so beschlossen sie nach ihrem Picknick, sich auf dem Pfad, der den Creek entlangführte, ein einsames Plätzchen zu suchen. Statt dessen fanden sie Amanda Bloom.

Auch Amanda wohnte jenseits des Berges in der Bay Area, wobei ihr Elternhaus allerdings nicht wie das von Tina auf dieser, sondern auf der anderen Seite der Bucht lag. Die beiden Mädchen hatten eine Anzahl von Gemeinsamkeiten: Beide hatten sie die Vorschule besucht, beide waren weiß und hatten braunes Haar, und beide stammten aus Familien, die der oberen Mittelschicht angehörten. Und außerdem waren beide auf dem Nachhauseweg von der Schule gewesen.

Der dritte Todesfall brachte schließlich das Faß zum Überlaufen – und das, noch bevor die Leiche gefunden wurde. Eines sonnigen Morgens im Februar verschwand Samantha Donaldson aus dem eingezäunten, akkurat gepflegten Vorgarten ihres dreieinviertel Millionen Dollar teuren Elternhauses, das in den Bergen von Palo Alto lag. Einige Stunden später tauchte sie – tot – auf der Tyler's Road wieder auf. Samantha war fünf Jahre alt und hatte seidiges braunes Haar, und durch ihr Verschwinden wuchs sich die milde Angst der Eltern in der Bay Area, insbesondere Eltern von braunhaarigen Mädchen im Vorschulalter, explosionsartig zu einer regelrechten Hysterie aus. Von Napa bis hinunter nach Salinas bestürmten Eltern die Schulen, sandten Delegationen zu den Polizeirevieren, organisierten Fahrgemeinschaften und erklärten ihren Kindern hundertfach und mit Grabesstimme, wie gefährlich es sei, sich von Fremden ansprechen zu lassen. Dies wiederum führte bei den Erwachsenen zu einem wachsenden Unmut darüber, daß man Kindern Angst machen mußte, um sie zu schützen.

Die Donaldsons galten als wichtige Leute auf der Halbinsel. Mrs. Donaldson, deren Familie schon seit drei Generationen in San Francisco lebte, war die treibende Kraft hinter einer ganzen Anzahl von Kunstprojekten – wobei sie ebensogern im Vordergrund stand – und zählte den Bürgermeister von San Francisco zu ihren privaten Freunden. Und so konnte es kaum überraschen, daß man Alonzo Hawkin nur zwei Stunden nach Samanthas Verschwinden von allen Fällen, an denen er sonst noch arbeitete, abzog und ihn ausschließlich mit den Ermittlungen in allen vier Counties betraute, die mit dem Fall zu tun hatten. Zudem wurde ihm eine Assistentin zugeteilt. Als er ihren Namen hörte, war er nicht sonderlich begeistert.

«Wer?» Hawkin verzog das erschöpfte Gesicht, so als ob er etwas Faules gerochen hätte, was in gewisser Weise auch stimmte.

«Katarina Cecilia Martinelli, genannt Casey. Das kommt von den Initialen ihrer Vornamen.»

«Herrgott noch mal, Ted. Da bringt irgendein Verrückter kleine Mädchen um, die halbe Bevölkerung von Nordkalifornien sitzt mir im Nacken, und dann teilen Sie mir auch noch eine Madonna in Uniform zu, die wahrscheinlich bis letzte Woche nur Strafzettel verteilt hat.»

«Sie hat letztes Jahr ihren Inspector gemacht», erwiderte Lieutenant Patterson geduldig. «Sie ist neu bei uns, aber sie hat ein erstklassiges Abschlußzeugnis aus Berkeley vorzuweisen. Die Jungs in San Jose sagen, sie sei unglaublich kompetent, und in ihren Akten steht auch eine entsprechende ‹lobende Erwähnung›.»

«‹Kompetent› bedeutet doch nur, daß man entweder nicht mit ihr zurechtkommt oder daß sie so nervös ist, daß sie sich selbst in den Fuß schießt.»

«Ich weiß selbst, daß sie noch feucht hinter den Ohren ist, Al, und vielleicht hätten wir sie normalerweise auch noch nicht zum Detective befördert. Aber ich bin überzeugt, daß sie sich schon durchbeißen wird. Herrje, wir waren doch alle einmal jung, und wenn sie mit Ihnen zusammenarbeitet, wird sie ziemlich schnell ein alter Hase sein», fügte er hinzu und versuchte es auf die kameradschaftliche Tour. Als Hawkins Gesicht jedoch keinerlei Reaktion zeigte, seufzte er und berief sich auf seine Autorität.

«Schauen Sie, Al, wir müssen einfach eine Frau dabeihaben, und die einzigen, die mehr Erfahrung haben als sie, sind entweder eingespannt, im Streckverband oder auf Mutterschaftsurlaub. Also nehmen Sie sie gefälligst!»

«Da würde ich noch lieber eine von den Sekretärinnen aus dem Schreibdienst nehmen.»

«Al, entweder nehmen Sie Martinelli, oder ich gebe den Fall an Kitagawa. Hören Sie, mir liegt daran, daß Sie die Sache übernehmen. Ich habe die Berichte über die Fälle gelesen, an denen Sie in Los Angeles gearbeitet haben, diese zwei Entführungen, und ich war beeindruckt, wie Sie die Ermittlungen zum Abschluß gebracht haben. Aber bei diesem Fall muß ich nun einmal auch eine Frau präsentieren, das verstehen Sie hoffentlich. Und sonst habe ich zur Zeit keine zur Verfügung. Wenn ich könnte, würde ich Ihnen eine erfahrenere Frau geben, aber im Moment habe ich einfach keine. Glauben Sie mir, Al, ich will auch, daß dieser Bastard so bald wie möglich gefaßt wird, und wenn ich glaubte, daß sie dabei im Weg ist, würde ich sie Ihnen nicht zumuten. Also, akzeptieren Sie, oder soll ich den Fall Kitagawa übertragen?»

«Nein, ich will den Fall. Ich nehme sie. Aber dafür schulden Sie mir was.»

«In Ordnung, ich schulde Ihnen was. Hier ist ihre Personalakte. Ich habe ihr gesagt, sie soll um sechs Uhr bei Ihnen sein.»

TEIL 1

Der Weg

Ich ging in die Wälder, weil ich bewußt leben wollte, weil ich nur die entscheidenden Dinge des Lebens angehen und sehen wollte, was das Leben mich lehren konnte. Denn ich wollte nicht, wenn es für mich ans Sterben geht, erkennen müssen, daß ich nicht gelebt habe.

Henry David Thoreau,
Walden

«Meine Güte», rief ich aus. «Wer würde in diesen reizenden alten Gehöften denn mit einem Mord rechnen?» – «Mich erfüllen sie immer mit einem gewissen Grausen. Es ist meine Überzeugung, Watson, und die gründet sich auf Erfahrung, daß die niedrigsten und gemeinsten Gassen in London kein erschreckenderes Sündenregister vorweisen als eine liebliche und schöne ländliche Gegend.»

Arthur Conan Doyle,
The Adventure of the Copper Beeches

1. Kapitel

San Francisco lag noch im Dunkeln, als das Telefon losschrillte, zwanzig Zentimeter entfernt vom Ohr von Katarina Cecilia Martinelli, die von ihren Kollegen Casey und von ihren wenigen Freunden Kate genannt wurde. Noch vor dem Ende des ersten Klingelzeichens war sie am Apparat.

«Ja?»

«Inspector Martinelli?»

«Ja.»

«Inspector Hawkin möchte, daß Sie ihn in fünfzehn Minuten vor dem Haupteingang abholen. Ich soll Ihnen sagen, daß man Samantha Donaldson gefunden hat.»

«Tot?»

«Ja.»

«Sagen Sie dem Inspector, daß es wahrscheinlich zwanzig Minuten werden, es sei denn, er möchte, daß ich im Pyjama komme.» Ohne eine Antwort abzuwarten, hängte sie ein und ließ sich auf die verknäulten Laken zurückfallen. Einen Augenblick blieb sie liegen und starrte hinauf in das dunkle Zimmer. Sie trug gar keinen Pyjama.

Vom Nachbarkissen meldete sich eine schlaftrunkene Stimme.

«Ist mit solchen Sachen von jetzt an regelmäßig zu rechnen?»

«Mit mir hast du eben auch einen Haufen Probleme geheiratet», entgegnete Kate aufgekratzt.

«Ich habe dich gar nicht geheiratet.»

«Wenn dieser Satz gut genug ist für Harriet Vane, dann ist er auch gut genug für dich.»

«Mein Gott, wie spät ist es jetzt ... fünf Uhr früh, und ich habe Lord Peter Wimsey im Bett liegen. Ich wußte doch gleich, daß an dieser Beförderung ein Haken war.»

«Schlaf wieder ein.»

«Ich mach dir etwas zum Frühstück.»

«Keine Zeit.»

«Dann eben nur einen Toast. Geh du unter die Dusche.»

Kate klaubte ein paar Kleidungsstücke aus verschiedenen Schubladen und Schränken, klemmte sie sich unter den linken Arm, blieb dann aber vor dem Fenster stehen und schaute hinaus.

Von allen Ausblicken auf die Brücke, die der Stadt auf dieser Seite ihr Gesicht gab, gefiel ihr der um diese Tageszeit am besten: Es war zwar noch dunkel, aber durch den frühen Pendlerverkehr wurden die anfangs spärlichen Scheinwerfer immer häufiger, und die Wagen schienen direkt unter ihrer Nase vorbeizufahren. Die Bay Bridge sah mehr wie eine Handwerksarbeit aus als die berühmtere Golden Gate Bridge, aber deshalb kam sie Kate auch um so schöner vor. Die Insel Alcatraz, die genau vor dem Haus im Meer lag, konnte man von dieser Seite aus sehen, wenn man sich ein wenig zur Seite lehnte. Das tat Kate und stellte fest, daß die ausrangierte Gefängnisinsel genauso unwirklich aussah wie stets in der Dunkelheit. Sie blieb stehen und lehnte den Kopf an den Fensterrahmen, bis sie mit der Nase fast das wellige Glas berührte. Eine kurze, aber heftige Woge der Leidenschaft für dieses Haus erfaßte sie; für das Holz, das sie jetzt mit ihrer rechten Hand berührte und das dieselbe Hand achtzehn Monate zuvor von alter Farbe befreit, abgeschliffen und lackiert hatte; und für die Eichendielen unter ihren nackten Füßen, die sie selbst unter dem widerlichen Blumenmuster-Teppichboden freigelegt, ausgebessert, abgeschliffen und lackiert hatte. Sie war noch keine dreißig Jahre alt und hatte schon in achtzehn verschiedenen Häusern gewohnt. Und nie zuvor hatte sie verstanden, wie man so versessen auf eigene vier Wände sein konnte. Jetzt verstand sie es. Vielleicht muß man wirklich erst eigenen Schweiß in ein Haus investieren, bevor es zu einem Heim wird, überlegte sie, während sie den Autos zusah, die in der Kurve verschwanden. Oder vielleicht lag es auch daran, daß sie bislang immer nur in irgendwelchen Gipsbuden gehaust hatte. Es war nicht leicht, sich in ein Haus zu verlieben, das nur aus Sperrholz und Hühnerdraht bestand.

Dieses Haus aber war so alt, wie irgend etwas in San Francisco überhaupt sein konnte, wo selbst die alte Missionskirche nur ein

Nachbau war. Doch die Mauern dieses Hauses hatten schon das große Feuer von 1906 gerochen, das fast alles zerstört hatte, was vom Erdbeben noch übriggeblieben war. Es hatte sechs Geburten und zwei Todesfälle erlebt, hatte die Erniedrigungen von bunten Farbanstrichen hingenommen und auch die Bedrängung durch deplacierte Hochhäuser mit aberwitzig teuren Wohnungen, die gierig den unvergleichlichen Ausblick vom Russian Hill aus verschlungen hatten. Dieses Haus war noch ganz das alte San Francisco, eigentümlich und würdevoll und von einer solchen Kultiviertheit, daß es taktvoll die exzentrischen Eigenheiten der Nachbarn ignorierte. Es besaß mehrere Balkone, viel handverarbeitetes Holz, dicke Balken, schiefe Fußböden und einen Rasen, kaum größer als ein Taschentuch, dem einige junge Sträucher und ein alter Baum vom Nachbargrundstück Schatten spendeten. Kate hoffte, daß das Haus ebenso zufrieden mit ihr war wie sie mit ihm.

«Ich sollte vielleicht einmal kurz das Licht anmachen», meldete sich Lee hinter ihr, «und den Pendlern eine kleine Erregung verschaffen.» Kate ließ einen Schuh fallen und stellte mit plötzlichem Entsetzen fest, daß sie gute zwei Minuten wie hypnotisiert dagestanden und die Scheinwerfer angestarrt hatte. Sofort sprintete sie ins Badezimmer.

Unten warteten bereits ihr Toast sowie eine große Thermoskanne und eine Tüte mit Sandwiches auf sie, und einundzwanzig Minuten später lenkte Kate ihren Wagen an den Bordstein vor dem Justizgebäude. Hawkin stand mit einem Regenmantel über dem Arm auf dem Bürgersteig und setzte sich auf den Beifahrersitz. Nachlässig warf er seinen Hut über die Schulter auf die Rückbank.

«Wissen Sie, wohin Sie fahren müssen?» fragte er zur Begrüßung.

«Zur Tyler's Road?»

«Ja. Wecken Sie mich zehn Minuten, bevor wir ankommen.» Mit diesen Worten knäulte er seinen Regenmantel gegen die Beifahrertür, und nach einigen Meilen schlief er schon tief und fest.

Kate fuhr schnell und sicher über die leeren Straßen bis zur Auffahrt auf den Freeway, bog ohne großes Überlegen ab und ordnete sich dann problemlos in Fahrtrichtung Süden ein. Sie war froh, daß ihr eine Unterhaltung erspart blieb, denn obwohl ihr rundes Gesicht im gräulichen Licht entspannt wirkte und die kräftigen Finger ruhig auf dem Steuer lagen, waren ihre Hände eiskalt, während sie sonst am ganzen Körper schwitzte.

Im grauen Morgenlicht verließ sie den Highway 280, fuhr anschließend Richtung Westen über die sich nahe der Küste erhebende Bergkette und versuchte dabei, sich zu entspannen. Abwechselnd ballte sie die Fäuste, lehnte sich im Fahrersitz zurück, um sich in jene Gemütsverfassung zu bringen, um die sie sich sonst immer vor einem Langstreckenlauf bemühte. Nur die Ruhe, Kate, dachte sie. Hier gibt es nichts, womit du nicht fertig werden könntest. Es ist nur eine weitere Sprosse die Leiter hinauf. Hawkin ist kein Ungeheuer, und du kannst viel von ihm lernen. Die Ergreifung des Mörders ist nur die eine Sache, das, was sowieso alle erwarten ... dann sind da noch die Nachrichtenkameras, alle Augen sind auf dich gerichtet ... aber sie können dir nicht in den Kopf gucken, und an dir persönlich hat eigentlich niemand Interesse.

Natürlich war es nicht gerade tröstlich, zu wissen, daß sie aus einer Reihe von Gründen für diesen Fall eingeteilt war, die nichts mit ihrer persönlichen Leistung zu tun hatten und auf die sie deshalb auch nicht stolz sein konnte. Einerseits amüsierte sie der Gedanke, daß sie einer «Minderheit» angehörte und aus diesem Grund auch vorzeitig befördert worden war (wenn auch nur um einen Dienstgrad). Das hatte sie nicht nur einigen unerwartet frei gewordenen Stellen zu verdanken, sondern auch der in regelmäßigen Abständen bei der Polizeibehörde rumorenden Sorge um Imagepflege und «Minderheitenquoten» und der Angst vor der Frauenbewegung. Weniger amüsant fand sie dagegen den Gedanken, daß man sie auf diesen bestimmten Fall nur deshalb angesetzt hatte, weil sie relativ fotogen und ein Teamworker war, der noch nie Ärger gemacht hatte, daß sie gewissermaßen ein politisches Zugeständnis des SFPD an die kritischen Frauenverbände darstellte, und am schlimmsten, daß ihre Einteilung für diesen Fall auf der unglaublich antiquierten und absurden Idee beruhte, Frauen könnten «besser mit Kindern umgehen», selbst wenn sie keine eigenen hatten. Jedes dieser Motive war für sie eine Erniedrigung, aber sie hatte trotzdem nicht die Absicht, diese zweifelhafte Ehre abzulehnen und sich damit nur ins eigene Fleisch zu schneiden. Sie hoffte nur, daß die Leute, mit denen sie würde zusammenarbeiten müssen, ihr das nicht zum Vorwurf machen würden. Bei Al Hawkin war sie sich da nicht sicher. Gestern wirkte er ziemlich unfreundlich, aber …

Punkt sechs Uhr am vorausgegangenen Abend hatte Kate sich ihm in seinem Büro mit den gleichen Anzeichen von Nervosität vorgestellt, die auch jetzt noch nicht verschwunden waren: eiskalte Hände, Schweißausbrüche am ganzen Körper und eine trockene Kehle. Auf ihr Klopfen hin hatte er von seinem mit Zetteln übersäten Schreibtisch aufgesehen – ein stämmiger Mann mit graumeliertem Haar, der eine Rasur nötig hatte, ohne Schlips, den Kragenknopf seines hellblauen Hemdes geöffnet und die Ärmel über die dichtbehaarten Unterarme gerollt. Er hatte die Brille abgenommen und sie mit geistesabwesenden blaugrauen Augen abwartend angesehen, und sie hatte sich gefragt, ob sie vielleicht im falschen Zimmer sei. Dieser Mann sah nicht annähernd so aus wie das Ungeheuer, das er angeblich sein sollte.

«Lieutenant Hawkin?»

«Das war einmal. Jetzt nur noch ‹Inspector›. Und Sie sind …?»

«Inspector Martinelli, Sir. Lieutenant Patterson hat mir gesagt, ich solle um sechs Uhr hier sein.» Sie hörte, wie ihre eigene Stimme sich zu einem Fragezeichen erhob, und versetzte sich in Gedanken einen Tritt. Du wirst hier nicht das kleine Mädchen spielen, befahl sie sich wütend.

«Ja. Können Sie fahren?»

«Fahren?» wiederholte sie völlig entgeistert. «Ja, ich kann fahren.»

«Gut. Ich hasse es nämlich, hinter dem Steuer zu sitzen. Wenn Sie wollen, können Sie einen zivilen Polizeiwagen benutzen oder auch Ihren eigenen nehmen, falls er mit einem Funkgerät ausgerüstet ist, und sich die Fahrtkosten erstatten lassen. Alles, was ich verlange, ist, daß der Tank niemals weniger als halb voll ist. Ist verdammt unangenehm, wenn einem in irgendeiner gottverlassenen Gegend das Benzin ausgeht.»

«Ja, Sir, danke. Dann nehme ich meinen eigenen Wagen. Ich habe ein Autotelefon, Sir.»

«Nennen Sie mich Al.»

«Okay, Al.»

«Dieser Stapel Akten da ist für Sie. Nehmen Sie ihn mit nach Hause. Ich erwarte, daß Sie ihn bis morgen durchgelesen haben. Bis morgen früh dann.»

Mit diesen Worten hatte Hawkin seine Brille wieder aufgesetzt und die nächste Akte zur Hand genommen. Heftig darum ringend, angesichts dieser Abfuhr ihre Fassung zu bewahren, hatte Kate sich den Stapel unter den Arm geklemmt und war nach Hause gefahren, wo sie bis zum frühen Morgen gelesen hatte. Vorher hatte sie allerdings noch getankt. Und nach dem Öl gesehen.

Gut zehn Minuten bevor sie ankamen, rief Kate vorsichtig seinen Namen. Er wachte sofort auf und blickte um sich. Ein paar Regentropfen klatschten gegen die Windschutzscheibe. Sie schaltete den Scheibenwischer an und warf ihm einen Seitenblick zu.

«Sieht aus, als könnten wir die Regenmäntel gut gebrauchen», sagte sie. Er ging mit keiner Silbe darauf ein, und sie errötete leicht. Verdammt, war das am Ende vielleicht *so einer*?

Tatsächlich war Alonzo Hawkin nicht *so einer*. Alonzo Hawkin war lediglich der Inbegriff eines Eigenbrötlers, und im Augenblick hatte er nun einmal etwas ganz anderes im Kopf als das Wetter. Obwohl er so gut wie nie eine Reaktion zeigte, entging ihm selten etwas, und er hatte nichts anderes im Kopf als seine Arbeit. Seine Frau hatte ihn für einen Langweiler gehalten und sich darum ganz auf ihre beiden Kinder konzentriert – die Schule, Ballettstunden, die Footballmannschaft. Ein halbes Jahr nachdem der Jüngste ausgezogen und auf die Universität gegangen war, war ihr die Gesellschaft eines ständig geistesabwesenden Ehemannes, der zu den unmöglichsten Stunden arbeitete und zu noch unmöglicheren schlief, endgültig zuviel gewesen, und so war auch sie ausgezogen. Das war jetzt ein Jahr her. Hawkin war weiter seiner Arbeit in Los Angeles nachgegangen, bis er dann von der freien Stelle in San Francisco gehört hatte. Der Gedanke, im Sommer wieder durchatmen zu können, hatte ihm gefallen, und so hatte er sich beworben und die Stelle auch bekommen. Der Abschied aus der Stadt, in der er sein gesamtes Erwachsenenleben zugebracht hatte, war ihm überraschend leicht gefallen. Er hatte einfach seine Bücher und seine Aquarien zusammengepackt und war nach San Francisco umgezogen.

Wie so oft, wenn er nicht in seinem eigenen Bett lag, wachte Hawkin ohne jedes Gefühl von Orientierungslosigkeit auf. Seine Gedanken hakten dort wieder ein, wo sie unterbrochen worden waren. Im gegenwärtigen Fall waren sie denen ziemlich ähnlich, die auch schon Kate durch den Kopf gegangen waren. Hawkin hatte den starken Verdacht, daß man diese heikle Sache nur deshalb ihm, dem Neuen, übertragen hatte, damit seine Vorgesetzten den Hals aus der Schlinge ziehen konnten. Er war nur ein Außenseiter, den man ohne große Probleme auf dem Altar der öffentlichen Meinung opfern konnte, wenn er scheiterte. Wenn er den Fall nicht löste, würden sie sagen, daß er von seinen ehemaligen Kollegen in den Himmel gelobt worden sei – aber vielleicht hatte man von jemandem, der sich hier in der Gegend nicht auskannte, doch zu viel erwartet. Wenn er dagegen Erfolg hatte, würde das positiv auf das Urteilsvermögen der Leute zurückfallen, die ihn eingestellt hatten. Aber vielleicht war es auch nicht ganz fair, wenn er den Beweggründen seiner Vorgesetzten so mißtrauisch gegenüberstand. Schließlich war seine Abteilung personell im Augenblick ja wirklich unterbesetzt, und er konnte tatsächlich schon ein paar Kidnappingfälle auf seinem Erfolgskonto verbuchen. Also war es nur logisch, daß man ihm den Fall übertragen hatte. Allerdings wußte er ebensogut, daß ein paar Leute auch Zeit gewinnen wollten. Ihn hatten sie angesichts einer fast hysterischen Öffentlichkeit und dem nicht zu unterschätzenden Gewicht einer Mrs. Donaldson an die vorderste Front geschickt, damit seine Vorgesetzten in Ruhe überlegen konnten, wie sie sich verhalten sollten. Das war zwar nicht gerade beruhigend, aber er selbst hätte es vermutlich genauso gemacht. Nein, berichtigte er sich, vielleicht doch nicht. Al Hawkin war immer am liebsten im Mittelpunkt des Geschehens. Er hätte einfach Himmel und Hölle in Bewegung gesetzt, um den Fall zu lösen.

Er fragte sich, ob die zurückhaltende, fast attraktiv zu nennende und erschreckend junge Polizistin, die da neben ihm saß, sich wirklich als so kompetent herausstellen würde, wie ihre Akten und ihre Fahrkünste vermuten ließen. In ihrer beider Interesse konnte er nur hoffen, daß sie es wirklich war. Hawkin blinzelte zum verhangenen Himmel hinauf und dachte seufzend an Los Angeles.

«Sieht aus, als hätten Sie recht», sagte er laut, bemerkte aber nicht ihr überraschtes Gesicht, weil er sich gerade nach hinten lehnte, um seinen Hut vom Rücksitz zu angeln. «Ist da Kaffee drin?» fragte er, als er die Thermoskanne auf dem Boden entdeckte.

«Ja, bedienen Sie sich nur. Im Handschuhfach liegt eine Tasse.»

«Kein Zucker?»

«Tut mir leid.»

«Na ja, da kann man nichts machen», sagte er vorsichtig schlürfend. «Guter Kaffee. Wie haben Sie denn die Zeit gefunden, den noch zu kochen?»

«Ich habe ihn gar nicht selbst gemacht. Es gibt da jemanden, mit dem ich befreundet bin.»

«Muß ein guter Freund sein, wenn er Ihnen um halb sechs Uhr morgens Kaffee kocht.»

«Mmmm.»

«Wirklich nicht schlecht, sein Kaffee, aber nächstes Mal sorgen Sie doch bitte dafür, daß er in meine Ration ein paar Päckchen Zukker wirft.»

Kate öffnete den Mund und preßte schon im nächsten Moment wieder fest die Lippen zusammen. Für dieses Thema würde schon noch die Gelegenheit kommen. Jetzt gab es erst einmal Wichtigeres.

«Die Leiche», fragte sie, «wer hat die gefunden?»

«Eine von den Frauen, die an dieser Tyler's Road wohnen. Terry Soundso – Allen, glaube ich. Sie ist Krankenschwester und arbeitet jeden zweiten Tag in der Stadt. Dann läßt sie ihre beiden Hunde in Tylers Haus, der am Anfang des Weges wohnt, und läuft zu Fuß nach Hause. Um zwei Uhr morgens, können Sie sich das vorstellen? Na ja, als sie jedenfalls ein paar Meilen den Weg hinaufgelaufen war, wurden plötzlich die Hunde unruhig, weil sie irgend etwas am Abhang gewittert hatten. Zuerst dachte sie, es sei vielleicht ein Stinktier oder ein Waschbär, aber dann hat sie ihre Taschenlampe draufgehalten, und es war das Mädchen. Sie hatte einen Nachbarn aufgeweckt und ihn den Berg hinunter zu Tyler geschickt, um von dort zu telefonieren. Sie selbst ist bei der Leiche geblieben. Das ist alles, was ich weiß. Wir vernehmen sie später bei Tyler. Ich habe Trujillo gesagt – das ist der, der den Fall für die örtliche Polizei da oben bearbeitet –, daß er alle zusammentrommeln und nach unten bringen soll, die an diesem Weg wohnen. Wir können unmöglich von Tür zu Tür gehen, das würde uns glatt eine Woche kosten.»

«Ist der Weg in so einem schlechten Zustand? Ist das der Grund, warum die Frau zu Fuß nach Hause gehen muß?»

«Stand das nicht in den Akten, die ich Ihnen gestern mitgegeben habe? Na, kann sein, daß ich es gar nicht dazugelegt habe. Spielt ja auch keine Rolle. Jedenfalls gehört die ganze Gegend da einem gewissen John Tyler. Ein netter Kerl, aber selbst für kalifornische Verhältnisse ein bißchen zu exzentrisch. Er sieht sich selbst als eine Art modernen Gutsherrn aus dem Landadel, mit einem kleinen Beigeschmack von einem ökologischen Garten Eden. Auf dem ganzen Besitz gibt es keine elektrischen Leitungen, kein Telefon, und Autos dürfen nur an zwei Tagen in der Woche über den Weg fahren. Über siebzig Leute wohnen da oben, ein paar von ihnen neunzig Meilen vom nächsten Telefon entfernt. Der Weg ist eine ehemalige Brandschutz-Zufahrt, die alle drei Jahre vom Regen weggespült wird.»

«Hört sich ja toll an», sagte Kate und fragte sich insgeheim, wie sie da mit ihrem Wagen hinaufkommen sollte.

«Nicht wahr? Alle Unannehmlichkeiten des modernen Lebens und keine von den Annehmlichkeiten. Immerhin schränkt das den Kreis der Verdächtigen ziemlich ein. An beiden Enden des Weges sind verschlossene Tore. Die Schlösser sind erst vor ein paar Monaten ausgewechselt worden, und nur die Anwohner haben Schlüssel. Und die Leiche wurde zweieinhalb Meilen vom Eingang entfernt gefunden.»

«War gestern einer von den Tagen, an denen Autos fahren durften?»

«Trujillo sagt, ja. Wie er erzählt, fahren an diesen Tagen die Leute meistens in die Stadt, um Lebensmittel einzukaufen, und kommen erst abends wieder zurück. Deshalb kümmert sich an Montagabenden auch niemand groß um vorbeikommende Autos.»

«Na, prima. Aber wenn es ein Feldweg ist, dann müßten sie doch Wagenspuren finden, wenn sie früh genug hinkommen.»

«Kommt darauf an, wann sie entstanden sind. Nach Mitternacht hat es dort geregnet. Tja», fügte er hinzu, als er den Ausdruck auf ihrem Gesicht sah, «so ist das manchmal.»

«Vielleicht haben wir ja noch Glück. Wissen Sie, ob das derselbe Tyler ist, der jedes Jahr dieses große Mittelalter-Festival veranstaltet? Ich meine mich zu erinnern, daß es immer auf einem Anwesen stattfindet, das Tyler's Barn heißt. Alle sind kostümiert, und es gibt Wettbewerbe im Bogenschießen und solche Sachen.»

«Das muß er wohl sein. Das ganze Haus ist nämlich gespickt mit Lanzen, Schwertern und weiß der Himmel was noch. So, da sind wir. Und die Presse hat auch schon jemanden informiert.»

2. Kapitel

Der Anblick war beeindruckend, trotz der bedrohlich anwachsenden Menge an Pressefahrzeugen, die auf der dem Meer zugewandten Seite der gepflasterten Straße standen, von zerbeulten Limousinen bis zu zwei funkelnden Transportern mit den Logos ihrer Sender und Sendeantennen, die chromglänzend in den verhangenen Himmel ragten. Tyler's Barn befand sich am Ende einer zehn Hektar großen Rodung, die zu dieser Jahreszeit so grün war, daß man sie schon als Weide bezeichnen konnte, zwei riesige schmutzigweiße Pferde wandten dem ganzen menschlichen Getriebe ihre Hinterteile zu und grasten. Im Hintergrund erhob sich das eindrucksvolle Panorama der von Mammutbäumen bestandenen Berge. Die Scheune, die der Name *Tyler's Barn* vermuten ließ, gab es auch tatsächlich, aber von dort, wo Kate und Hawkin standen, war sie fast vollständig hinter einem alten Holzhaus (Sommerhaus wäre wohl die passendere Bezeichnung dafür gewesen) und einem riesigen, nach vorne hin offenen Schuppen verborgen, dessen verrostetes Wellblechdach blattlose Kletterpflanzen überwucherten. Der Schuppen schien die Fahrzeuge der Anwohner und die landwirtschaftlichen Maschinen zu beherbergen, aber von der Tyler's Road aus war er fast vollständig hinter einem hohen Maschendrahtzaun verborgen, der ebenfalls von Kletterpflanzen überwuchert war. Schon während der letzten

Meilen hatten sie den Weg gesäumt und setzten sich auch in dichtem Bewuchs bis um die nächste Kurve herum fort, unterbrochen nur von drei Toren, wie Kate jetzt sehen konnte.

Das erste Tor war eine einfache, jedoch robuste Metallkonstruktion, gerade breit genug, daß ein Lastwagen hindurchpaßte. Von hier aus führten die parallelen Furchen eines Feldweges die Weide hinauf und verloren sich schließlich zwischen den Bäumen. Das Tor war an zwei Holzpfählen angebracht, die wie Telefonmasten aussahen und von denen über die gesamte Breite des Weges ein verrottetes Holzschild herabhing, das stolz verkündete: TYLER'S ROAD. Das Tor war durch eine schwere Kette und ein Vorhängeschloß gesichert, und ein Mann in Uniform und einem Dienst-Regenmantel, der in einem Polizeiwagen saß, sorgte dafür, daß das auch so blieb.

Eine Viertelmeile weiter kamen sie an ein zweites Tor. Diesmal handelte es sich um ein einfaches, niedriges Holzgatter, geschmückt von einem Torbogen und den unvermeidlichen Kletterpflanzen (diesmal mit ein paar Blättern – waren das vielleicht Rosenstöcke?). Das geschmackvolle Ensemble wurde vervollständigt von einem weiteren Uniformierten mit Regenmantel. Das dritte Tor war wie das erste wieder aus Metall, allerdings doppelt so breit, und dahinter lag der Hof des Anwesens. Auf Hawkins Anweisung hin fuhr Kate durch das offenstehende Tor und hielt ihre Dienstmarke hoch. Der Wachposten winkte sie durch, und sie kamen auf einen etwa viertausend Quadratmeter großen, mit Kies bestreuten Platz, der ein grobes Dreieck beschrieb, eingerahmt von dem Schuppen, dem Wohnhaus (das noch größer war, als es vom Weg her ausgesehen hatte) und der breiten Scheune, an der Schuppenanbauten und Pultdächer wie Entenmuscheln an einer Wirtsschale klebten. Kate hielt neben dem Haus an, und ein schlanker junger Mann in einem elegant geschnittenen grauen Anzug kam aus der Tür eines Schuppens und schlenderte ihnen über den Kies entgegen.

«Guten Morgen, Inspector Hawkin. Und Sie müssen Inspector Martinelli sein. Ich bin Paul Trujillo.»

«Casey», stellte Kate sich vor. Sein Händedruck war ebenso fest, wie sein Körper zu sein schien, die Hände wirkten gepflegt, und die dunklen Augen schauten freundlich unter einem schwarzen, sorgsam zerzausten Haarschopf hervor.

«Also, Trujillo, was haben wir denn bis jetzt?» fragte Hawkin, während die drei sich auf die Abgeschiedenheit und den Schutz des Autoschuppens zubewegten, damit Trujillo seinen Bericht abgeben konnte. Belustigt registrierte Kate, daß er dabei sogar ein wenig Haltung annahm, so als sei Hawkin ein Vorgesetzter und nicht im Rang mit ihm gleichgestellt.

«Ich bin gerade vor zehn Minuten erst wieder vom Tatort zurückgekommen, aber hier unten scheint Tyler alles im Griff zu haben. Er stellt uns im Erdgeschoß drei Räume zur Verfügung, wo wir die Leute vernehmen können, und langsam trudeln auch schon die Bewohner ein. Er bereitet uns sogar etwas zum Lunch.»

Hawkin wischte ungeduldig diese nebensächlichen Haushaltsangelegenheiten beiseite. «Was haben Sie am Tatort gefunden?» fragte er.

«Meine ersten Erkenntnisse werden gerade abgetippt. Sie bekommen sie, bevor Sie wieder abfahren, und den Leuten von der Spurensicherung habe ich gesagt, daß sie nichts verändern sollen, bis Sie das Mädchen gesehen haben. Aber im Prinzip schätzt die Gerichtsmedizinerin, daß der Tod gestern nachmittag zwischen ein und fünf Uhr eingetreten ist. Sie ist erdrosselt worden, genau wie die anderen, und zwar von einer starken, durchschnittlich großen rechten Hand. Keine Verstümmelung, keine Anzeichen sexueller ... keine Anzeichen von Vergewaltigung. Die Gerichtsmedizinerin mußte wieder weg, aber sie läßt ausrichten, daß sie heute nachmittag Zeit hat, falls Sie mit ihr sprechen wollen. Ich soll Ihnen ausrichten, daß Sie keine Überraschungen erwarten sollen.»

«Haben wir jemanden, der die Leiche auf Fingerabdrücke untersuchen kann?»

«Das haben wir als erstes gemacht, Sir. Die Kromekote-Karten waren ein Flop, aber mit der Magma-Pinselanalyse haben wir direkt unter ihrem Ohr einen sehr verschwommenen Teilabdruck eines rechten Zeigefingers gefunden.»

«Das ist immerhin mehr, als wir an den anderen beiden Leichen gefunden haben. Vielleicht haben die im Labor Glück und finden noch ein paar Gewebefasern. Sind die Eltern verständigt worden?»

«Ja, Sir. Sie kommen später zum Leichenschauhaus, um das Mädchen zu identifizieren, und sie haben gesagt, daß sie dann auch mit Ihnen sprechen wollen.»

«Sagen Sie ihnen, daß ich hier oben zu tun habe. Nein, sagen Sie das lieber nicht, sonst kommen sie hier heraufgefahren, und dann geht der Zirkus erst richtig los. Sagen Sie Mrs. Donaldson, daß ich sie heute abend zu Hause anrufe.» Trujillo zog ein in kastanienbraunes Leder eingebundenes Notizbuch aus der Hose und einen goldenen Füllfederhalter aus der Jackentasche und notierte es sich.

«Deputy Harris wird auch im Leichenschauhaus sein ...», begann er.

«Wer?»

«Harris, das ist der Mann, der die Ermittlungen für den Santa Clara County leitet. Wenn sie hier gestorben ist, was die Ärztin für wahrscheinlich hält, dann stellt sich die Frage, wer eigentlich für den Fall zuständig ist.»

«Meine Güte, da sollte man meinen, daß jeder so eine Geschichte mit Freuden abgäbe – statt dessen haben wir vier Counties, die sich darum reißen. Ich bin überrascht, daß das FBI uns den Fall noch nicht entzogen hat.»

«Na ja, Agent Pickard hat schon ...»

«Du lieber Himmel, jetzt ist auch noch Pickhead höchstpersönlich hinter der Sache her, wie? Also, lassen Sie mich mal überlegen.» Hawkin steckte die Daumen in den Hosenbund und holte tief Luft. Es roch nach Salz, Nadelbäumen, nassem Rost und den Abgasen der Generatoren von den Fernsehübertragungswagen, die auf der anderen Seite des Weges standen. «In Ordnung. Wir organisieren eine Besprechung zwischen Ihnen, Martinelli und mir und Alameda, Santa Clara, dem FBI, Onkel Tom Cobbleigh und allen anderen.» Trujillo machte einen erneuten Eintrag in sein Notizbuch. «Bleibt nur zu hoffen, daß wir uns wenigstens Mrs. Donaldson vom Leib halten können. Sagen Sie allen, daß sie zu der Besprechung ihre kompletten Berichte mitbringen sollen, damit wir nicht nur um den heißen Brei herumreden. Wir brauchen den Autopsiebefund, die Ergebnisse der Spurensicherung und alles, was das Labor bis dahin herausgefunden hat. Außerdem sämtliche Protokolle von den Vernehmungen der Familien und allen Nachbarn der drei Mädchen, Pläne von den Orten, wo sie gekidnappt wurden, und psychologische Gutachten über alle drei Opfer.»

Trujillo blickte fassungslos zu ihm auf.

«Aber das dauert ja Tage.»

«Um so besser. So, womit können wir denn Pickhead beschäftigen, damit wir uns ihn vom Leib halten? Ach ja, das VICAP-Programm. Sagen Sie ihm, daß ich eine Liste von allen umgebrachten oder gekidnappten Kindern brauche, auf die die Beschreibung von unseren dreien hier paßt. Begrenzen Sie den Zeitraum auf die letzten zehn Jahre. Außerdem will ich ein eingehendes psychologisches Profil des Killers. Haben Sie schon einmal mit VICAP zu tun gehabt, Casey?»

«Letztes Jahr habe ich in einem Fall dort nachgefragt.»

«VICAP, das Programm zur Computererfassung von Gewaltverbrechern», erläuterte Hawkin mit verächtlicher Betonung. «Sie geben das ausgefüllte Formular bei Ihrem Programmkoordinator ab. Der leitet es weiter an die Spezialabteilung für Verhaltensforschung des FBI, wo die Daten dann in den allmächtigen Zentralrechner eingegeben werden. Und soll ich Ihnen sagen, was nachher in dem ausgedruckten Täterprofil stehen wird? ‹Männlich, weiße Hautfarbe, mittleres Einkommen, überdurchschnittliche Intelligenz, wuchs in zerrütteten Familienverhältnissen auf, kam als Jugendlicher wegen kleinerer Delikte mit dem Gesetz in Konflikt, unter anderem Brandstiftung und Tierquälerei, verheiratet oder unverheiratet, alle Nachbarn finden ihn sympathisch, aber verschlossen.› Ende des Zitats.»

Kate fragte sich, ob er wohl von ihr erwartete, daß sie jetzt etwas im Sinne von «Beeindruckend, Holmes!» bemerkte. Es war ein bißchen zu einfach, sich nur über das psychologische Fahndungssystem des FBI lustig zu machen. Immerhin war nicht zu bestreiten, daß sie damit bei der Identifizierung von Kriminellen gelegentlich schon wirkliche Coups gelandet hatten. Hawkin schien zu spüren, was sie dachte. Er schüttelte sich noch einmal, beherrschte sich dann aber und räusperte sich.

«Wie ich bereits sagte, eine Besprechung mit allen Beteiligten, sobald wir alle Berichte haben. Bauen Sie das Wort ‹Brainstorming› ein», riet er Trujillo, «das wird denen bestimmt gefallen. Und dann noch eine Pressekonferenz, damit wir den Steuerzahlern beweisen können, wieviel wir zu tun haben. Finden Sie heraus, wie lange die Leute brauchen, bis sie ihre Berichte geschrieben haben, und ich trage dann alles zusammen vor. Am Donnerstag oder Freitag nachmittag.»

«Wird gemacht», sagte Trujillo und klappte sein Notizbuch zu. «Wollen Sie jetzt mit Tyler sprechen oder sofort zum Fundort der Leiche hochfahren?»

«Ist wohl besser, wenn ich zuerst mit Tyler spreche. Es dauert nur einen Moment.»

«Er ist gerade in seiner Werkstatt. Sie ist hinter der Scheune.»

«Ich weiß, wo sie ist», erwiderte Hawkin und marschierte über den Kies davon.

Kate und Trujillo folgen ihm durch die Tür in ein niedriges Gebäude, in dem zwei Männer über einen Gegenstand gebeugt waren, der vor ihnen auf einer Werkbank lag. Jetzt sahen sie auf. Einen erschreckenden Augenblick lang dachte Kate, das, was da lag, wäre ein abgerissener Arm, bis ihre Augen ein metallisches Schimmern registrierten und sie erkannte, daß es sich um den abgenommenen Arm einer Ritterrüstung handelte, die in der Ecke stand. Der Japaner blieb sitzen, aber der andere, etwas ältere Mann stand auf, wischte sich die Hände an einem weißen Lappen ab und kam hinter der Werkbank hervor, um sie zu begrüßen. Er war etwa vierzig Jahre alt und ziemlich klein, kaum größer als Kate. Beim Gehen hinkte er stark und verdrehte den ganzen Körper. Sein schulterlanges braunes Haar, das bereits mit grauen Fäden durchzogen war, hatte er zu einem Pferdeschwanz zusammengebunden. Ein Oberlippenbart reichte bis zur Kinnbacke hinunter. Er trug ein selbstgenähtes weites Hemd, das schon eher wie eine Damenbluse aussah und in ausgewaschenen Jeans steckte. An den kleinen Füßen trug er Mokassinstiefel aus Wildleder.

«Hallo, Inspector Hawkin», sagte er. «Da ich weiß, warum Sie hier sind, kann ich zwar nicht behaupten, daß ich mich freue, Sie wiederzusehen, aber ich heiße Sie trotzdem willkommen.»

«Danke, Mr. Tyler. Dies ist meine Assistentin, Inspector Casey Martinelli. Ich bin Ihnen sehr dankbar, daß Sie uns gestattet haben, das halbe County hier in Ihrem Haus zusammenzutreiben.»

Tyler machte eine abwehrende Handbewegung. «An solche Dinge ist das Haus gewöhnt. Ein paar von unseren Bewohnern stellen gerade die Tische auf, um die Paul mich gebeten hat. Möbelrükken ist nicht gerade mein Spezialgebiet, deshalb habe ich die Arbeit den anderen überlassen. Außerdem mußte ich in die Werkstatt und Toshiro seine Anweisungen geben.» Er machte ein verlegenes Gesicht. «Ich hätte ihn ja gebeten, ein andermal zu kommen, aber wir haben diesen Termin schon vor Monaten vereinbart, und heute morgen konnte ich ihn nicht mehr erreichen, um noch abzusagen. Ich hoffe, es kommt Ihnen nicht ...» Er unterbrach sich, aber auch so konnte Kate den Satz in Gedanken vollenden: «... gefühllos vor.»

«Aber nein, natürlich nicht», beruhigte ihn Hawkin. «Es gibt keinen Grund, warum jetzt alles hier zum Stillstand kommen sollte. Machen Sie ruhig weiter. Ich muß jetzt erst einmal den Weg hinauffahren, aber später müßte ich dann noch einmal mit Ihnen reden.»

Tyler schien diese versöhnliche Haltung zu erleichtern, und Kate fragte sich, ob Hawkin wohl versuchte, ihn in Sicherheit zu wiegen. Sie verließen die beiden Männer und traten wieder in den Nieselregen hinaus. Noch bevor sie aus der Tür waren, hatte Tyler sein Gespräch mit dem Waffenschmied Toshiro wiederaufgenommen.

«Es ist die Armschiene, verstehen Sie. Wenn ich mein Schwert hebe, klemmt sie ...»

Hawkin nahm keine Notiz davon, sondern wandte sich ohne Umschweife Trujillo zu.

«Haben Sie einen Wagen, mit dem wir den Weg hinaufkommen?»

Kate war erleichtert, daß sie diesen Feldweg nicht mit ihrem eigenen Wagen bewältigen mußte. Sie stand neben Hawkin, der sich ein Fahrzeug nach dem anderen anschaute, die Stoßstange an Stoßstange vom Haus bis zum Schuppen hin geparkt waren – eine beeindruckende Ansammlung von Rost und Beulen mit zwei, vier oder sechs Rädern, rundlichen oder kantigen Karosserien, alte Schulbusse, Campingwagen, Pritschenwagen, VW-Busse und Käfer und ein halbes Dutzend Fahrzeuge unter festgezurrten Segeltuchplanen.

«Die Geländewagen sind im Augenblick alle unterwegs, aber Tyler leiht uns seinen Großen mit Allradantrieb. Damit kommt man überall durch.»

Er zeigte auf ein so riesenhaftes und offensichtlich fahruntüchtiges Ungetüm, daß Kate annahm, es handle sich um eine Art Ausstellungsstück, an dem Kinder ihre Freude hatten, wie an Flugzeugrümpfen und ausrangierten Eisenbahnen, die gelegentlich Spielplätze zierten. Es sah aus, als hätte es bereits Wurzeln geschlagen auf seinen rissigen Reifen, die Kate bis zur Taille reichten, mit schiefhängenden Türen und Scheiben, welche die Jahre blindgeschmirgelt hatten. Früher war es offenbar einmal rot gewesen.

«Den da?» Hawkin starrte fassungslos auf den Wagen.

«Ja, der ist toll», gab Trujillo enthusiastisch zurück. «In den dreißiger Jahren war das ein Feuerwehrwagen, und Tyler hält ihn hoch in Ehren. Ersatzteile sind natürlich schwer zu bekommen, und er fährt auch nicht schneller als vierzig, ohne daß die Türen auffliegen. Aber wenn man den Berg hinaufwill, gibt es nichts Besseres.»

Hawkin wandte sich von dem Vehikel ab und sah Trujillo an.

«Ich wußte gar nicht, daß Sie ihn so gut kennen.»

«Tyler? Den kenne ich schon seit Jahren.»

«Vielleicht hätte man den Fall dann besser jemand anderem übertragen sollen.»

Trujillo lächelte freundlich. «Inspector, es dürfte Ihnen schwerfallen, in diesem County einen Cop zu finden, der Tyler nicht kennt und ihn nicht als seinen Freund bezeichnen würde. Wir sind hier auf dem Land.»

«Verstehe. Na schön, dann mal los! Fahren Sie dieses Ding?»

«Um Gottes willen, nein. Tyler würde mir sein Schmuckstück nie und nimmer anvertrauen. Der einzige, der es anrühren darf, ist Mark Detweiler. Er fährt uns. Mark?» Trujillo ging zur Tür und steckte den Kopf hinein. «Mark? Hat jemand Mark gesehen?»

Nach ein paar Minuten allgemeiner Verwirrung erschien gemächlich ein Berg von einem Mann mit grauen Zöpfen, die ihm bis zum Hosenbund seiner uralten Jeans reichten, und einem fast ebenso langen Bart. Er setzte seine riesigen Stiefel auf die Holzplanken und blickte durch eine Hornbrille mit verschmierten Gläsern, die mit ineinandergedrehtem Blumendraht und schmutzigem Isolierband geflickt war, über den Hof. Zwischen den Haaren glitzerte ein goldener Ohrring.

«Komm ja schon», donnerte er. «Immer mit der Ruhe. Ich wollte doch nur noch mal aufs Klo. Eine Toilettenspülung ist doch wirklich was Feines.» Er grinste sie fröhlich an und entblößte dabei eine Reihe grauer Zähne, in der einer fehlte. Dann kletterte er auf den Fahrersitz. Hawkin fiel die Kinnlade herunter, als er sah, wie der Mann bedächtig die Tür mit einem langen ausgefransten Seil zuband, mit einer Zange ruckartig das Fenster hochzog und mit einem Keil festklemmte, so daß es fast geschlossen war, und dann über die Flicken seiner Jeans fuhr, auf der Suche nach einer Tasche, aus der er schließlich einen Schlüssel hervorholte.

«Was ist los, Al», murmelte Kate, als sie an ihm vorbei in den Wagen kletterte. «Hatten Sie in Los Angeles etwa nicht so piekfeine Chauffeure?» Er schüttelte nur kurz den Kopf und kletterte dann zu ihr auf die Rückbank, während Trujillo vorne einstieg. Mit einem Röhren und einer ungeheuren bläulichen Qualmwolke sprang der Motor an, und der Wagen holperte aus dem Hof und auf den Weg, ein Ungeheuer unter niedrigem Gewürm.

Jetzt werden die Reporter wirklich mit ein paar tollen Fernsehbildern dafür entlohnt, daß sie sich so früh auf den Weg gemacht haben, dachte Kate. Und da sah sie auch schon, wie sich alle drum rissen, diese Parade zu filmen, die aus dem alten Feuerwehrwagen, dem höhergelegten Geländewagen des Coroner und einer Handvoll kleinerer Fahrzeuge bestand, welche die Nachhut bildeten.

Als sie durch das Tor fuhren, wandte sich Trujillo zu Hawkin um und bemerkte den entgeisterten Ausdruck auf seinem Gesicht.

«Wir haben natürlich auch zwei Allradfahrzeuge, aber sie sind beide schon oben. Ich dachte, es würde Ihnen nichts ausmachen, mit diesem Ding hier zu fahren. Die anderen Wagen haben wir nämlich gebraucht, um die Leute von der Spurensicherung raufzubringen und die Leute da oben zu verständigen. Ich hoffe, es macht Ihnen nichts aus», stammelte er.

«Oh, nicht im mindesten. Es verleiht den Ermittlungen die Würde höheren Strebens und beschwört das Bild herauf, welches das Rad der Gerechtigkeit dreht. Erinnern Sie mich daran, daß ich diesen Satz noch einmal vor den laufenden Nachrichtenkameras wiederhole, Casey, nur für den Fall, daß die Presseleute diese tiefere Symbolik nicht mitbekommen haben. Machen Sie sich keine Gedanken, Trujillo. Das zeigt nur wieder, welch grenzenlose Unterstützung unsere Vorgesetzten uns immer angedeihen lassen. Das spornt einen so richtig an!»

Kate kam es vor, als habe Trujillo diese Antwort nicht gerade beruhigt. Er saß mit unbewegtem Gesicht da, aber bevor er noch etwas sagen konnte, fuhr der Wagen um eine Spitzkehre und kam im nächsten Moment ruckartig und vibrierend zum Stehen. Alle Insassen außer dem Fahrer wurden aus den Sitzen geschleudert.

«Bremsen sind in Ordnung», bemerkte Detweiler lakonisch. Den Leuten in dem Wagen, dem sie jetzt Stoßstange an Stoßstange gegenüberstanden, war jegliche Farbe aus dem Gesicht gewichen. Jetzt setzte der Wagen zurück, bis er nach hundert Metern an eine breitere Stelle kam. Es handelte sich um den funkelnagelneuen Geländewagen der County Police, in dem drei Frauen, zwei Männer und eine Horde aufgeregt schnatternder Kinder saßen, die allesamt vollkommen baff die Wagenkolonne anglotzten. Kate registrierte, daß die Uniform des Fahrers nicht mehr ganz frisch aussah, und beklommen stellte sie sich vor, wie ihre eigene Khakihose wohl bald aussehen würde.

«Das muß die zweite Fuhre sein, die sie herunterholen», sagte Trujillo. «Wie ich Ihnen schon am Telefon sagte, ich weiß nicht, wie viele wir überreden können, zu Tyler herunterzukommen, aber wir holen so viele wie möglich ab. Die dritte Leiche jagt ihnen bestimmt Angst ein, besonders den Leuten mit Kindern, und deshalb geben sie sich jetzt vielleicht kooperativer, als sie es sonst sein würden. Bei einigen werden Sie aber wohl selbst vorbeifahren müssen. Sechs bis acht von ihnen sind regelrechte Einsiedler. Bei denen bräuchte man einen Gerichtsbeschluß, um sie von da oben wegzukriegen, und selbst dann würden sie vielleicht einfach für ein paar Wochen im Wald verschwinden.»

«Ich sehe schon, das wird eine nette, unkomplizierte Ermittlung.»

«Hier ist alles ein bißchen anders als in San Francisco, Sir.»
«Es ist ein bißchen anders als sonstwo in der Welt.»
«Genau das hatte Tyler ja auch im Sinn.»
«Tja, es ist ihm gelungen.»

3. Kapitel

Samantha Donaldson war klein für ihr Alter. Bei ihrer letzten ärztlichen Untersuchung hatte sie nur achtunddreißig Pfund gewogen, und jetzt wirkte sie sogar noch zarter; ihr dünner Körper lag an dem verfaulten Baumstamm, der ihren Fall gebremst hatte, bevor sie in den Creek rollen konnte, der an dieser Stelle mehr als fünfzehn Meter unterhalb der Tyler's Road vorbeifloß. Kate hätte am liebsten die Hand ausgestreckt, um dem Mädchen die Blätter aus den zerzausten Haaren zu pflücken, den Schmutz von dem geöffneten Mund zu wischen und die in Schrecken aufgerissenen Augen zuzudrükken. Doch statt dessen zog sie lediglich ihr Notizbuch hervor, um Hawkins Beobachtungen zu notieren, und bemühte sich, ihren Blick nicht auf den Hals des Mädchens zu richten.

Einige Stunden später standen sie da und sahen zu, wie das mit Lehm und Blättern bedeckte leblose Ding, das einmal Samantha Donaldson gewesen war, in der Anonymität eines Leichensacks verschwand. Zuvor hatte man Plastiktüten über ihre Hände gestülpt, um alle Spuren zu sichern, die ihre Fingernägel vielleicht noch verbargen, hatte ihr Blut entnommen, ihren Körper untersucht und sie in Stellungen fotografiert, in denen sie lebend wohl niemals fotografiert worden wäre. Die Männer, die ihre winzige Last auf die Bahre hoben, waren an den Anblick des Todes gewöhnt, aber diesmal war von ihrem sonst üblichen schwarzen Humor nichts zu hören.

«Ist Ihnen nicht gut?» fragte Hawkin, als das erschreckend kleine Bündel an ihnen vorbeigetragen wurde.

«Keine Sorge, ich falle schon nicht in Ohnmacht», erwiderte Kate schnippisch. «Das ist nicht die erste Leiche, die ich sehe.»

«Ja», sagte er, ohne auch nur im mindesten ihren Tonfall nachzuahmen. «Aber ein totes Kind ist doch etwas Entsetzliches.»

«Das stimmt.» Und weil seine Stimme so ehrlich klang und es ihm im Gesicht abzulesen war, welchen Abscheu er selbst empfand, antwortete sie diesmal in freundlichem Ton: «Ja, wirklich entsetzlich. Bestimmt wäre mir auch schlecht geworden, wenn ich nicht so eine Wut im Bauch hätte.»

«Da wären Sie nicht die erste. Nach dem ersten toten Kind, das ich gesehen habe, konnte ich zwei Tage lang nichts bei mir behalten. Besser, Sie konservieren Ihre Wut. Und jetzt sagen Sie mir: Wo, glauben Sie, hat der Mörder gestanden, als er das Mädchen hier heruntergeworfen hat?»

Sie fanden einen undeutlichen Abdruck im Lehm, der möglicherweise von einem Fuß hätte stammen können, den man ausgestellt hatte, um vierzig Pfund durch die Luft zu schleudern. Doch er war so vom Regen plattgedrückt, daß man unmöglich zweifelsfrei sagen konnte, worum es sich handelte. Ebensogut hätte er durch den Huf eines Pferdes aufgeworfen worden sein können. Ansonsten zeigte dieser Fundort eine deprimierende Ähnlichkeit mit den Orten, an denen man die anderen beiden Mädchen gefunden hatte. Und als die durchnäßten Leute von der Spurensicherung, denen von der zermürbenden Arbeit alle Glieder weh taten, endlich fertig waren, hatten sie eine Anzahl verrosteter Dosen und eine zerbrochene alte Colaflasche gefunden, daneben zwei Knöpfe, von denen einer alt war, eine Handvoll alter Werkzeugteile, einen halb im Erdreich vergrabenen Autoreifen, ein kurzes Stück einer alten Hundekette mit dem Rest eines Halsbands, ferner einen billigen, noch fast neuen Filzstift und eine Sammlung von Papierfetzen, darunter ein durchnäßtes Streichholzheftchen aus einer Bar in San Jose.

Doch all dies geschah erst viel später. Jetzt wurde zunächst die Heckklappe hinter einem Plastiksack zugeschlagen, dessen schrecklicher Inhalt aus den sterblichen Überresten eines kleinen Mädchens bestand. Dann machten sich die unerschütterlichen Leute von der Spurensicherung mit ihren kleineren, mit möglichem Beweismaterial gefüllten Säcken auf den Weg den Berg hinunter. Kate und Hawkin bückten sich unter dem gelben Absperrband hindurch und stiegen wieder in den Feuerwehrwagen.

«Und – so schlau wie vorher?» wollte Detweiler wissen.

«Bislang haben wir jedenfalls noch nicht viel.» Ein Paar mit einem Baby, einem älteren Kind und einem Hund trottete vorbei, alle in grellbunten Nylonponchos. Die Frau lächelte scheu herüber, das Kind saß glotzend auf dem Rücken des Vaters. «Es wird noch mindestens eine Stunde dauern, bis alle eingetrudelt sind. Ich will mir noch einmal den Weg ansehen, und zwar bis ganz oben, wenn diese Karre das mitmacht.»

«Machen Sie sich da mal nur keine Sorgen», erwiderte der Fahrer in beleidigtem Tonfall. «Sie ist vielleicht ein bißchen langsam, aber dafür verläßlich.»

«Auf jeden Fall langsam. Casey, haben Sie noch die Landkarte? Ich möchte, daß Sie sich die einzelnen Häuser notieren, an denen wir vorbeikommen. Das macht die Sache später einfacher, wenn wir wieder bei Tyler sind. Also, wem gehört das Haus da?»

Hawkin deutete an der Nase des Fahrers vorbei auf eine Hütte nicht weit vom Weg, und Kate öffnete ihren Füllfederhalter, um sie auf der Karte zu markieren.

«Das ist kein Haus, das ist Jenny Cadenas Ziegenstall.»

Kate schrieb den Namen hin. «Aber im Augenblick stapelt Harry Gustavson da die Glasscheiben für sein Haus.» Kate strich den ersten Namen durch und schrieb den zweiten auf. «Jetzt, wo ich darüber nachdenke, fällt mir ein, daß Bob Riddle da eine Weile gehaust hat, nachdem sein Bruder Ben ihn rausgeschmissen hatte. Möcht wissen, ob der immer noch da ist.» Ohne die geringste Neugierde warf er beim Vorbeifahren einen flüchtigen Blick auf die fensterlosen Wände.

Kate sah sich seufzend ihre Landkarte an und fragte: «Hat vielleicht jemand einen Bleistift?»

Langsam holperten sie den schmalen, matschigen Weg hinauf, blieben unterwegs zweimal stehen, um zwei Wagenladungen von Bewohnern vorbeizulassen, und noch einmal, um den platten Reifen eines Geländewagens wechseln zu helfen. Langsam erreichten sie das obere Ende des Weges, das bewacht und mit einem schweren Tor versehen war, und ebenso langsam fuhren sie wieder zurück. Kurz vor dem Gipfelende des Weges beugte sich Hawkin vor und tippte Detweiler auf die Schulter.

«Könnten Sie hier einen Moment stehenbleiben? Casey, kommen Sie mal mit!»

Die beiden Kriminalbeamten stiegen dreißig Meter den Weg hinauf, wobei sich Steine in die Sohlen ihrer Stadtschuhe bohrten, und sahen dann auf ein Gewirr von Felsen und Büschen hinab.

«Da unten haben sie Tina Merrill gefunden. Ihr Vater hat letzten Monat einen Herzinfarkt erlitten, wußten Sie das eigentlich? Ihre Mutter hat zwanzig Pfund Gewicht verloren und schluckt Beruhigungspillen, und ihr Bruder, der immer Klassenbester war, schafft in der High School die letzte Klasse nicht. Der Mörder hat sie hier auf den Weg geworfen wie einen Müllsack, und nach ein paar Tagen hat irgendein Tier sie den Berg hinuntergezerrt.»

Es war fast totenstill, nur ein paar Vögel, das Knacken des Motors und ihr eigener Atem waren zu hören. Die Sonne kam hervor, und Kate wurde es warm. Hawkin rührte sich nicht.

«Warum macht er das?» murmelte er und starrte auf den Feldweg. Er sah aus, als würde er sich krampfhaft bemühen, drei Monate zurückzudenken und sich den Tag im Spätherbst vorzustellen, an dem eine Gestalt ihre makabre Last den Weg entlanggeschleppt hatte. «Was führt er im Schilde?»

«Tut mir leid, aber ich verstehe nicht.»

«Ich auch nicht. Nein, ich auch nicht.» Plötzlich sah er Kate an, so als ob er ihre Gegenwart gerade erst bemerkt hätte. Pflichtschuldig erklärte er, was er meinte.

«Die Leichen zeigen keinerlei Spuren von Mißbrauch. Er ist also keiner von den üblichen Pädophilen. Um Geld geht es auch nicht, denn es gab keine Lösegeldforderung. Er gabelt sie einfach auf – und zwar so unauffällig, daß niemand ihn bisher gesehen hat – und erdrosselt sie. Danach zieht er ihnen die Kleider aus und legt sie auf oder neben der Tyler's Road ab. Warum ausgerechnet hier, hundert Meilen von der Stelle entfernt, wo er sie sich geschnappt hat? Warum macht er das?»

Mit herausfordernd hochgezogener Augenbraue sah er Kate an und wandte sich dann wieder dem wartenden Monstrum zu. Und obwohl Kate wußte, daß er keine Antwort erwartete, wünschte sie sich doch, sie hätte ihm eine geben können. Doch alles, was ihr einfiel, war: ‹Vielleicht ist er einfach ein Verrückter›, und das wäre eine derart unqualifizierte Bemerkung gewesen, daß sie statt dessen lieber gar nichts sagte und ihm artig über die holprige und matschige Piste folgte, die den hochtrabenden Namen Tyler's Road führte.

Fünf Minuten später hielt Detweiler den Lastwagen auf einer weiten, offenen Lichtung an, auf der sinnigerweise ein einsamer Campingtisch stand. Gelegentlich kam die Sonne hinter den Wolken hervor und ließ für einen Moment den Weg unter ihnen schillern, und dann konnte man auch ein Stück des fernen, angeschwollenen Meeres sehen. Zwischen einem Panorama aus dunklen Mammutbäumen konnte man verstreut einzelne Hausdächer und gerodete Felder erkennen. Das gelegentliche Aufblitzen von Solarkollektoren und zwei hochmoderne Windgeneratoren waren die einzigen Anzeichen des zwanzigsten Jahrhunderts.

«Schön, was?» brummte Detweiler. «Tyler sagt, daß er sich hier oben ein Haus bauen will, wenn er alt und grau ist. Aber das bezweifle ich. Er muß immer im Mittelpunkt des Geschehens sein, und das wird auch so bleiben.» Er legte wieder einen Gang ein und kroch den Berg hinab. Der Motor heulte auf in dem Bemühen, den ehemaligen Feuerwehrwagen davon abzuhalten, sich ins Meer zu stürzen. «Ach ja, ich habe ja noch das Haus vom alten Peterson vergessen. Es ist da oben. Sehen Sie die Fahne?» Bei der «Fahne» handelte es sich um den zerrissenen Rest eines alten Bettuchs. «Es geht dort den Pfad hinauf. Eine Auffahrt hat er nicht. Als er sein Haus baute, hat er alles zu Fuß hinaufgetragen.»

Kate trug den Namen Peterson ein und mußte daran denken, daß ein Vertreter der Baubehörde sich angesichts der vielen Verstöße hier oben so richtig hätte austoben können. Sie machte Detweiler gegenüber eine diesbezügliche Andeutung, versuchte dabei aber, den Eindruck zu vermeiden, daß sie selbst auch nur das geringste gemein hatte mit dieser niedrigen Form von Bürokratismus.

«Ach, na ja, wie heißt es so schön: Was ich nicht weiß, macht mich nicht heiß. Allerdings liegen sich wegen der Bauvorschriften Tyler und die Verwaltung des County tatsächlich schon seit ewigen Zeiten in den Haaren. Zuerst haben sie ihm zur Auflage gemacht, daß in jedem Haus Elektrokabel verlegt werden mußten, selbst wenn das nächste verfügbare Stromnetz meilenweit entfernt war. Deshalb gibt es auch ein halbes Dutzend Häuser mit Steckdosen und leeren Birnenfassungen, obwohl sie nur Kerosinlampen haben. Im Augenblick versucht Tyler, die Sache dadurch zu umgehen, daß er den ganzen Weg hier zu einem gemeinnützigen Forschungsprojekt erklären läßt. Er hat auch einen Senator auf seiner Seite, und vielleicht kriegt er das tatsächlich durch. Das da ist das Haus der Riddles, haben Sie das schon?» fragte er Kate.

«Ja, Ben Riddle, dessen Bruder Bob entweder auch da wohnt oder in dem kombinierten Lagerraum-Ziegenstall von Cadena-Gustavson.»

«Alles sonnenklar, was?» Detweiler lachte herzhaft, und Kate fragte sich, ob ihm wohl jemals seine dummen Sprüche ausgingen.

Im Rhythmus des kurvigen Feldweges spulte Detweiler weiter seine Litanei ab.

«Das da ist das Haus von Bruder Luke. Er und seine Frau Maggie wohnen schon hier, seit Tyler damals die Idee zu dieser Siedlung hatte. Früher war er Mönch, aber jetzt ist er weiß Gott keiner mehr. Die beiden haben fünf Kinder. Da drüben wohnen die Dodsons – ist komisch bei denen, richtig gespenstisch. Aber hinterm Haus haben sie eine echt tolle Weide für die Ponys. Angies kleines Mädchen Anty liebt ihr Pony über alles. Und habe ich schon Vaun erwähnt, ganz da oben? Sie ist eine Künstlerin, und zwar eine richtig gute.» Kate sah in Gedanken wirre Bilder von Schlössern und Jungfrauen und romantischen Einhörnern vor sich. «Dann die Newborns – die kleinen Hundehüttendinger da sind für die Schweine. Und Tommy Chesler kennen Sie ja schon.»

Auf dem Weg nach unten blieben sie einmal stehen, um den Geländewagen aus dem Creek zu ziehen, in den er dank seines Allradantriebs geraten war. Auf ihrem weiteren Weg nahmen sie dann noch mehrere Grüppchen von Berganwohnern auf, die eher so aussahen, als wollten sie zu einem *Hoedown* als zu einer Vernehmung in einem Mordfall. (Was ist das überhaupt, ein *Hoedown*, überlegte Kate.*) Sie fand sich eingekeilt zwischen Hawkin und einem riesenhaften jungen Mann, der seine Feuchtigkeit ausdünstete und wie ein Hund roch und ein noch feuchteres und noch stärker muffelndes Baby auf dem Schoß hatte. Nach zehn Minuten meldete sich irgendwo von vorn eine hohe Stimme und fragte, ob jemand Ivanhoe habe.

«Ist das eine Krankheit?» überlegte Kate laut.

«Das ist mein Junge», erwiderte die Stimme.

«Ist er glatzköpfig und naß?»

«Kann gut sein.»

«Dann ist er hier.»

«Ach, prima! Ich wollte nur sichergehen, daß er auch mitgekommen ist. Sie können ihn behalten, bis wir bei Tyler sind.»

«Danke», sagte Kate mit Grabesstimme und versuchte sich zu überlegen, ob das ganze Gehüpfe im Wagen von den Furchen kam oder von Hawkins Lachen, und falls es letzteres war, was sie dagegen unternehmen konnte. Am Ende unternahm sie dann gar nichts.

4. Kapitel

Das farbenfrohe Völkchen, das in Tylers Haus von einem Zimmer ins nächste strömte, kam einem vor wie aus einer anderen Welt – oder besser, wie aus mehreren anderen Welten: ein bißchen Amish, ein bißchen Woodstock und ein bißchen Wilder Westen. Zwischen den Knien der Erwachsenen und den Möbeln rannten schreiende und kreischende Kinder hin und her, Hunde trotteten herein und wurden wieder in den Regen hinausgeworfen, der Geruch von Brot, Spaghettisauce und dem Qualm von Holzfeuern mischte sich mit dem von nasser Kleidung, Körpern, die eher selten gewaschen wurden, und dem gelegentlichen Hauch einer Marihuanazigarette. Tyler hatte der Polizei drei Zimmer im Erdgeschoß zur Verfügung ge-

* Zur Information der Heldin und der deutschen Leser: Ein *Hoedown* ist ein ländliches Tanzvergnügen. A. d. Ü.

stellt, in denen eine buntgemischte Ansammlung von Tischen und Stühlen stand. Dort sollten die Vernehmungen stattfinden. Kate stand im größten Wohnraum, der Halle, die eine fünf Meter hohe Decke und die Fläche eines durchschnittlichen Wohnhauses hatte, und sie fragte sich, wie Hawkin es sich gedacht hatte, bei diesem Chaos eine Vernehmung in einem Mordfall über die Bühne zu bringen. Zum ersten Mal war sie dankbar, daß er hier die Verantwortung trug, und nicht sie.

Als ob er ihre Gedanken gehört hätte, tauchte Hawkin an ihrer Seite auf.

«Wie ich schon sagte, eine nette, problemlose Ermittlung. Ich werde jetzt mit den Leuten sprechen und möchte, daß Sie dabei sind. Da drüben am Kamin.» Mit zwei Schritten war er wieder verschwunden. Kate drängte sich in seinem Kielwasser durch die Menschen und wünschte sich, ihre Mutter hätte einen größeren Mann geheiratet. An dem großen steinernen Kamin, neben dem eine Sammlung von Schwertern wie ein Strahlenkranz an der Wand angebracht war, stiegen sie auf die Kaminplatte und blickten auf das Meer von Köpfen unter ihnen hinab.

«Darf ich um Ihre Aufmerksamkeit bitten! Darf ich freundlichst um Ihre Aufmerksamkeit bitten. Es gibt ein paar Dinge, die ich Ihnen sagen muß.» Hawkin schrie zwar nicht, erhob seine rauhe Stimme aber doch immerhin so kräftig, daß der Klang den gesamten Raum ausfüllte und auch bis in die benachbarten Zimmer drang. Nach und nach wandten die Leute ihm die Gesichter zu, und der Höllenlärm erstarb allmählich. Die Kinder wurden zur Ruhe gebracht, das Geklapper der Pfannen in der Küche hörte auf, und die versammelten Anwohner der Tyler's Road waren bereit zu hören, was dieser natürliche Feind, dieser Repräsentant des unterdrückerischen Systems, von ihnen wollte.

«Guten Morgen, Ladies und Gentlemen. Mein Name ist Alonzo Hawkin. Das da ist Casey Martinelli. Ich bin sicher, Sie alle wissen mittlerweile, daß wir aus San Francisco gekommen sind, um die Ermittlungen über die Morde an den drei kleinen Mädchen zu leiten, deren Leichen in dieser Gegend gefunden worden sind. Ich möchte Ihnen allen danken, daß Sie sich in Mr. Tylers Haus versammelt haben. Ich weiß, das heißt, ich konnte selbst sehen, wie umständlich es für einige von Ihnen ist, hier herunterzukommen. Aber es erspart uns eine Menge Zeit, und je weniger Zeit wir verlieren, desto mehr Menschenleben können möglicherweise gerettet werden.»

Er hatte jetzt ihre volle Aufmerksamkeit. Ein kleines Kind fing an zu wimmern, und ohne die Augen von Hawkin zu nehmen, legte die Mutter es an die Brust.

«Wir sind hier, um Ihre Aussagen aufzunehmen, in der Hoffnung, daß die Informationen, die Sie uns geben können, sich zu einem Ganzen zusammenfügen und uns auf die Spur des Mörders bringen. Ich brauche Ihnen nicht erst zu sagen, daß der Mörder in irgendeiner Verbindung zur Tyler's Road stehen muß. Das wissen Sie alle selbst, und ich vermute, deshalb sind die meisten von Ihnen auch hier. Es ist sicher keine schöne Vorstellung, einen Nachbarn zu haben, der vielleicht etwas mit dem Tod von drei kleinen Kindern zu tun hat. Der vielleicht sogar der Mörder ist.» Einige schlugen die Augen nieder, andere lächelten nervös, und die allgemeine Angst sorgte dafür, daß trotz des überfüllten Raums die Leute plötzlich unmerklich voneinander abrückten.

«Ich möchte Ihnen noch sagen, daß wir nicht hier sind, um Nachforschungen über Drogen oder Mißachtungen von Bauvorschriften zu betreiben, und auch nicht darüber, wer mit wem ins Bett geht, es sei denn, diese Dinge hätten etwas mit dem Mord zu tun. Es kann also sein, daß wir Sie über Drogen und die Bauvorschriften befragen werden, aber das ist nicht der eigentliche Grund unseres Hierseins. Jeder von Ihnen kann sich selbst aussuchen, bei welchem Polizisten er seine Aussage machen will. Weil Sie so viele sind, würden wir Sie aber gern mit einer Polaroidkamera fotografieren und Ihr Bild an Ihre Aussage heften, damit wir den Überblick behalten. Dies alles dient aber ausschließlich dazu, die Abwicklung der Ermittlungen zu vereinfachen. Man wird Ihnen eine ganze Anzahl von Fragen stellen, von denen Ihnen einige vielleicht überflüssig, unhöflich oder auch einfach nur idiotisch vorkommen werden. Bitte beantworten Sie sie trotzdem. Keiner von uns versucht, ein Spielchen mit Ihnen zu treiben, und wir sind mindestens ebensosehr daran interessiert wie Sie, diese Sache hier so schnell wie möglich über die Bühne zu bringen. Ich könnte mir sogar vorstellen», fügte er mit einem Lächeln hinzu, «daß wir daran ein noch größeres Interesse haben als Sie.»

In einer Ecke entstand ein wenig Unruhe, und ein dünnes Stimmchen rief: «Gibt es jetzt eine Aufführung, Mama? Hat er das gemeint?» Nervöses, aber auch erleichtertes Lachen erfüllte den Raum, und Hawkin lächelte noch freundlicher.

«Da fällt mir ein, sehen Sie das winzige Männchen da drüben in der Ecke?» Alle wandten die Köpfe um, und ein Hüne mit pechschwarzer Haut und zu enger Uniform hob die Hand, um zu zeigen, daß er gemeint war. Noch mehr Gelächter, diesmal etwas unsicherer. «Das ist Sergeant Fischer. Zwei volle Tage hat Bob Fischer jetzt schon seine eigenen Kinder nicht mehr gesehen, und wenn Sie wollen, können Sie die Ihren zu ihm schicken, während Sie Ihre Aussage machen. Er zeigt ihnen dann in der Zwischenzeit sein Walkie-Talkie und seine Handschellen. Da fällt mir ein, Bob, versuch diesmal, nicht wieder die Schlüssel zu verlieren, okay?» Jetzt war das Lachen entspannt, und Hawkin nutzte es für sein Schlußwort.

«Um eines möchte ich Sie noch bitten. Ich weiß, daß es dafür schon ein bißchen spät ist, aber ich wäre Ihnen dankbar, wenn Sie über das, was Sie vielleicht gesehen haben – oder glauben, gesehen zu haben –, nicht mit den anderen sprechen würden. Ihre Aussage sollte allein von Ihnen kommen. Wir gehen dann später alle Aussagen durch, und wenn wir über irgend etwas noch weitere Informationen benötigen sollten, suchen wir Sie zu Hause auf. Wir haben sieben Leute, die Ihre Aussagen entgegennehmen können. Ich bitte darum, daß diejenigen, die am Ende des Zimmers stehen, anfangen. Nehmen Sie für jeden Erwachsenen einen Satz Formulare. Gut, ich denke, dann sollten wir loslegen.» Einen Moment sah er die Leute schweigend an. «Danke für Ihre Unterstützung. Da draußen läuft irgendein Bastard herum, der unsere kleinen Kinder umbringt. Und ich glaube, daß Sie uns helfen können, ihn zu finden. Ich danke Ihnen.»

«Waren Sie früher einmal Trainer einer Football-Mannschaft, Al?» murmelte Kate ihm ins Ohr, während die Versammlung sich auflöste.

«Was glauben Sie denn, was ich früher gemacht habe?» gab er zur Antwort. «Suchen Sie sich einen Schreibtisch. Ich sage Ihnen Bescheid, wenn ich mit Tyler rede.»

Der Morgen zog sich hin mit mühseligem Sortieren von Namen und Zahlen, Fotografieren mit der Polaroidkamera, Suchen von Orten auf der Karte und immer wieder Fragen, Fragen, Fragen: Wo arbeiten Sie? Sind Sie schon einmal verhaftet worden? Wo waren Sie am Mittwoch nach Thanksgiving, am 24. Januar, gestern nachmittag? Haben Sie gestern nachmittag irgend jemanden gesehen? Haben Sie gestern abend auf dem Weg einen Wagen gesehen oder gehört? Rauchen Sie Tabak oder anderes, benutzen Sie Streichhölzer, gehen Sie in Bars, besitzen oder benutzen Sie ein Auto, sind Sie im Besitz von weiteren Informationen, die möglicherweise von Belang sein könnten?

Die Antworten wurden auf Band aufgenommen, Reaktionen auf bestimmte Fragen wurden notiert – wenn jemand die Stimme senkte oder aus der Haut fuhr. Hawkin pendelte zwischen den Zimmern hin und her, unterhielt sich mit den Leuten, ermunterte sie, erstickte jeden aufkeimenden Ärger und verschwand dann über den matschigen Hof, um mit den Reportern zu reden. Literweise wurden Kaffee und Kräutertee getrunken, Kinder wurden schlafen gelegt, und eine hochschwangere Frau wurde so weiß im Gesicht, daß man sie in ein Zimmer im Obergeschoß brachte. Irgendwann stellte jemand Kate einen Teller vegetarischer Spaghetti und warmes Brot vor die Nase, und dann schlürften sie und der Mann, den sie gerade vernahm, um die Wette und bespritzten die Formulare mit Spaghettisauce.

Um ein Uhr führte Kate eine der schwierigeren Vernehmungen an diesem Tag durch. Nicht, daß Flower Underwood nicht kooperativ gewesen wäre – das war sie durchaus, und obendrein auch noch freundlich und intelligent –, wer Schwierigkeiten machte, war ihr Kind.

Bei diesem Kind handelte es sich um einen Jungen. Das zumindest nahm Kate an, denn die Frau verbesserte sie nicht, als sie fragte, wie alt er sei. Ein vollkommen unbezähmbarer Zweijähriger, der

Kates Federhalter auseinandernahm, eines der Formulare zerkaute, dreimal ihre Handtasche ausleerte (das Portemonnaie und die Schlüssel verstaute sie in ihrer Jackentasche, nachdem sie beides seinen neugierigen Fingern entwunden hatte) und fünfmal auf den Schoß seiner Mutter kletterte, um sich anlegen zu lassen, wobei er beim letzten Mal Kate mit Milch aus der gerade nicht in Anspruch genommenen Brust vollspritzte – und zwar absichtlich. Genau in diesem Moment kam Hawkin hinzu und legte Kate die Hand auf die Schulter, während sie gerade etwas niederschrieb.

«Entschuldigen sie, Casey, aber könnten Sie zu Tyler und mir nach oben kommen, wenn Sie hier fertig sind? Die Treppe ganz nach oben und dann die dritte Tür links.»

Kate nickte, und als sie aufblickte, sah sie auf dem Gesicht der Frau noch für einen letzten kurzen Moment einen höchst seltsamen Ausdruck.

«Was ist los?»

«Ach, nichts.» Die Frau versuchte immer noch, ihre Belustigung zu verbergen.

«Ist es wegen irgendeiner Sache im Obergeschoß? Was ist da so Besonderes?»

Flower Underwood verzog den Mund, und schließlich lachte sie laut los, woraufhin ihr Sohn von ihrer Brust abließ und sie mit weit offenem, milchverschmiertem Mund anglotzte.

«Na ja, wissen Sie», erklärte sie freimütig, «das Erdgeschoß dieses Hauses ist mehr oder weniger für jedermann zugänglich. Alle Leute, die hier in der Tyler's Road wohnen, benutzen es sozusagen als gemeinsames Wohnzimmer.»

«Und oben – das Obergeschoß – Sie meinen, das ist nicht allgemein zugänglich? Eher sehr privat?» Die Augen der Frau funkelten, während die ihres Sohns langsam zufielen, als sie ihm über den Rücken streichelte. «Sie wollen sagen, da kommt man nur hinauf, wenn man persönlich eingeladen wird?»

«Sozusagen», stimmte die Frau zu.

«Sind Sie schon einmal da oben gewesen – ganz oben, meine ich?»

«Schon eine ganze Weile nicht mehr, obwohl ich mir nicht vorstellen kann, daß sich da viel verändert hat. Oder besser gesagt, daß

Tyler sich geändert hat.» Nach dem Gesichtsausdruck der Frau zu urteilen, scheint es sich ja um eine recht angenehme Erinnerung zu handeln, dachte Kate.

«Würden Sie sagen, daß viele Frauen, die hier am Weg wohnen, schon da oben gewesen sind?»

«Ziemlich viele. Die meisten alleinstehenden Frauen waren vermutlich irgendwann einmal da oben, und vielleicht ein Drittel von denen, die einen Partner haben.»

«Ich könnte mir vorstellen, daß so etwas doch eine Menge Ärger auslöst.»

«Hier nicht. Vielleicht in irgendwelchen piefigen Vorstadtgegenden, aber hier nicht. Und Tyler achtet sehr darauf, daß er sich keiner Frau zu sehr nähert, wenn es einen anderen Mann gibt, der etwas dagegen haben könnte. Er ist ein guter Mann, sehr rücksichtsvoll und sehr großzügig.»

«Bei Geld?»

«Bei allem.» Wieder erschien für einen Moment der ebenso belustigte wie liebevolle Ausdruck auf ihrem Gesicht.

«Und er lädt nur Frauen nach oben ein?»

«O nein, auch Männer. Nicht ins Bett natürlich.» Sie kicherte bei dem Gedanken daran, wie absurd diese Vorstellung war, und Kate war verblüfft, welch konventionelle Überzeugungen hier zutage traten. «Ich weiß, daß er schon einmal mit einem der Jungs da oben Schach spielt oder ein Gläschen trinkt oder etwas raucht, wenn hier unten viel los ist und er seine Ruhe haben will.»

«Und Sie sind sich sicher, daß das alles ist, was er mit ihnen macht?» stocherte Kate weiter.

Es entstand eine Pause, und diesmal war es Kate, die sich darüber belustigte, wie diese Vorstellung Flower Underwood offenkundig zu schaffen machte, während seine zahlreichen heterosexuellen Affären sie vollkommen kaltgelassen hatten.

«Nein. Er lädt eine Menge Leute in seine Wohnung ein, und nicht nur, um mit ihnen zu schlafen. Ich habe noch nie gehört, daß er mit einem Mann geschlafen hat, und ich bin sicher, das hätte ich mitbekommen. Die Leute, die hier am Weg wohnen, haben keine Geheimnisse voreinander, schon lange nicht mehr. Nein, ich bin mir sicher, daß Tyler ein ganz normaler Mann ist», sagte sie und schloß felsenfest jede andere Möglichkeit aus.

«‹Normal›.»

«Na ja, jedenfalls nicht schwul. Und außerdem ist er ganz süß. Ich meine, im Bett.»

Diese Vernehmung läuft langsam aus dem Ruder, dachte Kate und versuchte, wieder Bodenhaftung zu bekommen.

«Hat er eigentlich Kinder?»

«Er hat bestimmt ein paar. Ich glaube, er hat auch eine Frau oder eine Exfrau, die mit ihrer zehn oder elf Jahre alten Tochter in L.A. wohnt. Und dann gibt es hier am Weg noch einen kleinen Jungen, der vermutlich von ihm ist. Aber es ist schwer zu sagen, weil er erst drei ist. Dann gibt es noch eine Anzahl von Fällen, wo es möglich wäre, obwohl die Mütter sich nicht sicher sind.»

Unwillkürlich sah Kate den schlafenden blonden Quälgeist an, und der Blick der Mutter folgte ihrem.

«Nein, sie nicht. Sie müßten nur einen einzigen Blick auf meinen Alten werfen, dann wären Sie sofort überzeugt. Ach ja, wenn Sie wissen wollen, was die Männer da oben machen …» Sie stockte einen Moment, als ihr plötzlich ein bestimmter Gedanke kam, doch dann verscheuchte sie ihn und fuhr mit fester Stimme fort. «Wenn Sie etwas über Tylers Wohnung von einem Mann hören wollen, dann könnten Sie mit Charlie sprechen. Charlie Waters ist mein Alter. Er ist laufend hier unten und spielt mit Tyler Schach.» Ihre Stimme war bei den letzten Worten wieder leiser geworden, jetzt sah sie auf und blickte sich im Zimmer um. Kate hielt den Zeitpunkt für günstig, die Vernehmung damit zu beenden.

«Ich danke Ihnen sehr, daß Sie sich die Zeit genommen haben, Mrs. Underwood. Ich weiß es zu schätzen, daß Sie heute hier heruntergekommen sind.» Aber die Frau war bereits mit ihrer müden Last aufgestanden und bewegte sich in Richtung Flur.

Kate unterschrieb die Unterlagen und warf sie auf den nächsten Tisch, wo Bob Fischer mit einem Mann sprach, während drei friedliche Kinder bei den beiden Männern auf dem Schoß saßen. Eilig lief Kate zur Treppe.

5. Kapitel

Die Wand des Treppenaufgangs war geschmückt mit alten Waffen, einem kleinen Gobelin, einem Umhang, der in voller Pracht ausgebreitet war, damit man seine opulenten Stickereien bewundern konnte, mehreren Fotos von Schlössern und Leuten in farbenprächtigen mittelalterlichen Kostümen und anderen Zeugnissen von Tylers Leidenschaft. Auf dem obersten Treppenabsatz stand eine vollständige Ritterrüstung mit Helm und Armschutz und bewachte eine verschlossene Glasvitrine, in der Flaschen, Kämme und zahlreiche andere kleine Gegenstände lagen, die Kate aus Zeitmangel nicht eingehender betrachten konnte. Aus dem dritten Zimmer auf der linken Seite drang das Gemurmel von Stimmen. Sie klopfte leise an und öffnete die Tür.

«... haben wir beschlossen, daß das Maximum hundertfünfzig ist. Ah, Inspector Martinelli, kommen Sie doch herein. Wir haben gerade erst angefangen. Was möchten Sie trinken?» Tyler stand auf und ging zu einem polierten Wandschrank, der aus verschiedenen Holzarten gefertigt war. Kate ließ sich zu einem Glas Mineralwasser überreden. Tyler reichte es ihr mit großer Geste und ging dann zu dem großen offenen Kamin, wo er mit dem Rücken zum Kaminsims stehenblieb.

Sein jovial freundliches Gehabe kam ihr jetzt ein wenig gekünstelt vor, und Kate erkannte sehr bald, daß der Grund seiner Nervosität Hawkin war, der es sich in einem Ledersessel gemütlich gemacht hatte, mit schläfrigem Gesichtsausdruck und einem Glas mit einem bernsteinfarbenen Getränk auf den Knien. Tyler wandte immer wieder den Blick von seinem entspannt dasitzenden Gegenüber ab, so als könne er dessen unerwartetem Angriff ausweichen, wenn er vermied, ihm in die Augen zu sehen. Kate hatte eine solche Reaktion schon oft an Leuten beobachtet, aber sie war überrascht, sie jetzt bei Tyler zu erleben.

Hawkin griff das Gespräch an der Stelle wieder auf, wo die beiden unterbrochen worden waren. Mit halbem Ohr hörte Kate zu, welche Pläne Tyler mit seinem Land hatte, daß er einen staatlichen Zuschuß und eine Steuerbefreiung beantragt habe, daß er es einerseits bequem haben, andererseits aber auch nicht auf technischen Firlefanz angewiesen sein wolle. Sie hörte zwar zu, aber gleichzeitig studierte sie die Umgebung dieses Mannes, diesen Raum im Obergeschoß.

Das Zimmer war prachtvoll. An drei Seiten befanden sich große Fenster. Aus einem sah man auf die sich stufenweise erhebenden Berge, aus dem gegenüberliegenden blickte man von den Feldern jenseits des Weges bis hinunter zum Meer. Aus dem mittleren Fenster konnte der Hausherr den dreieckigen Kieshof und das Kommen und Gehen seiner Pächter im Auge behalten. An der vierten Wand ragte ein offener, aus Granit gebauter Kamin empor, der den Raum optisch in zwei Hälften teilte. Dies also war der königliche Turm, und selbst wenn Flower Underwood es nicht gesagt hätte, hätte Kate trotzdem sofort gewußt, daß Tyler hier wohnte und nicht in dem ewigen leichten Gestank im Erdgeschoß oder den ziemlich unpersönlichen Fluren, die Kate im Vorbeigehen vom mittleren Treppenabsatz aus gesehen hatte. Hier mußte Tyler ein Schwert nicht an der Wand festschrauben, damit es nicht beschädigt oder gestohlen wurde, hier mußte er sich, was die Möbel betraf, nicht auf die groben dunklen Stühle beschränken, weil andere seine Pächter eingeschüchtert und von den Hacken ihrer Kinder Blessuren davongetragen hätten. Hier konnte John Tyler sein, was er wirklich war: der einzige Erbe von drei Generationen altem Geld. Und in Kalifornien sind drei Generationen eine Ewigkeit.

Der Raum wirkte trotz seiner opulenten Ausstattung nicht überladen. Die Wände bestanden aus weichem Redwoodholz, der Boden aus polierter Eiche mit einem Intarsienmuster aus dunklerem Holz, das an den Wänden entlanglief. Der Teppich war nicht aus Seide, sondern aus Wolle gewebt. Das weiche Leder der Sessel und des Sofas trug die Spuren längeren Gebrauchs. Die Balken des Dachgestühls bestanden aus demselben schlichten Redwoodholz wie die Wände. An der gemauerten Wand links von Kate hing auf ihrer Seite des Kamins eine Anzahl von Aquarellen. Die andere Wand war Kate von ihrem Sitzplatz aus verborgen, aber am anderen Ende des Zimmers konnte sie eine weitere Sitzgruppe sehen, in deren Mitte ein niedriger Tisch mit einem Schachspiel stand. Sie registrierte, daß Tylers Stimme sich verändert hatte.

«... Wein, Inspector Martinelli? Nein? Sie sind offenbar sehr bescheiden. Inspector Hawkin? Hätten Sie denn etwas dagegen, wenn ich selbst ein Gläschen trinke?» Er hinkte wieder hinüber zum Schrank und goß sich etwas mehr von der bernsteinfarbenen Flüssigkeit in sein klobiges Glas, dann stellte er die Flasche mit dem unaussprechlichen Namen zurück in den Schrank. Ein rauchiger Nebel stieg aus dem Glas auf. Bevor Tyler an seinem Glas nippte, ging er zurück und stellte sich wieder vor den Kamin. Er sitzt in der Falle, dachte Kate, obwohl Hawkin weniger den Eindruck eines Jägers machte als den eines alten, gut gefütterten Jagdhundes, der irgendwo vor dem Ofen döste. Eine ungewöhnliche Methode, jemanden zu vernehmen, dachte sie und wartete ungeduldig darauf, daß er endlich loslegte. Leise Stimmen drangen von unten die Treppe herauf, weiter entfernt hörte man Pfannen klappern, ein Kind schrie, und das laute Rufen von draußen erinnerte sie an die versammelte Presse. Schließlich hielt sie es nicht länger aus.

«Als Sie gesagt haben: ‹Wir haben beschlossen›, Mr. Tyler, wen haben Sie damit gemeint?»

Tyler war offenbar erleichtert über die Frage, und Hawkin warf ihr einen flüchtigen Seitenblick zu.

«Sie sehen denjenigen vor sich, den ich gemeint habe. Ich bin in die Gewohnheit verfallen, ‹wir› zu sagen, weil ich immer die Leute, die hier wohnen, und die, die mein Geld verwalten, um ihren Rat frage. Aber letztendlich bin ich derjenige, der die Entscheidungen trifft. Ich finde es zwar ein bißchen grotesk, daß eine einzelne Person ein ganzes Waldgebiet ‹besitzt›, aber in den Augen des Gesetzes gehört es mir nun einmal. Allerdings sehe ich mich selbst eher als eine Art Großgrundbesitzer, der unerwünschte Personen fernhält und den Weg in Ordnung hält. Wenn überhaupt, dann besitze ich nicht etwas, sondern werde davon besessen.»

«Der Groß-Grund-Besitzer», sagte Hawkin und betonte das Wort, als ob es drei wären. «Ein netter feudalistischer Einfall.»

Der latente Vorwurf schien Tyler eher zu entkrampfen, so als würde er sich auf einen alten, ihm wohlvertrauten Streit einlassen.

«Gegen den Feudalismus ist doch nichts einzuwenden», fing er an, «jedenfalls nicht, wenn er sich das wesentliche Element der Verantwortung bewahrt. Es ist halt nur populär, sich den Großgrundbesitzer als einen Parasiten vorzustellen, der seinen Bauern ihre hart erarbeiteten Erträge abpreßt und selbst die ganze Zeit nur trinkt und Rehe jagt ...»

«Und die Bauernmädchen vögelt», fügte Kate unvermittelt hinzu. Tyler sah sie wachsam an, bis er offenbar zu dem Schluß kam, daß sie damit nichts Bestimmtes gemeint hatte. Hawkin hob eine Augenbraue.

«Ja, das auch. Aber daneben war es seine Aufgabe, die Leute vor Invasoren zu schützen, in Streitfällen Recht zu sprechen und sich um Alte, Witwen und Waisen zu kümmern, damit sie nicht hungern mußten. Die Rehjagd und die Parforcejagd waren nicht nur ein Sport. Die Rehe fraßen das angebaute Getreide auf, und die Füchse töteten Nutztiere, wenn man ihre Zahl nicht niedrig hielt. Das ganze Konzept von Hierarchie und Autorität im Feudalsystem ist an die Verantwortung gebunden. Der Bauer hat zwar nur wenige Rechte und Privilegien, aber ist auch nur dafür verantwortlich, eine bestimmte Menge mehr zu produzieren, als seine eigene Familie braucht. Je höher der Rang, desto größer die Verantwortung.» Der Whisky und die Diskussion schienen Tyler in Fahrt zu bringen. «Was glauben Sie wohl, warum man in früheren Zeiten dem König die Verantwortung für das Gedeihen des Landes übertragen hat? Er wurde bejubelt, und nichts wurde ihm verübelt, solange es genug zu essen gab und die Menschen gesund waren. Aber wenn die Ernte schlecht ausfiel oder Dürre und Seuchen das Land heimsuchten, dann war er der Sündenbock, und die Leute haben ihm die Gurgel durchgeschnitten, um dem Land neues Leben zu verleihen. Das ist der wahre Ursprung des Spruchs: Der König ist tot; lang lebe der König.»

Tyler war völlig versunken in dem Gedanken an diese anachronistische Bedrohung seiner selbst, und vor Begeisterung glänzten seine Augen. Ohne den Blick von seinem Glas zu nehmen, stellte Hawkin eine naive Frage in den Raum.

«Was halten Sie eigentlich von Menschenopfern, Mr. Tyler?»

Kate spürte, wie sich die Haare an ihren Armen aufrichteten, und wandte abrupt den Kopf zu Tyler um. Aber der hatte noch gar nicht bemerkt, daß der alte Jagdhund nicht mehr döste.

«Menschenopfer dienen – so wie übrigens alle Opferformen – dazu, das Gefühl zu erlangen, daß man sein Schicksal unter Kontrolle hat, indem man den Göttern gibt, was sie wollen, bevor sie es sich nehmen. Indem man ihnen das Beste, Reinste und Frischeste anbietet ...» Die Worte blieben ihm im Hals stecken, als er erkannte, wozu er sich hatte hinreißen lassen. Er warf Hawkin einen entsetzten Blick zu, doch der erwiderte ihn nur mit der Gelassenheit eines alten Jägers, der darauf wartet, daß sein Opfer in Panik ausbricht. In seinem Blick lag weder Triumph noch Genugtuung, sondern nur die Gewißheit darüber, wie die Jagd ausgehen würde. Oberhalb der dunklen Linie seines Bartes wurde Tyler aschfahl im Gesicht, und er hielt das Glas so fest umklammert, daß das Weiße unter seinen Fingerknöcheln hervortrat. Das einzige Geräusch im gesamten Raum was das leichte Plätschern des Whiskys in Hawkins Glas, den er unablässig schüttelte, während er abwartete.

«Ich ... Sie wollen ... Sie können doch unmöglich glauben ...» Kate fand, der Mann hätte nicht viel schlimmer aussehen können, wenn jemand ihm einen seiner juwelenbesetzten Dolche in den Bauch gerammt hätte.

«Was denn?» fragte Hawkin geduldig.

«Sie können doch unmöglich annehmen, daß ich etwas mit der Sache zu tun habe?» sagte Tyler in rauhem Flüsterton.

«Kann ich das nicht?»

«Das können Sie unmöglich ernst meinen.»

«Nein?»

«Warum sollte ich so etwas tun?»

«Warum sollte überhaupt irgend jemand so etwas tun, Mr. Tyler? Sie haben mir gerade etwas geliefert, was man als Motiv auslegen könnte – oder nicht? Dies hier ist Ihr Land, und Sie wissen über das Kommen und Gehen der Leute hier besser Bescheid als jeder andere – oder nicht? Können Sie mir also einen Grund nennen, Mr. Tyler, warum ich nicht die Möglichkeit in Betracht ziehen sollte, daß Sie, wie Sie es ausdrückten, ‹etwas mit der Sache zu tun haben›?»

Tyler starrte Hawkin an und suchte in seinem Gesicht nach etwas anderem als freundlicher Neugierde und der Andeutung von stählerner Härte, die er erst jetzt wahrnahm. Er sah zu Kate hinüber, fand aber auch dort keine Hilfe. Dann wandte er sich unvermittelt ab und sah ins Feuer. Eine Minute verstrich, dann die zweite, während die beiden dasaßen, auf seinen Rücken starrten und das Spiel seiner Kinnmuskeln beobachteten.

Plötzlich ließ er den Arm nach vorne schnellen, und das Glas zersprang mit einem Aufblitzen blauer Flammen im Feuer. Er sprach leise, und vor Wut kamen die Worte wie abgehackt aus seinem Mund.

«Warum mußte er ausgerechnet zu uns kommen mit seinem widerwärtigen Schmutz? Dies ist mein Land. Mein Land! Und all dieses Kranke herzubringen und uns derart zu besudeln! Nie mehr werde ich den Weg hinaufgehen können, ohne das letzte Kind vor mir zu sehen, ohne an das erste zu denken, an den Gestank ...» Er konnte nicht weitersprechen, mit einer Hand hielt er sich am Kaminsims fest. Kate und Hawkin warteten ab.

Vom Flur her hörte man Schritte, und dann klopfte jemand an der Tür. In Hawkins Gesicht blitzte eine kurze Wut auf, und kurz darauf drehte Tyler sich um. Er war feuerrot, aber sein Zorn war verraucht. Er machte den Eindruck, als sei er ebenso verärgert wie erleichtert über diese Störung.

«Ja?»

«John?» Die Tür ging auf, und die große Frau mit dem freundlichen Gesicht und den maisfarbenen Zöpfen, die Kate das Essen gebracht hatte, steckte den Kopf herein. «Tut mir leid, daß ich so hereinplatze, aber Jenny Cadena bekommt ihre Wehen. Die Fruchtblase ist geplatzt, und das Baby kommt bestimmt, bevor sie wieder zu Hause sein kann. In welches Zimmer sollen wir sie bringen?»

«Aber sie ist doch eigentlich noch gar nicht soweit, oder?»

«Zwei Wochen zu früh.»

«Wie wäre es mit dem grünen Zimmer?»

«Da ist das Bett zu weich. Ich dachte entweder an das Quilt-Zimmer oder an Alices Zimmer.»

«Das Quilt-Zimmer ist besser. Auf der Hausseite hält sich im Erdgeschoß niemand auf. Aber sei doch so nett und bezieh vorher das Bett frisch. Hast du die Hebamme angerufen?»

«Sie ist in einer Stunde da, und jetzt ist Terry bei Jenny. Tut mir leid, daß ich dich damit belästigen muß.»

«Ist schon in Ordnung, mein Herz. Wenn wir hier fertig sind, schaue ich kurz vorbei und sehe nach, wie es euch geht. Es ist schön, daß mal wieder ein Baby hier im Haus auf die Welt kommt. Ist schon eine ganze Weile her.»

Sie lächelte ihn liebevoll an, nickte dann Hawkin und Kate vage zu und schloß die Tür.

«Wäre es nicht besser, Sie brächten sie in ein Krankenhaus?» fragte Hawkin.

«Aber nein, ihr passiert schon nichts. Das ist schon ihr viertes, und sie hat noch nie irgendwelche Probleme gehabt. Eine ganze Anzahl von Frauen sind schon zur Entbindung hier heruntergekommen. Dann müssen die Hebammen nicht den ganzen Weg hinauf, und man hat die Sicherheit, daß es hier Telefon gibt und der Highway in der Nähe ist, falls doch etwas schiefgehen sollte. Bisher ist aber immer alles gutgegangen, toi toi toi.» Dabei schnippte er leicht mit dem Fingernagel gegen die Holzvertäfelung. «Aber die Geburt geht leichter, wenn sie wissen, daß man Hilfe holen kann.» Er war jetzt wieder ruhig und sah Hawkin fest in die Augen. Die Unterbrechung hatte dafür gesorgt, daß er sich wieder völlig in der Gewalt hatte, und unwillig sah Hawkin ein, daß an diesem Tag mit weiterem Druck nichts mehr zu erreichen war. Doch immerhin hatte er sein Hauptziel erreicht. Damit mußte er sich zunächst einmal zufriedengeben. Er fing mit einem anderen Thema an.

«Können Sie mir sagen, wer heute nicht da ist?»

«Aus dem Kopf fallen mir etwa ein halbes Dutzend Leute ein. Natürlich der alte Peterson. Der kommt nur einmal im Jahr von den Bergen herunter, und zwar zu Weihnachten, um seine Mutter zu besuchen. Dann bleibt er bis Ende Januar. Sonst ist er nie hier unten.»

«Sein voller Name?» fragte Kate, die den Stift bereits gezückt hatte.

«Bernie oder so ähnlich. Um die Wahrheit zu sagen, müßte ich erst nachschauen.»

«Das wäre hilfreich. Wer noch?»

«Vaun Adams. Tommy hat es ihr bestimmt gesagt, aber vermutlich malt sie gerade. Ben Riddle ist für ein paar Tage in San Francisco. Und ich glaube, Tony Dodson hat im Moment gerade irgendwo einen Job, vielleicht kommt er heute abend oder morgen früh zurück. Susanna Canani ist mit ihren Kindern in Florida. Hari Benson habe ich nicht gesehen, und seine bessere Hälfte Ursula auch nicht.» Er dachte einen Moment nach und zuckte dann die Achseln. «Vielleicht gibt es noch ein oder zwei andere. Wenn Sie mir wieder einfallen, sage ich Ihnen Bescheid.»

«Führen Sie genau Buch über Ihre Pächter?» fragte Kate. Er lachte.

«Machen Sie Witze? Die Hälfte der Kinder hier hat keine Geburtsurkunde, und von den Erwachsenen auch nur wenige. Viele von ihnen legen großen Wert darauf, daß sie kein Bankkonto, keine Sozialversicherungsnummer, keinen Führerschein und keinen Eintrag ins Wählerverzeichnis haben – beileibe nicht alle, aber es gibt hier eine Handvoll Anwohner, die größere Puristen sind – oder Fanatiker, wenn Ihnen das besser gefällt –, als ich selbst es mir leisten kann.»

«Kommt mir vor, als hätten sie hier ein paar Leuten Tür und Tor geöffnet, die vielleicht gar nicht so nett sind.»

«Ich weiß nicht, ob genaue Informationen über die Vergangenheit bestimmter Leute eine Versicherung gegen diese Vergangenheit sind. Wissen Sie, wir lassen nicht einfach jeden hier herein. Dies ist der einzige Ort auf der Welt, wo jeder über zwölf mitreden darf, ob wir eine betreffende Person nach einer viermonatigen Probezeit aufnehmen. Dreiviertel der Bewohner müssen einer Bewerbung zur Anwohnerschaft zustimmen, oder die betreffende Person geht wieder. Ich kann mein Veto gegen jemanden einlegen, aber einen ablehnenden Beschluß von ihnen kann ich nicht rückgängig machen. Bislang hat das immer gut geklappt. Einmal haben wir ein Paar abgelehnt, und ein paar Wochen später fand ich heraus, daß sie wegen einer Messerstecherei verhaftet worden waren, die ein Jahr zuvor in Arizona stattgefunden hatte. Irgend etwas stimmte nicht mit ihnen, und nach vier Monaten waren wir uns dessen sicher.»

«Haben Sie keine Probleme mit der Countyverwaltung, dem Finanzamt und so weiter?» fragte Kate.

«Ich beschäftige zwei Anwälte, die alle meine Angelegenheiten regeln. Ich sage ihnen, was ich vorhabe, und sie sagen mir, wie es geht.»

«Ihre Namen, bitte», bat Kate und fügte sie der wachsenden Liste hinzu.

Hawkin blickte einen Moment lang finster auf sein Glas.

«Es wird sich erst noch erweisen müssen, ob Ihre Auslesemethode wirklich hundert Prozent sicher ist, Mr. Tyler. Sagen Sie, warum glauben Sie, daß die Leichen hier auf den Weg gebracht wurden? Warum glauben Sie, daß diese Person Sie ‹mit diesem Abschaum belästigt› hat?»

«Bei Gott, ich wünschte, ich wüßte es. Man könnte das Gefühl haben ... ich habe das Gefühl, daß jemand mir persönlich übel will. Ich weiß, daß das eigentlich lächerlich ist, und ganz sicher würde ich den Eltern der Kinder so etwas nie sagen, aber das ist mein Gefühl. So als wenn es jemand auf mich abgesehen hätte und mir deshalb tote Kinder vor die Haustür legt. Ich weiß natürlich, wie absurd und egozentrisch das klingt, aber ich kann nichts dagegen machen. Und natürlich fällt mir niemand ein, der mir so etwas zufügen würde. Gott weiß, daß ich überlegt und überlegt habe.»

«Mr. Tyler, da gibt es noch etwas, was mir Kopfzerbrechen macht. Vielleicht können Sie etwas Licht in die Sache bringen. Wenn der Mörder nicht wollte, daß die Leichen gefunden wurden, hätte er sich zwischen hier und der Bay Area tausend bessere Verstecke aussuchen können. Wenn er aber wollte, daß sie gefunden wurden, ist seine Methode doch ein bißchen unsicher. Haben Sie dazu irgendeine Idee?»

«So unsicher war es gar nicht. Mit Sicherheit wäre die letzte Leiche spätestens in ein oder zwei Tagen gefunden worden. Es ist ein relativ gut ausgebauter Abschnitt auf dem Weg, und das Gelände ist ziemlich offen. Und selbst das Mädchen, das sie am Creek gefunden haben, wäre früher oder später gefunden worden. Es ist ein öffentlicher Fußweg, der von einem öffentlichen Strand heraufführt, und selbst um diese Jahreszeit wird er regelmäßig benutzt. Ich mußte sogar einen Zaun um den Creek herum bauen, um die Leute draußenzuhalten. Wenn das Wetter schlecht gewesen wäre, hätte er möglicherweise länger gehalten.» Gequält verzog er das Gesicht und lachte dann kurz und verzweifelt auf. «Mein Gott, was für ein makabres Gespräch.»

«Ja. Sie hatten doch an diesem Abend eine Versammlung, nicht wahr – an dem Abend, als Amanda Bloom gefunden wurde?»

«Ja, von acht Uhr bis ungefähr ein Uhr nachts. Es war eine spontane Versammlung, oder jedenfalls sollte sie nicht hier stattfinden. Aber in dem Haus, wo wir uns ursprünglich treffen wollten, hatte eines der Mädchen Windpocken bekommen, also trafen wir uns statt dessen hier.»

«Es war eine politische Versammlung, nicht wahr?»

«Sozusagen. Eine Gruppe von Grundstückseignern an der Küste, die sich gegen die Ölbohrungen vor der Küste wehren. Ich habe Trujillo bereits ihre Namen gegeben.»

«Und niemand hat etwas gesehen.»

«Er muß unsichtbar sein. Niemand hat ihn irgendwo gesehen.»

Dies war eine Ansicht, die Kate schon einmal gehört hatte.

Tyler drückte sich plötzlich vom Kamin weg und ging zum Schrank, um sich einen neuen rauchfarbenen Drink einzugießen. Kate und Hawkin beobachteten ihn geduldig. Er nahm zwei Schluck und durchwanderte einmal den Raum, bevor er wieder sprach.

«Ich selbst hätte sie am 1. Dezember gefunden, wenn ich hiergewesen wäre. Jedes Jahr am 1. Dezember reite ich nämlich den ganzen Weg hinauf, und wenn ich zurückkomme, gebe ich eine Party für die Anwohner. Aber ich war nicht da, weil ich am 30. November überraschend nach Seattle fliegen mußte. Mein Onkel hatte einen Unfall gehabt, und ich war erst am 3. Dezember wieder zurück.»

«Ja, das haben Sie mir schon erzählt», sagte Hawkin. «Und dann sind Sie am nächsten Tag hochgefahren, stimmt's?» Kate sah, wie verstört Tyler reagierte. Sie fragte sich, warum ihn diese Frage so beunruhigte.

«Ich bin hochgeritten. Am 4. Und an dem Tag war sie nicht da, jedenfalls nicht am Weg. Aber sie muß direkt hinter dem Abhang gelegen haben ... Sie war nicht ... es war kalt gewesen», schloß er und nahm einen weiteren Schluck.

Hawkin machte einen höflich-skeptischen Gesichtsausdruck,

und nach einem Moment erkannte Kate, daß, obwohl die Indizien schon wochenlang auf dem Tisch lagen und Hawkin unten in der Versammlung unmißverständliche Worte gesprochen hatte, Tyler erst jetzt der unweigerlichen Schlußfolgerung ins Auge zu sehen vermochte, daß jemand, der an seinem Weg wohnte, für den Tod der drei Mädchen verantwortlich war.

«Und alle, die am Weg wohnen, kannten Ihre Gewohnheit, am 1. Dezember auf diesem Abschnitt des Weges unterwegs zu sein. Es ist also nicht ganz unwahrscheinlich, daß, wer auch immer sie dort hingelegt hat, wollte, daß Sie sie finden.»

«Ich ... nehme es an. Und das bedeutet, daß der, der das getan hat, sich den Weg nicht einfach nur auf der Karte ausgesucht hat.»

«Nein, Mr. Tyler, ich glaube, darauf können Sie wetten.» Hawkin goß sich die letzten Tropfen aus seinem Glas in den Mund und setzte es dann behutsam auf den Tisch. Es dauerte nicht mehr lange, bis die Vernehmung beendet war. Es ging nur noch darum, einen Schlüssel für die Tore und ein Zimmer für Trujillo sowie eines zum Übernachten zu bekommen und anhand der Eintragungen in Kates Notizbuch eine Liste der Informationen anzufertigen, die sie noch brauchten. Gemeinsam gingen sie die Treppe hinunter, doch auf dem Treppenabsatz zum zweiten Stock trennte Tyler sich von ihnen, um bei seiner privaten Entbindungsstation vorbeizuschauen. Hawkin lehnte sich an die Wand und zündete sich eine Zigarette an.

«Was halten Sie bis jetzt davon?»

«Von Tyler?»

«Von allem.»

Kate dachte einen Augenblick nach.

«Ist Ihnen aufgefallen, daß der einzige, der hier eine Armbanduhr trägt, Tylers hausfrauliche Freundin mit den blonden Zöpfen ist?»

Hawkin machte ein überraschtes Gesicht und fing dann leise an zu lachen. Sein ganzes Gesicht veränderte sich, er sah plötzlich viel jünger aus.

«Sehr gut, Casey. Nein, das habe ich nicht bewußt wahrgenommen. Die Kastellanin mit der Uhr und den Schlüsseln zum Vorratsspeicher, wie?»

«Es ist mir nur aufgefallen, weil ich dachte, die Uhr ginge nach, und als ich es nachprüfen wollte, fand ich sonst keinen, der eine hatte. Danach habe ich angefangen, mir die Handgelenke anzuschauen. Vielleicht haben sie ja alle Taschenuhren, Armbanduhren jedenfalls nicht.»

«Interessant.»

«Und was Tyler betrifft: Er war total entsetzt, als Sie ihn mit den Morden in Verbindung gebracht haben, aber es sah nicht aus wie Schuldbewußtsein oder Angst. Eher wie echte Wut. Allerdings wünschte ich mir, ich hätte sein Gesicht sehen können.»

«Mmm», war alles, was Hawkin dazu zu sagen hatte. Eine Minute später verließen sie Tylers Elfenbeinturm und stürzten sich wieder ins Getümmel.

6. Kapitel

Zwei Stunden und mehrere Vernehmungen später rückte Kate ihren Stuhl zurück, fuhr sich mit beiden Händen durchs Gesicht und stellte sich draußen in die Warteschlange zur Toilette. Als sie an ihren Schreibtisch zurückkehrte, kam eine Hand aus der Küchentür und reichte ihr einen dampfenden Becher heraus, und Kate vergrub ihre Nase in dem frischen Kaffeegeruch, der ihre Lebensgeister wieder weckte. Sie trug den Becher durch das bevölkerte Wohnzimmer hinaus auf die lange, überdachte Veranda, wo die frische Luft nach Salz und Bäumen und dem Regen roch, der auf das Dach tröpfelte. Ein Haufen nasser Hunde kam schwanzwedelnd herbeigelaufen, und als Kate von ihnen nichts wissen wollte, stießen sie einander die Schnauzen in die Flanken.

Irgendeine aufmerksame Seele hatte eine Segeltuchplane über die Rosenstocklaube gelegt, und als der wachhabende Polizist hörte, daß die Haustür geschlossen wurde, spähte er zu ihr herüber und hob grüßend seinen eigenen dampfenden Kaffeebecher. Dann trat er zurück in seinen Unterstand. Hinter seinem behelfsmäßigen Regendach konnte sie eine Reihe kunstvollerer Zelte und Markisen sehen, die die Presseleute aufgebaut hatten, einige davon in grellbunten Farben, so daß der Flecken jenseits des Weges allmählich wie ein nobles Zigeunerlager aussah. Sie hörte Stimmengemurmel, und nach einer Weile überwand sie allmählich ihre Lethargie, um zum Ende der Veranda zu gehen, von wo aus sie einen unversperrten Blick auf die Zeltstadt hatte.

Hawkin war dort und sprach mit den Fernsehleuten. Er sah genauso aus, wie man sich einen richtigen Kriminalbeamten vorstellte – im Trenchcoat, den unvermeidlichen Filzhut in der Hand. Er wandte ihr den Rücken zu, aber sie sah, daß er breitbeinig und mit durchgedrücktem Kreuz dastand. Seine wenigen Gesten wirkten sehr kontrolliert. Jetzt drehte er ein wenig den Kopf, um sich eine Frage anzuhören, und Kate sah, daß er mit heftigem Kopfschütteln reagierte und sein Mund sich zu einem «Nein» formte, bevor er sich wieder abwandte, um die nächste Frage zu beantworten. Seine Schultern, die sich jetzt bei einer Geste seiner unsichtbaren Hände bewegten, hingen ein ganz klein wenig herab. Ein paar Sekunden später setzte er seinen Hut auf und wandte sich wieder dem Haus zu – ganz der engagierte Polizist, der wieder an die Arbeit mußte. Die Reporter blieben noch stehen, bis er wieder am Tor war, und liefen dann auseinander.

Die hängenden Schultern fielen jetzt, wo er auf dem mit Steinplatten belegten Gehweg erschien, noch mehr auf. Er erreichte den Schutz der überdachten Veranda und fingerte an seinem Gürtel und den Mantelknöpfen herum, bis er schließlich ein riesiges, zerknittertes Taschentuch hervorgeholt hatte, mit dem er sich wie mit einem Handtuch Gesicht und Hände trocknete. Dann steckte er es in die Tasche zurück und zog seinen nassen Mantel aus. Als er Kate in ihrem stillen Eckchen stehen sah, grinste er.

«Ich hoffe inständig, daß das da Kaffee ist und nicht irgendein Kräutergebräu, das wie schmutziges Heu schmeckt», sagte er.

«Das ist Kaffee, frisch gekocht und so stark, daß der Löffel in der Tasse steht. Soll ich Ihnen eine Tasse holen?»

«Nein, danke. Hier draußen ist es zu kalt, um in nassen Schuhen herumzustehen.» Er machte immer noch keine Anstalten, zur Tür zu gehen. «Wie läuft es?»

«Noch nichts, falls Sie das gemeint haben.»

«Es ist auch noch früh.»

«Kann ich Sie etwas fragen, Al?»

«Natürlich.»

«Wieviel von Ihrer Art, mit der Presse zu reden, ist inszeniert?»

«Inszeniert? Theater, meinen Sie? Ach, es ist doch alles nur ein Spiel. Die Jungs sind zwar an der Wahrheit interessiert, aber noch mehr an einer guten Geschichte. Man muß sie sich zwar vom Hals halten, aber auch wiederum nicht völlig – sie können einem nützlich sein. Und so übel sind sie auch gar nicht, jedenfalls die meisten von ihnen. Die machen auch nur ihren Job. Und wenn man sie ein bißchen mit Informationen füttert, haben sie den Eindruck, daß man sie mit einbezieht. Hier und da muß man eben eine kleine Vorstellung für sie geben, dann machen sie einem keine allzu großen Schwierigkeiten. Besonders nicht bei so einem Sauwetter. Alle ein oder zwei Stunden gehe ich nach draußen und tische ihnen allen möglichen aufregenden Blödsinn auf, aus dem sie sich eine Geschichte zusammenstricken können, und das hält sie bei Laune. An dieser Cadena und ihrem Baby haben sie ihre helle Freude. Einer hat mich sogar gebeten, ihr zu sagen, daß sie sich hundert Dollar verdienen kann, wenn es bis Redaktionsschluß auf der Welt ist.»

«Und was haben Sie ihm geantwortet?»

«Ich habe gesagt, sie werde sich alle Mühe geben. Außerdem habe ich angekündigt, daß Sie nachher herauskommen und mit ihnen reden. Dann habe ich wenigstens Gelegenheit, meine Schuhe zu trocknen.»

«Sie werfen mich den Wölfen zum Fraß vor?»

«Tyler würde sagen, ich stimme die Götter gnädig ...»

«Was für ein Gefühl haben Sie? Ich meine, bei dem Fall?»

«Es ist noch zu früh, um ein Gefühl zu haben, aber ich habe trotzdem kein gutes Gefühl. Und außerdem habe ich verdammt kalte Füße. Zurück an die Arbeit, Martinelli.»

Um 16.37 Uhr holte die Hebamme eine kleine Amanda Samantha Christina Cadena-Panopoulos auf die Welt, und als sämtliche Onkel und Tanten, Cousins und Cousinen ehrenhalber vom ersten Stock den kurzen, entrüsteten Schrei hörten, jubelten und küßten sie einander und schlugen sich gegenseitig auf die Schultern. Um 16.50 Uhr gingen Kate und Bob Fischer hinaus, um den wartenden Reportern ein grobkörniges Foto von Mutter und Tochter zu präsentieren (und sich die hundert Dollar geben zu lassen), und in den Sechs-Uhr-Nachrichten sahen zwei Großelternpaare ein Bild ihrer jüngsten, noch völlig nassen und verschrumpelten Enkeltochter. Um 18.30 Uhr wurde dem letzten Anwohner die letzte Frage gestellt. Um 21.30 Uhr setzte Kate Hawkin am Revier ab und fuhr ins Schwimmbad, um zwanzig Minuten zu schwimmen. Um 22.30 Uhr betrat sie mit klarem Kopf ihr Büro, und die nächsten zwei Stunden verbrachten sie damit, die Papierflut zu sortieren. Um ein Uhr fiel Kate endlich ins Bett – und um 5.45 Uhr klingelte am nächsten Morgen das Telefon.

Sie schlug mit der Hand auf den Hörer, griff tastend danach, ließ ihn fallen, zog ihn vom Boden hoch und schaute blinzelnd auf die Leuchtzeiger ihres Weckers. Bevor sie irgendeinen verständlichen Laut von sich geben konnte, mußte sie sich erst räuspern.

«Ja.»

«Casey, bringen Sie doch heute morgen von unterwegs ein paar Doughnuts mit, ja? Der Kaffee läuft schon durch, aber der Laden war noch nicht offen, als ich dort vorbeikam.»

«Doughnuts?!»

«Mit Schokoguß, wenn sie die haben.»

«Doughnuts mit Schokoguß.»

«Ja, oder irgendwelche anderen, die lecker aussehen. Bis dann», sagte er fröhlich, und im nächsten Moment war die Leitung tot.

Kate legte den Hörer so vorsichtig auf wie jemand, der einen fürchterlichen Kater hat, wandte sich dann zu dem einen Auge um, das sie vom Nachbarkissen aus finster anfunkelte, und wiederholte die Worte noch einmal ganz langsam.

«Doughnuts – mit – Schoko – guß.»

Das Auge wurde zusammengekniffen, dann geschlossen und wieder unter der Bettdecke verborgen. An diesem Morgen machte Kate sich ihren Toast selbst.

Dieser Tag gehörte ganz den Computern, jenen nimmermüden Arbeitstieren, in deren Fänge man die Lebensgeschichten von Kriminellen, Opfern und Normalbürgern fallen läßt. Kates Schritte hallten in den noch totenstillen Fluren wider, und als sie in Hawkins Büro trat, schlug ihr dicker Zigarettenqualm und säuerlicher Kaffeegeruch entgegen. Sie warf die fettige Tüte auf den Schreibtisch, schob ein Fenster hoch und ging dann hinüber, um die Kaffeekanne zu inspizieren. Sie enthielt eine absonderliche grünliche Flüssigkeit, die keinen glücklichen Start in den neuen Tag verhieß. Also setzte Kate eine neue Kanne auf, lehnte dankend das freundliche Angebot eines Doughnut ab und setzte sich an den Computer. Als sie den Stapel der Vernehmungsunterlagen vom Vortag sah, kam ihr der eigene Kopf kaum anders vor als so ein kalter, fettiger Teigkloß.

«Wo soll ich anfangen?» fragte sie.

«Ist Ihnen überlassen», gab der krümelige Mund zurück. «Alphabetisch, geographisch, die Wurfpfeilmethode ... oder lassen Sie sich von Ihrem Gefühl leiten. Das funktioniert alles gleich schlecht.»

«In diesem Fall werde ich mit einem letzten Rest von Logik vorgehen, bei Tyler anfangen und mich von dort aus den Weg entlang nach oben vorarbeiten.»

«Und warum nicht anders herum?»

«Vom oberen Ende des Weges? Warum denn das?»

Er zuckte die Achseln. «Wenn man nach dem größten Lumpen sucht, sollte man vielleicht ganz am Rand der Zivilisation anfangen?»

Kate musterte ihn angestrengt, konnte aber nicht sagen, ob er nur Spaß machte.

«Kompromißvorschlag: fünf von oben, fünf von unten.»

Einen ganzen langen Tag lang arbeitete Kate daran, die Informationen herauszufiltern, die das elektronische Netzwerk über die siebenundfünfzig Erwachsenen und neunzehn (mittlerweile zwanzig) Minderjährigen hatte, die an der Tyler's Road wohnten.

Hawkin klemmte sich einen Großteil des Tages den Telefonhörer unters Kinn, und als das nichts brachte, stürzte er sich auf die Lektüre der zusammengetragenen Berichte und Computerausdrucke, machte sich Notizen und starrte dann wieder abwesend aus dem Fenster. Am frühen Nachmittag verschwand er, und als er nach drei Stunden wieder auftauchte, war er rasiert, trug ein frisches Hemd und sah ausgeruht aus.

Um 17.30 Uhr rief Trujillo an. Er hatte die Aussagen von dreien der Anwohner, die nicht bei Tyler gewesen waren, und die Namen der restlichen acht. Hawkin brüllte ihn an.

«Was haben Sie eigentlich die ganze Zeit über getrieben? Sie hätten schon vor Mittag alle elf haben müssen, selbst wenn Sie dafür den ganzen Weg zu Fuß hätten hochlaufen müssen! Was haben Sie? Meine Güte! Ja, ich habe davon gehört, aber ich habe nicht gewußt, daß man Ihnen die Sache übergeben hat. Tut mir leid, daß ich Sie angeschrien habe. Ja, geben Sie sie mir jetzt durch, wenigstens in groben Zügen.» Die folgenden zehn Minuten grunzte Hawkin in den Hörer und kritzelte Notizen hin. Schließlich legte er auf und lehnte sich zurück. «Die Hälfte von Trujillos Männern ist unten im San Benito County bei diesem schießwütigen Kerl, der seine Kinder wiederhaben will.» Ein aufgebrachter Vater hatte sich mit einem Gewehr in einem Bürogebäude verschanzt und verlangte, daß seine Exfrau ihm die beiden Söhne auslieferte – eine Situation, die die Polizei immer viel Zeit und alle verfügbaren Mitarbeiter kostete. «Na ja, wenigstens ist dadurch erst einmal die verdammte Besprechung mit dem FBI und der halben Polizei von Nordkalifornien vom Tisch. Füttern Sie diese Namen in den Computer und gehen Sie dann nach Hause.» Hawkin nahm einen Stapel Unterlagen und setzte sich wieder an seinem Schreibtisch zurecht, mit der neunzehnten Tasse Kaffee an diesem Tag. «Gehen Sie nach Hause, Martinelli. Morgen fahren wir selbst dort hinaus.»

Am Donnerstag morgen ließ das Telefon sie bis sechs Uhr schlafen, bevor es sie aus einem wohligen Traum riß, in dem sie auf dem Deck eines Kreuzfahrtschiffes saß, Spaghetti aß und einem kleinen Mädchen zuschaute, das mit einer Windmühle spielte. Plötzlich fing das Kind zu plärren an, und es dauerte eine ganze Weile, bis Kate begriff, daß das Plärren vom Telefon kam.

«Ja!»

«Martinelli, ich brauche Sie hier. Seit zehn Minuten.»

«Verpiß dich!» fauchte sie, aber er hatte schon aufgelegt.

«Ich habe doch gewußt, daß wir besser ins Bett hätten gehen sollen, anstatt uns den Spätfilm anzusehen.» Heute morgen war die gedämpfte Stimme nicht einmal mehr von einem einäugigen Blick begleitet. Man sah nur noch eine unförmige Masse unter der Bettdecke.

«Wir sehen uns dann im Fernsehen», erwiderte Kate.

«Du hast niedlich ausgesehen.»

«Ich habe mir vor Angst fast in die Hose gemacht.»

«Einfach allerliebst, wie du das Bild von diesem Baby vorgezeigt hast.»

«Halt's Maul.»

«Was ist los, Al? Was ist passiert?» fragte sie, als sie in sein Büro kam.

«Nichts ist passiert. Ich gehe für zwei Stunden nach Hause, und Sie müssen für mich das Telefon bewachen, falls sich irgend etwas tut. Falls Trujillo anruft, sagen Sie ihm, daß wir gegen Mittag da sind.» Er stand auf und griff nach seinem Jackett.

‹Dafür haben Sie mich angerufen und mich hierherrasen lassen›, wollte sie sagen. ‹Warum können Sie nicht zu normalen Zeiten ins Bett gehen? Und haben Sie noch nie etwas davon gehört, daß man Telefongespräche auch weiterleiten kann, verdammt noch mal?› Aber sie schluckte es hinunter und fragte statt dessen nur: «Gehen Sie eigentlich nie nach Hause?»

«Doch, wenn ich nicht gerade an so einem Fall arbeite.»

Kate unterdrückte ihre eigenen Schuldgefühle, daß sie sechs Stunden Schlaf bekommen hatte, und wandte sich gereizt dem Computer zu. Eineinviertel Stunden hatte sie vor sich hin gearbeitet, als auf dem Bildschirm ein paar Wörter erschienen, die sie hochfahren und ihr Herz wie wild klopfen ließen. Sie sah zum Telefon und konnte sich das hämische Grinsen nicht verkneifen, das sich jetzt auf ihrem Gesicht breitmachte.

Nach dem fünften Klingelzeichen wurde der Hörer abgenommen, und es vergingen endlose Sekunden, bis ein Geräusch schwerfälligen Atmens verriet, daß er am Ohr angekommen war. Hawkins Stimme war schlaftrunken, aber Kate ignorierte einen weiteren kleinen Gewissensbiß.

«Hawkin am Apparat.»

«Al? Hier ist Casey. Ich habe gerade etwas reinbekommen, was Sie, glaube ich, sehen sollten. Sofort.» Sachte hängte sie ein. Rache ist süß, dachte sie.

Als er hereinkam, telefonierte sie gerade. Sie sah, daß er es aufgegeben hatte, sich noch zu rasieren. Sie reichte ihm einen dicken Packen Computerausdrucke. Aus den Augenwinkeln beobachtete sie, wie er sich eine Tasse Kaffee eingoß und seinen Blick schnell über das Endlospapier gleiten ließ. Sie hängte ein und drehte ihren Schreibtischstuhl in seine Richtung.

«Tut mir leid, daß ich Sie aufgeweckt habe.»

«Schon in Ordnung. Ein ganz schöner Haufen von Gaunern, wie? Besitz von Marihuana, LSD und Meskalin, Verhaftung im Diablo Canyon, Urinieren in einem öffentlichen Gebäude, Fahnenflucht und unehrenhafte Entlassung, psychiatrische Klinik. Wirklich eine nette Nachbarschaft.»

«Aber kaum Gewaltverbrechen. Bei Nummer vierzehn einmal sechs Monate Jugendstrafe wegen tätlichen Angriffs auf einen Lehrer, und Nummer siebenundzwanzig hat unter Alkoholeinfluß auf eine Reklametafel geschossen. Aber angerufen habe ich Sie wegen Nummer vierundfünfzig; ist eben erst reingekommen.»

Er blätterte die Seiten durch, bis er auf den Namen Siobhan Adams stieß: ledig, weiblich, weiß. Er überflog die ersten Zeilen, und dann wanderten seine Augen plötzlich langsamer. Kate sah, wie seine Lippen sich beim Lesen leicht mitbewegten. Er schloß die Augen.

«Herrgott noch mal, warum haben wir das nicht vor vierundzwanzig Stunden gehabt?»

«Es ist einer von den Namen, die Trujillo uns gestern abend

durchgegeben hat. Der Name hat ein bißchen für Verwirrung gesorgt, und ihren richtigen habe ich erst vor einer Stunde von Tylers Anwalt erfahren. Alle kennen sie nur als Vaun, aber das war eine Sackgasse.»

«Vaun. Vaun Adams. Detweiler hat sie erwähnt. Eine Künstlerin, hat er gesagt. Ich wette, sie malt Jungfrauen in Schlössern und Zauberbäume. Wie sind Sie von Vaun auf Siobhan gekommen?» Den letzten Namen sprach er dreisilbig aus.

«Richtig spricht man es *Zhi-von* aus – es ist ein alter irischer Name. Ich habe Trujillo gesagt, seine Leute sollen sie aufhalten, wenn sie versucht abzuhauen, daß sie sie ansonsten aber in Ruhe lassen sollen. War das richtig?»

«Goldrichtig. Sehen wir zu, daß wir hinkommen.»

Er warf den Computerausdruck auf seinen Schreibtisch. Kate schnappte sich ihre Waffe und ihre Jacke und eilte ihm durch den Flur nach. Der Ausdruck lag mit der Schriftseite nach oben, und dort stand in anonymen Nadeldrucker-Buchstaben: Siobhan Adams, Alter: sechsunddreißig, Familienstand: ledig, Geschlecht: weiblich, Hautfarbe: weiß, mit achtzehn Jahren verhaftet wegen Mordes durch Erwürgen an der sechsjährigen Jemima Brand.

Sie war verurteilt worden, hatte neuneinhalb Jahre im Gefängnis gesessen und war dann auf Bewährung entlassen worden. Und sie wohnte weniger als zwei Meilen von der Stelle entfernt, an der man Samantha Donaldson gefunden hatte.

7. Kapitel

Vaun Adams wohnte in einem der wenigen Häuser am Weg, die tatsächlich wie ein wohnliches Heim aussahen und nicht wie ein Experiment oder Phantasiegebilde – trotz der glitzernden Sonnenkollektoren auf dem Dach und einer beinahe unwirklichen Atmosphäre völliger Schnörkellosigkeit. Es stand etwa eine halbe Meile oberhalb des Wegs auf einem Berg. Ein Fußpfad wand sich an Mammutbäumen entlang die Anhöhe hinauf und führte schließlich zu einer etwa zehntausend Quadratmeter großen Fläche mit Gemüsebeeten und Obstbäumen, die von einem hohen Maschendrahtzaun umgeben waren. In einigen Beeten wuchsen ein paar bereits schießende Salatköpfe, Rüben und Brokkoli, und ein Baum trug ein paar verfrühte weiße Blüten an den Ästen, doch die restlichen Beete waren ordentlich umgegraben und winterfest gemacht.

Das Haus paßte in diese Umgebung besser als der Garten, ganz so, als sei es unter Aufsicht der weisen alten Bäume einfach aus dem Boden gewachsen. Einfach, länglich, nur aus Holz und Glas. Der hintere Teil des Hauses war in den Hügel hineingebaut, so daß es trotz seiner beiden Stockwerke niedriger schien, als es war. Ein gleichermaßen eigenwilliges wie unaufdringliches Gebäude. Kate fragte sich, wo Vaun Adams wohl einen Architekten gefunden hatte, der ihrem Haus eine sensationelle «Handschrift» hatte aufdrücken wollen, und ob es bei Häusern wohl genauso war wie bei Kleidern, wo die schlichtesten und solidesten auch immer die teuersten waren.

An der Fensterfront im Obergeschoß erschien ein Gesicht, das sie beobachtete.

«Sie hat uns gesehen», bemerkte Hawkin.

«Den Radau von dem Lastwagen hätte sie ja wohl kaum überhören können.»

«Sieht irgendwie japanisch aus, finden Sie nicht?»

«Das Haus? Stimmt, jetzt wo Sie es sagen. Mir kam es nur erstaunlich einfach vor.»

Hawkin nickte. «Solide. Das hat bestimmt nicht der Typ gebaut, der dieses undichte Kuppeldach oder das Ding mit den Türmchen und diesen grotesken Figürchen verbrochen hat.»

Der Eingang lag versteckt unter dem vorragenden Obergeschoß. Neben der Eingangstür befand sich ein kleiner, mit Maschendraht bedeckter Teich, in dem ein paar farbenprächtige Zierfische schwammen. Hawkin griff nach der Klingelschnur, aber im selben Moment wurde die Tür auch schon geöffnet.

Mein Gott, wie schön sie ist, war Kates erster Gedanke, doch sofort danach dachte sie: Sie sieht aus wie eine von diesen lebenden Toten, die direkt in die Kamera schauten, nachdem man sie aus Dachau oder Buchenwald befreit hatte. Die seidigen schwarzen Locken der Frau fielen ein wenig zu lang auf die Schultern und umrahmten ein Paar auffallender, eisblauer Augen, die absolut nichts von den Gedanken preisgaben, die sich hinter ihrer Stirn verbargen. Sie hatte hohe, schmale Wangenknochen, eine blasse Hautfarbe und einen Mund, der, gemessen an ihrem übrigen Gesicht, ein wenig zu breit war. Ein dicker und weiter brauner Pullover mit melierten bunten Farbtupfern und einem Flecken blauer Farbe am Ärmel betonte die Zartheit des Körpers, den er umhüllte, und gab den Blick auf lange Hände mit kurzen, viereckigen Fingernägeln frei. An den langen Beinen trug sie weiche braune Kordhosen und an den Füßen Segeltuchschuhe. Jetzt trat sie von der Tür zurück und sprach die beiden mit tiefer, gleichmäßiger Stimme an.

«Ich habe mich schon gefragt, wann Sie mich wohl holen kommen.»

«Miss Adams?» Auch Hawkin schienen ihr Äußeres und ihre Worte zu erstaunen.

«Ja. Kommen Sie herein.»

«Sie haben uns also bereits erwartet.»

Sie schloß die Tür und wandte sich ihm zu. Ihre Augen waren so leblos und groß wie die einer Toten, aber um die Mundwinkel spielte ein Lächeln.

«Ach, kommen Sie, Inspector Hawkin. Wenn man nur ein paar Meilen vom Haus einer Frau entfernt, die wegen Mordes an einem kleinen Mädchen verurteilt wurde, drei tote Mädchen findet, dann müßte sie schon eine ziemliche Närrin sein, wenn sie darauf hoffen würde, daß die Polizei sich nicht für sie interessiert, oder? Ich rechne schon seit Wochen mit Ihnen.»

«Sie kennen meinen Namen?»

«Und auch den von Inspector Martinelli. Tommy Chesler war gestern abend hier und hat mir alles über Sie erzählt. Ich wollte gerade das Feuer anschüren und mir einen Kaffee machen, aber als ich Sie kommen hörte, dachte ich mir, ich warte lieber erst ab, ob Sie mich ‹zum Verhör› mitnehmen wollen. Ich gehe nämlich nicht gern aus dem Haus, wenn ich Feuer gemacht habe», fügte sie lapidar hinzu.

«Nein, machen Sie nur», sagte Hawkin. «Es sei denn, Sie haben vor, die Morde zu gestehen.» Kate hielt das für einen geschmacklosen Scherz, wenn er es überhaupt als Scherz gemeint hatte. Vaun Adams zeigte keine Reaktion, sie lächelte nur höflich und wandte sich um, um sie durch den dunklen Flur in ein geräumiges Wohnzimmer mit hoher Decke zu führen.

«Das ist nicht sehr wahrscheinlich. Sie möchten nicht zufällig auch einen Kaffee?»

«Vielen Dank, das wäre nett.»

«Sie brechen das Brot mit einer verurteilten Mörderin?» Vaun Adams lächelte humorlos und kniete sich hin, um zwei Holzscheite in den großen, freistehenden Ofen zu legen, auf dessen flacher Oberseite ein breiter Kessel stand.

«Sie haben für Ihre Schuld bezahlt, Miss Adams.»

Sie blieb stehen und sah ihn unter dem dichten Haar hinweg an, in der Hand einen vergessenen Holzscheit.

«‹Für meine Schuld bezahlt.› Diesen Satz habe ich schon seit Jahren nicht mehr gehört. Fast zehn Jahre meines Lebens habe ich für das Privileg bezahlt, wieder zu einer Gesellschaft gehören zu dürfen, die mich weder will noch mir traut. Ein ziemlich hoher Eintrittspreis.» Sie sprach in leicht amüsiertem Tonfall, so als hätte sie über einen lapidaren Widerspruch in einem Theaterstück gesprochen.

«Auch noch, wenn man sie mit dem Preis vergleicht, den Jemima Brand gezahlt hat?»

Hawkin lächelte milde, aber seine Augen blickten hart. Vaun Adams sah hinab zu dem Holzscheit in ihrer Hand und beendete ihre Arbeit. Sie öffnete die Abzugsklappe des Ofens, stand dann wieder auf und wischte sich die Hände ab.

«Nein, wenn ich wirklich diejenige gewesen wäre, die sie umgebracht hat, würde ich den Preis nicht für hoch halten. Aber mir ist natürlich auch klar, daß fast alle Schwerverbrecher behaupten, man hätte sie zu Unrecht verurteilt, also werde ich Sie damit nicht langweilen. Das hier dauert noch ein paar Minuten» – sie wies auf den Kessel –, «und ich bin sicher, Sie wollen in meinen Sachen herumschnüffeln. Ich gebe Ihnen die Erlaubnis dazu. Ich will noch nicht einmal wissen, ob Sie einen Durchsuchungsbefehl haben. Fassen Sie nur nicht die nasse Farbe auf den Leinwänden oben an und auch nicht die Kohlezeichnungen. Es gibt ein paar Zeichnungen, die ich noch nicht fixiert habe.»

Sie verschwand durch eine Schwingtür, die kurz den Blick auf die Spüle und den Küchenschrank freigab, bevor sie sich wieder schloß. Kate und Hawkin sahen einander an und zuckten die Achseln.

«Wollen Sie ‹herumschnüffeln›?» fragte Kate ihn.

«Ich glaube nicht, daß das viel Sinn hat. Aber ich würde mir gern das Haus ansehen.»

Abgesehen von den Beweisen, die sich hier vielleicht verbergen mochten, war das Haus auch so schon eine Besichtigung wert. Der Raum, in dem sie sich gerade befanden, strahlte eine unerhörte Ruhe und Schlichtheit aus. Über ihren Köpfen erstreckte er sich zwei Stockwerke hoch bis an die rohen Balken des Dachgestühls. Die Wände bestanden aus vertikal vertäfelten Redwooddielen, und den Boden bedeckten unglasierte Steinplatten. Die Wand links von Kate war eine reine Glasfront. Gegenüber erhob sich hinter dem freistehenden Holzofen (der mittlerweile einen angenehm wärmenden Kontrast zu dem tristen Grau bildete, das draußen herrschte) eine über sieben Meter hohe, ganz mit Redwoodholz getäfelte Wandfläche, die lediglich von den rechteckigen Konturen der Schwingtür zur Küche und einem breiten Gemälde unterbrochen wurde. Die einzigen Möbel waren einige dicke Orientteppiche mit außergewöhnlich schönen Mustern, eine Sitzgruppe mit einigen Sesseln und einem dazu passenden Sofa, zwei Couchtische und ein kleiner Schrank. Allerdings bestand die Rückwand des Hauses, vor der sie jetzt standen, in ganzer Breite aus Einbauschränken, von der Ecke bis zu einer Tür, hinter der (wie man bei einem Blick durch das Türfenster erkennen konnte) draußen ein Stapel Brennholz lag. Kate machte ein paar Schritte in den Raum, wandte sich dann um und sah nach, was sich oberhalb der Tür befand, durch die sie gekommen waren. Zu ihrer Überraschung stellte sie fest, daß der gesamte restliche Wohnraum des Hauses aus einer einzigen großen Galerie zu bestehen schien, die von dem unter ihr liegenden Wohnzimmer durch ein einfaches, hüfthohes Geländer getrennt war. Auf der gegenüberliegenden Seite standen zwei robuste Staffeleien. Verschiedene Leute, die an der Tyler's Road wohnten, hatten erwähnt, daß Vaun Adams malte, aber Kate hatte kaum erwartet, daß ihr Atelier ein Drittel eines sehr großzügig bemessenen Hauses in Anspruch nehmen würde.

Als sie sich wieder Hawkin zuwandte, entdeckte sie ein Gemälde über dem Holzofen. Eigentlich handelte es sich um ein Triptychon, drei Tafeln, die ein moosiges Flußbett darstellten. Mit einem Minimum an Pinselstrichen und einer fast monochromen Farbgebung aus Grau- und Grüntönen war es der Künstlerin gelungen, eine mysteriöse und gespannte Atmosphäre zu erzeugen. Mit einem trockenen Kommentar machte Kate Hawkin darauf aufmerksam.

«Sind wohl doch keine Einhörner und verträumten Jungfrauen. Wenn sie das selbst gemalt hat, dann ist sie sehr gut.»

Im Untergeschoß befanden sich noch drei weitere Räume. In Richtung Haustür befand sich rechts vom Flur Vauns Schlafzimmer. Eine Patchwork-Decke mit ausgefallenen Farben, die aus Hunderten von Einzelflicken bestand, war akkurat auf dem Doppelbett ausgebreitet. Auf dem Nachttisch standen eine elektrische Lampe und ein Wecker und auf der schmalen, brusthohen Kommode befand sich eine kleine graue Vase mit einem Strauß Trockenblumen. Ansonsten bestand der ganze Raum, auch die Wände, ausschließlich aus poliertem Holz. Nur über dem Bett hing ein kleines und sehr altes Gemälde: eine Jungfrau mit Christuskind. Kate zwang sich dazu, Schubladen und Schränke zu öffnen, eine Sache, die ihr immer schon zuwider gewesen war. Aber dort fand sie alles ebenso ordentlich vor. Trotzdem sah es nicht so aus, als hätte eine nervöse Hausfrau erst vor kurzem hier aufgeräumt, weil überraschend penibler Besuch ins Haus stand. Kate wußte, wie es aussah, wenn man in aller Eile verstreute Zeitschriften aufstapelte und alle sichtbaren Flächen abstaubte. Hier aber herrschte eine fast zwanghafte Ordnung, die neurotische Reinlichkeit einer Frau, die am Abend nicht zu Bett gehen konnte, wenn sie wußte, daß es irgendwo im Hause unordentlich war, aus Angst, sie könne des Nachts hinweggerafft werden und fremde Augen könnten dann ihres verderbten Lebenswandels ansichtig werden. Angesichts der schnurgerade ausgerichteten Schuhe auf dem Schrankboden hätte Kate schwören können, daß Vaun Adams niemals ihren Büstenhalter mit einer Sicherheitsnadel zumachte. War sie schon immer so gewesen, oder war sie es erst seit kurzem? Seit Dezember vielleicht? Kate schloß die Schranktür und ging über den Flur ins Badezimmer.

Nach dem asketischen Schlafzimmer kam ihr dieser Raum geradezu extravagant vor. Das Bad war in warmen Orange- und Brauntönen gekachelt, hatte einen farbenprächtigen Duschvorhang und eine farblich dazu passende Bademarte. Auch hier war die Ausstattung spärlich: zwei Handtücher und ein Waschlappen, Haarbürste, Kamm, Zahnbürste, Zahncreme, Seife, Shampoo und eine Nagelfeile, alles säuberlich aufgereiht. Keine Wasser- oder Rostflecken in der Badewanne, keine Seifenflecken auf den Hähnen oder dem Porzellan. Das einzig Verschwenderische war ein Hängeschrank voller Medikamente. Im oberen Regal Glasfläschchen mit drei Sorten Antibiotika, Aspirin, Tylenol, Bufferin sowie eine Kodein-Tylenol-Mixtur; ferner Hustensaft, ein halbes Dutzend Antihistamatika mit fluoreszierenden Warnaufklebern (eingeschränkte Fahrtüchtigkeit, nicht in Verbindung mit Alkohol einnehmen), eine Handvoll Nasensprays und Nasentropfen, Mittel gegen zuviel Magensäure, in Tropfenform und als Kautabletten, sowie Abführtropfen; sodann neun Fläschchen mit verschiedenen Vitaminen, ein Erste-Hilfe-Set gegen Schlangenbisse, Warzenentferner, drei kleine Fläschchen mit flüssiger Kohle und eins mit Brechwurzsirup gegen Vergiftungen. Auf dem unteren Regal Tuben mit antiseptischer Salbe, gegen Muskelschmerzen, Verbrennungen, jede Art von Stichen und Bissen sowie Sonnenbrand, gegen Gicht und Fußpilz, und schließlich noch ein kortisonhaltiges Breitbandpräparat. Nichts davon war verboten, und nichts hatte eine größere narkotische Wirkung als das leichte, rezeptpflichtige Kodeinpräparat, das schon ein halbes Jahr alt und erst zur Hälfte verbraucht war. Keine Beruhigungsmittel. Kate schloß lächelnd die Schranktür. Daß Vaun Adams eine Hypochonderin war, war der menschlichste Zug an der Malerin, den sie bislang hatte ausmachen können.

Kate öffnete die Schranktüren unter dem Waschbecken und durchforstete die Arzneibestände, die dort lagen, die meisten mit abgelaufenem Verfallsdatum. Sie stutzte, als sie zwei Einwegspritzen entdeckte, noch eingeschweißt und mit beigefügten Ampullen.

Argwöhnisch studierte sie das Etikett auf dem Glas und legte die Ampulle dann wieder zurück.

Ein paar Minuten verbrachte sie damit, sich die Namen verschiedener Ärzte und Apotheken zu notieren, dann schloß sie die Schubladen und Schranktüren und ging wieder in den Flur. Aus dem Zimmer links von ihr, gegenüber vom Wohnzimmer, drang ein Geräusch, dem sie folgte. Es war Hawkin. Er hatte die Hände in den Taschen vergraben und klimperte mit ein paar losen Münzen, während er sich die Wände des Zimmers anschaute, einer Mischung aus Arbeitszimmer und Bibliothek.

Eine Ecke des Raumes war für die nach oben führende Treppe ausgespart, darunter lag ein in einem seltsamen Winkel eingebautes Fenster. Hier drang bestenfalls am frühen Morgen einmal helles Licht herein. Das zweite, schmale und in Brusthöhe eingelassene Fenster durchmaß zwar die gesamte Länge des Zimmers, lag jedoch nur wenig über dem grasbewachsenen und hinter dem Haus ansteigenden Erdboden. Am frühen Morgen mochte dieses Zimmer vielleicht für kurze Zeit von der Sonne durchflutet werden, aber schon jetzt war es kaum noch hell genug, um hier wirklich vernünftig lesen zu können. Dennoch standen die Wände voller stabiler Bücherregale, nur unterbrochen von der Tür, den Fenstern, einem kleinen Eichensekretär und einem dazu passenden Aktenschrank.

Hawkin bedeutete Kate, die Tür zu schließen, und fragte sie dann, was sie gefunden habe.

«Sie ist eine sehr ordnungsliebende Frau; hat noch nicht einmal Haare im Kamm», erklärte sie. «Aber eine Schwäche hat sie trotzdem. In ihrem Badezimmer gibt es eine regelrechte kleine Apotheke, alles von Kopfschmerzen bis zu eingewachsenen Zehennägeln, mit einem Schwergewicht auf Nebenhöhlen und Lunge. Nichts Hartes, nichts Ungesetzliches. Ein paar Spritzen, aber die scheinen nur für eine Allergie gegen Bienenstiche zu sein. Wie steht es bei Ihnen?»

«Ein sehr ausgeprägter Musikgeschmack», berichtete er. «Auf jeden Fall sehr verschiedene Stile. Sachen zum Mitsingen, Folkmusik aus den Sechzigern, dann dieses Zeug, das immer unter der Rubrik Soft-Rock im Radio dudelt – Klangberieselung für Yuppies. Jede

Menge Streichquartette, überhaupt viel Klassik, Vivaldi, ein bißchen Haydn, alle Klavierkonzerte von Mozart, die beiden Goldberg-Variationen von Glenn Gould, lauter solche Sachen.» Kate nickte. Sie wußte, was er meinte, auch wenn sie nicht alles kannte, was er aufgezählt hatte. «Und dann Musik, von der man sich überwältigen läßt – gewaltige, berauschende Stücke, die einem den Atem verschlagen. Nicht weniger als vier verschiedene Aufnahmen von Verdis und drei von Mozarts *Requiem*. Eignet sich phantastisch, um seine Depressionen zu sublimieren und sich von Selbstmordgedanken abzulenken. Insgesamt drei Regale voll, und alles alphabetisch geordnet. Sollen wir uns einmal die Bücher anschauen?»

Kate wandte sich den Regalen zu und fragte sich dabei beklommen, ob Hawkins letzte Bemerkung womöglich persönliche Erfahrungen reflektierte. Auch bei den Büchern herrschte Ordnung: Hier die allgemeinen Kunstbücher, dort die über einzelne Künstler (alphabetisch geordnet); hier Psychologie, dort Romane. Die Kunstbibliothek nahm mindestens zwei Drittel der Regalfläche in Anspruch und stellte eine erhebliche Investition dar. Großformatige Bücher mit vielen Farbtafeln umfaßten die ganze Bandbreite von ägyptischer und primitiver Kunst bis hin zu Frankenthaler und de Kooning, mit einem Schwergewicht auf den europäischen Meistern des sechzehnten und siebzehnten Jahrhunderts. Alles teure, auf Hochglanzpapier gedruckte und seriöse Bücher, die Kate hier in der Tyler's Road nicht erwartet hätte. Einige blätterte sie durch, und bei zweien fand sie eine Widmung auf dem Vorsatzblatt. In dem Buch *Der künstlerische Prozeß: Rembrandt* stand: «In Liebe von Gerry», und ein sehr zerlesenes Exemplar von *Der Geist der Kunst* trug die Widmung: «Für meine liebe Nichte zu ihrem siebzehnten Geburtstag. Herzlichst, Dein Onkel Red.»

Am zweithäufigsten waren die Bücher über Psychologie, die von Textsammlungen aus der Universität (von denen Kate selbst noch zwei im Regal stehen hatte) über populärwissenschaftliche Allerweltspsychologie bis hin zu schwerverständlichen Fachbüchern reichten, deren Titel aus langen lateinischen Fremdwörtern bestanden und die von den düsteren Seiten des Wahnsinns zu handeln schienen.

Bei der eher dünn besetzten dritten Kategorie, die auf den Regalen hinter der Tür stand, handelte es sich um eine eklektische Auswahl an Belletristik: Doris Lessing und Dorothy L. Sayers, Elie Wiesel und Isak Dinesen, ein paar Updikes, der eine oder andere Steinbeck, ein paar von den frühen Stephen Kings. Einige Bücher waren für Kate alte Bekannte, von anderen hatte sie noch nie gehört, und irgendein spezifisches Auswahlkriterium konnte sie nicht erkennen.

Sie hatte nun einmal die Runde in dem Zimmer gemacht und stand neben Hawkin, der sich ein Konvolut aus einer Reihe zerlesener Gesetzestexte anschaute. Kate überflog das Nachbarregal, in dem lauter zierliche Bände standen, Lyrik mit kunstvollen Titeln von offenbar modernen Schriftstellerinnen. So etwas war für Kate im wahrsten Sinne des Wortes ein Buch mit sieben Siegeln.

Vor einem der bequemen Stühle, die im Zimmer standen, befand sich ein weiterer Stapel Bücher, die Kate sich jetzt flüchtig anschaute. Bücher über Tizian, Poussin, Bellini und Michelangelo und drei Bände über christlichen Symbolismus, die vollgestopft waren mit Papierstreifen, welche die Seiten markierten, auf denen zum Teil klassische Bilder von Madonnen mit Kind oder Pietàs abgebildet waren. In Anbetracht der Umstände ein ziemlich seltsames Interessengebiet, dachte Kate. Sie wies Hawkin darauf hin.

Er warf einen flüchtigen Blick auf die Bücher, stellte den Gesetzestext zurück ins Regal und ging hinüber zum Sekretär. Die Durchsuchung der Schubladen und Geheimfächer förderte nichts unmittelbar Interessantes zutage, also wandte er seine Aufmerksamkeit dem zweigeteilten hölzernen Aktenschrank daneben zu. Er war unverschlossen, aber kaum war er mit dem Daumen über die Aktenordner gefahren, die darin standen, hörte man von draußen das leise Klirren von Besteck und Geschirr. Hawkin zog die Hand zurück.

«Ich bringe die Sachen nach oben», hörten sie Vauns Stimme sagen. «Dort ist es wärmer.»

«Wir kommen wieder», bemerkte Hawkin zu Kate. «Wäre dumm, den Kaffee kalt werden zu lassen.»

Sie folgten Vaun die Treppe hinauf und in das riesige Atelier.

Selbst an diesem tristen Tag war es durch die Glasfronten und das Oberlicht hell durchflutet. Entlang den Wänden und in der Mitte standen lange und hohe Arbeitstische, aber dennoch hatte man gleich auf den ersten Blick den Eindruck, daß dieser große Raum vollkommen für die Elemente der Natur offen war. Nur dort, wo im darunterliegenden Stockwerk die Küche lag, war ein Raum ausgespart. Die Tür stand ein wenig offen. Hawkin ging hinüber und spähte neugierig hinein. Es war ein Lagerraum für fertige Bilder, entlang der Außenwand waren feste Fächer für verschiedene Leinwandgrößen eingebaut. Es sah ganz so aus, als sei Vaun eine sehr beschäftigte Malerin. Hawkin schloß die Tür und schaute aus dem Fenster zum Berg hinauf, der gleich neben dem Haus steil abfiel und in einen mit Eichen und Buschwerk bewachsenen Canyon mündete. Aus irgendeinem Grund wuchsen die ansonsten dominierenden Mammutbäume hier nur spärlich. Mehrere Staffeleien standen wartend in einer Ecke, und die beiden am anderen Ende des Raumes, die vor dem Geländer standen, das das Atelier von dem unter ihm liegenden Wohnzimmer trennte, machten einen geradezu vorwurfsvollen Eindruck unter den fleckigen Tüchern, die über sie geworfen waren.

Vaun hatte das Tablett auf einem abgenutzten Tisch abgestellt, der zwischen zwei schmutzigen Sesseln und einem mit Farbe bespritzten Sofa stand. Sie goß Kaffee in drei klobige Becher.

«Normalerweise liegt viel mehr Zeug hier herum», sagte sie. «Ich habe die Angewohnheit, an mehreren Bildern gleichzeitig zu arbeiten. Aber ich habe meine Arbeit erst einmal unterbrochen, bis Sie mit mir ...» – sie nieste in ein hastig hervorgezogenes Taschentuch und lächelte dann entschuldigend – «... mit mir fertig sind. Bitte entschuldigen Sie, aber ich habe eine Erkältung. Wollen Sie Honig? Zucker habe ich keinen, fürchte ich.»

Hawkin resignierte offenbar. «Danke, für mich nur Milch, bitte.»

«Um diese Jahreszeit habe ich immer Ziegenmilch. Und Sie, Inspector Martinelli?»

«Für mich bitte schwarz», antwortete Kate eilig.

«Ich wußte nicht, ob Sie Hunger haben, aber ich habe noch nicht gegessen. Bitte bedienen Sie sich.»

Hawkin nahm sich ein großes Schinkensandwich und schlenderte dann zielstrebig auf die Arbeit zu, die unter dem Fenster lag.

«So ganz haben Sie Ihre Arbeit wohl doch nicht unterbrochen, wie ich sehe», sagte er mit vollem Mund. Kate ging zu ihm, um zu sehen, was seine Aufmerksamkeit erregt hatte.

Es war eine einfache, schnell hinskizzierte Kohlezeichnung, die den Anblick darstellte, der sich Vaun erst vor kurzer Zeit aus diesem Fenster dargeboten hatte – nur ein paar schwarze Striche auf einem einfachen Schreibblock. Die Bäume, die sich zu beiden Seiten des Blattes erhoben, hätten die beiden Figuren, die in der Mitte den Pfad heraufkamen, eigentlich ganz klein und unbedeutend erscheinen lassen müssen, aber so war es nicht. Einerseits überragten sie diese zwar, aber gleichzeitig schienen sie sich beinahe ein wenig von ihnen wegzuneigen, so als wichen sie vor einer unbestimmten Kraft zurück, einer Bedrohung. Und letztlich hatte man den Eindruck, als stünden die beiden Menschen riesengroß und drohend am Ende eines Tunnels oder inmitten eines Whirlpools. Die Frau hatte sich ein wenig ihrem Begleiter zugewandt und sprach zu ihm. Er jedoch schaute unverwandt nach vorne, und die flüchtigen Striche, die Hawkins Augen darstellten, schienen den Betrachter direkt anzustarren. Kate beugte sich vor und sah fasziniert, wie die Zeichnung sich bei näherem Betrachten in ein einziges Wirrwarr von Linien und Punkten auflöste.

Vaun sprach sie von ihrem Sessel aus an.

«Die Perspektive stimmt nicht so ganz.»

«Das finde ich nicht», widersprach Hawkin. «Nein, ich finde sogar, daß die Perspektive der Künstlerin sehr deutlich wird.»

«Ich meinte eher in technischer Hinsicht.»

«Ich auch.» Hawkin setzte seine Tasse ab und drehte sich plötzlich um. «Miss Adams, wo waren Sie am Montag nachmittag und am Montag abend?»

Ihr Lächeln war gezwungen, aber immerhin lächelten jetzt zum ersten Mal auch die Augen mit.

«Der Waffenstillstand hält also noch nicht einmal bis zum Ende des Mahles. Wissen Sie, es gibt in dieser Welt immer noch ein paar Leute, die daran glauben, daß kein Mensch ein Feind sein kann, mit dem man sein Brot geteilt hat. Stellen Sie sich einmal vor, welch verheerende Auswirkungen ein solches Konzept auf unsere Gesellschaft hätte. Nur ruhig, Inspector Hawkin, ich will Ihre Frage ja beantworten.» Vorsichtig setzte sie ihre Tasse ab, beugte sich vor und studierte ihre langen Hände.

«Als ich vor fünf Jahren hierhergezogen bin, ging es mir hauptsächlich um die Einsamkeit. Wenn man im Gefängnis sitzt, hat man nie auch nur eine Minute für sich ... und das habe ich kaum ausgehalten. Als mein Haus fertig war, stellte ich unten am Weg ein Schild auf, worauf ich die Leute bat, sich fernzuhalten. Und für einen geschlagenen Monat habe ich niemanden gesehen, nicht eine Menschenseele. Am Ende habe ich das Schild dann wieder entfernt, aber auch heute kommt es noch manchmal vor, daß ich über drei oder vier Tage hinweg niemanden zu Gesicht bekomme.

Seit man allerdings die zweite Leiche gefunden hat, ist alles anders. Und natürlich nicht nur bei mir selbst. Die ganze Atmosphäre hier am Weg hat sich verändert. Es scheint so, als würden die Leute sogar Umwege machen, nur damit sie einem guten Tag sagen können. Oder sie kommen einfach vorbei, um einen Schwatz zu halten oder sich etwas zu leihen. Ich brauche Ihnen nicht erst zu erklären, Inspector, daß das die Angst ist. Und ich habe besonders viel Grund, Angst zu haben, finden Sie nicht? Seit das zweite Kind gefunden wurde, halte ich mich bei meinen Spaziergängen lieber am Weg, als weit in den Wald zu laufen. Und wenn ich unten jemanden vorbeikommen höre, rufe ich ihm zu. Ich mache auch dann Feuer, wenn es gar nicht unbedingt notwendig wäre, nur damit die Leute den Rauch sehen. Zuerst fiel mir gar nicht auf, was ich da machte, aber als ich es dann bemerkte, habe ich eine ganz bewußte Gewohnheit daraus gemacht. Ich wußte nicht, ob man noch eine Leiche finden würde, aber wenn doch, dann wollte ich eine Art Alibi haben. Ich weiß schon, was Sie sagen wollen: Ein Unschuldiger macht sich um Alibis keine Gedanken. Aber mir wurde meine Unschuld schon vor Jahren genommen. Wie ich schon sagte, ich bin keine Närrin.

Am Montag nachmittag habe ich wie gewöhnlich hier gearbeitet. Frühmorgens habe ich eine Leinwand vorskizziert und nachmittags dann zu malen begonnen. Außerdem habe ich noch ein anderes Bild fertig gemalt, an dem ich schon seit längerer Zeit gearbeitet hatte. Die beiden stehen da drüben.» Sie deutete auf die beiden zugedeckten Staffeleien.

«Dürfen wir sie bitte sehen, Miss Adams?» bat Hawkin.

«Natürlich. Hier ist es immer staubig, sogar im Winter, deshalb decke ich sie ab. Und außerdem will ich auch nicht, daß die Nachbarn sie sehen.» Sie ging zu der rechten Staffelei und schlug das Tuch zurück. Auf der freigelegten Leinwand sah man die dünne Schicht eines intensiven Blautons, auf dem an mehreren Stellen oberflächlich andere Farben aufgetragen waren. Die darunterliegenden Umrisse konnte man im Augenblick nur schemenhaft erkennen. Trotzdem kam das Motiv Kate irgendwie bekannt vor.

Vaun ging hinüber zu der größeren Leinwand auf der linken Seite, rollte vorsichtig das Tuch hoch und schlug es zurück. «Die Farbe ist noch nicht trocken», erklärte sie und trat zurück.

Kate stockte der Atem. Eine Frau mit braunem Haar und einem blauen Kleid hielt ein nacktes Kind an der Brust. Das Kind war tot. Die Frau, seine Mutter, hatte offenbar gerade erst erkannt, daß der blau angelaufene und leblos hingestreckte Körper ihrer Tochter unwiederbringlich und auf ewig tot war. Die künstlerische Ausführung war vorzüglich, mit einem detailliert ausgearbeiteten Hintergrund und so plastisch herausgearbeiteten Haaren und Körperteilen, daß man das Bild hätte greifen können. Es wirkte auf den Betrachter wie ein Stich ins Herz.

«Aber das ist ... mein Gott, Sie sind ja Eva Vaughn!»

Vaun wandte sich mit überraschtem Gesicht um – die ersten echten Anzeichen von Gefühl, das sich auf ihrem Gesicht zeigte, seit sie in ihr Haus gekommen waren.

«Wußten Sie das denn nicht?»

«Ich habe letztes Jahr Ihre Ausstellung in New York gesehen. Al, kennen Sie ...»

«Ja, ich weiß, wer Eva Vaughn ist. Ich habe sogar einmal mitgeholfen, das Bild von Ihnen wiederzufinden, das vor ein paar Jahren in Los Angeles gestohlen wurde. Es war nicht mein Fall, aber ich erinnere mich noch an das Bild.»

«Dann bin ich Ihnen also zu Dank verpflichtet, Inspector», sagte Vaun und zog spöttisch eine Augenbraue hoch, offensichtlich belustigt über diese neue Entwicklung. «Natürlich gehörte es mir damals schon gar nicht mehr, aber der Besitzer schätzt es sehr.»

«Und wir haben gedacht, Sie wären irgendeine Hippie-Malerin, die wundersame Einhörner auf Flohmärkten verkauft», sagte Hawkin nachdenklich und blickte kurz zur Tür des Abstellraums hinüber. «Machen Sie sich denn keine Sorgen um Ihre Bilder hier im Haus?»

Jetzt lachte Vaun sogar herzlich und sehr erheitert.

«Nur sehr wenige von meinen Bildern sind so viel wert wie das in Los Angeles, und erst recht nicht, solange sie nicht gestohlen worden sind. Wahrscheinlich sind sie hier hinter unverschlossenen Türen sicherer als in einer New Yorker Galerie mit Alarmanlage. Außerdem weiß bislang – toi, toi, toi – keiner meiner Nachbarn, daß ich Eva Vaughn bin, wenn ich hier ‹in der Wildnis› bin. Das ist auch der Hauptgrund dafür, daß ich meine Bilder immer abdecke, bis ich sie verschicke», fügte sie hinzu und rollte die Tücher wieder herunter. Dann wandte sie sich wieder den beiden Kriminalbeamten zu. Es war ein peinlicher Moment, und sie war es, die die Situation rettete.

«Aber das hat alles wenig mit Ihren Ermittlungen zu tun, nicht wahr?» Sie kam zurück und setzte sich auf die Couch, wo sie sich mit ruhiger Hand eine weitere Tasse Kaffee einschenkte. «Im Gegenteil, wenn man bedenkt, wofür Eva Vaughn so alles steht, dann erscheint es vielleicht sogar um so notwendiger, daß Sie ihr gezielte Fragen stellen. Ich glaube, Sie fragten mich gerade, was ich am Montag tat, also vor drei Tagen. Kurz vor der Mittagszeit kam Amy Dodson auf ihrem Pony heraufgeritten und brachte mir etwas Brot, das ihre Mutter gebacken hatte. Angie backt fast jeden Montag und Donnerstag, und dann schickt sie mir immer etwas von dem, was sie gerade gemacht hat. Ich habe ihr meine Hügelseite für ihren Garten überlassen, und sie glaubt, daß sie deswegen in meiner Schuld steht.» Das also war die Erklärung dafür, warum die blasse Haut auf Vauns Gesicht und Händen nicht zu dem nicht eben kleinen Garten vor der Tür paßte. «Natürlich schuldet sie mir gar nichts, aber bei ihrem selbstgebackenen Brot sage ich natürlich nicht nein. Haben Sie schon mit Amy gesprochen?»

«Nein, noch nicht.»

«Sie werden feststellen, das sie ein sehr vernünftiges Kind ist und sehr intelligent. Seit sie sieben ist, wird sie zu Hause unterrichtet wie die meisten Kinder hier, und schon jetzt hat sie nach den Testergebnissen High-School-Niveau. Wie dem auch sei, jedenfalls war sie kurz vor ein Uhr hier. Ihren Vater habe ich später auch noch gesehen, das muß gegen sechs gewesen sein, weil das Licht sich schon so schnell veränderte, daß man nicht mehr malen konnte. Also habe ich einen Spaziergang den Weg entlang gemacht. Meistens fährt er montags in die Stadt, und er kam ...» – sie nieste wieder, putzte sich die Nase und hustete dann –, «... er kam gerade zurück. Ich habe ihn angehalten und gefragt, ob er nächste Woche für mich ein paar Bilder mit nach San Francisco nehmen könne. Das hat er schon öfter gemacht.»

«Haben Sie sonst noch jemanden gesehen?»

«Sie meinen, hat mich sonst noch jemand gesehen? Ich glaube nicht. Es fing an zu regnen, also habe ich meinen Spaziergang abgebrochen und bin hierher zurückgekehrt. Ein paar Minuten später kam dort unten jemand vorbei, aber da war ich schon nicht mehr auf dem Weg und konnte nicht sehen, wer es war. Es hörte sich an wie Bob Riddles Lastwagen, aber mit Sicherheit kann ich es nicht sagen.»

«Was haben Sie danach gemacht?»

«Dasselbe wie jeden Abend. Ich habe Feuer gemacht, ein Gläschen getrunken, ein bißchen gelesen und dann eine Suppe und das Brot gegessen. Nach dem Abendessen schreibe ich gewöhnlich Briefe und fertige Skizzen an. Aber die Skizzen taugten nichts, also habe ich am nächsten Morgen damit den Ofen angefeuert. Die Briefe hat Tommy Chesler am Dienstag für mich zu Tyler gebracht, damit Anna sie frankieren und wegschicken konnte. Ich habe ein Bad genommen, mir die Haare getrocknet und bin gegen halb elf ins Bett gegangen. Dann habe ich ungefähr bis um halb sechs am nächsten Morgen geschlafen.»

«Allein?»

Mit einem zynischen Lächeln quittierte sie, daß er seltsamerweise das Recht hatte, so in ihrem Privatleben zu schnüffeln.

«Ja.»

«Schlafen Sie jeden Abend allein?»

Es entstand eine Pause. Sie schaute ihn intensiv an und lächelte noch mehr.

«Nein.»

«Wer ist es?»

«Inspector Hawkin, ich glaube, wir nähern uns einem Punkt, wo ich Sie bitten muß, diese Vernehmung auf eine etwas förmlichere Grundlage zu stellen.»

«Tyler?»

Kate dachte, sie würde nicht antworten, aber schließlich kam es doch.

«Gelegentlich.»

«Warum sind Sie am Dienstag morgen nicht zu Tyler heruntergekommen?»

Die Frage mußte sie erwartet haben, denn sie antwortete ohne Zögern.

«Diese Leute hier sind meine Freunde.» In das letzte Wort legte sie eine besondere Betonung. «Ich habe noch nie zuvor Freunde gehabt, und ich merkte, daß es mir widerstrebte, mich von Ihnen beschuldigen und vor den anderen mein gesamtes Leben bloßlegen zu lassen. Niemand hier weiß, wer ich bin. Sie alle kennen mich nur als Vaun, die Malerin. Es gibt keine Eva Vaughn an der Tyler's Road, und auch keine Schwerverbrecherin. Nur Vaun.»

«Keiner weiß etwas?»

«Tyler weiß, daß ich im Gefängnis war. Ich bin mir nicht sicher, ob er auch weiß, warum. Ich habe ihm angeboten, es zu erzählen, aber er sagte, er wolle es nicht wissen. Vielleicht hat er es seitdem herausgefunden, aber er hat es bestimmt keinem anderen gesagt.»

«Hört sich an, als wären Sie sich dessen ganz sicher.»

«Er hat es ja auch Ihnen nicht gesagt», gab sie zurück. «Tyler ist berühmt dafür, wie eisern er sich weigert, über andere Leute zu reden. Die Klatschmäuler hier am Weg müssen fürchterlich enttäuscht von ihm sein.»

«Und wer sind die Klatschmäuler hier?»

Sie zögerte einen Moment.

«Das sollten Sie wirklich jemand anders fragen. Ich gehöre nicht so richtig zur Gemeinschaft hier am Weg. Angie Dodson könnte es Ihnen sagen. Sie ist zwar nicht das, was ich ein Klatschmaul nennen würde, aber sie wohnt näher am Weg und weiß eher, was sich hier abspielt.»

Das hörte sich wie eine schwache Entschuldigung dafür an, daß sie die Frage nicht beantworten wollte. Aber andererseits wäre sich eine verurteilte Schwerverbrecherin dabei wohl auch zu sehr wie ein Spitzel vorgekommen.

Zu Kates Überraschung stand Hawkin plötzlich auf.

«Das ist im Moment alles, Miss Adams. Wenn wir noch mehr ‹herumschnüffeln› müssen, kommen wir wieder vorbei. Bitte verlassen Sie die Gegend nicht, ohne uns vorher darüber zu informieren.»

«Natürlich.» Sie schien verwirrt. «Werden Sie ... daß heißt, ich muß wohl noch für eine Weile meine Arbeit liegenlassen, nicht wahr? Bis auf weiteres.» Ihre Stimme kam einem Flehen gefährlich nahe.

«Das wäre wahrscheinlich das beste, Miss Adams.»

Kate sah, wie in Vauns auffallende eisblaue Augen wieder die Leblosigkeit kroch, und sie ärgerte sich über ihren eigenen Anflug von Mitleid. Sie ist eine Verdächtige, Martinelli, rief sie sich ins Gedächtnis und ignorierte das dünne innere Stimmchen, das widersprach: aber doch nicht Eva Vaughn!

Vor dem Haus legte Hawkin den rutschigen Pfad hinunter einen schnellen Schritt vor und murmelte dabei vor sich hin.

«Was haben Sie gesagt?»

«Ich habe nur gesagt, wie weit sind wir gekommen, daß man jetzt schon Kaffee mit Ziegenmilch und Honig trinken muß, das war alles. Es ist das Ekelhafteste, was ich je getrunken habe.»

«Schwarz hat er gar nicht so schlecht geschmeckt. Und die Sandwiches waren einsame Klasse.»

«Die Sandwiches waren gut. Der Kaffee war grauenhaft. Können Sie in diesen Schuhen laufen?»

«Laufen?»

«Ja, laufen. Sie wissen schon, in schneller Bewegung eine Strecke zurücklegen. Sie sind doch hier die Sportskanone. Könnten Sie in diesen Schuhen laufen, oder brauchen Sie dafür ihre Nikes oder Adidas oder Reeboks oder was für welche Sie auch immer haben mögen?»

Sie sah auf ihre Füße hinab, die in einem Paar relativ weicher Lederschuhe mit flachen Absätzen steckten. Sie hatte sie an diesem Morgen bewußt für den Fall angezogen, daß sie in den nassen Bergen herumklettern mußte.

«Klar kann ich in denen laufen. Ich würde nicht unbedingt einen Marathon damit bewältigen wollen, aber ...»

«Wie weit könnten Sie laufen?»

«Na ja, ich glaube, nach zehn Meilen hätte ich genug.»

«Würden die Schuhe Sie viel langsamer machen?»

«Nach den ersten fünf Meilen schon.»

«Das macht nichts. Bis zu Tyler sind es nur vier.»

«Sie wollen, daß ich bis zu Tylers Anwesen laufe?»

«Herrgott, Martinelli, wachen Sie doch endlich auf. Sie haben doch selbst gehört, was sie gesagt hat – sie ist um eins und dann wieder kurz vor sechs gesehen worden. Wir müssen wissen, ob sie es in der Zwischenzeit hätte schaffen können, zu Fuß bis zu Tyler zu laufen, dort in ihren Wagen zu steigen, zum Haus der Donaldsons in Palo Alto zu fahren, sich zwischen drei und Viertel nach drei Samantha Donaldson zu schnappen und so früh zurück zu sein, daß sie um sechs Uhr Dodson treffen konnte.»

«Hat sie die Leiche im Auto gelassen oder mit hochgetragen?»

Hawkin warf ihr einen vernichtenden Blick zu, und sie begriff plötzlich, warum er unter seinen Kollegen so gefürchtet war. Am liebsten wäre sie im Boden versunken.

«Am hellichten Tag?»

«Gut», redete sie sich lahm heraus, «das erspart es mir, noch vierzig Pfund Ballast den Berg hochzuschleppen, wenn ich wieder hinauflaufe. Wo finde ich Sie?»

«Vermutlich bei Tyler. Ich werde Ihnen zujubeln, wenn Sie vorbeikommen.»

«Besten Dank. Sie können mir hinterher eine Pizza spendieren, damit ich die verlorenen Kalorien wiederbekomme.»

«Und dazu ein großes Glas Ziegenmilch.»

«Da fällt mir plötzlich ein, ich habe heute abend zu tun. Viel zu tun sogar! Hier, nehmen Sie meine Jacke und legen Sie sie in den Lastwagen. Sonst lasse ich sie noch in den Schlamm fallen, wenn ich versuche, sie mitzuschleppen. Und auch das Schulterhalfter, das würde mich beim Laufen umbringen.» Sie entledigte sich des einengenden Ledergeschirrs und zog ihren Revolver heraus. «Den lege ich in meine Tasche. Sprechen Sie jetzt mit den Dodsons?»

«Die stehen als erstes auf meiner Liste. Außerdem werde ich Trujillo sagen, er soll mit den Wagen anfangen. Dann versuche ich herauszufinden, wer an diesem Tag hier oben war, unterhalte mich ein bißchen mit Mr. Tommy Chesler, und vielleicht rede ich auch noch einmal mit Tyler.»

«Viel Spaß.» Casey hängte sich den Riemen ihrer schweren Tasche quer über die Brust und stellte fest, daß sie damit aussah wie jemand aus der Werbung für Büstenhalter. Dann machte sie noch ein paar kurze Dehnübungen für die Beine, stellte auf ihrer neuen Armbanduhr (ein Weihnachtsgeschenk, wie geschaffen für Dick Tracy, mit Wecker sowie den Zeiten für London, Sydney und Neu Delhi und einem unentzifferbaren Zifferblatt) die Stoppuhr ein und lief vorsichtig los, immer den unebenen, rutschigen Weg entlang.

In ihrem Haus oben am Berg hörte Vaun Adams den alten Feuerwehrwagen hustend zum Leben erwachen und wegrumpeln. Erst ein oder zwei Minuten später bewegte sie sich endlich. Sie öffnete die Augen, nahm die Hand vom Mund und rieb langsam die Hände an ihren Hosenbeinen. Schließlich stand sie auf, behutsam, so als hätte sie am ganzen Körper Schmerzen. Unwillkürlich ging sie zu den beiden Staffeleien, umfaßte locker den glatten Griff eines Pinsels aus Eichhörnchenhaar und lehnte sich zurück, als würde sie das Gemälde anpeilen. Die Malerin stand vor ihrem fast fertigen Bild der verzweifelten Mutter. Ihr Gesicht war ausdruckslos, aber die Sehnen im Nacken schienen angespannt, und als sie unbewußt die rechte Hand vorstreckte, um die trocknenden Farben auf der Glasplatte zu mischen, zitterte die Hand mit dem Palettenspachtel.

Sie zog die Hand zurück und hielt sich die gespreizten, immer noch zitternden Finger vor die Augen. Intensiv studierte sie ihre eigene Hand, registrierte jedes noch so kleine Detail des Handrükkens, der Innenfläche, des zarten Handgelenks, dann schaute sie wieder den Handrücken an, die Adern, die Knöchel. Schließlich starrte sie durch die Finger hindurch auf das Bild. Sie ließ die Hand sinken, und so, als ob diese ein Eigenleben führte und ohne daß Vaun den Blick gesenkt hätte, griff sie nach der Farbtube mit dem Kadmiumrot. Mit dem Daumennagel knipste sie den Deckel auf und drückte dann einen dicken Farbklumpen auf ein Blau, das zu mischen sie eine halbe Stunde gekostet hatte. Sie ließ die Tube fallen und griff, immer noch ohne hinzusehen, nach einem beliebigen Pinsel, einem großen, und nahm mit ihm den blutfarbenen Farbklecks auf. Sie führte den Pinsel zu dem Gesicht auf dem Bild, hielt in der Bewegung aber wieder inne, nur Millimeter von der Leinwand entfernt. Ihre Hand war jetzt vollkommen ruhig, aber dafür erzeugte ihr Atem plötzlich ein ungewöhnlich lautes Geräusch im Raum. Eine halbe Minute verging, eine Minute, dann richtete sie sich plötzlich auf, legte den Pinsel auf die Palette und rieb die Hände über die Schenkel. Als sie neben sich auf den Tisch blickte und den roten Kiecks sah, verzog sie das Gesicht und machte sich daran, vorsichtig das zu retten, was von dem so mühselig gemischten blauen Farbton noch zu retten war.

Als sie wieder den Kopf hob, war ihr Gesichtsausdruck verändert. Sie blickte hinüber zu der unvollendeten Frau, und jetzt führte ihre Hand kein Eigenleben mehr, sondern suchte als Teil ihrer selbst aus der Fülle der Pinsel mit Bedacht einen aus. Sie strich die weißen Borsten in einen der runden Farbkleckse, stellte sich auf die Zehenspitzen und streckte die Hand nach dem Bild aus.

8. Kapitel

Al Hawkin blieb stehen und sah Casey Martinelli nach, bis ihr hübscher, fester Hintern hinter ein paar Bäumen verschwunden war. Dann wandte er sich zu der Stelle, wo der Weg sich verbreiterte und Detweiler in dem schlammbespritzten Feuerwehrwagen wartete. Zum Glück ist sie nicht mein Typ, dachte er. Hawkins persönlicher Ehrenkodex war also in keinerlei Gefahr. Erstes Gebot: Du sollst dich nicht mit einer Kollegin einlassen. Zwei, nein, drei Jahre zuvor hatte man ihm einmal eine Frau zur Seite gestellt, deren lange Beine und blonde Locken ihn derart abgelenkt hatten, daß es ihm beinahe unmöglich gewesen war, mit ihr zusammenzuarbeiten. Schließlich war er zu seinem Vorgesetzten gegangen, und als man die Frau ein paar Wochen später befördert und versetzt hatte, war er von seinem ersten Gebot befreit gewesen und hatte die Ablenkung durch sie nicht mehr als unangenehm, sondern im Gegenteil als höchst vergnüglich empfunden. Die da würde aber kein Problem für ihn sein – zwischen ihnen prickelte es einfach nicht. Sie war zu klein, zu dunkelhaarig, zu muskulös. Ob sie wohl Gewichte stemmte? Hawkin stieg in den Wagen.

«Sie können mich jetzt zu den Dodsons fahren.»

«Wo ist sie hin?» fragte Detweiler entgeistert.

Hawkin sah ihn ausdruckslos an.

«Den Berg runter. Wo wohnen die Dodsons?»

«Nur ein Stück den Weg hinauf, ungefähr eine halbe Meile.» Mit mahlendem Geräusch ließ er den Motor anspringen und legte vorsichtig den niedrigsten Gang ein. Phlegmatisch setzte sich das Gefährt auf dem mit Schlaglöchern übersäten Weg in Bewegung. «Ein tolles Gerät, die alte Lady hier. Man muß sie nur in die richtige Richtung steuern, und sie klettert einfach über alles drüber. Haben Sie mal diesen Film *Krieg der Sterne* gesehen, wo sie diese Transporter mit Beinen hatten? Ist natürlich in Wahrheit viel zu instabil, aber so muß es sich anfühlen, wenn man so ein Ding fährt. Ja ja, langsam und beharrlich erreicht man auch das Ziel.»

Schlimmer als ein Taxifahrer, dachte Hawkin entnervt, während der Mann neben ihm unentwegt weiterquatschte. Das ist auch etwas

Gutes an Martinelli – sie quatscht nicht. In ihrer Gegenwart kam man wenigstens noch zum Nachdenken. Vielleicht war sie am Ende gar nicht so eine große Last, wie er zu Anfang befürchtet hatte. Er stellte sich vor, wie sie mit dem quer über die Brust gespannten Riemen ihrer Handtasche den Weg hinunterlief und bei jedem Schritt nassen Schlamm hochschleuderte, und fragte sich, wie sie wohl vorankam.

Kate kam langsam voran, aber nur mit stetig wachsender Verärgerung. Der Weg schien von Leuten nur so zu wimmeln, und alle wollten wissen, was sie da mache, was passiert sei, wo der Wagen stecke, oder – im Falle der diversen Polizisten –, ob sie sie zu Tyler mitnehmen könnten. Auf der ersten Meile hielt sie dreimal ihre Stoppuhr an, bis sie schließlich beschloß, fortan den Leuten nur noch fröhlich zuzuwinken und weiterzulaufen. Ihre Schuhe erwiesen sich als völlig ungeeignet für diese Aufgabe und würden wahrscheinlich anschließend hinüber sein. Die Hose klebte ihr an den Knien, und nachdem es den ganzen Tag schon so ausgesehen hatte, fing es nun, wo sie eine Meile vor dem Tor war, auch noch prompt an zu regnen. Als sie auf die letzte, schnurgerade Viertelmeile des Weges kam, die durch die Weiden führte, blieb sie abrupt stehen. Sie hatte die Presseleute völlig vergessen. Gegenüber von Tylers Anwesen mußten an die dreißig Fahrzeuge am Weg stehen und noch mehr Kameras, die nur darauf warteten, sie durchnäßt, schwitzend und verdreckt zu filmen, damit die gesamte Bay Area sich an ihrem Anblick weiden konnte. Gerade kam einer von Trujillos Geländewagen durch das Tor gefahren. Sie zog sich wieder hinter die Biegung zurück, schaltete die Stoppuhr ab und hielt durchnäßt den Wagen an, als er um die Ecke kam. Trujillo saß selbst am Steuer, und neben ihm Tyler. Trujillo kurbelte die Scheibe herunter.

«Was ist denn mit dem Feuerwehrwagen passiert?» wollte Tyler wissen und stellte damit genau dieselbe Frage, die andere Leute Kate schon auf den letzten vier Meilen zugerufen hatten. Von Trujillo kam die zweite Standardfrage. «Wo ist Hawkin?»

«Paul, kann ich Sie für einen Moment sprechen?» Er hat den Morgen offensichtlich nicht damit verbracht, im Matsch herumzupatschen, dachte sie wütend, als er sich neben sie unter einen schützenden Baum stellte. Allerdings war es bei den glatten Sohlen unter seinen Schuhen nur eine Frage der Zeit, wann er mitsamt seinem schicken grauen Anzug im Dreck landete. Dieser Gedanke heiterte sie erheblich auf, und sie lächelte Trujillo durch die Tropfen hindurch, die ihr über das Gesicht rannen, freundlich an.

«Wenn Sie nicht da oben am Berg etwas Wichtiges zu tun haben, würde es Ihnen dann etwas ausmachen, zurück zu Tyler zu fahren, damit ich an meinen Wagen komme? Hawkin hat mich dazu verdonnert, einen Zeittest zu machen, vom Haus der Donaldsons hier runter und zurück. Aber ich möchte auf jeden Fall vermeiden, daß meine Mutter die Zeitung aufschlägt und im nächsten Moment auf ihr kleines Mädchen starrt, das aussieht wie die Überlebende eines Erdrutsches.»

«Klar, kein Problem. Wir wollten nur zu ein paar von meinen Leuten, aber das hat noch fünf Minuten Zeit.»

«Hören Sie, ich kann Ihnen schon sagen, daß Hawkin wissen will, welche Wagen am Montag nicht in Tylers Schuppen waren. Und alle die wird er danach auf Spuren untersuchen lassen. Wenn Sie sich noch nicht um die Wagen gekümmert haben, wäre es besser, wenn Sie damit anfangen.»

«Danke für den Tip.» Sie gingen zum Wagen.

«Hallo, Mr. Tyler. Nein, nein, ist schon in Ordnung, ich setze mich nach hinten. Ich hoffe, Sie haben nichts dagegen, daß wir noch einmal kurz zu Ihrem Haus zurückfahren. Ich könnte unmöglich in diesem Zustand den Reportern gegenübertreten.»

«Aber gern. Wie …»

Sie unterbrach ihn energisch: «Warum bleiben die Presseleute eigentlich die ganze Zeit hinter dem Zaun? Ich hätte erwartet, daß mittlerweile schon der ganze Berg von ihnen wimmelt.»

«Das war Tylers Werk», erwiderte Trujillo lachend. «Er hat überall Schilder aufgestellt, auf denen steht: BEI UNBEFUGTEM BETRETEN WIRD GESCHOSSEN, und allen erklärt, daß es sich um Privatgrund handelt und jeder, der hier wohnt, eine geladene Schrotflinte hat. Einer von den Fernsehfritzen hat ihm nicht geglaubt, und da hat er ihnen eine kleine Lektion erteilt, wofür er vermutlich noch eine Geldstrafe kassieren wird. Und als er erst einmal damit die allgemeine Aufmerksamkeit erregt hatte, hat er ihnen sehr freundlich erklärt, daß er alle zwei Stunden zu ihnen kommt und mit ihnen redet, wenn sie sich benehmen. Bis jetzt hat es funktioniert.»

«Drohungen, Bestechung und ein ekelhaft nasser Tag. Sehr schlau eingefädelt.»

«Ich habe einige Erfahrung in Menschenführung», sagte Tyler. «Außerdem hat Hawkin dafür gesorgt, daß ich ein bißchen Geld bekomme, und jetzt stehen da unten in meiner Küche zwei von den Anwohnern und servieren regelmäßig heiße Suppe und Schokoladenplätzchen.»

«Und sind dabei auch noch fotogen», fügte Trujillo grinsend hinzu.

«Dafür muß Hawkin aber nicht bezahlen. Ich glaube, ich habe da hinten ein Handtuch herumliegen sehen, falls Sie sich die Haare oder sonst etwas abtrocknen wollen», sagte Tyler. «Und wenn Sie sich verstecken wollen, können Sie es sich auch über den Kopf hängen.»

«Ich brauche mich nicht zu verstecken, wenn das Bild für die Presse nur schlecht genug ist.» Die nächsten Minuten rubbelte sie eifrig mit dem Handtuch ihre Haare trocken, während Trujillo sich durch die Fragen und die Kameras fädelte, bis er das ungestörte Farmgelände erreicht hatte. Kates weißer Kleinwagen stand zwischen einem silbernen BMW und einem uralten John-Deere-Traktor, dessen Eingeweide zur Hälfte auf einer Plastikfolie verstreut am Boden lagen. Links von ihnen erstreckte sich der überdachte Fahrzeugschuppen. Kate sah nachdenklich zu den Fahrzeugen hinüber und kämmte sich derweil die Haare.

«Wo ist der Wagen von Miss Adams?»

Tyler schien die Frage zu überraschen, was Kate ein wenig seltsam vorkam.

«Sie haben es also herausbekommen, nicht wahr? Es ist der da drüben, der mit der blauen Plane.» Er zeigte auf eine längliche, flache Wagendecke. «Wollen Sie ihn sehen?»

«Ja, bitte.» Der Regen hatte einen Augenblick nachgelassen, und die nassen Kieselsteine knirschten unter den Füßen. Tyler zog die Plane zurück, und zum Vorschein kam ein Diamant zwischen lauter ungeschliffenen Allerweltssteinen: ein stolzer, glänzender, kastanienbrauner Jaguar, mindestens dreißig Jahre alt, aber in einwandfreiem Zustand.

«Sieh mal einer an!» rief Trujillo.

«Haben Sie ihn denn bisher noch nicht gesehen?» fragte Tyler. «Wirklich schön, finden Sie nicht?»

«Läßt sie sonst noch jemanden damit fahren?» fragte Kate.

«O ja, mindestens jede zweite Woche fahre ich damit herum. Wäre doch zu schade, so einen schönen Wagen nutzlos herumstehen zu lassen. Sie zahlt mir Geld dafür, daß ich ihn in Schuß halte, obwohl ich das auch umsonst machen würde.»

«Aber sonst fährt ihn niemand?»

«Nein. Obwohl ... jetzt, wo ich darüber nachdenke, fällt mir ein, daß sie ihn einmal Amy Dodson geliehen hat, als Amy zum Arzt mußte und Tony mit dem Pritschenwagen unterwegs war. Aber das war schon im Oktober oder so. Ja, Mitte Oktober, kurz vor dem Erntefest. Ich erinnere mich noch daran, daß Amy Angst hatte, damit zu fahren. Aber meine zwei Wagen waren in Einzelteile zerlegt, also konnte sie nur entweder den Jaguar nehmen oder den alten Feuerwehrwagen, was noch schlimmer gewesen wäre. Ich hätte ihr natürlich auch den Wagen von jemand anderem gegeben, aber das mache ich höchst ungern, ohne die Erlaubnis dazu zu haben. Dabei handelt man sich nur Probleme ein, mit der Versicherung und diesem ganzen Kram.»

«Aber Sie hätten es gekonnt, sagen Sie. Haben Sie denn die Schlüssel für diese Wagen?» Kate deutete unbestimmt mit der Hand über die Stoßstange an Stoßstange geparkten Fahrzeuge.

«Aber natürlich», antwortete er in aller Unschuld. «An dem Bord direkt hinter der Haustür hängen Schlüssel für sämtliche Wagen. Wir müssen schließlich in der Lage sein, sie zu rangieren, falls wir an andere Fahrzeuge kommen müssen oder plötzlich ein Feuer ausbricht oder ähnliches.»

Kate und Trujillo sahen einander an, während Tyler fürsorglich den Jaguar wieder zudeckte. Sie wies mit dem Kopf in Richtung des Wagens, und Trujillo nickte ihr zu, daß er verstanden hatte. Den Jaguar würde man als ersten unter die Lupe nehmen.

Als Kate sich ihre trockenen Sachen aus dem Kofferraum holte, kam ihr ihr eigenes Auto im Vergleich wie eine wertlose Blechkarre vor. Und als sie die Kofferraumklappe schloß, hörte sich das an wie bei einem teuren Kinderspielzeug.

«Ich muß zusehen, daß ich aus diesen nassen Sachen herauskomme. Kann ich mich im Haus umziehen?» fragte sie Tyler.

«Aber klar, machen Sie nur. Sie wissen ja, wo das Badezimmer ist. Stellen Sie sich unter die Dusche, wenn Sie wollen. In dem Ding, das aussieht wie eine Mülltonne, liegt ein ganzer Haufen frischer Handtücher.»

Als Kate sich aus ihren nassen Sachen schälte, mußte sie grinsen, denn sie sah, daß es sich tatsächlich um eine Mülltonne handelte – eine ganz normale galvanisierte Blechtonne, in der dicke Handtücher in den verschiedensten Farben lagen. War es denn möglich, daß er wirklich nicht wußte, worauf sie mit ihren Fragen über die Autos hinausgewollt hatte? Oder war sein offenes Eingeständnis, daß er alle Schlüssel unter seiner Obhut hatte, vielleicht sogar ein bißchen zu unbekümmert gewesen? Deckte Tyler seine zeitweilige Geliebte Vaun Adams, oder versteckte er sich hinter ihr? Oder wußte er vielleicht doch nicht genug, um sie mit einem Mord in Verbindung zu bringen? Kate schüttelte den Kopf angesichts all dieser Spekulationen, zog ihre zerknitterte Jogginghose an und kämmte sich noch einmal durchs Haar. Dann ging sie zurück auf den Hof.

Ihre verdreckten Klamotten warf sie in den Kofferraum ihres Wagens, schloß dann die Fahrertür auf und warf die schwere Handtasche auf den Beifahrersitz. Bevor sie es sich auf dem Fahrersitz bequem machte und den Motor anließ, fiel ihr ein, daß sie ja die Stoppuhr weiterlaufen lassen mußte. Dann schaltete sie für einen Moment den Scheibenwischer ein, um die dicken Tropfen, die sich auf der Windschutzscheibe angesammelt hatten, wegzuwischen, setzte auf dem Kies zurück, nickte dem uniformierten Polizisten zu, der mittlerweile die Fahrzeuge bewachte, und bog auf die Straße ab, die durch die Menge der Presseleute nach Norden führte. Einer der

Fernsehübertragungswagen schien Probleme mit dem Sendegerät auf seinem Dach zu haben. Zwei Männer arbeiteten daran, aber es machte nicht den Eindruck, als würden ihre Versuche, es wieder zum Leben zu erwecken, von Erfolg gekrönt werden. Es sah aus, als hätte der Wagen auf einer Seite einen Schlag von einer riesigen Hand abbekommen. Kate fuhr langsamer und schaute genauer hin. Dann sah sie die vielen kleinen Dellen und Rillen in der Lackierung des Übertragungswagens. Lachend beschleunigte sie wieder. Das also war Tylers Lektion für die Medien zum Thema Privatsphäre gewesen.

Drei Wagen standen auf dem öffentlichen Parkplatz, wo der Tyler's Creek ins Meer floß. Nein, vier – einer kam gerade zwischen den Bäumen hervor, durch die hindurch der Pfad entlang des Creek in das staatliche Naturschutzgebiet oben in den Bergen führte. Vermutlich handelte es sich um Neugierige, die sehen wollten, wo man die Leiche von Amanda Bloom gefunden hatte. Wenn jetzt Sommer wäre, dachte Kate, dann hätten sie vermutlich eine Bustour aus der Stadt organisiert.

Im Moment regnete es gerade einmal nicht, aber über dem Meer ballten sich schon wieder schwere, dunkle und tiefhängende Wolken. Da braute sich offensichtlich ein pazifischer Sturm zusammen. Kate fröstelte es, und sie schaltete die Heizung an. Vielleicht hatte sie ja Glück, und der Regen ließ sich Zeit.

Als sie über den Berg in Richtung Bay Area fuhr, herrschte kaum Verkehr. Ein ungeduldiger Audi klebte eine halbe Meile lang an ihrer Stoßstange, bevor er endlich an einer unübersichtlichen Kurve überholte. Sie wäre am liebsten handgreiflich geworden, unterdrückte aber das gewalttätige Verlangen und sah statt dessen auf die Uhr. War am Montag auch so wenig Verkehr gewesen? Sobald sie die kurvenreiche Strecke den Berg hinab überwunden und auf dem Freeway in Richtung Palo Alto gefahren war, griff sie zu ihrem Autotelefon und nannte ihren Namen, als sie am anderen Ende die vertraute Stimme der Funkerin hörte. Es war eine Japanerin mittleren Alters, die alle aus irgendeinem längst vergessenen Grund Marge nannten, obwohl sie eigentlich Yuki hieß.

«Marge, können Sie sich einmal erkundigen, wie am Montag nachmittag auf der 92 der Verkehr über den Paß war? Besonders interessiert mich die östliche Richtung zwischen halb eins und drei und die westliche Richtung zwischen ungefähr drei und vier.»

«Teilweise kann ich Ihnen das sofort beantworten», kam die knisternde Stimme durch den Hörer. «Kurz nach halb drei gab es da bergab einen Stau, weil ein Langholzwagen umgekippt war und beide Fahrspuren blockierte. Mein Schwager hing da fast eine Stunde lang fest. Soll ich noch mehr herausfinden?»

«Sehr interessant. Nein, ich erkundige mich später selbst noch bei der Autobahnpolizei, aber halten Sie die Ohren offen.»

«Das mache ich sowieso», sagte die Stimme am anderen Ende beleidigt.

Um halb drei. Das war sehr knapp, aber wenn sie das Haus sofort verlassen hatte, nachdem Amy gegangen war, wenn sie ziemlich schnell gelaufen und mit dem Wagen ein wenig schneller gefahren war als erlaubt, dann hätte sie gerade noch über den Berg kommen können, bevor die Straße von irgendwelchem Holz blockiert worden war.

Kate verließ den Freeway, fuhr in Richtung der exklusiven Wohngegend der Donaldsons und wand sich die malerische Bucht entlang und dann durch Eichen und Madronen hindurch die schmale, kurvige Straße hinauf. Von einer Anhöhe aus sah sie den Garten, in dem Samantha noch vor zweiundsiebzig Stunden gespielt hatte. Nur für einen kurzen Moment konnte sie das Gelände erkennen, bis die Bäume wieder die Sicht versperrten. Die Straße tauchte wieder in Eichen und hohe Mauern ein, stieg dann noch einmal an, beschrieb eine Kurve um das Grundstück der Donaldsons und führte anschließend zu einem immer schwindelerregenderen Höhen- und Einkommensniveau hinauf. Vor der Hecke, die das Anwesen der Donaldsons umgab, hielt Kate am gegenüberliegenden Straßenrand an und legte das Kinn auf das Lenkrad. Vor ihr lag die dicht mit Bäumen bestandene Einfahrt des Nachbarhauses, wo man am Dienstag morgen auf dem Straßenbankett undeutliche Reifenspuren gefunden hatte – nicht mehr als ein Hinweis darauf, daß hier möglicherweise ein Fahrzeug versteckt gewesen war.

«Verflixt noch mal, warum konnten wir denn nicht dieses Jahr einen trockenen Winter haben?» rief sie wütend in die Stille ihres Wagens hinein. Sie blieb noch ein paar Minuten sitzen und dachte nach – es waren unangenehme Gedanken über eine Frau, von der sie so sehr hoffte, daß sie unschuldig war. Schließlich drehte sie den Zündschlüssel, legte heftig einen Gang ein und fuhr zurück zu Tyler.

9. Kapitel

Der Regen fing eine Stunde später an, und zwar mit jener langsamen, aber entschlossenen Beständigkeit, bei der die Einheimischen an der Pazifikküste immer ihre Vorräte an Kerzen und Feuerholz überprüfen. Genau der richtige Abend, um ins Bett zu kriechen, dachte Kate. Ich frage mich, ob ich bis in alle Ewigkeit dazu verdammt bin, in den Regen zu kommen, wenn ich dort hinausfahre.

In dem Naturschutzgebiet am Creek standen jetzt keine Autos mehr, und auch der Wagenpark, der sich gegenüber von Tylers Anwesen breitgemacht hatte, war schon merklich ausgedünnt. Als sie den Weg hinauffuhr und in den umzäunten Hof einbog, schlichen gerade zwei weitere Fahrzeuge davon. Trujillos Männer machten sich an dem Jaguar und ein paar anderen Wagen zu schaffen, während dicke Regentropfen auf das Wellblechdach trommelten. Als Trujillo die näher kommenden Scheinwerfer ihres Wagens registrierte, blickte er auf und winkte, sobald er sie erkannt hatte. Dann steckte er den Kopf wieder in das Wageninnere. Selbst im Dämmerlicht des Nachmittags sah man, daß sein grauer Anzug nicht mehr taufrisch aussah. Kate zog sich die alten Joggingschuhe an, die sie immer im Wagen hatte, zog den Reißverschluß eines Regencapes mit Kapuze hoch und lief zum Weg. Sie ignorierte die verdutzten Gesichter der beiden Uniformierten und wich ohne Probleme den Reportern aus. Der Mann, der in seinem Polizeiwagen unter dem Schild mit der Aufschrift Tyler's Road Wache hielt, kurbelte die Scheibe herunter.

«Inspector Hawkin hat gerade gefragt, ob Sie schon aufgetaucht seien. Er ist immer noch da oben.» Der Polizist schaute durch das Metallgatter den allmählich verschwindenden Feldweg hinauf.

«Vielleicht sollten Sie ihn anrufen und ihm sagen, daß ich auf dem Weg nach oben bin. In ungefähr vierzig Minuten müßte ich eigentlich da sein.»

«Er hat gesagt, wenn es regnet, müssen Sie es nicht machen.»

«Doch, es ist besser, wenn ich die Sache jetzt auch zu Ende bringe. Die Erde wird noch nicht allzu naß sein.» Aber *ich* schon, protestierte eine innere Stimme. Ich werde sehr naß sein und mir sonst was abfrieren. Halt die Klappe und mach weiter, gebot sie der inneren Stimme, und genau das tat sie dann auch.

Der Boden war sogar in einem besseren Zustand als noch am Morgen, aber die Bäume sahen riesengroß und finster aus, sie schwankten und knarrten gespenstisch im aufkommenden Wind. Im nächsten Moment hatten sie Kate verschluckt, während sie stetig den schmalen, steinigen Weg hinaufjoggte und sich sehr allein fühlte. Die riesigen, hin und her wiegenden und ächzenden Bäume, die dicken Regentropfen, die ihr ins Gesicht und gegen die Kleider klatschten, und die erleuchteten Häuser, die hier und da durch die wiegenden Äste lugten, verstärkten nur noch ihr Gefühl, völlig auf sich allein gestellt zu sein. Es wurde dunkler, und sie lief jetzt schneller, um die unheimlichen Schatten abzuschütteln. Und indem sie sich körperlich verausgabte, kämpfte sie gegen das Gefühl an, von jemandem verfolgt zu werden. Ihre Schuhe scharrten rhythmisch auf dem Weg, und sie mußte sich auf den Boden konzentrieren, um Furchen und Steinen auszuweichen. Trotz der eiskalten Regentropfen, die ihr den Nacken hinabrannen und langsam durch die Nähte des Capes drangen, schwitzte sie mittlerweile stark und atmete heftig, während sie sich zu dem schnell verschwimmenden Punkt vorkämpfte, wo der in blassem Licht daliegende Weg zwischen den hohen Mauern der Baumreihen verschwand.

Sie lief an Vaun Adams' Haus zu ihrer Linken vorbei – jetzt war es nicht mehr weit.

Ohne Vorwarnung explodierte plötzlich alles in einem grellen Licht, und einen Moment lang verlor Kate völlig die Orientierung und bereitete sich auf den Donnerschlag vor. Statt dessen hörte sie als Willkommensgruß eine wütend brüllende Stimme.

«Mein Gott, drehen Sie dieses verdammte Ding weg, Sie blenden sie ja.» Der Lichtkegel schwenkte zur Seite, und mit halbblinden Augen machte Kate Gestalten, einen Wagen und dahinter ein Haus aus. Automatisch griff sie nach unten und schaltete die Stoppuhr aus. Dann blieb sie stehen, legte die Hände auf die Knie und schnappte nach Luft.

«Sind Sie in Ordnung?» Das war wieder Hawkins Stimme. Sie nickte kurz und sprach, so gut es ging.

«Ja, ich wollte … nur hier sein … bevor es … dunkel wird … Wollte nicht … mit der Taschenlampe laufen … Könnte aber einen … Schluck Wasser … gebrauchen.»

«Ich hätte gedacht, daß Sie davon draußen schon genug gekriegt haben. Aber kommen Sie erst mal mit ins Haus und wieder zu Atem.»

Kate folgte ihm gebückt in das Blockhaus und ließ sich einen Stuhl und etwas zu trinken geben. Ihr Herzschlag beruhigte sich allmählich wieder, und sie war froh über den Feuerschein in dem Holzofen neben ihr. Angie Dodson war eine winzige, schmächtige Frau mit einer dicken, dunkelblonden Mähne auf dem Kopf, die sie mit einer Vielzahl unzureichender Haarnadeln zu bändigen versuchte. Den niedrigen Raum hatte sie mit bunten Kissen und Wandbehängen ausgestattet. Es roch nach leckerem Essen. In einer Ecke standen ein großer Webstuhl und ein Spinnrad mit einem Stuhl dahinter. Ein etwa zwölfjähriges, ernstes Kind mit Sommersprossen brachte Kate eine Tasse heiße Zwiebelsuppe und ein warmes Vollkornbrötchen.

«Du bist Amy, nicht wahr? Ich kann mich noch von gestern an dich erinnern.»

«Ja. Warum sind Sie zu Fuß im Regen von Tyler hier heraufgelaufen? Sie hätten doch einen Wagen nehmen können?»

«Weiß ich auch nicht so genau. Hast du diese Suppe gekocht?»

«Ich habe Mom geholfen.»

«Danke schön, damit hast du mir vielleicht das Leben gerettet.» Kate las dem Kind vom Gesicht ab, daß es intensiv über diesen Satz nachdachte, und lächelte. «Das sagt man nur so. Aber ich bin dir trotzdem sehr dankbar für die Suppe.»

«Bitte.»

«Fertig, Martinelli?» Hawkin stand an der Tür mit der Jacke, die sie ihm gegeben hatte – vor einer Ewigkeit, erschien es ihr.

«Fertig. Vielen Dank, Mrs. Dodson, das war jetzt genau das richtige.»

«Bitte nennen Sie mich doch Angie.»

«Gute Nacht, Angie», rief Hawkin. «Ich hoffe, Ihrem Mann ist nichts passiert.»

Kate musterte das schmale Gesicht der Frau genauer, die kaum älter aussah als ihre Tochter, und entdeckte darin eine besorgte Anspannung.

«Ich nehme an, daß er bei Freunden in der Stadt geblieben ist, weil es zu sehr regnet. Das ist schon öfter vorgekommen.» Sie nahm die helle Kerosinlampe und führte die beiden zur Tür. «Kommen Sie ruhig morgen wieder vorbei, wenn Sie etwas Heißes zu trinken brauchen.»

«Das ist sehr nett von Ihnen, Angie», antwortete Hawkin. «Wir werden versuchen, Sie so wenig wie möglich zu stören.»

«Sie stören mich nicht, ehrlich nicht. Es ...» Sie unterbrach sich und sah aus, als schäme sie sich ein wenig. Doch es lag auch noch etwas anderes in ihrem Gesicht. War das Trotz? «Ich sollte das eigentlich nicht sagen, glaube ich, wenn man bedenkt, warum Sie hier sind. Aber es war wirklich einmal eine Abwechslung, so viele neue Gesichter zu sehen. Das hat mir Spaß gemacht.»

Das glaube ich, dachte Hawkin. Er konnte sich vorstellen, daß man hier oben um diese Jahreszeit nur selten Abwechslung hatte, wenn man mit einem Kind in einem winzigen, finsteren Haus ohne elektrisches Licht saß. Er schenkte Amy Dodson ein Lächeln, jene Art von Lächeln, die Frauen von ihrer Sorte im allgemeinen immer nervös machte.

«Na schön. Dann lassen Sie mal für uns den Wasserkessel auf dem Feuer.»

Als sie aus dem Warmen kamen, blies der Wind ihnen den Regen ins Gesicht, und schnell suchten sie Zuflucht in dem alten Feuerwehrwagen. Detweiler klappte den Suchscheinwerfer herunter und nahm das tragbare Funkgerät, das Trujillo ihnen zur Verfügung gestellt hatte. Die Verbindung wurde immer wieder durch krachende und pfeifende Laute unterbrochen, aber schließlich gelang es ihnen doch durchzugeben, daß sie sich jetzt als letzter Wagen auf den Weg nach unten machen würden.

«Entschuldigung, daß ich so schreien mußte», sagte Detweiler und bog auf den Weg ein. «Mit der Antenne stimmt was nicht.»

«Könnten Sie die Heizung anstellen?» Dieser Mann muß aus Alaska stammen, dachte Kate.

«Tut mir leid, aber die ist auch kaputt. Irgendwo da hinten muß eine Decke liegen. Ist Ihnen kalt?»

«Herrgott noch mal», entfuhr es Hawkin, «sie ist naß bis auf die Knochen. Natürlich ist ihr kalt. Hier, Casey, legen Sie sich das um. Du lieber Himmel, jetzt erzählen Sie mir bloß nicht, daß der Scheibenwischer schon wieder ausgefallen ist.»

«Der funktioniert schon wieder, wenn der Motor erst warm ist», sagte der Fahrer verzweifelt.

«Jesus Maria», knurrte Hawkin leise. Kate kam das nicht wie ein Gebet vor.

Es war jetzt stockdunkel und regnete, und im Licht des Scheinwerfers, der tatsächlich funktionierte, entdeckten sie, daß unten am Berg keine Pressefahrzeuge mehr standen. Kate biß die Zähne zusammen, um gegen die Kälteschauer anzukämpfen, die sie zu überwältigen drohten. Bei Tyler schien die Elektrizität ausgefallen zu sein, aber in mehreren Fenstern brannte Licht. Hawkin war schon aus dem Wagen, noch bevor die Bremse angezogen war. Er öffnete die hintere Tür, zog Kate heraus, führte sie mit entschlossener Hand zum Haus und schubste sie ins Badezimmer. Hinter der Toilette brannte eine Kerosinlampe.

«Heiße Dusche», befahl er grob und schloß die Tür. Ein paar Minuten später, als Kate schon unter einem Strahl wunderbar heißen Wassers stand, hörte sie, wie die Tür noch einmal aufging.

«Ziehen Sie nicht wieder die nassen Sachen an», lautete der nächste Befehl, dann wurde die Tür zugeschlagen. Sie zog den Vorhang zur Seite und sah neben dem Waschbecken ordentlich gefaltete

Jeans, ein Sweatshirt und dicke graue Socken liegen. Das Gefühl, immer weiter zittern zu müssen, ließ nach, dafür wurde das Wasser jetzt kalt, und sie zog sich an. Als sie aus dem dampfnassen Badezimmer kam, hörte sie eine mittlerweile schon vertraute Stimme ohne Unterlaß schreien.

«... der nur noch dazu zu gebrauchen ist, im Coachella-Valley Warzenmelonen zu befördern. Entweder schaffen Sie mir bis morgen einen anständigen Wagen mit Allradantrieb her, oder ich werde Ihrem Vorgesetzten mal erzählen, wie wenig Unterstützung meine Leute hier oben erfahren. Nein, ich habe keine Lust, mir Ihre Probleme anzuhören. Dann brechen Sie doch von mir aus bei dem gottverdammten Jeep-Händler ein und stehlen Sie einen Wagen. Ich kann nicht zulassen, daß meine Partnerin eine Lungenentzündung bekommt, nur weil ihr Typen eure Ausrüstung nicht vernünftig wartet, und ich bin zu alt und zu schlecht gelaunt, um zu Fuß zu gehen. Habe ich mich deutlich genug ausgedrückt? Gut. Dann noch einen schönen Abend», fügte er gehässig hinzu und legte auf. Als er Kate in der Tür stehen sah, wischte er sich sofort mit der Hand das Grinsen aus dem Gesicht, aber ganz konnte er es doch nicht verkneifen. Kate grinste ebenfalls. Sie trug umgeschlagene und mit einem Gürtel zusammengezurrte Jeans und ein Sweatshirt, das ihr bis zu den Oberschenkeln reichte. Daß er sie «Partnerin» genannt hatte, hatte ihr lächerlicherweise über die Maßen geschmeichelt ...

«Ist Ihnen jetzt wärmer?» fragte er.

«Das könnte ich Sie auch fragen», erwiderte sie sanft und schaute flüchtig zum Telefon hinüber.

«Wenn die glauben, sie können alles auf meinem Buckel abladen, dann haben sie sich in den Finger geschnitten. Wollen Sie noch etwas essen, bevor wir losfahren?»

«Eine Tasse Kaffee wäre jetzt toll, sonst brauche ich nichts.»

«Ich habe Tylers Lady Ihre Thermoskanne gegeben. Sie hat versprochen, sie vollzumachen. Ich sage nur noch eben Trujillo Bescheid, daß wir weg sind – er bleibt heute nacht wieder hier.»

Sie trafen Trujillo in dem spärlich beleuchteten großen Raum an, wo er vor dem riesigen Kamin die Füße auf den Tisch gelegt hatte und sich mit Tyler unterhielt. Neben ihm saß eine Frau, mit der er sich offensichtlich schon gut angefreundet hatte. Er hatte den Schlips abgelegt und ein Glas in der Hand. Als sie hereinkamen, sprang er auf.

«Himmel noch mal, Trujillo, Sie scheinen offenbar zu glauben, das hier sei eine Art Vergnügungsurlaub für Sie. Sie sind hier im Dienst, Mister, haben Sie das etwa vergessen? Glauben Sie vielleicht, daß die Leute in diesem County Sie nur dafür bezahlen, daß Sie herumsitzen und Whisky trinken, während da draußen irgendein Mistkerl herumläuft und Kinder umbringt? Ich erwarte ja gar nicht, daß Sie die ganze Nacht über auf den Beinen bleiben, das habe ich Ihnen schon gesagt. Ich erwarte noch nicht einmal von Ihnen, daß Sie allein schlafen. Allerdings erwarte ich von Ihnen, daß Sie nüchtern genug bleiben, um ans Telefon gehen zu können, wenn ich Lust habe, um drei Uhr nachts ein Schwätzchen zu halten.» Er riß Trujillo das Glas aus der Hand und trug es hinüber zum Kamin. Als er dann die Flasche auf dem Sims stehen sah, hielt er inne und sah Kate an. «Fahren Sie?»

«Klar.»

«Sie sind nicht zu müde? Gut. Es wäre eine Schande, das Zeug einfach wegzukippen. Ich bringe Ihnen das Glas morgen zurück, Tyler. Und von jetzt an verstecken Sie gefälligst die guten Sachen, sonst verklage ich Sie wegen versuchter Bestechung.» Er nahm einen kleinen Schluck und ließ ihn um die Zunge spülen. «Heute abend sehen wir aber noch einmal darüber hinweg. Gute Nacht zusammen.»

Auf dem Rückweg gingen sie noch in der Küche vorbei und holten bei Anna die Thermoskanne ab.

«Tut mir leid, daß ich nichts Kleineres anzubieten hatte», sagte sie lächelnd, als sie Kates Aufzug sah.

«Ich habe mich schon gefragt, ob Tyler am Ende auf Lavendelduft steht», erwiderte Kate. «Ich bringe die Sachen morgen zurück.»

«Das hat keine Eile. Fahren Sie vorsichtig. Für Mitternacht sind orkanartige Windböen vorausgesagt. Das habe ich im Radio gehört, bevor der Strom ausgefallen ist.»

«Das sind ja rosige Aussichten.»

Im Wagen streifte Kate ihre lehmverschmutzten Schuhe ab, schon das zweite Paar an diesem Tag, und fuhr in Strümpfen. Hawkin goß ihr etwas Kaffee ein, lehnte sich dann zurück und nuckelte an seinem Glas.

«Mögen Sie Whisky?» fragte er.

«Nicht besonders.»

«Weißwein.» Seine Stimme klang so verächtlich, als hätte er «Sprudelwasser» gesagt.

«Manchmal. Ein Roter ist mir aber lieber. Wenn ich überhaupt Alkohol trinke, dann meistens Bier.»

Das überraschte ihn, und er hielt damit nicht hinter dem Berg.

«Bier hat Charakter», erläuterte sie. «Und falls Sie die Zeiten von heute nachmittag haben wollen, die habe ich auf den Block im Handschuhfach geschrieben. Zusammengerechnet müßten das ...» – sie sah auf die Leuchtziffern ihrer Armbanduhr – «von Haustür zu Haustür vier Stunden und achtundzwanzig Minuten sein. Bergab bin ich nicht sehr schnell gelaufen, aber ich bezweifle, daß sie bergauf so schnell hätte sein können wie ich. Wir müssen Dodson fragen, ob sie den Eindruck machte, als sei sie außer Atem gewesen. Wo ist er überhaupt?»

«Er hat sich Tylers Pritschenwagen ausgeliehen, um nach Sacramento zu fahren und einen Motor abzuholen. Sein eigener Wagen hat einen Kolbenfresser, und ein Freund hatte noch einen Motor, den er ihm ganz billig verkaufen wollte. Trujillo hat das überprüft, der Motor ist wirklich im Eimer.» Er warf den Notizblock zurück ins Handschuhfach und klappte es zu.

«Was ist heute sonst noch herausgekommen?» fragte sie.

«Eine kleine Locke braunes Haar ist im Jaguar gefunden worden, und unter dem Sitz ein Kinderring.»

Kate zog die Augenbrauen hoch.

«Von einem Ring an einem der Mädchen war doch nie die Rede, oder?»

«Nein, nie. Einer von Trujillos Männern macht morgen damit die Runde. Manchmal vergessen Eltern einfach, was ein Kind anhatte, als es das Haus verließ. Vielleicht erkennt einer von ihnen den Ring wieder. Für einen Erwachsenen ist er zu klein.»

«Und eine Haarlocke, sagten Sie. Abgeschnitten?»

«Nein, im Türgriff hängengeblieben. Ein kleines Büschel Haare, vielleicht zwanzig oder dreißig, braun, nicht gewellt und etwa fünfzehn Zentimeter lang.»

Der Regen klatschte jetzt in Strömen auf die Windschutzscheibe, und selbst bei schnell laufenden Scheibenwischern konnte man nur hier und da einen kurzen Blick auf die schwarze Fahrbahn und die Regentropfen erhaschen, die vor den Scheinwerfern herabprasselten. Schließlich durchbrach Kate die geräuschvolle Stille mit ausdrucksloser Stimme.

«Es sieht nicht gut aus für Vaun Adams, oder?»

«Nein, gar nicht.»

«Glauben Sie, daß sie es war?»

«Wir dürfen nicht parteiisch sein, Casey.»

«Ich will nur wissen, was Sie glauben.»

Hawkin nahm sich mit der Antwort Zeit.

«Wissen Sie, den ganzen Tag muß ich schon an einen Fall denken, den ich ... na, vielleicht vor fünfzehn Jahren hatte. Eine kleine, stille Maus von einer Frau, deren Mann und Kinder verschwunden waren. Sie kam zu uns und sagte, er hätte sie entführt, füllte die Vermißtenanzeige aus, und wir veröffentlichten die Personenbeschreibungen. Ein paar Tage später wurde sein Wagen an einer Bushaltestelle gefunden, also gingen wir wieder zu ihr, um mit ihr zu reden. Sie verhielt sich genauso, wie man es von ihr erwartet hätte: in Tränen aufgelöst, besorgt, wütend auf ihren Mann, aber dabei völlig rational. Sie zeigte uns die Kinderzimmer; da lag ein Teddybär, ohne Augen, ein Ohr abgebissen, völlig abgewetzt – Sie wissen schon, so wie ein Teddy aussieht, der kaputtgeliebt worden ist. Na ja, jedenfalls saß dieser Teddybär gegen die Lampe gelehnt auf einem Nachttischchen, und mir fiel auf, daß er irgendwie ... wie soll ich sagen ... einsam aussah. Dieser Eindruck blieb bei mir haften, und später am Abend dachte ich noch einmal darüber nach. Und dann dämmerte es mir, daß in den Kleiderschränken doch eine ganze Menge Sachen gewesen waren und der Vater eigentlich zumindest die Mäntel und die Schuhe mitgenommen hätte. Am nächsten Morgen haben wir uns einen Durchsuchungsbefehl besorgt, und dann fanden wir sie tief vergraben im Keller. Und dabei war sie so eine nette und freundliche Dame, in deren Augen nicht ein Hauch von Schuld lag.»

«Aber Sie denken doch nicht, daß Vaun Adams dumm ist. Und wenn Sie die Leichen quasi in ihrem eigenen Garten deponieren würde, wäre das sehr dumm. Geradezu selbstmörderisch.»

«Vielleicht ist es ja genau das. Sie wäre nicht die erste Psychopathin, die dafür sorgt, daß sie gefaßt wird. ‹Haltet mich auf, bevor ich es noch einmal tue.› Etwas in der Art.»

«Glauben Sie das wirklich?»

Er wandte den Blick aus dem Seitenfenster, sah dort aber nur die sich spiegelnden Anzeigen des Armaturenbrettes und sein eigenes unglückliches Gesicht.

«Nein, das glaube ich nicht. Sie sah aus wie eine ziemlich fertige ehemalige Gefängnisinsassin, die nicht weiß, ob sie sich auf die Hinterbeine stellen soll. Aber nicht wie eine Mörderin, die ebensoviel Angst hat, gefaßt zu werden, wie nicht gefaßt zu werden. Sie machte übrigens überhaupt nicht den Eindruck, als ob sie Angst hätte. Wer weiß, vielleicht ist sie ja wirklich verrückt. Wir müssen abwarten, was Dodson morgen sagt und was die Laboruntersuchungen und die Fingerabdrücke ergeben. Verflucht, ich hätte den Whisky nicht auf leeren Magen trinken sollen, der macht mich ganz weinerlich. Am Ende erzähle ich Ihnen gleich auch noch von meiner Exfrau. Ich bin müde. Brauchen Sie mich, damit ich Sie wach halte?»

«Nein, mir geht es bestens», log sie. «Stört es Sie, wenn ich ein bißchen Radio höre?»

«Wenn ich schlafe, stört mich überhaupt nichts», schnaubte er verächtlich, und kurz darauf bewies er es.

10. Kapitel

Kate schaltete das Autoradio an und drehte am Abstimmknopf, bis schließlich Stimmengemurmel zu hören war. Bei einer langen Autofahrt braucht man etwas, was einen nervt, und nichts, aber auch wirklich gar nichts nervt einen mehr, als einer dieser Vierundzwanzig-Stunden-Talk-Shows zuzuhören, besonders nachts, wenn die Anrufer Stammkunden sind, die sich an ihren kurzen Momenten der Allmacht ergötzen, wo sie die Radiowellen beherrschen und die Aufmerksamkeit Hunderter, wenn nicht Tausender Zuhörer genießen. Der gegenwärtige Anrufer schwadronierte gerade über Ölbohrungen und Wasserbohrungen, mit Exkursen über das Gewicht von Zement und das Überhandnehmen von Steindämmen in der Bucht. Erst als der Moderator ihn unterbrach, erfuhr Kate das Thema für diesen Abend, nämlich Erdbeben, wie sie vorhergesagt werden konnten und wie man sich am besten darauf vorbereitete. Hochwasser wäre heute eigentlich ein passenderes Thema, dachte sie. Plötzlich wurde der kleine Wagen abgebremst und schlitterte, als er durch eine tiefe Pfütze fuhr, die durch einen verstopften Abfluß verursacht worden war. Der Lärm, den das gegen den Wagenboden spritzende Wasser verursachte, und die abrupte Verlangsamung des Wagens weckten Hawkin halb auf. Er schaute sich mit ausdruckslosem Gesicht um und schlief sofort wieder ein.

Kate goß sich aus der Thermoskanne vorsichtig eine Tasse Kaffee ein, ohne länger als den Bruchteil einer Sekunde die Augen von der Straße zu nehmen. Sie fuhr mit der linken Hand am Steuer, trank schlückchenweise ihren Kaffee, hörte dabei mit halbem Ohr Radio und genoß das angenehme Gefühl, ein warmes und trockenes Etwas zu sein, das sich durch ein kaltes und ekelhaftes Universum kämpfte.

Nach ein paar Meilen kam ihr ein Scheinwerferpaar entgegen und blendete sie. Leidensgenossen auf der Fahrt im Sturm. Als die Lichter vorbeihuschten, schaute sie flüchtig zu Hawkin hinüber und hatte ganz kurz vor ihrem geistigen Auge das Bild eines jüngeren Mannes, ohne die Furchen und die Härte im Gesicht. Verletzlich. Unschuldig.

Das war ein verwirrendes Bild von einem Mann, der sie ohnehin schon verwirrte. Kate wollte die verletzliche Seite von Al Hawkin nicht sehen, ebensowenig wie sie sich mit irgendeinem ihrer Kollegen auf emotionelle Vertraulichkeiten hätte einlassen wollen. Sie hatte lange und hart daran gearbeitet, einen Schutzwall um ihr Leben zu errichten, der um so wirkungsvoller war, weil man ihn nicht sehen konnte. Und Kate hatte nicht die Absicht, ihn sich jetzt von jemandem einreißen zu lassen.

Polizist zu sein ist keine einfache Aufgabe. Und für eine Frau ist es eine geradezu unmögliche Aufgabe, sich in der Männerwelt des Reviers zu behaupten und sich dabei gleichzeitig noch ihre weibliche Identität zu bewahren. Wenn eine Frau Streifenpolizistin werden will, muß sie sich vom ersten Tag auf der Polizeischule an eine klare Vorstellung von dem verschaffen, was von ihr erwartet wird, und daran unerschütterlich festhalten. Sie muß hart sein, aber trotzdem alle Derbheiten vermeiden. Sie muß freundlich sein, ohne zu kriechen. Sie darf nicht aggressiv vorgehen, muß aber gleichzeitig bereit sein, sich ohne auch nur eine Sekunde zu zögern in eine gewalttätige Auseinandersetzung zu stürzen. Es scheint unmöglich, aber trotzdem schaffen Frauen es. Kate hatte es geschafft. Und außerdem hatte sie gedrängelt und gestrampelt und schwitzend über ihren Büchern gesessen, nur damit sie frühzeitig befördert wurde und vom Dienst auf der Straße wegkam, wohlwissend, welchen Unwillen und welches Mißtrauen sie durch ihren zielstrebigen Ehrgeiz hervorrufen würde.

Diese negative Einstellung ihr gegenüber und die dadurch entstandenen Spannungen mochten dazu beigetragen haben, daß die Polizei von San Jose sie so bereitwillig an San Francisco abgetreten hatte. Als sie erst einmal dorthin versetzt war, hatte sie sich jedoch fest vorgenommen, ihr fast zwanghaftes Konkurrenzdenken im Zaum zu halten. Diesmal wollte sie einfach nur dazugehören, soweit ihre persönliche Veranlagung ihr das ermöglichte. Die Männer und Frauen, mit denen sie zusammenarbeitete, fanden sie freundlich und bis zu einem gewissen Punkt auch umgänglich. Alle wußten, daß sie joggte und in einem Fitnesscenter trainierte, daß sie Pasta und Baseball und kleine Nelken mochte und in einer Dauerfehde mit dem Klempner lag. Alle wußten, daß man auf Casey zählen konnte, wenn es um Brautgeschenke ging oder darum, den Dienst zu tauschen, damit man zur Hochzeit seiner Schwester oder zur Beerdigung der Tante gehen konnte, daß sie mit einem tückisch genauen Schlag im Baseballteam des Reviers spielte und daß man sich auf sie als Polizistin verlassen konnte, wenn man mit ihr zusammen in eine unangenehme Situation kam. Aber keiner war je in ihrer Wohnung gewesen, keiner wußte, was sie in ihrer Freizeit machte, wie oder mit wem sie lebte. Gerade durch ihre Offenheit im Arbeitsleben verbarg sie ihr Privatleben um so mehr. In gewisser Weise war das schizophren, und das wußte sie auch. Aber sie hatte erkannt, daß sie nur weiter Polizistin sein konnte, wenn sie sich einen ganz privaten Bereich sicherte, in den sie sich zurückziehen konnte. In ihr Zuhause drangen weder ihre Arbeitswelt vor noch ihre Kollegen. Und den meisten von ihnen war noch nicht einmal aufgefallen, daß sie sie niemals einlud.

Aber Hawkin war da anders. Sie hatte das Gefühl, daß Hawkins Augen nur sehr wenig entging – obwohl sie sich nicht von ihm bedrängt fühlte. Sie hatte schon einige Leute erlebt, die sich unbedingt mit ihr verbrüdern wollten, die spürten, daß es da noch eine andere, verborgene Kate gab, und an ihrem Leben herumpulten wie an einer Krabbe. Mit denen wurde sie leicht fertig, und manchmal hatte sie sich schon regelrecht einen Spaß daraus gemacht. Aber bei Hawkin sah die Sache anders aus.

Sie wußte mittlerweile, daß Al Hawkin sich immer voll auf den Fall konzentrierte, an dem er gerade arbeitete. Er schlief mit dem Fall, trank und aß ihn und wurde selbst von ihm aufgefressen, bis er ihn gelöst hatte. Und wenn einer seiner Partner mehr sein wollte als nur sein Handlanger, dann mußte er ihm zumindest ein Stück weit auf diesem Weg folgen. Das war etwas, wogegen Kate sich immer gewehrt hatte. Aber jetzt spürte sie, daß von dem Mann, der da neben ihr schlief, genau diese Bedrohung ausging.

Dabei war das, was ihr am meisten zu schaffen machte, vielleicht gerade die Leichtigkeit, mit der er sich in diesen völlig schutzlosen und alles preisgebenden Zustand der Bewußtlosigkeit fallen ließ. Kate selbst hätte nie in Gegenwart von Fremden geschlafen, im Flugzeug zum Beispiel oder bei einem flüchtigen Bekannten, mit dem sie ins Bett gegangen war. Immer stieg sie in solchen Fällen nach Stunden völlig übermüdet und mit roten Augen aus dem Flugzeug oder kletterte aus dem Bett, unfähig, sich fallenzulassen und einzuschlafen, bis sie wieder allein war.

Außer bei Lee natürlich. Bei Lee hatte sie sich in den vergangenen vier Jahren vollkommen und rückhaltlos fallenlassen. Nur bei Lee, bei niemandem sonst, war sie völlig schutzlos, ganz offen für die härteste Kritik und die innigste Gemeinschaft. Nur bei Lee. Ausschließlich.

Wie konnte ein Mensch nur schlafen, wenn ein Fremder zusah?

Ein anderes Bild dieses langen, anstrengenden Tages tauchte vor ihrem geistigen Auge auf, das von Vaun Adams, wie sie an der Haustür gestanden hatte, mit der Schönheit einer Märchenprinzessin: das Haar so schwarz wie Pech, die Haut so weiß wie Milch und die Lippen blutrot – dazu ein entrückter Blick und das ausdruckslose Gesicht eines Menschen, der durch die Hölle gegangen war.

Nur ein einziges Mal hatte sich dieser Ausdruck auf ihrem Gesicht verändert, in jenem Moment der Überraschung darüber, daß sie ihre wahre Identität nicht kannten. So sah normalerweise kein Mensch aus, der von der Polizei vernommen wurde. Die einzigen, bei denen Kate erlebt hatte, daß sie auf das Erscheinen der Polizei nicht mit Nervosität reagierten, mit übertriebener Höflichkeit oder Aggression, übertriebenem Humor oder was auch immer, waren alte Anwälte und junge Ganoven, die beide von ihrer Unverwundbarkeit überzeugt waren. Und selbst bei letzteren konnte man zumindest eine Spur von verächtlichem Hochmut beobachten, der sie letztendlich verriet. Vaun Adams dagegen hatte in keiner Weise übertrieben nervös reagiert. Wachsame Vorsicht vielleicht und eine gewisse Belustigung. Aber wie Hawkin schon gesagt hatte, war da keine Angst zu spüren gewesen, was bei einer Frau, die mehr als neun Jahre im Gefängnis verbracht hatte, außergewöhnlich war.

Jetzt, wo Kate darüber nachdachte, merkte sie, daß ihr Vaun Adams eigentlich offen und ehrlich erschienen war, beinahe zutraulich, so seltsam das auch erscheinen mochte. Weniger auf der Hut jedenfalls als die zwölfjährige Amy Dodson.

Und doch war sie eine Mörderin, die ein Viertel ihres Lebens im Gefängnis verbracht hatte.

Vaun Adams hatte behauptet, man habe ihr ihre Unschuld genommen. Ihre Bilder waren ganz gewiß nicht unschuldig. Sie waren kraftvoll, roh, tiefgründig, bewegend, wunderschön, befleckt, schmerzerfüllt und fröhlich, und manchmal sogar all dies zusammen, aber Unschuld war nicht das Wort, das einem dabei in den Sinn kam.

Aber was ist eigentlich Unschuld? überlegte Kate. Es gibt zwar die juristische Definition, aber ist Unschuld nicht eigentlich in Wahrheit das Fehlen von Boshaftigkeit, von Sünde? Sünde – was für ein altes Wort. «Sie sind allzumal Sünder und mangeln des Ruhmes, den sie vor Gott haben sollten.» Ein Unschuldiger war ein Mensch, der von der Sünde der Welt nicht berührt war, dessen Einfachheit war wie eine glatte Hülle, an der der Schmutz der Welt nicht haftenblieb. (Jetzt reicht es aber, Martinelli, dir steigt wohl der Whisky-Dunst zu Kopf!) Und doch war sie schon einem oder zweien solch unschuldiger Menschen begegnet, die man zu anderen Zeiten vielleicht Heilige genannt hätte.

Ist es das, was Vaun Adams wirklich ist: eine Unschuldige? Ein Spiegel, der viel Böses gesehen hat, in sich selbst ebenso wie in anderen, und der dieses Böse ebenso wie das Gute widerspiegelt und dabei immer heller erstrahlt? Wie sonst ließe sich dieses Fehlen von Angst, Wut, Freude oder jedes anderen Gefühls in den Augen der Malerin erklären, wo diese Gefühle in ihren Bildern doch so grell ins Auge stachen?

Kann ein unschuldiger Mensch einen Mord begehen?

Kate nahm das Stimmengemurmel aus dem Radio überhaupt nicht mehr wahr. In Gedanken wanderte sie ein Jahr zurück zu jenem heißen Sommernachmittag in New York und sah wieder die Gemälde vor sich, die sie von den weißen Wänden der Galerie geradezu angesprungen hatten. Zusammen mit Lee war sie vor einem Bild mit dem Titel *Strawberry Fields (Forever)* stehengeblieben. Es stellte eine einzelne Person dar, einen mexikanischen Landarbeiter mittleren Alters, der mitten auf einem großen Erdbeerfeld stand, dessen Reihen sich endlos, beinahe hypnotisch, bis zum Horizont hin ausdehnten. Er stand auf seine Hacke gelehnt, und der Betrachter begegnete seinem Blick mit Entsetzen, denn in den Augen und der Haltung des Mannes lag die klaglose Hinnahme dessen, daß noch Meilen über Meilen zermürbender Arbeit vor ihm lagen, und die Erkenntnis, daß er niemals fertig werden würde, niemals wirklich würde aufhören können, daß er niemals von dem Schmutz unter seinen langen Fingernägeln oder den Schmerzen in seinem Rükken erlöst werden würde.

Viele Maler hätten es dabei belassen und sich damit zufriedengegeben, daß sie das reiche Establishment aufgerüttelt hatten, das ein Bild von der Arbeit sehen und sich durch die eigenen Schuldgefühle reingewaschen fühlen würde. Eva Vaughn jedoch war noch einen Schritt weiter gegangen. Wenn man sich den Landarbeiter ansah, dann das riesige flache Feld, den heißen blauen Himmel und dann wieder das Gesicht des Mannes, dann erwuchs in einem ganz allmählich die Überzeugung, daß dieser Mann ein besonderes, tiefes Glück in sich trug, das jemand, der sich im Leben immer frei entscheiden konnte, niemals verspüren würde. «Gut gemacht, du treuer und rechtschaffener Diener», fiel ihr ein. Kate hatte die Galerie tief erschüttert verlassen, und Erdbeeren hatten ihr danach nie wieder so geschmeckt wie vorher.

«Warum glaubst du, daß es so wenige große Malerinnen gibt?» hatte Kate gefragt.

«Hast du dir denn das Buch von Germaine Greer noch nicht einmal angeschaut, das ich dir gegeben habe?» hatte Lee tadelnd geantwortet. «Ich weiß schon, alles, was nicht das Wort ‹forensisch› im Titel hat, schiebst du sofort nach hinten ins Regal. Aber du erinnerst dich hoffentlich noch an den Titel, oder nicht? *Der Hindernislauf.* Und dann weißt du auch schon, was ihre Grundthese ist. Männer starten auf einer ebenen Rennbahn, und meistens auch noch mit den richtigen Schuhen, einem Startblock und einem Trainer. Frauen müssen die ganze Zeit über bergauf und gegen den Wind laufen, und meistens gegen den Zirkelschluß, daß Frauen eben weniger bedeutende Künstlerinnen sind und deshalb ein Kunstwerk von einer Frau auch ein weniger bedeutendes Kunstwerk ist. Das Üben von Techniken, nicht nur künstlerischen, sondern auch den handwerklichen, die ein Kunstwerk erst dauerhaft machen, das System der Meisterschüler, Mäzenatentum ...» Lee begann einen der üblichen Monologe, bei denen Kate überhaupt nicht mithalten konnte. Hier und da schnappte sie einen Namen auf, den sie kannte – Rosa Bonheur, Berthe Morisot, Mary Cassat, Suzanne Valadon –, und daneben eine Unmenge anderer. «Es hat eine ganze Anzahl ausgesprochen kompetenter, ja sogar brillanter Künstlerinnen gegeben. Denk nur an Artemesia Gentileschi – eine wesentlich bessere Malerin als ihr berühmterer Vater. Oder Mary Cassat: Einige von ihren Sachen sind mindestens genauso gut wie die von ein paar männlichen Künstlern, die bekannter waren als sie und es zum Teil bis heute noch sind. Und wenn sie vielleicht den Schwerpunkt ihrer Kunst nicht so sehr auf Mütter und Babys gelegt hätte ... wer weiß. Ich fürchte, Frauen müssen zehnmal so gut sein wie Männer, um ihre frühkindliche Erziehung hinter sich zu lassen. Kleine Mädchen werden so erzogen, daß sie vorsichtig und vernünftig sein müssen. Selbst Wildfänge wie du sind so damit beschäftigt, gegen ihre Erziehung anzukämpfen, daß sie sie nicht einfach hinter sich lassen können. Gerade die vollständige, leidenschaftliche Hingabe für eine bestimmte Sache wie beispielsweise die Malerei ist es, die ein wahres Genie erst hervorbringt. Wenn man aber nur über Wäschebügeln und falsch ernährte Babys nachdenken muß – oder darüber, ob man überhaupt Babys bekommen will –, dann kann man sich nicht auf eine einzelne wichtige Sache konzentrieren. Genies jeglicher Art sind stets unmögliche, ekelhafte Bastarde, die nur eine Sache im Kopf haben, und Frauen haben als gesellschaftliche Gruppe diese Möglichkeit nie gehabt, oder doch jedenfalls erst seit kurzer Zeit.»

«Und wie ist es mit Eva Vaughn? Oder würdest du sie als erstklassig bezeichnen?»

«Aber ja, auf jeden Fall, und besonders, wenn man bedenkt, daß sie erst um die Dreißig ist und immer besser wird. Aus ihr werde ich nicht schlau. Ich weiß nicht, warum sie so gar nicht ins Bild paßt. Vielleicht ist sie einfach ein so außergewöhnliches Genie, daß dies ihr ganzes Leben bestimmt. Niemand weiß viel über sie. Selbst in diesem Artikel in *Time* stand, daß sie sich mit dem Verfasser nicht treffen wollte. Allerdings haben sie ein paarmal am Telefon miteinander gesprochen. Erinnerst du dich noch an das Gerücht, Eva Vaughn sei eigentlich ein Mann? Das macht übrigens immer noch die Runde. Ich habe gehört, wie ein Pärchen darüber sogar in der Galerie gesprochen hat.»

«Und du hältst das für ausgeschlossen?»

«Das würde doch gar keine Rolle spielen. Die Arbeiten sind so gut, daß es völlig egal ist, ob sie von einem Mann oder von einer Frau stammen. Nein, eigentlich bin ich sicher, daß es eine Frau ist – eine Frau, der es irgendwie gelungen ist, ihre anerzogene Vorsicht zu überwinden.» Lee tippte auf die Fotografie von *Strawberry Fields*, die auf dem Tisch lag, und schaute sie sich dann sehnsüchtig an. «Ich würde sie schrecklich gern einmal kennenlernen und erfahren, wie sie es geschafft hat, wie sie erzogen worden ist, daß sie jetzt so frei sein kann.»

Kate wußte mittlerweile, wie das geschehen war. Eva Vaughn wäre zu jeder Zeit und an jedem Ort eine gute Malerin gewesen, aber fast zehn Jahre in einem brutalen Frauengefängnis wegen eines Verbrechens, das selbst ihre Mitgefangenen unerträglich finden mußten, hatten alle Vorsicht von ihr abgeschält und sie von allen möglichen Reaktionen befreit, die sonst zu erwarten gewesen wären. Eine normale Frau wäre vielleicht verrückt geworden oder hätte sich in die Anonymität der Alltäglichkeit zurückgezogen, wäre vielleicht sogar gestorben. Vaun Adams jedoch, Eva Vaughn, hatte sich ihrer selbst entledigt, bis nur noch zwei Augen übriggeblieben waren, die alles sahen, und zwei Hände, die einen Pinsel hielten. Und dann hatte sie die Schmerzen und die Schönheit des Lebens auf die Leinwand gebannt. Sie war eine Mörderin, die ein kleines Mädchen erwürgt hatte, ein Mädchen, das jetzt schon eine Frau von vierundzwanzig Jahren hätte sein können, wenn es weitergelebt hätte. Nichts, was Vaun sein oder tun würde, konnte das wiedergutmachen, und tief in ihrem Innern konnte Kate ihr das auch nie wirklich vergeben. So schmerzlich das auch war, Kate wußte, daß ihre eigene Arbeit und ihr eigenes Verständnis von Menschlichkeit von ihr verlangte, daß sie sich gegen diese Frau stellen mußte, die diese grandiosen Visionen menschlichen Geistes gemalt hatte.

Als sie die Außenbezirke der Stadt erreichten, wachte Hawkin auf und griff nach der Thermoskanne.

«Hat wohl immer noch nicht aufgehört, wie?»

So zäh, als müsse sie einen Stiefel aus tiefem Matsch ziehen, tauchte Kate aus der Versunkenheit ihrer Gedanken wieder auf in die Normalität der allgemeinen Höflichkeiten.

«Nein», sagte sie, «es ist eher noch schlimmer geworden. Auf jeden Fall der Wind, sogar auf dieser Seite der Berges.»

«Na ja, der Regen wird bald durchgezogen sein.» Hawkin schien bester Laune zu sein, was an einem solchen Abend und bei den Gedanken, die Kate gerade noch so sehr beschäftigt hatten, um so empörender war.

«Wachen Sie nach einem Schläfchen immer so fröhlich auf?»

«Immer, wenn es wirklich ein Schläfchen ist. Schlafen ist etwas Wunderbares. Sollten Sie auch mal probieren.» Kate hatte kein Schläfchen mehr gehalten, seit sie fünf Jahre alt gewesen war.

«Besten Dank, aber nicht beim Fahren.»

«Da mögen Sie recht haben. Wie heißt doch gleich diese Zeile über den Bruder Schlaf?»

«Bestimmt etwas vom heiligen Franziskus.»

«Nein, von Shelley. ‹Wie wunderbar ist der Tod, der Tod und sein Bruder, der Schlaf.›»

«Welch tröstlicher Gedanke», bemerkte sie trocken.

«Nicht wahr?» Er nahm einen Schluck Kaffee und stieß einen angewiderten Laut aus. «Schon wieder diese verdammte Ziegenmilch. Was hören Sie da eigentlich?»

Sie streckte die Hand nach dem Radio aus und schaltete das Stimmengemurmel aus.

«Eine Diskussion darüber, wie man sich auf eine Katastrophe vorbereitet.»

«Das paßt ja. Können Sie mich am Revier absetzen? Dann fahren Sie nach Hause und schlafen sich einmal richtig aus. Sie haben sich heute wacker geschlagen.»

Sie versuchte, diese Worte herablassend zu finden, aber letzten Endes gab sie sich doch dem warmen Gefühl hin, das sie im Bauch hatte.

«Immer zu Diensten.»

«Ich wünschte, dasselbe könnte ich von Trujillo sagen. Mein Gott, was für ein trostloser Abend.»

Die Garage war leer, was Kate für einen Moment stutzig machte, bis ihr einfiel, daß dies der dritte Donnerstag im Monat war, an dem Lee immer im Krankenhaus arbeitete. So ein Mist. Das automatische Garagentor schloß sich rumpelnd hinter ihr, und sie kramte eine Handvoll Klimbim aus dem Auto zusammen: verdreckte Sachen, Brottüten, Kleider, die Thermoskanne und zwei Tassen, ihre Handtasche, das Pistolenhalfter und ihre Jacke. Als sie sich die Treppe hinaufschleppte, dachte sie nur noch: Von den zweiundsiebzig Stunden seit Montag abend sechs Uhr war ich fünfzig entweder im Dienst oder habe Akten gelesen. Ich bin müde.

Diesem Gedanken folgte ein zweiter, der ihr auf dem Heimweg gekommen war. Sie schaute hinunter auf die Kartons mit den Zeitungen und Zeitschriften, die darauf warteten, zur Altpapiersammelstelle gebracht zu werden, schüttelte dann den Kopf und ging nach oben. Nein. Noch nicht einmal für Al Hawkin. Das mußte warten. Sie mußte unbedingt einmal ein bißchen Ruhe haben, an nichts denken, etwas essen. Wegen eines einzigen lobenden Wortes von diesem Mann würde sie jetzt nicht gleich durchdrehen.

Am oberen Treppenabsatz schloß sie die Tür auf, ging ins Haus, warf die Sachen in einem unordentlichen Haufen auf den Boden und ging wieder die Treppe hinunter.

Die Zeitschrift, nach der sie suchte, war nicht in den Altpapiertonnen, also wandte sie sich den Staufächern unter der Treppe zu und begann hastig zu suchen. Ihre Erfahrung hatte sie gelehrt, daß man mit etwas Intuition Lees höchst privates Ablagesystem noch am besten knackte.

Es dauerte noch weitere zwanzig Minuten, länger als sonst. Die restlichen Journale, Magazine und fotokopierten Thesenpapiere verstaute sie wieder dort, wo sie hingehörten, dann versuchte sie mit aller Kraft die Türen der Fächer wieder zu schließen, und ging wieder nach oben.

Dort warf sie die Zeitschrift auf den Küchentisch und machte sich daran, den Kühlschrankinhalt zu inspizieren. Schließlich nahm Kate die Käsedose heraus, brach ein paar Brocken harten orangefarbenen Cheddarkäse ab, schüttete eine halbe Schachtel Kräcker zusammen mit dem Käse und ein paar Pfirsichen in eine große Schüssel, goß dann noch etwas dunklen Pinot Noir in ein kurzstieliges Weinglas und trug alles zum Tisch. Dann saß sie da, stützte den Kopf auf die Ellbogen zu beiden Seiten der Zeitschrift, leerte die Schüssel und das Glas und las den Artikel.

Er war länger, als sie ihn in Erinnerung hatte, und umfaßte ein Gutteil einer auf Hochglanzpapier gedruckten Kunstzeitschrift. Eigentlich handelte es sich um drei Artikel von drei verschiedenen Autoren, zwei Männern und einer Frau. Sie sah sich die Fotos der Verfasser an und studierte die Gesichter. Zwei der Fotos waren älteren Datums und zeigten aristokratisch feine Züge, während der dritte Verfasser sich augenfällig der Arbeiterklasse zurechnete. Kate las die kurzen biographischen Angaben, in denen Namen von Galerien, Museen und Kunstakademien fielen, die ihr vage bekannt vorkamen, dann wandte sie sich den Artikeln selbst zu.

Die Frau, eine der Herausgeberinnen der Zeitschrift, hatte einen sehr hilfreichen, wenngleich unverbindlichen Abriß über das Leben von Vaun Adams geschrieben, soweit es bekannt war, von der ersten, beispiellosen Einzelausstellung vor zwölf Jahren, die in der Kunstwelt auf großes Interesse gestoßen und innerhalb einer Woche ausverkauft gewesen war, bis zu der jüngsten Ausstellung in New York, die Kate zusammen mit Lee gesehen hatte. Unverbindlich ist vielleicht doch nicht das richtige Wort, dachte Kate. Vielleicht eher frustriert, oder sogar verwirrt. Die Verfasserin war offensichtlich in ihrem Urteil hin und her gerissen und hatte sich deshalb auf gesicherte Fakten beschränkt. Daß Eva Vaughn nur schwer zu erreichen sei und ein normaler Journalist keine Chance habe, mit ihr einmal von Angesicht zu Angesicht zu sprechen. Daß ihr aus Gemälden und Zeichnungen bestehendes Œuvre die erste ernst zu nehmende Bedrohung der herausragenden Rolle des abstrakten Expressionismus sei, seit er Anfang der vierziger Jahre die Kunstwelt erobert habe. Daß ihr künstlerischer Ansatz, der ebenso bewußt wie schmerzhaft traditionell sei, schon jetzt die Leute dazu bewege, über die Rolle der Kunst und über «gemalte» Bilder (ein abfälliger Begriff, wie Kate amüsiert feststellte) nachzudenken. Daß – und dies sei das beeindruckendste überhaupt – es ausgerechnet eine Frau sei, die in die Kunstwelt eingefallen sei wie ein Vandale in Rom, eine

Barbarin, die gegenüber dem zivilisierten Kunstestablishment die Macht auf ihrer Seite habe, eine Frau, eine Außenseiterin, ein Grund entsetzlichen Unbehagens.

Der einführende Artikel fand ein plötzliches Ende, entweder wegen einer schlechten Redaktion oder wegen der Angst der Autorin, daß ihre Objektivität sie im Stich lassen könnte. Die anderen beiden Essays, von Männern geschrieben, waren jeweils befürwortend und ablehnend. Zunächst waren sie nebeneinander abgedruckt, doch dann begann für Kate das Bockspringen über die Werbeseiten für Galerien, Spirituosen und Juweliere. Nachdem sie eine Weile versucht hatte, beide parallel zu lesen, gab sie es auf und las den Artikel, der Eva Vaughn gegenüber negativ eingestellt war, zuerst. Er war von dem Mann geschrieben, der aussah wie ein Maurergehilfe. Die ersten Sätze las Kate in der Küche, die letzten im Bad.

Es kam ihr vor, als läse sie einen Aufsatz über Ingenieurwissenschaften in einer fremden Sprache. Die Worte kamen ihr irgendwie vertraut vor, aber es war ihr schier unmöglich, dem Argumentationsstrang zu folgen. Hier und da blieben ihr jedoch einzelne Sätze haften, und der generelle Eindruck war der einer vernichtenden Schmähschrift. Eva Vaughns künstlerische Vision wurde mit Meeresansichten auf Flohmarktniveau verglichen, «Wyeth mit sozialem Touch», die «Naivität einer Grandma Moses gepaart mit Rembrandtschem Chiaroscuro» – was auch immer das heißen mochte. Je heftiger der Verfasser wurde, desto mehr legte er seine bildungsbürgerliche Terminologie ab wie einen angenommenen Akzent, bis er offenbar nur noch mit Mühe ein einsilbiges Gegeifere unterdrücken konnte.

> Miss Vaughn [schrieb er] hat sich bei der breiten Masse als sehr populär erwiesen, bei jenen Leuten, die ständig betonen, daß sie sehr wohl wissen, was sie mögen, nämlich das, was ihr fünfjähriger Sohn auch malen könnte, bei denen, die dreidimensionale Körper und einfache Emotionen bevorzugen. Eva Vaughn hat klassische Formen für das Proletariat legitimiert. Daß die Formen außer Nostalgie keinerlei Inhalt haben, spielt da offenbar keine Rolle.

Aua! Der Verfasser legte wieder eine Runde technischer Termini ein, die Kate aus Gründen der Selbstverteidigung nur überflog, wobei ihr allerdings dennoch einige Passagen auffielen.

> In ihrem Werk *Der Creek* erreicht Vaughn ein Niveau sinnlicher Sentimentalität, mit der ein männlicher Künstler sich dem Verdacht der Pädophilie aussetzen würde. Das Bild *Ruhe* gehört in eine Spezialzeitschrift über weibliche Erotika. Das Derivat *Trollbrücke* sieht aus, als ob sich Bouguereau darangemacht hätte, Munchs Werk *Der Schrei* zu vollenden: bagatellisiertes Entsetzen.

Seine Schlußbemerkung lautete:

> Miss Vaughns Weigerung, zu sehen und gesehen zu werden, macht sie für die Welt der Kunst hochverdächtig, wo der Dialog und die Kritik die einzigen Dinge sind, die einen Künstler davor bewahren, in seiner eigenen Vision zu ertrinken. Anstatt aus ihrem Jahrhundert zu lernen, scheint sie fest entschlossen zu sein, ihm den Rücken zuzukehren, und zwar in einem solchen Maße, daß sie irgendwo ein Eremitendasein führt, offenbar in Kalifornien, wie man aus den immer wiederkehrenden Mammutbäumen, den mexikanischen Landarbeitern und den erzkonservativen und ein bißchen verwahrlosten Blumenkindern in ihren Bildern schließen darf. Ihr Motto scheint zu sein: ‹Eva Vaughn, die geheimnisvolle hinterwäldlerische Lady›, eine sorgsam gepflegte Idiosynkrasie, wie wir sie schon lange kennen, vergleichbar mit Dalís Schnurrbart und Warhols Sammelleidenschaft. Die Öffentlichkeit lernt sie gerade durch ihre charakteristische Abwesenheit kennen. Vielleicht sollten die Stellwände bestimmter Galerien es ähnlich halten und in Miss Vaughn die abwesende, nachahmende Möchtegern-Malerin erkennen, die sie in Wirklichkeit ist.

Das war die Holzhammermethode. Kate fragte sich, ob Vaun den Artikel gesehen hatte, und wenn ja, ob es ihr dann am nächsten Tag schwergefallen war, den Pinsel in die Hand zu nehmen. Sie ging mit ihrer Lektüre ins Bett und nahm den Artikel des dritten Verfassers in Angriff.

Der aristokratisch-vornehme Stil war ihr leichter zugänglich als der des Vaughn-Gegners, aber auch der Enthusiasmus dieses Autors hielt sich in Grenzen. Kate erkannte, daß es für die Herausgeberin ein leichtes gewesen wäre, für diesen Beitrag einen Autor zu finden, dessen Überschwenglichkeit seine eigene Argumentation untergraben hätte, aber trotz ihrer eigenen Vorbehalte hatte sie das nicht getan. Das Lob des Verfassers war reichlich, aber er zeigte auch die Fehler und Unzulänglichkeiten in Miss Vaughns Arbeit unnachgiebig auf.

> Die Namen, die einem dabei einfallen [schrieb er], sind nicht die der Modernisten, nicht Rauschenberg oder Picasso, noch nicht einmal Monet, sondern die erhabenen und gefeierten Namen vergangener Jahrhunderte, deren Stil nicht mehr gelehrt wird oder nur wie eine tote Sprache zum Zwecke der Übersetzungsübung. Denn Eva Vaughn hat für sich einen unmodernen, klassischen, toten Stil gewählt, ihn mit den ideomatischen Inhalten des zwanzigsten Jahrhunderts gefüllt und ihn so wieder zu sprühendem Leben erweckt.
>
> Ihre Bilder sind von klassischer Einfachheit: ein Mann, eine Frau, einige Kinder, eine Küche. Die Landschaft dient als Hintergrund, zwar allegorisch befrachtet, aber dennoch zweitrangig gegenüber den menschlichen Figuren, die ihre gesamte Arbeit beherrschen. Die Figuren sind im allgemeinen nicht in Pose gesetzt oder erscheinen zumindest zwanglos und so vertraut, daß sie den Betrachter eben dadurch in Verlegenheit bringen.
>
> Davon einmal abgesehen ist es schwierig, Eva Vaughns Stil auf eine reine Beschreibungsebene zu reduzieren oder auch nur zu behaupten, sie sei dieser oder jener Schule zuzurechnen. Das lesbische Liebespaar in *Ruhe* ist in einem vom Fenster einfallenden Lichtkegel gefangen, zwei junge Körper, die in den unbeweglichen, stillen Momenteindruck eines Vermeer gebannt sind, eine Aufhebung aller Bewegung, bevor das Leben wieder eindringt, um sie wieder aufzuwecken und zu verwirren. Ihre Landarbeiter

– *Strawberry Fields, Drei Uhr nachmittags* und *Grüne Bohnen* – stehen in ihrer dumpfen Entschlossenheit denen eines van Gogh in nichts nach. Die oberflächliche Schönheit [wie selten kommt es vor, daß ein Kritiker einen solchen Begriff in einem Artikel gebraucht!] in ihrem Bild *Cas, schlafend* hat den Strich eines Bouguereau, und die üppige Sinnlichkeit der hingestreckten Frauen könnte auch ein früher Renoir sein. Aber woher kommt dieses vage Gefühl des Unbehagens? Liegt etwas Bedrohliches in dem Schatten, der schräg auf das Bett fällt, oder sind das nur die Vorhänge? Ist das in der Ecke ein Männerschuh oder eine Armlehne? Gehört der scharlachrote Fleck auf der Bettdecke zu ihrem farbenfrohen Muster, oder kündet er von etwas Unheilvollerem? Schläft Cas wirklich? Oder liegt sie tot da, in ihrem eigenen Bett ermordet?

Und dies ist nicht etwa nur eine willkürliche Laune der Phantasie in Eva Vaughns Arbeit. Gefühle sind ihre starke Seite, insbesondere die dunklen und beunruhigenden. Es ist kein Zufall, daß die Struktur von *Trollbrücke* an Edvard Munchs *Der Schrei* erinnert, aber in diesem Fall steht die androgyne Figur auf einem sonnenbeschienenen Brückenabschnitt, und ein ganz alltägliches Pärchen kommt auf einem alltäglichen Bürgersteig herbeigeschlendert. Die Frau oder der Mann scheint von plötzlichem Wahnsinn befallen zu sein. Oder lauert da vielleicht etwas Dunkles unter der Brücke, etwas, was das Paar noch nicht wahrgenommen hat? Oder, schlimmer noch, sind sie am Ende Teil dieser Bedrohung?

Gibt es irgendeinen Stil, den diese Künstlerin nicht gemeistert hat, irgendein Feld, das sie nicht betreten wird? Ja. Sie will nichts mit abstraktem Expressionismus zu tun haben, und sie ist auch keine Romantikerin. Romantik, das ist Gefühl um des Gefühls willen, eines Gefühls, das den Rahmen nicht verläßt, der die Leinwand umgibt. Eva Vaughn fasziniert und beunruhigt die Betrachter, legt eine Hand auf ihre Herzen und ihre Gedanken. Und das ist es doch, worum es bei aller Kunst geht. Sie benutzt das Licht eines Vermeer, die Kraft eines Caravaggio, die massive plastische Theatralik eines Michelangelo. Und dann die Augen – seit Rembrandt hat nie wieder jemand solche Augen gemalt, Augen, welche die Tiefe und Weite und Fülle der menschlichen Seele in sich tragen, Augen von überwältigender Ehrlichkeit.

Es gibt viele, die ihre Werke ablehnen, und das aus guten Gründen. Sie ist tatsächlich naiv, und sie ignoriert auch tatsächlich alles, was die Kunst in den vergangenen hundert Jahren ausgedrückt hat. Sie ist eine Künstlerin von unerhörter Ausdruckskraft, und dennoch bleibt sie seltsam passiv. Das Leid und die Leidenschaft, die sie malt, die Bedrohung, die sie hervorruft, der Wahnsinn und die schiere Unerträglichkeit des Lebens sind allesamt Gefühle anderer Menschen. Sie sieht das Leid und malt die Leidenschaft, doch ob sie beides selbst durchlebt hat oder nicht, können wir noch nicht einmal erahnen.

Es ist dieser Eindruck der Distanz, der Nichteinmischung, die möglicherweise verhindert, daß Eva Vaughn einmal in die Reihen der wirklich Großen der Kunst aufgenommen wird. Man mag dagegenhalten, daß sie noch jung ist, aber andererseits nehmen im allgemeinen Hemmungen und Steifheit mit zunehmendem Alter eher zu als ab. Ein wahrhaft großer Künstler läßt keinen Zweifel daran, daß er (und dieses Pronomen ist hier mit Bedacht gewählt) die Leiden und Ekstasen seines Themas selbst durchlebt hat, allein und ohne Erleichterung durch sie zu finden. Erst wenn Eva Vaughn sich dazu entschließt, in ihren Pigmentierungen sich selbst darzustellen, werden wir sehen, ob wir hier möglicherweise die größte Künstlerin nach Picasso vor uns haben. Oder vielleicht sogar – und dies sage ich hinter vorgehaltener Hand – die größte unseres Jahrhunderts.

Obwohl Kate todmüde war, konnte sie nach dieser gleichermaßen persönlichen und gewichtigen Analyse der Frau, die sie selbst als Vaun Adams kennengelernt hatte, nicht einschlafen. Sie hörte auch nicht den Sturm, der sich draußen zusammenbraute, bis sie die Zeitschrift zuklappte und plötzlich die klappernden Fenster und das die Dachrinne hinabschießende Wasser wahrnahm. Sobald sie Lee hereinkommen hörte, schlief sie ein. In dieser Nacht träumte sie von Erdbeeren.

11. Kapitel

Am anderen Ende der Stadt arbeitete Hawkin bis zum späten Abend in seinem Büro und ließ sich dann nach Hause fahren. Er goß sich einen Drink ein, setzte sich in das dunkle Wohnzimmer des Hauses, das er gemietet hatte, und sah in den Regen hinaus, der kübelweise herunterstürzte wie bei einem Sturm auf See in einem schlechten Film. Um elf Uhr begannen die Straßenlampen zu flakkern, wurden schwächer und dann wieder hell. Das leise Summen der Wasserpumpe im Aquarium hinter ihm stockte, dann sprang sie wieder an. In einem Stadtteil von San Jose fiel plötzlich das gesamte Stromnetz aus, und tausend Neuankömmlinge im Silicon Valley fluchten und stießen auf der Suche nach Taschenlampen und den Stummeln ihrer Weihnachtskerzen mit den Schienbeinen an die Möbel. Die alten Leute gingen einfach ins Bett und beruhigten einander damit, daß morgen früh alles vorbei sein würde.

Das Zentrum des Sturms reichte von Eureka bis Santa Barbara und hatte eine unerhörte, unvorstellbare Kraft. Um ein Uhr nachts erfror eine Obdachlose in einer Seitengasse der Market Street. Um halb zwei waren plötzlich weitere siebentausend Häuser in der Bucht ohne Strom. Heizdecken wurden kalt, und die Leute stopften ihre selten benutzten Kamine voller Papier und zündeten es an. Um zwei Uhr bemühte sich ein Einsatzkommando der Feuerwehr verzweifelt, ein brennendes Haus für die vor Kälte zitternden Besitzer zu retten. Die Windböen erreichten mittlerweile eine Stärke von nahezu hundert Meilen pro Stunde, und die Brücken über die Bucht wurden gesperrt. Der Sturm entwurzelte Bäume, jagte Satellitenschüsseln durch die Luft wie Frisbeescheiben und durchbrach die Fenster von Bürohochhäusern. Bevor die Nacht zu Ende war, sollte er entlang der Bucht fünf Menschenleben gefordert haben: eine obdachlose Frau, einen alten Mann, dessen Herz stehengeblieben war, als der Deckel einer Mülltonne durch sein Schlafzimmerfenster geflogen kam, eine junge Mutter, die dummerweise an der falschen Stelle stand, als der Orkan die nicht sicher genug angebrachten Sonnenkollektoren des Nachbarhauses herunterriß, und zwei junge Männer auf dem Rückweg von einer Party, die einem herunterstürzenden Ast ausweichen wollten, dabei von der Straße abkamen und in das reißende Hochwasser eines Flusses stürzten.

Um halb drei starb ein Mammutbaum, einer von mehreren hundert, die in dieser Nacht umfielen. Dieser war noch ein vergleichsweise junges Pflänzchen, gerade mal zweihundert Jahre alt. Da die Natur ihn nicht mit einer Pfahlwurzel ausgestattet hatte, war er der Kombination aus fast völlig aufgeweichtem Boden und den heftigen Orkanböen vom Pazifik schutzlos ausgeliefert. Sechs seiner Vettern waren bereits auf die Tyler's Road gestürzt, aber dieser fiel direkt oberhalb einer Stelle, wo der Weg neben dem Creek verlief, wurde mit der Krone voraus nach unten geschwemmt und bohrte sich wie ein Korken in einen Abflußkanal, während seine Äste den zweiten verstopften. Von jetzt an jetzt fraß das Wasser an der Trasse des Weges.

Um drei Uhr schwemmte das angestaute Wasser die über einen Meter dicken und fünf Meter langen Abflußrohre aus dem Erdreich, riß sie mit sich nach unten und verschluckte dabei große Teile der Böschung und des Weges. Um halb vier ließ der Sturm ein wenig nach. Um zehn nach vier gab die aufgeweichte Böschung oberhalb der Stelle, wo man Tina Merrill gefunden hatte, plötzlich nach, und mehrere hunderttausend Tonnen Felsgeröll und Erdreich rutschen am oberen Ende der Tyler's Road ab. Um halb fünf gab der Sturm dann plötzlich auf und drehte in Richtung Berge ab, um zu sehen, was er dort noch anrichten konnte. Um fünf Uhr war wieder völlige Stille eingekehrt, unterbrochen nur vom durchdringenden Geräusch abfließenden Wassers.

An diesem Morgen schien es früher als gewöhnlich hell zu werden, als könnte die Sonne es kaum erwarten, zu sehen, was ihr aufgewecktes Kind in der Nacht so alles verwüstet hatte. In ganz Nordkalifornien kamen allmählich die Geschöpfe hervor und wagten sich in eine veränderte Welt hinaus. Über einen Streifen von vierhundert Meilen hinweg war der Boden mit Ästen und Bäumen, zerborstenem Glas, ineinander verhedderten Drähten, ertrunkenen Vögeln, Reklameschildern, Schlamm und Dachpfannen übersät. Alles, was Wasser und Wind hochheben und wegtragen konnten, war auch weg. Die Welt atmete, noch zitternd, wieder auf, dankbare Vögel begannen zu singen, und die Sonne stieg an einem blauen Himmel empor, wie um dem allen ihren Segen zu geben.

Um halb sieben fuhr Kate aus dem Schlaf hoch und fragte sich, warum das Telefon noch nicht geläutet hatte. Dann wachte sie vollends auf und mußte lachen bei dem Gedanken, daß sie nach nur drei Tagen bereits damit rechnete, jeder Tag müsse mit einem Anruf von Hawkin anfangen. Sie reckte und streckte sich wie eine Katze und wälzte sich dann herum, um den schlafenden Mund neben ihr wach zu küssen. Da klingelte das Telefon.

«Martinelli», antwortete sie zähnefletschend.

«Hören Sie, Trujillo hat gerade angerufen und gesagt, daß der Weg weggespült ist und es noch eine Weile dauern wird, bevor man ihn wenigstens wieder zu Fuß benutzen kann. Also habe ich mir gedacht, wir verbringen den Morgen hier und versuchen ein paar Dinge herauszubekommen.»

«Guten Morgen, Inspector Hawkin.»

«Was? Oh, guten Morgen. Ist es etwa noch zu früh, um anzurufen?»

«Um welche Zeit stehen Sie eigentlich gewöhnlich auf?»

«Gar nicht. Kommen Sie, wann Sie können.»

«Um halb acht.» Sie warf den Hörer fest auf die Gabel und hoffte, daß ihm jetzt das Ohr klingelte.

Um Viertel nach sieben kam sie in Hawkins Büro und dachte beim ersten Anblick, auch hier hätte in der Nacht ein Sturm gewütet. Sie schob die auf dem Schreibtisch verstreuten Zettel beiseite, legte eine weiße Papiertüte auf die Ecke und zog ein Vollkorncroissant heraus. Hawkin sah von den Blättern auf, die er gerade an die Wand heftete.

«Was ist das denn?»

«Frühstück. Für Sie ist auch eins da, wenn Sie eins möchten.»

«Haben Sie mir auch einen Kaffee mitgebracht?» Er linste auf die Schaumkrone ihres Cappuccinos.

«Sie haben doch eine Kaffeemaschine.»

«Aber kein Pulver mehr.»

Seufzend goß sie ihm etwas von ihrem Cappuccino in einen angeschlagenen weißen Becher mit einer dicken braunen Kruste auf dem Boden.

«Al, ich glaube, ich sollte Ihnen mal erklären, daß wir in einer Zeit leben, in der demütige Sekretärinnen ihre Chefs verklagen, wenn die von ihnen erwarten, daß sie Kaffee machen.»

«Sind Sie da nicht froh, daß Sie keine Sekretärin sind? Kein Zukker?»

Sie nahm ihr Croissant mit zur Wand und sah sich seine Bastelei an. Statt ihrer ursprünglichen Karte hing dort jetzt eine Reihe aneinanderstoßender topographischer Karten mit einem großen Maßstab, die er mit Klebeband verbunden und an die Wand geheftet hatte. Häuser und andere Gebäude waren als kleine blaue Vierecke eingezeichnet (selbst wenn es sich in Wirklichkeit um achteckige, runde oder rautenförmige handelte), und einige waren rot abgehakt. Daneben waren allerhand Papierfetzen, zumeist ausgeschnittene Computerausdrucke, aber auch handgeschriebene Notizen und ein paar kopierte Zeitungsausschnitte sowie verschiedene Fotos, bündelweise angeklebt oder angeheftet, und von jedem Bündel führte eine Linie zu einem der blauen Kästchen. Auf einigen der Schnipsel sah Kate grün umrahmte Wörter oder Paragraphen.

«Wozu?»

«Wozu was?» grunzte Hawkin, während er ein Stück Papier durchschnitt und an die Wand heftete.

«Wozu dieser ganze Wirbel? Wenn Sie irgendwelche Informationen brauchen, habe ich das doch alles im Computer.»

«Ich hasse Computer», erwiderte er geistesabwesend. «Nichts als verherrlichte Aktenschränke, die immer genau dann zusammenbrechen, wenn man sie braucht. Computer denken nicht, sie saugen nur Informationen auf und zwingen die Leute, die sie benutzen, so zu denken wie sie: JA; NEIN. Das beschränkt einen, und so kann man keinen Mörder fassen.»

«Ist das …» Kate biß sich auf die Zunge.

«Sprechen Sie es ruhig aus, Martinelli.»

«Na ja, Sie müssen schon zugeben, daß es etwas ungewöhnlich ist, wenn es jemand bis zum Lieutenant bringt und dann freiwillig einen anderen Job annimmt, der für ihn einen niedrigeren Dienstgrad bedeutet. Ich habe mich nur gefragt, ob es vielleicht etwas damit zu tun hat, daß Sie so allergisch auf Computer reagieren.»

«Es hatte nichts damit zu tun, Martinelli, und Sie brauchen sich gar nicht so verdammt aufzuspielen. Daß ich Computern mißtraue, hat nichts mit einer Phobie zu tun, sondern nur mit gesundem Menschenverstand. Ich bin die Vorhut eines neuen Zeitalters, der Post-Computer-Ära, in der die menschliche Rasse sich von der Anbetung ihrer Silizium-Kälber abwendet und endlich wieder die Überlegenheit des menschlichen Gehirns erkennt. Und was die andere Sache betrifft», fuhr er fort und heftete dabei einen mit grüner Tinte beschriebenen Zettel an, «ich habe mich von dem Job verabschiedet, weil ich ihn einfach zu gut drauf hatte. Er stellte keine Herausforderung mehr dar. Also, wenn Sie mir jetzt nicht hierbei helfen wollen, dann können Sie losziehen und mir einen Kaffee besorgen.»

«Was sind das für rote Markierungen?» Sie sah sich seine Wandcollage genauer an.

«Wenn ich den Eindruck habe, daß wir über alle Personen, die in einem bestimmten Haus wohnen, komplette Informationen haben, wenn es also keine wesentlichen Lücken mehr gibt, dann hake ich das Haus ab.»

«Und das grün Geschriebene sieht aus wie Indizien.» Sie nahm gerade den ersten Namen in Augenschein, der an dem am weitesten links eingezeichneten Kästchen klebte. Es handelte sich um Tyler. Auf den Zetteln, die Hawkin über ihn geschrieben hatte, war unter anderem vermerkt, daß er zwei Jahre lang in der gleichen Stadt wie Amanda Blooms Mutter gewohnt hatte und daß Anna weniger als zehn Meilen von Samantha Donaldsons Heimatort entfernt aufgewachsen war. Beide Notizen waren mit grüner Tinte geschrieben, und die Worte *Schlüssel* und *Jaguar – Haare* waren grün umrandet.

Im Laufe des Morgens füllte die Wand sich immer mehr mit Zetteln, die wie Espenlaub zitterten, sobald die Tür aufging. Allmählich weiteten sich auch die roten Haken von beiden Seiten nach innen aus, ein paar grüne Markierungen kamen hinzu, und Kate begann der Rücken weh zu tun. Den ganzen Morgen über klingelte am laufenden Band das Telefon, Namen kamen hinzu, Alibis wurden überprüft und Informationen weitergegeben. Kurz nach Mittag hob Kate ab und hörte Trujillos undeutliche Stimme.

«Sind Sie das, Casey? Bitte entschuldigen Sie, aber die Verbindung ist sehr schlecht. Die Telefonmasten sind umgefallen, und die Leitung liegt jetzt auf dem Weg, aber sie funktioniert noch, wenn ich dafür sorge, daß nicht zu viele Fahrzeuge darüberfahren. Ich wollte Ihnen sagen, daß ich oben am Weg gewesen bin, dort, wo er weggespült worden ist. So wie es aussieht, werden wir ihn frühestens morgen behelfsmäßig überbrücken können. Sie arbeiten von beiden Seiten daran, aber das Wasser im Creek ist immer noch ziemlich gefährlich. Wie bitte? Ich habe Sie nicht verstanden.»

«Ich habe gefragt», brüllte Kate in den Hörer, «wie es von oben aussieht, wenn man durch das Naturschutzgebiet kommt.»

«Offenbar noch schlimmer. Da sind eine Menge dicker Bäume umgefallen, und vom Weg ist ein großes Stück abgerutscht. Da oben muß offenbar ein fürchterliches Chaos herrschen. Hören Sie, die Leitung bricht allmählich zusammen. Wenn Sie mich erreichen wollen, müssen Sie es über Funk versuchen. Ich rufe Sie in ein paar Stunden wieder an. Ciao.»

«Ciao?» wiederholte sie und blickte ungläubig auf den Hörer. Da steckt dieser Kerl mit seinem schönen Anzug am Hintern bis zum Hals im Schlamm, wird von Reportern belagert und spielt immer noch den großen Max.

«War das Trujillo?» rief Hawkin von seiner Karte her. Er war sich mit beiden Händen durchs Haar gefahren und sah jetzt ziemlich zerzaust aus.

«Genau der. Der Weg ist mindestens noch bis morgen unpassierbar.»

«Hab ich mir schon gedacht. Mein Gott, was für ein Schlamassel. Wenigstens wohnt da oben kein sechsjähriges, braunhaariges Mädchen. Sonst müßte ich mir noch jemanden suchen, der *sie* da mit dem Schleppnetz herausholt.» An der Art, wie er das *sie* betont hatte, erkannte Kate, daß er Vaun Adams meinte. «Lassen Sie uns eine Pause machen. Ich sehe schon nur noch Höhenlinien. Zeit für die Mittagspause.»

Das Mittagessen bestand für Hawkin aus zwei Gläsern Bier und einem Hamburger und aus einem Hühnersalat für Kate. Danach hieß es für die beiden, sich wieder an den Computer zu setzen und vor der Karte zu stehen, nachzudenken und auf *den einen* Telefonanruf zu warten – der um zwanzig vor drei auch tatsächlich kam. Kate nahm das Gespräch an und hörte eine Minute lang zu, bevor sie unterbrach.

«Eine Sekunde bitte. Al, ich glaube, das sollten Sie mithören.» Sie wartete, bis er den Hörer des zweiten Apparats abgenommen hatte. «Okay, fangen Sie noch einmal von vorn an.»

Die Worte wurden in den Hörer gehaspelt, als ob der Sprecher lieber nicht zu lange darüber nachdenken wollte, was er da sagte. «Jim Marsh. Trujillo hat mich losgeschickt, um den Besitzer dieses Ringes ausfindig zu machen, den wir gestern im Jaguar gefunden haben. Ich glaube, ich habe ihn gefunden. Tut mir leid, daß es so lange gedauert hat, aber die Straßen sehen im Moment überall ziemlich übel aus. Ich habe mit den Donaldsons angefangen, aber weder sie noch jemand in der Schule hat den Ring wiedererkannt. Bei den Blooms war es dasselbe. Dann bin ich zum Haus der Merrills gefahren und danach zur Schule des Kindes. Die Lehrerin, die gerade gehen wollte, sagte mir, sie glaube, daß der Ring einem Mädchen gehöre, das Tinas beste Freundin war. Sie hat mir die Adresse gegeben, und die Mutter des Kindes sagte mir, der Ring sehe aus wie der, den ihre Tochter im November zum Geburtstag geschenkt bekommen habe. Sie glaubte aber, das Kind hätte ihn verloren. Also haben wir mit dem Mädchen gesprochen. Sie hatte Angst – hat wahrscheinlich gedacht, ich wollte sie verhaften. Aber schließlich hat sie mir doch erzählt, daß sie den Ring Tina gegeben habe, und zwar an deren letztem Schultag. Tina hatte ihr erzählt, es sei ein Zauberring, mit dem sie nach Nimmerland fliegen würde. Wissen Sie, die Lehrerin hatte den Kindern Peter Pan vorgelesen, und das Kind glaubte, daß Tina jetzt dort war – in Nimmerland. Sie wollte …» Die Stimme versagte ihm, und erst jetzt bemerkte Kate, wie jung er sich noch anhörte. «Sie wollte wissen, wann Tina zurückkommt. Wenn Sie mit Trujillo sprechen, sagen Sie ihm, daß ich zu Hause bin und mich vollaufen lasse.» Die Leitung war tot. Langsam hängte Kate ein und beobachtete Hawkin, der wie in Stein gemeißelt dasaß.

«Das war es dann wohl.» Er hängte ein.

«Werden Sie sie von Trujillo festnehmen lassen?»

«Nein, verdammt noch mal, das werde ich nicht. Wenn Sie bislang noch nicht abgehauen ist, wird sie es auch jetzt nicht tun. Und ich will ihr Gesicht sehen, wenn sie das mit dem Ring erfährt.»

«Wenn Sie so dort hinausfahren, werden Sie Ihren schönen Anzug ruinieren», bemerkte Kate nachsichtig.

«Meine Güte, Sie haben recht. Wir müssen auf dem Weg bei mir vorbeifahren. Wie steht es mit Ihnen?»

«Al, die letzten beiden Tage haben aus mir wieder die Pfadfinderin gemacht, die ich früher einmal war: allzeit bereit. Ich habe eine Tasche im Wagen.»

12. Kapitel

Der Tyler's Creek trocknet das ganze Jahr über nicht aus. Zehn Monate im Jahr ist er ein braves kleines Bächlein, an dem sich Salamander sonnen und Libellen herumfliegen. An einem trägen Augustnachmittag, wenn die Kinder lachend Steine für einen Damm herbeirollen und das Wasser an den tiefsten Stellen einem Erwachsenen kaum bis zur Hüfte reicht, kann man sich nur sehr schwer vorstellen, wie sich die Wurzeln von Bäumen, die drei Meter weiter oben am Ufer stehen, dort unten ineinander verkeilen können und wie sich ein flacher Granitfindling, auf dem man sich gemütlich sonnen kann, plötzlich eine halbe Meile weiter unten wiederfindet, wo sonst weit und breit kein Granit zu finden ist. An einem heißen Augustnachmittag verdorrt nur das Moos und wird braun, aus Kaulquappen werden Frösche, und das einzige, was die Wasseroberfläche kräuselt, sind die Wasserflöhe.

Kate stand in sicherer Entfernung von der großen, klaffenden Lücke in der Tyler's Road und dachte nur noch, daß man sich ein solches Ausmaß an Schäden einfach nicht vorstellen konnte, wenn man in San Francisco wohnte, wo nur hier und da der Strom ausgefallen und ein Siel verstopft war. Als sie gehört hatte, der Weg sei «unpassierbar», da hatte sie sich eine Art tieferer Furche, eine Menge Schlamm und eine kleine Bresche vorgestellt, über die man ein paar Planken legen konnte, aber ganz bestimmt nicht *so* etwas.

Der Tyler's Creek hatte sich in ein raubgieriges, glitschiges, graues Monstrum verwandelt, eine zehn Meter breite gefräßige Urgewalt. Er donnerte wie die Niagarafälle, verschlang immer mehr von der Böschung, dem Weg und den Tannen und schien dabei auch schon hungrig auf sein menschliches Publikum zu stieren. Kate verschlug es die Sprache, und sie schluckte, als am gegenüberliegenden Ufer ein Stück Erdreich von der Größe eines Kleinwagens plötzlich absackte und in die schlammige Flut rutschte. Ein ziemlich großer Baum, dessen nackte Wurzeln gut und gerne vier Meter breit waren, kam um die Biegung geschossen. Das tosende Wasser rammte die Wurzeln in die Erde. Einen Moment lang hingen sie fest, bis das Erdreich nachgab und der Baum wieder mitten in die Flut geworfen wurde, wo er sich querlegte und um die eigene Achse zu drehen begann, erst schwerfällig, doch bald schon mit rasender Geschwindigkeit. Schließlich blieb er an ein paar Felsblöcken hängen und zerbarst mit einem solch lauten Krachen, daß man für einen Moment noch nicht einmal mehr das beständige Tosen des Wassers hörte. Sodann faltete er sich stromlinienförmig zusammen, damit er auch durch die enge Schlucht paßte und ins Meer stürzen konnte. Nach kaum einer halben Minute war der ganze Spuk vorbei.

Kate wandte sich zu Hawkin um und schrie ihm zu:

«Da kommen wir niemals rüber. Das dauert bestimmt noch Tage.»

Er schüttelte nur den Kopf und sah mit dünnen Lippen auf diesen brodelnden, mit weißem Schaum gekrönten Dämon hinab, der einmal der Tyler's Creek gewesen war.

«Könnten wir irgendwoher einen Helikopter bekommen?» fragte sie.

«Nicht, solange die Windböen sich noch nicht beruhigt haben.»

«Wenn überhaupt, dann hören sie bestimmt erst nach Einbruch der Dunkelheit auf. Al, ich will ein bißchen herumlaufen und nach einer Stelle suchen, wo wir rüberkommen.»

«Nein, Casey, wir müssen einfach so lange warten, bis wir ein Seil hinüberspannen können.»

«Bis morgen? Hören Sie, wir haben noch eineinhalb Stunden, bevor es dunkel wird, vielleicht sogar länger, und bis dahin kann ich ziemlich weit laufen. Nach der Karte zu urteilen, ist der Creek nicht so lang. Lassen Sie es mich versuchen. Bitte!»

Er sah erst zu ihr hinüber, dann auf das Wasser, dann auf das Grüppchen von Leuten, das in sicherer Entfernung vom gegenüberliegenden Ufer stand. Dann wanderten seine Augen wieder zurück zu ihr, danach zu Mark Detweiler und Tyler, die in der Nähe standen und miteinander sprachen, und schließlich zu Tommy Chesler, der auf einem Felsen hockte und die vorbeirauschenden Fluten ansah wie ein Kind einen Weltraumfilm.

«Tyler!» Er mußte laut schreien, aber schließlich sah Tyler doch auf und kam zu ihnen gehumpelt.

«Inspector Martinelli hat vor, den Creek hinaufzugehen und auf der anderen Seite eine Freundin zu besuchen. Gibt es da eine Möglichkeit?»

Tyler machte zuerst ein erstauntes und dann ein höchst erstauntes Gesicht.

«Sie wollen sagen ...?»

«Ich will sagen, daß wir dort drüben jemanden haben sollten, der die Dinge im Auge behält. Kann sie es dort hinüber schaffen, bevor es dunkel wird?»

«Das wird knapp. Aber es wäre nicht das erste Mal, daß jemand um den ganzen Creek herumgelaufen ist. Ungefähr eine Meile weiter oben gibt es sogar eine Brücke. Sie ist aber schwer zu finden», fügte er unschlüssig hinzu.

«Könnte jemand mit ihr bis zur Brücke gehen?»

«Ich weiß, wo sie ist, aber ich bin nicht gerade gut zu Fuß. Vielleicht Mark ... oder nein, wie wäre es mit Tommy? Er kennt diese Berge hier besser als jeder andere.»

«Tommy Chesler?»

«Ja. Ich bin sicher, er würde mit Freuden seine Hilfe anbieten.»

«Casey?»

«Ist mir recht. Ich brauche eine Taschenlampe und ein Walkie-

Talkie. Und eine Plastiktüte für den Fall, daß die Sachen nicht wasserdicht sind.»

Die Taschenlampe war wasserdicht, und Kate klemmte sie sich an den Gürtel. Das Funkgerät war es nicht und wurde deshalb in der Jackentasche verstaut, doppelt eingewickelt in eine Mülltüte aus einem der Wagen. Kate steckte sich den Revolver in das Halfter unter dem Arm, zog den Reißverschluß ihrer Jacke zu und wandte sich zu Tommy um, der wegen seines Auftrags wichtigtuerisch und gleichzeitig ein wenig nervös herumstand.

«Gehen wir, Tommy.»

Eine Hand berührte leicht ihre Schulter, und Hawkin murmelte ihr ins Ohr.

«Sie brauchen sie nicht zu verhaften, es sei denn, Sie halten es für richtig. Behalten Sie sie nur im Auge. Und Casey? Passen Sie auf sich auf.»

«Danke, ich werde mir Mühe geben. Wenn ich an ihrem Haus angekommen bin, rufe ich Sie über Funk an.»

Es war fast unmöglich, halbwegs schnell voranzukommen, aber sie versuchten es trotzdem. Kate war schneller als Tommy, aber er wußte, wo er die Füße hinsetzen mußte, welche Blätter nicht glitschig waren und unter welchen Ästen man am ehesten durchnäßt wurde. Kate fiel auf der ersten halben Meile dreimal hin, wobei sie sich einmal an dem hervorstehenden Ende eines abgebrochenen Astes böse in den Oberschenkel stach. Tommy führte sie oberhalb des Tyler's Creek den Bergkamm entlang, und Kate krabbelte hinter ihm her. Als sie einmal aufsah, entdeckte sie auf dem gegenüberliegenden Bergkamm in etwa einer Meile Entfernung ein Haus, das wie das von Vaun Adams aussah. Sie spähte durch die nassen Bäume und versuchte auszumachen, ob sich dort etwas bewegte, doch dann trat sie auf einen glitschigen Lehmklumpen, der unter Blättern verborgen war, und rutschte fast vier Meter den Berg hinunter, bis sie hart gegen einen Baumstamm schlug. Einen Moment lang blieb sie auf dem Rücken liegen, schloß die Augen und atmete schwer, bis endlich die Taschenlampe, die ihr gegen die Wirbelsäule drückte, sie zwang, sich aufzurappeln. Tommy blieb stehen und sah mit besorgtem Ausdruck auf seinem jungen Gesicht auf sie herab.

«Alles in Ordnung, Inspector Martinelli?»

«Oh, mir geht es bestens … Wenn man sich … vorstellt, daß manche Leute … solche Sachen … einfach nur zum Spaß machen.»

«Sie bluten ja, Inspector Martinelli.»

«Ist nicht so schlimm … Nennen Sie mich … Casey.»

Sie ergriff seine Hand und ließ sich wieder auf die Füße ziehen, dann bedeutete sie ihm weiterzugehen.

Was versuchst du eigentlich zu beweisen, Martinelli? schalt sie sich. Willst du vielleicht beweisen, daß sie keinen Fehler gemacht haben, als sie dich aus den falschen Gründen für diesen Fall eingeteilt haben? Paß auf das glitschige Stück da auf! Schon besser, du lernst langsam dazu. Möchte wissen, ob diese verdammte Brücke wirklich da ist und was wir machen, wenn sie nicht da ist. Ich habe keine Lust. den ganzen Weg mit der Taschenlampe zurückzugehen, aber die einzige Alternative wäre, bis zum Morgengrauen mit Tommy Chesler unter einem Baum zu sitzen. Na ja, hoffen wir einfach, daß die Brücke da ist. Wie konnte sie das nur tun? Mein Gott, wie konnte sie das nur *tun*, bei dem Talent, das sie hatte? Kann es denn wirklich sein, daß sie das alles einfach weggeworfen hat? Natürlich kann das sein, wenn sie verrückt ist, und so sieht es ja wohl aus, oder etwa nicht? Künstler sind immer ein bißchen verrückt, aber lieber Gott, bitte, bitte mach, daß ich diese Künstlerin nicht verhaften muß, weil sie kleine Mädchen erwürgt hat. Jetzt stell dich nicht so an, Martinelli! Ist das nicht schließlich der Grund, warum du dich hier über diesen verdammten Hügel schleppst – für das Privileg, sie möglichst schnell zu verhaften, und nur wegen eines Ringes und eines nicht wasserdichten Alibis. Und was – hoppla, diesmal wäre es beinahe schiefgegangen, paß auf, Martinelli, ein gebrochenes Bein kannst du jetzt am allerwenigsten gebrauchen. Verflixt, was tut mir das Bein weh, bestimmt wird sich die Wunde ordentlich entzünden, bitte, lieber Gott, laß die Sonne noch ein wenig am Himmel, sonst komme ich nicht über diesen verdammten Creek. Creek? – daß ich nicht lache. Und dann im Dunkeln. Wie weit ist es denn noch – kann nicht mehr sehr weit sein, wir gehen schon ziemlich lange bergab, und man hört das Rauschen schon so laut, da ist Tommy. Können wir zwei Minuten anhalten, oder wenigstens eine …

Sie konnten anhalten und taten es auch, aber die Pause ermöglichte es ihnen nicht nur, zu Atem zu kommen, sondern ließ Kate auch die Stellen, an denen sie sich gestoßen, geschnitten oder die Haut abgeschürft hatte, erst so richtig spüren, und sie merkte, wie naß und verdreckt sie war. Mühsam rappelte sie sich wieder auf.

«Wie weit ist es noch bis zur Brücke?»

Tommy sah in die Richtung, aus der das Rauschen kam, und schien im Geist zu zählen.

«Nicht mehr weit. Das Wasser geht schon zurück, aber Junge, Junge, so hoch, wie es heute morgen war, habe ich es noch nie gesehen.»

Plötzlich schoß Kate die wüste Vorstellung durch den Kopf, daß sie sich wie Tarzan von einem Mammutbaum zum nächsten schwingen mußte, und schon spürte sie in ihrem Magen einen Kloß.

«Sollten Sie sich nicht doch lieber um Ihr Bein kümmern, Inspector ... ich meine, Casey?»

«Erst, wenn wir auf der anderen Seite sind.» Das Bein schmerzte, und als sie aufstand, zitterte anfangs der Muskel, aber er würde schon durchhalten. Sie rutschten den glitschigen Abhang hinunter in die Richtung, aus der das Tosen kam.

Die Brücke – oder zumindest der Rest davon – war tatsächlich da.

Kate und Tommy standen zwischen zwei dicken Bäumen, und das Wasser plätscherte ihnen um die Schuhe. Vor ihnen lagen fünf Meter gefährlichen, schmutzigen Wassers und drei Baumstämme, jeder an die sieben Meter lang und etwa dreißig Zentimeter im Durchmesser, die in der Wasserflut, die über sie hinwegspülte, ruckten und zitterten.

Tommy spuckte auf seine Stiefel und machte ein Gesicht, als dächte er nach. Kate war wie gelähmt, und der Kloß, der sich in ihrem Magen gebildet hatte, reichte mittlerweile von den Eingeweiden bis zum Hals. Besser sich jetzt schnell auf den Rückweg machen, dachte sie, bevor es überhaupt kein Licht mehr gibt. Sie konnte sich nicht erinnern, in ihrer Ausbildung auch nur im entferntesten gelernt zu haben, wie man es vermied, von mehreren Millionen Hektolitern Wasser und Geröll erfaßt und weggeschwemmt zu werden. Das hier war etwas ganz anderes als zu lernen, wie man einem verrückt gewordenen Fixer ein Messer entwand. Und wenn sie es sich genau überlegte, hätte sie sich jetzt lieber einem verrückt gewordenen Fixer gegenübergesehen als dieser Sache hier – sogar zwei Fixern, und mit Revolvern bewaffnet, wenn es sein mußte. Außerdem konnte man ja weiß Gott nicht behaupten, daß diese Brücke da «offen» war. Und sie hatte noch nicht einmal ein Seil dabei, verflixt noch mal, also konnte sie sich gar nicht wie Tarzan hinüberschwingen. Wenn sie jetzt umkehrte, konnte kein Mensch ihr irgendein Versagen oder Feigheit vorwerfen. Selbst ein Mann hätte zugegeben, daß ein Haufen Treibholz keine Brücke war, jedenfalls keine, über die man gehen konnte …

Sie riß sich vom Anblick des Creek los und schaute Tommy an, der mit ruhigem und besonnenem Gesicht dastand und langsame Berechnungen anzustellen schien.

«Kommt man da drüber?» fragte sie und stellte erleichtert fest, daß wenigstens ihre Stimme sich noch fest anhörte, was allerdings wohl auch daran lag, daß sie schreien mußte.

Er spitzte die Lippen und schien zu einer Entscheidung zu gelangen. Dann warf er sich in die Brust und schrie seinerseits.

«Ich glaube schon. Es waren früher vier Stämme, aber wenn die drei da bis jetzt noch nicht weggeschwemmt worden sind, dann bleiben sie auch liegen.»

Möglicherweise.

Möglicherweise war eine ziemlich bescheidene Versicherung angesichts dieser gierigen Fluten. Möglicherweise nutzte ihr gar nichts, wenn die zusätzlichen Schwingungen durch ihren leichten Körper ausreichten, um einen der Baumstämme aus seiner Verankerung zu lösen und lustig hüpfend in die Flut zu stürzen, die …

Sie verdrängte den Gedanken in ein Hinterstübchen ihres Kopfes, schlug die Tür davor zu und konzentrierte sich auf ihre Aufgabe.

«Danke, Tommy. Ohne Ihre Hilfe hätte ich sie niemals gefunden. Ich hoffe, es ist jetzt nicht zu schwer für Sie, den Weg wiederzufinden …»

«O nein, ich lasse Sie jetzt nicht allein», sagte er, und bevor sie ihn festhalten konnte, stand er schon in dem schlammigen Wasser. Folgsam gaben die drei Stämme unter seinem Gewicht nach, so als seien sie irgendwie miteinander verbunden, und obwohl er mit den Füßen im Wasser verschwand, ging er sicher hinüber auf die andere Seite. Dort drehte er sich in einem lockeren Gewirr von Ästen um und wartete auf sie.

Kate machte einen Schritt ins Wasser und blieb sofort wieder stehen, als ihr blitzartig ein Gedanke kam. Tommy Chesler ist ein Verdächtiger, flötete ein kleines Stimmchen ihr zu. Tommy hat sie nicht alle beieinander, flötete das Stimmchen weiter, und Tommy hat auch die erste Leiche gefunden. Na schön, ihm ist dabei schlecht geworden, aber was ist, wenn er sie selbst dort hingelegt hat, und was ist, wenn er nur darauf wartet, diesen Stämmen einen kleinen Schubs zu geben, sobald du auf ihnen stehst? Sie sah hinüber zu dem in der Dämmerung verschwimmenden Abhang, der weniger als sieben Meter entfernt lag. War das da ein Schatten auf seinem Gesicht, oder grinste er sie etwa hämisch an?

Wieder machte sie einen Schritt in das eiskalte Wasser, und noch einen, bis sie mit den Schuhspitzen das rauhe Ende eines der Baumstämme berührte. Dann sah sie wieder zu Tommy auf, der auf der anderen Seite wartend im Wasser stand. Fast unwillkürlich zog sie den Reißverschluß ihrer Jacke auf und trat dann auf die Baumstämme. Es war tatsächlich eine Brücke – eine wackelige und sehr nasse zwar, aber immerhin einen halben Meter breit. Und die Stämme blieben auch fest nebeneinander liegen. Tommy rührte sich nicht, und Kate machte noch einen Schritt und noch einen. Jetzt konnte sie schon fühlen, wie das Wasser an ihren Füßen zerrte, und mit gebeugten Knien und ausgestreckten Armen ging sie weiter. Tommy rührte sich nicht, und sie machte noch drei Schritte in die reißende Flut hinein, und noch drei und war nur noch anderthalb Meter vom gegenüberliegenden Ende entfernt, als ihr die Schuhe einen Strich durch die Rechnung machten und sie hinfiel.

Mit dem rechten Arm erwischte sie den obersten Stamm und klammerte sich verzweifelt daran, während das Wasser ihren Körper mit aller Kraft mitten in die Strömung riß und an ihr zerrte. Sie spannte alle Muskeln an, um ein Bein hochzubekommen, über die

Stämme und in Sitzlage zu kommen. Und vielleicht hätte sie es auch geschafft, vielleicht hätte sie gewonnen, aber durch die Gewichtsverlagerung wurde die empfindliche Balance der im Wasser liegenden Stämme zerstört. Sie merkte, wie die ganze Brücke ruckartig in Bewegung kam, und schrie auf, versuchte ans Ufer zu krabbeln, das so nah war, doch dann schwappte ihr eine Welle ins Gesicht, und aus der Brücke wurde ein Floß. Verzweifelt durchschlug sie mit der Hand das Wasser auf der Suche nach festem Untergrund, und berührte Fleisch, eine kräftige, warme, menschliche Hand, die ihr Handgelenk wie ein Schraubstock umklammerte und sie festhielt, während sie blind und nach Luft schnappend im Wasser hing und die Baumstämme an ihrem Körper scheuerten und vorbeirutschten, ihr einen Schlag gegen die Hüfte versetzten und dann ihre kurze Reise ins Meer antraten.

Kate war unter Wassermassen begraben, aber die Hand war immer noch da, das einzige Feste, Verläßliche in einem entsetzlichen, auseinanderbrechenden, kalten Universum. Mit Mühe gelang es ihr, die andere Hand nach oben zu bringen, das knochige Armgelenk über ihr zu umfassen und sich festzukrallen. Irgend etwas berührte sie an der Seite, dann noch einmal und ein drittes Mal, bis sie merkte, daß sie in einem Wirrwarr von Ästen lag, die ins Wasser hineinragten, und daß hier die Strömung auch nicht mehr ganz so stark war. Sie schaffte es, den Kopf über Wasser zu bekommen, rang nach Luft, schluckte Wasser und hustete fürchterlich, sah aber dennoch für einen Moment die nackten Äste um sich herum. Der Griff um ihr Handgelenk ließ nicht locker, obwohl sie wußte, daß es Tommy unsägliche Kraft kosten mußte, sie festzuhalten. Wieder hob sie den Kopf und hielt nach einem Ast Ausschau, der stark genug aussah, um ihr Gewicht zu halten. So weit draußen waren keine, aber dennoch zwang sie sich dazu, langsam sein Handgelenk loszulassen. Sie schleuderte ihren Arm hinauf in das Geäst, zog sich weiter in das Dickicht hinein, bis ihre Füße im Wasser Tritt fanden und sie sich, halb auf dem Rücken liegend, aus der Strömung drücken und hochziehen konnte, die tosend ihre Enttäuschung kundtat. Kate krabbelte durch das Geäst und brach hustend und würgend am Ufer zusammen.

Es dauerte eine ganze Zeit, bis sie wieder sprechen konnte.

«Sie können mein Handgelenk jetzt loslassen, Tommy.»

«Kann ich nicht.»

Sie wandte den Kopf zu ihm um. Er lag mit weit ausgebreiteten Armen da, zwischen dem Baum, an dem er sich festgehalten hatte, und ihrer Hand. Die Füße lagen im Wasser, und sein Gesicht war schmerzverzerrt. Da fing sie an zu kichern, aus Erleichterung ebenso wie wegen ihres Schocks und der absurden Situation, in der sie sich befanden.

«Aber Sie müssen mich loslassen, zum Kuckuck, sonst fällt mir nämlich die Hand ab.»

Jetzt fing er auch an zu kichern, und dann lagen zwei bis auf die Knochen durchnäßte, verdreckte und schallend lachende Gestalten am Rand des völlig unbeeindruckten Creek, bis Kate schließlich auf die Knie kam und sich aus seinem Griff befreite, indem sie einen Finger nach dem anderen von ihrem Handgelenk löste. Dann rieb sie sich die Hand, damit das Blut wieder zirkulierte, und sah zu Tommy hinüber, der vorsichtig seine geschundenen Armmuskeln dehnte und versuchte, die Hände zu bewegen.

«Ihnen wird morgen alles verdammt weh tun, Tommy.»

Er dachte einen Moment lang nach. «Nicht so weh, wie Ihnen alles getan hätte, wenn ich Sie losgelassen hätte.»

«Das stimmt», gab sie zu und fing wieder an zu lachen, bis langsam wieder Gefühl in ihre Finger kam. Schwankend stand sie auf, ging vom Wasser weg und setzte sich auf einen Baumstamm, weil sie ihre Kleider und Schuhe von mehreren Litern Wasser befreien mußte. Ihre Hände waren entsetzlich schwach, und sie mußte sich sehr anstrengen, um ihre völlig verdreckte Jacke auszuwringen. Als sie wieder aufblickte, sah sie, wie Tommy mit todernstem Gesicht ungefähr einen Liter Wasser aus einem Stiefel goß. Wieder fing sie entkräftet zu lachen an, bis sie merkte, daß sie einmal verschwinden mußte. Aber der Gedanke, jetzt ihre nasse und an den Beinen klebende Hose ausziehen zu müssen, war zuviel für sie, also legte sie sich nur zurück und lachte weiter, bis ihr die Tränen kamen und schließlich wieder das Telefon klingelte.

Es war das Walkie-Talkie, das da leise schnarrte, gedämpft von einem pitschnassen Stück Stoff und der Plastikumhüllung. Eine ganze Weile kreischte es ungeduldig, bis Kate es hervorkramte und auspackte.

«Guten Abend, Al. Ich nehme zumindest an, daß Sie es sind, Al – wer sonst würde in einem solch unpassenden Moment anrufen? Erinnern Sie mich bei Gelegenheit daran, Ihnen zu sagen, was ich von Ihren Anrufen halte, Al. Was kann ich für Sie tun? Over.»

Blechern röhrte seine Stimme aus dem Gerät.

«Gott sei Dank, daß Sie okay sind. Fehlt Ihnen auch wirklich nichts? Und was ist mit Chesler? Tyler hat vor einer Minute etwas vorbeitreiben sehen, und es kam ihm vor wie die Brücke. Over.»

«Das war auch die Brücke. Wir sind beide pitschnaß, aber dank Tommy unverletzt. Nur ein paar Prellungen und ein leichter Anfall von Hysterie. Aber wenn ich hier sitzen bleibe und mit Ihnen plaudere, dann erfrieren wir beide, also mach ich jetzt lieber Schluß, wenn Sie nichts dagegen haben.» Und genau das tat sie dann auch.

Vier Füße versanken im Matsch, als die beiden losgingen, und sie mußten sich so beim Gehen anstrengen, daß trotz des Windes die Kälte keine ernsthafte Bedrohung mehr darstellte. Auch war der Pfad hinauf zum Weg kürzer und weniger anstrengend als auf der anderen Seite. Als sie den völlig verlassenen Weg erreichten, war es schon fast dunkel.

«Wo sind wir jetzt, Tommy?»

«Ungefähr eine halbe Meile von der Stelle entfernt, wo der Weg unterspült worden ist.»

«Dann ist es also von hier aus noch ungefähr eine Meile bis zu den Dodsons, oder?»

«Wollen wir da hin?»

«Nein, Sie gehen nach Hause. In höchstens zehn Minuten müßten Sie da sein, und es ist auch noch nicht zu dunkel. Ich gehe weiter nach oben.»

Tommy blieb einen Augenblick lang stehen, und vor Denkanstrengung verzerrte sich sein ganzes Gesicht. Dann schüttelte er den Kopf und wandte sich entschlossen zum Berg.

«Sie könnten mich vermutlich mit Ihrer Waffe bedrohen oder mich mit Handschellen an einen Baum fesseln, aber das wäre auch die einzige Möglichkeit, mich loszuwerden. Tyler hat mir gesagt, daß ich Sie führen soll, und genau das mache ich auch. Tut mir leid, Casey, aber Sie haben mich am Hals.» Sie sah in der Dunkelheit sein weißes Gebiß aufblitzen und hörte dann, wie er weiterging. Sie lief ihm hinterher, bis sie neben ihm war, und machte die Taschenlampe von ihrem Gürtel los.

«Na schön, Tommy, und danke auch. Ich nehme Sie mit, aber nur unter einer Bedingung: Wenn ich Ihnen sage, daß Sie etwas Bestimmtes tun sollen, dann müssen Sie es tun, sofort und ohne zu fragen. Selbst wenn Sie glauben, daß ich in Gefahr bin. Das müssen Sie mir versprechen. Sie haben mir heute abend schon einmal das Leben gerettet, aber vergessen Sie nicht, ich bin ein Cop, dafür werde ich bezahlt. Versprechen Sie es? Daß Sie nicht zögern?»

«In Ordnung. Dann gehen wir also jetzt zu den Dodsons?»

«Nein, wir statten Vaun Adams einen Besuch ab.»

Es lag etwas in ihrer Stimme, das ihn wie angewurzelt stehenbleiben ließ. Sie ging weiter.

«Vaunie? Aber Sie glauben doch nicht … Sie können doch nicht glauben … Vaun? Aber sie ist …»

«Ich glaube, es wäre das beste, Sie gingen nach Hause, Tommy. Wirklich.»

«Aber Sie wollen sie doch nicht etwa verhaften? Sie hätte diese kleinen Mädchen niemals umbringen können. Unmöglich.»

«Tommy, wissen Sie vielleicht etwas, was Sie uns noch nicht gesagt haben?»

«Nein, aber …»

«Sie könnte es nicht getan haben, weil Sie sie gern haben, stimmt's?»

«Ja, aber …»

«Ich habe sie auch gern, Tommy, aber wir haben da eine Menge Dinge herausgefunden, die uns zwingen, ihr noch ein paar Fragen zu stellen und herauszufinden, was sie weiß.»

Das war zwar ein Euphemismus, aber Tommy war einfältig genug, um es halbwegs zu glauben und Kate als Polizistin zu vertrauen. Er beruhigte sich ein wenig, aber die Sache gefiel ihm immer noch nicht. Am Fuß des Berges, an dem Vauns Haus stand, sah er hinauf zu dem weichen Licht, das die Fenster des großen Zimmers erleuchtete.

«Ich komme mit hoch, aber ich gehe nicht mit hinein.»

«Sie können jetzt wirklich gehen, wenn Sie wollen. Sie sind mir eine große Hilfe gewesen, Tommy. Ich weiß gar nicht, wo ich anfangen soll, mich zu bedanken.»

«Nein, ich bringe Sie noch bis zur Tür.» Tommy hatte die Verantwortung übernommen, und ebenso, wie er bei Tina Merrill geblieben war, würde er jetzt auch Kate nicht im Stich lassen, obwohl er im Moment nicht hätte sagen können, welche der beiden Aufgaben unangenehmer war.

13. Kapitel

Kate zog an der Klingelschnur und hörte, wie der tiefe Ton, der sich wie ein Gong anhörte, durch das stille Haus hallte und wieder verklang. Sie vernahm nicht das Vibrieren gehender (oder rennender) Füße, kein Anzeichen einer Regung. Sie versuchte, die Tür zu öffnen, und stellte zu ihrer Überraschung fest, daß sie abgeschlossen war. Eine Vorahnung beschlich sie. Sie drückte sich an Tommy vorbei und ging an der Vorderseite des Hauses entlang bis zu der großen Glasfront. Durch das große Fenster konnte sie die Rückseite des Sofas und den Holzofen sehen, auf dem ein klobiger Kessel stand und hinter dessen Glasscheibe ein schwaches Feuer glomm. Über dem Sofa brannte eine einzelne elektrische Birne. Auf einem niedrigen, glänzenden Holzschrank mit leicht offenstehender Tür stand eine fast leere Flasche. Kein Glas.

Schnell lief Kate weiter, versuchte die Seitentür zu öffnen, die ebenfalls verschlossen war, und kletterte dann weiter hinauf, vorbei an dem Brennholzstapel, bis sie an der Rückseite angekommen war, wo das Haus halb im Berg verschwand. Schmale Fenster, noch nicht einmal kniehoch, waren alles, was sie im Untergeschoß entdecken konnte. Neben dem Wohnzimmer lag die Küche, und aus der jetzt offenstehenden Schwingtür, die beide Zimmer verband, fiel ein Lichtkegel schräg auf den Küchentisch, auf dem ein Teller, eine kleine Schüssel und Besteck lagen. Kate kniete sich hin und versuchte, von hier aus einen Blick ins Wohnzimmer zu werfen.

«Stimmt etwas nicht, Casey? Ist sie nicht …»

«O Gott! O mein Gott, ich habe es gewußt!» stöhnte Kate und zerrte verzweifelt am Fensterrahmen. Natürlich hatte diese blöde Kuh sich ausgerechnet diesen Abend aussuchen müssen, um ihre Türen zu verrammeln!

«Was ist los?»

«Verdammt noch mal, gehen Sie aus dem Weg», fluchte Kate und stieß ihn weg. Sie rannte zu dem ordentlich aufgeschichteten Holzstapel neben der Seitentür und griff hastig nach einem dicken Ast. Wieder am Fenster, befahl sie Tommy, ihr Platz zu machen, dann riß sie sich die Jacke vom Leib, hielt sie sich vors Gesicht und schlug mit dem Ast die Scheibe ein. Dann fuhr sie damit heftig an der Innenseite des Fensterrahmens entlang, Glasscherben zerbarsten auf dem gefliesten Boden, den Stühlen und den Topfpflanzen, und der ohrenbetäubende Lärm zerriß die abendliche Stille. Mit ihrem Stock fegte Kate die restlichen Splitter vom Rahmen und legte hastig ihre Jacke auf die Unterkante. Dann schnappte sie sich die auf dem Boden liegende Taschenlampe und warf sie Tommy zu, bevor sie sich in die Küche rollte.

«Sie bleiben da», befahl sie und rannte über das knirschende Glas ins Wohnzimmer.

Vaun Adams lag in eine Decke gehüllt auf dem Sofa vor dem Holzofen. Ihr Gesicht war leblos, eine Hand hing schlaff von den Kissen herab. Unter der Hand lagen auf dem Boden ein kleines klobiges Glas und ein Taschenbuch. Ihr wallendes schwarzes Haar schimmerte selbst noch im Licht der schwachen Glühbirne, und auf ihrem Gesicht lag die Blässe des Todes.

Aber sie lebte, lebte immer noch, wenn ihr Herz auch nur noch langsam und unregelmäßig schlug.

«Tommy!» schrie Kate. «Ich brauche die Krankenschwester. Suchen Sie sie, und beeilen Sie sich.»

«Meinen Sie Terry Allen? Ja, ich glaube, die ist heute hier oben, obwohl sie normalerweise …»

«Gehen Sie schon!» brüllte Kate, und er machte sich davon. Das

Licht der Taschenlampe tanzte auf dem Boden, als er schwerfällig an den Fenstern vorbeilief. Kate holte eine Schüssel aus der Küche und fing an, sich an Vaun zu schaffen zu machen. Es dauerte erstaunlich lange, bevor Vaun wach genug wurde, um sich zu übergeben, und danach sank sie sofort wieder in ihre tödliche Lethargie zurück. Kate ließ sie auf der Seite liegen und holte das Walkie-Talkie hervor. Aus irgendeinem Grund verspürte sie einen heftigen Schmerz im Rücken, und auch der Oberschenkel tat ihr weh, aber sie achtete nicht darauf.

«Hawkin. Hawkin. Kommen Sie schon, Al, ich brauche Sie.»

«Hier Hawkin. Was ist los, Casey?»

«Vaun Adams hat irgendeine Überdosis geschluckt. Ich habe sie erbrechen lassen, aber sie braucht sofort ärztliche Hilfe. Tommy ist losgelaufen, um die Krankenschwester zu holen, aber die Frau muß ins Krankenhaus. Gibt es irgendeine Möglichkeit, einen Rettungshubschrauber herzubekommen?»

«Der Wind hat sich weitgehend gelegt. Wenn Sie ein freies Feld finden und dort Leuchtmarkierungen anbringen können, müßten sie es schaffen. Können Sie das irgendwie hinkriegen?»

«Ich kann sie im Moment nicht allein lassen, aber sobald Tommy zurück ist, werden wir etwas unternehmen. Ich glaube, da kommt er schon. Ich muß Schluß machen.»

Vaun sah jetzt eher noch schlechter aus als vorher. Ihr Atem ging langsam und rauh. Kate bemerkte taumelnde und herumwirbelnde Lichter, die den Berg heraufkamen, und öffnete die Tür für Angie und Amy Dodson und einen völlig mit Haaren zugewachsenen Mann, der, wie sie annahm, der kurzzeitig vermißte und mittlerweile aus Sacramento zurückgekehrte Tony sein mußte. Schnell berichtete sie.

«Vaun ist krank, sie braucht einen Arzt. In zwanzig Minuten wird ein Rettungshubschrauber hier sein, aber der braucht ein großes freies Feld, wo er landen kann. Können Sie da etwas machen?»

Angie erholte sich als erste.

«Das beste wäre die Ponyweide. Wir zünden an allen vier Ecken Signalfeuer an. Würde das reichen?»

«Perfekt. Aber beeilen Sie sich.»

Angie zog Amy weg, und Tony folgte ihnen etwas langsamer. Kate hörte, wie Angie ihrer Tochter mit haspelnder Stimme Anweisungen gab. «Du nimmst dir Mathilda und reitest, so schnell du kannst, zu den Newborns und zu Bobby. Sie sollen hier heraufkommen, und sag ihnen, sie sollen Kerosin mitbringen …»

Kate schürte das Feuer an und behielt Vauns Brustkasten im Auge, der sich langsam hob und senkte und gegen das ankämpfte, was auch immer sich in ihrem Blutkreislauf befinden mochte. Im Waschbecken gab es keine Anzeichen von Tabletten – sie mußte sie in etwas aufgelöst haben. Im Whisky vielleicht? Das blasse Gesicht der Frau wurde allmählich immer blauer, ihr Atem immer unregelmäßiger. Kate legte Vaun zwei Finger an die Halsschlagader, in die andere Hand nahm sie das Walkie-Talkie.

«Al? Hören Sie, ich werde eine Zeitlang nicht antworten können. Jeden Augenblick kann es so weit sein, daß ich mit Herzmassage anfangen muß. Der Pulsschlag wird immer schwächer.»

«In sieben Minuten, Casey. Sind die Lichter an?»

«Ich habe gerade das erste angehen sehen, Al. Da, jetzt ist es passiert. Martinelli out.»

Das Walkie-Talkie fiel krachend zu Boden. Kate zog Vaun auf den Teppich hinunter und fing mit regelmäßiger Mund-zu-Mund-Beatmung und Herzmassage an. Fünfzehn Herzschläge, zwei kurze Atemstöße, fünfzehn Herzschläge, zwei kurze Atemstöße. Zwei Minuten später kam Terry Allen mit einer kleinen Tasche in der Hand angerannt. Völlig außer Atem kniete sie sich neben Kate hin, um die Herzmassage zu übernehmen. Erleichtert nahm Kate die Beatmungshilfe zur Hand, welche die Sache vereinfachte, und dann arbeiteten die beiden Frauen schweigend weiter, bis sie in der Ferne neben dem leisen Knistern des Ofens und den Geräuschen, die sie selbst verursachten, das noch kaum hörbare Klopfgeräusch des Hubschraubers wahrnahmen. Es kam immer näher, und als es direkt über ihnen war, schien es, als würde das Schlagen der Rotorblätter ihren eigenen Rhythmus aufnehmen. Sie machten weiter, bis endlich die Sanitäter hereingestürzt kamen, gefolgt von Leuten, die wie Zuschauer wirkten. Einer der Sanitäter kniete sich direkt neben Terry hin und übernahm die Herzmassage, der zweite zog

Kate sanft zur Seite und machte sich mit der Maske und dem Sauerstofftank an die Arbeit. Kate kniete da und registrierte teilnahmslos und überwältigt, mit welcher Routine die Sanitäter zu Werke gingen. Terry streckte ein paarmal die Arme aus und ballte die Hände zur Faust, dann kam sie zu Kate und legte ihr eine Hand auf die Schulter.

«Kommen Sie, und setzen Sie sich hin, bis die beiden sich Ihre Wunden ansehen können.»

Verwirrt sah Kate zu der Wunde an ihrem Oberschenkel hinunter, aus der es immer noch durch die Hose blutete, dann auf ihren Arm, der nicht mehr blutete.

«Die sind nicht so schlimm.» Kate wollte nur noch eine Woche lang schlafen.

«Na schön, wenn Sie Lust haben, können Sie natürlich auch weiter alles vollspritzen, bis Sie zusammenfallen.»

«Das ist doch nur ein Kratzer», protestierte Kate.

«Ich meine die Wunden auf Ihrem Rücken, oder ist Ihnen noch gar nicht aufgefallen, daß Ihnen das Blut bis zu den Beinen hinunterläuft?»

Kate faßte auf ihren Rücken, und als sie die Hand zurückzog, war sie rot. Plötzlich wurde ihr flau.

«Nein, ist mir nicht aufgefallen. Das muß am Fenster passiert sein. Können Sie da etwas machen? Vielleicht ein Pflaster draufkleben oder so was?»

«Das sollte sich wirklich besser ein Arzt ansehen», insistierte die Krankenschwester, obwohl der Ton in ihrer Stimme Kate verriet, daß sie solche Dinge schon oft ohne ärztliche Aufsicht behandelt hatte.

«Ich verspreche Ihnen hoch und heilig, daß ich Sie nicht bei der Ärztekammer verpetzen werde, und die zwei da sind viel zu beschäftigt, um etwas mitzubekommen. Sorgen Sie nur dafür, daß es nicht noch schlimmer wird.»

Sie ließ sich von Terry sanft auf einen Stuhl drücken und registrierte nebulös, daß eine männliche Stimme befahl, das Zimmer zu räumen, daß Terry eine Spritze mit Novocain aufzog, sah auf einem Tuch die Spritze liegen, spürte den Einstich der Nadel und die

Taubheit, die sich immer weiter auf ihrem Rücken ausbreitete, spürte gewandte Hände und das Ziepen beim Nähen. Doch bewußt nahm sie die ganze Zeit über eigentlich nur den Körper auf dem Boden wahr, den bleichen Brustkorb mit den kleinen Brüsten und den blauen Venen, die kräftigen Hände der Sanitäter, die hart und unbeeindruckt um das Leben der Frau kämpften. Einmal hörte sie von fern eine Stimme und merkte dann, daß es ihre eigene gewesen war.

«Sie behandeln da einen zweiten Cézanne», erklärte sie den Sanitätern, «einen weiblichen Renoir». Derjenige, der weniger eingespannt war, schaute verdutzt zu ihr hoch. «Das ist Eva Vaughn.»

Der Name sagte ihm offensichtlich nichts, aber jetzt schaute auch der andere hoch und sah ihr eine Sekunde lang verblüfft in die Augen. Der breite Mund war immer noch leblos, die Augen immer noch hinter bleichen Lidern verborgen. Hinter Kate war Terry mit Nähen und Abschneiden und Bandagieren beschäftigt, dann verschwand sie für einen Moment und kam mit einem weichen Flanellhemd zurück, dessen Ärmel ein wenig zu lang waren. Sie fummelte an dem für sie ungewohnten Pistolenhalfter herum und streifte es Kate vorsichtig zusammen mit Fetzen ihres Hemdes ab, dann zog sie ihr das Flanellhemd an. Die ganze Zeit über nahm Kate keine Sekunde lang die Augen von Vaun.

Die Hand, die *Strawberry Fields* gemalt hatte, lag jetzt unbeachtet am Boden wie eine zertretene Blume. Kate saß da und betrachtete die leicht gekrümmten Finger, den kurzen Fingernagel, unter dem noch blaue Farbe war, und da wußte sie, daß sie nicht schnell genug gewesen war. Als einer der Männer sich auf die Hacken zurücksetzte, schloß sie die Augen in Erwartung dessen, was er jetzt unweigerlich sagen würde.

«Das Herz schlägt wieder.»

Es dauerte einen Moment, bis Kate die Worte begriffen hatte. Sie riß die Augen auf, um den Gesichtsausdruck des Mannes zu sehen, der vage Hoffnung und Befriedigung verriet.

«Sie ist nicht ... sie kommt durch?»

«Ihr Herz schlägt, das ist alles ... Unmöglich zu sagen, welche Schäden sie davongetragen hat oder wann sie wieder atmen wird, aber wenigstens schlägt ihr Herz. Legen wir sie auf die Trage», sagte er zu seinem Kollegen und wandte sich dann wieder Kate zu. «Sie kommen besser auch mit. Sie sehen ziemlich mitgenommen aus.»

«Nein.»

«Casey, Sie müssen zu einem Arzt», protestierte Terry.

«Nein. Ich bleibe hier, bis ich abgelöst werde.»

«Wie Sie wollen.» Der Sanitäter zuckte die Achseln. «Wir bringen sie ins General Hospital in der Stadt.» Er packte Vaun in eine Decke und schnallte sie dann fest. Sie war jetzt weiß, nicht mehr blau. Terry sprang besorgt um Kate herum, bis der Mann fragte, ob sie ihnen einen Teil ihrer Ausrüstung tragen könne, um ihnen einen Weg zu ersparen. Kate folgte ihnen bis zur Tür und sah zu, wie die Männer ihre Last den Berg hinunter und zum Hubschrauber brachten, dessen Suchscheinwerfer mittlerweile die spärlichen Überreste der Signalfeuer überstrahlten. Dann schloß sie Vauns Haustür und drehte den Schlüssel um. Wie lange dauert es wohl, bis das Betäubungsmittel seine Wirkung verliert? überlegte sie. Besser, ich sehe mir das Haus jetzt an, solange ich mich noch bewegen kann.

Wie ein Roboter ging Kate im Erdgeschoß von einem Zimmer ins nächste, überprüfte die Fenster und verglich den Zustand der Räume mit dem, was sie am Tag zuvor gesehen hatte. Das Atelier im Obergeschoß sah im wesentlichen so aus wie vorher, aufgeräumt bis auf die zwei Staffeleien, die vor sich hinzubrüten schienen, weil die Arbeit unterbrochen war. Die Glasplatte, welche die Malerin als Palette verwendete, lag jetzt woanders und hatte außerdem einen neuen, leuchtendorangeroten Farbfleck. Außerdem lag da ein großer Pinsel mit weißen Borsten, an den Kate sich nicht erinnern konnte. Die Gestalt auf der unverhangenen Leinwand war mittlerweile zu einer Frau geworden, deren Züge im Augenblick aber noch nicht zu erkennen waren. Der Zeichenblock, den Hawkin auf der Truhe unter dem Südfenster liegengelassen hatte, befand sich jetzt auf dem langen Tisch. Kate hob das Deckblatt hoch und sah, daß die einzige Zeichnung die flüchtige Kohleskizze von ihr und Hawkin war, wie sie zum Haus hinaufgegangen waren. Immer noch schienen die Bäume vor der geheimnisvollen Bedrohung zurückzuweichen, die in Hawkins Blick lag. Vorsichtig berührte Kate die Zeichnung und stellte fest, daß sie mittlerweile mit einem Fixiermittel besprüht worden war. In der Spiralheftung des Blocks hing hinter der Zeichnung ein Streifen perforierten Papiers. Vaun hatte also noch mindestens eine weitere Zeichnung angefertigt und sie dann herausgerissen – oder besser gesagt, sie ist herausgerissen worden, berichtigte Kate sich. Jetzt noch im Ofen danach zu suchen war wohl zwecklos. Kate richtete sich auf, und sofort ließ der Schmerz sie zusammenzucken. Dann ging sie zu den Fenstern des Ateliers, um sie zu untersuchen. Es waren Schiebefenster mit Metallrahmen, und alle waren fest verriegelt bis auf das zweitletzte in Richtung der Abstellkammer, das überraschenderweise sofort aufging, als Kate daran zog. Kate fluchte, während an hundert verschiedenen Stellen auf ihrem Rücken, an den Beinen und am Arm und überall die Schmerzen wieder aufflammten. Einen Augenblick lang blieb sie stehen, bis der schlimmste Schmerz nachgelassen hatte, dann atmete sie zischend aus und wandte sich wieder dem Fenster zu. Als sie jetzt den Rahmen und die Führungsschiene untersuchte, hätte sie gern ihre Taschenlampe gehabt. Sie schob das Fenster wieder zu und zog vorsichtig daran. Die Verriegelung war eingerastet. Dann schaute sie sich die Fensterbank genauer an, und als sie einen kleinen Holzsplitter entdeckte, fuhr sie sich nachdenklich über die Lippen, bevor sie ihn wieder dorthin zurücklegte, wo sie ihn gefunden hatte. Dann ging sie nach unten, wo das Walkie-Talkie lag. Wieder fluchte sie, als sie sich dort hinunterbeugen wollte, wo es jemand mit den Füßen unter das Sofa geschubst hatte. Sofort gab sie den Versuch auf und begnügte sich damit, sich auf den Boden plumpsen zu lassen. Das Gehäuse des Walkie-Talkies sah ein bißchen eingedrückt aus. Kate fragte sich, ob es wohl noch funktionierte.

«Al? Ist jemand zu Hause?»

«Hier Hawkin.»

«Sie bringen sie jetzt weg. Sie haben es geschafft, daß das Herz wieder schlägt.»

«Gott sei Dank. Fliegen Sie auch mit?»

«Nein, ich bleibe hier.»

«Tommy Chesler ist vor ein paar Minuten hier unten angekommen, wo der Weg abgerutscht ist. Er hat gesagt, daß Sie verletzt sind.»

«Nur ein paar Abschürfungen und Schrammen, sonst nichts.»

«Fliegen Sie mit dem Hubschrauber mit, Casey. Es sollte jemand bei ihr bleiben.»

Ganz eindeutig ließ die Betäubung jetzt nach, und eine Welle von Schwäche, Schmerzen und völliger Erschöpfung spülte über Kate hinweg.

«Mein Gott, Al, sie wird uns schon nicht davonrennen, und zwar noch eine ganze Weile nicht. Vielleicht vegetiert sie sogar den Rest ihres Lebens nur noch vor sich hin, verdammt noch mal.»

«Ich will Sie da oben weg haben.»

«Nein.»

«Zum Teufel, warum denn nicht, Martinelli?»

Sein Zorn entfachte ihren eigenen, und die Wahrheit sprudelte aus ihr heraus.

«Ich weiß nicht, Al. Die Sache hier gefällt mir nicht. Aber ich habe Blut verloren, und ich weiß, daß mein Gehirn nicht mehr richtig arbeitet. Ich kann nicht klar denken, aber irgend etwas ist hier faul. Und wenn ich hierbleibe, dann sehe ich die Dinge morgen früh vielleicht klarer. Es ist zu spät für Diskussionen, Al, sie sind schon weg. Ich schlafe jetzt ein paar Stunden. Und wenn Sie mich auf diesem verdammten Ding vor sieben Uhr morgen früh anrufen, übernehme ich keine Verantwortung für Ihre Trommelfelle.»

Es war sehr bequem, sich so vor dem Ofen gegen das Sofa zu lehnen, aber der Bezug und der Teppich waren mit ihrem eigenen Blut vollgespritzt und stanken säuerlich von Erbrochenem, und Kate war der Gedanke unerträglich, hier zu schlafen, und in Vauns Bett wollte sie sich auch nicht legen. Sie krabbelte auf Knien über den Teppich, legte ein paar Holzscheite in den Ofen, zog sich am Sessel nach oben und stolperte wieder die Treppe hinauf. Das Sofa im Atelier war schon so kaputt und voller Flecken, daß ein bißchen Blut und Dreck gar nicht auffallen würde. Vorsichtig legte sie sich auf den Bauch, das Walkie-Talkie und die vermutlich unbrauchbar gewordene Waffe in Reichweite, und sank erleichtert in tiefen Schlaf.

Ein paar Stunden später weckte sie ein knirschendes Geräusch, das

Schuhe auf Glas verursachten. Sie griff nach ihrer Waffe, aber die plötzliche Bewegung ihrer Rückenmuskeln ließ sofort wieder den Schmerz in den zwei tiefen Schnittwunden und den über dreißig Stichen aufflammen, von den Abschürfungen gar nicht zu reden. Sie mußte ein Geräusch verursacht haben, denn die Füße blieben stehen.

«Casey?»

«Al? Sind Sie das? Ich bin hier oben.»

Es war geradezu lächerlich, aber jetzt, ohne Adrenalin im Blut, konnte sie sich nur noch zentimeterweise von der Couch erheben, wie ein alter rheumageplagter Krüppel. Das Betäubungsmittel hatte seine Wirkung verloren, und der brennende Schmerz von den Glasschnittwunden sorgte gemeinsam mit dem aufgerissenen Oberschenkel, dem verletzten Arm, der Schürfwunde an der Hüfte und zahlreichen Prellungen dafür, daß Kate sich nicht mehr rührte und wünschte, sie würde nur noch ihre Augen bewegen müssen.

Selbst im fahlen Licht der Lampe mußte sie ziemlich eindrucksvoll aussehen, denn Hawkin blieb wie angewurzelt stehen.

«Gütiger Gott im Himmel, was haben Sie denn angestellt?»

«Nur einen kleinen Spaziergang im Wald, Al. He, jetzt machen Sie nicht so ein Gesicht. Das meiste ist doch nur Dreck und kleine Schürfwunden. Damit kann ich vielleicht ein paar Tage lang die Kinder erschrecken, aber morgen spüre ich schon nichts mehr davon. Ehrlich, ich bin nur ein bißchen steif.»

«Beinahe wären Sie kalt und steif gewesen, so wie Sie aussehen. Lassen Sie mich mal Ihren Rücken anschauen.»

«Al, mir fehlt nichts.»

«Das ist ein Befehl, Martinelli.»

Sie wollte die Achseln zucken, besann sich dann aber eines Besseren und drehte sich um, so daß das fahle Licht der Lampe auf ihren Rücken fiel. Er hob Vauns langes Hemd hoch, zog den Verbandstreifen ab, sah sich die Wunde an und berührte sanft ein oder zwei Stellen. Dann ließ er das Hemd wieder fallen.

«Keine inneren Blutungen? Keine gebrochenen Rippen?»

«Nichts dergleichen. Ich hätte noch nicht einmal die Schnittwunden, wenn ich am Fenster besser aufgepaßt hätte.»

«Sie hatten es wohl eilig, wie?»

«In der Tat. Gibt es schon etwas Neues über sie?»

«Immer noch dasselbe.»

«Wie sind Sie hergekommen?»

«Helikopter.»

«Ich habe gar nicht …» Sie unterbrach sich. «Ich glaube, ich habe es doch gehört, aber ich dachte, es wäre ein Traum. Sie hätten ruhig auch noch bis morgen früh warten können.»

«Und riskieren, daß der Wind wieder aufkommt? Sie hätten tagelang hier oben sein können. Zeigen Sie mir, weshalb Sie unbedingt hierbleiben wollten.»

«Aus einer ganzen Reihe von Gründen. Zunächst einmal gibt es keinen Abschiedsbrief, obwohl natürlich auch nicht alle Selbstmörder einen hinterlassen. Keine Tabletten – was auch immer sie eingenommen hat, muß aufgelöst gewesen sein. Die Whiskyflasche sieht aus, als wäre sie abgewischt worden. Es sind noch ungefähr zwei Fingerbreit in der Flasche, die das Labor untersuchen kann. Außerdem hat sie den Tisch für das Abendessen gedeckt, und auf dem Ofen stand irgendein Eintopf, der allerdings ziemlich angebrannt ist, bevor Terry Allen ihn vom Feuer genommen hat. Das Buch, das sie gelesen hat, kam mir nicht so vor wie etwas, was ich mir persönlich als letzte bewußte intellektuelle Wahrnehmung ausgesucht hätte, aber es würde sich hervorragend dazu eignen, sich nach einem unangenehmen Tag noch ein wenig Ablenkung zu verschaffen. Leicht und anspruchslos. Ihr Gemälde ist noch nicht fertig, aber sie hat tagsüber daran gearbeitet. Und dann habe ich das hier gefunden. Es steckte in dem einzigen Fenster, das zwar geschlossen, dessen Verriegelung aber nicht eingerastet war.»

Hawkin nahm ihr den Holzsplitter ab und hielt ihn ins Licht.

«Mit einem Messer zurechtgeschnitzt.»

«So sieht es aus.»

Nachdenklich drehte er den Splitter zwischen Daumen und Zeigefinger und beobachtete dabei ihr Gesicht. Ganz offensichtlich kämpfte sie einen aussichtslosen Kampf gegen die Müdigkeit und die Schmerzen, aber immer noch hatte sie diesen störrischen Zug um den Mund und ein trotziges Funkeln in den Augen. Wirklich ein harter Knochen, dachte er.

«Sie wollen einfach nicht daran glauben, daß sie schuldig ist, nicht wahr, Casey?»

«Was ich glauben will, spielt im Augenblick überhaupt keine Rolle», antwortete sie förmlich.

«Das würde ich nicht sagen.»

«Al ...»

«Aber Sie haben natürlich recht. Es sieht wirklich so aus, als ob hier etwas faul ist.» Ohne auf die verblüffte Erleichterung zu achten, die sich auf ihrem Gesicht ausbreitete, wandte er sich ab und sprach in das Walkie-Talkie.

«Trujillo?»

«Hier Trujillo.»

«Ich lasse Ihren Mann heute nacht hier, sagen Sie also bitte seiner Frau Bescheid. Außerdem müssen Sie für mich meine Leute anrufen und ihnen sagen, daß ich Thompson und sein Team morgen in aller Frühe hier oben haben muß. Und es muß auf jeden Fall Thompson sein. Ich haue hier in ein paar Minuten mit Casey ab. Wir sehen uns dann morgen früh im Krankenhaus. Haben Sie das?»

«Alles klar. Wie geht es Casey?»

«Sie sieht aus, als wäre sie gegen eine Wand gelaufen, und fühlt sich garantiert noch schlimmer. Aber sie wird es überleben. Hawkin out.»

Hawkin suchte Kates Ausrüstung zusammen und holte aus Vauns Schlafzimmer eine Wolldecke, die er ihr um die Schultern legte. Sie verließen den warm eingepackten Deputy, der das Haus bewachen sollte, und gingen langsam hinunter auf die gleißenden Lichter hinter dem Haus der Dodsons zu. Immer wieder redete Kate sich verbissen ein, daß Bewegung gut für die Muskeln ist, weil sie sich dann nicht so versteifen.

«Es tauchen da gleich mehrere Fragen auf, nicht wahr?» überlegte Hawkin laut. «Wenn dies kein Selbstmordversuch ist – und ich glaube, daß wir einen Unfall mit Sicherheit ausschließen können –, wer könnte dann ein Interesse daran haben, sie umzubringen, und warum?»

«Jemand, der hier am Weg wohnt.»

«Wer wußte von ihrer Gewohnheit, vor dem Abendessen einen

Drink zu sich zu nehmen – immer in der Annahme, daß das Labor etwas in der Flasche findet? Und wer hatte letzte Nacht Zugang zu der Flasche? Ich vermute, daß er – oder sie – vorhatte, noch einmal zurückzukommen, um einen gefälschten Abschiedsbrief zu deponieren und alles Ungewöhnliche wie zum Beispiel den Topf auf dem Ofen zu beseitigen. Vielleicht wollte er aber auch nur noch mal nachsehen, ob es geklappt hatte. Vielleicht war ihm klar, daß ein Medikament keine hundertprozentig sichere Methode ist, wenn man jemanden umbringen will.»

«Es muß irgend etwas mit den anderen Morden zu tun haben.»

«Vermutlich, denn daß gleich zwei Mörder in dieser Gegend unterwegs sind, ist recht unwahrscheinlich. Vielleicht Rache? Oder Angst? Oder jemand wußte von der Vergangenheit dieser Frau und beschloß, sie sich zunutze zu machen, um den Selbstmord plausibel erscheinen zu lassen, ebenso wie er sich den Sturm zunutze gemacht hat. Denn niemand hätte sie noch finden können, bevor es viel zu spät gewesen wäre, wenn da nicht eine Polizistin ihren Dickkopf durchgesetzt hätte. Mörderin begeht Selbstmord aus Reue, Fall zu den Akten.»

«Und wenn die Morde nicht aufhören würden?»

Es fiel Kate schwer, bei den stechenden Schmerzen, die das Gehen auf dem unebenen Gelände verursachte, noch klar zu denken, aber sie versuchte es trotzdem.

«Aha, da haben wir die Preisfrage, die uns zu einer sehr ... interessanten Möglichkeit führt. Das wäre dann eine ganz andere Geschichte.»

Kate hörte seine Stimme nur von fern, aber als sie im Scheinwerferlicht den zerfurchten Pfad hinauflief, umfaßte er mit der Hand ihren Ellbogen und stützte sie.

«Können Sie auch wirklich gehen? Ich kann Ihnen eine Trage besorgen.»

«Nein, es geht schon. Ich bin nur müde.»

«Wie Ihnen sicher klar ist», fuhr er fort, so als ob es diese Unterbrechung gar nicht gegeben hätte, «besteht natürlich auch die Möglichkeit, daß Vaun Adams von vornherein das Ziel all dieser Morde war, daß diese drei kleinen Mädchen ihr Leben lassen mußten, damit sie sich umbringt. Es ist nicht sehr wahrscheinlich, aber immerhin möglich.»

«Ach kommen Sie, Al, das ist doch ziemlich ...»

«Weit hergeholt? Stimmt. Aber es ist ja auch die Tat eines Wahnsinnigen, oder etwa nicht?»

Kate fing an zu zittern. «Aber warum? Warum sollte jemand sie so sehr hassen? Er hätte ihr doch einfach bei einem ihrer Spaziergänge eins über den Schädel geben und es so aussehen lassen können wie einen Unfall.»

«Sie sagen mir, wer es war, und ich sage Ihnen, warum er es gemacht hat. Oder umgekehrt. Ich gebe ja zu, daß es eine verrückte Idee ist, aber sie paßt immer noch besser als die, daß Vaun Adams eine Psychopathin ist, die es darauf anlegt, gefaßt zu werden.»

Sie waren jetzt am Blockhaus der Dodsons angelangt. Direkt dahinter stand der Helikopter. Neben einem Stoß mit aufgestapeltem Holz und Reisig stand unsicher eine Gruppe von acht oder neun Anwohnern herum.

«Guten Abend, Angie», begrüßte Hawkin sie. «Und da ist ja auch Miss Amy. Danke, daß du uns heute abend geholfen hast.»

«Wird Vaun wieder gesund?»

«Ich weiß es nicht. Sobald ich etwas erfahre, lasse ich Sie durch Trujillo benachrichtigen. Ich bin froh, daß Ihr Mann es doch noch nach Hause geschafft hat, bevor der Weg abgesackt ist. Ist er da?»

«Er ist mit Tommy den Weg hochgelaufen, um die Leute da oben zu informieren, was los ist. Sie haben bestimmt alle den Helikopter gehört.»

«Gut. Hören Sie, Angie, sagen Sie ihm doch, er möchte morgen zu der Stelle kommen, wo der Weg weggeschwemmt ist, und bei jemandem seine Aussage machen. Wenn der Wind ruhig bleibt, sind wir auch hier oben zu finden, aber über ihn und den alten Peterson und ein paar andere haben wir noch keine Unterlagen.»

«Ich sage es ihm.»

«Danke. Gute Nacht allerseits. Sie können die Feuer jetzt ausgehen lassen. Aber vielleicht ist es besser, wenn Sie Mathilda heute nacht im Stall lassen. Es wäre mir unangenehm, wenn wir morgen früh auf ihrem Kopf landen.»

Als sie den Hubschrauber erreichten, zitterte Kate vor Kälte, Schmerzen und Blutverlust so sehr, daß Hawkin und einer der Sanitäter ihr beim Einsteigen helfen mußten. Der Mann packte sie in noch mehr Decken ein und schnallte sie neben Hawkin fest. Dann schloß er die Tür und nahm seinen Platz ein. Sein Gesicht kam ihr bekannt vor. Warum fiel ihr das Denken plötzlich nur so schwer? Sein Gesicht, mit der Sauerstoffmaske über Vauns leblosen Körper gebeugt. Was stimmte hier nicht, was kam ihr nur so schrecklich dumm vor? Der Hubschrauber hob ab, Hawkin beugte sich zu ihr, und da wußte sie, was es war.

«Al, diese beiden Sanitäter ... Sie wissen es. Ich meine, sie wissen, wer sie ist. Ich habe ihnen etwas gesagt ...»

«Ist schon in Ordnung. Sie haben mir erzählt, was passiert ist, und ich habe ein Wörtchen mit ihnen geredet. Sie werden die Klappe halten. Das haben Sie gut gemacht, Kleines. Ruhen Sie sich jetzt aus.»

Der ganze Körper tat ihr weh, aber im Kopf wurde es ihr durch diese Worte leicht, ganz wunderbar leicht. Sie lehnte sich gegen Hawkins Schulter und ließ sich in den Schoß der Dunkelheit gleiten.

TEIL 2
Die Vergangenheit

Die Vergangenheit ist nur der Anfang eines Anfangs.
H. G. Wells,
The Discovery of the Future

Es war alles schon so lange her; so eng umfaßt und abgeschlossen; wie mit Schwertern abgetrennt von den bitteren Jahren, die dazwischen lagen ... Und danach war der starre Schatten des Galgens zwischen sie und das in Sonnenlicht getauchte grüne und graue Dreieck getreten. Aber jetzt – ?
Dorothy L. Sayers,
Gaudy Night

14. Kapitel

Ganz Kalifornien verbrachte das Wochenende mit der den alten Bewohnern schon lange vertrauten Aufgabe, sich wieder aus Schlamm und Schutt hervorzuschaufeln. Das Heulen der Kettensägen erfüllte die Luft und das Kratzen und Klatschen der Schaufeln, die den Dreck wegschaufelten, und an jeder Ecke hörte man das Klopfen und Schlagen der Hämmer, mit deren Hilfe Dachpfannen und Glasscheiben ersetzt wurden. Es gab einen verspäteten Ansturm auf Kerzen und Trinkwasser – «für das nächste Mal». Die Reparaturwagen der Gas- und Elektrizitätswerke und der Telefongesellschaft und der verschiedenen Kabelfernsehfirmen drangen allmählich von der Stadt immer weiter in die Berge vor, Tiefkühltruhen erwachten summend zu neuem Leben, Telefone klingelten, und auf den Fernsehern sah man Bilder von anderen Opfern des Sturms. Bei Tyler gab es am Montag wieder Strom, und das erste, was Tylers Haushälterin Anna machte, war, Vivaldis *Gloria* aufzulegen und den frohlockenden Gesang in Stereo in die Berge zu schmettern, worauf die eingepferchten Pferde unruhig wurden. Ohne Licht und ohne Kühlschrank fand sie das Haus unerträglich öde, und wenn da nicht die ganzen ungeplanten Bewohner gewesen wären, die etwas zu essen haben mußten, wäre sie wohl wie all die anderen, die im Augenblick Freunde und Familienangehörige besuchten, der ständigen Überwachung und dem Lärm und der Anspannung entflohen.

Sämtliche Sonntagszeitungen hatten auf der ersten Seite ganzseitige Fotos vom Sturm gebracht: verrückte Begebenheiten und bizarr zusammengewürfelte Gegenstände, die eigentlich nicht zusammengehörten, daneben schlammverschmierte Gesichter mit ängstlichem, erschöpftem oder schockiert-erleichtertem Ausdruck. Die Vorkommnisse an der Tyler's Road waren nur eine kurze Spalte wert, und Kate fragte sich, wie lange es wohl dauern würde, bis ein findiger Reporter entdeckte, daß es sich bei der bewußtlosen Frau, die wegen einer Vergiftung im Krankenhaus lag, um eine Künstlerin handelte, deren letzte Ausstellung über eine Million Dollar Verkaufserlös eingebracht hatte.

Die Tyler's Road wurde innerhalb der nächsten Tage wieder in ihren ursprünglichen Zustand versetzt. Mit Hawkin im Nacken hatte Tyler dafür gesorgt, daß ein noch nie dagewesener Fuhrpark an großen Raupen und Baggern in die idyllischen Berge einfiel, zwei größere Abflußrinnen anlegte und am oberen Ende den Schlamm vom Weg räumte. Kate verbrachte zwei Tage in unbequemer Seitenlage, las einen unglaublich dicken Stapel Akten und versuchte, ihren Rücken und das Bein irgendwie dazu zu bringen, schneller zu heilen. Al Hawkin beschäftigte sich pro Tag sechzehn Stunden lang mit dem Fall – in Vauns Haus, bei Zusammenkünften mit Vertretern der drei Counties, des FBI und der Presse. Er sprach mit drei Elternpaaren und starrte dabei aus den Fenstern ihrer Häuser – und langsam sah man es ihm auch an.

Und Vaun schlief immer noch in ihrem Krankenbett.

Am Montag nach dem Sturm jener Mittwochnacht hielt Kates kleiner weißer Wagen vor einem Garagentor, auf dem deutlich zu lesen war: Parken verboten. Mühsam stieg Kate aus dem Wagen, ließ ihn einfach da stehen, wo er die Einfahrt versperrte, und ging die Treppe zu Hawkins Haustür hinauf. Kaum hatte sie den Finger vom Klingelknopf genommen, wurde auch schon die Tür geöffnet, und Hawkin stand vor ihr – mit seiner eleganten Aktentasche, rasiert, in einem sauberen Hemd, ohne Schlips und mit dunklen Rändern unter den Augen.

«Morgen, Casey. Gut sehen Sie aus. Ich hatte ganz vergessen, daß Sie auch Beine haben.»

«Blödsinn, Al, es ist noch keine Woche her, seit Sie mich in einem Rock gesehen haben.»

«Ach richtig, die blitzsaubere Miss Martinelli, die sich vermutlich gefragt hat, ob Alonzo Hawkin beißt. Mein Gott, ist das wirklich erst eine Woche her?»

«Genau sieben Tage.»

«Wie geht es Ihnen?»
«Gut. Ich fühle mich ein bißchen steif, aber das ist nur, weil ich seit Freitag weder laufen noch schwimmen gehen konnte.»
«Natürlich.»
«Nein, wirklich. Die Beinwunde heilt sauber ab, und eine von denen auf dem Rücken ist schon so weit, daß sie zu jucken anfängt.»
«Und die andere?»
«Die ist tiefer», gab sie zu, «und in der Mitte blutet sie noch, wenn ich zuviel herumspringe. Aber es wird schon wieder.»
«Können Sie fahren? Was sagt der Arzt?»
«Der Arzt sagt, ich darf kein Wettschwimmen veranstalten und keine Gewichte heben. Eine nette kleine Autofahrt und eine nette kleine Vernehmung bewältige ich ohne Probleme.»
«In Ordnung, aber wenn Sie wollen, daß ich fahre, brauchen Sie nur einen Ton zu sagen.»
«Mach ich.»
Hawkin zog sein Jackett aus, öffnete die hintere Tür des Wagens, schob die Sachen, die dort lagen, zur Seite und warf sein Jackett hinein.
«Das da ist für Sie», sagte Kate, während sie sich vorsichtig hinters Steuer klemmte.
«Besten Dank, aber ich glaube nicht, daß Ihr Mantel mir paßt.»
«Nein, als Kissen. Ich habe keine Lust mehr, mir anzuhören, wie Ihr Kopf bei jeder Bewegung des Wagens gegen die Tür bumst.»
«Welch ein Komfort!»
Zu Kates Überraschung rollte er sich jedoch nicht sofort zusammen und schlief ein. Während sie sich quer durch die Stadt fädelte, um auf den Freeway zu gelangen, ging er noch einmal die Akten über den Fall durch, die zu seinen Füßen lagen. Eigentlich las er die Seiten gar nicht, sondern überflog sie nur kurz, als wolle er sich noch einmal vergegenwärtigen, was dort stand.

Der schlimmste morgendliche Pendlerverkehr war schon vorüber, und sie kamen glatt über die Bay Bridge. Am östlichen Ende allerdings wuchs sich die unvermeidliche Stockung zu einem Stau aus, weil ein Pritschenwagen seine Ladung verloren hatte – einen Müllsack voller Aludosen. Die Autos krochen über dieses lächerliche Hindernis aus plattgefahrenen Metallteilen, und kaum waren sie daran vorbei, beschleunigten sie wieder bis zur erlaubten Höchstgeschwindigkeit. Kopfschüttelnd wunderte sich Kate darüber, wie unglaublich blöde Autofahrer doch waren, und wandte sich mit einer entsprechenden Bemerkung an Hawkin.

Doch der schlief inzwischen und hatte offenbar überhaupt nicht mitbekommen, daß sie schon auf dem Freeway waren. Blätter lagen verstreut und flatternd in seinem Schoß, sein Kopf ruhte an der harten Türsäule, die Brille saß ihm schief auf der Nase. Der sieht aus, als könnte er eine ganze Woche lang schlafen, dachte Kate ärgerlich. Während sie eine Hand am Steuer hatte und beide Augen auf den Verkehr vor ihr gerichtet hielt, griff sie vorsichtig und mit zusammengebissenen Zähnen nach hinten, um an das Kissen zu kommen, das sie dann zwischen Kopf und Metall stopfte. Danach fischte sie drei oder vier Blätter vom Boden, die heruntergerutscht waren. Eine Sekunde lang nahm sie die Augen von der Fahrbahn, um die losen Blätter zwischen die Aktendeckel zu schieben, und dabei sah sie, welche Unterlagen er sich noch einmal angesehen hatte: die Abschrift von Vaun Adams' Aussage während ihres Mordprozesses.

Kate kannte diese Abschrift gut, so gut, daß sie einige Passagen auswendig aufsagen konnte. Den ganzen Sonntag über hatte sie versucht, die unzähligen Fragmente zu einem logischen Ganzen zusammenzufügen und sich ein Bild von der Frau zu machen, die hundert Meilen weiter südlich bewußtlos in einem Krankenzimmer lag. Doch dieses Bild war zwar schillernd, aber dennoch unbefriedigend unvollständig geblieben. Sie konnte nur hoffen, daß das am Ende dieses Tages anders aussehen würde.

Mit dreizehn Jahren hatte Vaun Adams ihre Eltern durch einen Unfall verloren. Schon in diesem Alter waren sowohl ihr Talent als auch ihre psychische Instabilität zutage getreten. Und den Schock, im Pubertätsalter, das ohnehin für jedes Mädchen stürmisch genug war, plötzlich als Waise dazustehen, hatte sie offenbar nie überwunden. Man brachte sie bei Onkel und Tante unter, wo sie von nun an lebte. Der Halbbruder ihrer Mutter war ein sturer Farmer mit zwei Kindern und einer riesigen Hypothek auf dem Haus. Und jetzt hatte er auch noch eine Nichte durchzufüttern, bei der es sich um ein Problemkind handelte. Doch schließlich errang Vaun dort ihr seelisches Gleichgewicht wieder, obwohl sie nie wirklich ein Teil dieser Familie wurde und keinerlei enge Freundschaften schloß. Jedenfalls nicht bis zu ihrem letzten Jahr in der Oberschule.

Ein paar Monate vor ihrem achtzehnten Geburtstag fing Vaun an, sich mit einem jungen Mann zu treffen, der nach dreijähriger Abwesenheit an die Schule zurückgekehrt war, um seinen Abschluß zu machen. Andy Lewis umgab an dieser Schule etwas Geheimnisumwittertes, und bald kursierten Gerüchte über ihn. Das meistverbreitete war, daß er mit einer falschen Altersangabe zur Army gegangen sei und kleine gelbe Menschen abgeschlachtet habe. Es versteht sich von selbst, daß die Army noch nie etwas von Andrew C. Lewis gehört hatte, obwohl immerhin aus den Unterlagen der Musterungsbehörde hervorging, daß man ihn wegen eines chronischen Rückenleidens ausgemustert hatte, was ihn allerdings nicht daran hinderte, in der Footballmannschaft der Schule anzutreten.

Als dieser mysteriöse und ein wenig unheimliche Andy Lewis in die Schule kam, war er ein erwachsener Mann unter Kindern, ein blutrünstiger Killer (wie Gerüchte wissen wollten) unter Schafen, und dies zu einer Zeit, als überall im Land die Schüler Peace-Anstecknadeln trugen und ihre Einberufungsbescheide verbrannten – oder sich zumindest damit brüsteten. Während die anderen sich die Haare bis zu den Schultern wachsen ließen und hier und da neben dem Bier, das sie noch gar nicht trinken durften, eine Marihuana-Zigarette ausprobierten, schaute Andy Lewis auf diesen kindischen Nervenkitzel nur mit Verachtung herab. Später fand man dann heraus, daß er es diesen gewöhnlichen Sterblichen ermöglichte, ihre Entspannungsdrogen bei ihm zu kaufen, dadurch seine Wertschätzung zu erringen und sich von den anderen abzuheben.

Er trat im September in die Schule ein. Im Oktober entdeckte er Vaun, eine zurückgezogene, noch jungfräuliche Außenseiterin ohne Freund. Als die Weihnachtsferien kamen, «gingen» die beiden in den Augen der Mitschüler bereits miteinander, trotz (oder vielleicht gerade wegen) heftiger Widerstände von Vauns Tante und Onkel. Irgendwann im Dezember probierte Vaun zum ersten Mal LSD aus. In diesem Winter wurden ihre schulischen Leistungen, die sich immer im sicheren Zweierbereich mit ein paar Einsen und Dreien bewegt hatten, so schlecht, daß sie fast durchfiel. Sie benahm sich jetzt sogar noch seltsamer als vorher. Mitte März hatte sie ihren zweiten LSD-Trip, der zu einem hysterischen Anfall führte, worauf man sie zur Beobachtung ins Krankenhaus bringen mußte. Während ihres Verfahrens sagte sie aus, sie habe in den Wochen danach immer noch Flashbacks gehabt und unter Orientierungslosigkeit gelitten. Nur das hohe Ansehen, das ihr Onkel in der Gemeinde genoß, verhinderte, daß sie wegen Drogenbesitzes verhaftet wurde. Sie weigerte sich, zu sagen, wer ihr das LSD gegeben hatte.

Und dann, kurz vor ihrem achtzehnten Geburtstag im Mai, änderten sich die Dinge erneut. Vaun machte wieder vollständig und gewissenhaft ihre Hausaufgaben und fehlte kaum noch in der Schule. Sie nahm wieder an den Familienmahlzeiten teil, ließ sich die Haare schneiden und traf sich nicht mehr mit Andy Lewis. Zum Geburtstag wünschte sie sich von ihrer Tante einen Ausflug nach San Francisco. Die beiden verbrachten einen ganzen Tag in Museen und Galerien und übernachteten im *St. Francis*. Ihre Tante sagte später aus, Vaun habe zum ersten Mal seit Monaten einen glücklichen und entspannten Eindruck gemacht, wenn sie auch ein wenig scheu gewesen sei.

Zwei Wochen später wurde Vaun Adams wegen Mordes an einem sechsjährigen Mädchen verhaftet, auf das sie aufgepaßt hatte. Man beschuldigte sie, Jemima Louise Brand (von allen nur Jemma genannt) erwürgt und nackt ausgezogen zu haben, nur um dann, als wenn nichts gewesen wäre, ins Nachbarzimmer zu gehen und an einem Gemälde zu arbeiten, das die nackte Leiche an einem Berghang darstellte. Die Jury sah das Bild, hörte sich ihre Aussage an und erklärte sie nach fünfstündiger Beratungszeit für schuldig. Vaun mußte ins Gefängnis.

Als sie etwas über drei Jahre ihrer Strafe abgesessen hatte, wurde Vaun von ihrem Psychiater entdeckt. Mehr noch, sie wurde von ihm gerettet. Dr. Gerry Bruckner war herbeigerufen worden, als Vaun in der Einzelzelle, in die man sie nach einem Aufruhr unter den Häftlingen gesteckt hatte, in einen katatonischen Zustand verfallen war. Dr. Bruckner gelang es, sie aus dieser Starre herauszuholen, er besorgte ihr die Malutensilien, nach denen ihre Seele so sehr dürstete, und erkannte die unerhörte Kraft in ihren Arbeiten. Daraufhin schickte er mehrere Werke an einen Freund, der in New York eine Galerie besaß. So wurde sie unter dem Namen Eva Vaughn über Nacht zu einem Star.

Nachdem sie neun Jahre und drei Monate abgesessen hatte, wurde sie entlassen. Ein Jahr verbrachte sie noch unter polizeilicher Aufsicht bei Gerry Bruckner, dann reiste sie ein Jahr lang durch Europa und die Vereinigten Staaten. Zweieinhalb Jahre nach ihrer Entlassung traf sie Tyler, und sechs Monate danach ließ sie sich auf der Tyler's Road ihr Haus bauen. Das war jetzt fünf Jahre her, und abgesehen von gelegentlichen Reisen nach New York, wo sie sich noch ein Apartment hielt, hatte sie seitdem die ganze Zeit über dort gelebt.

Das war in groben Zügen das Leben von Vaun Adams, soweit es sich aus einem fast dreißig Zentimeter hohen Stapel von Unterlagen, die zu Hause auf Kates Schreibtisch lagen, rekonstruieren ließ. Von der Geburtsurkunde über den Reisepaß bis hin zu den Aufnahmeformularen von Freitag nacht enthielten sie einfach alles: Haftberichte, psychiatrische Gutachten, verblaßte Kopien von bereits kopierten Briefen und unterschriebenen Aussagen, den Prozeßbericht, Fotos, Berichte, pathologische Befunde und Hunderte von nervtötenden Seiten, die allesamt in mikroskopischer Schärfe einen bestimmten Abschnitt in Vaun Adams' Leben darstellten.

Doch obwohl Kate manchmal den Eindruck hatte, diese Frau besser zu kennen als ihre eigene Schwester, besser als Hawkin, sogar besser als Lee, konnte sie diese unterschiedlichen Puzzleteile einfach nicht zu einem Ganzen zusammensetzen. Diese Lawine von Wörtern paßte einfach nicht auf die Frau in der braunen Kordhose, die ihr ein Schinkensandwich gemacht und mit wenigen Strichen die Bedrohung dargestellt hatte, die von zwei sich ihrem Haus nähernden Kriminalbeamten ausging, und die schließlich blau angelaufen und leblos unter Kates Händen und Lippen gelegen hatte.

Kate konnte auch nicht die geringste Verbindung erkennen zwischen dieser Frau und dem Mädchen, das sie auf diesen Seiten kennengelernt hatte.

Auch das Gerichtsverfahren selbst kam ihr konfus und lückenhaft vor und hatte ein paar sehr verwirrende Fragen unbeantwortet gelassen. Warum hatte man Andy Lewis wieder in die Schule aufgenommen und ihn nicht, was normal gewesen wäre, an das örtliche Junior College verwiesen, um dort den High-School-Abschluß nachzuholen? Warum hatte er im Prozeß nur eine so nebensächliche Rolle gespielt? Weder der Staatsanwalt noch Vauns Pflichtverteidiger hatten ihn in die Mangel genommen, sondern ihn im Gegenteil mit ängstlichem Respekt behandelt. Für den Tatabend hatte er ein unerschütterliches Alibi vorzuweisen gehabt: Er hatte mit nicht weniger als acht Freunden Karten gespielt. Offenbar hatte er danach seinen Schulabschluß gemacht und war auch nie wegen der Drogen gerichtlich belangt worden, die er Vaun mit allergrößter Wahrscheinlichkeit gegeben hatte. Warum nicht? Und wo war er nach dem Prozeß abgeblieben? Er war einfach verschwunden und hatte nur allerspärlichste Spuren hinterlassen: die Erneuerung seines Führerscheins zwei Jahre später sowie einen Job in Kalifornien und einen in Alaska, die auf seiner Sozialversicherungskarte eingetragen waren. Danach – nichts mehr. Vor zehn Jahren war Andrew Lewis völlig von der Bildfläche verschwunden.

Die nächsten drei Stunden schlief Hawkin wie ein Bewußtloser, bis Kate in der Kleinstadt, die der Farm der Jamesons am nächsten lag, an einer Tankstelle anhielt. Ein junger Mann mit Pickeln im Gesicht kam heraus, und sie sagte ihm, was sie wollte. Dann ging sie zur Rückseite des Tankstellengebäudes und steuerte auf eine Tür mit der Aufschrift «Damen» zu. Als sie wieder zurückkam, war der Wagen leer. Sie bezahlte beim Tankwart die Rechnung und fischte dann zwei Tassen und eine Thermoskanne vom Rücksitz. Als Hawkin wieder auftauchte, trug er ein Jackett und einen Schlips. Die Ringe unter seinen Augen waren um einige Grade heller geworden, und auch der federnde Gang fiel Kate auf. Sie reichte ihm eine Tasse.

«Ah, gut», sagte er. «Kamillentee mit Ziegenmilch und Honig.»

«Tut mit leid, davon war nichts mehr da. Sie werden sich mit äthiopischem Kaffee zufriedengeben müssen. Zucker ist im Handschuhfach.»

Er zog eine Augenbraue hoch, gab aber keinen Ton von sich, abgesehen von einem dankbaren Seufzen nach dem ersten Schluck. Nach drei Meilen trank er die Tasse aus und legte sie auf den Rücksitz.

«Ein ordentliches Schläfchen und eine gute Tasse Kaffee, und schon fühle ich mich um zehn Jahre jünger. Hat den Kaffee wieder Ihr Hausgenosse gemacht?»

«Heute morgen habe ich ihn selbst gemacht. Lee kauft den Kaffee immer bei einer hundertfünfzig Jahre alten verrückten Chinesin, die ihn noch selbst in einem zweihundertfünfzig Jahre alten Kaffeeröster röstet. Es ist eine große Ehre, wenn sie einen als Stammkunden akzeptiert. Hier muß irgendwo die Abzweigung sein», fügte sie nach einer Pause hinzu. «Könnten Sie noch mal auf die Wegbeschreibung schauen, Al? Sie liegt im Handschuhfach.»

Obwohl er sich ziemlich sicher war, daß sie sich an der Tankstelle die handgezeichnete Skizze noch selbst angesehen hatte, fischte er sie gehorsam aus dem Handschuhfach und las ihr die Orientierungspunkte vor. Wenn sie nicht über ihr Privatleben reden wollte, dann war das ihre Angelegenheit. Schließlich war sie ja auch unter ihren Kollegen für ihre Verschwiegenheit bekannt. Vermutlich war er überhaupt einer der wenigen, dem sie den Namen des Mannes verraten hatte.

15. Kapitel

Das Haus war etwas schmucker, als Kate es erwartet hatte, ein bißchen größer und mit gepflegteren Außenanlagen, als sie es sich bei einem Bauernhof vorgestellt hatte. Nachdem sie im Krankenhaus Vauns Tante kennengelernt und anhand der Kontoauszüge gesehen hatte, wieviel Geld Vaun jeden Monat überwies, hatte sie allerdings schon damit gerechnet, daß der Hof gut in Schuß war, und so war es auch: Das Anwesen war von einen weißen Gitterzaun umgeben, der sich in der Ferne verlor, das Gebäude selbst in drei gut miteinander harmonierenden Farben gestrichen, die ihm ein wenig das Aussehen eines Lebkuchenhauses verliehen. Dazu etwa viertausend Quadratmeter Rasen, umgeben von breiten Blumenbeeten, zur Zeit mit Narzissen bepflanzt, die von den jüngsten Regengüssen ein wenig niedergedrückt waren. Ein kleiner Teich glitzerte durch die nackten Äste einiger Bäume.

Kate schaltete den Motor ab, und als sie und Hawkin ausstiegen, wurden sie von den Geräuschen des Landlebens begrüßt: Gequake und Geschrei vom Teich, das entfernte Rattern von Landmaschinen, in der Ferne das wütende Knurren einer Kettensäge und schließlich das nostalgische Quietschen einer Fliegendrahttür, gefolgt von einer vertrauten Stimme.

«Haben Sie uns denn ohne Schwierigkeiten gefunden?» fragte Vauns Tante, und für Kate hörte sich das an wie ihre übliche Begrüßungsformel. Sie wandte sich um und lächelte die großmütterliche Gestalt an. Wie schon am Samstag zuvor während der Besuchszeit im Krankenhaus staunte sie wieder, wie sehr die Frau doch mit ihrem ergrauenden Haar, ihrer rundlichen Gestalt, den runden Bakken und den ruhigen braunen Augen dem Bild einer Landfrau entsprach.

«Ja, ohne Schwierigkeiten, Mrs. Jameson. Ihre Wegbeschreibung war so klar, daß selbst ein Stadtmädchen wie ich sie verstehen konnte.»

«Gut. Sie sehen schon viel besser aus. Wie geht es Ihrem Rükken?»

«Erheblich besser, danke.»

«Ich muß schon sagen, so wie Sie vor ein paar Tagen noch ausgesehen haben, hätte ich nicht gedacht, daß Sie schon so schnell wieder auf den Beinen sind.»

Kate grinste sie an. «Wir alten San Franciscans sind aus hartem Holz geschnitzt.»

«Das sehe ich. Ich hatte gar keine Gelegenheit, mich neulich bei Ihnen zu bedanken.»

«Nicht der Rede wert.»

«Vielleicht nicht für Sie. Aber ich glaube, daß man Ihnen selten genug für Ihre Arbeit dankt, und es gibt keinen Grund, daß ich zu diesem Umstand auch noch beitrage. Möchten Sie vielleicht einen Kaffee? Ich wollte gerade welchen machen.»

Ihr gelang ein perfekter Übergang von ehrlicher Dankbarkeit in die Rolle der Gastgeberin, und Kate vollzog den Rollenwechsel mit.

«Danke, das wäre sehr nett.»

Hawkin stand derweil da, ohne auf das Gespräch zu hören, und schaute auf die in der Ferne liegenden Felder hinaus. Als Kate sich auf der obersten Treppenstufe zur Veranda noch einmal umwandte, sah sie einen roten Traktor, der durch ein grünes Feld fuhr und ein Band dunkelbrauner Erde zurückließ.

«Ein wunderschönes Anwesen haben sie», sagte sie anerkennend.

Rebecca Jameson sah zunächst etwas überrascht aus, dann wandte sie sich ein wenig um und nahm den Ausblick wie zum ersten Mal wahr, mit den Augen einer Fremden. Als sie den Traktor bemerkte, runzelte sie ein wenig die Stirn und schüttelte fast unmerklich den Kopf, dann wandte sie sich wieder Kate zu und lächelte.

«Ja, wirklich schön, nicht wahr? Man vergißt einfach hinzusehen, wenn man tagein, tagaus mit Alltäglichkeiten befaßt ist.» Sie wandte sich noch einmal um, als wolle sie sich den Anblick fest einprägen, dann führte sie Kate und Hawkin durch die Fliegendrahttür und über die Läufer und die mattglänzenden Holzdielen des Flurs zurück in die warme Küche. Auf einem Stuhl schlief eine Katze in der Sonne, eine Uhr tickte an der Wand, und der schwache Geruch von Frühstücksspeck hing noch in der Luft. Irgendwo im Haus hörte man den Monolog einer Männerstimme. Die Frau nahm eine bunt emaillierte elektrische Kaffeemaschine, ließ Wasser hineinlaufen, füllte den Filter mit Kaffeepulver aus einer grünen Dose und schaltete die Maschine an. Sie griff nach den Tassen und hielt dann inne.

«Haben Sie schon gefrühstückt?»

«Ja, danke», erwiderte Kate kategorisch. Hawkin schwieg immer noch, schaute dabei aus dem Fenster und sah sich dann den Krimskrams auf einem Regalbrett an, die Trophäen und Pokale, die Katze auf dem Stuhl am Fenster.

«Dann möchten Sie im Augenblick sicher nur ein paar Kekse zum Kaffee. Wir essen um eins», fügte Mrs. Jameson hinzu. «Dann sind auch Ned und Joana da, mit denen wollten Sie ja auch sprechen. Bis dahin können Sie mit Red und mir reden. Red ist mein Mann», erläuterte sie überflüssigerweise und brachte eine große Schüssel mit Haferrosinenplätzchen an den Tisch, die Kate im Nu wieder an ihre Kinderzeit erinnerten, als sie gleich neben der Frau gewohnt hatte, die für die ganze Nachbarschaft die Großmutter gespielt hatte. «Haben Sie sie heute morgen gesehen?» fragte Mrs. Jameson unvermittelt. Hawkin stellte einen goldenen Baseball-Pokal zurück aufs Regal.

«Ihre Nichte? Nein, zum letzten Mal gestern abend», sagte er.

«Ich habe vor einer Stunde mit dem Krankenhaus gesprochen. Sie sagten mir, der Zustand sei unverändert. *Unverändert.*» Sie kaute an ihrer Oberlippe und starrte auf die Schüssel hinab. Kate überlegte, was sie sagen konnte, aber da schüttelte Mrs. Jameson auch schon den Kopf und versuchte ein Lächeln. «Ich glaube, jetzt hat Red aufgelegt. Ich gehe ihn schnell holen.»

Die Kaffeemaschine zischte und gurgelte, Hawkin wanderte in der Küche herum, und Kate aß ein Plätzchen. Die Stimmen von oben kamen näher, dann hörte man ein mechanisches Summen und das Quietschen von Reifen auf dem Holzfußboden. Mrs. Jameson kam in die Küche zurück, gefolgt von ihrem Mann.

Red Jameson war einmal ein stämmiger Mann gewesen, und selbst jetzt noch füllte sein breiter Körper den ganzen Rollstuhl aus. Sein Rücken war kerzengerade, die großen Hände kräftig. Nur seine Beine waren dünn, ruhten unbrauchbar und reglos auf der Fußstütze. Sein schütteres Haar hatte noch einen Schatten der Farbe, die ihm seinen unvermeidlichen Spitznamen eingetragen hatte. Und obwohl er vermutlich schon seit seiner Kindheit nicht mehr blaß und sommersprossig gewesen war, sah das Gewebe unter der wettergegerbten Haut immer noch so fein aus wie eine sorgfältig gegerbte Rehhaut. Er war jünger, als Kate angenommen hatte, vielleicht Mitte Fünfzig. Die einzigen tiefen Falten in seinem Gesicht lagen um den Mund, und sie sprachen nicht von Alter, sondern davon, daß er in seinem Leben viel durchgemacht hatte.

«Red, das sind Miss Martinelli und Alonzo Hawkin.»

Jameson hatte für einen so kräftigen Mann einen sehr sanften Händedruck, obwohl die Haut voller Schwielen war. Er musterte Kate und blickte dann Hawkin an.

«Becky hat mir gesagt, daß Sie wegen meiner Nichte hier sind», sagte er. Er hatte eine tiefe, angenehme Stimme, und für einen Moment stellte Kate ihn sich vor, wie er einer Gruppe von Kindern etwas vorlas. «Untersuchen Sie die Morde an den drei kleinen Kindern oder Vauns ... das, was Vaun sich anzutun versucht hat?»

Seiner Frau war diese Frage offenbar zu direkt, denn sie ging sofort weiter in die Küche. Hawkin erwiderte Red Jamesons Blick und gab ihm eine ebenso direkte Antwort.

«Im Augenblick gehen wir davon aus, daß beide Fälle miteinander zu tun haben, Mr. Jameson.»

Der Mann nickte und ließ sich dann von seiner Frau ablenken, die die Kaffeekanne und einen Krug Milch auf den Tisch stellte. Sie setzten sich um einen runden Tisch aus Kiefernholz, auf dem Gingham-Platzdeckchen lagen. Hawkin zog den Stuhl neben Kate zurück und setzte sich hinein, fuhrwerkte mit dem Kaffee herum, lehnte dankend ein Plätzchen ab und wartete, bis den Erfordernissen des guten Tons endlich Genüge getan war. Dann fuhr er mit seinem Gedanken fort.

«Da wir keine andere Möglichkeit sehen, sind wir, wie gesagt, zu der Annahme gezwungen, daß das, was im Augenblick wie ein Selbstmordversuch Ihrer Nichte aussieht, mit dem Tod von Tina Merrill, Amanda Bloom und Samantha Donaldson in Zusammenhang steht. Ich bin überzeugt, daß es hier eine Verbindung gibt, jedoch ist mir alles andere als klar, welche das sein könnte. Es gibt zu viele Ungewißheiten, und die meisten haben ihre Wurzeln hier, in der Vergangenheit Ihrer Nichte.»

Red Jamesons blaue Augen verengten sich zu Schlitzen, als er hörte, wie vorsichtig Hawkin sich ausdrückte. Er schaute kurz zu seiner Frau hinüber und blickte wieder in Hawkins unerschütterliches Gesicht. Dann stellte er seine allzu verständlichen mißtrauischen Bedenken gegenüber allen Kriminalbeamten zurück und begann zu sprechen.

«Meinen Sie ... was für eine ‹Verbindung› meinen Sie?» fragte er wachsam.

«Mr. Jameson, wir gelangen allmählich zu der Ansicht, daß sie gar nicht versucht hat, sich selbst umzubringen.»

Kate beobachtete, wie nacheinander eine Reihe verschiedener Gefühlsregungen durch die Luft zu schweben schienen und sich immer zuerst auf dem Gesicht des Mannes und dann auf dem seiner Frau niederließen: zunächst Verwirrung, als sie Hawkins Worte hörten, dann angestrengtes Überlegen, als sie über deren Bedeutung nachdachten und zu dem Schluß gelangten, daß er keinen Unfall gemeint hatte, dann ein Moment der Erleichterung, bevor sie schließlich schlagartig von Angst überwältigt wurden. Zwei Gesichter sahen Hawkin gequält und voll böser Vorahnung an, erschüttert von dem kurzen Sturm, der gerade über sie hinweggebraust war. Der Mann fand als erster seine Sprache wieder.

«Sie glauben, jemand ... Aber wer?»

«Ja, Mr. Jameson, ich glaube, es ist sehr gut möglich, daß jemand versucht hat, Vaun umzubringen. Ich weiß noch nicht, wer – aber wer immer es auch war, er muß sehr clever sein. Und bevor Sie mich fragen, kann ich Sie beruhigen, daß Ihre Nichte rund um die Uhr bewacht wird und das Krankenhaus gegenüber jedem, der sich erkundigt, ihren Zustand schlechter darstellt, als er in Wirklichkeit ist. Für die Öffentlichkeit liegt sie im Sterben. Das stimmt aber nicht. Es ist nur ein Mittel, um sie zu schützen.»

«Sie glauben, daß dieser Jemand es noch einmal versuchen würde?» fragte Mrs. Jameson entsetzt.

«Wenn es ein Mordversuch war, dann handelte der Täter nicht im Affekt. Alles war sorgfältig geplant. Ich glaube in der Tat, daß er es noch einmal versuchen würde.»

«Aber warum nur?»

Es war ein Schmerzensaufschrei, und als Hawkin antwortete, ließ er seine eigene Frustration und Erschöpfung durchscheinen.

«Ich weiß es nicht, Mrs. Jameson. Noch nicht. Aber ich bin fest entschlossen, es herauszufinden. Mit Ihrer Hilfe.»

Man spürte förmlich, wie dieser letzte Satz immer weitere Kreise zog, Red Jameson richtete sich langsam in seinem Rollstuhl auf, reckte die Schultern und das Kinn. Seine Frau ergriff diese Vorstellung, als sei sie ein Rettungsring in einem tosenden Meer und als warte sie darauf, daß Hawkin, der Retter, ihr sagte, was sie machen solle. Vor fünf Minuten waren die beiden noch unzugänglich und wachsam gewesen und hätten nur ungern, wenn überhaupt, irgendwelche Dinge preisgegeben. Jetzt aber sahen sie in Hawkin und Kate die Verfechter ihrer eigenen Sache und würden nichts mehr für sich behalten.

Kate griff nach ihrer Kaffeetasse und nahm, um das Gesicht zu verbergen, einen tiefen Schluck. Sie hoffte nur, daß diese beiden da nie herausfinden würden, wie spärlich die Indizien für das waren, was Hawkin gerade erklärt hatte: nur ein Holzsplitter, das Fehlen von Tabletten und ein Eintopf. Hoffentlich würden sie nie erleben, wie Hawkin sein konnte, wenn er nicht mehr wie jetzt zuversichtlich mit ihrer vollen Unterstützung rechnete. Kate wußte, daß er selbst nicht unbedingt davon ausging, daß es aber sehr nützlich war, diese wichtige Informationsquelle anzuzapfen. Es war immer schwierig, Leute zu manipulieren, ohne ihnen ins Gesicht zu lügen, aber Hawkin war sehr clever. Der Kaffee hatte plötzlich einen bitteren Beigeschmack, aber sie trank ihn dennoch aus.

«Wie können wir Ihnen behilflich sein?» fragte ihre Gastgeberin begierig.

«Erzählen Sie uns einfach von ihr», erwiderte Hawkin. «Wie sie als Kind war, wie sie sich als Jugendliche verändert hat, über ihre Freunde, ihre Bilder – einfach alles, was ihnen einfällt.»

«Dann sollten Sie sich eigentlich ihr Atelier ansehen … den Schuppen, in dem sie gemalt hat», schlug sie vor. «Und ich habe auch Fotoalben, wenn Sie die sehen möchten. Meinen Sie solche Dinge?»

«Genau. Allerdings hatte ich auch noch vor, heute nachmittag ein oder zwei ihrer früheren Lehrer an der Schule zu treffen, wir haben also nur begrenzt Zeit. Casey, ich schlage vor, daß Sie sich mit Mr. Jameson das Atelier ansehen, während ich mit Mrs. Jameson die Fotoalben durchblättere.»

Kate war ein wenig überrascht über diese Arbeitsteilung, und Mrs. Jameson begann, Einwände vorzubringen, der Boden sei viel zu aufgeweicht. Als ihr Mann sie jedoch knurrend zurechtwies, schwieg sie. Kate hielt ihm die Küchentür auf, während er eine Baseballmütze aufsetzte, auf deren Schirm der Schriftzug *Samuels Feed n' Seed* aufgestickt war. Er rollte die Rampe hinunter auf einen betonierten Gehweg, der um das Haus führte und dann in verschiedene Richtungen abzweigte. Red Jameson fuhr auf die ältere, noch aus Holz gebaute Scheune zu, und Kate ging in der hellen Frühjahrssonne neben ihm her.

16. Kapitel

Drei Treppenstufen führten zu dem kleinen Schuppen hinauf, und Kate mußte den Rollstuhl über die groben Holzplanken hochrollen, die man als Rampe daraufgenagelt hatte. Sie verspürte plötzlich einen stechenden Schmerz an den Nähten im Rücken, fluchte leise und hoffte, daß die doppelten Gazestreifen, die Lee ihr am Morgen auf die Wunden geklebt hatte, das ganze Blut aufsaugen würden.

Kaum zu glauben, daß sich in so einem Schuppen ein solches Talent entwickelt hat, dachte sie, als sie Jameson durch die schmale Tür folgte. Wände und Decke aus rohen, weißgetünchten Brettern, eine nackte Glühbirne an einem Draht, auf dem Boden ein uralter Linoleumbelag mit festgenagelten Rändern, der früher einmal woanders gelegen hatte; in einer Ecke ein schmales Stahlrohrbett mit Macken im grünen Lack, auf dem eine klumpige Matratze mit blauem Bezug und losen Knöpfen lag, am Fußende drei säuberlich gefaltete Decken.

An drei Dingen konnte man dennoch erkennen, daß dieser Raum von einer Künstlerin benutzt worden war. Da war zunächst ein großer Stauraum, der fast die gesamte Südwand ausfüllte und aussah wie ein grober Vorläufer der Abstellkammer in Vauns Haus an der Tyler's Road. Er war aus verschiedenen Sorten und Stärken Sperrholz zusammengezimmert und weiß gestrichen, und in zwei übereinanderliegenden Fächern stand eine Reihe von Bildern. An der gegenüberliegenden Wand waren die rohen Bretter ausgesägt worden, um drei große Schiebefenster mit Metallrahmen einbauen zu können, die den Schuppen zur Außenwelt hin öffneten und ein gleichmäßig helles Licht einfallen ließen. Sie sahen fast genauso aus wie das Fenster, aus dem Kate drei Tage zuvor den Redwoodsplitter gezogen hatte. Unter der Fensterfront lag das dritte zweifelsfreie Anzeichen dafür, welcher Verwendung dieser Schuppen zuletzt gedient hatte: eine Ansammlung von Tropfen, Klecksen und Schmierflekken, die an den Fenstern das Muster des verschossenen Linoleumbelags völlig unkenntlich machten und sich in einer dünneren Schicht von Tröpfchen und Fußabdrücken bis zur Mitte des Raumes fortsetzten. Jameson bemerkte, wie Kate den scheckigen Bodenbelag begutachtete.

«Becky wollte ihn eigentlich sauber machen, aber ich habe ihr gesagt, sie soll sich die Mühe sparen. Also haben wir alles gelassen, wie es war. Wir brauchen den Schuppen nicht mehr, und ich glaube, Vaun freut sich jedesmal, ihn wiederzusehen, wenn sie kommt. Manchmal schläft sie hier, obwohl sie immer noch ihr altes Zimmer im Haus hat. Becky kommt ungefähr einmal im Monat her und sorgt dafür, daß keine Mäuse hereinkommen, und ein- oder zweimal im Jahr staubt sie alles kurz ab und wischt den Boden auf. Ist vermutlich albern, den Schuppen nicht anderweitig zu nutzen, aber irgendwie konnten wir uns nicht überwinden, das alles hier wegzuräumen, nachdem ... als Vaun weg war. Und nach einer Weile haben wir uns einfach daran gewöhnt. Ist wahrscheinlich albern», wiederholte er, machte aber überhaupt nicht den Eindruck, als wenn ihm dieses eindeutige Zeugnis von Sentimentalität peinlich wäre. Sein Gesicht sah völlig entspannt aus. Die Luft war etwas stickig, und es roch ganz entfernt nach alter Farbe (oder bildete sich Kate das nur ein?) und nach von der Sonne erwärmter Landluft, die hinter ihnen durch die offene Tür einströmte. Kate wußte, daß von ihr kein Kommentar erwartet wurde.

«Haben Sie diese Fenster da für sie eingesetzt?» fragte sie statt dessen.

«Ich habe ihr dabei geholfen. Sie hat die Scheiben selbst bezahlt – von ihrem ersten verkauften Bild. Da war sie sechzehn. Sie hatte ein paar Kinder in der Schule gemalt, und einmal hat sie ein wirklich schönes Bild von der Tochter des Mannes gemalt, der in der Stadt die Holzhandlung hat. Ein paar Wochen später hat sie mich gefragt, ob sie etwas von dem Geld haben könne, das die Versicherung nach dem Tod ihrer Eltern gezahlt hatte. Sie wollte sich diesen Schuppen ein bißchen herrichten, um darin zu malen. Sie können sich ja sicher vorstellen, daß Becky gar nicht begeistert davon war, daß die ganze Farbe auf den Boden in Vauns Schlafzimmer tropfte.» Er deutete kichernd auf den Boden. «Es gefiel mir gar nicht, daß sie das Geld angreifen wollte, selbst wenn es für ihre Malerei war, und deshalb habe ich ihr vorgeschlagen, ob sie nicht das Bild zu Ed – Ed Parker, so heißt er – tragen und ihn fragen wolle, ob er ihr dafür ein paar Scheiben Glas gibt. Das Bild gefiel ihr, aber die Vorstellung, große Fenster zu haben, gefiel ihr noch besser. Also hat sie sich die Sache ein paar Tage lang überlegt, und dann hat sie das Bild in eine von Beckys alten Tischdecken gewickelt und ist zu ihm gefahren. Zwei Stunden später kam sie wieder zurück. Stolz saß sie mit diesen drei Fensterscheiben in seinem Lieferwagen. Sie hat mir geholfen, sie einzubauen, und als wir fertig waren, sah sie sie ganz lange an und schob sie ein paarmal auf und zu; dann sagte sie leise, ohne sich dabei auch nur zu mir umzuwenden: ‹Danke schön›. Meine eigene Tochter wäre mir um den Hals gefallen oder hätte einen Freudentanz aufgeführt, aber Vaunie war schon immer anders. Aber das hat mir gereicht, dieses Dankeschön. Es war ehrlich gemeint. Nicht nur, weil ich ihr die Fenster eingesetzt hatte, sondern für alles, was damit zusammenhing.» Die Erinnerung an die Vergangenheit, eine verlorene Vergangenheit, schwang in seiner Stimme mit.

«Sie hat sich nicht sehr verändert, nicht wahr?» fragte Kate und mußte daran denken, welche Erfahrungen sie selbst mit der Intensität dieser Frau gemacht hatte.

«Sie hat sich überhaupt nicht verändert. Vielleicht ist sie ein bißchen ruhiger geworden, aber all die Dinge, die sie mitgemacht hat, haben ihr Wesen nur noch stärker geprägt. Das einzige Mal, wo sie sich anders gab, war die Zeit, als sie mit diesem Andy Lewis herumgezogen ist.»

«Wissen Sie eigentlich, was aus ihm geworden ist?» fragte Kate in möglichst beiläufigem Ton. Auf die Heftigkeit seiner Reaktion war sie allerdings nicht gefaßt.

«Weiß ich nicht, will ich auch gar nicht wissen. Er war ein hinterhältiger kleiner Bastard – bitte entschuldigen Sie meine Worte –, und ich habe ihm damals gesagt, wenn ich ihn noch ein einziges Mal auf meinem Land erwische, dann jage ich ihm eine Ladung Schrot in den Hintern.»

«Wann war das?»

«In der Woche, als Vaun ins Gefängnis gesteckt wurde. Da habe ich ihn in der Stadt gesehen, zusammen mit ein paar von den Jungs, die ihm in den ... die zu ihm aufgesehen haben. Sein Vater war gestorben, als Andy noch ganz klein war, und seine Mutter war eine nachgiebige kleine Frau, die nie nein sagen konnte. Deshalb ist wohl auch nicht verwunderlich, was aus ihm geworden ist. Ich erinnere mich, daß er nicht lange danach weggegangen ist. Er nahm einfach alles Geld, was er im Haus finden konnte, und verschwand. Ist ja klar, daß das seiner Mutter das Herz gebrochen hat. Ein Jahr später ist sie gestorben.»

«Er hat Vaun doch Drogen gegeben, oder? Marihuana? LSD? Warum hat man ihn dafür nicht strafrechtlich verfolgt?»

Jameson starrte aus dem Fenster. Der rote Traktor war ins Blickfeld gekommen. Er war immer noch weit weg, und hinter sich zog er seinen schwarzbraunen Streifen her. Leise knurrte Jameson irgend etwas.

«Wie bitte?»

«Ich sagte, es ist zu naß. Heute morgen habe ich Ned gesagt, daß er nur alles versaut, aber er mußte trotzdem loslegen.»

Verwirrt schaute Kate in seine Richtung und versuchte herauszubekommen, was er gemeint hatte. Dann wurde ihr klar, daß es sich bei Ned um den Sohn handelte und Jameson offenbar davon sprach, daß er sich mit ihm darüber gestritten hatte, ob die Erde zu naß zum Pflügen war. Eine Zeitlang schwieg sie, während sie beide zusahen, wie der Traktor einen Hügel hinaufkroch und auf der anderen Seite verschwand.

«Mr. Jameson ...»

«Ja, Miss Martinelli, ich habe Ihre Frage gehört. Er wurde nicht strafrechtlich verfolgt, weil es keine Beweise gab und keiner ihn verpfeifen wollte. Sie waren alle entweder in ihn verliebt oder hatten eine Heidenangst vor ihm, und deshalb konnte der Sheriff nichts gegen ihn vorbringen. Ja, ich glaube, daß er ihr Drogen gegeben hat. Was ich weiß, ist, daß sie in den fünf Monaten, die sie mit ihm herumgezogen ist, von Dezember bis April, nicht mehr sie selbst war.» Urplötzlich rollte er den Stuhl vom Fenster weg auf die eingelagerten Bilder zu, zog ohne Zögern eines auf der rechten Seite heraus und stellte es aufrecht hin. Dann fischte er ein paar Fächer weiter ein zweites, kleineres heraus. Er stellte es links neben das erste und wandte sich dann in seinem Rollstuhl Kate zu.

«Das linke stammt aus dem Oktober, das rechte aus dem darauffolgenden März, als sie immer noch mit ihm befreundet war. Sie hat ihre Bilder immer auf der Rückseite datiert, wenn sie fertig waren. Ich glaube, das macht sie bis heute so.»

Das kleinere Bild war eine bestechend einfache Studie eines Mädchens, fast schon einer jungen Frau, die mit dem Rücken gegen einen Baumstamm gelehnt dasaß, das eine Knie angezogen, in einer Hand ein grellbuntes Taschenbuch. Sie trug Shorts und eine weiße Baumwollbluse. Mit der rechten Hand spielte sie selbstvergessen an einer Haarlocke herum, die Augen waren auf das Buch gerichtet und weit weg in einer anderen Welt. Einfach, anspruchslos, sehr persönlich – und doch das Werk einer reifen Künstlerin.

Das größere Bild war für eine so junge Künstlerin immer noch eine technisch brillante Arbeit. Es stellte eine andere junge Frau dar, die diesmal mit offenem Mund vor einem Spiegel saß und eine Grimasse zog, während sie mit einem Make-up-Pinsel ihre Augenlider schminkte. Sie trug ein enges, ärmelloses Strickhemd, aus dem auf einer Seite der Büstenhalter hervorlugte. Die Farbauswahl war härter, der Strich ein wenig gröber, aber dennoch war es ein reifes Bild, auf das viele Künstler stolz gewesen wären. Den Unterschied sah man erst, wenn man beide Bilder nebeneinanderstellte.

Das erste Bild war die freundliche und humorvolle Momentaufnahme eines Mädchens, das an der Schwelle zur Frau stand und noch alle Möglichkeiten und alle Träume vor sich hatte. Ihr Rücken war mit der unbewußten Grazie eines Kindes in die Wölbung des Baumes gekrümmt, und obwohl die Beine braun waren und man auf einer Kniescheibe ein Pflaster sehen konnte, war doch in ihrer

Haltung bereits etwas Bewußtes, so als würde sie ihre verführerische Kraft ausprobieren. Unter ihrem schmutzigen T-Shirt deuteten sich schon die noch nicht entwickelten Brüste an. Hätten andere Hände, erwachsene oder die eines Mannes, dieses Bild gemalt, dann hätte es möglicherweise etwas Nostalgisches, Süßes oder vielleicht auch Pornographisches an sich gehabt. So aber war es einfach nur vollkommen ehrlich und konnte eigentlich nur von jemandem gemalt worden sein, der sich im Selbstporträt dargestellt hatte, obwohl das Gesicht nicht das von Vaun war.

Das größere Bild war mit ganz anderen Augen gemalt worden. Während das erste Mädchen allmählich zur Frau heranwuchs, drängte dieses hier mit aller Macht danach. Die kleinen Wölbungen ihrer Brust preßten sich gegen das zu enge Hemd, so daß es aussah, als hätte sie den BH ausgepolstert. Das zu stark und von ungeübten Händen aufgetragene Make-up betonte nicht ihre Fraulichkeit, sondern unterstrich nur noch mehr die Ablehnung dessen, was sie eigentlich war, und ihr kunstvoll zerzaustes Haar erinnerte eher an ein wirres Wollknäuel als an eine Bettszene. Es war ein unelegantes und hartes Bild, die Erklärung eines politischen und sexuellen Aufstandes. Das erste Bild drückte von innen heraus die Komplexität des Lebens aus, eine liebevolle und friedliche Studie eines Menschen, der sich in einem bestimmten Stadium seines Lebens befand. Es war nicht besonders tiefsinnig, aber sehr menschlich. Das zweite Bild jedoch war aus einer verächtlichen Außenseiterperspektive heraus gemalt, es war die sarkastische Verurteilung eines Menschen, der etwas zu sein versuchte, was er eigentlich nicht war. Das erste Bild war selbstbewußt, sicher und offen, das zweite wütend, herzlos und ohne das geringste Mitleid mit dem Menschen, der darauf dargestellt war.

«Ich verstehe, was Sie meinen», sagte Kate trocken. «Sie behaupten also, daß diese beiden Bilder kennzeichnend sind für ihren Bewußtseinszustand zu zwei unterschiedlichen Zeiten?» Ich höre mich an wie ein Staatsanwalt, dachte Kate verärgert. Aber es war ja wirklich riskant, diesen beiden Bildern zuviel Gewicht beizumessen. Machte denn nicht jeder Teenager eine Phase wütender Auflehnung durch? Zugegeben, nicht viele besaßen die Fähigkeit, diesen

Zustand mit solcher Eloquenz auszudrücken, aber das Talent und das Temperament, aus denen heraus das vom März stammende Bild entstanden war, mußten nicht unbedingt etwas mit bewußtseinserweiternden Drogen zu tun haben. Kates eigener Blick war künstlerisch und psychologisch zu wenig geschult, als daß sie sich für kompetent genug hielt, das mögliche Ungleichgewicht in dem späteren Gemälde beurteilen zu können. Aber das Krankhafte, das darin lag, schien ihr mehr Ausdruck von Zorn als von einer Psychose zu sein. Kate wünschte sich, Lee wäre dagewesen und hätte sie beraten.

«Kennzeichnend?» wiederholte Jameson nachdenklich. «Sie meinen, ob in diesen vier Monaten alle ihre Bilder so waren?» Er deutete auf die größere Leinwand. «Ich glaube schon. Viel hat sie damals sowieso nicht gemalt – hat viel angefangen und dann meistens die Farben wieder von der Leinwand gekratzt. Es gibt nur das hier und noch ein paar andere.»

«Und die unvollendeten?»

«Vaun hat nie ein Bild unvollendet gelassen. Wenn es ihr nicht gefiel, hat sie die Farbe wieder abgekratzt oder die Leinwand verbrannt. Aber wenn sie mit einem zufrieden war, dann hat sie ihren Namen daruntergesetzt und es nie wieder angerührt.» Schweigend dachte er einen Moment nach, und Kate blieb stehen, obwohl sie etwas darum gegeben hätte, wenn sie sich auf das Bett hätte setzen können.

«Es war in dieser Zeit beinahe so, als hätten sich ihre Augen verändert. Nicht nur, wie sie aussahen – das zwar auch –, sondern man hatte den Eindruck, als säße noch etwas hinter ihnen. Es war schon immer seltsam gewesen, wie sie einen ansah. Vielen Leuten hat sie damit einen ziemlichen Schrecken eingejagt, besonders als sie noch jünger war. Haben Sie von sich schon einmal ein Porträt malen oder zeichnen lassen?»

«Ja, einmal.»

«Na, dann wissen Sie ja, was das für ein Gefühl ist, wenn man von jemandem angestarrt wird, während man selbst nur stocksteif dasitzt. Und dann steht der andere auf und betrachtet eine Zeitlang Ihre Nase, als wäre sie irgendein seltsames Gerät, das ihm noch nie untergekommen ist. Dann geht er zurück zur Staffelei, und ein paar

Minuten später hängt er schon wieder über Ihnen und schaut sich Ihr Auge an, aber nur die Form und die Farbe, Sie selbst sind für ihn gar nicht vorhanden, für ihn sehen Sie nicht aus diesem Auge. Sie sind einfach nur irgendwo hinter der Hornhaut oder der Iris oder was immer es auch sein mag, wissen nicht, wo Sie hinschauen sollen und kommen sich reichlich albern vor.»

Kate mußte lachen und setzte sich auf die Bettkante. Das Bett war überraschend hart gefedert.

«Vaunie hat immer schon ein bißchen was davon gehabt. Man hatte stets das Gefühl, daß zumindest ein Teil von ihr einen studierte, wenn sie einem ins Gesicht sah – die Falten in der Haut und die Haare, die einem aus der Nase wuchsen, die Art, wie sich beim Reden der Mund bewegte. Manchmal hat einen das regelrecht verrückt gemacht. Ich bin sicher, das war auch einer der Gründe, warum sie so wenige Freunde hatte. Und manchmal war es sogar noch schlimmer. Sie beobachtete das Gesicht und die Hände und die Art, wie man ging, bis man völlig befangen war. Und dann hatte man allmählich das Gefühl, daß sie einem nicht nur in die Augen sah, sondern durch sie hindurch mitten ins Gehirn, daß sie auch studierte, wie man innen aussah. Ich meine nicht körperlich, obwohl sie das natürlich auch konnte. Ich erinnere mich zum Beispiel, wie sie eines Abends einmal mit ihrem Skizzenblock dasaß und die Knochen meiner Hand malte. Dann umgab sie die Knochen mit Muskeln, dann mit der Haut, und am Ende hatte sie meine Hand – perfekt dargestellt. Das war regelrecht gespenstisch. Was ich aber meinte, war, daß sie sich nicht nur das Aussehen von Leuten einprägte, sondern auch ihr Innenleben, das, was sie bewegte, und das Zusammenspiel von Innerem und Äußerem, ganz so wie bei den Knochen und Muskeln und der Haut. Schon als sie noch ganz klein war, gab es Momente, wo sie einen so ernst ansah, daß man sich fragte, ob sie vielleicht wußte, welche Gefühle man im Heu kriegte oder wie es war, mit seiner Frau zu schlafen, oder wie wütend man insgeheim immer noch auf den Verflossenen seiner Frau war. Und man fragte sich nicht nur, *ob* sie es wußte, sondern auch, *wie* sie solche Sachen wissen konnte. Es war, als würde man auseinandergenommen, ein bißchen zu nüchtern vielleicht, aber durchaus mit Respekt und Zuneigung. Ergibt das überhaupt einen Sinn, was ich da rede?» fragte er ein wenig verzweifelt.

«O ja», antwortete sie mitfühlend. Er fühlte sich bestärkt und fuhr fort:

«Tja, so war sie, unsere Vaun – seltsam. Aber Gedanken habe ich mir wegen ihr eigentlich nie gemacht. Ich meine, wenn jemand Leute so sehen konnte» – er deutete auf das kleinere Bild –, «dann hätte er vielleicht sich selbst verletzen können, aber niemals willentlich einen anderen Menschen. Damals war mir das nicht so bewußt, aber seitdem habe ich immer wieder darüber nachgegrübelt. Heute kann ich es in Worte fassen, aber gedacht habe ich es auch damals schon.

Und um die Weihnachtszeit herum hat sie sich dann verändert. Wissen Sie, an Weihnachten ist bei uns immer viel los, viele Verwandte sind da, und es gibt viel Spaß und Trara. Vaun war immer in sich gekehrt, aber sie schien ihren Spaß zu haben an der Aufregung der Kleinen und diesen ganzen Sachen. In den Jahren davor hatte sie auch ein paar schöne Weihnachtsbilder gemalt. Aber in jenem Jahr ... ich erinnere mich noch daran, als wenn es gestern gewesen wäre, so ein Schock war das. Wir saßen am Weihnachtsmorgen beisammen, und überall lagen Geschenke und Geschenkpapier herum. Ned half einem Vetter, seine Eisenbahn aufzubauen, die Mädchen hatten ein neues Teeservice bekommen. Und als ich dann zu Vaun hinüberschaute, saß sie da wie eine Statue und beobachtete alles mit einem derart gefühllosen Blick, daß es mir eiskalt den Rücken hinunterfuhr. Nicht verächtlich, wie das bei Teenagern schon einmal vorkommt – ganz anders. Ich hatte ja selbst einmal zwei Halbwüchsige, und außerdem habe ich jahrelang in der High School Unterricht in Schreinern gegeben. Mit anderen Worten, ich kenne diesen verächtlichen Blick bei Teenagern. Aber dieser Blick war total anders. Kalt und ganz distanziert, so als ob sie für ein paar Marsmenschen aufschreiben müßte, was für Gewohnheiten die Menschen haben. Ich habe einen höllischen Schrecken bekommen, und allen hat es den ganzen Tag verdorben.

Diesen Blick habe ich in den Monaten danach noch oft gesehen, und ich wußte nicht, was ich dagegen machen sollte. Ich habe sie angebrüllt, aber sie sah mich nur an. Dann verbat ich ihr, Lewis weiter mit nach Hause zu bringen, aber sie sagte nur ‹Okay› und sah mich an, als wäre ich ein seltenes Insekt. Ich konnte sie nicht von der Schule nehmen, sie war ja im letzten Halbjahr. Und ich hätte auch Lewis nicht zwingen können, sich von ihr fernzuhalten, nur weil sie mich so komisch ansah, oder? Ich hätte etwas unternehmen sollen, aber ich hatte sehr viel zu tun damals, wir hatten nicht genug Geld, und außerdem dachte ich, daß sie ja sowieso im Herbst aufs College gehen würde. Ich konnte mir nicht vorstellen, daß er ihr folgen würde. Ich hätte etwas unternehmen sollen, aber ich wußte nicht, was. Es halfen weder Drohungen noch Bestechungsversuche. Sie hatte auch keine engen Freunde, an die ich mich hätte wenden können, und ich … ich konnte einfach nicht zu ihr durchdringen. Der Himmel möge mir verzeihen.»

Die Stimme versagte ihm. Abrupt wirbelte er den Rollstuhl herum, starrte aus dem Fenster und preßte die Lippen zusammen. In der Stille hörte Kate von draußen ein schwaches Geräusch, aber es kam niemand herein. Nach einer Weile sprach er mit ruhiger, beinahe tonloser Stimme weiter.

«Ich glaube nicht, daß ich irgend etwas hätte tun können. Was auch immer sie mit ihm anstellte, sie mußte allein da herauskommen. Aber Sie können mir glauben, daß für mich die Sonne wieder aufging, als Vaunie im April allmählich wieder zurückkam. Ich selbst bin kein religiöser Mensch, aber Becky ging in die Kirche und sprach ein Dankgebet, und da wußte ich, was sie empfand. Ich hätte am liebsten gesungen, als die seltsame kleine Vaunie mich zum ersten Mal wieder anschaute, neugierig und ein bißchen lächelnd und überhaupt nicht mehr kalt. Dann hatten wir sie noch für drei oder vier Wochen, bevor sie verhaftet wurde.»

«Glauben Sie, daß sie Jemima Brand umgebracht hat?» Er zuckte bei dieser unverblümten Frage zusammen, aber dennoch drehte er seinen Rollstuhl wieder um, sah Kate in die Augen und antwortete ohne Zögern.

«Damals habe ich es geglaubt. Ich war mir sicher. So wie Vaun sich verändert hatte, hätte mich bei ihr überhaupt nichts überrascht, noch nicht einmal ein Mord, das gebe ich offen zu. Sie war nicht mehr der Mensch, den ich kannte, und als es hieß, sie hätte den Mord während eines LSD-Flashback verübt, da konnte ich mir das vorstellen. Ich hatte sie im Krankenhaus gesehen, als sie völlig durchgedreht war und versucht hatte, sich etwas anzutun. Vaun sagte, sie könne sich nur noch daran erinnern, daß sie an dem Abend, als das Kind starb, gemalt habe, aber sie stimmte zu, sie müsse es wohl gewesen sein. Und ich war überzeugt, daß sie es gewesen war.»

«Und heute?»

«Heute weiß ich es nicht mehr. Ich habe in den letzten zehn Jahren seit meinem Unfall viel Zeit zum Lesen und Nachdenken gehabt, und ich muß zugeben, daß ich mir nicht mehr sicher bin. Wenn ich damals so gedacht hätte wie heute, hätte ich viel mehr um sie gekämpft. Es hätte natürlich bedeutet, daß wir die Farm verloren hätten, was ohnehin fast passiert wäre. Aber ich hätte es trotzdem gemacht, ganz gleich, welche Indizien sie hatten. Heute tut es mir leid, aber ich kann es nicht mehr ungeschehen machen.»

«Glauben Sie, daß für ihren damaligen Bewußtseinszustand die Drogen verantwortlich waren, die sie genommen hat?»

«Nein, ich glaube, daß Andy Lewis dafür verantwortlich ist. Ich kenne mich nicht darin aus, wie das Bewußtsein oder das menschliche Gehirn funktioniert, aber Marihuanarauchen und selbst das andere Giftzeug, das sie geschluckt hat, verändert einen Menschen wie Vaun nicht in das, was sie damals war. Es war Lewis. Er hatte sie irgendwie unter Kontrolle, wie ein ekelhaftes Virus, das alles befiel, was sie tat. Wissen Sie, er war ein Riesenbrocken und behauptete, in Vietnam schon Leute umgebracht zu haben. Wahrscheinlich hat er damals in Wahrheit nur alten Damen in Los Angeles die Handtaschen geklaut. Weiß der Himmel, warum, aber Vaun war ihm verfallen. Er sah natürlich gut aus, und dann hat er sich von allen Schülerinnen ausgerechnet sie ausgesucht. Jetzt war sie nicht mehr das Mauerblümchen, sondern das Mädchen von einem echten Kerl. Aber es steckte noch mehr dahinter. Etwas an ihm hat Vaun gefesselt und nicht mehr losgelassen. Es hat sie regelrecht hypnotisiert, wenn sich das nicht zu melodramatisch anhört. Ich glaube, daß sie dabei war, sich von ihm zu lösen. Aber ob sie Jemma umgebracht hat oder nicht, und wenn ja, ob dafür die chemischen Substanzen in ihrem Gehirn oder seine Kontrolle über sie verantwortlich waren – ich weiß es nicht. Bei Gott, ich wünschte, ich wüßte es.»

Jameson war mit seiner Geschichte zu Ende. Jetzt schwieg er, und die Stille senkte sich über sie. Kate fühlte sich ausgelaugt und dachte daran, daß sich durch diese außergewöhnliche Aussage neue Fragen ergeben hatten, die sie jetzt eigentlich hätte stellen müssen. Doch die Schmerzen, die immer noch erheblich stärker waren, als sie Hawkin gegenüber zugegeben hatte, blieben Sieger über ihre Willenskraft. Sie mußte noch einiges erfahren, aber jetzt brauchte sie erst einmal eine Pause, und Jameson schien das recht zu sein.

Von draußen hörte man Geräusche und dann dumpfe Schritte auf der Holztreppe neben der Rampe. Der Schuppen verdunkelte sich. Kate sah auf und entdeckte Hawkin, dessen bedrohliche Silhouette im Gegenlicht stand, das durch die geöffnete Tür fiel. Sofort blitzte vor Kates geistigem Auge wieder Vauns Kohlezeichnung auf.

«Mrs. Jameson hat mich gebeten, nachzusehen, ob alles in Ordnung ist, und auszurichten, daß in einer halben Stunde das Mittagessen fertig ist.»

Er nahm den Raum in Augenschein, blieb mit seinem Blick kurz auf Kates Gesicht hängen und lächelte, als er die Fenster in den Metallrahmen sah. Dann entdeckte er die beiden auf dem Boden stehenden Bilder. Er trat einen Schritt vor, um sie sich anzusehen, und im Schuppen wurde es wieder heller.

«Interessant», sagte er nach ein paar Minuten. «Ich nehme an, das größere hat sie während der Zeit gemalt, als sie mit Andrew Lewis zusammen war, oder?»

«Im März», bestätigte Kate. «Das andere stammt aus dem Oktober davor.»

«Wirklich sehr interessant», wiederholte er, während er immer wieder zwischen den beiden Bildern hin und her blickte. «Hätten Sie etwas dagegen, wenn ich mir auch noch die anderen anschaue, Mr. Jameson?»

«Aber nein, machen Sie nur. Stellen Sie sie nur bitte wieder in die richtigen Fächer zurück. Vaun hat sie geordnet.»

«In Ordnung, ich werde aufpassen. Die zwei hier nehme ich aus dem Weg», sagte Hawkin und legte sie neben Kate auf das Bett. «Nein, bleiben Sie nur sitzen, Casey. Ich will nur einmal schnell durchschauen. Gestern habe ich mir eine Zeitlang die Bilder in ihrem Studio angesehen.» Und den restlichen Tag gebraucht, um mich wieder davon zu erholen, fügte er im stillen hinzu. Er ging zur anderen Ecke und zog das erste Bild aus seinem Fach. Bevor er es gegen die Wand lehnte und zurücktrat, sah er auf der Rückseite nach.

«Das ist vier Monate nach dem Tod ihrer Eltern entstanden. Da war sie dreizehn.»

Die Bilder waren in chronologischer Abfolge eingeordnet und hatten in der Zusammenschau die erstaunliche Wirkung eines eindringlichen, intimen *Jugendbildnisses* der Malerin, wie sie als sehr junge Frau gewesen war. Es gab ein paar Bilder von Tieren und zwei Landschaftsbilder, aber die meisten der etwas über vierzig Gemälde zeigten, wie Vaun ihre Nachbarn und ihre Familie gesehen hatte. Drei Bilder eines jüngeren, noch gesunden Red Jameson und zwei von seiner Frau fielen ihnen auf. Jameson kommentierte jedes neue Bild, erklärte, wer darauf zu sehen war, und erkannte auch die meisten Orte wieder. Schließlich waren nur noch zwei Leinwände übrig. Hawkin zog sie gemeinsam heraus und stellte sie nebeneinander.

Es waren Gegenstücke wie die beiden, die hinter Kate auf dem Bett lagen, wenn auch nicht ganz so augenfällig. Hier zeigte das frühere Bild, das von Anfang November stammte, einen etwa vierzehnjährigen Jungen mit rötlichen Haaren, den Jameson als seinen Sohn Ned identifizierte, Vauns Vetter. Mit nacktem Oberkörper hackte er Holz, und sie hatte den halb verlegenen, halb stolzen Ausdruck auf seinem jungen Gesicht festgehalten. Das zweite Bild, das im Februar gemalt worden war, zeigte einen etwas älteren Jungen. Er trug Jeans und eine Armeejacke und hatte sich mit völlig gleichgültigem Gesicht auf einer Bank ausgestreckt. Es war ein beunruhigendes, geradezu entseeltes Bild, und Kate merkte, wie sie versuchte, irgendein Gefühl hineinzuinterpretieren, Überheblichkeit oder Verachtung oder Abscheu – irgend etwas Menschliches, das diese Leere füllen würde.

«Das ist Timothy Bauer, er hat früher ein Stück weiter oben gewohnt. War einer von Lewis' Anhängern. Ein paar Jahre später ist er umgekommen, als er von irgendeinem Zeug high war und mit seinem Auto vom Damm in den Kanal gefahren ist.»

«Gibt es denn keine Bilder von Lewis?» fragte Hawkin.

«Ist denn keines dabei?» Jameson klang sehr überrascht und rollte nach vorn, um selbst nachzusehen. «Tatsächlich, es ist nicht da. Es war aber immer eins da. Vaun muß es mitgenommen haben», sagte er zweifelnd. Hawkin warf Kate einen schnellen Blick zu, und sie merkte, wie von einem Moment auf den anderen ihre Müdigkeit verflogen war.

«Stand es hier drin, Mr. Jameson?» fragte Hawkin, und seine Stimme konnte seine Neugier kaum verbergen.

«Ja, zwischen dem, das Sie gerade herausgezogen haben, und dem da drüben. Ich weiß es genau, weil ich mir diese Bilder früher gelegentlich angesehen habe. Dieses Fach habe ich immer ausgelassen – ich hatte keine Lust mehr, sein mieses kleines Gesicht zu sehen. Vielleicht ist es Vaun genauso gegangen, und sie hat es endlich verbrannt.» Es hörte sich so an, als halte er diese Variante für wahrscheinlicher als die, daß seine Nichte das Bild mitgenommen hatte. Hawkin kniete sich hin, um die zwei Bilder wieder zurückzustellen, die er herausgezogen hatte, und sah sich dann die beiden Nachbarfächer an. Überall dort, wo über die Jahre ein Bild gestanden hatte, waren die Teppichreste, mit denen der Schrankboden ausgelegt war, eingedrückt. In den Fächern, aus denen Hawkin die Bilder mit dem jungen Mann und dem sich schminkenden Mädchen gezogen hatte, sah man deutliche Abdrücke auf dem Flor. Dazwischen war eine Lücke. Es gab zwar mehrere leere Fächer in der Stellwand, doch nur in diesem einen war ein Abdruck zu sehen, der bewies, daß hier tatsächlich einmal ein Bild gestanden hatte, obwohl sich mittlerweile schon eine dünne Staubschicht auf dem gemusterten Teppich abgesetzt hatte.

«Schade, daß es nicht da ist», bemerkte Hawkin leichthin. «Ich hätte mir gern sein Gesicht angeschaut und die Art, wie sie es dargestellt hat.»

«Und in ihrem Atelier haben Sie es auch nicht gesehen?» fragte Jameson.

«Wissen Sie noch, wie es ausgesehen hat?»

«Natürlich. Er saß verkehrt herum auf einem Stuhl, die langen Arme über der Lehne und das Kinn auf die Unterarme gelegt. Ohne Hemd. Ich erinnere mich noch, daß er eine Tätowierung am Oberarm hatte, so eine Art Schlange. Er sah verschwitzt aus, und als ich es zum ersten Mal sah, dachte ich nur: Gott sei Dank hat er wenigstens seine Hose wieder angezogen, bevor sie ihn gemalt hat.»

«Es schwang also auch etwas Sexuelles darin mit?»

«Ja, obwohl ich nicht so recht sagen kann, was es war. Wahrscheinlich etwas in seinem Gesichtsausdruck. Es war schrecklich. Und es war nicht da? In ihrem Haus, meine ich.»

«Vielleicht habe ich es übersehen bei den vielen Bildern, die dort sind. Wann haben Sie es zuletzt gesehen?»

«Vor Jahren. Es ist schon Jahre her, daß ich es mir bewußt angeschaut habe. Wie ich schon sagte, ich wollte ihn nicht sehen. Ich glaube, im Sommer war es noch da, aber beschwören könnte ich das nicht.»

«Macht nichts, ich war nur neugierig. Mr. Jameson, ich würde mir gern einige dieser Bilder ausleihen, wenn Sie gestatten.»

«Welche?»

«Die beiden letzten und zwei oder drei frühere. Ich würde sie gern jemandem zeigen, der sich in solchen Sachen besser auskennt als ich, und hören, in was für einem inneren Zustand sie war, als sie diese Bilder gemalt hat. Das würde mir sehr helfen», fügte er hinzu.

«Na ja, wenn es Ihnen hilft, selbstverständlich. Aber gehen Sie sorgfältig damit um.»

«Ganz bestimmt. Sobald ich kann, lasse ich sie Ihnen wieder zurückbringen.» Er zog die letzten beiden Bilder heraus und legte sie neben das erste Paar, das Jameson Kate gezeigt hatte. Dann ging er zurück und zog mit sicherer Hand das zweite Bild von Jameson hervor, auf dem er von seinem Traktorsitz aus in die Sonne blinzelte. Er legte es zu den anderen vier, und Jameson wandte sich ein wenig verlegen in seinem Stuhl um.

«Casey, würden Sie Mr. Jameson bitte eine Art Empfangsquittung schreiben», bat er, aber sie hatte bereits ihr Notizbuch gezückt. Als sie die Quittung geschrieben hatte, kam ihr ein Gedanke.

«Mr. Jameson, dieses Bild von der Tochter des Holzhändlers und die, die vielleicht andere Leute hier in der Gegend besitzen – weiß eigentlich jemand von denen, was er da hat? Ein Frühwerk von Eva Vaughn müßte doch ziemlich wertvoll sein, könnte ich mir vorstellen.»

«Niemand außer der Familie weiß etwas. Wir sprechen nicht über sie. Es war ihr eigener Wunsch.»

Das konnte Kate sich gut vorstellen. Vermutlich hatte nur die Verschwiegenheit dieser Familie Eva Vaughn bislang davor bewahrt, daß eine Horde von als Reporter verkleideten Aasgeiern sich über die Tyler's Road hergemacht hatte.

Hawkin ging auf die Bilder zu, aber Jameson hielt ihn zurück.

«Lassen Sie sie liegen. Sie können später mit Ihrem Wagen vor die Tür fahren und sie einladen. Becky würde es nicht passen, wenn wir sie mit dem Essen warten lassen.» Er wendete den Rollstuhl in Richtung Tür, bremste dann aber die Räder noch einmal mit seinen schwieligen Händen ab. Etwas lag ihm noch auf der Seele. «Das ist überhaupt nicht gut», sagte er schließlich. «Mir gefällt es nicht, daß ich nicht erfahre, wie es ihr geht. Ich möchte, daß Sie dafür sorgen, daß sie uns die Wahrheit sagen. Sie können das doch.»

Hawkin nahm ein kleines Notizbuch und einen Federhalter heraus, schrieb ein paar Worte hin und reichte Jameson das Blatt.

«Dieser Arzt kann Ihnen alles sagen, was Sie wissen wollen. Ich werde ihm ankündigen, daß Sie anrufen.»

«Ich danke Ihnen.» Sorgsam faltete Jameson den Zettel zusammen und verstaute ihn in seiner zuknöpfbaren Hemdtasche. Ein letztes Mal schaute er sich im Atelier um und schüttelte den Kopf. «Ich habe mich schon oft gefragt, wie Vaun geworden wäre, wenn sie nicht diese ... ‹Gabe› gehabt hätte. Fluch wäre wohl das passendere Wort dafür. Ihr Talent hat ihr das Leben zur Hölle gemacht. Ihre Mutter hat schrecklich darunter gelitten. Und Gott möge mir meine Worte verzeihen, aber ich glaube, daß es letztendlich auch der Grund für Jemmas Tod und den der drei Mädchen jetzt ist ...» Er verstummte, holte tief und zitternd Luft und atmete vorsichtig wieder aus. Dann nahm er seine Mütze ab und fuhr sich mit der Hand durchs Haar. Als er die Mütze aufsetzte, hatte er sich wieder im

Griff. «Ich erinnere mich noch an einen Aufsatz, den sie einmal in der High School im Englischunterricht geschrieben hat. Becky hat ihn noch irgendwo. Sie sollten einen Aufsatz über ein Wort schreiben, über irgendein beliebiges Wort, sollten darüber nachdenken und schreiben, was es für sie bedeutete, so etwas in der Art. Vaun suchte sich das Wort *Talent* aus. Zunächst schrieb sie, daß ein Talent eine alte römische Münze war, und daraus leitete sie ab, daß Geld eine Form von Energie sei, die in sich weder gut noch schlecht sei, sondern einfach nur Energie. ‹Es kommt nur darauf an, wozu man sein Talent verwendet.› So lautete der letzte Satz. Ein sehr intelligenter Aufsatz, besser als die meisten ihrer Schulleistungen. Aber auch traurig. Damals glaubte sie, ihr Leben im Griff zu haben. Aber tatsächlich hat sie das nie gehabt. Ihr Talent hat sie aufgefressen, schon seit der Zeit, als sie noch ein kleines Kind war. Sie wird niemals normal sein können, niemals frei und glücklich, nicht, solange sie von dieser ‹Gabe› besessen ist. Ich glaube, heute weiß sie das auch. Ich bin mir sogar sicher. Es ist schrecklich, so etwas zu sagen, aber als ich hörte, sie hätte versucht, sich umzubringen, da war ich gar nicht sonderlich überrascht. Sie ist ein trauriges Mädchen, meine kleine Vaunie. Nicht ausschließlich traurig, das meine ich nicht, aber sie hat nur noch sehr wenige Träume im Leben übrig. Alles, was sie hat, sind ihre ‹Gabe› und die Welt, die sie malt. Alles, was sie hat, sind ihre Augen und ihre Hände, und wenn ihr eines davon einmal versagt, dann bedeutet das für sie das Ende.» Er wandte den Kopf und blickte zu Kate hoch. Entsetzt sah sie in seinen harten Augen Tränen glänzen. «Ich liebe Vaun wie meine eigene Tochter, und dieses Talent, das sie hat, ist etwas Fürchterliches. Meinem schlimmsten Feind würde ich es nicht wünschen.»

Er zwinkerte und sah noch ein letztes Mal zu den Gemälden hinüber. Dann griff er hart in die Räder und fuhr mit halsbrecherischer Geschwindigkeit die Rampe hinunter. Als Kate und Hawkin ihn einholten, hatte er schon den halben Weg zum Haus zurückgelegt.

17. Kapitel

Im Haus roch es nach Zwiebeln, heißem Käse und Muskatnuß. Kate entschuldigte sich und betrat geduckt das kleine Badezimmer gleich neben der Hintertür. Erleichtert stellte sie fest, daß das Blut noch nicht weiter durchgedrungen war als bis zum Futter ihrer Jacke. Sie zog sich die Bluse aus, riß den blutdurchtränkten Verband ab und ersetzte ihn durch zwei sterile Mullauflagen und ein fünfzehn Zentimeter langes und breites wasserdichtes Pflaster, das sie mit Leukoplast festklebte. Es war zwar eine beschwerliche Prozedur, aber endlich saß das Pflaster fest. Sie reinigte ihre Bluse, die sie heute morgen extra wegen der dunklen Farben und des kaschierenden Musters ausgewählt hatte, trocknete sie mit Toilettenpapier und wusch sich die Hände. Als sie die Tür öffnete, wäre sie beinahe mit einem großen rothaarigen Mann zusammengestoßen, den sie eben erst auf einer Leinwand gesehen hatte, wie er als Junge Holz gehackt hatte.

Bevor er ihr ins Gesicht sah, taxierten seine arroganten blauen Augen sie zunächst lässig von Kopf bis Fuß. Sie merkte, wie sie sich innerlich versteifte, und versuchte, dagegen anzugehen. Aber das unpersönliche Lächeln, das in solchen Fällen auf ihren Lippen erschien, hatte sie noch nie verhindern können. Es war die zivilisierte Version eines Zähnefletschens mit aufgestellten Nackenhaaren.

«Aber hallo», sagte er. «Ich muß schon sagen, als Mom erwähnte, daß heute eine Polizistin vorbeikommt, habe ich nicht erwartet, so etwas wie Sie zu sehen. Ich bin Ned Jameson und gebe Ihnen gern die Hand, sobald ich ein bißchen sauberer bin.»

«Casey Martinelli. Ist heute der Boden nicht ein bißchen zu naß zum Pflügen?» fragte sie mit Engelsmiene und war ganz gegen ihre professionelle Gewohnheit hoch erfreut, als sie sah, wie ihm die Zornesröte ins Gesicht stieg. Doch dann gelangte er wohl zu dem Schluß, daß es sich einfach nur um die typische Frage einer Frau gehandelt hatte, die von Landwirtschaft nichts verstand.

«Ein bißchen. Aber es geht schon.» Er drehte sich um und stellte seine schwarzen Gummistiefel, die er in der Hand trug, neben der Tür auf eine Zeitung. Sie warf einen schnellen Blick auf seine Montur. Es war bestimmt nicht der Normalzustand, wenn man von den

Knien bis zur Hüfte und von den Fingerspitzen bis zur Schulter mit Schlamm bespritzt war. Sie wandte sich ab, um ein Grinsen zu verbergen.

Kate sah, daß die Katze verschwunden war und ihren Platz neben dem Fenster Hawkin überlassen hatte, der mit einem kleinen braunhaarigen Jungen in geflickten Jeans fachmännisch über eine bunte und sehr verwinkelte Legokonstruktion diskutierte. Derweil klebte auf der anderen Seite ein kleines Mädchen mit den bezauberndsten roten Locken, die Kate je gesehen hatte, an ihm fest und beugte seinen winzigen rundlichen Körper vor, um die Gesichter der beiden studieren zu können, während sie mit angestrengter Konzentration ihre Unterhaltung verfolgte.

Kate tauschte mit Red Jameson einen belustigten Blick und trat dann zur Seite, um eine schlanke Frau mit dunkleren roten Haaren vorbeizulassen, die eine schwere Kasserolle trug. Sie setzte den Topf auf den Tisch, wischte sich überflüssigerweise die Hände an der Schürze ab und streckte dann Kate die Hand hin.

«Joanna Olsen. Die zwei Monster da gehören mir, Teddy und Marta. Eigentlich wollte eine Nachbarin auf sie aufpassen, aber eines ihrer eigenen Kinder hat etwas Ansteckendes in den Knochen. Wir werden also wohl oder übel über sie hinwegschreien müssen.»

«Sie werden sich schon benehmen, Joanna», sagte ihre Mutter, die hinter Kate stand. «Jetzt wollen wir uns erst einmal hinsetzen. Dort drüben bitte, Miss Martinelli, und Sie können sich hierhin setzen, Alonzo.»

«Nennen Sie mich doch Casey, Mrs. Jameson.»

«Und ich bin Becky. Was ist denn los, Teddy? Ach so ... na gut, du darfst deinen Stuhl neben seinen rücken. Wo ist denn Ned?»

«Er ist oben und zieht sich um. Hat ziemlich viel Schlamm abgekriegt.»

«Ich habe ihm doch gesagt ...», fing sein Vater an.

«Ist ja gut, Red, wir wissen, daß du ihm gesagt hast, er soll es lassen. Aber er wollte unbedingt etwas tun, und nächste Woche ist er weg, also mußte er es heute versuchen. Du hättest es mit dreißig auch nicht anders gemacht. Aber wir müssen nicht auf ihn warten. Etwas Salat, Casey?» fragte sie beinahe im Befehlston und wechselte unmißverständlich das Thema, indem sie ihrem Gast mit Entschiedenheit die Salatschüssel hinschob. «Ich hoffe, Sie mögen Tomaten. Ned baut sie das ganze Jahr über in seinem Gewächshaus an.»

Das Mittagessen war eine richtige warme bäuerliche Mahlzeit. Es gab Huhn, mit Kräutern gewürzten Reis, gemischtes warmes Gemüse und Salat, dazu zwei Sorten Brötchen, drei Sorten Gelee und zum Nachtisch eingemachte Pfirsiche. Kate aß mehr, als sie normalerweise an einem ganzen Tag zu sich nahm, und als nach dem Essen Joanna Marta nach oben trug, der die Augen zufielen, wünschte sie sich, sie hätte sich auch den Daumen in den Mund stecken und danebenlegen können.

Ned Jameson war irgendwann während der Mahlzeit dazugekommen und stopfte mit großer Andacht sein Essen in sich hinein. Wenn man eine Frage an ihn richtete, antwortete er, ohne den Kopf vom Teller zu heben. Um ihn herum entwickelte sich ein lebhaftes Gespräch. Seine Schwester Joanna erzählte zwischen Ermahnungen an ihre Kinder immer wieder Anekdoten über ihre Kusine Vaun, die sie offensichtlich sehr mochte und auf die sie sehr stolz war. Red und Becky Jameson trugen ihrerseits Geschichten bei, und schließlich trompetete sogar Teddy los.

«Tante Vaun bringt mir das Malen bei. Sie hat gesagt, wenn es mir Spaß macht, kriege ich zu Weihnachten vielleicht eigene Farben. Sie hat auch ein Bild von mir gemalt. Ich mußte ganz still sitzen, und sie hat mir ein Lego-Raumschiff gekauft, das ich zusammengebaut habe, damit ich still sitzen bleibe. Aber Matty ist für so was noch zu klein, deshalb macht sie von ihr nur Zeichnungen.»

«Ich habe das Bild von dir gesehen», sagte Hawkin. «Es sieht genauso aus wie du.»

«War das in ihrem Atelier?» fragte Kate.

«Ja, als ich gestern da war», erwiderte er nickend.

«Hast du Tante Vaun gesehen?» fragte Teddy schnell. «Sie ist krank, stimmt's. Wird sie wieder gesund?»

Rund um den Tisch blieben alle Löffel mitten in der Luft stehen. Ned Jameson hörte auf zu kauen und wartete mit ungewöhnlicher Aufmerksamkeit darauf, was Hawkin sagen würde.

«Du magst deine Tante Vaun, nicht wahr?» fragte Hawkin den Jungen.

«Ich liebe sie, und sie liebt mich», antwortete er ohne Umschweife.

«Das habe ich an dem Bild gesehen. Ich hoffe, sie wird wieder gesund. Ich bin kein Onkel Doktor, aber ein paar gute Doktoren kümmern sich um sie.»

«Sie ist im Krankenhaus.»

«Ich weiß. Ich habe sie besucht.»

«Ich darf sie nicht besuchen, weil ich noch zu klein bin», sagte der Junge wütend.

«Vielleicht könntest du etwas für sie malen, damit sie weiß, daß du an sie denkst.» Dieser Vorschlag kommt von einem erfahrenen Vater, dachte Kate und fragte sich, warum sie diese Seite an Hawkin immer vergaß.

«Sie findet meine Bilder schön. Darf ich gehen, Mommy, damit ich ein Bild für sie malen kann?»

«Willst du denn deine Pfirsiche nicht aufessen? Na gut, dann komm mit mir nach oben, und wir suchen deine Buntstifte.»

Becky Jameson brachte den Kaffee herein und fing an, den Tisch abzuräumen, wobei sie jede Hilfe ablehnte. Kate und Hawkin blieben mit Red und seinem Sohn sitzen, die noch kein Wort miteinander gesprochen hatten. Hawkin rührte Zucker in seine Tasse und schnitt ein unverfängliches Thema an.

«Sie bauen also Treibhaustomaten an, Ned?»

«Nicht für den Verkauf, das wäre zu teuer. Aber es ist schön, wenn man auch im Winter ein paar Sommergemüse hat.»

«Und was machen Sie sonst?»

«Ich bewirtschafte diese Farm und probiere zusammen mit der Landwirtschaftsgenossenschaft hier am Ort ein paar neue Sachen aus. Im wesentlichen Früchte, aber seit ungefähr einem Jahr baue ich auch diese winzigen Gemüse an, die in den teuren Restaurants so gut gehen. Drei Zentimeter lange Möhren, rote Bete, die aussieht wie Murmeln, solche Sachen. Ich persönlich finde nicht, daß die Dinger viel Geschmack haben, aber wenn die Leute sie kaufen, baue ich sie eben an.»

«Kann man denn damit über die Runden kommen? Man hört in letzter Zeit ziemlich viel von Leuten, die ihre Farm aufgeben.»

Kate fragte sich, wieso Hawkin plötzlich ein solches Interesse an Landwirtschaft hatte und was er damit bezweckte. Ned schien mit seiner Antwort zu zögern.

«Doch, doch. Na schön, man türmt damit keine Reichtümer auf, und Farmer fahren keinen Rolls-Royce. Aber wir können zumindest unsere Rechnungen bezahlen. Allerdings haben viele von uns auch Nebenjobs, um sich in flauen Zeiten etwas hinzuzuverdienen.»

«Und was machen Sie? Womit verdienen Sie sich etwas dazu?»

«Ich fahre unsere Waren aus.» Red warf seinem Sohn einen seltsamen Blick zu.

«Sie sind also Lastwagenfahrer. Auch weite Strecken?»

«Manchmal.»

«Ja, jetzt fällt mir auch ein, daß Ihre Mutter erwähnt hat, Sie würden nächste Woche wegfahren. Das ist für Ihre Frau ja nicht gerade schön.»

«Ach, ihr macht das nichts aus. So oft kommt es ja auch nicht vor.»

Red Jameson mischte sich mit einem Schnauben ein, und als sein Sohn ihm daraufhin einen wutentbrannten Blick zuwarf, wurde Kate klar, was Hawkin vorhatte, obwohl sie nicht sicher war, ob er von diesem gespannten Verhältnis schon die ganze Zeit über gewußt hatte.

«Nein, überhaupt nicht oft», beharrte Ned. «Und ich verdiene eine gute Stange Geld damit.»

Teddy kam wieder in die Küche. Er hatte Buntstifte und Papier in der Hand und krabbelte auf den Stuhl neben Hawkin, der ihm half, Platz für den Block zu schaffen, und, ohne die Augen von dem jungen Mann ihm gegenüber zu nehmen, automatisch ein halbvolles Glas Milch beiseite rückte.

«Das Geld ist nicht der wahre Grund», begann Red, aber Hawkin schien ihn gar nicht zu hören und fiel ihm ins Wort.

«Diese riesengroßen Lastwagen haben mich schon immer begeistert. Achtzehn Räder, stimmt's? Ist es ein Kühlwagen?»

«Normalerweise. Er gehört der örtlichen Landwirtschaftsgenossenschaft für organischen Anbau. Drei von uns haben einen Führerschein dafür und wechseln sich mit den Lieferfahrten ab. Normalerweise ist der Wagen nur halb voll, und deshalb nehmen wir immer noch Waren von den anderen Farmern mit.» Der junge Mann sprach in ruhigem Tonfall, aber es schien ihm wärmer zu sein, als man von der Zimmertemperatur her hätte erwarten sollen.

«Und meistens in Kalifornien?»

«Ja, und manchmal nach Oregon.»

«Und nach Nevada, nach Utah, nach Texas», mischte sich sein Vater ein. «So etwas läßt sich einfach mit der Landwirtschaft nicht vereinbaren.»

Im nächsten Moment geschahen mehrere Dinge auf einmal. Ned schob krachend seinen Stuhl zurück, als gerade seine Mutter in die Küche kam, und der nichtsahnende Teddy griff in dem Moment nach einem Buntstift, als Hawkin die Hand ausstreckte, um seine Serviette hinzulegen. Die Wut am gegenüberliegenden Ende des Tisches wurde ebenso wie die Bestürzung der Mutter im Türrahmen von einem entsetzten Aufkreischen des Kindes erstickt, als der Inhalt des Milchglases über das Bild lief und sich über die Tischkante hinweg auf den jungen Künstler ergoß. Nur Kate, die genau gegenüber saß, hatte gesehen, daß weniger Teddys Arm als Hawkins Hand das Glas umgestürzt hatte. Und als endlich die Milch aufgewischt war und man Teddy nach oben gebracht hatte, um ihm trokkene Sachen anzuziehen, war auch der Zorn verraucht.

Hawkin nahm dankend eine neue Tasse Kaffee an, lehnte sich zurück und erwiderte Neds wachsamen Blick mit denselben friedlichen, beinahe schläfrigen Augen, die Kate auch schon im Obergeschoß von Tylers Haus an ihm gesehen hatte, kurz bevor er diesem den Gnadenstoß versetzt hatte.

«Sagen Sie mal, Ned», fuhr er in dem beiläufigen Ton fort, mit dem er das Gespräch begonnen hatte, «glauben Sie eigentlich, daß Ihre Kusine diese kleinen Mädchen umgebracht hat?»

Ned erstarrte, aber Kate konnte nicht sagen, was genau jetzt in ihm vorging. Und als er zu sprechen begann, sah er aus, als wäre ihm ein wenig übel.

«Sieht ganz so aus, oder etwa nicht? Eins hat sie doch schließlich schon auf dem Gewissen, und ein bißchen verrückt war sie immer schon.»

«Ned!» rief seine Mutter entsetzt.

«Ist doch wahr! Ihr wißt genau, daß es stimmt, auch wenn ihr es nicht zugebt. Natürlich könnte es sein, daß sie diese drei Mädchen umgebracht hat. Wer denn sonst? Warum fragen Sie *mich* das überhaupt?»

«Ihre Eltern habe ich schon nach ihr gefragt. Ich wollte gern wissen, wie Ihre Meinung ist. Schließlich müssen Sie als Kinder doch viel miteinander zu tun gehabt haben.»

«Vaun hatte mit niemandem viel zu tun außer mit sich selbst.»

«Noch nicht einmal mit Andy Lewis?»

«Sie hat Andy nur benutzt und ihm dann den Laufpaß gegeben.» Ned stand wieder auf, diesmal zwar weniger heftig, aber dafür um so entschlossener, und legte die Serviette auf den Tisch. «Hören Sie, ich habe heute nachmittag noch viel zu tun. Wenn Sie mit Ihrem Verhör jetzt fertig sind, kann ich dann vielleicht wieder an meine Arbeit?»

Hawkin lächelte zu ihm hoch und nagelte ihn mit diesem Lächeln förmlich an die Wand.

«Ich habe Sie nicht ‹verhört›, Ned», erwiderte er freundschaftlich. «Ich habe mich nur mit Ihnen unterhalten. Wenn ich Sie verhören wollte, dann wüßten Sie, daß Sie verhört werden. Es war nett, mit Ihnen zu plaudern, Ned. Ich hoffe, wir sehen uns mal wieder.»

Er stand auf, reichte dem anderen die Hand und wartete. Zögernd streckte Ned den Arm aus, schüttelte Hawkin kurz die Hand und stürzte ohne ein weiteres Wort aus der Hintertür.

Becky Jameson schüttelte den Kopf.

«Er benimmt sich immer so komisch, wenn es um Vaun geht. Dabei waren die beiden als Kinder ein Herz und eine Seele. Aber dann haben sie sich wegen irgend etwas gestritten, und bevor sie sich wieder vertragen konnten, fing sie etwas mit Andy Lewis an, und danach, na ja, danach hatten sie keine Gelegenheit mehr. Wirklich traurig.»

«Wie groß war noch gleich ihr Altersunterschied?» fragte Hawkin.

«Er ist dreieinhalb Jahre jünger als Vaun, und Joanna ist wiederum dreieinhalb Jahre jünger als er.»

«Kinder sind eben komisch», bemerkte Hawkin, als ob er zu sich selbst spräche. «Ich habe auch zwei. Sie sind jetzt beide im College und fangen gerade erst wieder an, sich halbwegs gesittet miteinander zu unterhalten. Wenn Vaun aus dieser Sache heil herauskommt, vielleicht vertragen sich die beiden dann wieder.»

«Kann sein», stimmte sie zu, «obwohl es in letzter Zeit eher schlimmer geworden ist. Vor ungefähr einem Jahr hatten sie einen heftigen Streit, aber keiner von ihnen wollte sagen, worum es ging. Als sie das letzte Mal hier war, hat er sich geweigert, zu uns zu kommen, bis sie aus dem Haus war.»

«Kinder sind komisch», wiederholte er. Dann trank er seinen Kaffee aus und stand wieder auf. «Wir müssen jetzt gehen. Ich habe dem Schulleiter gesagt, daß wir um halb drei bei ihm sind.»

«Wissen Sie, wie Sie dort hinkommen?»

«Ja, kein Problem. Danke für das Mittagessen, Becky. Es war nett, Sie kennenzulernen, Red. Ich melde mich wieder. Und wenn ich Ihnen irgendwie helfen kann, zögern Sie nicht, mich anzurufen.»

Mrs. Jameson ging mit ihnen zurück zum Atelier und half ihnen, die Leinwände in den Kofferraum zu laden. Sie gab Hawkin einen alten Vorhang, damit er sie zudecken konnte, und als sie abfuhren, sah sie ihnen nach. Sie sah klein und müde aus.

18. Kapitel

«Das war vielleicht ein wütender junger Mann», bemerkte Kate nach ein paar Minuten.

«Ja, nicht wahr? Halten Sie doch bitte dort drüben mal an. Ich muß kurz nachdenken.»

Er stieg aus und lehnte sich gegen den weißen Zaun. Eine einzelne schwarze Kuh lag wiederkäuend im Gras und sah ihn an. Kate ging zu ihm hin.

«Was hat Jameson Ihnen gesagt, bevor ich hereingekommen bin?» fragte er.

Sie erzählte ihm vom Einbau der Fenster, davon, was Red Jameson über Andrew Lewis dachte, wie seine Nichte sich damals in der Zeit von Dezember bis April verändert hatte und wie unsicher er mittlerweile war, was ihre Schuld betraf.

«Das reicht, den Rest habe ich selbst mit angehört. Interessant, daß das Gemälde nicht mehr da ist, finden Sie nicht?»

«Es war also nicht in ihrem Atelier?»

«Nein, ganz bestimmt nicht. Noch interessanter ist allerdings die Tatsache, daß bei den Jamesons im letzten November eingebrochen worden ist. Es wurden ein paar wertvolle Stücke, etwas Geld und ein bißchen Klimbim gestohlen, unter anderem eines der Fotoalben. Nicht das der Familie, sondern das in Vauns Zimmer.»

«Wollen Sie damit sagen, jemand wollte sichergehen, daß wir keine Bilder von Andrew Lewis finden?»

«Ist doch ein seltsamer Zufall, oder?»

«Könnte aber tatsächlich einer sein», erwiderte sie skeptisch. «Warum haben Sie Ned so in die Mangel genommen?»

«Ich wollte mir Gewißheit über einen Verdacht verschaffen, der mir kam, als ich mich mit seiner Mutter unterhalten habe. Überlegen Sie mal, Ned war vierzehn, als Vaun sich mit Lewis einließ – ein Junge, der stolz auf seine neuen Muskeln war und eine nicht unattraktive junge Frau in der Nähe wohnen hatte. Nah genug, um immer da zu sein, aber andererseits auch weit genug weg – sowohl emotional als auch sonst, weil sie ja so oft in ihrem Atelier war –, daß die Sache nicht den Beigeschmack von Inzest hatte. Schließlich war sie ja auch nicht seine Schwester.»

«Hat Becky Jameson Ihnen das gesagt?»

«Natürlich nicht. Schon bei dem bloßen Gedanken an so etwas würde sie keinen Ton mehr sagen. Das ist alles nur meinem eigenen zynischen Hirn entsprungen. Ich habe zwei und zwei zusammengerechnet und acht herausbekommen.»

«Und dann hatten die beiden letztes Jahr noch einmal einen Streit wegen irgend etwas.»

«Ich wünschte mir, jemand hätte mit angehört, worum es dabei ging.» Hawkin schnippte seine Zigarette über den Zaun. «Wenn wir in der Schule sind, möchte ich, daß Sie sich ein ruhiges, abgeschiedenes Zimmer suchen und herausfinden, wo diese Landwirtschaftsgenossenschaft sitzt. Wir müssen wissen, ob einige seiner Fahrten zeitlich mit den Todeszeiten der drei Mädchen oder mit dem Mordversuch an Vaun übereinstimmen.»

«Das hört sich ja an, als wären Sie mittlerweile davon überzeugt, daß es kein Selbstmordversuch war.»

«O nein. Wir haben noch keine Beweise. Aber ein Mensch, in dessen Atelier die Sachen stehen, die ich gestern gesehen habe, würde sich niemals mit einem schlechten Roman und einem manipulierten Drink vor einen Ofen legen, um Selbstmord zu begehen. Das wäre seicht und halbherzig, was Vaun bestimmt nicht ist. Außerdem würde sie niemals ihr Lebenswerk dadurch in Gefahr bringen, daß sie einen Topf mit Bohneneintopf auf dem Feuer stehenläßt. Nein, das war kein Selbstmordversuch.»

«Halten Sie denn Ned Jameson für clever genug, um sich dieses ausgefuchste Szenario auszudenken? Und außerdem kann ich mir nicht vorstellen, daß ein Farmer mit einem Nebenjob die Zeit hätte, eine solche Sache zu planen, dann drei Kinder zu kidnappen und zu ermorden, ihre Leichen so zu deponieren, daß der Verdacht auf sie fällt, und dann auch noch in dem Moment, wo sie durch einen Sturm von der Außenwelt abgeschnitten und damit völlig hilflos ist, einen Selbstmord vorzutäuschen. Tut mir leid, Al, aber das kommt mir doch alles reichlich lächerlich vor. Das könnte nur jemand getan haben, der völlig darauf fixiert ist, alle Zeit der Welt hat und auch dann noch in ihrer Nähe sein kann, wenn der Weg unpassierbar geworden ist.»

«Mit anderen Worten, einer ihrer Nachbarn.»

«Aber wer?»

«Genau deshalb will ich ein Bild von Andy Lewis haben.»

«Sie verdächtigen Ned Jameson also gar nicht?» Kate versuchte, nicht gereizt zu klingen, obwohl ihr der Rücken schmerzte.

«Natürlich verdächtigen wir ihn. Wir könnten doch unmöglich diese Verdachtsmomente einfach links liegen lassen, bei dem Verhalten, das er an den Tag legt, und dem Motiv, das er hat.»

«Etwa die Tatsache, daß sie ihm vor fast zwanzig Jahren einen Korb gegeben hat? Nennen Sie das ein Motiv?»

«Das und die Tatsache, daß sein Vater sie offensichtlich vergöttert, sowie die Tatsache, daß er zwei Monate nach seinem Oberschulabschluß einer Frau auf den Leim gegangen ist, die ihn mit einer angeblichen Schwangerschaft in eine Ehe gepfercht hat, obwohl sie, wie sich später herausstellte, unfruchtbar ist.»

«Hat Becky Jameson das gesagt?»

«Sie hat wörtlich gesagt: ‹Es ist ja wirklich zu schade, daß sie keine Kinder bekommen haben, obwohl sie zwei Monate nach ihrer Hochzeit eine Fehlgeburt hatte.›»

«Zwei und zwei ...»

«Bei mir kommt da acht heraus. Aber ich glaube, was Ned am meisten an die Nieren geht, ist das Geld. Sie leben von dem, was Eva Vaughn ihnen zukommen läßt. Sie sorgt dafür, daß sie ein Dach über dem Kopf haben, und bezahlt die Bank. Sich dessen bewußt zu sein und trotzdem jeden Monat Geld von einer Frau anzunehmen, die ihn wegen seiner Avancen vermutlich nur ausgelacht hat – es würde mich nicht überraschen, wenn er sich wünschte, sie wäre tot und sie würden ihr ganzes Vermögen erben.»

«In der Annahme, daß sie ihr Testament wirklich so geschrieben hat.»

«Hat sie. In ihrem Schreibtisch lag eine Abschrift.»

«Aber trotzdem sehen Sie bei ihm nur Verdachtsmomente und betrachten ihn nicht als Hauptverdächtigen.»

«Doch. Sie nicht? Nein. Und warum nicht?»

«Aus genau den Gründen, die ich Ihnen bereits genannt habe.»

«Und außerdem ...?»

«Und außerdem ... aufgrund meines persönlichen Eindrucks von diesem Mann, was ich aber nicht für einen stichhaltigen Grund halte.»

«Warum denn nicht? Bei persönlichen Eindrücken muß man immer sehr vorsichtig sein, aber das heißt nicht, daß man sie ignorieren sollte.»

«Na schön. Es war die Art, wie er mich angesehen hat. Vor ein paar Jahren habe ich festgestellt, daß jeder Mann, der mich von oben bis unten taxiert, als sei ich ein erstklassiges Zuchttier und er ein preisgekrönter Zuchtbulle, immer von derselben Sorte war – lauter hohlköpfige Nichtskönner, die zu sehr von ihrer eigenen Großartigkeit eingenommen sind, um zu merken, daß sie ihren Arsch zwischen den Ohren haben. Bitte entschuldigen Sie meine Worte, wie Red Jameson sagen würde. Ned ist einfach zu dumm, um so etwas durchzuziehen oder Vaun auch nur als Bedrohung zu empfinden. Und ich glaube noch nicht einmal, daß er sich wegen des Geldes allzu viele Gedanken macht. Sie würden das vielleicht tun, aber er denkt vermutlich nur, daß es ihm zusteht.»

«Und das alles haben Sie nur daraus entnommen, wie er Sie angesehen hat?»

«Aus meiner jahrelangen Erfahrung damit, wie Männer mich angesehen haben, Al.»

Er fing an zu lachen, und wie schon öfter machte ihn das zu einem Menschen, von dem Kate sich vorstellen konnte, daß er ihr sehr sympathisch werden könnte.

«Casey, ich glaube, allmählich gefällt es mir, mit Ihnen zusammenzuarbeiten», sagte er lachend, und als sie zum Wagen zurückgingen, holte er aus und schlug ihr mit der flachen Hand auf die Schulter. Angesichts ihrer Reaktion verzerrte sich sein Gesicht vor Schreck.

«O Gott, es tut mir leid. Ich habe nicht mehr daran gedacht. Geht es wieder?»

Sie mußte erst einmal Luft holen.

«Aber klar», keuchte sie dann, «mir geht es blendend. Ich wollte immer schon mit zusammengebissenen Zähnen und Tränen in den Augen in der Gegend herumstehen. Da sehe ich so zäh aus.»

In der High School hatte es gerade zum Schulschluß geläutet, und als Kate den Besucherparkplatz ansteuerte, mußte sie sich durch eine Welle von gelben Bussen, überladenen Wagen und Trauben von langbeinigen Schülern kämpfen, die den Körperbau von Erwachsenen hatten und einen Lärm veranstalteten wie Zweitkläßler. Es gibt wohl keinen Ort, wo man sich gleichzeitig kleiner, erwachsener und auffälliger fühlt als in einer High School, dachte Kate. Hawkin schien es ebenso zu gehen.

«Ich habe das Gefühl, man sieht mir den Polizisten nirgendwo so deutlich an wie hier», murmelte er.

«Mit Plattfüßen und Gummiknüppel», stimmte Kate zu.

«Tatsache, Ma'am.» Er sprach lauter. «Verzeihung, Ladies, können Sie mir sagen, wie ich zum Büro des Direktors komme?»

Die Antwort bestand aus vielstimmigem Gekichere und einem allgemeinen Armgewedele, während die versammelte Weiblichkeit davonhuschte. An der nächsten Kreuzung richtete Hawkin dieselbe Frage an eine Gruppe junger Männer, und deren Antwort bestand aus vagen Zeichen mit dem Daumen, tieferem Gelächter und den gleichen Ausweichbewegungen. Er holte schon Luft, um seine Anfrage ein drittes Mal zu wiederholen, als Kate ihn anstieß und auf ein Schild deutete, auf dem ‹Sekretariat› stand. Mühsam drängelten sie sich bis zum Schreibtisch vor.

Nur langsam ging es der gequälten Sekretärin auf, daß Hawkin kein Schüler war, und sie wandte ihnen die Stupsnase und die kleinen Augen zu. Ihre schrille Stimme übertönte das Stimmengewirr und sorgte sogleich dafür, daß es um mehrere Phon leiser wurde, als nämlich die Schülerschaft registrierte, um wen es sich bei den beiden Eindringlingen handelte.

«Sind Sie Detective Hawking? Mr. Zawalski hat mir gesagt, daß Sie und Officer Martini kommen und er in zehn Minuten zurück ist. Wenn Sie solange in seinem Büro warten wollen?»

Die Fluten teilten sich, und ergeben begaben sich die beiden ins Allerheiligste des Schulleiters, verfolgt von neugierigen Augen und einem beginnenden Flüstern. Kaum hatten Sie die Tür hinter sich geschlossen, ging draußen ein lautes Stimmengewirr los, und Kate grinste Hawkin an.

«Nun, Detective Hawking, was wetten Sie, daß innerhalb von zwei Minuten ein Ansturm auf die Schließfächer erfolgt und ziemlich viele Toilettenspülungen bemüht werden?»

«Tut mir leid für den Hausmeister, wenn die morgen alle verstopft sind.»

Das Büro war groß und vollgestopft, das Lager eines Befürworters von herzhafter Kameradschaft und Schulgeist. Plaketten und Gruppenfotos von massigen jungen Männern in gepolsterten Football-Monturen oder fröhlichen jungen Männern mit Baseballkappen bedeckten auch noch den letzten Quadratzentimeter der Wände. Auf den Bücherregalen standen Trophäen, ein verstaubter, mit vielen Autogrammen versehener Football auf einem Ständer, anderthalb Regalbretter voller Jahrbücher der verschiedensten Farben und Größen und mehrere Generationen des Schulmaskottchens, eines Bären. An der Wand hinter der Tür hing eine vergilbte, drei Jahre alte Liste der Schüler, die ein Stipendium erhalten hatten. In einer Ecke befanden sich dicht beieinander drei kleine Fotos eines Damenbasketballteams.

Hawkin ging sofort auf das Bücherregal zu, zog ein altes Jahrbuch heraus und trug es zu dem überladenen Schreibtisch. Nachdem er es einen Moment lang flüchtig durchgeblättert hatte, schlug er die Seite mit den Schülerfotos der Abschlußklasse auf und legte es auf den Tisch.

Das dritte Foto war Vaun. Links von ihr waren blöde, grinsende Zwillinge namens Aaronson abgebildet, rechts von ihr ein blonder, pausbäckiger Junge mit dem wohlklingenden Namen Alexander Alarzo. In der Umgebung dieser blonden, gebräunten und lächelnden Gesichter sah Vauns Haar um so dunkler aus, und ihre auffallenden, beinahe weißen Augen schienen auf dem Papier geradezu aufzuleuchten. Der Fotograf hatte in ihrem reglosen Gesicht eine verstohlene Belustigung eingefangen, und sie sah aus wie ein exotisches Wesen, das aus unerfindlichen Gründen unter diese nichtsahnenden Einheimischen geraten war. Weiter unten auf der Seite wurde das Muster der schwarzweißen Rechtecke unterbrochen von einem berühmten – oder eher berüchtigten – Foto Richard Nixons, der mit den Fingern das *Victory*-Zeichen machte. Darunter stand: «Marie Cabrera», und darunter wiederum: «Entkam unserer Kamera.»

Eine böse Vorahnung beschlich Kate. Hawkin blätterte um. Marcia Givens bis Richard Larson. Noch eine Seite, und wieder grinste sie die Präsidentenvisage an: «Andrew Lewis. Entkam unserer Kamera.»

«Verdammter Mist!» Hawkin schlug das Buch zu.

Wie auf ein Stichwort öffnete sich die Tür, und das nervöse rosafarbene Gesicht schaute herein. Die Stupsnase zuckte.

«Möchte einer von Ihnen vielleicht eine Tasse Kaffee?» Jetzt, wo die Menschenmenge im Sekretariat auf wundersame Weise verschwunden war, sprach sie in einem normaleren Tonfall. Sind die etwa alle zu den Schließfächern gerannt? überlegte Kate.

«Im Moment nicht, vielen Dank», erwiderte Hawkin. «Vielleicht später. Wir bräuchten aber ein Telefon. Gibt es hier eine direkte Amtsleitung, und zwar eine ohne Nebenapparate?»

«Oh!» Das rosa Gesicht wurde noch rosiger, während die Sekretärin sich ins Zimmer stahl und ihr kräftiges Hinterteil gegen die geschlossene Tür lehnte. Sie glich so sehr der Fernsehkarikatur eines Blaustrumpfs, der begeistert ist, einem Kriminalbeamten helfen zu können, daß Kate nur mit Mühe ein Kichern unterdrücken konnte. Die Sekretärin sprach in einem Flüsterton, den man bis in den Flur hinaus hören konnte.

«O ja, Mr. Zawalski hat eine private Amtsleitung, und zwar genau an diesem Telefon. Sie müssen nur auf den letzten Knopf drücken, die Neun, auf diesen Knopf da, und er ist der einzige, der Zugang dazu hat. Ich meine, dieses Telefon ist das einzige. Ich meine, Sie sind vollkommen ungestört.» Sie wurde bei diesem Vortrag so rot, daß Kate sich ernsthaft Sorgen machte, ob gleich etwas in ihr platzen würde. Um so erleichterter war sie, als Hawkin der Dame seinen tiefempfundenen Dank ausdrückte und sie sanft durch die Tür schob, die er fest hinter ihr schloß.

«Fangen Sie schon einmal an», sagte er zu Kate. «Wenn Zawalski auftaucht, werde ich ihn bitten, mich der Kunstlehrerin und dem Sportlehrer vorzustellen.»

«Ich sehe kein Telefonbuch.»

«Dann fangen Sie mit Trujillo an. Ich besorge Ihnen eins.»

Kate setzte sich hinter den großen Schreibtisch und fing an, die Nummer einzutippen. Sie hörte, wie Hawkin in jovialem Tonfall rief: «Hallo, meine Schöne ...», bevor die geschlossene Tür den Rest verschluckte. Kaum hatte sie den Kode der Nummer eingetippt, auf die das Gespräch abgebucht werden sollte, als er lachend wieder hereinkam. Aus der Tür hinter ihm hörte man ein Kichern. Er warf das dünne Telefonbuch auf den Schreibtisch. «Bis dann, Sweetheart», rief er grinsend und verschwand.

Sie schüttelte den Kopf. Was für ein seltsamer Mann dieser Alonzo Hawkin doch war.

Sie traf Hawkin, als er wieder auf dem Weg zurück ins Büro war, zusammen mit einem Mann, der eher wie ein Buchhalter im Ruhestand aussah als wie die treibende Kraft hinter dieser eindrucksvoll dokumentierten Huldigung an sportliche Heldentaten. Diese kleine weiße Krähe von einem Mann hüpfte neben Hawkin her (der, wie sie jetzt bemerkte, aussah, als hätte er früher einmal Football gespielt), bewegte dabei ruckartig den Kopf und wedelte energisch mit den Händen. Sein vogelhaftes Gebahren setzte sich in seinem Händedruck, der mit Flaum besetzten Haut und den zerbrechlichen Knochen fort, und während Hawkin und Kate sich unterhielten, flatterte er ins Büro voraus.

«Trujillo sagt, es gibt keine Veränderung, aber ihr Zustand ist so stabil, daß sie erwägen, morgen die Apparate abzuschalten. Die Laborergebnisse sind da – im Whisky war Chloralhydrat. Ein klassisches Betäubungsmittel, genug, um schon nach einem Glas davon einzuschlafen. Und sie hat zwei große Gläser auf völlig leeren Magen getrunken. Außerdem zeigt der Mageninhalt noch Spuren von irgendwelchen Erkältungstabletten, die die Wirkung vielleicht noch unterstützt haben. Der Arzt, mit dem Trujillo gesprochen hat, sagt, die Reaktion sei ‹unerwartet heftig›, was aber vorkommen könne. Seltsam, daß sie es nicht geschmeckt hat.»

«Haben Sie jemals einen Laphroaig-Whisky getrunken?»

«Ist das nicht der, den Tyler trinkt?»

«Und Vaun Adams. Der soll so ziemlich jeden anderen Geschmack überdecken. Was haben Sie sonst noch herausgefunden?»

«Ich habe die Genossenschaft erreicht, aber die Frau, die die Einteilung für die Lieferfahrten macht, hat heute frei. Allerdings sagte der Mann, mit dem ich gesprochen habe, daß sie vielleicht um fünf Uhr noch einmal kurz vorbeischaut. Ich habe ihm nicht gesagt, was ich wollte, nur, daß es dringend sei. Haben Sie Glück gehabt?»

«Die Kunstlehrerin ist eine zweiundsechzigjährige Dame mit klobigen schwarzen Schuhen und einem weißen Häubchen. Sie erinnert sich noch gut an Vaun Adams, hat sie damals ermutigt, mehr Aquarelle und Stilleben zu malen, und findet es sehr schade, daß Vaun nie bekannt geworden ist, nachdem sie aus dem Gefängnis kam, wo sie doch so ein talentiertes Mädchen war. Der Trainer ist neu hier und hat den Namen Andy Lewis noch nie gehört. Zawalski ist erst seit zwölf Jahren hier. Er wird in Lewis' Zeugnissen nachsehen, um herauszufinden, welche Lehrer er hatte.»

Im Büro flatterte der Schulleiter herum, die Sekretärin kicherte, und beide schienen nichts Rechtes zustande zu bringen. Kate fragte sich verzweifelt, wie lange das noch dauern sollte. Die Suche beinhaltete einen Ausflug ins Hinterzimmer und das Durchwühlen eines Aktenschranks, aber schließlich kam die Sekretärin tatsächlich mit dem Microfiche des richtigen Jahrgangs in der Hand an und führte alle zum Lesegerät. Zawalski fummelte an den verschiedenen Schaltern und Knöpfen herum, bis Kate schließlich den Stuhl übernahm, den richtigen Film unter die Glasplatte schob und die Einträge über den Bildschirm sausen ließ, bis sie *Lewis, Andrew C.* gefunden hatte. Die Kopie enthielt kein Foto. Die aufgeführten Noten entsprachen dem Durchschnitt. Neben den Pflichtkursen Englisch (wofür er eine Drei bekommen hatte), Geschichte (drei) und einer Fremdsprache (Spanisch, zwei plus) hatte er noch Werken (drei plus), Kunst (drei minus) und ein Tutorium belegt. Außerdem hatte er in der Footballmannschaft gespielt, aber die Suche an den Wänden von Zawalskis Büro hatte sich schon als fruchtlos erwiesen.

Zwei seiner Lehrer waren inzwischen umgezogen, zwei in den Ruhestand getreten, und der Englischlehrer war drei Jahre zuvor bei einem Flugzeugabsturz ums Leben gekommen. Der Footballtrainer war ebenfalls im Ruhestand, wohnte aber in der Nähe und besuchte alle Spiele, um die Bemühungen des gegenwärtigen Trainers mit seinem Sachverstand zu unterstützen.

Die Sekretärin, deren Name entsetzlicherweise auch noch Piggott lautete, suchte die Telefonnummern der pensionierten Lehrer und des Trainers heraus und besorgte von der Countyverwaltung die Adressen der beiden, die verzogen waren. Kate hängte sich wieder ans Telefon. Als sie zehn Minuten später den Hörer auflegte, hatte sie erfahren, daß von den ortsansässigen Lehrern zwei verstorben waren und einer sich von einem Herzinfarkt erholte und frühestens Ende kommender Woche wieder gestört werden durfte. Der Trainer allerdings würde sie mit Freuden jederzeit am Nachmittag empfangen und ließ fragen, was sie trinken wollten.

Hawkin stand auf.

«Ich fahre zu ihm. Sie sehen zu, was Sie hier noch über Vaun und Lewis auftreiben können. Vielleicht schauen Sie sich auch einmal Ned Jamesons Zeugnisse an, nur aus Neugierde. Aber zuerst rufen Sie den Polizeichef hier am Ort an. Wie hieß er noch? Webster?»

«Walker.»

«Genau. Finden Sie heraus, ob er sich an irgend etwas Außergewöhnliches über Lewis erinnert. Ich weiß, daß er nie verhaftet wurde, aber vielleicht hat es ja Gerüchte gegeben. Gehen Sie der Nase nach, oder besser gesagt, ‹schnüffeln Sie herum›. Wir treffen uns dann in etwa einer Stunde wieder.»

19. Kapitel

Zu Hawkins Überraschung wollte der Schulleiter offenbar unbedingt mitkommen, also fuhren sie beide gemeinsam los, verbrachten eine Stunde bei selbstgebrautem Bier, das nach Plastik schmeckte, und fachsimpelten über Football, während Hawkin sich immer wieder abmühte dagegen anzusteuern und das Gespräch auf Andrew Lewis zu bringen.

Zuerst konnte sich der verhutzelte kleine Trainer Shapiro an keinen Andrew Lewis von vor achtzehn Jahren erinnern.

«Vor zehn Jahren gab es einen Tommy Lewis.»

«Das muß wohl sein Vetter sein. Und Andy war nur ein Jahr lang hier. Vielleicht erinnern Sie sich wieder an ihn, weil er älter als die meisten Ihrer Schüler war und nach einigen Jahren an die Schule zurückkehrte, um seinen Abschluß zu machen.»

«Von der Sorte hatten wir zwei oder drei – Moment mal. Lewis. Ja, ja, Lewis, guter Wurfarm, schnell auf den Beinen, aber kein guter Mannschaftsspieler. Wollte sich immer zu sehr von den anderen abheben. Ein paarmal mußte ich ihn auf die Bank setzen. Immer wieder hat er unmögliche Alleingänge versucht, anstatt abzugeben. Ich glaube, er hat schon vor dem Ende der Spielzeit aufgehört.»

«Das würde zu ihm passen.»

«Da war noch etwas. Was war es doch gleich? Ich habe nie Probleme mit meinem Gedächtnis gehabt, bis ich in Pension gegangen bin», klagte er. «Jetzt ist es wie ein Sieb. Er war in irgend etwas verwickelt, später, in irgendeine krumme Sache. Ach, jetzt weiß ich es wieder. Dieses Mädchen. Es war dieses Mädchen, das die kleine Brand umgebracht hat und dafür ins Gefängnis gekommen ist. Ich glaube, sie war eine Zeitlang die Freundin von Lewis. Sind Sie deshalb hier? Das ist schon Ewigkeiten her. Moment mal. Woher kommen Sie noch gleich?»

«Aus San Francisco», gab Hawkin zu, und sofort hatte der Trainer Lunte gerochen.

«Da waren doch die kleinen Mädchen, die sie in den Bergen gefunden haben. Glauben Sie, daß sie es wieder getan hat? Und jetzt versuchen Sie, sie über Lewis zu finden? Ich würde sagen, da vergeuden Sie Ihre Zeit. Der ist schon seit Ewigkeiten weg.»

«Ja, Mr. Shapiro, das weiß ich.» Er bestätigte weder die Annahme des Mannes, noch wies er sie zurück. Statt dessen zog er sich auf eine praktische Formel zurück, die sogar stimmte: «Wir möchten Mr. Lewis gern ein paar Fragen stellen. Wir glauben, daß er uns helfen kann, einen Fall aufzuklären, an dem wir arbeiten. Eines der Probleme, die wir im Augenblick haben, ist, daß wir nicht wissen, wie er aussieht, abgesehen von vagen Beschreibungen. Wir versuchen, eine Fotografie von ihm zu finden. Sie haben nicht zufällig eine?»

Der alte Mann brach in schallendes Gelächter aus, schlug sich auf die Knie und drückte sich aus seinem Stuhl. Er machte Hawkin ein Zeichen, ihm zu folgen, und schlurfte ins Nachbarzimmer. Früher hatte es wohl einmal als Schlafzimmer gedient, aber jetzt hätte es ebensogut ein Arbeitszimmer, ein Lagerraum oder ein Teil des Urchaos sein können. Auf Kommoden und Truhen standen Aktenschränke mit vollgestopften Schubladen, die nicht mehr zugingen. An den Wänden und vor dem Fenster befanden sich Lagerregale vom Boden bis zur Decke, und nur in der Mitte war noch eine Insel freigeblieben. Jede ebene Oberfläche war mit bis zum Bersten vollen und wackelig aufeinandergestapelten Kartons und Einkaufstüten beladen, in denen sich Aufsätze, Bücher, Urkunden, Pokale und sonstiger Krimskrams befanden.

«Erinnerungsstücke aus vierzig Jahren Unterricht und Trainertätigkeit. Ich habe mir immer vorgestellt, daß ich viel Spaß dabei haben würde, das alles zu sortieren, wenn ich erst einmal im Ruhestand bin, aber irgendwie komme ich einfach nie dazu. Ich wüßte auch gar nicht, wo ich anfangen sollte. Meine Frau hat sich noch nicht einmal getraut, dieses Zimmer zu betreten, weil sie Angst hatte, daß etwas auf sie drauffällt. Früher habe ich hier einen Stuhl stehen gehabt, um gelegentlich eine Zigarette zu rauchen. Dieser bescheuerte Arzt hatte meiner Frau gesagt, ich müßte damit aufhören, aber hier kam sie nie herein.» Mit dem zufriedenen Stolz eines Großvaters blickte er sich in dem Zimmer um, und Hawkin gefror das Blut in den Adern bei der Vorstellung, was ein versehentlicher Funke hier anrichten konnte. «Aber um Ihre Frage zu beantworten, es könnte durchaus sein, daß sich hier irgendwo ein Bild von Andy Lewis befindet – aber weiß der Himmel, wo.»

Shapiro führte Hawkin zurück in sein Wohnzimmer, das ihm jetzt wie ein Muster an Sauberkeit und Ordnung vorkam. Hawkin holte tief Luft und machte sich daran, einen dicken Batzen Steuergelder zu verprassen.

«Mr. Shapiro, wenn ich Ihnen jemanden besorgen würde, der Ihnen hilft, wären Sie dann bereit, in Ihren ... Erinnerungsstücken zu suchen und nachzusehen, ob Sie irgendwelche Fotos von Andrew Lewis finden können?»

Chief Inspector Walker hörte sich Hawkins Bericht an, dann brüllte er, versprach aber schließlich, am nächsten Tag einen Mann vorbeizuschicken. Hawkin schlug vor, daß man noch drei oder vier weitere Leute zum Sortieren – vielleicht arbeitslose Hausfrauen? – und ein paar muskulöse Teenager zum Schleppen anstellen solle. Walker schrie erneut, was Hawkin dazu veranlaßte, tröstende Worte über finanzielle Verantwortung zu sagen und ihn weniger sanft an die drei ermordeten Kinder zu erinnern, ganz zu schweigen von der Brandgefahr. Die beiden verabschiedeten sich wenn schon nicht in freundschaftlichem, so doch wenigstens kollegialem Ton.

Shapiro schien von dieser Lösung begeistert zu sein, und als sie ihn verließen, brabbelte er schon von einer Ausstellung im örtlichen historischen Verein und davon, daß er unbedingt mit Zawalski darüber reden mußte, beim letzten Heimspiel der kommenden Saison seine Pokale auszustellen.

Auf dem Rückweg zur Schule grübelte Hawkin heftig darüber, ob es möglich war, daß es hier vor achtzehn Jahren ein Komplott gegeben hatte, und diese absurde Vorstellung versetzte ihn in eine üble Laune. Kate dagegen schäumte über von positiven Neuigkeiten und hatte zum ersten Mal an diesem Tag etwas Farbe im Gesicht.

«Al, Sie würden niemals darauf kommen, was ich herausgefunden habe.»

«Meine Güte, Martinelli, hören Sie doch auf mit diesen Ratespielchen.»

Ihr Gesicht wurde zur Maske, sie reckte das Kinn vor, und Hawkin hätte sich am liebsten selbst geohrfeigt für seine ungeschickte Art.

«Jawohl, Sir. Möchten Sie die Ergebnisse meiner ...»

«Stop, Casey. Es tut mir leid. Ich habe schlechtes Bier getrunken, über üble Dinge nachgedacht, und außerdem muß ich zur Toilette. Ich bin gleich zurück, und dann fangen wir noch mal von vorn an.» Er ging hinaus, und nach einer Weile hörte man das schwache Geräusch fließenden Wassers, dann kam er zurück.

«Also dann, was haben Sie herausgefunden?»

Sie musterte ihn wachsam, ließ aber von ihrer förmlichen Art ab.

«Walker hat nichts gefunden, aber die Stadt, aus der Lewis damals hierherkam, liegt etwa sechzig Meilen nördlich von hier, und Walker kennt den Mann, der seinerzeit dort Sheriff war. Er ist mittlerweile im Ruhestand, wohnt aber immer noch dort. Ich habe herumtelefoniert und ihn schließlich im Haus seiner Tochter ausfindig gemacht. Dann habe ich ihm gesagt, wer ich bin, und ihn gefragt, ob der Name

Andrew Lewis ihm möglicherweise etwas sagt. Zuerst hat er nicht geantwortet, also fing ich an zu erklären, daß die Sache etwa zwanzig Jahre zurückliege und Lewis kein Vorstrafenregister habe, also vermutlich als Jugendlicher niemals verhaftet worden sei. Aber er unterbrach mich und sagte mit beinahe tonloser Stimme, ich brauche ihm nichts zu erklären, er erinnere sich sehr gut an Andrew Lewis. Und er fragte mich, was ich wissen wolle. Ich habe nur ganz vage erklärt, daß ich ihn suche, weil er möglicherweise etwas über einen Mord wisse, aber da hat er mich wieder unterbrochen und gesagt … soll ich es Ihnen vorlesen? Das meiste habe ich mitgeschrieben.» Sie hielt ihr Notizbuch hoch, und als Hawkin nickte, fuhr sie fort.

«Er sagte: ‹Ich habe mich immer gefragt, wie lange es dauern würde, bevor sie ihm wegen irgend etwas auf die Schliche kommen.› Ich erklärte ihm, wir versuchten lediglich, ihn zu finden, aber er sagte: ‹Ich habe schon vor fünfundzwanzig Jahren gewußt, daß Andy Lewis verdorben ist, und vor achtzehn Jahren habe ich gewußt, daß er etwas mit dem Tod dieses kleinen Mädchens zu tun hatte.›»

«Was?» rief Hawkin fassungslos.

«Das hat er wortwörtlich gesagt.»

«Wollen Sie damit sagen, daß er Lewis für den Täter hält?»

«Das hat er nicht gesagt. Wohlweislich nicht. Er sagte nur, daß Lewis irgend etwas damit zu tun hatte. Soll ich ihnen den Rest vorlesen?»

Hawkin fuhr sich durchs Haar, kramte seine Zigaretten hervor und nickte.

«Ich fragte ihn, ob er diese Aussage vielleicht näher erklären könne. Er fragte mich, ob ich ein paar Minuten Zeit hätte, und ich versicherte ihm, ich hätte alle Zeit der Welt.»

Kate sah wieder auf ihre Notizen, und ihr fiel ein, daß an diesem Punkt des Gesprächs der pensionierte Sheriff sich entschuldigt und den Hörer hingelegt hatte. Sie hörte, wie er durch das Zimmer lief, dann ein unverständliches Murmeln, und schließlich wurde eine Tür geschlossen, worauf der Kinderlärm im Hintergrund verstummt war. Wieder Schritte, scharrendes Stuhlrücken und dann wieder seine Stimme. Sie fand auf der Seite die richtige Stelle.

«‹Zunächst einmal möchte ich, daß Sie wissen›, sagte er, ‹daß ich nicht zu der Sorte Menschen gehöre, die in jedem Wald den schwarzen Mann vermuten und in jedem Jungen, der jemandem eins über den Schädel gibt, eine kriminelle Veranlagung. Ich bin sicher, daß alle Leute, die je mit mir zusammengearbeitet haben, Ihnen genau das sagen würden, was auch in meiner ersten Beurteilung von der Polizeischule steht: Nicht viel Phantasie und neigt dazu, jedem Menschen zumindest einen Zweifel an seiner Schuld zuzugestehen.› Genauso hörte er sich auch an», fügte Kate hinzu. «Langsam und bedächtig.

‹Andy Lewis und seine Mutter sind hierhergezogen, als er neun war. Wissen Sie, das hier ist eine Kleinstadt, und da ich hier wohne, habe ich stets erfahren, wenn Leute kamen und gingen. Na ja, und ein paar Wochen später bekam ich einen Anruf vom Sheriff des Ortes, in dem er vorher gewohnt hatte, irgendwo in der Nähe von Fresno. Ich war dem Mann vorher ein paarmal begegnet. Er sagte mir, ganz nebenbei, verstehen Sie, ich solle ein Auge auf diesen Lewis haben, falls die Leute anfingen, zu melden, daß man ihre Haustiere umgebracht hätte. Ja, ich weiß, daß sich das verrückt anhört. Das habe ich damals auch gedacht und es ihm auch gesagt. Er hat nur vielsagend gelacht und mir zugestimmt, und damit hatte sich die Sache.

Und dann entdeckte ungefähr vier oder fünf Monate später eine alte Dame, daß man ihren Pudel erwürgt hatte. Eine Woche zuvor hatte sie ein paar Kinder von ihrem Hof verjagt. Wieder vier Monate später wurde eine Katze mitsamt ihren Jungen erwürgt, zwei Tage nachdem ihr Besitzer eine Gruppe von Kindern angeschrien hatte, sie sollten verschwinden. Erst da habe ich mich an den Anruf erinnert. Andy Lewis gehörte zu der Bande, und außerdem waren seine Arme zerkratzt, aber bei welchem Kind sind sie das nicht? Außerdem sagte seine Mutter, er sei den ganzen Abend zu Hause gewesen. Danach kam es ungefähr zwei- bis dreimal im Jahr vor, daß jemand Andy Lewis wütend machte, und am nächsten Morgen stellte der Betreffende fest, daß sein Hund oder seine Katze tot oder der Vogelkäfig offen war. Nie gab es Anzeichen für einen Einbruch, andererseits sind die Leute auf dem Land ja auch ein bißchen nachlässig mit dem Verschließen ihrer Türen und Fenster. Ich habe sogar angefangen, nach Fingerabdrücken zu suchen, auf Halsbändern und so weiter – vergeblich. Ich konnte nie etwas beweisen. Es waren auch nie wertvolle Haustiere oder Nutztiere, aber trotzdem machte mich die Sache nervös, besonders weil er sich Zeit nahm. Nichts wies auf ihn hin, immer lag zwischen der Beleidigung oder dem, was er dafür hielt, und seiner Rache eine gewisse Zeitspanne. Ich weiß nicht, wie lange ich gebraucht hätte, um ihm etwas nachzuweisen. Wie ich schon sagte, das machte mich nervös. Und als ich dann auch noch herausfand, daß er damit keineswegs bei seinen Freunden angab, machte mich die Sache sogar *sehr* nervös.

Er war berechnend, er hatte Geduld, und er war schlau. Das heißt, bis auf das eine Mal, wo ich ihn erwischt habe. Sie werden verstehen, daß ich mir, als er erst mal ein Teenager war, mehr als gelinde Sorgen wegen ihm machte und bei allem, was mit Andy Lewis zu tun hatte, immer die Augen und Ohren offenhielt. Deshalb hatte ich ihn auch so schnell am Kragen, als er es einmal zu weit getrieben hat. Ein einziges Mal hat er die Beherrschung verloren und nicht alles genau geplant, und damit war seine Zeit in dieser Stadt abgelaufen. Sagen Sie, haben Sie ihn eigentlich schon einmal kennengelernt?›

Ich sagte ihm, daß ich nicht wisse, ob ja oder nein, und erzählte ihm die Sache mit den Bildern.

‹Tja, Andy Lewis war ein Charmeur›, fuhr er fort. ‹Er wäre ein erstklassiger Heiratsschwindler geworden. Wenn ich es recht bedenke, war er auch einer, obwohl er nicht hinter Geld her war, jedenfalls nicht in erster Linie. Er wollte Macht über andere Menschen haben und scharte immer eine Gruppe von Anhängern um sich, die ihn vergötterten. Als er sechzehn war, fiel ihm die Tochter des Predigers hier am Ort auf, ein allzu behütetes kleines Ding, sehr intelligent.

Er hat sie geschwängert. Sie war damals vierzehn, fast fünfzehn. Sie wollte, daß er sie heiratete, das war ihr Traum. Als er ihr sagte, sie solle verschwinden, drohte sie ihm damit, ihn wegen Verführung einer Minderjährigen anzuzeigen. Er wurde fuchsteufelswild und verprügelte sie so sehr, daß sie beinahe gestorben wäre. Sie verlor dabei nicht nur das Baby, sondern auch die Hälfte ihrer Zähne und erlitt so schwere Unterleibsverletzungen, daß sie keine Kinder mehr bekommen konnte. Und wissen Sie, was das unglaublichste war? Sie weigerte sich, ihn zu verklagen. Zum Teil deshalb, weil sie Angst vor ihm hatte, aber außerdem war sie mehr oder weniger überzeugt, daß er sie wirklich liebte und es nicht so gemeint habe.

Damals habe ich etwas gemacht, was ich weder vorher noch nachher jemals getan habe, und ich gebe es auch jetzt nur zu, weil ich ein alter Mann bin und mein Deputy tot ist. Ich fuhr mit meinem Deputy los, wir schnappten uns diesen Lewis, fuhren mit ihm in den Steinbruch und schlugen ihn windelweich. Mir wird immer noch übel, wenn ich daran denke, daß wir zu zweit auf einen sechzehnjährigen Jungen eingeprügelt haben, aber ich wußte, daß das die einzige Sprache war, die er verstand. Er hat noch nicht einmal annähernd soviel abbekommen wie das Mädchen, aber als wir aufgehört haben, habe ich ihm gesagt, daß ich ihn nicht mehr hier sehen wolle, und wenn er das nächste Mal einen Fuß in mein County setze, würde ich *nicht* wieder aufhören. Am nächsten Morgen war er weg. Ein paar Tage später zog seine Mutter in die Stadt, wo Sie jetzt sind, und wohnte fortan bei ihrer Schwester. Das nächste Mal habe ich von Lewis drei oder vier Jahre später gehört, als sein Name in Verbindung mit dieser Adams fiel. Ich habe keine Ahnung, wo er sich in den Jahren dazwischen herumgetrieben hat. Angeblich soll er in der Army gewesen sein, aber das kann ich mir nur schwer vorstellen.

Wie dem auch sei, Sie sollten auch noch wissen, daß er immer jede Situation und jede Gruppe unter Kontrolle haben mußte. Er tauchte immer nur ab, kurz bevor irgend etwas passierte. Wenn ich mich recht entsinne, war dieses Adams-Mädchen eine hervorragende Künstlerin. Sie war in der ganzen Schule bekannt, und alle wußten, daß sie es einmal zu etwas bringen würde. Wie ein großer, exotischer Fisch, der eine Zeitlang in einem kleinen Teich schwamm. Offensichtlich war es ihr gar nicht bewußt, welchen Eindruck sie auf die Leute machte, aber als Lewis dann diese Schule betrat – weiß der Himmel, warum und wie –, da hat er sofort gesehen, daß sie einer der Stars an der Schule war, und er machte sich daran, sie für sich zu vereinnahmen. Und wie ich schon sagte, er war ein Charmeur.

Ein paar Monate lang sonnte er sich in ihrem Glanz und tat vor den Leuten so, als würde er sie an der kurzen Leine führen, obwohl er in Wahrheit nur in ihrem Kielwasser schwamm. Und dann ist ihr ein Licht aufgegangen. Während des Verfahrens sagte sie aus, ihr sei klargeworden, daß er ihrer Malerei im Weg stehe, also gab sie ihm den Laufpaß und wandte sich wieder ihren Pinseln zu. Das war zuviel für ihn – nicht nur die Zurückweisung, sondern auch die Erniedrigung vor allen Leuten. Sie machte auch keine Anstalten, die Sache zu verheimlichen, und offenbar haben ein paar der Schüler mitbekommen, was passiert war, und sich über ihn lustig gemacht.

Einen Monat später wurde das Mädchen, das man ihr anvertraut hatte, tot aufgefunden. Erdrosselt. Ohne das geringste Anzeichen eines Einbruchs. Offensichtlich ermordet von einem Mädchen, das kurz vorher Andy Lewis gegen sich aufgebracht hatte. Und ich wußte, daß Andy Lewis ein Bursche war, der nicht nur rachsüchtig war, sondern auch geduldig und unauffällig sein konnte und meistens in der Lage war, seine Wut im Zaum zu halten.

Ich tat, was ich tun konnte. Ich bin dort zur Polizeiwache gegangen und habe ihnen alles offen dargelegt. Sie haben es auch versucht, aber keiner von uns konnte auch nur den kleinsten Schwachpunkt in seinem Alibi finden. Ein oder zwei Wochen nach dem Ende der Verfahrens habe ich ihn aufgesucht und mit ihm geredet. Ich dachte mir wohl, ich könnte ihm eine solche Angst einjagen, daß er in Zukunft nichts mehr anrichten würde, weil er wußte, daß wir alle ein Auge auf ihn hatten. Er hat mich einfach nur ausgelacht. Hat mir mitten ins Gesicht gelacht, sich umgedreht und mich einfach stehenlassen. Ich bin nach Hause gefahren und habe über die Sache nachgedacht, und mir wurde klar, daß ich nur zwei Möglichkeiten hatte: Ich konnte ihn entweder abknallen wie einen tollwütigen Hund oder still dasitzen und abwarten, bis er jemand anderem in die Quere kam, und dann zusehen, was ich ausrichten konnte.

Eigentlich hatte ich überhaupt keine Wahl. Ich konnte ihn nicht erschießen und hatte diese Möglichkeit auch nie ernsthaft in Erwägung gezogen, obwohl ich wußte, daß ich dadurch mit einiger Wahrscheinlichkeit das Leben einiger Unschuldiger hätte retten können. Also verhielt ich mich still und wartete ab – achtzehn Jahre lang. Ich weiß, wer Sie sind, und ich weiß auch, warum Sie anrufen. Und alles was ich sagen kann, ist: Wenn ein alter, pensionierter Sheriff mit einem schlechten Gewissen Ihnen irgendwie behilflich sein kann, dann verfügen Sie über mich.›

Ich sagte ihm, er habe mir schon mehr geholfen, als er sich vorstellen könne, und daß das einzige, was uns fehle, ein Foto von Lewis sei. Er versprach, darüber nachzudenken, wer eines haben könnte. Und falls wir kein Glück hätten, sei er nur allzugern bereit, herzukommen und Lewis zu identifizieren. Daraufhin habe ich mich bedankt und ihm gesagt, daß wir uns wieder bei ihm melden.»

Hawkin hatte sich hingesetzt und schweigend ihren Bericht angehört, und bei jedem Satz hatte sich sein Gesicht mehr verzerrt. Jetzt holte er eine Zigarette aus dem Päckchen, klopfte sie zweimal senkrecht auf den Schreibtisch des Schulleiters, steckte sie sich in den Mund und zündete sie sorgfältig mit einem Streichholz an. Fächelnd löschte er das Streichholz und legte es mit der Behutsamkeit eines Feuerwerkers, der eine Bombe entschärft, in den Aschenbecher, den er in einer Schublade gefunden hatte.

«Geradezu klassisch», bemerkte er und fügte hinzu: «Verdammt, verdammt, verdammt! Wie viele Leute haben Andy Lewis in den vergangenen achtzehn Jahren wohl noch wütend gemacht? Holen Sie mir Trujillo an den Apparat …»

«Nachdem ich die Geschichte des Sheriff gehört hatte, habe ich noch einmal mit Trujillo gesprochen und ihm gesagt, daß er die Wachen am Weg so weit wie möglich verstärken und jeden Mann zwischen fünfunddreißig und vierzig aufhalten soll, der weg will.»

«Gut.»

«Ich vermute wohl richtig, daß der Trainer kein Foto hatte.»

«Wenn doch, dauert es Tage, bis wir es ausgegraben haben. Vor achtzehn Jahren war Lewis knapp unter ein Meter achtzig groß, hatte braune Haare und Augen und keine unveränderlichen Kennzeichen außer einer Tätowierung am linken Oberarm, etwas, das aussah wie eine Schlange.»

«Abgesehen von der Tätowierung würde diese Beschreibung auf die Hälfte aller Männer passen, die an der Tyler's Road wohnen. Vielleicht sogar auf mehr als die Hälfte.»

«Gott, was würde ich für einen Fingerabdruck oder ein verschwommenes Foto von ihm geben!»

«Vielleicht kann ich Ihnen diesen Wunsch erfüllen», sagte Kate mit kaum verhohlener Genugtuung. «Andy Lewis hat einen Führerschein.»

«Verdammt noch mal, wollen Sie damit etwa sagen, daß diese Sucherei endlich ein Ende hat?»

«Trujillo hat festgestellt, wo er ausgestellt wurde. Sie schicken uns das Foto ins Büro. Ich würde mir aber keine allzu großen Hoffnungen machen. Führerscheinfotos sind nicht gerade Meisterwerke.»

«Dann blase ich die Nachforschungen im Shapiro-Archiv also besser nicht ab.»

«Wo?»

«Vergessen Sie es. War sonst noch etwas?»

«Nicht viel. Über Ned Jameson gibt es nichts Interessantes. Durchschnittliche Noten, hat als Junge ein bißchen Ärger gehabt, aber nichts wirklich Schlimmes. Nur besprühte Wände und einmal mit fünfzehn ein Ladendiebstahl. Ich wollte es gerade noch einmal bei der Genossenschaft versuchen, als Sie hereinkamen.»

«Ihnen muß doch schon das Ohr abfallen», sagte er als Belobigung. «Haben Sie die Adresse? Warum fahren wir nicht einfach dort vorbei und spielen ein bißchen böser Cop? Ich habe das Bedürfnis, jemanden anzufauchen. Rufen Sie noch einmal bei Trujillo an, und sagen Sie ihm, wo wir sind. Richten Sie ihm aus, daß ich ihn heute abend von zu Hause aus anrufe und daß er anfangen soll, an der Tyler's Road Erkundigungen einzuziehen, wer eine Tätowierung hat.»

Hawkin fauchte weder die errötende Mrs. Piggott an noch Mr. Zawalski, der sie flatternd bis zum Wagen begleitete. Er fauchte noch nicht einmal, als die drei Öko-Bauern von der Landwirtschaftsgenossenschaft ihm eine handgeschriebene Einteilung der Fahrer zeigten, nach der Ned zumindest für zwei der Morde nicht mehr in Frage zu kommen schien. Erst als er die New-Age-Farmer bat, ihm ein Lokal zu empfehlen, und sie daraufhin ein Restaurant für vegetarische Vollwertkost vorschlugen, explodierte er und verfluchte Tofu, Sojabohnen und Ziegenmilch auf das übelste. Er beruhigte sich erst wieder, als sie ihm völlig verschreckt einen Italiener nannten und schworen, daß es dort keinen Tofu, kein Farnkraut und keine Poster von Venedig an den Wänden gab und der Koch sein Kalbfleisch mit großer Sorgfalt aussuchte.

Das Essen war nicht schlecht. Sie hatten den Wagen direkt vor dem Fenster geparkt, um ihn im Auge behalten und das Autotelefon hören zu können. Hawkin erzählte von seiner Kindheit im San Fernando Valley und von seinen Kindern, stellte Kate seinerseits aber keine Fragen. Sie tranken beide keinen Wein und aßen beide Fleisch. Nach der Zabaione folgte noch ein Espresso in dickwandigen Täßchen.

Als sie das Restaurant verließen, war es schon fast dunkel, und draußen war die Luft kühl. Hawkin blieb stehen und zündete sich eine Zigarette an.

«Hören Sie, Al, ich habe nichts dagegen, wenn Sie im Auto rauchen.»

«Eine scheußliche Angewohnheit», sagte er.

Kate wollte gern losfahren, solange sie noch den Kaffee im Blut hatte, aber Hawkin schien keine Eile zu haben. Er rauchte in aller Ruhe und drückte die Zigarette dann in einem Blumenkübel aus.

«Sie sehen müde aus, Casey. Soll ich lieber fahren?»

«Es geht schon. Das Fahren macht mir nichts aus.»

«Ich bin gar kein so schlechter Autofahrer. Aber vor einigen Jahren habe ich mir angewöhnt, immer meinen Partner fahren zu lassen, und wie Sie wissen, hole ich derweil immer ein bißchen Schlaf nach. Aber ich wäre durchaus in der Lage, uns heil nach Hause zu bringen.»

«Wirklich, Al, es geht schon.»

Er sah sie an, zuckte die Achseln und ging zum Wagen. Sie schloß die Beifahrertür auf und hielt dann den Schlüssel in der Hand. Wie in Wellen stieg die Erschöpfung in ihr auf und unterspülte ihre Entschlossenheit. Warum tat sie das? Sie wußte doch, daß sie es bis nach Hause schaffen würde. Und Hawkin wußte das auch. Was sollte das also?

Sie reichte ihm die Schlüssel.

«Fahren Sie doch bitte ein Stück, Al.»

Andere Männer hätten jetzt vielleicht ihren Triumph ausgekostet, doch in Hawkins Blick lag nichts als Anerkennung und Wärme. Er nickte, nahm die Schlüssel und fuhr mit entspannter Konzentration in Richtung Freeway.

20. Kapitel

Kate döste vor sich hin, während die weißen Lichter vorbeihuschten und die roten nebelhaft ineinander verschwammen. Im Auto war es warm, es roch nach Kaffee und – nicht unangenehm – nach Tabak.

Sie drückte sich das Kissen zurecht und legte den Kopf darauf.

«Sind Sie wach?» fragte Hawkin leise, ohne die Augen von der Straße zu nehmen.

«Ja.»

«Kann ich Sie etwas fragen?»

«Sie können es zumindest versuchen», antwortete Kate und setzte sich ein wenig aufrecht.

«Sind Sie lesbisch?»

Kate hörte in sich hinein, wie sie auf die Frage reagierte. Nichts. Höchstens war sie ein wenig überrascht, was sie sehr interessant fand. «Fragen Sie das als Cop, als Mann oder als Freund?» wollte sie wissen.

«Hmmm. Sagen wir mal, als Freund.»

«Al, als Freund sind Sie hoffentlich nicht beleidigt, wenn ich Ihnen sage, daß wir beide uns noch nicht gut genug kennen, als daß Sie eine solche Frage stellen könnten. Versuchen Sie es in ein paar Monaten noch einmal.» Sie ließ sich wieder zurücksinken und schloß die Augen.

«Und als Mann?»

«Sie haben mich nicht als Mann gefragt.»

«Und wenn ich es getan hätte?»

«Wenn Sie es getan hätten, dann wäre meine Antwort ein wenig anders ausgefallen.»

Keiner von ihnen erwähnte die dritte Möglichkeit.

«In ein paar Monaten also, wie?»

«Vielleicht auch später. Vielleicht auch früher, wenn wir noch so einen Fall bekommen.»

«Um Gottes willen, bloß nicht!»

«Sie sind nicht beleidigt?»

«Natürlich nicht.» Einige Meilen fuhr Hawkin schweigend und dachte nach. Dabei beschäftigte ihn ihre mögliche Antwort auf diese Frage überhaupt nicht. Er hatte die Frage nur gestellt, um ihr das Angebot zu machen, über sich selbst sprechen zu können. Sie hatte es vorgezogen, dieses Angebot auszuschlagen, aber das spielte eigentlich keine Rolle. Der erste Schritt weg vom rein Beruflichen war gemacht, und das war alles, worauf es ihm angekommen war.

Nach einer gut beleuchteten Abfahrt, an der viele Wagen über Betonbrücken den Freeway in Richtung der heimatlichen Vorstädte verließen, wurde der Verkehr spärlicher, und Hawkin sah hinüber zu seiner Partnerin. Sie schlief, und ihre vollen Lippen kräuselten sich in geheimer Belustigung. Über welchen Witz sie sich amüsierte, wenn es tatsächlich ein Witz war, konnte er nicht wissen, aber sie sah dadurch sehr jung und sehr schlau aus, und ihr Anblick sorgte dafür, daß auch Hawkin lächeln mußte.

Kate schlief eine Stunde, übernahm dann das Steuer und fuhr über die beleuchtete Brücke in die Stadt. Sie blieb im Wagen sitzen, während Hawkin ins Büro ging, um das Führerscheinfoto abzuholen. Als er wieder herauskam, konnte sie ihm vom Gesicht ablesen, daß es noch schlimmer war, als sie angenommen hatte.

«Ist das Bild schlecht?» fragte sie, als er einstieg.

«Bei sehr gutem Licht kann man sehen, daß er zwei Augen, eine Nase, einen Mund und bräunliche Haare hat. Wissen Sie, wo Susan Chin wohnt?»

«Unsere Zeichnerin? Nein.»

Er gab ihr die Adresse.

Susan kam an die Tür ihrer kleinen Wohnung. Offensichtlich war sie bereits im Bett gewesen, als Hawkin sie angerufen hatte, denn sie bat die beiden nicht herein. Mit zusammengekniffenen Augen studierte sie das Bild und sah Hawkin schließlich skeptisch an.

«Daß es nicht gut ist, haben Sie ja gesagt, aber das hier ist lächerlich.»

«Kriegen Sie das hin?»

«Sie wollen, daß ich das hier als Vorlage für eine Reihe von Skizzen benutze, von denen eine vielleicht jemanden an der Tyler's Road an einen seiner Nachbarn erinnert? Daß ich mich intuitiv davon inspirieren lasse?»

«Genau, kriegen Sie das hin?»

«Keine blasse Ahnung», sagte sie gutgelaunt. «Aber immerhin eine interessante Aufgabe. Endlich einmal etwas anderes als diese ewigen *IdentiKit*-Zeichnungen auf dem Computer.»

«Viel Glück!» Sie verließen die junge Zeichnerin, die immer noch in der Wohnungstür stand und im Licht der Lampe über ihr das Foto begutachtete. Kate setzte Hawkin vor seinem Haus ab und fuhr nach Hause.

Hinter ihr senkte sich ratternd das Garagentor. Als sie sich vorlehnte, um den Motor auszuschalten, spürte sie, wie die Kraft, die sie diesen langen Tag über auf den Beinen gehalten hatte, hier in der lautlosen Garage zu Ende ging. Sie blieb am Steuer sitzen und stellte sich die Bewegungen vor, die erforderlich waren, um ihren rechten Arm nach unten zu führen, auf den Knopf zu drücken und den Sicherheitsgurt zu lösen, dann den linken Arm zum Türgriff zu führen, den Türgriff zu betätigen, danach zunächst ihren linken und dann ihren rechten Fuß herauszuziehen und auf den Zementboden zu setzen und schließlich aufzustehen. Aber irgendwie waren Dasitzen und Atmen die einzigen Dinge, die sie im Moment noch schaffte.

Dann hörte sie, wie eine Tür geöffnet wurde, hörte Schritte auf der Holztreppe, ein leichtes Schlurfen auf dem Zementboden, das Klicken und Quietschen einer sich öffnenden Wagentür und schließlich Lees dunkle, ruhige Stimme.

«Kate, meine Liebe, du siehst ja total fertig aus.»

«Hallo, Liebling. Mein Gott, es ist so schön, einfach nur dazusitzen.»

«Als ich dich hereinkommen hörte, habe ich ein Bad eingelassen, und das Massageöl wird auch schon warm.»

«Ich werde umkommen vor Vergnügen.»

«Das wollen wir doch nicht hoffen.»

Ein sanfter Finger berührte Kate im Nacken, und dann bewegten sich das Schlurfen und die Schritte wieder die Treppe hinauf. Einen Moment später folgte Kate.

Das Bad war schon fast zu heiß, um angenehm zu sein. Danach gab es einen großen Becher mit etwas, das nach Huhn und Sellerie schmeckte, dicke warme Handtücher und starke Finger, die verhärtete Muskeln betasteten und die Verspannung vom Nacken über den Rücken bis hinunter zu den Beinen lösten, bis Kate aufstöhnte unter der süßen Folter, und als sie schließlich völlig schlaff war und die Hände an den ausladenden, festen, zusammenlaufenden Rundungen angekommen waren, sagte Kate schon halb im Schlaf: «Hawkin hat mich heute gefragt, ob ich lesbisch bin.»

Die massierenden Hände hielten nur einen Moment lang inne.

«Und was hast du ihm gesagt?»

Seltsam, dachte Kate benebelt, daß Hände lachen können, ohne daß die Stimme es tut.

«Ich habe ihm gesagt, er soll mich noch einmal fragen, wenn wir uns besser kennen.»

Diesmal lachte Lee laut auf, dann wischten die Hände mit dem Handtuch das restliche Öl von Kates Haut.

«Wie vollkommen unkalifornisch du doch bist, Kate.»

«Nicht wahr?»

Die Hände beendeten ihre Arbeit, und dann wurde Kates Rücken in weiche Tücher und warme Decken gepackt.

«Ich muß noch ein bißchen arbeiten. Ruf mich, wenn du irgend etwas brauchst. Jetzt geh schlafen.»

«Ich versuche es.»

Kates Atem wurde langsamer und schwerer. Ein paar Minuten später bewegte sich die Matratze, und das Zimmer wurde plötzlich dunkel. Im Schimmer des Flurlichts wurden Lees weiche Locken sichtbar. Leise schloß sie die Tür und ging nach unten. Auf ihrem Gesicht lag liebevolle Entrüstung.

Einige Meilen weiter weg lag Alonzo Hawkin auf dem Sofa in seinem Wohnzimmer, balancierte ein Glas auf seinem Bauch und starrte auf die großen, zarten Fische, die dahinglitten und zu seiner Erbauung ihre Pirouetten drehten. Sein Kopf war voll von den Ereignissen und Ergebnissen des Tages. Endlich einmal war er zufrieden.

Es war fast ein Wunder, wie manchmal, ganz selten, die Arbeit eines einzigen Tages einen Fall völlig verändern konnte, so daß seine gesamte Szenerie mitsamt dem Hintergrund plötzlich offen dalag. Heute früh – jetzt schon gestern früh – war er mit einem dicken Packen unzusammenhängender Akten die Treppe seines Hauses hinabgestiegen und hatte so viele Fragen im Kopf gehabt, daß er nicht einmal gewußt hatte, wo er anfangen sollte. Andrew C. Lewis war irgendein Name unter hundert anderen gewesen. Als er sechzehn Stunden später die gleiche Treppe mühsam und todmüde wieder hinaufgeklettert war, hatte er zwei Dinge: einen Namen und eine Richtung. Seine Müdigkeit war geadelt mit etwas Erreichtem, und er empfand ein tiefes Glücksgefühl. Endlich ein Durchbruch.

Die Polizeizeichnerin Susan Chin war nicht die einzige, die er an diesem Abend noch gestört hatte. Zunächst hatte er Chief Walker angerufen und zwei Dinge von ihm verlangt: Er solle herausfinden, wo Lewis' Tante mit ihrer Familie wohnte, und überprüfen, ob Lewis' Alibi für jenen Abend vor achtzehn Jahren, an dem der Mord geschehen war, wirklich hieb- und stichfest gewesen war. Hawkin hätte das zwar lieber selbst gemacht, aber da diese Sache streng genommen nicht sein Fall war, wäre es schwer gewesen, noch etliche Tage mehr dort oben zu rechtfertigen. In einer Woche vielleicht, aber nicht jetzt.

Dann hatte er seinen Vorgesetzten informiert. Der Mann hatte dreimal heimlich gegähnt, ihm grunzend seine Anerkennung ausgesprochen und sich wieder zu Bett begeben.

Dann das Krankenhaus: keine Veränderung. Hawkin hörte aus der Stimme des Arztes ein erstes Anzeichen von Besorgnis heraus. Aber auf diesem Gebiet konnte er ohnehin nichts ausrichten, also schob er den Gedanken beiseite und rief Trujillo an.

Der junge Mann hörte sich älter an als noch eine Woche zuvor. Er bestätigte noch einmal, daß mittlerweile die Wache nicht mehr im Flur, sondern direkt neben Vauns Bett postiert war. Der Polizist hatte Anweisung, das Zimmer zu keiner Zeit zu verlassen und noch nicht einmal die Tür zum Badezimmer zu schließen, wenn er zur Toilette mußte. Vaun Adams durfte keinen Moment aus den Augen gelassen werden.

Trujillo war enttäuscht, daß das Foto schlecht war, allerdings nicht allzu überrascht. Er versprach, Susans Zeichnungen in Tylers Versammlungsraum auszuhängen, damit so viele Leute wie möglich sie sehen konnten.

Dann sagte er Hawkin, er sei sich nicht sicher, wie lange er die Lage noch unter Kontrolle halten könne. Die Unruhe am Weg hatte mittlerweile ein kritisches Stadium erreicht. Trujillo hatte an diesem Tag zwei Familien mit Kindern gehen lassen müssen, die bei Freunden in einem Vorort von San Francisco Zuflucht gefunden hatten. (Einer der Männer war ein Schwarzer, der andere Ende Fünfzig gewesen.) Und die schnelle Buschtrommel hatte bis hinauf zum alten Peterson die Nachricht verbreitet, daß der Beinahe-Tod von Vaun Adams nicht als Selbstmordversuch galt. Nachdem er Tyler gezwungen hatte, seine Fahrverbotsregel aufzuheben, war Trujillo den ganzen Tag über den Weg hinauf- und hinuntergefahren, hatte Leute beruhigt und sie ermahnt, erst nachzufragen, bevor sie mit ihren Schrotflinten und Gewehren herumballerten. Die Schlafzimmer in Tylers Haus waren zur Zeit voll mit nervösen Anwohnern. (Während der Belagerung kommen die Bauern in die Burg, dachte Hawkin belustigt. Das entsprach ja wohl auch genau Tylers Vorstellung.) Trujillo selbst wollte ebenfalls über Nacht dort bleiben. Neugierige Reporter hatten draußen wieder ihr Camp aufgeschlagen, und es war nur eine Frage der Zeit, bis …

Mit der Umfrage wegen der Tätowierung hatte er am Nachmittag noch nichts erreichen können, allerdings waren auch erst ein paar Dutzend Anwohner befragt worden. Hawkin erklärte Trujillo ehrlich, er mache seine Sache gut. Der junge Mann war sehr empfänglich für das Vertrauen in Hawkins Stimme, und ein paar Minuten später sagte der ihm, er solle sich ins Bett legen.

Danach stellte Hawkin sich lange unter die Dusche, zog anschließend seinen weichen, abgetragenen Lieblingsbademantel an und machte es sich mit einem Gläschen gemütlich.

Daß sie zu den Jamesons hinausgefahren waren, hatte sich als wahre Goldmine erwiesen. Jetzt hatte er eine wirkliche Vorstellung von Vaun Adams. Er sah sie durch die Flure dieser langweiligen Oberschule gehen, ein außergewöhnlicher Teenager mit einer Aura der Unberührbarkeit und einer Genialität, mit der sie sich die Umwelt vom Leib hielt. Und dann ihre kurze Liaison mit dem cleveren, widerlichen und raffinierten Andy Lewis – selbst die erschien ihm jetzt nicht mehr so völlig unfaßbar wie noch am Anfang.

Aber was stellte er jetzt mit diesem Phantom Andrew C. Lewis an? Es war zum Verrücktwerden. Hawkin beobachtete einen Rotaugenfisch, der eifrig mit dem Maul im Kies wühlte, und etwas anderes kam ihm in den Sinn. Wofür steht wohl das C, überlegte er. Für Charles? Clifford? Chamäleon? Der Name des Vaters auf seinem Zeugnis war Edward oder Edmund gewesen. Wütend merkte Hawkin, daß er seine Gedanken hatte schweifen lassen, und konzentrierte sich wieder auf das vordringliche Problem. Lewis war in der Tyler's Road, das hatte Hawkin im Urin. Wenn er bis jetzt noch nicht Reißaus genommen hatte, dann würde er es auch nicht tun, bis er sicher wußte, daß Vaun nicht sterben würde. Und vielleicht noch nicht einmal dann, wenn er sich sicher fühlte, daß er seine Spuren gut verwischt hatte. Andy Lewis war kein Mann, der leicht in Panik geriet. Wie kam man ihm am besten auf die Spur? Und wenn man ihn erst hatte, wie sollte man ihn dann anhand der spärlichen Indizien festnageln, wie eine Beweiskette schmieden, die stark genug war, um vor Gericht standzuhalten? Wie flocht man aus einem Holzsplitter, einer angeblichen Tätowierung und einer bewußten Verschleierung der wahren Identität einen so dicken Strick, daß man einen Mann daran aufhängen konnte? Am besten war es wohl, wenn man Lewis zu einem Schlag provozierte, mit dem er sich selbst belastete – dadurch schlug man zwei Fliegen mit einer Klappe. Hawkin lag da, überlegte sich Möglichkeiten, verwarf sie wieder und bastelte an einem Plan, der den vermuteten Aufenthaltsort und die psychische Veranlagung dessen, den er jagte, ebenso in Betracht zog wie die Leute, die Hawkin zur Verfügung hatte.

Er trank ganz langsam, aber schließlich war das Glas leer, und Hawkin setzte sich aufrecht hin.

Noch vierundzwanzig Stunden, dachte er. Wenn in vierundzwanzig Stunden nichts passiert ist, wenn kein Foto aufgetaucht ist und keiner ihn anhand der Zeichnungen wiedererkannt hat, dann lasse ich diesen pensionierten Sheriff und Shapiro und alle, die ich sonst noch finden kann, kommen und fahre mit ihnen so lange die Tyler's Road hinauf und hinunter, bis einer sagt: «Moment mal ...» Morgen abend entscheide ich, ob ich den ganzen Weg auf den Kopf stelle. Der Gedanke daran versetzte ihn für einen Augenblick in eine gewisse Vorfreude: vierundsiebzig Erwachsene und zwanzig Minderjährige an ihren langen Haaren herbeizuzerren, ihnen die Fingerabdrücke abzunehmen und sie so lange in die Mangel zu nehmen, bis irgend jemand unter dem Druck zusammenbrach.

Ich möchte nur wissen, wofür das C steht, überlegte er verstört.

Ja, irgend etwas wird passieren, dachte er, wenn nicht morgen (ach ja, heute!), dann spätestens am Mittwoch. Und was den Montag betraf, so konnte er ihn mit der Gewißheit beschließen, daß er alles getan hatte, was er hatte tun können.

Er setzte das Glas auf den Tisch, sagte den Fischen gute Nacht und ging zu Bett.

Bis die Sonne wieder aufging, konnte Hawkin nicht wissen, daß es ein Fehler gewesen war, sich am Tag zuvor dem allzu seltenen Gefühl der Befriedigung hingegeben zu haben.

Zwei Fahrstunden weiter südlich lag eine Frau mit schwarzen Locken in einem Krankenhausbett, die Hände sorgsam unter die frische Bettdecke gesteckt, und ihre auffallenden, eisblauen Augen starrten unverwandt hinauf in das verdunkelte Zimmer. Es war schon sehr spät, oder noch sehr früh, aber ein paar Minuten zuvor hatte ein Geräusch draußen auf dem Flur dafür gesorgt, daß sie die Augen aufschlug. Man konnte nicht sagen, daß sie wirklich wach war, nur ihre Augen waren im Augenblick offen, während sie vorher geschlossen gewesen waren.

Abgesehen von dem hohen Ständer mit der Infusionsflüssigkeit und dem Wägelchen mit dem Monitor, dessen kleine runde Sensoren mit Klebeband auf der Brust der Frau befestigt waren, hatte man alle medizinischen Geräte im Zimmer vom Bett abgerückt. Der Rhythmus ihrer Herzschläge war langsam, aber regelmäßig, und später am Tag sollte der Monitor entfernt werden.

Das wußte die Frau jedoch nicht. Es gab einige Diskussionen darüber, was sie wußte – oder gewußt hätte. Die blutunterlaufene Schwellung an ihrem Mund war zurückgegangen, die Zeichen ihrer Wiedergeburt verschwanden allmählich, aber dennoch hatte Vaun Adams bislang kein Lebenszeichen von sich gegeben, abgesehen davon, daß sie körperlich anwesend war. Die Worte «Hirnschaden» und «Sauerstoffmangel» hatten sich ins Zimmer geschlichen und waren wieder verscheucht worden, aber sie warteten schon vor der Tür und würden wiederkommen.

Das einzige Licht im Zimmer kam von einer Leselampe in der Ecke, die in einem Kegel auf das Taschenbuch der Wache fiel und einen hellen Ring auf die Wand und eine Ecke von Vauns Bett warf. Vaun starrte reglos auf das Spiegelbild ihres Gesichts in einer glatten Metallfläche über ihr, verzerrt, aber doch vertraut. Ein winziger Teil von Vaun sah und erkannte das Bild, doch dieser Teil war jetzt von ihr losgelöst, in einem Schwebezustand, verborgen.

Physisch hatte das Gehirn der Frau, die einmal Vaun Adams und Eva Vaughn gewesen war, keine Schäden davongetragen, zumindest keine ernsten. Ihr Bewußtsein und ihr Geist dagegen waren schwer verletzt worden. Der Lebensfunke dieses Menschen, der Vaun Adams war, war begraben unter einer Last, die zu schwer für sie gewesen war. Vaun lag unter einer Decke der Verzweiflung, einer dikken grauen Decke, die sie erstickte, ihren Willen, sich zu bewegen, zu leben und zu erschaffen, lähmte. Sie lag unter einer dicken grauen Decke, die zu sagen schien: «Genug.»

Genug.

Genug war der Leitspruch, der ihr restliches bißchen Leben regierte. Genug. Ich kann nicht mehr. Seit ich zwei Jahre alt war, habe ich um das Recht gekämpft, zu sein, was ich bin, und jetzt kann ich nicht mehr kämpfen. Ich gebe auf. Gebe mich geschlagen. Ich kann nicht mehr. Genug.

Ich will lieber sterben.

Die blauen Augen waren immer noch offen, als zehn Minuten später eine Krankenschwester hereinkam, um den Tropf zu kontrollieren. Vauns Ohren registrierten eine akustische Welle, und etwas, was in ihr verborgen lag, entzifferte sie verschwommen als Worte, aber diese Worte erreichten sie nicht, drangen nicht durch die dicke graue Decke. Die Krankenschwester beugte sich über ihre Augen, und hinter der weißen Schulter tauchte das Gesicht eines Mannes und der Teil einer dunklen Uniform auf. Dann andere Geräusche, ein Aufschrei und ein Poltern, dann verschwand das Männergesicht.

Die Krankenschwester sprach Vaun mit routinierter Fröhlichkeit an, doch selbst der Wachmann hörte die Unsicherheit in ihrer Stimme. Vaun war ein Problemfall, eine Prominente, von der man nicht wußte, ob sie verhaftet war oder beschützt wurde oder beides. Zudem sah es ganz so aus, als werde sie für den Rest ihres Lebens nur noch dahinvegetieren. Diese geheimnisvolle schwarzhaarige Frau mit den kristallklaren, leeren Augen war einer Anzahl von Leuten ziemlich unheimlich, und die Nachtschwester gehörte zu diesen Leuten. Nachdem sie den Körper, der dort im Bett lag, versorgt hatte, ging sie, und irgendwann fielen die Augen wieder zu.

In den finsteren Bergen zwischen Vaun Adams' Krankenbett und der Stadt, in der die beiden Kriminalbeamten schliefen, huschte ein Schatten über die Tyler's Road. Der Mann, der einmal Andy Lewis geheißen hatte, schloß die Tür, deren Scharniere geölt waren, hinter dem Haus, das für ihn in den letzten Jahren sein Zuhause gewesen war. Er empfand kein Bedauern darüber, daß er die Frau verließ, die dort drinnen in einem Bett schlief, das er aus einem einzigen Eichenstamm gezimmert hatte, und nur wenig Bedauern für das Kind, das in dem Zimmer lag, das er eigenhändig gebaut hatte. Er hatte keinen Raum für andere Gefühle als eine heißglühende und gleichzeitig eiskalte Wut, die völlig von ihm Besitz ergriffen hatte, die in seinem ganzen Körper zuckte und brodelte wie Trockeneis in einem

Eimer Wasser. Vor seinem geistigen Auge verbrannten die Blätter über ihm zu schwarzer Asche, fielen kleine Tiere tot um, wenn er vorbeiging, duckte sich der Weg unter seinen Stiefeln – und Vaun Adams erwachte schreiend in ihrem Krankenbett und spürte seinen entsetzlichen Haß näher kommen.

Natürlich geschah nichts von alldem. Das leise Piepsen von Vauns Monitor behielt seinen einschläfernden Rhythmus bei, kleine Nachttiere raschelten durch die Blätter, einmal bellte ein Hund, und die Brise vom Meer rauschte durch die zerbrechlichen Nadeln der Bäume.

Im Morgengrauen war er über die Reste der Schlammlawine hinweggestiegen, hatte sich an den Posten am oberen Ende der Tyler's Road vorbeigeschlichen und war in dem angrenzenden Naturschutzgebiet verschwunden. Um acht Uhr ließ sich ein sorgfältig gekleideter Mann mit Schnurrbart und einem dicken Aktenkoffer in der Hand von einem Computerprogrammierer mitnehmen, der auf der anderen Seite der Berge arbeitete. Die Tochter des Fahrers saß neben ihm auf dem Vordersitz, sie wollte den Tag bei ihrer Großmutter verbringen. Das Kind war sechs Jahre alt, hatte glänzend braunes Haar und einen lockeren Schneidezahn, an dem es begeistert mit der Zunge wackelte. Der Mann, der einmal Andy Lewis gewesen war, schenkte ihr sein freundliches Lächeln, machte Scherze und unterhielt sich mit ihr über die Vorschule. Mit ihrem Vater sprach er über Computer und darüber, wie ärgerlich es war, wenn man in einer entlegenen Gegend eine Autopanne hatte. Als sie nach San Jose kamen, dankte er den beiden. Um die Mittagszeit war er schon in Berkeley.

Lange zuvor, nämlich kurz nachdem er das Naturschutzgebiet verlassen hatte, war Angie Dodson aufgewacht und hatte festgestellt, daß ihr Mann weg war.

21. Kapitel

Angies wildes Hämmern hallte durch das ganze Haus und weckte die Schlafenden auf, darunter auch Trujillo. Er zog sich einen geliehenen Bademantel über und ging gähnend zur Küche. Obwohl Angie sich bemühte, in ruhigem Tonfall zu sprechen, zeigte sich doch in ihrem angespannten Gesicht große Sorge. Als Trujillo unauffällig die Küche verließ und dann im Sprint nach oben zum Telefon lief, war er bereits hellwach.

Hawkin fluchte heftig, Kate fluchte weniger einfallsreich, riß dafür aber wieder die Wunde an ihrem Rücken auf, und zwei Stunden später kamen sie beide in Tylers Küche gestürzt.

«Wo ist Angie?»

Die zusammenhockenden Leute beschäftigten sich allesamt interessiert mit ihren Tassen oder schauten auf ihre Fingernägel. Nur die blondzöpfige Anna erklärte ihnen, Angie sei oben bei Trujillo. Hawkin nahm zwei Stufen auf einmal, Kate blieb ihm auf den Fersen, und als sie oben waren, riß er ohne anzuklopfen die Tür auf.

Angie Dodson saß zusammengekauert am Feuer und sah auf. Die Tränen waren versiegt, und jetzt sah sie nur noch alt, verhärmt und verzweifelt aus. Als Hawkin zu ihr ging und sie umarmte, klammerte sie sich an ihn und fing an zu jammern, ein langgezogenes, lautes Aufstöhnen, das sich anhörte wie ein Tierlaut. Trujillo wandte sich ab und schaute aus dem Fenster. Tyler lächelte Kate mit Leidensmiene an, humpelte dann durch die Tür und murmelte etwas von Kaffee. Kate blickte auf die Aquarelle, und nach einiger Zeit merkte sie, daß Angies Wehklagen sich in einen monoton wiederholten Satz verwandelt hatte.

«Sie war meine Freundin. Sie war meine Freundin. Sie war ...»

«Sie meinen Vaun?» fragte Hawkin mit einer sanfteren Stimme, als Kate sie ihm jemals zugetraut hätte.

«Ja. Sie war meine Freundin. Sie war ...»

«Wo ist Amy?»

Damit drang er zu ihr durch. Sie holte lang und zitternd Luft und setzte sich aufrecht hin. Hawkin ließ die Arme sinken, setzte sich aber dicht neben sie und lehnte sich an sie an.

«Sie ist bei den Newborns. Ich habe Rob gesagt, er soll sie keine Minute aus den Augen und nirgendwo hingehen lassen, noch nicht einmal mit – o Gott ...» Sie brach wieder zusammen. «Sie war meine Freundin, und jetzt heißt es, daß er sie umgebracht hat. Ist das wahr? Sie müssen es mir sagen.»

«Sie ist nicht tot, Angie.»

«Aber sie könnte es sein. War er es?»

«Hat Tony eine Tätowierung am Arm?»

Mit dieser überraschenden Gegenfrage hatte er endlich ihre volle Aufmerksamkeit.

«Was?»

«Eine Tätowierung?» wiederholte er. «Ist Tony tätowiert?»

«Woher wußten Sie das?» Sie saß kerzengerade und putzte sich die Nase. «Er hat immer aufgepaßt, daß niemand sie sieht. Sie war ihm peinlich. Er hat sie sich machen lassen, als er noch ganz jung war. Noch nicht einmal Amy hat gewußt, daß er sie hatte. Er hat immer ein T-Shirt getragen, sogar beim Schwimmen.»

«Was für eine Tätowierung war es?»

«Ein Drache.»

«Ein Drache? Keine Schlange?»

«Nein, es war so ein langer, dünner Drache. Hat vielleicht ein bißchen ausgesehen wie eine Schlange, aber er hatte kleine Füße. Er war auf seinem linken Oberarm, ganz weit oben. Ich habe ihn selbst nur zwei- oder dreimal richtig zu Gesicht bekommen. Normalerweise hat Tony sein T-Shirt immer erst im Dunkeln ausgezogen. Was hat überhaupt die Tätowierung damit zu tun?»

Er sagte es ihr. Tyler brachte auf einem Tablett Kaffee herein, und Hawkin schwieg, bis er wieder weg war. Dann fuhr er fort und erzählte ihr alles – oder doch zumindest fast alles.

«Verstehen Sie jetzt, Angie. Im Augenblick ist das einzige zweifelsfreie Identifikationsmerkmal, das wir haben, diese Tätowierung.»

«Ich weiß, daß er sich immer angestellt hat, wenn jemand von ihm ein Bild machen wollte. Sogar bei unserer Hochzeit.» Sie kicherte leise und seufzte dann, völlig gelähmt von dem, was in diesen wenigen Stunden aus ihrem Leben geworden war.

«Angie, ich muß Ihnen jetzt ein paar Fragen stellen.»

«Ich werde nicht gegen ihn aussagen», fauchte sie ihn an. «Ich spreche mit Ihnen, aber ich sage nicht gegen ihn aus.»

(Andy Lewis war ein Charmeur ... Sie weigerte sich, ihn zu verklagen ...)

«Dann sprechen Sie einfach nur mit mir. Erzählen Sie mir, wie Sie ihn kennengelernt haben.»

Die beiden hatten sich auf einem der alljährlich an der Tyler's Road stattfindenden Ritterfeste kennengelernt, im Juni würde das drei Jahre her sein. Er war als Besucher und unkostümiert gekommen und hatte früh am Morgen von ihr eine Eintrittskarte gekauft. Doch dann hatte es bis zum späten Nachmittag gedauert, bis er wieder zu ihr gekommen war und sie gebeten hatte, ihm die Tanzschritte einer Pavane beizubringen. Bis zum Abend hatten sie zusammen getanzt und getrunken war und gelacht, und am Sonntag war er zurückgekommen und hatte mit ihr und Amy den ganzen Tag verbracht. Am Abend hatte er sie den Weg hinaufbegleitet und auf der Couch geschlafen. Zwei Wochen später war er mit seinen wenigen Habseligkeiten in ihr kleines Haus eingezogen, und im darauffolgenden November hatten sie geheiratet. Es war keine kirchliche Trauung, sondern eine, die sie selbst inszeniert hatten und die Tyler vorgenommen hatte. Die Ehe war offiziell ungültig, weil Angies Mann sich weder von ihr hatte scheiden lassen noch sich je wieder bei ihr gemeldet hatte, nachdem er sie verlassen hatte. Aber das war ihnen egal gewesen.

«Wie ist Tony denn so? Zu Ihnen und Amy?»

«Zu Amy ist er sehr gut. Ich glaube nicht, daß er viel mit Kindern zu tun gehabt hat, bevor er bei uns einzog, aber trotzdem war er ihr ein guter Vater. Ruhig, freundlich. Sehr zurückgezogen, aber nicht so, als wollte er etwas verbergen. So etwas wie ein Gentleman.»

«Immer?»

«Bei Amy immer. Und bei mir wohl auch die meiste Zeit. Er ... er wird leicht jähzornig. Ich meine, er wurde ... Nicht, daß er mich je geschlagen hätte, das meine ich nicht, aber einmal ist er unheimlich wütend auf mich gewesen – und eigentlich wegen einer Kleinigkeit. Ich hatte ihn nur ein bißchen wegen eines dummen Fehlers aufgezogen, den er beim Anbau des Hauses gemacht hatte. Das hat ihm überhaupt nicht gefallen.»

«Was hat er gemacht, Angie?»

«Er hat meinen Webstuhl zu Kleinholz verarbeitet.» Sie sah auf ihre Hände, und in ihrem Gesicht waren die Furcht und Verwirrung abzulesen, die sie bei der Erinnerung an diese Begebenheit überkamen. «Er wurde ganz ruhig, und seine Hände ... Er ging nach draußen in den Holzschuppen, holte sich die große Axt, dann kam er damit zurück und schlug meinen Webstuhl kurz und klein. Dann hat er alles zusammengeklaubt und verbrannt. Nachher hat es ihm leid getan. Er hat mich geküßt, und gleich am nächsten Tag ist er nach Berkeley gefahren und hat mir einen neuen gekauft, der viel besser war, einen mit acht Harnischen, den ich schon immer hatte haben wollen. Wir haben nie wieder darüber gesprochen, aber ich habe ihn auch nie wieder aufgezogen.»

«Und wie war es mit den anderen Leuten hier am Weg? Wie ist er mit denen klargekommen?»

«Sehr gut, jedenfalls mit den meisten. Soweit ich weiß, hat er sonst nie bei jemandem die Beherrschung verloren, nicht daß ich wüßte. Dick befreundet war er allerdings mit niemandem. Er bleibt lieber für sich, aber wenn er in Stimmung ist, kann man eine Menge Spaß mit ihm haben. Jedenfalls wurde er in der Oktobersitzung als Bewohner akzeptiert, also müssen wohl alle gedacht haben, daß sie mit ihm auskommen können.» Ihre Stimme war kleinlaut, so als wundere sie sich darüber, warum ihre Freunde sie nicht von ihrem Entschluß abgehalten hatten. «Alle mögen ihn. Ich glaube, am besten kommt er mit Tommy Chesler aus», fügte sie hinzu.

«Und wie war es mit Vaun? Wie hat er sich ihr gegenüber verhalten? Hat sie auch für ihn gestimmt?»

«Ich kann mich nicht daran erinnern, daß irgend jemand nicht für ihn gestimmt hätte. Moment mal – ich glaube, sie war nicht da. Es war unser Erntefest, und sie war nicht da. Ich glaube, sie mußte nach New York. Tja, wie hat er sich ihr gegenüber verhalten?» wiederholte sie. Dann kaute sie auf der Unterlippe herum und fixierte einen Teil des Teppichmusters, bevor sie einen kurzen Laut von sich gab, halb Lachen, halb Schluchzen.

«Ich hatte den Eindruck, daß er eifersüchtig auf sie war. Sie war schon meine Freundin gewesen, bevor er herkam. Wissen Sie, sechs Monate bevor sie zu uns kam, war mein Alter abgehauen. Und dann hat sie ihr Haus gebaut, und wir wurden Nachbarn. Sie bewunderte meine Stickereien und meine Webarbeiten und half mir mit den Farben und Mustern und – na ja, sie war eben meine Freundin. Ich fand es seltsam, irgendwie sogar süß, daß er eifersüchtig auf sie war. Aber ich wollte ihn nicht ärgern, also habe ich mich meistens dann mit ihr getroffen, wenn er weg war oder ich im Garten zu tun hatte. Wissen Sie, sie hat mir erlaubt, auf der Sonnenseite bei ihr da oben Gemüse anzubauen, und so konnten wir unsere eigene Wiese für die Ponys nutzen. Tony war nie gemein zu ihr, er ist einfach immer nur ganz leise hinters Haus gegangen, wenn sie herkam, oder hat weggesehen, wenn wir ihr auf dem Weg begegneten. Sie verstehen schon, keine offensichtlichen Unhöflichkeiten. Ich dachte immer, er täte das nur aus Zuneigung zu mir, weil er nicht wollte, daß ich die Freundschaft mit ihr abbreche. Aber wenn das stimmt, was Paul sagt, dann wollte er vermutlich einfach nur nicht von ihr erkannt werden.» Angie verstummte, sie sah abgespannt und vergrämt aus.

«Aber er hat doch einige Bilder für sie mitgenommen.»

«Ja, vier- oder fünfmal. Sie wußte, daß er einen Pritschenwagen hatte, und vor etwa anderthalb Jahren, als Tylers Wagen kaputt war und sie unbedingt ihre Bilder zu einer Ausstellung bekommen mußte, hat sie ihn einmal gebeten.»

«Hat er sie auch für sie verpackt?»

«Nein. Dabei hat Vaun sich von Tommy Chesler helfen lassen. Sie haben große Kisten gebaut, für jedes Bild eine, und Tommy hat Tony dann geholfen, sie aufzuladen. Ein paarmal ist Tommy auch mit ihm zum Flughafen gefahren, aber er mag Städte nicht besonders.»

«Ist Vaun mitgefahren?»

«Nein.»

«Erzählen Sie mir von den Zeiten, wenn Tony weg war. Kam das regelmäßig vor? Was hat er gemacht? Wissen Sie, wo er dann hinfuhr?»

«Er hat Geld verdient, mit Gelegenheitsarbeiten in der Stadt oder auf der anderen Seite der Berge. Nichts Regelmäßiges, nur hier und da für einen Tag oder manchmal auch über Nacht. Nie länger als vier Tage hintereinander. Im allgemeinen waren es etwa zwei bis drei Tage die Woche, nur damit wir ein bißchen Geld flüssig hatten. Nichts Regelmäßiges. Manchmal haben seine Freunde bei Tyler eine Nachricht für ihn hinterlassen, daß es an einem bestimmten Tag da oder dort Arbeit gab, manchmal ist er aber auch einfach nur so losgefahren.»

«Kennen Sie irgendwelche dieser Freunde mit Namen?»

«Da gab es einen Tim, der manchmal eine Nachricht hinterließ, und einen anderen Mann namens Carl aus San Jose, aber ich kann mich nicht erinnern, je ihre Nachnamen gehört zu haben. Vielleicht wissen Tyler oder Anna mehr.»

«Ich werde sie fragen. Fallen Ihnen irgendwelche Orte ein, wo er vielleicht besonders gern hinfuhr?»

«Ich glaube, nach San Jose. Einmal sind wir dort gemeinsam hingefahren. Er hat mich in eine Bar mitgenommen. Ich mag keine Bars, aber er dachte wohl, es würde mir Spaß machen. Sie hatte einen seltsamen Namen, etwas Witziges – mit *Gold. Gold Girl*? Nein, jetzt weiß ich es wieder, *Golden Grill*. Blöder Witz. An einer Wand haben sie dort ein riesiges Bild von einer nackten blonden Frau, die auf einen Bratrost geschnürt ist. Wirklich ekelhaft.» Plötzlich sah sie auf den Gesichtern ihrer drei Zuhörer genau den gleichen Ausdruck, wie bei einem Bogenschützen, der gerade in der Endrunde der Olympischen Spiele mitten ins Schwarze getroffen hat. «Hilft Ihnen das irgendwie?»

«Meine liebe Angie, das hilft uns sogar sehr – fast so sehr wie neulich Ihre Zwiebelsuppe. Ich danke Ihnen ganz herzlich.»

Das Streichholzheftchen, das man neben der Leiche von Samantha Donaldson gefunden hatte, stammte aus einer Bar in San Jose, die *Golden Grill* hieß.

Angie konnte ihnen wenig mehr erzählen. Sie wußte nicht, was er getragen hatte, wieviel Geld er bei sich hatte oder ob er eine Waffe mitgenommen hatte. Allerdings konnte sie sagen, daß er mit dem

Gewehr ein ebenso guter Schütze war wie mit dem Revolver. Eine kurze Überprüfung ergab, daß sein Pritschenwagen im Schuppen stand und auch sonst keine Fahrzeuge fehlten. Hawkin schickte Trujillo mit Angie in ihr Haus, um festzustellen, was ihr Mann mitgenommen hatte. Außerdem bat er ihn, dafür zu sorgen, daß die Krankenschwester Terry Allen eine Zeitlang bei Angie blieb. Danach sollte er Tommy Chesler aufsuchen und das bißchen Gehirnschmalz aus ihm herauspressen, das der besaß. Vielleicht fand man so ja eine Spur. Tyler schickte er an die Front und bat ihn, den Stand der Dinge soweit wie möglich vor der Presse zu verschleiern und Hawkin und Kate Zeit zu verschaffen, damit sie abhauen konnten.

Die uniformierte Polizistin in Vauns Krankenzimmer war groß und furchteinflößend und ließ sie erst durch, als sie ihre Ausweispapiere genau studiert hatte. Dann ließ sie sie in dem Zimmer allein.

Für Kate war es seit dem vergangenen Samstag das erste Mal, daß sie Vaun sah. Das Gesicht war entspannt, die Lippen leicht geöffnet, und ihre Haut war fast so weiß wie das Kissen, wenn da nicht der rote Mund und die schwarzen Ringe unter den Augen gewesen wären. Dieser auffallende Farbkontrast verlieh ihr die ungewöhnliche, beinahe exotische Schönheit einer Geisha. Wenn der Monitor nicht gewesen wäre, hätte Kate sie für tot gehalten.

Hawkin ächzte und ging einen Augenblick später wieder, aber Kate blieb noch. Sie verspürte den seltsamen Wunsch, Vauns Hände zu sehen, aber sie waren unter der Decke verborgen, und Kate traute sich nicht so recht, Vaun zu berühren. Schließlich ging sie, und die Polizistin betrat wieder das Zimmer.

In Dr. Tanakas Büro befanden sich fünf Leute. Hawkin stand am Fenster und sah hinunter auf den Parkplatz vor dem Eingang. Kate saß mit ihrem Notizbuch da. Dr. Tanaka selbst trug ein adrettes blaues Hemd und sprach sehr präzise. Die anderen beiden Ärzte trugen über ihrer Garderobe weiße Kittel. Die Frau, die Gardner hieß, hatte ein Stethoskop in der Tasche – damit auch ja jeder weiß, welchen Status sie besitzt, dachte Kate belustigt. Hawkin wandte sich wieder um.

«Um es also mit einfachen Worten auszudrücken», sagte er, «es ist noch zu früh, um sagen zu können, was mit ihr los ist.»

«Das ist zwar grob vereinfacht, aber im Prinzip richtig. Ihre Symptome und ihre Gehirnströme entsprechen weder einem Koma noch einer Katatonie, obwohl sie charakteristische Merkmale von beidem haben. Bis wir mehr wissen, können wir nicht mehr tun, als die Körperfunktionen am Leben zu erhalten.»

«In diesem Fall, Dr. Tanaka, beneide ich für die nächsten Tage weder Sie noch das Krankenhaus. Gerade ist nämlich die Presse angekommen.»

Daraufhin entstand ein wenig würdevolles Gerangel um einen Blick aus dem Fenster, während Hawkin aus dem Zimmer schlich, mit Kate dicht auf den Fersen. Er schickte sie los, um den Wachposten vor Vauns Zimmer zu warnen und das Wachpersonal des Krankenhauses zur Verstärkung zu holen. Innerhalb weniger Stunden würde die ganze Welt wissen, daß in diesem kleinen Krankenhaus Eva Vaughn lag. Jetzt gab es keine Zeit mehr zu verlieren. Als Kate zurückkam, reichte er ihr einen Zettel.

«Seien Sie heute nacht am Flughafen, wenn diese Maschine ankommt.»

«Er kommt also? Dr. Bruckner?»

«Ich habe ihm keine Wahl gelassen. Fahren Sie jetzt nach Hause, und schlafen Sie ein paar Stunden. Es wird eine lange Nacht.»

22. Kapitel

Die Maschine aus Chicago hatte Verspätung. Kate überbrückte die Wartezeit in einer durchgehend geöffneten Cafeteria am Nord-Terminal des Flughafens von San Francisco, trank schlechten Kaffee und bemühte sich, den Einstieg in ein Buch über Kunsttheorie zu finden, das sie gegen Mitternacht aus Lees Regal genommen hatte. Um zwei Uhr machte sie einen Spaziergang durch die unwirklichen Flure, fand sich schließlich vor zwei Plastiken regionaler Künstler wieder und studierte sie eingehend. Bei der einen handelte es sich um eine aus Ton gebrannte Aktentasche, bei der anderen um ein klotziges, sehr realistisch ausgearbeitetes Stück einer Ziegelmauer, das ganz aus Styropor und Leder bestand. Nach langer Betrachtung kam Kate zu dem Schluß, daß die künstlerische Symbolik offenbar ihr geistiges Fassungsvermögen überstieg. Sie legte das Buch zurück in ihre Umhängetasche und ging wieder in die Cafeteria, um noch einen Kaffee zu trinken (war der vielleicht am Ende aus ausgekochten Zweigen gebraut und der Sahneersatz nichts anderes als Styropor?) und die Abendzeitung zu lesen. Eva Vaughn war auf der Titelseite, und Kate tat sich die Qual an, den Bericht von vorne bis hinten zu lesen.

Die Maschine landete um Viertel nach drei, und ein paar Minuten später stellte Kate sich breitbeinig in den Strom der übermüdeten Passagiere und hielt nach einem Mann Ausschau, der sich selbst als «kleiner Kerl mit einem braunen Aktenkoffer» bezeichnet hatte. (Vermutlich aus echtem Leder.) Ein möglicher Kandidat kam vorbei, ein kleiner, fremdländisch aussehender Mann mit braunem Spitzbart, strahlend weißem Hemd und Fliege. Kate sprach vage in seine Richtung.

«Dr. Bruckner?»

Doch dann war es der überraschend jung aussehende Mann neben ihm, der vortrat und die Hand ausstreckte.

«Ja, ich weiß, daß ich nicht wie ein Psychiater aussehe», rasselte er herunter, «und ich weiß, Sie haben nicht damit gerechnet, daß ich noch so jung bin, aber falls Sie ‹einer unserer Beamten namens Martinelli› sind, dann habe ich mir Sie auch anders vorgestellt, also sind wir quitt.»

Er hatte eine nasale Stimme und einen nicht näher bestimmbaren Ostküstenakzent, ein schiefes Grinsen im Gesicht und zu lange Haare, er brauchte dringend eine Rasur und war in der Tat klein, kaum größer als Kate. Lachend schüttelte sie ihm die Hand, die überraschenderweise so schwielig war wie die eines Arbeiters.

«Casey Martinelli, und offenbar hat Al vergessen, Ihnen zu sagen, ob es sich um einen Er oder eine Sie handelt, oder vielleicht wollte er auch seinen Sinn für die Gleichberechtigung dokumentieren und keinen Unterschied machen, oder er hat sonst einen geheimnisvollen Grund dafür. Wie dem auch sei, ich freue mich, Sie kennenzulernen. Danke, daß Sie gekommen sind.»

«Selbst wenn Sie mich nicht angerufen hätten, wäre ich morgen gekommen, sobald ich in der Frühe die Zeitung gelesen hätte. Nein, kein Gepäck, nur das hier. Ich hoffe, Sie sind nicht die ganze Nacht wach geblieben, nur um mich abzuholen.»

«Nein, nein, ich habe mir den Wecker auf Mitternacht gestellt. Dort ist mein Wagen, da drüben.» Trippelnd bemühte sie sich, mit ihm Schritt zu halten, denn trotz seines vollgepackten Aktenkoffers marschierte er mit schwungvollen, ausladenden Schritten. Vermutlich war er Handballspieler.

«Parken Polizisten ihr Auto immer genau unter Parkverbotsschildern?» fragte er neugierig, als sie ihm die Beifahrertür aufschloß.

«Nur wenn wir wissen, daß der diensthabende Officer es nicht abschleppen läßt. Das wäre sehr lästig. Möchten Sie Ihre Aktentasche in den Kofferraum legen? Nein? In Ordnung.»

Kate schnallte sich an und freute sich auf eine problemlose und schnelle Fahrt auf einem fast leeren Freeway. Als sie an der Bufano-Statue vorbeikamen, streckte Bruckner sich, bis die Gelenke knackten, und machte es sich dann mit einem zufriedenen Seufzer in seinem Sitz bequem.

«War der Flug nicht angenehm?»

«Fliegen ist eine Strafe Gottes. Eine unfehlbare Methode, dauerhafte Symptome von Feindseligkeit gegen die gesamte Menschheit zu entwickeln. Insbesondere die jüngeren Vertreter», ergänzte er mürrisch.

«Dem entnehme ich, daß Sie nicht viel Schlaf bekommen haben. Sie brauchen wirklich keine Konversation zu machen, wenn Sie ein bißchen die Augen zumachen wollen.»

«Schlafen kann ich später. Jetzt legen Sie erst einmal die Karten auf den Tisch. Ihr Inspector Hawkin hat mir gesagt, daß Vaun nicht mehr verdächtigt wird, diese Morde begangen zu haben. Ist das wahr, oder war das nur ein Trick von ihm, damit ich herkomme und sie behandle? Am Telefon ist so etwas schwer einzuschätzen.»

«Wären Sie so oder so gekommen?»

«Nein.»

Kate warf ihm einen Seitenblick zu.

«Ich habe ihm gesagt, daß ich im zweiten Fall zwar auch gekommen wäre, aber nur, um mit ihrer Familie zu sprechen. Ich hole Vaun nicht wieder ins Leben zurück, nur damit ihr sie in den Bau sperren könnt. Wenn es darum gehen sollte, dann können Sie mich gleich hier herauslassen, und ich kümmere mich selbst darum, wie ich weiterkomme.»

«Ich dachte, Sie sind ihr Freund. Die Ärzte sagen, daß sie stirbt, wenn sie in diesem Zustand bleibt.»

«Das ist ihre eigene Entscheidung. Sie würde sowieso sterben, wenn man sie wieder einsperren würde. Das wäre eine vorsätzliche Quälerei, und damit will ich nichts zu tun haben. Vaun ist nicht etwa eine ‹Kundin› von mir, eine Patientin. Sie ist eine enge Freundin, und ich lehne es ab, mich derart in ihr Leben einzumischen, nur um der Polizei einen Gefallen zu tun.»

Obwohl Kate eine knallharte Polizistin war, fiel es ihr schwer, sich von diesen Worten nicht beeindrucken zu lassen. Sie räusperte sich.

«Ich verstehe. Sie brauchen sich keine Gedanken zu machen. Es ist mittlerweile offensichtlich, daß sie keine Verbrecherin ist, sondern das Opfer eines Verbrechens.» Sie faßte kurz zusammen, was in den zurückliegenden Tagen passiert war, und schloß mit den Erkenntnissen, die sie über Andy Lewis/Tony Dodson hatten. Eine Zeitlang schwieg er dazu.

«Ja», sagte er schließlich. «Ich habe von Andy gehört. Daran haben wir beide lange gearbeitet, Vaun und ich.»

«Was …», begann Kate, aber dann wurde ihr klar, daß er sich mit Sicherheit weigern würde, über Vauns Offenbarungen während ihrer Therapie zu sprechen. Also sagte sie statt dessen: «Ist so etwas denn überhaupt möglich? Ich meine, dieses Szenario ist doch eigentlich unvorstellbar, selbst für uns – daß irgendein Verrückter sich eine so komplizierte Methode ausdenkt, einer Frau, die er haßt, das Leben zur Hölle zu machen, dann auch noch versucht, sie umzubringen – und das alles, ohne sich zu verraten.»

«Oh, das ist durchaus möglich. Und von dem, was Vaun mir über Andy Lewis erzählt hat, kann ich nur sagen, daß Sie vermutlich den Richtigen im Visier haben.»

«Ich wünschte, ich könnte das alles verstehen.» Kate hörte den weinerlichen Unterton in ihrer eigenen Stimme und beeilte sich, ihn zu korrigieren. «Ich meine, ich bin jetzt schon seit sechs Jahren Polizistin und habe weiß Gott schon viel von dem gesehen, was Menschen einander zufügen können. Aber gemessen an dieser Sache hier kommt einem ja sogar ein Foltermord noch weniger krank vor. Ich komme einfach nicht dahinter, welche Motive er haben könnte.»

«Ein normaler, gesunder Mensch kann das Wesen eines Menschen wie Andy Lewis niemals ganz verstehen. Man kann vielleicht bestimmte Handlungsmuster erkennen und vielleicht dieses Labyrinth so weit analysieren, daß man seine Entwicklung nachvollziehen kann. Aber Motive und ihre Folgen sind selbst im günstigsten Falle nur schwer zu erfassen.»

«Aber wenn er so anomal ist, warum ist er uns dann nicht früher aufgefallen?»

«Weil er es sehr gut versteht, die Fassade zu wahren. Wenn Sie ihn erst einmal haben, werden Sie möglicherweise die verschiedensten kriminellen oder sogar pathologischen Verhaltensmuster an ihm feststellen, aber solange man das Faß nicht zum Überlaufen bringt, sieht alles völlig normal aus. Ich würde sogar die These wagen, daß es so geblieben wäre, wenn es Vaun nicht gegeben hätte. Dann wäre er nie und nimmer darauf verfallen, kleine Kinder umzubringen, zumindest nicht in absehbarer Zeit.»

«Wollen Sie damit sagen, daß durch Vaun die Bombe explodiert ist?»

«Ja, sie hat sozusagen den Zünder ausgelöst. Aber das darf sie niemals erfahren.»

«O Gott, nein. Sie meinen, Vaun hat das ganz bewußt getan?»

«Nicht bewußter, als wenn zwei chemische Stoffe aufeinander reagieren. Nein, das ist kein guter Vergleich. Bei einer chemischen Reaktion verändern sich beide Stoffe, aber Vaun bleibt immer dieselbe Vaun. Sie braucht Menschen nicht bewußt etwas anzutun, um ihr Leben zu verändern. Vielleicht kann man es besser mit einem

Schwarzen Loch vergleichen, das sind diese Dinger, über die die Astronomen so gern spekulieren. Schwarze Löcher haben so viel Masse, daß sie alles im Weltraum beeinflussen, was in ihrer Nähe ist. Sie sind so stark, daß noch nicht einmal Lichtpartikel ihnen entkommen können. Deshalb kann man sie auch nicht sehen und auf ihre Existenz nur durch Schlußfolgerungen schließen, indem man die Laufbahnen der Sterne und Planeten in ihrer Nähe beobachtet. Vaun ist vollkommen und ausschließlich auf ihr eigenes Innenleben konzentriert, aber wenn Menschen auf sie treffen, fangen sie an, sich zu verändern. Tommy Chesler befreundet sich zum ersten Mal in seinem Leben mit anderen Erwachsenen. John Tyler wird erwachsen. Angie Dodson betrachtet ihre Hobbys plötzlich als ausgereiftes künstlerisches Ausdrucksmittel. Und Andy Lewis erhält den kleinen Schubs, der aus einem Kriminellen einen pathologischen Täter macht. Ein Psychiater in Chicago rauft sich die ohnehin spärlicher werdenden Haare und praktiziert plötzlich eine psychotherapeutische Methode, welche die moderne Wissenschaft bislang nicht kannte. Und verdammt, es funktioniert. Und weiß der Himmel, welchen Einfluß sie auf zwei ahnungslose Kriminalbeamte aus einem großstädtischen Morddezernat hat.» Er lachte. «Und nichts davon macht sie bewußt. Vaun ist ebenso passiv und kolossal wie eine Naturgewalt. Das einzige Bewußte an ihr ist ihre Malerei, und selbst da würde sie sagen, daß sie keine andere Wahl hat, daß sie einfach nur erkennt, was sie als nächstes tun muß. Es kann sein, daß Vaun eines Tages doch gezwungen wird, aktiv zu handeln. Ich kann mir allerdings nicht vorstellen, was der Auslöser sein könnte. Ganz sicher keine Bedrohung ihres eigenen Lebens. Vielleicht, um jemanden zu beschützen, den sie liebt. Was ich mir dagegen gut vorstellen kann, ist, daß dann das Ergebnis spektakulär wäre – oder eine Katastrophe.»

Bruckner sprach mit der Begeisterung eines Mannes, der endlich die Möglichkeit hatte, über etwas reden zu können, was ihn schon seit langem fesselte. Und Kate wußte nicht so recht, was sie tun mußte, um ihrer Rolle als begeisterter Zuhörerin gerecht zu werden.

«Es hört sich so an, als hätten Sie lange über diese Sache nachgedacht.» Sie entschied sich für die unverbindliche «Erzählen-Siemehr»-Variante zweitklassiger Therapeuten. Er bemerkte ihre Unsicherheit und lachte gutgelaunt.

«... sagte sie verwirrt. Ja, Sie haben recht. Vaun ist ein Mensch, über den man nachdenkt. Meine Frau möchte, daß ich einen Artikel über den Beschreibungsansatz der «Auslöser-Persönlichkeit» schreibe, aber ich kann mir nicht vorstellen, daß das viel bringen würde. Man kann schließlich schlecht einen unschuldigen «Auslöser» behandeln, nur weil ein explosiver Charakter ihm dafür die Schuld gibt – oder ihr, in diesem Fall. Und außerdem ist die Idee auch gar nicht so neu. Kennen Sie *Othello*?»

«Aääh ...»

«Jago ist ein heimtückischer, verschlagener Verräter, aber selbst er braucht seine Selbstachtung. Um sich selbst und seine unvorstellbare Bosheit zu rechtfertigen, schiebt er alles auf sein Opfer Cassio, indem er sagt: ‹So zeigt sein Leben täglich eine Schönheit, die mich verhäßlicht!› Sie können sich darauf verlassen: Wenn Sie Andy finden, wird er Vaun für alles verantwortlich machen.»

«Er ist gar nicht so leicht zu finden.»

«Wenn Sie Geduld haben, wird er zu Ihnen kommen. Nicht, um sich zu stellen, das meine ich nicht. Aber er wird kommen. Er kann gar nicht anders, jetzt nicht mehr. Er ist zu weit gegangen. Doch genug von Andy Lewis und Schwarzen Löchern und chemischen Reaktionen. Metaphern und Vergleiche sind der Fluch drittklassiger Psychotherapie. Erzählen Sie mir von Vaun. Wie geht es ihr?»

«Vaun? Die Ärzte sagen immer wieder das gleiche: unverändert.»

«Mich interessiert nicht, was *die Ärzte* sagen. Ich weiß selbst, was *die Ärzte* immer sagen. Wie kommt sie *Ihnen* vor?»

«Ich weiß nicht, wie sie mir vorkommt. Sie ist bewußtlos. Sie sieht genauso aus wie jemand, der eine Überdosis geschluckt hat. Ich bin keine Ärztin.»

«Das ist auch gut so. Ich will nicht das hören, was die Ärzte sehen, ich will hören, was Sie sehen. Sagen Sie es mir in einem Wort, ohne darüber nachzudenken: Wie sieht sie aus?»

«Tot. Sie sieht tot aus. Es tut mir leid. Sie sind ihr Freund, aber Sie wollten es ja hören.»

«Ja, das wollte ich wohl.» Er seufzte. «Na schön, erzählen Sie mir von ihr. In was für ein Zimmer hat man sie gelegt? Wer kommt mit ihr in Kontakt, und wie berührt man sie? Und wonach riechen die Leute?» Es hörte sich nicht so an, als sei ihm die Verrücktheit seiner Fragen bewußt, und Kate versicherte sich erst mit einem Seitenblick, daß er es tatsächlich ernst meinte, bevor sie ihm zögernd antwortete. Im Licht des Handschuhfachs machte er sich Notizen in ein kleines Notizbuch, das er aus der Jackentasche gezogen hatte, und stellte weitere Fragen. Dann schlug er ganz plötzlich das Handschuhfach zu und lehnte sich zurück.

«In Ordnung, das reicht für's erste. Ich brauche ein paar Dinge. Gäbe es eine Möglichkeit, daß jemand sich jetzt schon darum kümmert, auch wenn es noch so früh ist?»

Kate griff nach ihrem Autotelefon, wählte die Nummer der Krankenhausvermittlung und bat um die Durchwahl des Zimmers, in dem Hawkin sich schlafen gelegt hatte. Nach dem zweiten Klingelzeichen nahm er ab.

«Hawkin.»

«Tut mir leid, daß ich Sie aufwecken muß, Al, aber Dr. Bruckner hat eine Liste von Sachen, die er braucht, und wir verlieren weniger Zeit, wenn er sie hat, sobald wir ankommen.»

«Schießen Sie los.»

Sie reichte ihrem Beifahrer den Hörer, der zunächst fragte, wie es Vaun gehe – zuhörte – sich nach ihrer Pulsfrequenz erkundigte – zu Hawkin sagte, er solle sich keine Umstände machen, so wichtig sei es nicht – und dann fragte, ob er etwas zu schreiben habe. Aus seinem Notizbuch las er die Liste vor: ein Kassettenrecorder, ein paar Rosen, Farbe egal, sie müssen nur duften, eine Haarbürste mit echten Borsten, etwas orangeroten Samt, eine Patchwork-Steppdecke – vielleicht eine, die Angie Dodson gemacht hatte? –, einen großformatigen Block Aquarellpapier, eine Dose Terpentin, das letzte Bild, das Vaun gemalt hat, und schließlich völlige Ruhe und Abgeschiedenheit in dem Flügel, in dem Vaun liege.

«Mit anderen Worten, keine Stimmen im Flur, keine klappernden Tabletts, kein Fernsehen, kein Telefon und keine klackernden Absätze. Ja, ich weiß, daß sie Zeter und Mordio schreien werden, aber kümmern Sie sich trotzdem darum. Gut, das ist im Moment alles.

Mit dem orangefarbenen Samt werden wir wohl warten müssen, bis die Geschäfte aufmachen. Ich brauche etwa einen Meter davon. In Ordnung, bis gleich.»

Ein leichtes Grinsen umspielte Kates Mund bei dem Gedanken, daß Hawkin die nachdrücklichen Anweisungen dieses jüngeren Mannes ausführte und um fünf Uhr morgens versuchte, Steppdekken und Samt aufzutreiben. Bruckners sachlicher Ton schüchterte einen regelrecht ein. Kam ihm denn seine außergewöhnliche Liste nicht selbst ein wenig seltsam vor? Kate warf ihm einen Seitenblick zu und sah, wie er völlig gedankenverloren auf seine Hände starrte. Im grünen Licht der Armaturenbeleuchtung sah er aus, als sei ihm ein wenig übel.

«Darf ich Sie fragen, was Sie vorhaben?» fragte sie ihn. Sein Kopf ruckte hoch, und er grinste sie mit strahlend weißen Zähnen an.

«Mein lieber Watson, können Sie denn nicht meine Absicht von dem ableiten, was ich angefordert habe?»

«Eine Art sensorischer Stimulierung. Aber ein paar von den Sachen, um die Sie gebeten haben, kommen mir doch ein wenig … sonderbar vor.»

«Katzenpfot' und Schlangenzahn», krächzte er, fuhr dann aber in normalem Tonfall fort: «Mit all diesen Dingen verbindet Vaun starke persönliche Assoziationen. Manche kenne ich noch aus der Zeit, als ich sie damals im Gefängnis behandelt habe. Ich kenne sozusagen ein paar Paßwörter, die früher immer funktioniert haben.»

«Sie würden also nicht bei jedem in Vauns Zustand diese Gegenstände anfordern?»

«Um Gottes willen, nein», lachte er. «Was ich für Vaun tun werde, hat mit normaler psychiatrischer Behandlung so gut wie gar nichts zu tun, selbst bei meinem eher experimentellen Ansatz. Das ist auch einer der Gründe, warum ich auf vollkommene Abgeschiedenheit bestanden habe. Der gute Dr. Tanaka würde angesichts meiner Verantwortungslosigkeit vor Schreck in Ohnmacht fallen. Ich komme als Freund in der Verkleidung eines Arztes. Aber erzählen Sie das bloß niemandem weiter!»

«Aber was … verzeihen Sie, vermutlich haben Sie langsam genug davon, diese ganzen laienhaften Fragen zu beantworten.»

«Machen Sie sich darüber keine Gedanken. Sie wollen wissen, wie ich erreichen will, daß sie diese Dinge überhaupt bemerkt, nicht wahr?»

«Sie ist schließlich bewußtlos.»

«Ja, aber gerade hier werden wir mit der wundersamen Beschaffenheit des menschlichen Bewußtseins konfrontiert. Ich denke, ich sollte dies näher erklären und Ihnen sagen, daß ich von der Voraussetzung ausgehe, daß Vauns derzeitiger Zustand dem ähnlich ist, in dem sie sich befand, als ich sie kennenlernte. Mit Sicherheit kann ich das erst sagen, wenn ich sie sehe, aber die Symptome und die Vitalfunktionen sind beinahe identisch. Welche Kenntnisse haben Sie über psychologische Theorie?»

«Auf der Universität habe ich ein paar Kurse belegt. Ich weiß nicht, ob Sie dazu Theorie sagen würden, es war eher anschaulicher Unterricht. Mit Ratten und so weiter.»

«Nun, dann kann ich nur hoffen, daß Sie mir glauben, daß das, was ich Ihnen jetzt erläutere, unter meinen Kollegen allgemein anerkannt ist und sich nicht etwa am äußeren Rand experimentell verifizierbarer Hypothesen befindet. Mehr sage ich Ihnen dazu nicht, denn ich habe recht, und das ist die Wahrheit.»

Seine Stimme hatte zwar einen schelmischen Unterton, doch im Grunde war es ihm todernst. Kate lächelte.

«Eine andere Frage: Sind Sie je über länger Zeit mit einem kleinen Baby zusammengewesen?»

«Mit einem Baby?» Kate war überrascht. «Eigentlich nicht. Ich habe einen Neffen, dem ich schon einmal die Windeln gewechselt habe, aber das ist es auch eigentlich schon.»

«Dann haben Sie vermutlich noch nie erlebt, wie ein kleines Baby die Außenwelt abblocken kann, wenn die äußeren Reize zu stark werden. Neugeborene auf einer Entbindungsstation können zum Beispiel trotz des entsetzlichen Lärms, der dort herrscht, schlafen, und zwar nicht etwa, wie manche Leute glauben, weil sie diesen Lärm noch nicht hören können, sondern weil der Lärm und das Licht und die kalte, trockene Luft, ihre Sehnsucht nach ihren Müttern und überhaupt die ganze Fremdheit der Umgebung den Kreislauf so sehr überlasten, daß gewissermaßen die Sicherungen herausspringen und das ganze System zum Erliegen kommt. Hier handelt es sich übrigens um keine technische Erläuterung», fügte er mit andächtiger Präzision hinzu. «Schwer traumatisierte oder vernachlässigte Kinder machen zuweilen dasselbe, manchmal sogar bis hin zum Extrem. Selbst wenn ihr Körper stark und gesund ist, rollen sie sich einfach in einer Ecke zusammen und sterben, wenn nicht irgend etwas diesen Prozeß unterbricht.» Kate nickte mitfühlend, denn sie erinnerte sich wieder an ein kleines blondes Mädchen, das in ihrer ersten Woche als Polizistin gestorben war, nicht an Unterernährung oder Mißhandlung, sondern an fehlendem menschlichem Kontakt. «Und genau das macht auch Vaun. Strenggenommen liegt sie nicht in einem Koma. Ihr Zustand ist eher das, was wir eine Katatonie nennen. Allerdings ist eine Katatonie normalerweise – wenn ‹normal› in diesem Zusammenhang nicht ohnehin ein Widerspruch in sich ist – nur ein vorübergehender Zustand, in den sich eine schizophrene Persönlichkeit zurückzieht und aus dem sie nach einigen Stunden oder schlimmstenfalls einigen Tagen wieder herauskommt. Normalerweise.

Aber Vaun ist nicht schizophren. Sie ist eine unglaublich sensible Künstlerin, die jeden Tag viel Zeit damit verbringt, sich selbst zu quälen und die Leinwand mit dem Blut ihres Lebens zu bemalen, damit die Welt sie begaffen kann. Sie kann nur leben, weil sie ein höchst labiles Gleichgewicht aufrechterhält zwischen dem Leid der Welt und ihrem eigenen Selbsterhaltungstrieb, um ihrer Vision willen und der Kraft, die sie daraus – und nur daraus – schöpft, daß sie sich ständig am Abgrund befindet.

Seit Dezember hat sie gemerkt, wie sie immer mehr abgerutscht ist. Als die erste Leiche gefunden wurde, kam plötzlich wieder die Vergangenheit in ihr hoch und verfolgte sie. Nach der zweiten Leiche wäre sie fast aus der Tyler's Road geflohen. Nur ihrer Willenskraft war es zu verdanken, daß sie dageblieben ist. Ich habe noch nie einen Menschen kennengelernt, der einen so starken, konzentrierten und unerschütterlichen Willen hat wie Vaun. Sie hat Dinge durchgestanden, unter denen wir zusammengebrochen wären. Aber jetzt hat sich dieser Wille dem Tod zugewandt. Er bringt sie um. Die ständig steigende Angst der letzten Monate und dann auch noch das Trauma der Überdosis haben sie von ihrem Hochseil gestoßen. Und jetzt zieht ihre ganze Kraft sie weg von der Welt, vom Schmerz, hinein in den Frieden.

Vor fünfzehn Jahren hätte ich sie beinahe verloren. Ich machte gerade ein Praktikum im Gefängnis, als ich sie kennenlernte. Sie war völlig in sich gekehrt und zusammengekrümmt wie ein Fötus, als man sie aus der Einzelzelle brachte. Mit meinem ganzen soliden Bücherwissen im Kopf habe ich geduldig abgewartet, daß sie wieder zum Vorschein käme. Es verging ein Tag, es vergingen zwei, drei, vier – und plötzlich bemerkte ich, daß trotz der Infusion ihre Signale schwächer wurden und sie langsam aus dem Leben glitt. Ich habe tagelang gearbeitet wie ein Verrückter und immer wieder versucht, zu ihr durchzudringen, einen Zugang zu finden, sie von dem Weg wegzuführen, den sie gewählt hatte. Natürlich ging es mir dabei um ihre Bilder. Wenn ich nach Hause kam, konnte ich nicht einschlafen, weil ich immer wieder an ihre Bilder denken mußte und darüber nachdachte, wie ich sie der Welt erhalten konnte. In den ersten zwei Wochen mit ihr habe ich mehr gelernt als in meinem gesamten Studium, und eigentlich besteht seit dieser Zeit mein Leben in großen Teilen daraus, das zu untersuchen, was sie mir beigebracht hat. Durch meine Ignoranz habe ich sie beinahe verloren, und verdammt noch mal, ich lasse es nicht zu, daß ich sie jetzt verliere.»

Er schwieg eine Weile und lachte dann leise.

«Ist Ihre Frage damit beantwortet?»

«Sensorische Stimulierung.»

«In einer sehr speziellen, persönlichen Weise. Wissen Sie, erst vor vier oder fünf Jahren habe ich entdeckt, warum der Duft von Rosen in ihr eine so starke Reaktion hervorruft. Sie war den Sommer über zu Besuch bei uns – bei mir und meiner Frau. Eines Nachmittags entdeckte ich sie im Garten. Die Tränen liefen ihr in Strömen übers Gesicht, sie schluchzte und lachte und schüttelte den Kopf. Sie hatte in der Nähe einiger Rosensträucher gesessen, die meine Frau gepflanzt hatte, und das hatte eine Erinnerung in ihr ausgelöst. In den Einzelzellen des Gefängnisses hatte es ganz entfernt nach Rosen gerochen. Irgendwie wurde der Duft vom Garten des Gefängnisdirektors durch das Belüftungssystem hineingeblasen. Für die meisten

Leute ist Rosenduft einfach nur angenehm, nicht mehr. Aber für sie bedeutete er die Welt da draußen, Luft und Sonne, während sie sich dort drinnen wie ein Fötus zusammengerollt und beschlossen hatte zu sterben. Wir sind doch sicher gleich da, oder? Ich meine, im Krankenhaus?»

«In zwanzig Minuten.»

«Wenn es Sie nicht stört, werde ich mich in der verbleibenden Zeit noch ein bißchen sammeln. Ich muß den Kopf frei haben, bevor ich sie sehe.»

«Natürlich.»

Kate rief Hawkin an und gab durch, wo sie sich befanden. Und während Bruckner sich auf sich selbst konzentrierte, fuhr sie in die Morgendämmerung hinein, an ein paar Pressefahrzeugen vorbei, deren hartnäckige Insassen erfreulicherweise von dem gerade eintreffenden Trujillo abgelenkt wurden, und dann weiter bis zum Eingang der Wäscherei. Hawkin nahm sie in Empfang, und sie marschierten durch die stillen, sterilen Flure bis zu dem Flügel, in dem Vaun lag. Als sie das Zimmer betraten, huschte die Wache an ihnen vorbei nach draußen. Langsam ging Bruckner zu dem hohen Bett und schaute auf die schlafende Frau hinab. Nach einer kleinen Ewigkeit seufzte er, es war fast wie ein Aufstöhnen, und streckte ganz sanft zwei Finger aus, um eine Locke von Vauns Stirn zurück in ihr Haar zu schieben.

«Mein kleiner Liebling», flüsterte er, «was haben sie dir nur angetan?»

23. Kapitel

Im Nachbarzimmer schlief Kate einige Stunden lang wie eine Tote. Als sie aufwachte, sah sie, daß im Laufe des Morgens das Bild der verzweifelten Frau, die fein gemusterte Patchwork-Steppdecke von Vauns Bett und eine Bahn orangeroten Samts geliefert worden waren und vor der Tür zu Vauns Zimmer im Flur lagen. Die Wache saß daneben und erhob sich, als sie Kate sah. Aus dem Zimmer drang leise Musik.

«Guten Morgen, Lucy. Es ist doch noch Morgen, oder?»

«Gerade noch so eben. Möchten Sie einen Kaffee?»

«Ich hole mir gleich welchen. Ist irgend etwas passiert?»

«Nur dieses Zeug hier ist angekommen. Inspector Hawkin hat gesagt, daß außer Ihnen niemand das Zimmer betreten darf, und der Klapsdoktor ist noch nicht wieder herausgekommen, also habe ich die Sachen einfach hier liegenlassen.»

«Haben Sie etwas von ihm gehört? Von Hawkin, meine ich? Oder von Trujillo?»

«Nein, ich habe nur herumgesessen, die Oldies durch die Tür gehört und gewünscht, ich hätte heute morgen nicht so viel Kaffee getrunken.»

«Sie hatten noch keine Pause? Dann gehen Sie nur, ich bleibe hier, bis Sie wieder da sind.»

Als die Frau wiederkam, besorgte Kate sich einen Kaffee und ein pappiges Brötchen und holte sich dann ein paar Kleidungsstücke aus ihrem Wagen. Sie kam gerade zurück, als Lucy von einem kräftigen Polizisten abgelöst wurde, einem Latino, an dem jede Bewegung langsam war außer die der Augen. Kate stellte sich vor und erinnerte den Mann noch einmal daran, daß er das Zimmer nur betreten durfte, wenn es gar nicht anders ging, und selbst dann nur sehr leise. Schließlich ging sie selbst hinein und schloß die Tür mit einem kaum hörbaren Klicken.

Das erste, was sie sah, war eine farbenfrohe Zeichnung, die über der Lampe an die Wand geklebt war. Das war ohne Zweifel ein Werk von Teddy. Paul McCartney sang sein *Blackbird*. Die Frau im Bett lag noch genauso da wie vorher, regungslos und unerreichbar. Das Haar war kräftig durchgebürstet worden, und der Duft der Rosen auf dem Nachttisch überdeckte den Krankenhausgeruch. Es waren zwei Dutzend mit scharlachroten Blüten, die man kurzerhand abgeschnitten und in ein Mayonnaiseglas gestellt hatte, an dem noch Teile des Etiketts klebten. Daneben lagen verschiedene Gegenstände, die Bruckner offenbar selbst mitgebracht hatte: eine flache Schachtel mit großen Buntstiften, die eigentlich für die dicken Finger kleiner Kinderhände bestimmt waren, eine Schachtel mit Conté-Zeichenstiften und eine mit Kohlestiften. Kate fragte sich, ob er die bewußtlose Frau am Ende vielleicht im Schlaf zeichnen lassen wollte, und hoffte, dabeisein zu können.

Bruckner saß vorgebeugt auf der Bettkante und studierte intensiv Vauns rechte Hand, die zusammengekrümmt auf ihrer Brust lag. Als Kate hereinkam, zuckte er zusammen und schaute sich um. Dann stand er auf und lockerte seine Rückenmuskeln. Er trug eine schlaffe Rosenknospe im Revers seiner Kordjacke. Die Haare waren zerzaust, sein Bartschatten sah mittlerweile schon aus wie der Anfang eines richtigen Bartes, und als er auf Kate zutrat, roch sie den muffigen Geruch verdunsteten Schweißes. Sie unterhielten sich sehr leise.

«Wie läuft es?» fragte sie ihn.

«Es ist noch zu früh, um etwas sagen zu können. Hawkin meinte, sie könnten mir heute zur Hand gehen.»

«Ich wüßte nicht, was dagegenspräche. Was soll ich machen?»

«Lösen Sie mich für ein paar Stunden ab. Ich muß mich rasieren, und ich sollte auch mit Tanaka reden und mir das Krankenblatt ansehen, damit ich einen professionellen Eindruck mache.»

«In Nummer siebzehn gibt es eine Dusche.»

«Ich kann es kaum erwarten, sie zu benutzen.» Er kramte ein zerknittertes Hemd und eine Kulturtasche aus seinem Aktenkoffer und reichte Kate zwei Kassetten. «Legen Sie die hier als nächste auf, und bürsten Sie ihr die Haare. Sprechen Sie nicht mir ihr und bleiben Sie möglichst aus ihrem Gesichtsfeld. Und beobachten Sie sie.»

Zwei Stunden lang hörte sich Kate nun also halb vergessene Songs von Judy Collins und Bob Dylan, von Joan Baez und Simon and Garfunkel an und bürstete dabei beständig die schwarzen Locken, bis sie flach auf dem Kopf und dem Kissen lagen. Mehrmals hielt sie die Luft an, wenn sie ein kaum wahrnehmbares Geräusch hörte, bis sie feststellte, daß es vom Kassettenrecorder verursacht wurde. Am Ende dieser hypnotisierenden Eintönigkeit fuhr sie erschreckt hoch, als plötzlich rüde die Tür geöffnet wurde und Bruckner mit der Leinwand hereinkam. Er stellte sie an der Wand auf einen Stuhl, so daß sie vom Bett aus zu sehen war, und als Kate sie sich noch einmal anschaute, bemerkte sie, daß das Bild nicht signiert war. Bruckner kam mit dem orangeroten Samttuch und der Steppdecke zurück und schloß die Tür. Kate erhob sich und informierte ihn flüsternd, daß es keine Veränderung gegeben habe. Doch er blickte hinüber zu Vaun, von dort auf den Monitor, an den er sie wieder angeschlossen hatte, und grinste.

«O doch. Schauen Sie sich einmal ihre Gesichtsfarbe und die Pulsfrequenz an.»

Kate sah genauer hin, konnte aber keine Veränderung der Hautfärbung erkennen. Die Leuchtziffern hatten vorher zwischen 55 und 58 angezeigt und jetzt 59 – kaum ein nennenswerter Anstieg, dachte Kate. Jetzt sprang die Anzeige auf 60, dann zurück auf 59, und so blieb es.

«Aber keine Bewegungen?»

«Ein paarmal meinte ich welche zu sehen, aber es ist so, wie wenn man lange Zeit auf einen Punkt an einer leeren Wand stiert: Nach einiger Zeit fängt er an, sich zu bewegen.»

Er nickte und warf das Samttuch auf den Stuhl, dann schüttelte er die Steppdecke aus und legte sie aufs Bett. Als er Vauns leblose rechte Hand hochhob, fiel etwas kleines Schwarzes auf die Falten der Bettdecke. Bruckner holte tief Luft, und eine tiefe Zufriedenheit machte sich auf seinem Gesicht breit. Er drehte die schlaffe Hand um und holte etwas zwischen den gekrümmten Fingern hervor, dann legte er die Hand wieder zurück auf die Bettdecke und tätschelte sie liebevoll. Schließlich kam er um das Bett herum und hielt Kate die flache Hand hin. Zwei kleine Stücke eines Kohlestifts lagen darin. Kate nahm sie und betrachtete sie verwirrt.

«Sie hat ihn zerbrochen», erklärte er. «Sie hat ihn gefühlt und gespürt, was es war, und dann hat sie die Hand so fest zusammengedrückt, daß er zerbrochen ist.»

«Und das freut Sie?»

«Das freut mich sogar sehr. Ich brauche Sie wieder in zwei oder drei Stunden. Können Sie dann kommen?»

«Soweit ich weiß, werde ich den ganzen Tag und den ganzen Abend hier verbringen. Soll ich in zwei Stunden wiederkommen?»

«Lieber erst in drei. Wenn ich Sie vorher brauche, lasse ich Cesar oder denjenigen, der gerade auf Wache steht, nach Ihnen suchen.»

Also wartete Kate. Sie aß in der Krankenhauskantine ein verkochtes Mittagessen, entkam einem Reporter, indem sie sich in die Küche verdrückte und in einem weißen Kittel durch den Hinterausgang wieder hervorkam, sprach mit Hawkin, als er aus San Jose anrief, suchte sich jemanden, der ihr die Fäden aus ihren verheilten Wunden am Rücken zog, und fühlte sich ziemlich überflüssig. Nach zwei Stunden und fünfzig Minuten ging sie zurück ins Krankenzimmer, und Bruckner erklärte ihr, was sie zu tun hatte. Sie hielt ihn für verrückt, tat es aber trotzdem: Sie stellte sich neben die bewußtlose Frau (sah ihr Gesicht wirklich nicht mehr so wächsern aus?) und gab ihr mit langsamen, bedächtigen Worten einen Bericht über den Stand der Ermittlungen. Längere Zeit verweilte sie dabei, welche Sorgen sich Angie um Vaun machte, ohne jedoch zu erwähnen, daß sie selbst Trost brauchte; sie erzählte von Andy Lewis alias Tony Dodson und daß man ihn für den Täter hielt, verschwieg allerdings, daß er verschwunden war; und schließlich betonte sie ausdrücklich, daß die Polizei mittlerweile wußte, daß sie keine Tatverdächtige sei, sondern ein Tatopfer, ebenso wie Tina Merrill, Amanda Bloom und Samantha Donaldson. Dann entfernte sie sich, zappelte nervös herum, sprach am Telefon mit Lee und mit Hawkin und fiel schließlich in einem Krankenhausbett, nur durch eine Wand von Vaun getrennt, in einen unruhigen Schlaf.

Am nächsten Morgen war Vauns Pulsfrequenz auf 62 gestiegen. Außerdem hatte sie einen zweiten Kohlestift und einen Conté-Stift zerbrochen.

Dieser Donnerstag war ein entsetzlicher Tag. Bruckner ließ sie zweimal kommen, um der bewußtlosen Frau noch einmal ihre Geschichte zu erzählen, und schickte sie dann wieder weg. Sie konnte nicht nach Hause fahren, weil er sie in der Nähe haben wollte und Hawkin sie ihm überlassen hatte. Ebensowenig konnte sie das Krankenhaus verlassen, ohne eine Ansammlung lärmender Presseleute mit Blitzlichtern und Mikrofonen hinter sich herzuziehen. Tanaka und seine Assistenten kamen regelmäßig vorbei, starrten auf die Tür und stellten eingehende Fragen, obwohl sie genau wußten, daß sie sie nicht beantworten konnte. Hawkin und Trujillo verschwanden, um die Jagd nach Andy Lewis zu koordinieren. Kate fühlte sich eingesperrt, vergessen, beiseite geschoben. Sie fühlte sich aufgebläht vom Kantinenessen und zuwenig Bewegung und brütete finster darüber, wie es mit dem Fall und ihrer Zukunft bei der Kriminalpolizei weitergehen sollte.

Um zehn Uhr abends erreichte Vauns Pulsfrequenz 63. Sie hatte sich immer noch nicht bewegt. Mittlerweile lag ein dicker orangefarbener Buntstift in ihrer Hand. Ihr eigenes Bild stand nur dreißig Zentimeter von ihrem Bett entfernt, anmaßend, fordernd, unvollendet. Bruckner nahm außer Kaffee nichts zu sich und sah ziemlich erschöpft aus, beinahe so blaß wie seine Patientin. Seine Stimme war heiser. Als Kate sich schlafen legte, hörte sie durch die Wand die Musik. Als sie wieder erwachte, war es still. Draußen war es dunkel.

Der Wachposten vor Vauns Zimmer ging im Flur auf und ab, fingerte nervös an der Schnalle seines Halfters herum und behielt dabei die Tür im Auge, hinter der es nach so vielen Stunden zum ersten Mal totenstill war. Kate tauschte einen Blick mit ihm aus, zögerte einen Moment und drückte schließlich den Türgriff herunter. Das großartige Gemälde, oder besser das, was davon übrig war, stand schief an die Wand gelehnt. An zwei Stellen war die Leinwand aufgeschlitzt, und von der noch feuchten Farbe waren nur noch Klumpen und Schmierflecken übrig. Das Bild war verschwunden. Auf dem Boden lag ein Spachtel, an dessen Kanten dunkle Klumpen klebten. Kate machte zwei schnelle Schritte ins Zimmer und konnte das Bett sehen.

Die Kabel des Monitors lagen verworren auf dem Boden, das Gerät war ausgeschaltet. Der Kassettenrecorder, der darauf stand, gab keinen Laut mehr von sich. Aus dem Infusionstropf tröpfelte geduldig die Flüssigkeit in den Schlauch und von dort in eine langsam größer werdende Pfütze auf dem Linoleumboden. Gerry Bruckner lag auf dem Bett, in Socken und Jeans und mit aufgerollten Hemdsärmeln. Auf seinem rechten Arm ruhte Vaun Adams' Kopf, der linke umfaßte ihre Schultern. Sie lag beinahe unsichtbar unter der Steppdecke, die über die Krankenhausbettwäsche gebreitet war, ganz und gar in seinen Armen, den Kopf ihm zugewandt, die Lokken unter seiner Brust vergraben. Rosenblüten bedeckten das kleine

Tischchen und lagen auf dem Boden verstreut, ihr letzter Duft vermischte sich mit dem des Terpentins und verscheuchte jeden Geruch von Krankheit. Kate schlich auf leisen Sohlen weiter ins Zimmer und drehte den Infusionshahn zu. Danach ging sie hinaus und schloß behutsam die Tür hinter sich. Sie stand im Flur und spürte förmlich das blöde Grinsen auf ihrem Gesicht.

«Alles in Ordnung?» fragte der Wachposten besorgt.

«Zumindest bald, glaube ich. Hören Sie, niemand darf dieses Zimmer betreten. Wenn die Schwester den Infusionstropf auswechseln will, dann sagen Sie ihr, daß er abgedreht ist und sie sich um nichts zu kümmern braucht. Es darf niemand hinein», wiederholte sie, «weder Tanaka noch der Chef des Krankenhauses, noch nicht einmal der Präsident. Niemand. Wenn Sie mich brauchen, piepsen Sie mich an.»

Sie entfernte sich und überlegte hin und her, ob sie Hawkin anrufen und ihm die erste gute Neuigkeit seit vielen Tagen mitteilen sollte.

Bruckner sieht völlig ausgebrannt aus, dachte Kate. Es war später Vormittag, und er war herausgekommen, um mit ihr und Hawkin zu sprechen. Der Psychiater ließ sich in den Sessel plumpsen, legte den Kopf zurück und ließ die Arme schlaff über die Lehne baumeln, danach bewegte er nur noch die Augen. Er sah aus wie jemand, der sich von einem langen Fieber erholte, blaß, erschöpft und dankbar. Der athletische Schwung war dahin, und als er jetzt mit Hawkin sprach, war seine Stimme um einige Grade tiefer als gewöhnlich.

«Ich hätte eigentlich heute zurück sein sollen. Bis Sonntag kann ich noch bleiben, aber um neun Uhr am Montag morgen muß ich auf jeden Fall dort sein. Ich habe ihr das noch nicht gesagt, weil sie in einem sehr labilen Zustand ist, aber wir müssen sehr bald entscheiden, wer an meine Stelle treten soll.»

«Tanaka? Oder einer seiner Leute?» fragte Hawkin.

«Es braucht kein Arzt zu sein. Aus ihrer Perspektive wäre es vielleicht sogar besser, wenn es keiner wäre. Was sie braucht, ist ein

Freund, jemand, der sie beschützt, bis sie wieder ein bißchen dickhäutiger geworden ist.»

«Jemand aus der Tyler's Road?»

«Da hat sie drei Freunde: Angie Dodson, Tommy Chesler und Tyler. Ich kann mir nicht vorstellen, daß Tommy der Sache gewachsen wäre. Angie wäre ideal, aber ich weiß nicht, wie sie mit der Rolle zurechtkommt, die ihr Mann in der ganzen Sache spielt. Und eine weinerliche Frau, die sich nichts als Vorwürfe macht, können wir in Vauns Nähe nicht gebrauchen. Tyler – ich weiß nicht so recht. Ein ehemaliger Liebhaber würde sich vielleicht nicht wohl dabei fühlen, und er hat auch so schon genug am Hals.»

«Haben Sie denn schon jemanden im Kopf?»

«Wie wäre es mit Casey?»

Hawkin schien nicht im mindesten überrascht zu sein, aber Kate sprang aus ihrem Sessel hoch und starrte die beiden Männer ungläubig an.

«Nein!»

«Nun kommen Sie schon, Casey», besänftigte Hawkin sie. «Sie braucht ohnehin einen Leibwächter, bis wir Lewis geschnappt haben. Und solche Aufgaben haben Sie doch früher schon bewältigt. Außerdem sind Sie von Anfang an mit dem Fall befaßt gewesen, und auch wenn Sie eigentlich einen zu hohen Dienstgrad für einfache Personenbewachung haben, handelt es sich hier schließlich um eine bedeutende Frau, und Lewis ist mit Sicherheit noch hinter ihr her.»

«Al, die Sache kann sich über Wochen hinziehen. Über Monate!»

«Das glaube ich nicht. Und wenn, dann überlegen wir uns etwas anderes. Ich möchte, daß Sie die Sache übernehmen, Casey. Ich könnte es Ihnen auch befehlen», fügte er hinzu. Sie sah ihm ins Gesicht, doch es lag nichts darin als Entschiedenheit. Sie seufzte.

«Also gut. Für zwei Wochen. Ich spiele zwei Wochen lang ihren Babysitter, aber nicht länger.»

«Das hilft uns zumindest schon mal für den Übergang.»

«Aber nicht hier», sagte Bruckner entschlossen.

«Nein, nicht hier», stimmte Hawkin zu. «An irgendeinem ruhigen und sicheren Ort.»

«Gut.»

«Wann wird sie in der Lage sein, mit uns zu sprechen? Wir brauchen eine Aussage von ihr.»

«Im Moment schläft sie. Ich nehme an, sie wird noch eine ganze Weile schlafen. Vielleicht heute abend. Sie wird zunächst etwas essen, und dann will die Schwester sie baden. Sagen wir, um acht? Aber Sie müssen es kurz machen.»

«Wären zwanzig Minuten vertretbar?»

«Das müßte gehen.» Bruckner schloß einen Moment die Augen, holte tief Luft und drückte sich dann aus dem Stuhl hoch. «Und jetzt zu unserem guten Dr. Tanaka. Ich muß noch einen Bericht darüber schreiben, was ich mit Vaun angestellt habe, damit das Ganze nicht wie absolute Quacksalberei aussieht.» Im Vorbeigehen legte er Kate kurz die Hand auf die Schulter. «Danke, Casey.»

Als sie allein waren, ging Hawkin zum Fenster und zündete sich eine Zigarette an. Er rauchte sie und schaute dabei durch die Lamellen der Jalousie. Kate drückte sich tiefer in ihren Sessel und beobachtete ihn argwöhnisch.

«Ich bin allmählich ziemlich mißtrauisch, wenn Sie auf diese Art eine Zigarette rauchen, Al», sagte sie schließlich. «Ich habe mich bereit erklärt, auf sie aufzupassen. Was wollen Sie denn noch?»

Er drehte sich überrascht um, schaute auf die Zigarette in seiner Hand, grinste ein wenig betreten und setzte sich dann Kate gegenüber in einen Sessel.

«Das Problem ist, was machen wir als nächstes? Wir können Vaun schließlich nicht einfach nach Hause schicken und uns darauf verlassen, daß Lewis verschwindet und anderswo sein Spielchen treibt. Ich kann auch schlecht zum Captain gehen und sagen: ‹Tja, tut mir schrecklich leid, daß wir Ihren Mann nicht erwischt haben, aber ich bin fest davon überzeugt, daß er so etwas nicht wieder versuchen wird, jedenfalls nicht in absehbarer Zeit.› Wir sind in einer Sackgasse, wenn wir ihn nicht finden oder ihn herauslocken können.»

«Mit anderen Worten, Sie wollen Vaun als Köder benutzen», brachte Kate es auf den Punkt.

«Haben Sie eine bessere Idee?»

«Sie ist nicht in der Verfassung dazu, weder seelisch noch körperlich. Bruckner würde in die Luft gehen.»

«Er wird es nicht erfahren. Sie ist eine erwachsene Frau, und es ist ihre Entscheidung. In zehn Tagen ist sie wieder auf den Beinen. Lewis wird sich sicher fühlen und denken, daß er uns abgeschüttelt hat. Und dann wird er sich überlegen, wie er es ihr heimzahlen kann.»

«Sind sie sich bei ihm so sicher?»

«Ja. Völlig sicher.»

«Na schön, Sie sind der Boss. Also was haben Sie vor? Wozu wollen Sie mich jetzt wieder überreden?»

«Sie wohnen doch auf dem Russian Hill, oder?»

Im Raum herrschte plötzlich Eiseskälte, und Kate spürte, wie sich eine Hand um ihren Hals legte.

«Nein, Al.»

«Sie wohnen nicht dort? Ich hätte schwören können ...»

«Doch, ich wohne dort, aber trotzdem nein. Es ist nicht mein Haus, und Sie können das nicht von mir verlangen.»

«Ein ruhiges Wohngebiet mit lauter einzeln stehenden Häusern, Bäumen und Sackgassen. Sieht auf den ersten Blick ungeschützt aus, ist aber genau die Gegend, die man mit Ohren und Augen nur so pflastern kann ...»

«Nein!»

«Casey ...»

«Es ist nicht mein Haus, Al. Nein.»

«Wo denn dann? Bei mir vielleicht? Ein Schlafzimmer, alles offen und einsehbar, und auf beiden Seiten die Nachbarn nur einen Meter weit weg?»

«Ein Hotel.»

«Na prima. Warum stecken wir sie dann nicht gleich ins Bezirksgefängnis? Dann legen wir eine Spur aus Brotkrümeln zu ihr und binden ein Seil an die Tür, damit wir sie hinter ihm zuziehen können. Meine Güte, Casey, er ist nicht blöde. Sobald ihm etwas unnormal vorkommt, bleibt er ganz ruhig in seinem Loch und wartet ein halbes Jahr ab, vielleicht sogar ein ganzes. Er kann das. Es muß alles völlig normal aussehen. Und was wäre normaler, als daß eine freundliche Polizistin sie zu sich nach Hause holt, damit sie sich erholen kann und halbwegs unter Bewachung steht, weil die Polizei eigentlich nicht glaubt, daß er es noch einmal versucht?»

«Und wie sollte er sie dann finden? Ich stehe noch nicht mal im Telefonbuch.»

«Vielleicht könnte man gezielt etwas bei der Presse durchsickern lassen.»

«Al, um Himmels willen!» In ihrer Stimme lag jetzt blankes Entsetzen, und er lenkte ein.

«Nicht Ihre Adresse, nur ein paar vage Hinweise.»

«Al, bitte tun Sie mir das nicht an.»

Hawkin gab keine Antwort. Er sah auf die bedenklich lange Asche an seiner Zigarette, zog sich den dekorativen Aschenbecher auf dem Tisch heran und drückte die Kippe so sorgfältig aus wie ein Apotheker, der mit einem Stößel in einem Mörser reibt. Sein Gesicht war ausdruckslos, und als er sprach, hörte es sich an, als wolle er nur noch einmal die Fakten wiederholen.

«Sie haben recht, das Haus gehört nicht Ihnen. Das Haus, in dem Sie wohnen, gehört Dr. Leonora Cooper, einer praktizierenden Psychotherapeutin, die sich auf Kunst und Künstler spezialisiert hat, vornehmlich aus den Reihen der Schwulen- und Lesbenbewegung. Sie war zur selben Zeit an der Universität in Berkeley wie Sie. Seit einundzwanzig Monaten haben Sie in ihrem Haus ein Zimmer gemietet. Das ist alles, was ich über Ihr Privatleben wissen muß.» Seine stahlharten blauen Augen schauten auf und bohrten sich in ihre großen braunen. «Das ist alles, was ich wissen muß», wiederholte er, «es sei denn, Ihr Privatleben würde mit Ihrer Arbeit kollidieren. Haben Sie das verstanden, Martinelli?»

«Verstanden, Sir», sagte sie. Ihre Stimme war ruhig, aber er kannte sie mittlerweile gut genug, um zu registrieren, welche Mühe es sie kostete, ihre Hände und Kinnmuskeln unter Kontrolle zu halten.

«Gut. Dies ist kein Befehl. Dazu habe ich kein Recht. Aber ich bitte Sie, Ihre Mitbewohnerin Lee zu fragen, ob sie bereit wäre, für ein paar Wochen in ein Hotel zu ziehen, natürlich auf unsere Rechnung, damit wir einen Versuch wagen können.»

«Das wird sie nicht machen.»

«Fragen Sie sie?»

«In Ordnung. Ja, verdammt noch mal, ich frage sie. Aber sie wird es nicht machen.»

Sie würde es nicht machen. Ohne einen Gedanken daran verschwenden zu müssen, wußte Kate, daß Lee nie im Leben das Haus verlassen würde, während die Frau, die *Strawberry Fields* gemalt hatte, unter ihrem Dach wohnte.

Außerdem wußte sie, daß Hawkin natürlich recht hatte. Daß die beste Falle für Lewis eine war, die nicht nach einer Falle aussah. Sie sah Hawkin an und entdeckte in seinem Gesicht denselben Ausdruck, den sie schon auf dem Parkplatz vor dem Restaurant gesehen hatte – Anerkennung, Sympathie und seltsamerweise auch ein wenig Stolz. Im nächsten Moment war der Ausdruck verschwunden, und Hawkin stand auf.

«Durch die letzten paar Tage sind Sie nicht mehr auf dem laufenden. Ich habe deshalb Trujillo gesagt, daß er heute zu Ihrer Verfügung stehen soll. Er wird Ihnen den letzten Stand der Dinge mitteilen, obwohl es da kaum viel zu berichten gibt. Ich fahre jetzt zur Tyler's Road, um mich ein bißchen mit Tommy zu unterhalten und bei Angie vorbeizuschauen. Aber um sechs bin ich wieder da. Haben Sie Lust, heute abend mit mir zu essen? Geht auf meine Rechnung. Und ich würde sogar fahren.»

«Hört sich toll an», log sie. Der Krankenhausgeruch hatte ihr jeglichen Appetit gründlich verdorben, und sie bezweifelte, daß ihr abends der Sinn nach Essen stehen würde.

«Trujillo hat mir ein Lokal empfohlen.»

Sie bemühte sich, einen Witz zu machen.

«Tofu-Enchiladas?»

Er belohnte sie mit einem kurzen Grinsen.

«Trujillo schwört, daß es ein erstklassiges italienisches Restaurant ist. Ich hatte gehofft, ein eßbares Stück Kalbfleisch zu bekommen. Sollen wir sagen, um sechs Uhr? Bis acht?»

«Ich werde auf Sie warten.»

Er ging zur Tür und blieb mit der Hand auf dem Türgriff noch einmal stehen.

«Danke, Casey.» Er zog die Tür auf. Krankenhausgeräusche drangen herein.

«Al?»

Er wandte sich noch einmal zu ihr um.

«Meine Freunde nennen mich Kate.»

24. Kapitel

Kurz vor sechs tauchte Hawkin wieder auf und schmuggelte Kate durch einen der Seiteneingänge aus dem Gebäude. Er war überraschend gut gelaunt, und während er in Trujillos Sportwagen die Gänge krachen ließ, summte er eine Melodie, die ihr irgendwie bekannt vorkam. Bach oder Beethoven, die hatte sie noch nie auseinanderhalten können. Sie bekamen einen Tisch in einem ruhigen Eckchen, der mit Servietten so groß wie kleine Tischdecken dekoriert war. Dann legte man ihnen eine gut einen Meter lange Speisekarte und eine Weinkarte vom Umfang eines Romans vor, und die nächsten drei Minuten rasselte der Kellner, der sich als Phil vorstellte, die Tagesspezialitäten herunter und verschwand dann wieder im Dämmerlicht. Hawkin sah Kate an, und sein Mund zuckte spöttisch.

«Haben Sie alles mitbekommen, Martinelli?»

«Nur irgend etwas über Pasta und Fisch, glaube ich.»

«Gut, ich nehme das Kalbfleisch *parmigiana*.»

Die Vorspeise war gut, und sie hatten auch beide Appetit, Kate zu ihrer eigenen Überraschung und Hawkin, weil er immer gern aß. Vor dem Hauptgericht wurde der Salat serviert (mit gekühlten Gabeln und einer Pfeffermühle, die so lang war wie Phils Arm). Kate hielt es nicht länger aus.

«Also los, Al, heraus damit. Die ganze Zeit gackern Sie schon wie eine Henne. Was ist los? Lewis haben Sie nicht gefunden, das hätten Sie mir erzählt.»

«Nein, noch nicht. Aber ich habe jetzt das ganze Puzzle zusammen. Es ist ein schönes, rundes Bild, und ich bin sehr froh, daß ich immerhin so weit bin.»

«Ihre Unterhaltung mit Tommy Chesler heute nachmittag? Ist dabei etwas herausgekommen?»

«Die Unterhaltung und – ich gebe es zu – ein bißchen altmodische Detektivarbeit. Dabei habe ich das hier gefunden. Sie werden mir nicht glauben, wo – in einem Geheimfach hinter einem Regal in Lewis' Blockhaus. Besser gesagt, in Angies Blockhaus.»

Das hier war eine alte Ausgabe des Nachrichtenmagazins *Time* aus dem vergangenen Sommer. Das Exemplar, das Hawkin jetzt auf den Tisch legte, war mit dem Stempel der örtlichen Leihbücherei versehen, und auf der Umschlaginnenseite war eine Ausleihkarte eingeheftet. Das Gegenstück war mit Sicherheit bereits im Polizeilabor.

«Schauen Sie auf Seite zweiundsiebzig nach», sagte er und beugte sich nach links und rechts, um sich von zwei Nachbartischen die Kerzen zu schnappen, damit sie besser sehen konnte.

Es war ein Artikel über Eva Vaughn, das geheimnisvolle Genie des Pinsels (wie die Überschrift lautete). Auf der linken Seite waren drei ihrer Gemälde zu sehen, alle drei aus der New Yorker Ausstellung. Die linke Seite enthielt das Bild *Strawberry Fields* und den Anfang des Artikels, der auf Seite vierundsiebzig mit einer Erörterung der Frage eines Wiederauflebens von Kunst als Mittel psychologischer Offenbarung und gesellschaftlicher Kritik fortgesetzt wurde. Ein knalliges dreifarbiges Balkendiagramm mit stilisierten Pinseln als Balken zeigte den phänomenalen Anstieg der Preise, die Werke noch lebender Künstler erzielten.

Hawkin streckte die Hand aus und blätterte zurück auf die vorhergehende Seite, dann tippte er mit dem Finger auf eines der drei Bilder. Es zeigte zwei kleine, schmuddelige, nackte Kinder, die auf einem Feldweg hockten und mit zusammengesteckten Köpfen etwas auf dem Boden betrachteten. Eines der Kinder kam Kate irgendwie vertraut vor, und einen Moment später erkannte sie, daß es sich um Flower Underwoods kleine Range handelte, die ihre Stifte auseinandergenommen und sie mit Milch vollgespritzt hatte, während sie selbst versucht hatte, ihre Mutter zu vernehmen.

«Tommy Chesler hat ihr letzten Juni geholfen, dieses Bild hier zu verpacken. Im August kam dieser Artikel heraus, aber Tommy sah ihn erst im Oktober, oben in Tylers Zimmer. Er klaute das Magazin – hat mich zwanzig Minuten gekostet, ihn davon zu überzeugen, daß ich ihn dafür nicht einsperren würde – und behielt es in seiner Hütte. Es lag direkt neben seinem Bett. Drei oder vier Wochen später – das genaue Datum wußte Tommy nicht mehr, aber es war vor Thanksgiving und nach dem ersten Regen, der zu Ihrer Information vom 12. bis 15. November fiel –, also, drei oder vier Wochen später hat sein Kumpel Dodson es dort liegen sehen. Und Tommy, der es kaum erwarten konnte, jemandem zu erzählen, welchen Anteil er daran hatte, daß dieses Bild in *Time* abgedruckt wurde, hat die ganze Geschichte ausgeplaudert.»

«Und keine zwei Wochen später war bei den Jamesons eingebrochen worden und Tina Merrill tot.»

«Ganz genau. Er kann sehr schnell sein, wenn er will, aber das wußten wir ja schon, nicht wahr. Wir haben also hier das klare Profil einer kleinen Niete, die es nicht ertragen kann, wenn jemand besser ist als sie. Als Kind bringt er Hunde und Katzen um, wenn er sich über ihre Besitzer ärgert, und am Ende schwängert er die Tochter des Predigers und schlägt sie anschließend halbtot. Dann verschwindet er für zwei Jahre, ich vermute nach Mexiko, denn als er wieder zur Schule geht, sind seine einzigen anständigen Noten die in Spanisch. In der Zwischenzeit hat er alle möglichen miesen Tricks gelernt und sich tätowieren lassen.

Aus irgendeinem unerfindlichen Grund, vermutlich einfach nur aus Langeweile, beschließt er, für eine Zeitlang wieder bei Muttern unterzukriechen, und geht auf eine kleinstädtische High School, wo er ordentlich angeben kann. Dort lernt er Vaun kennen. Die kleine Vaunie erliegt seinem Charme und seinen giftigen Lustigmachern, bis sie eines Tages merkt, daß sie genug davon hat. Und drei Wochen später bringt sie unverständlicherweise ein Kind um, das sie sehr gern hat.»

«Ich würde nicht zum Bezirksstaatsanwalt gehen wollen, wenn ich nicht mehr als das in der Hand hätte», sagte Kate niedergeschlagen und sah, wie der letzte Rest Begeisterung aus Hawkins Gesicht verschwand.

«Ja, man stelle sich nur die Gerichtsverhandlung vor: ‹Soso, Inspector Hawkin, Sie wollen also der Jury weismachen, daß Andrew Lewis sich durch die Hintertür Einlaß in ein Haus verschaffte, ein ihm unbekanntes Kind erdrosselte, es auszog und die Leiche dann so hinlegte wie in dem Bild einer Babysitterin – und all das nur, um sich an ihr zu rächen, weil sie seinen Stolz verletzt hat.›»

«Aber Sie glauben trotzdem, daß es so passiert ist?»

Eine direkte Antwort blieb ihm erspart, weil in diesem Augenblick Phil mit dem Hauptgang kam. Der Kellner richtete alles auf den Tellern an und lungerte so lange herum, bis Hawkin ihn wütend anfunkelte. Daraufhin stahl er sich verletzt von dannen. Beide aßen sie hungrig ein paar Happen, bevor Hawkin ihre Frage beantwortete, wenn auch nur indirekt.

«Ich habe vor kurzem eine Untersuchung gelesen, in der stand, daß tatsächlich 0,5 Prozent aller Verdächtigen, denen Gewaltverbrechen zur Last gelegt werden, zu Unrecht verurteilt werden. Ich kann das nicht glauben, aber selbst, wenn man nur die Hälfte annimmt, bleiben immer noch acht bis zehn Fälle pro Jahr übrig.»

«Und Sie glauben, daß Vaun Adams so ein Fall ist.»

Er seufzte. «Ich fürchte, ja.»

Eine Zeitlang konzentrierten sich die beiden auf ihr Essen, doch der Genuß war getrübt. Es fiel ihnen schwer, ein mögliches Versagen der Rechtsprechung nicht auch als persönliches Versagen zu empfinden.

«Und?» animierte ihn Kate schließlich.

«Und Vaun läßt ein Gerichtsverfahren über sich ergehen, das eine einzige Farce ist, wird ins Gefängnis gesteckt, kommt schließlich wieder heraus, unternimmt Reisen und bleibt am Ende in der Tyler's Road hängen. Vielleicht hat er gewußt, daß sie da war, vielleicht hat er sie aber auch nur zufällig während des Ritterfests wiederentdeckt. Auf jeden Fall ist es passiert. Vor drei Jahren hat er sie gefunden. Und als sie ihn nicht erkannte, wegen des Bartes oder der Spuren, die die Zeit vielleicht auf seinem Gesicht hinterlassen hatten, beschloß er zu bleiben.

Er hat ein paar Stunden gebraucht, aber noch am gleichen Tag hat er Angie entdeckt, eine Frau mit Kind, die man sitzengelassen hatte.

Sie war von ihm bezaubert – mein Gott, was für eine entsetzliche Welt! Und im Nu war er da, wohnte unerkannt in direkter Nachbarschaft zu einer Frau, die er ins Gefängnis gebracht hatte. Das einzige, was mir komisch vorkommt, ist, daß er zwei Jahre um Vaun herumgeschlichen ist, ohne mehr zu unternehmen, als alle paar Tage irgendwo in der Bay Area zu arbeiten. Vermutlich war es etwas Illegales.»

«Die Tyler's Road war zwar nicht gerade sehr praktisch für ihn, aber wenigstens weit genug weg von San Jose, um sich sicher zu fühlen.»

«Vielleicht. Jedenfalls spielt er sein kleines Spielchen, wohnt nur eine halbe Meile von ihr weg, transportiert ihre Bilder – die schon in Kisten verpackt sind. Aber ansonsten hält er sich von ihr fern, damit die Augen der Malerin nicht sehen, wer sich unter dem Bart verbirgt. Bis zum November, als der vertrauensselige Tommy Chesler ihm erzählt, daß er mitgeholfen hat, ein Bild zu verpacken, das jetzt auf Seite zweiundsiebzig von *Time* abgebildet ist. Da erkennt Lewis, daß die kleine Vaunie nicht nur ein paar Kröten mit ihren Bildchen verdient, sondern eine international anerkannte Künstlerin ist, deren Gemälde für fünf- bis sechsstellige Summen verkauft werden. Vielleicht war es das Geld, was ihm den Nerv geraubt hat, und der Gedanke daran, daß er jetzt dieses Vermögen besitzen könnte, wenn er sich vor achtzehn Jahren etwas schlauer angestellt hätte. Vielleicht war es aber auch nur der Affront, daß diese Frau trotz seiner Bemühungen, sie zu zerstören, so unglaublich erfolgreich geworden war. Wie dem auch sei, jetzt überlegt er sich einen cleveren Trick, um Rache an ihr zu üben. Also heckt er einen Plan aus, wie er sie erst halb wahnsinnig machen, dann ihren Ruf zerstören, sie schließlich umbringen und das Ganze wie einen Selbstmord aussehen lassen kann.»

Kate zog die Zeitschrift wieder neben ihren Teller und begann mit der linken Hand, die Seiten umzublättern. Jetzt fiel es ihr wieder ein. Wie schon der Artikel in der vornehmen Kunstzeitschrift, durch den sie sich gequält hatte, wurden auch hier zwei verschiedene Meinungen gegenübergestellt, eine positive und eine negative. Ohne Zweifel ein Zeichen dafür, wie gespalten die gesamte Kunstwelt Eva Vaughn gegenüberstand. Sie blieb an ein paar Sätzen hängen, wieder fielen die Namen Vermeer und Rembrandt und Berthe Morisot.

Kate schaute sich die beiden letzten Abschnitte an. Der Befürworter schrieb:

> Im dreizehnten Jahrhundert entdeckte der Maler Cimabue zufällig einen jungen, ungebildeten Bauernjungen, der am Wegesrand saß und ganz beeindruckende Schafe auf einen Stein malte. Der Name des Kindes war Giotto. Er überflügelte schließlich seinen Meister, und indem er die gotischen Ausdrucksformen weiterentwickelte und mit Dramatik und menschlichem Gefühl versah, bereitete er den Weg für die Renaissance und veränderte auf ewig das Gesicht der gesamten europäischen Kunst. Jetzt, im späten zwanzigsten Jahrhundert, haben wir – passenderweise – eine Frau, Eva Vaughn, die einen abstrakten Emotionalismus wieder mit einer Form, ja geradezu einer formalistischen Struktur, versieht. Sie hat uns das handwerkliche Können und das menschliche Herz zurückgegeben, durch Formen, die wir schon für völlig sinnentleert gehalten hatten. Und selbst völlig abgestumpfte Betrachter sind gezwungen, den klassischen Realismus mit neuen Augen zu sehen. Giottos Revolution kam zur rechten Zeit. Es wird sich erweisen, ob das Schiff, das Ms. Vaughn wieder beladen hat, tragfähig ist.

Die Gegenseite:

> Das ungeschliffene Naturtalent in diesen Bildern läßt sich nicht verleugnen. Um so bedauerlicher ist es, daß eine solche gestalterische Kraft nicht so ausgebildet worden ist, daß sie uns etwas Neues sagen kann, anstatt nur sorgfältig und mit großem Bedacht verschlissene Formen zu reproduzieren. Paul Klee hat einmal gesagt: Je entsetzlicher die Welt wird, desto abstrakter wird die Kunst. Wenn wir diese Theorie auf das Individuum übertragen, dann kann man angesichts von Eva Vaughns Stil nur annehmen, daß die Künstlerin ein sehr behütetes Leben geführt haben muß.

«Behütet!» schnaubte Kate.

«Verrückt, nicht wahr? Der Rest des Artikels war gar nicht so schlecht, aber am Ende einen Mann zu zitieren, der offensichtlich keine Ahnung von Geschichte hat, und daraus dann auch noch einen logisch falschen Schluß zu ziehen ... ich würde gern wissen, ob der Autor sich schämt, wenn diese Sache erst einmal bekannt wird.»

«Und sie wird bestimmt bekannt, oder? Noch bevor die Woche um ist, steht es überall schwarz auf weiß.»

«Mit Sicherheit. Keinen Kaffee mehr, danke.» Die letzte Bemerkung hatte dem Kellner gegolten, der mit einem diskreten kleinen Tablett zurückkehrte, auf dem zwei Schokotaler und die Rechnung lagen. Hawkin glättete ein paar zerknüllte Geldscheine und legte sie nachlässig auf das Tablett. Dann sah er auf die Uhr.

«Viertel vor acht. Ich hoffe, sie ist wach. Heute nacht würde ich gern in meinem eigenen Bett schlafen.»

Nach der Anstrengung des Essens und des Bades döste Vaun in ihren Kissen, aber sobald die beiden Polizisten das Zimmer betraten, schlug sie die Augen auf. Gerry Bruckner saß an dem kleinen Ecktisch und beugte sich mit einem Stift in der Hand über einen Stapel Schreibmaschinenseiten. Auf dem Beistelltischchen neben ihm stand eine Vase mit frischen leuchtend rosa und gelben Rosen.

Kate konnte es kaum fassen, wie sehr die Frau sich verändert hatte. Vorher war sie wunderschön gewesen, aber jetzt war sie lebendig. Kein Muskel bewegte sich in ihrem ausgezehrten Gesicht, als sie die beiden näher kommen sah, Hawkin mit einem flüchtigen Blick bedachte und dann Kate lange musterte und regelrecht mit ihrem Blick aufsaugte. Aber ihre Augen, diese strahlend blauen Augen, flossen über vor Leben, quollen über vor Vitalität und Wachheit und dem Bewußtsein, wie schön es war zu leben.

«Danke», sagte sie zu Kate. Ihre Stimme war zwar heiser, aber klar verständlich, und es steckte eine solche Lebenskraft in diesen Augen, daß Kate sich am liebsten abgewendet hätte. Doch die Augen hielten sie fest, und ihr fiel keine andere Antwort ein, als albern zu lächeln. Zu sagen gab es darauf nichts. Endlich – nach zehn Minuten ... oder zehn Sekunden? – gab Vaun sie frei und wandte ihren intensiven Blick Hawkin zu, der ihn kaum besser ertrug als Kate.

Schließlich befreite Gerry Bruckner die beiden aus der Situation, indem er ans Bett trat, die Kissen zurechtrückte und ihr sanft die Hand auf den Kopf legte. Sie sah ihn liebevoll an, und Hawkin räusperte sich.

«Sind Sie in der Lage, uns jetzt ein paar Fragen zu beantworten, Miss Adams?»

«Natürlich», sagte sie. Kate zog ihr Notizbuch hervor und schrieb pflichtbewußt die Vorkommnisse mit, die beinahe zu Vaun Adams' letztem Tag auf Erden geführt hätten.

Ihr war nichts aufgefallen. Zwar hatte sie bemerkt, daß der Whisky einen eigenartigen Geschmack hatte, aber sie hatte ja auch eine Erkältung in den Knochen stecken, und dann schmeckte immer alles seltsam. Und vielleicht hatte das starke Antihistaminikum die Wirkung des Whiskys und des Schlafmittels noch verstärkt. Nein, sie nahm nie Chloralhydrat. Zugegeben, sie war eine Hypochonderin, aber Schlaftabletten kamen für sie nicht in Frage. Nein, sie hatte keinerlei Veränderungen im Haus bemerkt, als sie von ihrem Spaziergang zurückgekehrt war. Nein, ihr war auch niemals aufgefallen, daß Tony Dodson und Andy Lewis ein und derselbe Mann waren. Andererseits hielt sie es durchaus für möglich, und das würde ja auch die Schauer und bösen Vorahnungen erklären, die sie gelegentlich empfunden hatte, wenn sie ihm unerwartet begegnet war. Sie würde darüber nachdenken müssen. Nein, sie hatte nicht bemerkt, daß das Bild des jungen Andy Lewis verschwunden war, aber im August war es noch in ihrem Atelier auf der Farm ihres Onkels Red gewesen. Nein, sie hatte an jenem Freitag nichts Außergewöhnliches unternommen, absichtlich nicht, weil das die einzige Möglichkeit gewesen war, die Angst unter Kontrolle zu halten. Der Sturm hatte sie ebenfalls abgelenkt, und den Nachmittag über hatte sie einige abgebrochene Äste beseitigt und mit verschiedenen Nachbarn über die Schäden gesprochen. Ja, Angie hatte sie gesehen, aber Tony nicht. Und ja, sie hatte die Sache mit Gerry durchgesprochen, und obwohl es ihrem Willen eigentlich widersprach, war sie bereit, zu kooperieren und, wie sie sich ausdrückte, sich als Ziege anbinden zu lassen, um den Tiger hervorzulocken. Für einen Moment schien es so, als wolle sie noch etwas sagen, doch dann tat sie es doch nicht. Die ganze Situation schien ihr plötzlich zuviel zu werden, und eine völlige Erschöpfung ergriff von ihr Besitz.

Während Bruckner tröstend auf Vaun einredete und ihr über die gewaschenen Haare strich, gingen die beiden, fuhren nach Hause und schliefen in dieser Nacht in ihren eigenen Betten, keiner von ihnen übrigens allein.

25. Kapitel

Zum ersten Mal hatte Kate Leonora Cooper neun Jahre zuvor in einem riesigen Hörsaal in Berkeley wahrgenommen. Kate war damals neunzehn und in ihrem zweiten Studienjahr. Mit mehreren hundert angehenden Psychologen war sie an jenem verschlafenen Oktobernachmittag in dem schlecht gelüfteten Raum eingesperrt, um die vierte Vorlesung in diesem Semester zu hören. Diesmal trat jemand Neues ans Pult. Eine große und schlanke junge Frau mit einer widerspenstigen blonden Mähne, staksigen Beinen und selbstsicherer Ruhe stellte sich nahezu fünfhundert zynischen Augenpaaren, die längst gelernt hatten, daß man wissenschaftlichen Assistenten am besten mit Mißtrauen begegnete.

Diese Assistentin jedoch war anders. Zwei Stunden lang zog sie die sonst so schläfrigen Studenten in ihren Bann, brachte sie zum Lachen, zum Mitmachen, hievte sie auf ihr eigenes Niveau. Ja, sie brachte ihnen sogar etwas bei. Sie war noch nicht einmal fünf Jahre älter als ihre Zuhörer, drei Jahre älter als Kate, doch sie besaß eine Reife und einen geistigen Horizont, wie sie viele ihrer Studenten niemals erreichen würden. Drei weitere Vorlesungen hielt sie in diesem Semester, und jedesmal war es dasselbe: Träge Hinterbänkler setzten sich aufrecht, Zeitungen wurden weggelegt, der Geräuschteppich des beständigen Murmelns und Hüstelns verschwand, und alle waren voll und ganz von ihrer Leidenschaft für die Geheimnisse des menschlichen Bewußtseins erfaßt.

Im Winterhalbsemester sorgte Kate durch eine einfache Maßnahme dafür, daß sie in die Arbeitsgruppe von Lee Cooper kam, indem sie nämlich die wissenschaftliche Hilfskraft bestach, die den Assistenten ihre Studenten zuwies. Noch nie hatte sie zehn Dollar besser angelegt.

Dann kam die erste Woche des Frühjahrshalbsemesters, in dem Kate keinen Kurs in Psychologie zu absolvieren hatte, und an einem strahlend hellen Aprilmorgen klopfte sie an die Tür eines abgetrennten Räumchens, in dem sich Lees Zimmer befand. Sie fragte ihre ehemalige Dozentin, ob sie sie zu einem Picknick auf dem Campus einladen dürfe. Lee nahm an, und im Juni waren die beiden Freundinnen.

Im Laufe von Kates drittem Studienjahr vertiefte sich die Freundschaft der beiden, und zum ersten Mal in ihrem Leben erzählte Kate zu ihrer eigenen Überraschung jemandem von ihren Problemen, ihren Fragen und ihrem Leben. Im Laufe dieses Jahres hatte Kate drei stürmische Beziehungen zu Männern, und immer hörte Lee ihr zu, wenn die Affären aufkeimten, dann wackelig wurden und sich schließlich in Wut und Tränen auflösten. Dann wurde an einem entsetzlich kalten und regnerischen Tag im Januar Kates kleine Schwester von einem betrunkenen Autofahrer totgefahren, und als Kate nach der Beerdigung zurückkehrte, wie betäubt und mit leerem Blick, sprach Lee tröstend auf sie ein, machte ihr Tee und einen Toast und brachte sie anschließend zu ihrer Vorlesung.

Kates letztes Studienjahr war gleichzeitig Lees letztes Jahr als Doktorandin, und beide mußten sehr hart arbeiten. Kate saß schwitzend über den Prüfungsvorbereitungen, Lee schrieb ihre Dissertation. In den Weihnachtsferien erzählte Kate ihrer Familie von ihrem Entschluß, Polizistin zu werden, und gab im Laufe der nächsten Tage einem nach dem andern bissige Antworten auf stets die gleichen Fragen. Warum willst du denn zur Polizei? Ich will versuchen, die Welt von einem bißchen Abschaum zu befreien. Aber ist das denn nicht gefährlich? Nicht gefährlicher, als an einem regnerischen Tag im Januar Auto zu fahren. Am Ende floh sie nach Berkeley und besuchte Lee, um ihr ihre Entscheidung mitzuteilen. Lee nickte nur, sagte, sie halte das für eine gute Idee – und fragte anschließend, ob sie sich nicht den neuen Bergman-Film ansehen sollten, der abends im Kino an der University Avenue lief?

Im Laufe dieser letzten Monate schlichen sich in die Beziehung der beiden Frauen einige Spannungen und eine merkwürdige Zurückhaltung ein, obwohl Kate nicht wußte, wie das kam. Sie dachte, es könne vielleicht daran liegen, daß das Ende der Universitätszeit heranrückte. Bald würden sie dieses behütete Leben verlassen, jede in ihre Richtung, und vielleicht bereiteten sie sich innerlich schon auf den Abschied vor. Außerdem hatte Kate gerade eine relativ stabile Beziehung zu einem Mann und dachte zum ersten Mal daran, mit jemandem zusammenzuleben und vielleicht sogar zu heiraten. Gelegentlich wunderte sie sich über Lee, die hundertmal mehr Freunde hatte als sie selbst, Männer ebenso umarmte und liebkoste wie Frauen, aber trotzdem, soweit Kate wußte, nie einen Liebhaber hatte. Einmal, an einem Abend bei Kerzenschein, hatte sie Lee sogar danach gefragt, aber die hatte nur unbekümmert gelächelt, die Achseln gezuckt und gesagt, sie sei eben zu beschäftigt.

Im Juni war Kates Abschlußfeier. Am folgenden Tag packte sie gerade in dem Haus, das sie mit fünf anderen Studenten geteilt hatte, ihre letzten Sachen in Kartons, als es auf einmal an der Zimmertür klopfte. Sie machte auf, und da stand Lee, die Haare noch zerzauster als sonst, die Bluse zerknittert, mit angespanntem Gesicht und stark geweiteten Pupillen.

«Lee! Oder muß ich jetzt Dr. Cooper sagen? Schön, daß du da bist. Ich wäre sonst später bei dir vorbeigekommen, um mich zu verabschieden. Setz dich doch! Fehlt dir etwas? Willst du vielleicht einen Kaffee oder sonst was? In der Küche sind immer noch ein paar Pfannen und etwas zu essen. Nun setz dich doch!»

«Nein, ich will mich nicht setzen. Ich fliege heute abend nach New York. Ich habe mich entschlossen, diese Stelle als Assistentin anzunehmen.»

«Oh. Das sind zwei Jahre.» Kate schaute betreten auf das Buch in ihrer Hand und verstaute es dann sehr sorgfältig in einem Karton. «Das freut mich für dich. Ich dachte ... ich muß zugeben, daß ich gehofft hatte, du würdest die Stelle in Palo Alto annehmen.» Ihre Hände fühlten sich kalt und feucht an. Sie wischte sie an ihren Jeans ab, richtete sich dann wieder auf und wandte sich zu Lee um. «Tja. Dann ist das wohl unser Lebewohl.»

Lees grüne Augen waren fast schwarz und schienen von denen Kates nur Zentimeter entfernt zu sein. «Ich hoffe nicht», sagte sie schließlich, dann machte sie einen Schritt auf Kate zu, nahm ihren Kopf zwischen beide Hände und küßte sie heftig, mitten auf den Mund. Kaum hatte sie wieder losgelassen, machte Kate einen Satz zurück, so als ob sie einen Stromschlag erlitten hätte. Lee machte kehrt und verschwand Hals über Kopf aus dem Zimmer, ihre Schritte klackten auf den nackten Holzstufen, dann hörte man die Haustür zuschlagen. Kate machte keinerlei Anstalten, ihr nachzulaufen. Ein paar Minuten stand sie wie angewurzelt da und starrte benommen auf die noch offene Zimmertür. Dann griff sie mechanisch nach den Überresten ihres Studentenlebens und verstaute sie in Kartons.

Ihre stabile Beziehung starb einen schmerzlichen Tod, und Lee war nicht da. Kate schrieb Lee nichts davon, beantwortete aber kurz ihre Briefe. Sie schloß die Polizeischule ab, nahm ihre ersten Verhaftungen vor und fing mühsam an, sich den notwendigen Panzer der Distanz zuzulegen, der zwar den Eindruck herzloser Gleichgültigkeit erweckt, es Polizisten jedoch überhaupt erst ermöglicht, sich angesichts von Leichen und mißhandelten Kindern und der bestialischen Grausamkeit der Gier ihre Menschlichkeit zu bewahren.

Das einzige Problem war, daß es Kate zunehmend schwerer fiel, den Panzer wieder abzulegen. Sie schlief mit einer Anzahl von Männern, obwohl es ihr schwerfiel, besonderes Interesse zu entwickeln, außer wenn beide getrunken hatten und kurz davor waren, sich zu streiten. Zu den seltsamsten Zeiten, kurz vor dem Einschlafen im Bett, auf Streife, beim Erledigen von Schreibarbeiten, spürte sie manchmal den Geschmack von Lees Mund auf dem ihren, stets begleitet von einem kurzen Stich im Herzen und heftigem Widerwillen. In diesem Herbst fing sie mit dem Langstreckenlauf an, und das half ihr. Sie richtete sich darauf ein, daß ihr Leben längere Zeit so bleiben würde.

Dreißig Monate nach ihrem Universitätsabschluß geschahen dann zwei Dinge, die jenes dürftige Maß an Sicherheit, das Kate um sich herum aufgebaut hatte, mit einem Schlag zunichte machten. Das eine war ein Brief von Lee. Das zweite war die Nacht, in der Kate beinahe einen Mann getötet hätte.

Der Brief traf einige Tage vor Weihnachten ein, kurz bevor Kate sich auf den Weg zur Nachtschicht machen wollte. Es war der erste Brief von Lee seit Monaten. Kate schaute auf die vertraute Krakelschrift und den New Yorker Poststempel und legte den Brief dann ungeöffnet auf das Tischchen neben der Haustür. Er lag immer noch da, als sie am nächsten Morgen nach Hause zurückkehrte, und auch noch, als sie mittags aus dem Schlaf erwachte. Sie machte sich einen Kaffee und setzte sich dann im Bademantel an den winzigen Tisch in ihrer so geschmacklos bunten Küche und riß den Umschlag auf. Der ganze Brief bestand nur aus wenigen Zeilen:

> Meine liebe Kate,
> die Stelle in New York hat mich nicht weitergebracht. Die Leute in Palo Alto haben sich wieder gemeldet, und ich habe angenommen. Ich fange sofort an, schon am 23. Dezember. Ich werde Dich nicht anrufen, aber wenn Du es erlaubst, würde ich Dich gern einmal zu einem kleinen Picknick einladen.
>
> Lee

Sonst stand dort nur noch Lees neue Adresse und Telefonnummer. Kate las den Brief ein zweites Mal, bis der saure Geruch von verbranntem Kaffee sie wieder wachrüttelte. Sie goß den Kaffee in die Spüle, setzte neuen auf, und als sie zur Arbeit ging, hatte sie Lees letzten Satz schon aus ihrem Bewußtsein verdrängt. Sie rief nicht an, der Brief blieb in der Schublade liegen und harrte einer Antwort.

Er lag da bis Mitte Januar. In einer kalten, regnerischen Nacht saß Kate kurz nach Mitternacht in einer miesen Gegend der Stadt im Streifenwagen. Plötzlich hörten sie das entfernte Klirren von zerberstendem Glas, und ihr Partner beschleunigte den Wagen bis zum nächsten Block. Zwei junge Männer rannten vom Schaufenster eines Geschäfts weg, liefen um den Block und in eine dunkle Nebenstraße. Der Streifenwagen verfolgte sie, kam mit quietschenden Reifen zum Stehen, und im nächsten Moment war Kate draußen und rief: «Stehenbleiben!» Einer der beiden wurde langsamer und riß die Hände hoch, der andere jedoch wirbelte herum, und in seiner Hand blitzte ein häßliches schwarzes Ding auf. Er schoß weit über ihnen in ein Fenster und ließ schon im nächsten Moment die Waffe fallen, die über den dreckigen Bürgersteig schlitterte, riß die Hände hoch und rief: «Nicht schießen!» Kate lag ausgestreckt am Boden und visierte seine Brust an, und ihr Finger zitterte und sehnte sich danach, noch ein wenig mehr Druck auf das Stückchen Metall unter ihm auszuüben. Sie mußte ihre ganze Willenskraft einsetzen, um die Begierde niederzukämpfen, allem ein Ende zu machen, so als wäre sie selbst das Ziel, und nicht dieser plärrende und schlotternde Junge, dessen billige Lederjacke sie im Visier hatte. Erst als ihr Partner dem Burschen die Handschellen angelegt hatte, ebbte das wogende Verlangen in ihr ab, und als sie die plötzlich so schwer gewordene Waffe senkte, fing sie selbst an zu zittern, schmählich und unkontrollierbar. Auch nach einer Tasse heißen Kaffees auf der Wache ging es ihr nicht besser, und ihr Partner, ein älterer Mann, mit dem sie schon öfter zusammengearbeitet hatte und den sie mochte, sagte ihr, sie solle früher nach Hause gehen.

Aus einem heißen Bad stieg sie mit krebsroter Haut wieder heraus, doch erst nachdem sie ihren zweiten großen Gin getrunken hatte (eigentlich mochte sie gar keinen Gin, aber es war der einzige Alkohol im Haus – einer ihrer Männer hatte ihn dagelassen), beruhigte sich das bebende Zittern, bis sie nur noch gelegentlich zusammenzuckte. Schlafen konnte sie allerdings nicht. Jedesmal, wenn sie die Augen schloß, sah sie die schwarze Lederjacke vor sich, wie sie in einer Explosion von Blut zerfetzt wurde. Schließlich stand sie auf, stellte die Heizung hoch, wickelte sich in eine Decke und schaute sich ohne Ton die Spät- beziehungsweise Frühfilme, den Landwirtschaftsreport und die Frühnachrichten an. Zu einer etwas christlicheren Stunde rief sie dann, leicht betrunken, Lee an, die nach dem dritten Klingeln abhob.

«Cooper.» Als Kate keine Antwort gab, wurde Lees Stimme schärfer. «Hallo? Dies ist das Büro von Dr. Cooper.»

«Lee?»

«Ja, hier ist Lee Cooper.»

«Lee, hier ist Kate.» Als keine Antwort kam, fügte sie hinzu: «Kate Martinelli.»

«Du brauchst mir deinen Nachnamen nicht zu sagen. Ich kenne nur eine Kate. Dann hast du meinen Brief also doch erhalten. Ich hatte mir schon gewünscht, ich hätte ihn nicht abgeschickt. Ich war … nicht ganz bei mir … als ich ihn schrieb.»

«Kann ich zu dir kommen?» fragte Kate unvermittelt.

«Ich würde dich sogar sehr gern sehen, Kate. Wann?»

«Geht es jetzt?»

«Jetzt? Ich war gerade auf dem Weg nach draußen.»

«Gehst du zur Arbeit?»

«Du hast meine Büronummer gewählt. Ich bin auf dem Weg ins Krankenhaus zu einem Patienten. Ich werde wohl den halben Morgen dort verbringen.»

«Hat das nicht vielleicht Zeit?» Kate unterdrückte ihre Verzweiflung. «Ich meine …»

«Ich kann es nicht auf morgen verschieben. Er liegt im Sterben und ist morgen vielleicht nicht mehr da. Ich kann um elf Uhr zurück sein.»

«Gib mir deine Adresse.» Das tat Lee, und Kate schrieb sie sich auf. «Dann bis um elf.»

«Ich bin … Danke, daß du angerufen hast.»

«Ich liebe dich, Lee.»

Die Stille am anderen Ende war so unendlich, daß Kate schon dachte, Lee hätte aufgelegt. «Lee?» fragte sie.

«Ja. Um elf. Auf Wiedersehen, Kate.» Dann war die Leitung wirklich tot.

Und das war alles. Als Kate durch die Tür zu Lees unverschämt großem Büro ging und Lee sie über den Schreibtisch hinweg anblickte, sah sie in ihren grünen Augen, wie Hoffnung, Angst und Zweifel miteinander stritten, und all die Worte, die sie sich zurechtgelegt hatte, waren wie weggeblasen, und all ihre eigenen Zweifel und Bedenken fielen von ihr ab. Da standen nun diese beiden Frauen, die doch so kompetent und beruflich erfolgreich waren, standen nur da und starrten sich verlegen an, jede an einem Ende des Zimmers, unfähig zu sprechen und nervös mit den Händen rudernd. Endlich stand Lee aus ihrem Ledersessel auf und balancierte vorsichtig um den Schreibtisch herum, so als ginge sie auf einem Schwebebalken. Sie blieb vor Kate stehen, Kate machte den letzten Schritt, und dann umarmten sie sich wie zwei vom Sturm gebeutelte Seeleute, die endlich den rettenden Heimathafen erreicht haben.

Mit ihrer ganzen Seele, ihrem ganzen Geist und ihrem ganzen Körper verliebte sich Kate abgrundtief und vollkommen in Lee – oder besser, sie akzeptierte endlich diese Liebe, der sie sich so lange versagt hatte. Sie war überrascht, wie einfach alles war – fast wie bei einem Puzzlespiel, dachte sie eines Tages auf der Heimfahrt, wenn man irgendwann feststellt, daß man die ganze Zeit die falschen Teile gehabt hat und dann die richtigen findet, mit denen sich alles zu einem logischen Ganzen zusammenfügt. Mit Lee war alles vom ersten Tag an ganz natürlich, alles stimmte. Sie konnten die Stadien des Flirtens und der allmählich zwischen frisch verliebten Paaren aufkeimenden erotischen Spannung überspringen und sich sofort einem sicheren Gefühl hingeben wie zwei Eheleute, die schon lange glücklich miteinander verheiratet waren.

Und auch das Leben schien nun in ruhigere Bahnen zu geraten, ganz so, wie gelegentlich die Außenwelt sich dem inneren Zustand anpaßt. Kate ließ sich auf eine Stelle in San Jose versetzen, arbeitete sich langsam die Karriereleiter hinauf, besuchte Weiterbildungskurse, bestand Prüfungen und marschierte geradewegs auf eine Beförderung zur Kriminalpolizei zu. Lee fing an, sich einen Namen zu machen, flog zu Kongressen und Seminaren und wurde immer öfter als Gastredner eingeladen. Sie entdeckte, daß sie eine besondere Fähigkeit hatte, sterbende Patienten zu betreuen, was in Verbindung mit ihren künstlerischen Kenntnissen und Interessen fast automatisch dazu führte, daß sie sich auf jene Seuche konzentrierte, die unter den Homosexuellen besonders viele Opfer forderte. Die Arbeit war nervenaufreibend, und mindestens einmal im Monat betrat Lee ihre Wohnung mit verquollenen Augen und verschmiertem Make-up. Aber es war auch eine Arbeit, die dringend getan werden mußte, und Lee hatte die Fähigkeit, sie zu tun.

Vor zwei Jahren war dann Lees Mutter gestorben. Kate war ihr nie begegnet, aber soweit sie wußte, hatte Lee sie seit ihrem achtzehnten Lebensjahr, als ihre Mutter sie mit Schimpf und Schande aus dem Haus gejagt hatte, nicht mehr gesehen oder auch nur gesprochen. Mrs. Cooper duldete keine Lesbierinnen. Deshalb waren alle einigermaßen überrascht, als aus ihrem Testament hervorging, daß sie nicht nur ihre Tochter niemals enterbt hatte, sondern ihr sogar noch das Haus vermachte, in dem sie dreißig Jahre lang gewohnt hatte. Hinzu kam, daß dieses Haus nicht nur einen Wert an sich darstellte, sondern auch noch in einer der begehrtesten Wohngegenden von San Francisco lag. Vom Russian Hill aus überblickt man das Bankenviertel, den Hafen von San Francisco (den Touristenhafen, nicht den Umschlagplatz für die schweren Schiffsgüter), die beiden Brücken und die Bucht bis hin zum östlichen Ende der Halbinsel. Von drei Seiten dringt das Gebimmel der Cable Cars herauf, von der vierten die Nebelhörner. North Beach und Chinatown kann man (zumindest bergab) bequem zu Fuß erreichen, und auch zum Fisherman's Wharf ist es nicht allzuweit. Allein der Blick aus diesem Haus war eine Million Dollar wert. Die Makler schlugen sich darum, es verkaufen zu dürfen, und Lees Zukunft lag in einem rosigen Licht.

«Willst du dir das Haus nicht wenigstens mal ansehen, bevor es auf den Markt kommt?» fragte Lee Kate eines Morgens im April.

«Lee, ich will überhaupt nichts sehen, was mit deiner Mutter oder ihrem Haus zu tun hat. Sie war eine schreckliche Frau. Sie hat dich behandelt wie einen Hund, der auf ihren Teppich gepinkelt hat. Ich finde, daß du jeden Penny verdienst, den du aus ihrem Vermögen herausholen kannst, aber an persönlichem Kontakt mit dieser Person reichen mir die Dollars auf deinem Bankkonto.»

«Sie ist nicht mehr in diesem Haus. Alles ist weg, auch ihre Möbel. Und ich finde, rein als Gebäude solltest du es dir wirklich einmal anschauen. Es ist beeindruckend. In der ganzen Stadt gibt es nur noch eine Handvoll seiner Art. Es wurde kurz vor der Jahrhundertwende von Willis Polk gebaut. Laß noch fünfzig Jahre vergehen, und sie machen ein Museum daraus. Komm doch mit. Bitte.»

Offensichtlich war es Lee wichtig, also schluckte Kate ihre Empörung hinunter und begleitete sie, und an diesem Nachmittag verliebte sie sich ein zweites Mal. Es war ein starkes Haus, ehrlich und gediegen, kein protziger Bau eines Architekten, der auf Prunk aus war, sondern stark wie ein verläßlicher, standhafter Freund. Lee führte Kate durch das Haus, schaute sich an, was alles instand gesetzt werden mußte, beklagte Baufälligkeiten und wurde allmählich immer schweigsamer. Als sie schließlich in das nackte und kahle Wohnzimmer kamen und aus dem Panoramafenster schauten, war schon seit fünf Minuten kein Wort mehr gefallen. Schließlich riß Kate die Augen von dem Ausblick los und konzentrierte sich auf die Drossel, die auf dem großen Baum im Garten des Nachbarn hockte.

«Verdammt, Lee, das hast du ganz bewußt gemacht. Wir könnten es uns niemals leisten, hier zu wohnen. Warum hast du mich hergebracht?»

«Mein Einkommen würde die Steuer und Versicherung abdekken», antwortete Lee milde.

«Und von meinem sollen wir leben? Dann mach dich aber auf viele Bohnen mit Reis gefaßt, meine Liebe.»

«Wir können es uns doch jederzeit anders überlegen. So ein Haus wird man immer los.»

«Und wo ziehen wir dann hin? Wie, zum Teufel, könnte man noch in einem Apartment wohnen, wenn man erst einmal hier gelebt hat. Das wäre so, als müßte man Katzenfutter essen, obwohl man an Kaviar gewöhnt ist.»

«Aber du würdest es machen? Du hast nichts dagegen, wenn wir es versuchen?»

«Das ist völlig verrückt», sagte Kate resignierend, und Lee küßte sie.

Es war verrückt, und es war hart: Stunden über Stunden erschöpfender, ungewohnter Drecksarbeit, bei der sie mit Hammer und Stemmeisen, Stichsäge und Schwingschleifer hantierten, dumme Fehler machten und neue handwerkliche Kniffe lernten; immer wieder endlose Überstunden, um dieses Wahnsinnsunternehmen finanzieren zu können; ermüdende Pendelfahrten für Kate, die nicht so einfach ihre Stelle wechseln konnte wie Lee; Auseinandersetzungen über Rechnungen und Rohrbrüche.

Ein Gutes hatte die Sache jedoch, obwohl es ihnen anfangs gar nicht bewußt geworden war. Sie hatten jetzt weder Zeit noch Geld, um noch irgendwie am gesellschaftlichen Leben teilnehmen zu können. Und die dunkle Wolke, die am Horizont ihres gemeinsamen Lebens aufgetaucht war, die sogar schon den Himmel über ihnen verdunkelt und einige unheilvolle Tropfen hatte abregnen lassen, ignorierten sie jetzt nur noch nervös.

Kate wollte sich nicht zu ihrer Homosexualität bekennen. Das hatte sie Lee gleich am allerersten Tag in ihrem Büro in Palo Alto gesagt. Und Lee hatte das zunächst stillschweigend hingenommen, so überglücklich war sie gewesen, daß ein Traum, den sie kaum noch zu träumen gewagt hatte, so unerwartet in ihr Leben zurückgekehrt war. Sie war sicher, daß Kate auch in dieser Frage irgendwann ihre Meinung ändern würde. Fürs erste hatte sie Kate, und sie wollte es nicht riskieren, sie wieder zu verlieren, nur weil sie darauf bestand, daß sie sich in aller Öffentlichkeit als Paar zeigten. Mit der Zeit würde sich schon alles regeln.

Doch nichts hatte sich mit der Zeit geregelt. Was am Anfang nur eine geringfügige Irritation gewesen war, hatte sich zu einer offenen Wunde ausgeweitet, die ihre gesamte Beziehung zu infizieren drohte. Einen Monat bevor Lees Mutter starb, war es dann zum offenen Konflikt gekommen, als Lee zwei ihrer Kollegen zum Abendessen eingeladen und beim Kaffee nebenbei bemerkt hatte, daß Kate und sie mehr waren als nur Hausgenossinnen. Eine Stunde später gingen die Gäste. Wütend fiel Kate über Lee her.

«Wie konntest du es wagen? Du hast mir versprochen, du hast mir dein Wort gegeben, daß du niemandem etwas über uns erzählen würdest. Wahrscheinlich gibst du in der ganzen Klinik damit an, ‹wie ich die Skrupel meiner Geliebten überwunden habe›. Wie *konntest* du nur, Lee!»

«Mein Gott noch mal, Kate, wir leben nicht mehr im Jahr 1950. Noch nicht einmal 1970. Dein Coming-out würde eine ganz kleine Gruppe von Leuten vielleicht fünf Minuten lang verwundern, und das wäre auch schon alles.»

«Nein, Lee, das wäre nicht alles, überhaupt nicht. Du und ich, wir bewegen uns in verschiedenen Welten, und ich kann das Risiko nicht eingehen. Ich bin Polizistin! Wenn ich mich dazu bekennen würde – was glaubst du, wie lange würde es noch dauern, bis die Zeitungen sich auf die pikante Story stürzen, daß die Kriminalbeamtin K. C. Martinelli vom anderen Ufer ist? Wie lange würde es dauern, bis die schiefen Blicke und das Getuschel anfangen, bis mir immer die beschissensten und gefährlichsten Jobs zugeschoben werden, bis ich zu einem Einsatz gerufen werde und jemand mich ablehnt, weil ich ja lesbisch bin und vielleicht Aids habe? Wie lange würde es dauern, bis irgendeine Mama ausflippt, wenn ich versuche, ihrer Tochter ein paar Fragen über den Bastard zu stellen, der sie vergewaltigt hat, weil Mama Angst hat, diese schwule Polizistin könnte ihre Tochter befummeln?»

«Du bist verrückt, Kate. Paranoid. Na schön, wenn wir hier in Saudi-Arabien wären oder in Texas oder sogar in L.A., dann könnte ich deine Sorge verstehen. Aber hier, in San Francisco? Und heute? Es ist doch nichts Neues, daß es Schwule bei der Polizei gibt. Das ist den Leuten doch völlig schnurz.»

«*Mir* ist es aber nicht schnurz», schrie Kate. «Es geht niemanden das geringste an, ob ich hetero oder homo oder sonstwas bin.»

«Du schämst dich deswegen, das ist es. Du hast dich immer deswegen geschämt, aber du mußt den Tatsachen ins Auge sehen, Kate, sonst gehst du daran zugrunde.»

«Ich schäme mich nicht!» kreischte Kate aggressiv. Dann war plötzlich und völlig unerwartet ihre ganze Wut verflogen, und sie schaute ihre Geliebte nur noch verzweifelt und entkräftet an. «Ich schäme mich nicht», wiederholte sie leise. «Es ist mir nur zu wertvoll, Lee, als daß ich riskieren wollte, daß irgendwelche Fremden mit dem Finger auf uns zeigen. Liebend gern würde ich mit dir in einen Club oder in ein Café gehen und dich in der Öffentlichkeit küssen, aber ich kann es nicht riskieren. Du sagst mir, daß wir beide ersticken, wenn ich nicht zulasse, daß wir frische Luft atmen können. Aber ich weiß so sicher, wie ich hier sitze, daß ein Coming-out das Ende wäre. Ich bin nicht stark genug dafür, Lee. Ich bin einfach nicht stark genug.»

Lee ließ es an diesem Abend damit bewenden, wütend auf sich selbst, weil sie nicht besser mit dieser Konfrontation umgegangen war. Aber jetzt war es einmal ausgesprochen, und Lee wußte, daß Kates Weigerung, sich selbst voll anzunehmen, an den Wurzeln ihrer Beziehung fraß und sie von genau denjenigen Leuten abschnitt, die ihnen hätten Kraft geben können. Sie konnte das Thema einfach nicht ruhen lassen, und zwei Tage später, an einem Freitagabend, der für beide ein freies Wochenende einläutete, griff sie es wieder auf. Kate hatte nur darauf gewartet und fuhr sofort aus der Haut.

Sie stritten sich bis zum Sonntag abend. Dann packte Kate ein paar Sachen zusammen und verließ das Haus mit dem Argument, sie müsse schlafen, weil sie sonst im Dienst eine Gefahr darstelle. Sie blieb die ganze Woche über weg. Zwei Tage lang führte Lee pro forma Therapiesitzungen mit ihren Patienten durch, doch am Mittwoch mittag merkte sie, daß es so nicht ging. Sie fuhr nach Hause und dachte nach.

Drei Tage brauchte sie, bis sie die Dinge sah, wie sie waren, drei Tage und drei Nächte, bis sie die Situation so nüchtern analysieren konnte wie einen ihrer Patientenfälle. Und am Samstag abend mußte sie es sich eingestehen: Wenn sie mit Kate weiterhin zusammenleben wollte, dann mußte sie Kates manisches Bedürfnis nach Zurückgezogenheit und ihre krankhafte Angst davor, sich zu offenbaren, einfach als gegeben hinnehmen.

Die Arbeit der Patientin, sagte sie sich, so als ob sie eine Anamnese herunterdiktieren würde, ist dadurch gekennzeichnet, daß sie die Patientin in ständigen Kontakt mit dem Abschaum der Menschheit bringt: mit Zuhältern, die Kinder als Prostituierte verkaufen, Männern, die tödliche Drogen verkaufen, stämmigen und aggressiven Männern mit den verschiedensten Waffen, stinkenden Betrunkenen, die sich auf ihre Retter übergeben, mit Leichen, die im August schon eine Woche tot waren und so entsetzlich stanken, daß die Männer, die die Leiche abtransportieren sollten, lieber draußen warteten. Die Patientin setzt sich tagtäglich mit ihrer ganzen körperlichen und seelischen Kraft ein und wird damit entlohnt, daß sie zur stärksten Bruderschaft gehören darf, die es gibt, einer Bruderschaft von Männern und einigen wenigen Frauen, die zusammengeschweißt sind durch die unmenschlichen Anforderungen, die an sie gestellt werden. Ein Geheimbund, in dem Überlegenheit anerkannt und belohnt wird, in dem Gezänk und Verleumdungen, wie sie in jeder Familie vorkommen, nicht seinen geheimnisvollen Nimbus schwächt. Ist es da nicht verständlich, daß die Patientin sich weigert, ein Verhalten zu riskieren, durch das sie jegliche Unterstützung verlieren und aus dieser Bruderschaft ausgestoßen werden könnte? Ist es ferner nicht verständlich, daß die Patientin in dem Bemühen, nicht vollständig von den Anforderungen ihrer Arbeit und den ungeschriebenen Gesetzen ihrer Brüder und Schwestern im Polizeicorps verzehrt zu werden, ihr wahres Ich verbirgt, sich selbst einen Spitznamen gibt, nicht privat mit anderen Polizisten verkehrt und aus ihrem Privatleben ein hermetisch abgeschlossenes Geheimnis macht?

Die Frage war nur, ob Lee in einem solchen Vakuum würde leben können.

Nach einem weiteren einsamen Tag hatte sie beschlossen, daß ihr das Zusammenleben mit Kate diese erstickende Atmosphäre wert war. Vielleicht würde das nicht immer so bleiben, vielleicht würde Kate sich doch noch ändern, wenn man ihr Zeit ließ. Aber im Moment mußte sie sich mit der Situation zufriedengeben.

Sie rief Kate in ihrem Hotel an, die beiden sprachen kurz miteinander, und vierzig Minuten später war Kate wieder zu Hause. Geduldig machte sich Lee daran, Kate zu ändern. Kate jedoch gab, dickköpfig wie sie war, nur Schrittchen für Schrittchen nach. Die Renovierung des Hauses nahm ihre ganze Zeit in Anspruch, und obwohl sie in dieser entscheidenden Frage ihres gemeinsamen Lebens nach wie vor uneins waren, erwuchs in ihnen eine Stärke, die sie stützte und ihre Beziehung festigte.

Sie waren glücklich. Allen Schwierigkeiten zum Trotz hatten zwei angeschlagene Menschen sich ihre Nische im Leben gesucht und hart daran gearbeitet, sie sich zu bewahren.

Noch nie hatten sie Übernachtungsgäste gehabt. Noch nie war Kates Arbeit, die jetzt noch exponierter war, in ihr Leben eingedrungen. Noch nie hatten irgendwelche Außenseiter ihr Heim betreten. Und jetzt, mit einem Mal, wurde ihre Privatsphäre verletzt.

TEIL 3

Die Stadt

Bei unserer Geburt ist unser Tod bereits besiegelt, und unser Ende ist nur die Konsequenz unseres Anfangs.

Marcus Manilus,
Astronomics

Irgendwie fallen Postboten nie jemandem auf …; und dennoch haben sie ebensolche Leidenschaften wie andere Menschen und tragen sogar große Taschen, in denen man leicht eine kleine Leiche verstauen kann.

G. K. Chesterton,
The Invisible Man

26. Kapitel

Am Montag morgen um fünf Minuten vor vier erreichte Kates Wagen die Kuppe des Russian Hill und bog ein letztes Mal ab. Dann waren sie zu Hause. Mit einiger Erleichterung drückte Kate den Knopf für den elektrischen Garagentoröffner und sah von drinnen Licht in die Dunkelheit fallen, als das Tor hochfuhr, um sie einzulassen. Kate bog scharf ab, und der Wagen neigte sich die Einfahrt hinunter. In diesem Augenblick schlug ihre Mitfahrerin verwirrt die Augen auf. Und nachdem das Tor sich rumpelnd wieder geschlossen hatte, setzte sie sich langsam auf und schaute sich in der reglosen Stille um.

«Da sind wir.» Kate lächelte sie an. «Warten Sie bitte hier einen Moment.» Kate stieg aus und durchsuchte kurz die Garage – den Einbauschrank, die Rückbank von Lees schnittigem, fast neuem Cabrio, den Platz unter der Treppe. Dann schob sie den Riegel des Garagentors zu und ging zur Beifahrertür.

«Erst kümmern wir uns um Sie, und dann gehe ich noch mal los und hole Ihre Taschen.»

«Ich kann doch auch eine tragen», protestierte Vaun.

«Lieber nicht.» Mit leeren Händen führte Kate sie die Treppe hinauf, tippte oben den Code der Alarmanlage ein, schloß mit ihrem Schlüssel die Tür auf und griff sofort nach oben, um eine Klingel abzustellen, die beim Öffnen der Tür zu schellen angefangen hatte. Sie verriegelte die Tür hinter ihnen, legte innen den Schalter der Alarmanlage um und wandte sich wieder Vaun zu.

«Morgen zeige ich Ihnen, wie die Alarmanlage funktioniert. Möchten Sie etwas essen oder trinken?»

«Ich hätte gern ein Glas Wasser, bitte.»

Kate führte sie durch den kurzen Flur bis zur Küche. Sie hatte Lee gebeten, die Lampen brennen zu lassen, und so war das ganze Haus jetzt hell erleuchtet. Kate betrat die Küche, goß Quellwasser in ein Glas und wollte gerade zwei Eiswürfel hinzugeben, als sie merkte, daß Vaun nicht hinter ihr war. Sofort lief sie ins Wohnzimmer. Vaun hatte die Vorhänge zurückgezogen, und vor ihr breitete sich der zauberhafte Anblick der weit geschwungenen Bucht aus. Es war eine klare Nacht, und jedes Licht von Sausalito bis nach Berkeley blinkte auf. Alcatraz sah aus wie ein Spielzeug zu ihren Füßen. Im nächsten Moment zog Kate direkt vor Vaun die Vorhänge zu.

«Bitte stellen Sie sich nicht vor das Fenster, wenn hier drinnen das Licht an ist. Das macht mich nervös. Hier ist Ihr Wasser.» Vaun sah aus wie ein aufgescheuchtes Reh, und Kate wußte sofort, daß sie überreagiert hatte. «Es tut mir leid. Ich wollte Sie nicht anfahren, aber das ist eine der Regeln, an die Sie sich gewöhnen müssen. Sobald ich die Türen und Fenster kontrolliert habe, können wir das Licht ausschalten, wenn Sie möchten, und dann können Sie nach Herzenslust hinausschauen. Von oben haben Sie denselben Ausblick», fügte sie hinzu, «und außerdem haben Sie da einen höheren Aussichtspunkt. Allerdings gibt es weniger Fenster.»

Vaun nickte schweigend und trank durstig.

«Ich führe Sie schnell herum, damit Sie wissen, in was für einem Haus Sie schlafen, und dann bringe ich Sie nach oben, in Ordnung? Wie Sie sehen, ist das hier das Wohnzimmer. Hinter diesen Schranktüren befinden sich ein Fernseher und ein Videorecorder, falls Ihnen der Sinn danach steht.» Das Zimmer durchmaß die gesamte Breite des Hauses, fast siebzehn Meter. Die hohen Wände waren mit rohem Redwood getäfelt, die Vorhänge waren aus naturfarbenem Leinen. Die Bodenfläche bestand aus einem Eichenparkett, in das ein raffiniertes Intarsienmuster aus Kirschbaum, Teak und Birke eingelegt war. Der Raum wurde von einem Sammelsurium nicht zueinander passender Möbel vage in zwei Hälften unterteilt. Auf der einen Seite stand ein wunderschöner Eßtisch aus Rosenholz mit einem Dutzend verschiedener Stühle, auf der anderen befanden sich helle Sofas und Sessel, zwei preiswerte tibetanische, rosa, hellblau und weiß gemusterte Teppiche, einige große, gesunde Zimmerpflanzen und eine riesige Metallplastik mit an die hundert kleinen, spitz zulaufenden Schälchen, die jeweils von einer winzigen, perfekt gearbeiteten menschenähnlichen Figur getragen wurden. Vaun ging darauf zu und schaute sie sich neugierig an. Kate mußte lachen.

«Das ist einer von Lees Schätzen, eine Art Kandelaber aus Öllämpchen. Er stammt aus Südindien. Jedes Schälchen ist mit Öl gefüllt und hat einen Docht.»

«Benutzen Sie ihn auch?»

«Einmal haben wir ihn angezündet, aber entweder haben wir die falsche Sorte Öl benutzt, oder man kann ihn nur draußen benutzen. Jedenfalls hat es zum Himmel gestunken, und alles war voller Ruß.»

«Und eine Woche lang sind wir auf Ölflecken ausgerutscht», meldete sich eine Stimme hinter ihnen. Lee stand im Türrahmen, bekleidet mit einem dicken weißen Frotteebademantel, in dessen tiefen Taschen sie die Hände vergraben hatte. An ihren zerzausten Haaren sah man, daß sie gerade erst aus dem Bett gekrochen war, und ein leuchtendroter Fleck auf ihrem Nasenrücken verriet, daß sie wieder einmal mit ihrer Lesebrille auf der Nase eingeschlafen war.

«Tut mir leid, daß wir dich geweckt haben, Lee», sagte Kate und stellte die beiden einander vor.

«Ihr habt mich nicht geweckt», antwortete Lee und fügte zu Vaun gewandt hinzu: «Ich bin oft schon früh auf.»

«Lee, könntest du mit ihr schnell einen Rundgang durchs Haus machen, während ich ihre Sachen hochhole?»

«Aber gern.»

Kate hörte mit halbem Ohr Lees unbeschwerten Monolog, während sie die Alarmanlage ausprobierte, die Klingel wieder abstellte und Vauns Taschen aus der Garage in das erst kürzlich eingerichtete Gästezimmer trug. Dann überprüfte sie alle Türen und Fenster, sah in jedem Schrank und unter jedem Bett nach (wobei sie sich ein wenig albern vorkam), bevor sie zu den beiden in Lees Behandlungsräume ging.

Die Räume, in denen Lee ihre Patienten empfing, teilten zwar mit der Wohnung dieselbe Haustür, aber man gelangte erst durch eine weitere Tür in der Diele dahin. Es war eine völlig eigenständige Wohnung mit einer Toilette und sogar einem kleinen Kühlschrank und einer Kochgelegenheit.

Der erste Raum war groß und eine zwanglose Kombination aus Künstleratelier und Arbeitszimmer. In einer Ecke standen ein Schreibtisch und zwei Sessel, in der anderen ein altes Sofa und ein paar vollgepackte Stühle. Drei Staffeleien, ein hoher Arbeitstisch, ein Spülbecken und Schränke nahmen den übrigen Platz in Anspruch. In den Schränken befanden sich Papier, aufgespannte Leinwände, Aquarell-, Acryl- und Ölfarben, große Kübel mit Ton, Glasuren, Dutzende von Pinseln und die verschiedensten anderen Utensilien, die man vielleicht benötigte, wenn ein Patient einem Bild Gestalt verleihen wollte, das tief aus seinem Unterbewußtsein kam. Es war ein gemütlicher und zweckdienlicher Raum, doch Lees ganzer Stolz war das nächste, kleinere Zimmer – ihr Sandkastenzimmer. Kate folgte dem Geräusch der Stimmen und trat ein.

Seit zwei Wochen war sie nicht mehr hiergewesen, und wieder ließ sie sich von diesem Zimmer bezaubern, als sähe sie es zum ersten Mal. Drei Wände waren vollgestellt mit schmalen Regalen, auf denen Hunderte, ja Tausende kleiner Figürchen standen: Ballerinen und Hexenmeister, Könige und Schwäne, Rockstars, Pferde, Drachen, Fledermäuse, Bäume und Schlangen. Auf einem Regalbrett standen zwei komplette Armeen, eine mit Ritterfiguren und Pferden aus Zinn, die andere in moderner Khaki-Bemalung. Teegedecke, Diademe und Teddybären, die Mauern einer Burg, ein Lebkuchenhaus und ein modernes vorstädtisches Reihenhaus, daumengroße Verkehrsschilder, mythische Figuren und einfache Fußgänger, Männer, Frauen, Kinder, Babys, ein winziges Kruzifix mit einer Ikone und eine alte geschnitzte Fruchtbarkeitsgöttin, eine Badewanne aus Porzellan, Spielzeugautos, Flugzeuge, ein Pferdepflug und ein detailgetreu nachgebildetes Paar Schneeschuhe. Sogar die Nachahmungen einer Flut und eines Vulkanausbruchs waren zur Hand, wenn man etwas Zerstörerisches brauchte. Vaun stand vor dem höheren der beiden Sandkästen, fuhr abwesend mit der Hand durch den schneeweißen Sand und konzentrierte sich auf Lees Worte.

«… genau richtig. Deshalb fange ich mit Leuten, die keine Künstler sind, in dem anderen Zimmer an und bitte sie, sich an den Farben oder an einer Collage oder einer Plastik zu versuchen. Ein Künstler dagegen ist es gewohnt, Materialien durch Formgebung einen visuellen Ausdruck zu verleihen, also hat das für ihn keine therapeutische Wirkung. Dafür sind die Sandkästen da. Hier, wo alle Objekte bereits vorhanden sind und nicht mehr manipuliert werden müssen, wird das Unterbewußtsein von allen ästhetischen Entscheidungen und Bewertungen befreit und kann seine Geschichte allein durch die Auswahl und Zusammenstellung der Figuren und Objekte erzählen. Was man an der endgültigen Zusammenstellung im Sandkasten erkennt, kann sehr aufschlußreich sein.»

«Aufschlußreich für Sie?»

«Sowohl für mich als auch für den Patienten. Wenn er fertig ist, komme ich normalerweise dazu, stelle Fragen und gebe meinen Kommentar. Oft lasse ich es auch eine Zeitlang stehen, um es mir noch genauer anzusehen. Allerdings habe ich auch eine Anzahl von Patienten, die etwas im Sand zusammenstellen und dann selbst wieder wegräumen, es sei denn, sie hätten eine Frage dazu. Wenn man die betreffende Person gut genug kennt, um zu wissen, daß sie damit umgehen kann, dann bestärke ich sie darin. Das Ganze ist eine Therapie.»

«Wo wir gerade davon sprechen», unterbrach Kate sanft, «findest du, daß das die richtige Behandlung für jemanden ist, der gerade erst aus dem Krankenhaus entlassen worden ist?»

Vaun sah in der Tat müde aus, obwohl sie im Wagen ein wenig geschlafen hatte. Gehorsam folgte sie Kate die Treppe hinauf, an Lees Zimmer zur Rechten und Kates zur Linken vorbei, in einen großen luftigen Raum am Ende des Flures. In seiner Nähe gab es keine Bäume, keine tragfähigen Dachrinnen und keinen Balkon. Dafür bot er durch die Fenster einen einzigartigen Ausblick. Lee hatte Rosen auf die Kommode gestellt, zarte, feste Blüten in einem silbrigen Lavendelton.

«Hier ist das Bad», sagte Kate, während sie eine Tür öffnete und wieder schloß, «und hier der Fernseher.» Diesmal öffnete sie eine Schranktür. «Das hier ist der Alarmknopf.» Sie gab Vaun eine Umhängeschnur, an deren Ende sich ein kleines schwarzes Kästchen mit einem eingelassenen Druckknopf befand. «Er ist nicht wasserdicht, aber abgesehen vom Bad können Sie ihn jederzeit tragen oder in der Nähe haben. Sobald Sie ihn drücken, bin ich in zehn Sekunden zur Stelle. Da drüben ist mein Zimmer, falls Sie nachts einmal etwas brauchen sollten. Lee schläft auf der anderen Seite. Falls Sie sich ein Buch holen wollen, die Tür dort drüben führt zu dem, was wir großspurig die Bibliothek nennen.»

«Steht Lee wirklich normalerweise um diese Zeit auf oder wollte sie nur höflich sein?»

«Lee hat noch verrücktere Schlafenszeiten als ich. Vor ein paar Wochen hat sie sogar mehrere Nächte bis ungefähr um diese Zeit im Krankenhaus verbracht. Aber wenn sie zu normalen Zeiten ins Bett kommt, steht sie tatsächlich früh auf. Sie braucht nicht viel Schlaf. Machen Sie sich wegen Lee keine Gedanken, und wegen mir auch nicht. Sie sind hier herzlich willkommen.» Zu ihrer eigenen Überraschung merkte Kate, daß sie das sogar ehrlich gemeint hatte

«Danke, Casey.»

«Kate. Nennen Sie mich bitte Kate.»

«Ja. Danke, Kate. Gute Nacht.»

«Behalten Sie stets den Alarmgeber in der Nähe, und öffnen Sie nicht die Fenster, bis ich herausgefunden habe, wie man die Alarmanlage außer Kraft setzen kann. Und schalten Sie das Licht aus, wenn Sie die Vorhänge zurückziehen wollen. Bitte.»

Vaun sah plötzlich ganz zerbrechlich aus und setzte sich aufs Bett. «Ach, Casey. Kate. Ehrlich, ich glaube nicht, daß ich das durchstehen werde. Lassen Sie mich nach Hause gehen und ...»

«O mein Gott. Gerry Bruckner hat schon vorausgesagt, daß Sie so denken würden. Bitte, Vaun, schalten Sie einfach einmal für ein paar Stunden Ihren Kopf aus. Sie sind jetzt müde, es geht Ihnen nicht gut, und deshalb werden Sie auch schnell mutlos, das ist alles. Morgen scheint wieder die Sonne. Sogar in San Francisco. In Ordnung?» Lee hätte jetzt Vaun in die Arme genommen, um sie und sich selbst zu beruhigen, aber Kate tat es nicht.

«Na gut, Sie haben ja recht. Kommt Al Hawkin vorbei?»

«Morgen zum Lunch. Gute Nacht.»

«Danke, Kate. Gute Nacht.»

Kate schlief unruhig. Alles an ihr war auf die Frau konzentriert, die am anderen Ende des Flurs schlief. Mehrmals wachte sie auf, als eine Tasse in der Küche klirrte, eine Tür aufging und als Vaun einmal im Traum etwas Unverständliches schrie. Schließlich wurde sie von der Türglocke geweckt, und als sie den Kopf hob, hörte sie, wie Lee die Treppe hinunterging, um die Tür aufzumachen. Der Wecker neben dem Bett zeigte 10.42 Uhr. Hawkins Stimme drang die Treppe herauf, und sie entspannte sich, legte sich noch einmal zurück und reckte sich. Eine Minute später stand sie auf, zog ihre Sachen an und ging hinunter, um ihn zu begrüßen.

Das Schnarren der Kaffeemühle lockte sie durch den Flur, und dann sah sie Hawkin, der es sich an dem kleinen Tisch bequem gemacht hatte und auf Lees Rücken blickte. In seinem Ausdruck lagen Unsicherheit und leichter Widerwille. Lees Garderobe war wie immer von eigenwilligem Geschmack. In diesem Falle handelte es sich um weite, mit verkrusteter Farbe befleckte Hosen aus guatemaltekischer Wolle, eine langärmelige, zwetschgenblaue Bluse aus Rohseide, die Ärmel aufgerollt, ein Paar Mokassins, die Kate noch in ihrer gemeinsamen Berkeley-Zeit bei einem Straßenhändler an der Telegraph Avenue gekauft hatte, und eine gestärkte weiße Schürze, die noch Lees Großmutter genäht hatte. Das Haar hatte sie sich zu einem Knoten aufgesteckt, der von einem Bleistift gehalten wurde. Nichts, was seinen Widerwillen hätte erregen müssen. Vielleicht der Bleistift?

Sobald sie eintrat, wurde Hawkins Gesichtsausdruck sofort liebenswürdig und professionell.

«Morgen, Kate. Gab es letzte Nacht irgendwelche Probleme?» Man hatte sie bis vor die Tür eskortiert, und nachdem Vaun zu Bett gegangen war, hatte sie ihn noch einmal angerufen. Er sprach also von der Zeit danach.

«Guten Morgen, Al. Hallo, Lee. Sie meinen heute morgen, nicht letzte Nacht. Nein, keine Probleme.»

Am Samstag hatte es allerdings in der Tat Probleme gegeben, und vielleicht war das auch der Grund für sein Mißbehagen. Hawkin war zu ihnen nach Hause gekommen, um Lee kennenzulernen und ihr zu erklären, warum sie das Haus verlassen müsse. Lee hatte ihm aufmerksam zugehört, und nachdem er geendet hatte, hatte sie ihm durch die Blume zu verstehen gegeben, er sei ein kompletter Idiot, wenn er glaube, daß sie das tun werde, und warum solle denn überhaupt die Polizei die alleinige Verantwortung für einen schöpferischen Menschen wie Vaun übernehmen? Fast eine Stunde lang hatten die beiden einander argwöhnisch umkreist wie zwei Fechter in einem psychologischen Kampf, die mit Finten und Scheinangriffen die Stärke des anderen auszuloten versuchten, ohne sich jedoch einen offenen Schlagabtausch zu liefern.

Plötzlich war Hawkin aufgestanden und zur Haustür hinausgelaufen. Eine Minute später hörte man den Kofferraumdeckel zuschlagen, und er kam mit einem Paket zurück, dessen Inhalt Kate bereits kannte: Mrs. Jamesons alter Vorhang, in den Vauns Bilder eingeschlagen waren. Er wickelte sie auf dem Eßtisch aus, stellte sie nebeneinander an die Wand und wandte sich mit ausladender Geste zu Lee um.

«Na schön. Sie sind die Expertin. Sagen Sie mir, was für ein Mensch diese Bilder gemalt hat.»

Lee war das Erstaunen vom Gesicht abzulesen, und sie signalisierte einen Waffenstillstand, indem sie zu den Bildern ging, niederkniete und sie berührte. Eingehend studierte sie Red Jameson und seinen schwitzenden Sohn, die unschuldige Verführerin, das junge / erwachsene Mädchen im Spiegel und den lässig hingestreckten jungen Mann. Nach einer kleinen Ewigkeit trat sie zurück und fuhr sich mit den Fingern durch die Haare. Sie blickte immer noch auf die Bilder, als sie wie abwesend sagte: «Was war es, was Sie wissen wollten?»

«Ich will wissen, was für ein Mensch diese Bilder gemalt hat.»

«Eine Frau mit den Augen einer Hexe und den Händen eines Engels.» Das sagte sie mehr zu sich selbst, und Hawkin lachte höhnisch auf.

«Ist es das, was man heutzutage im Psychologieseminar in Berkeley lernt? Bitte belasten Sie mich nicht zu sehr mit diesem technischen Jargon, Dr. Cooper.»

In Lee stieg Zornesröte hoch, und sie wandte sich wütend zu ihm um.

«Welcher Aspekt der Persönlichkeit dieser Künstlerin interessiert Sie denn genau? Eine Analyse der Veränderungen in ihrem sexuellen Empfinden über den Zeitraum, den diese Bilder abdecken? Das Ausmaß der Psychose, die hier deutlich wird? Vielleicht eine Freudsche Einschätzung der Beziehung zu ihren Eltern?»

«Ich will wissen, ob sie einen Mord hätte begehen können.»

«Jeder könnte einen Mord begehen, wenn sein Motiv nur stark genug ist. Das sollten Sie doch wissen.»

Sie funkelten einander an, und Kate kam es beinahe so vor, als röche sie verbranntes Haar. Als Hawkin wieder sprach, stieß er die Silben zwischen zusammengebissenen Zähnen hervor.

«Ihrer professionellen Meinung nach, *Doktor Cooper*: Könnte die Frau, die diese Bilder gemalt hat, einen kaltblütigen Mord an einem kleinen Mädchen begangen haben, gegebenenfalls unter Einfluß von LSD oder eines Flashback, der durch eine früher verabreichte LSD-Dosis hervorgerufen wurde?»

Lee riß die Augen von ihm los, schaute wieder auf die Reihe der Bilder, und während sie sich mit zusammengekniffenen Augen sammelte, schien sie einen Schutzwall um sich aufzurichten.

«Meiner professionellen Meinung nach: nein. Ich bin keine Expertin in der Diagnose von Bildern, aber ich würde meinen, daß diese Frau eher dem Selbstbild eines Menschen einen fürchterlichen Tod auf der Leinwand bereitet, als tatsächlich jemanden im pathologischen Sinn umzubringen, insbesondere wenn es sich um einen Unschuldigen handelt. Was das LSD betrifft, so ist es eine Droge, deren Wirkungen man nie vorhersagen kann, besonders bei dem Stoff, den man auf der Straße bekommt. Aber ich habe bereits LSD-Therapiesitzungen geleitet und die Langzeitwirkungen der Droge untersucht, und ich würde sagen, daß ein so gewalttätiger Flashback höchst unwahrscheinlich ist. Doch wie ich bereits sagte, ich bin keine Expertin. Wenn Sie möchten, kann ich Ihnen aber die Namen von ein paar Leuten nennen, die Sie fragen können.»

«Wen würden sie vorschlagen?»

Lee rasselte ein halbes Dutzend Namen herunter. «Das sind natürlich alles Leute aus der Bay Area. Es gibt auch noch einen Mann in Los Angeles ...»

«Nein, danke, das reicht schon. Diese Leute habe ich alle bereits aufgesucht, außer Kohlberg, die sich im Augenblick in Frankreich aufhält.» Er fing an, die Bilder einzusammeln, und wickelte sie wieder in Becky Jamesons alten Vorhang. Lee sah ihm dabei zu und reichte ihm zögernd das letzte Bild.

«Und was haben die Experten gesagt?» fragte Kate.

«Ungefähr dasselbe.» Er klemmte sich das dicke Bündel unter den Arm, hielt einen Moment inne, schüttelte dann unzufrieden den Kopf und ging.

Nachdem Hawkin gegangen war, hatte Kate einen plötzlichen Anfall von Erschöpfung verspürt. Lee dagegen hatte den Eindruck erweckt, als sei sie allerbester Laune, und den ganzen Tag über ein Lied auf den Lippen gehabt.

In der gleichen aggressiv beschwingten Stimmung war sie auch jetzt. Kate merkte das daran, wie sie den Rücken krümmte und mit welcher Geschwindigkeit sie das Messer auf das Schneidebrett sausen ließ. Sie setzte ihre Selbstsicherheit als Waffe ein, und Hawkin konnte nur griesgrämig dasitzen und auf seine Chance warten. Er wandte sich demonstrativ Kate zu, fischte einen braunen Umschlag aus der Jackentasche und reichte ihn ihr.

Sie bog die Metallklammern auseinander, zog vier Schwarzweißfotos und drei Zeichnungen heraus und legte sie auf den Tisch. Hawkin streckte die Hand aus und legte sie in zwei Reihen untereinander wie eine unbekannte Variante einer Patience. Sie hob das erste Foto hoch und besah sich genau das junge Gesicht, das gerade den Mund zu einem Ausruf geöffnet hatte. Offensichtlich handelte es sich um die Ausschnittvergrößerung eines Gruppenfotos, denn in einer Ecke sah man noch eine Schulter und im Vordergrund ein Bein in engen weißen Leggings und die genagelte Sohle eines Schuhs.

«Sind die von Trainer Shapiro?» fragte sie.

«Endlich haben wir sie. Der Fotograf hat das wirklich gut hinbekommen.»

Kate konzentrierte sich auf die übrigen drei Abzüge, auf denen dasselbe Gesicht einmal so retuschiert war, daß es aussah wie das von einem Mann mittleren Alters, dann mit einem Schnurrbart und schließlich mit einem Vollbart versehen war. Das letzte Bild verwunderte sie.

«Das sieht nicht ganz richtig aus», sagte sie schließlich. «Ich habe ihn nur einen Augenblick lang gesehen, aber die Nase war anders, und die Augenbrauen auch.»

«Gut beobachtet, wenn man die Umstände bedenkt. Tyler und Angie sagen genau dasselbe. Susan hat sich das Foto vorgenommen und in die Zeichnung eingearbeitet, die sie letzte Woche angefertigt hat, und dabei kam das da heraus.» Er zeigte auf die Zeichnungen. Auch Susan Chin hatte ihre Sache gut gemacht. Die Zeichnung mit dem Vollbart stellte genau den Mann dar, den Kate zehn Tage zuvor in Vauns Haus gesehen hatte. Dann hatte Susan den Bart weggenommen und nur den Oberlippenbart belassen. Dabei hatte sie sich an den Kieferknochen von dem Bild aus der High-School-Zeit orientiert. Schließlich hatte sie den Mann auch noch glattrasiert dargestellt.

«Das ist er. Offensichtlich hat er sich die Nase operieren lassen und etwas mit seinen Augenbrauen gemacht.»

«Wir wissen jetzt auch, wer Tony Dodson ist. Oder besser, wer er war.»

«Es war also nicht einfach nur ein falscher Name?» Kate war überrascht.

«Offenbar nicht. Es gab einen Mann namens Anthony Dodson, der mit Lewis zusammengearbeitet hat und ihm sogar ein wenig ähnlich sah: Haarfarbe, Augen und Größe stimmten überein, nur war er fünfzehn bis zwanzig Pfund schwerer. Lewis ist nach der High School in den Norden gegangen, hat eine Zeitlang in Seattle gewohnt und dann den Job bei der Pipeline in Alaska bekommen. Dort hat er Dodson kennengelernt. Die beiden haben sich angefreundet und ein paar Wochenenden zusammen in Anchorage verbracht. Nach einigen Wochen fuhren sie für eine Woche nach Seattle und tauchten nie wieder an ihrer Arbeitsstelle auf. Lewis schrieb in einem Brief, sie hätten beide Arbeit in New Orleans gefunden, sie hätten die Schnauze voll von der Kälte, ihre Sachen und ihre Ausrüstung könne man verschenken, und damit ciao. Von diesem Zeitpunkt an hört man nie wieder etwas von Andy Lewis – absolut nichts. Aber Tony Dodson, der ursprünglich aus Montana stammte, läßt sich zwei Monate später in Nevada einen Führerschein ausstellen.»

«Und das Foto?»

«Zeigt denselben Mann, der als Andy Lewis zur High School gegangen ist, wenn man dabei berücksichtigt, daß das Foto auf dem Führerschein miserabel und er mittlerweile zehn Jahre älter ist und sich einer Gesichtsoperation unterzogen hat.»

Das Essen kam vom Herd auf die Teller und von dort auf den Tisch: Omeletts mit Pilzen und Avocados und warmer Toast mit Butter, dazu frisch im Mixer am Spülbecken gepreßter Orangensaft und starker Kaffee in Bechern. Kate nahm einen großen Schluck, spülte ihn zwischen den Zähnen hin und her und schmeckte das charakteristisch würzige Aroma des Jemen-Mokkas. Insgeheim wunderte sie sich, sagte aber nichts. Lee hätte es nicht gefallen, wenn Kate verraten hätte, daß sie sich bei dieser Mahlzeit besondere Mühe gegeben hatte.

Die Köchin setzte sich mit einer Tasse, aber ohne Teller hin und nahm das Originalfoto hoch. Nach einer Weile schaute Kate zu ihr hinüber.

«Ißt du denn gar nichts?»

«Ich habe vorhin etwas gegessen. Ich dachte, ich warte lieber und leiste später Vaun Gesellschaft.»

«Das Bild beunruhigt dich», bemerkte Kate. Hawkin hob ruckartig den Kopf und musterte Lee genauer, doch ihr Blick verriet nichts als milde Neugierde.

«Das stimmt. Es erinnert mich an jemanden, den ich ein paarmal gesehen habe, als ich in New York war. Er war nicht mein Patient, aber ich bin ihm öfter in der Klinik begegnet. Eines Tages erzählte er seiner Therapeutin, er habe ein paar Penner zusammengeschlagen, nur so aus Spaß, und einer von ihnen sei daran gestorben. Sie war völlig verstört, als er wieder ging, aber sie schaffte es trotzdem, den Tag über durchzuhalten. An diesem Abend hat er auf sie gewartet, ist ihr nach Hause gefolgt und hat sie umgebracht. Später gab er zu Protokoll, er sei zu dem Schluß gekommen, daß es unklug gewesen sei, ihr das zu erzählen. Aber sie hatte bereits die Polizei verständigt, und als er nach Hause kam, erwartete sie ihn schon. Aber eigentlich hat er gar nicht so ausgesehen.» Sie wedelte mit dem Bild. «Vielleicht ein bißchen Ähnlichkeit um die Augenpartie.» Sie starrte noch einmal auf das Foto und schob es dann mit einem Zittern von sich weg. Als sie aufsah, blickte sie Hawkin direkt in die Augen. Diesmal war es kein Fechtkampf mehr.

«Als Therapeutin bin ich verpflichtet, zu bestreiten, daß es so etwas wie einen angeborenen Trieb zum Bösen gibt. Es gibt immer Gründe, warum Menschen anomal sind. Als Mensch jedoch erkenne ich, daß es ein solches Phänomen durchaus gibt. Dieser Lewis muß gestoppt werden. Und ich glaube, daß meine Anwesenheit hier Ihnen helfen könnte, ihn zu fassen. Wenn ich den Eindruck habe, daß ich im Weg bin, werde ich gehen. Sofort.»

Es hörte sich durchaus nicht an wie ein Angebot, ein Kompromiß, aber Hawkin beschloß, es trotzdem als solchen zu betrachten. Die beiden Frauen warteten, bis er seinen Toast aufgegessen, Messer und Gabel auf dem Teller abgelegt und einen Schluck Kaffee getrunken hatte. Als er dann sprach, wandte er sich an Kate.

«In Ordnung. Es gefällt mir zwar immer noch nicht, daß eine Zivilistin in die Sache einbezogen wird, und wenn ich nur eine Sekunde lang glauben würde, daß Lewis eine Chance hätte, ins Haus zu kommen, würde ich die Sache sofort abblasen. Aber es stimmt, alles sieht normaler aus, wenn Lee im Haus ist. Und es stimmt auch, daß Lee gut für Vaun ist, und theoretisch können Sie besser aufpassen, wenn Lee sich um Vaun kümmert. Ich muß Ihnen einfach vertrauen, daß Sie sich von Lee nicht ablenken lassen. Und Ihnen muß ich vertrauen» – er deutete auf Lee –, «daß Sie darauf achten und sofort verschwinden, wenn sie Ihnen mehr Aufmerksamkeit schenkt als Vaun. Es gefällt mir nicht, zu vielen Leuten auf einmal vertrauen zu müssen, aber wenn wir es so machen» – er wandte sich wieder an Kate –, «dann ist das Ihre Verantwortung und Ihre Entscheidung. Sie kennen Lewis. Wenn Sie sich dafür entscheiden, daß Sie Ihre Freundin diesem Risiko aussetzen wollen, dann tun Sie das. Wenn nicht oder wenn ich mit den Sicherheitsvorkehrungen nicht zufrieden bin, dann treffen wir andere Maßnahmen. Einverstanden?»

Kate holte tief Luft und gab ihr Versprechen: «Einverstanden.»

«Schön. Fangen wir hiermit an.» Er holte einen Gegenstand aus der Jackentasche, der dem Alarmgeber glich, den Kate Vaun gegeben hatte, und knallte ihn vor Lee auf den Tisch. «Sie tragen das hier Tag und Nacht bei sich. Sobald Sie auf den Knopf drücken, wissen wir auf der anderen Straßenseite, daß etwas nicht stimmt. Sobald Sie ihn nicht mehr tragen, hole ich Vaun aus dem Haus.»

Lee lächelte zuckersüß und behauptete ihren Standpunkt.

«Ich bezweifle, daß Sie die gesetzliche Vollmacht hätten, Vaun einfach hin und her zu schieben, wenn sie lieber bei mir bleiben wollte, aber selbstverständlich werde ich jeder vernünftigen Bitte entsprechen.»

Kate machte sich geschäftig daran, neuen Kaffee zu kochen, während Hawkin eine finstere Miene aufsetzte und Lee ihn anlächelte wie eine Rose aus Stahl. Schließlich zuckten seine Lippen.

«Dr. Cooper. Es würde mich, was die Sicherheit aller in diesem Hause Befindlichen betrifft, über die Maßen beruhigen, wenn Sie diesen Alarmgeber zu jeder Tages- und Nachtzeit bei sich trügen.»

«Ich verstehe Sie vollkommen, Inspector Hawkin, und ich werde Ihrer Bitte mit Vergnügen nachkommen. Möchten Sie noch etwas Kaffee?»

«Ihr Kaffee, verehrte junge Dame, war einer der wenigen Lichtblicke der vergangenen zwei Wochen, aber dennoch fürchte ich, daß ich die vierte Tasse ablehnen und mich kurz bei meiner Arbeit zeigen sollte. Für das Frühstück danke ich Ihnen ebenfalls.»

Er stand auf, und Kate folgte ihm zur Tür.

«Al, ich glaube, Vaun würde Sie gerne sehen.»

«Ich hätte schon vor zehn Minuten in San Jose sein sollen. Ich schaue heute abend noch einmal vorbei.»

«Kommen Sie doch zum Essen.»

«Ach nein, ich ...»

«Bitte.»

«Also schön. Ich freue mich darauf. Wenn starker Verkehr herrscht, kann es nach sieben Uhr werden.»

«Ich stelle mich auf acht Uhr ein. Allerdings sollte ich Sie vorwarnen, daß Sie nicht so ein gutes Essen wie gerade eben bekommen werden. Ich bin eine miserable Köchin.» Er lächelte.

«Müssen Sie zu den Donaldsons?»

«Ich fürchte, ja», sagte er seufzend. «Auf wie viele Weisen kann man schon sagen: ‹Vertrauen Sie mir, wir sind an der Sache dran.› Sie will einfach alles wissen, was passiert. Ich kann es ihr noch nicht mal verübeln, aber es macht mir die Arbeit nicht gerade leichter.»

«Bin froh, daß Sie es sind und nicht ich», gab sie offen zu und schaltete die Alarmanlage aus, um ihn hinauszulassen. Keiner der beiden schaute auf das Gebäude zwei Häuser weiter auf der gegenüberliegenden Seite, dessen Dachgeschoß zwischenzeitlich von verschiedenen Männern und Apparaten mit Beschlag belegt worden war. Sie sah ihm nach, wie er in seinen Wagen stieg und die Tür zuzog, und ging dann wieder zurück zu Lee, um mit ihr über das Abendessen zu reden. Wie sie schon erwartet hatte, bestand Lee darauf, selbst zu kochen.

An diesem Abend war Vauns Foto auf der Titelseite der Zeitung. Irgendein unternehmungslustiger Amateur mit einem starken Objektiv hatte sie erwischt, als sie sehnsüchtig aus ihrem Krankenzimmer gestarrt hatte wie eine Gefangene aus der Zelle. Es war ein sehr deutliches Bild.

Bei heißer Suppe, Rindfleisch in Schwarzbohnensauce mit Erbsenpüree, Shiitake-Pilzen und gebratenem Reis stellten sie einen Plan für die nächsten Tage auf. Genauer gesagt, Hawkin und Kate stellten den Plan auf, während Lee ihre Kommentare und Vorschläge machte und Vaun in ihrem Essen herumstocherte. Immer wieder sah sie auf die Zeitung, die zusammengefaltet auf dem Beistelltischchen lag, und machte dabei ein Gesicht wie jemand, der eine Wunde betastet.

Als sie schließlich am Kamin zusammensaßen, kamen sie zu dem Schluß, daß der folgende Samstag der geeignetste Tag sei. Bis dahin würde Vaun sich körperlich und geistig genügend erholt haben, Lewis würde sich sicher fühlen und darauf brennen, sie wieder anzugreifen, und außerdem würde es in den Sonntagszeitungen stehen.

«Ich habe bereits vorab eine Vereinbarung mit einem Redakteur der *News* getroffen, der bereit ist mitzuspielen, wenn er dafür die Exklusivrechte und ein Interview mit Ihnen bekommt», erklärte Hawkin Vaun, die daraufhin zusammenzuckte. «Ich fürchte, das bedeutet, daß noch mehr Fotos von Ihnen erscheinen werden und Ihre Privatsphäre zum Teufel ist. Es tut mir leid.»

«Nach dieser Nachmittagsausgabe da würde davon ohnehin nicht mehr viel übrigbleiben. Es ist überhaupt schon ein Wunder, daß ich ihnen so lange entkommen konnte.»

«Sie sollten bedenken, daß wir Lewis möglicherweise auch vorher finden. Mittlerweile hat jeder Polizist in Kalifornien sein Bild gesehen.» Sein Versuch, sie zu ermutigen, hörte sich ein wenig dürftig an, und Vaun schüttelte nur den Kopf.

«Jetzt seien Sie mal ehrlich, Alonzo Hawkin. Wenn Sie ihn heute abend aufgreifen würden, was könnten Sie ihm dann überhaupt vorwerfen? Ich kenne mich da nicht so aus, aber mir scheint, als hätten Sie überhaupt nichts in der Hand, womit Sie bei einer Jury durchkommen würden. Oder etwa doch?»

«Vaun, sich darüber Gedanken zu machen, ist nun wirklich nicht Ihre Aufgabe.»

«Natürlich nicht, aber es hat ja wohl wenig Sinn, jemanden zu verhaften, wenn Sie ihn aus Mangel an Beweisen sofort wieder freilassen müssen. Machen Sie sich keine Gedanken, ich weiß genau, was ich zu tun habe. Es wäre unsinnig, einen Köder auszulegen, wenn der Tiger nicht so nahe herankommt, daß man seine Absichten erkennt. So ist es doch, oder? Keine Sorge, ich werde stillhalten und darauf warten, daß er auf mich losgeht», wiederholte sie. Doch den anderen gefiel überhaupt nicht, was sie dabei in ihrem Gesicht lasen, und alle drei waren darüber sehr besorgt.

«Ich möchte, daß Sie mir versprechen ...», begann Hawkin, aber Vaun lachte nur – es hörte sich düster und kalt an.

«Nein, ich werde nichts ‹Unüberlegtes› tun, wie es immer heißt. Ich werde mich an die Anweisungen halten und das machen, was Sie mir sagen. Vier wunderbare kleine Menschen haben meinetwegen ihr Leben verloren, wegen dieses Talents, das ich habe. Der Sache muß ein Ende gemacht werden.»

Es lag ein kalter, toter Unterton in ihren Worten. Lee wollte etwas sagen, schwieg dann aber. Hawkin räusperte sich.

«Dann sind wir uns also einig. Am Samstag morgen werden Sie in Begleitung dieser beiden Damen und mit einigen Polizisten in Zivil in Ihrer Nähe einen kleinen Spaziergang zu einem Ausflugsziel wie dem Golden Gate Park oder Fisherman's Wharf unternehmen. Dann werden Sie drei von unserem Lieblingsreporter interviewt und von seinem Fotografen geknipst und erscheinen am nächsten Tag auf der Titelseite der Sonntagszeitung. Danach warten wir drei oder vier Tage ab, und wenn er bis dahin nicht aufgetaucht ist, wiederholen wir das Ganze. Glauben Sie, daß Sie dem gewachsen sind, Vaun?»

Sie riß sich aus einer entlegenen und unangenehmen Erinnerung los und konzentrierte sich auf Hawkin.

«Ja, ja, wie Sie wollen. Entschuldigen Sie bitte. Ich mußte nur gerade an die Eltern der drei Mädchen denken. Ich frage mich, ob sie es überhaupt noch über sich bringen, eine Zeitung aufzuschlagen. Ich frage mich, was sie empfinden, wenn sie sehen, wie ich am Fisherman's Wharf grinsend einen Krabbencocktail esse. Wenn alles vorbei ist, würde ich gern einmal mit ihnen sprechen.»

«Ich glaube, das würde ihnen sehr helfen», sagte Lee, «aber für Sie selbst könnte es sehr hart sein.»

«Was spielt das jetzt noch für eine Rolle?»

«Zunächst einmal», unterbrach Hawkin, «müssen wir da erst noch die Kleinigkeit hinter uns bringen, die Sache auch wirklich zu beenden. Und dafür, denke ich, könnte es nicht schaden, wenn wir uns mal richtig ausschlafen. Gute Nacht allerseits, und vielen Dank für dieses erneut göttliche Mahl, Lee. Haben Sie auch Ihren Alarmgeber dabei?»

«Habe ich.» Sie zog ihn aus ihrem Hemd hervor und ließ ihn wieder hineinrutschen.

«Gut.» Er besann sich. «Vielen Dank.» Im Vorbeigehen berührte er leicht Vauns Schulter, aber sie schien weder das zu bemerken noch überhaupt die Tatsache, daß er ging. Kate stand auf, überließ es aber Lee, ihn durch die Alarmanlage zu schleusen, und wartete darauf, daß die Gedanken hinter der schwarzen Lockenmähne zum

Vorschein kamen. Es dauerte Minuten. Mittlerweile stand auch Lee schon wieder im Türrahmen und wartete ebenfalls. Endlich sagte Vaun etwas.

«Sie haben doch das Bild gesehen, das ich als letztes gemalt habe, nicht wahr, Kate?»

«Ja. Ich habe es neulich in Ihrem Atelier gesehen. Dann hat Gerry es von jemandem ins Krankenhaus bringen lassen.» Seine schreckliche Schönheit war bis zur Unkenntlichkeit zerstochen und zerschnitten, und Hawkin hatte persönlich dafür gesorgt, daß es in die Verbrennungsanlage des Krankenhauses gesteckt wurde. «Das war Mrs. Brand, die Mutter von Jemma. Achtzehn Jahre lang habe ich ihr Gesicht vor Augen gehabt – wie sie an jenem Abend aussah, als sie begriff, daß Jemma wirklich tot war. Im Dezember habe ich wieder angefangen, von ihr zu träumen, und am Ende mußte ich sie einfach malen. Es war eines der ... der schwierigsten Bilder, die ich jemals gemalt habe», ergänzte Vaun mit gespenstisch ruhiger Stimme. «Vielleicht auch eines meiner besten. Und jetzt ist es weg.»

«Vielleicht ...» Kate unterbrach sich. Ihr wurde die unbeabsichtigte Beleidigung klar, die in dem lag, was sie sagen wollte, aber trotzdem fuhr sie fort. «Vielleicht malen Sie das Bild eines Tages noch einmal.»

«O nein.» Vaun schaute zu ihnen hoch, und in ihrem Gesicht lasen sie, daß sie sich still in das Unvermeidliche fügte. «Ich habe gesagt, daß es ein Ende haben muß. Ich werde nie wieder malen.»

27. Kapitel

Es war eine fürchterliche Woche. Vaun strich, die Hände in den Taschen, durchs Haus wie eine verlorene Seele. Tagsüber schlief sie oft stundenlang, dafür brannte nachts Licht in ihrem Zimmer. Sie setzte sich vor den Fernseher und schaute sich wahllos und ohne umzuschalten an, was immer gerade auf einem x-beliebigen Sender lief: Spielshows und alte Filme ebenso wie Fernsehspiele. Dann stand sie plötzlich im spannendsten Moment auf und ging nach oben. Offensichtlich hatte sie von der Handlung überhaupt nichts mitbekommen. Nur Zeichentrickfilme vermochten sie zu interessieren, bis sie von einem Werbeblock unterbrochen wurden.

Lees Therapieräume betrat sie nicht.

Sie aß mechanisch, was immer man ihr vorsetzte, nahm an Unterhaltungen teil, wenn man sie ansprach, und schien im übrigen die unumgänglichen Unannehmlichkeiten geduldig und bereitwillig über sich ergehen zu lassen. Einmal machte sie sogar einen schüchternen Witz darüber, daß man sie zu ihrem eigenen Wohl gefangenhielt.

Lee erkannte in ihrem Verhalten eines der Stadien, die normalerweise unheilbar Kranke auf dem Weg zum Sterben durchliefen. Sie verstand Vaun, litt mit ihr und kämpfte mit aller Entschlossenheit und all ihren Fähigkeiten um sie, doch ohne den geringsten Effekt.

Kate kam es vor, als sehe sie ein intelligentes wildes Tier vor sich, das sich bedächtig den Fuß abbiß, der in eine Falle geraten war.

Am Dienstag kam John Tyler zu ihnen nach Hause. Kate konnte sich nicht recht vorstellen, wie er Hawkin dazu überredet hatte, aber auf jeden Fall kam er an diesem Nachmittag in einem zivilen Polizeiwagen an. Er trug immer noch seine gebügelten Jeans, dazu weiche Schuhe und ein Leinenjackett als Zugeständnis an die Großstadt. Allerdings keinen Schlips. Auch in seinem Verhalten gab er sich formeller und trank zunächst mit den drei Frauen eine Tasse Kaffee, bevor er Vaun die Treppe hinauf in ihr Zimmer folgte. Die beiden blieben den ganzen Nachmittag über dort oben, hier und da hörte man das rhythmische Gemurmel ihrer Stimmen, und nach Einbruch der Dämmerung kam Tyler allein wieder herunter. Er erschien in der Küchentür. Lee und Kate unterhielten sich, Lee rührte dabei in einem Topf. Sie sah ihn zuerst.

«John, möchten Sie etwas zum Abendessen haben? Es gibt nur Suppe, sie ist gleich fertig.»

«Ich muß bald gehen. Ich habe Anna gesagt, daß ich abends wieder zu Hause bin.»

«Vielleicht zuerst ein Glas Wein?»

«Gern, danke.» Kate stand auf und schenkte ihnen allen ein Glas ein.

«Ich bin froh, daß Sie gekommen sind», sagte Lee. «Sie fühlt sich allein und hat Heimweh.»

«Ich glaube nicht, daß das für Vaun etwas Neues ist. Vaun ist eine der einsamsten Frauen, die ich kenne, und für sie spielt es kaum eine Rolle, wo oder mit wem sie zusammen ist.»

«Oh, so ist es ganz bestimmt nicht. Sie hat doch Freunde.»

«Vaun hat zwar Freunde, aber soweit ich weiß, ist der einzige, an dem sie wirklich hängt, Gerry Bruckner. Und der wiederum ist ihr zu wichtig, als daß man ihn nur einen ‹Freund› nennen würde.»

«Gerry habe ich kennengelernt. Ich würde auch Angie gerne kennenlernen. Wie geht es ihr?»

«Angie geht es so wie immer. Aber Sie können sich vorstellen, daß das, was ihr gerade widerfahren ist, ihr Selbstwertgefühl nicht gerade gesteigert hat. Anna hat sie einmal in einer poetischen Anwandlung ‹eine Frau mit verbrauchten Händen und einem hoffenden Herzen› genannt. Und dann tut sie sich ausgerechnet mit einer Frau zusammen, die ihre Hände hat sinken lassen und in deren Herz keine Hoffnung mehr ist. Hoffentlich bringt jemand diesen Bastard um», stieß er hervor. «Ich glaube, ich würde es sogar selbst machen, wenn ich die Gelegenheit dazu hätte.»

«Sie haben es gewußt, nicht wahr?» fragte Kate unvermittelt. «Daß Vaun wegen des Mordes an einem Kind im Gefängnis gesessen hat?»

«Hm. Ja, das habe ich in der Tat gewußt.»

«Und trotzdem haben Sie ihr erlaubt, dort hinzuziehen?»

«Ich habe nicht geglaubt, daß sie es wirklich war. Nein, das ist noch nicht deutlich genug. Ich wußte einfach, daß sie es nicht getan haben konnte.»

«Und im Dezember, nachdem man Tina Merrill gefunden hatte? Haben Sie sich da gar keine Gedanken darüber gemacht, daß Sie wissen könnten, wer sie und später auch noch die anderen umgebracht hatte?»

«Nein. Ich hätte es Ihnen am ersten Tag sagen sollen, als Sie gekommen sind. Aber ich habe es einfach nicht über mich gebracht, ihr wegen nichts ein solches Leid zuzufügen. Ich wußte, daß sie es nicht gewesen war. Und ich hatte recht.»

Aber bei Tony Dodson nicht, dachte Kate, sagte jedoch nichts.

«Sie dürfen auf keinen Fall der Presse oder sonst jemandem sagen, daß sie völlig unschuldig ist. Jedenfalls jetzt noch nicht.» Kate versuchte, ihrer Stimme einen strengen Tonfall zu verleihen.

«Ich spreche überhaupt nicht darüber. Das ist im allgemeinen immer das beste.»

Er blieb noch zwanzig Minuten und fuhr dann im Polizeiwagen fort.

Für die Frauen im Haus wurde es eine wirklich entsetzliche Woche.

Die Erkenntnis, daß sie weit weg vom Mittelpunkt des Geschehens war, machte die Woche für Kate nur noch unerträglicher. Wenn Leute sich nach ihr erkundigten, erzählte man ihnen, daß sie wegen ihrer Verletzungen noch nicht wieder zum Dienst kommen könne. Doch in Wahrheit hätte Kate lieber geblutet, als diesen Teil der Ermittlungen zu verpassen.

Denn gerade jetzt wurde ein tragfähiges Fundament für eine spätere Strafverfolgung gegossen. Jetzt wurden alle Fragen beantwortet, alle Puzzleteile zu einem einheitlichen, überzeugenden Bild für den Staatsanwalt zusammengefügt. Wer? Andrew C. Lewis alias Tony Dodson. Was? Mord, und zwar auf eine besonders kaltblütige und daher unerklärbare Weise: Mord nicht als Ziel, sondern als Mittel für eine höchst komplizierte und ausgeklügelte Rache. Wann? Gab es Zeugen oder Beweise dafür, daß er zu den Tatzeiten in der Nähe der Tatorte gewesen war? Wo? Das war eine gute Frage. Wo war Lewis an besagten Tagen gewesen? Wo hatte er sich herumgetrieben, wenn er «arbeiten» gegangen war? Wo waren die Kleider und die Schultaschen der drei Mädchen abgeblieben? Und dann die entscheidende Frage: Wo war Lewis jetzt? Wie war er an die Kinder herangekommen, womit hatte er sie weggelockt und wie vermieden, dabei Aufsehen zu erregen?

Die ganze Woche über mußte Kate mit der Gewißheit leben, daß in dem Fall ohne sie weiterermittelt wurde, und diese Gewißheit machte es ihr schwer, immer freundlich, ruhig und gleichzeitig wachsam zu sein. Vaun ließ sich treiben. Lee besuchte ihre Patienten im Krankenhaus oder in der Sterbeklinik. Kate ärgerte sich und rief ein dutzendmal am Tag an, um auf dem laufenden zu bleiben. Hawkin und Trujillo schließlich machten sich daran, ein paar Antworten auf die Spur zu kommen.

Eine Woche saß Trujillo nun schon schlecht rasiert und in fleckigen schwarzen Hosen, abscheulichen, spitz zulaufenden Schuhen und einer Lederjacke, vor der er sich mittlerweile schon ekelte, an der Bar des *Golden Grill* unter dem Bild der rotglühenden Frau auf dem Bratrost und trank sich ein Magengeschwür an. Er lernte die Stammgäste kennen und stellte gleichzeitig fest, daß einige der Stammgäste, die mit einem Mann befreundet waren, den sie als «Tony Andrews» kannten, in der letzten Zeit eher selten aufgetaucht waren. Und schließlich lernte er auch noch einen schwammigen Burschen mit Akne im Gesicht kennen, der «Tony» immerhin gut genug kannte, um zu wissen, wo er wohnte, wenn er in der Stadt war.

Viel mehr wußte dieser junge Mann allerdings nicht zu berichten, obwohl er anhänglich wie eine Klette war. Er war selbst nie in «Tonys» Wohnung gewesen, sondern hatte ihn nur eines Morgens aus dem Haus kommen, in seinen Wagen steigen und davonfahren sehen. Trujillo bat den Jungen, ihn zu begleiten, fand das Mietshaus, rief Hawkin an, und kurze Zeit später brachen sie mit einer großen und schwerbewaffneten Eskorte und einem Durchsuchungsbefehl in Hawkins Jackentasche zu der Wohnung auf.

Es war niemand da. Der Hausverwalter holte einen Schlüssel und ließ sie ein in das Heim des dritten Phantoms, hinter dem sich Andy Lewis verbarg.

Es war eine große, in luxuriöser Geschmacklosigkeit eingerichtete Wohnung. Selbst vor einem riesigen Rundbett mit Satinlaken und einer gut gefüllten, mit Leder ausgeschlagenen versteckten Bar hatte Andy Lewis/Tony Dodson/Tony Andrews nicht haltgemacht. Überall fanden sich seine Fingerabdrücke, und anhand anderer konnte man zwei vorbestrafte Drogenhändler identifizieren. Im

Wandschrank fand sich eine große Blechbüchse mit erstklassigem Marihuana, auf einem Regal eine Dose mit Haschisch, außerdem Heroin im Wert von etwa fünfzigtausend Dollar, bereits für den Straßenverkauf in Briefchen abgepackt. Daneben die üblichen Drogenutensilien. Im Labor wurde später festgestellt, daß sich im Teppich und auf den Möbeln nicht geringe Spuren von Kokainstaub befanden. Eine geladene Schrotflinte fand sich im Garderobenschrank neben der Eingangstür, eine zweite im Schlafzimmerschrank. In der Schublade des Nachttischchens entdeckten sie zwei lose Patronen des Kalibers .45 und Spuren von Waffenöl.

Die Kleider in dem ungewöhnlich großen, begehbaren Kleiderschrank im Wohnzimmer schienen zwei verschiedenen Männern zu gehören, obwohl sie alle die gleiche Größe hatten und auf allen die gleichen dunklen Kopfhaare und schwarzbraunen Barthaare gefunden wurden. Auf der linken Seite hing alles ordentlich auf hölzernen Kleiderbügeln: Seidenhemden, Wollanzüge, die Trujillo einen Pfiff entlockten, und ein bis obenhin mit italienischen Schuhen gefülltes Regal. Die Kleidung war ein wenig zu protzig, und Hawkin kam der Gedanke, daß einige der Sachen an einem Mann mit langen Haaren und einem Vollbart ein wenig unpassend ausgesehen haben mußten. Auf der rechten Seite hingen die Klamotten für die Tyler's Road: alte Arbeitshosen, zerschlissene Flanellhemden und Overalls. Auf dem Boden verstreut lag ein Sammelsurium ölverschmierter Stiefel und Tennisschuhe.

Außerdem stand da ein Bild.

Es ragte ein wenig hinter dem Schuhregal hervor, und Hawkin fiel auf, daß auf der Rückseite die Leinwand an den Ecken abgescheuert war. Er drückte sich an Trujillo vorbei (der immer noch angezogen war wie ein Zechkumpan und neidisch die Revers befingerte), zog die Leinwand hervor und trug sie ans Licht. Am Fenster drehte er sie um – und da war Andy Lewis, genau wie Red Jameson ihn beschrieben hatte: halbnackt, ein wenig verschwitzt, mit einem schmallippigen verächtlichen Grinsen und dem gewundenen Drachen auf dem Oberarm. Die schmale Stuhllehne ragte unter seinem Kinn auf wie ein Phallussymbol.

Hawkin studierte mit müden Augen die glänzende Oberfläche

und suchte nach den tieferen Ebenen des Bildes. Und nur weil er bewußt danach suchte, entdeckte er sie auch. Auf den meisten von Vauns besseren Gemälden verbarg sich hinter dem oberflächlichen Bild noch etwas anderes, eine versteckte Bedeutung, die sich nur dem geduldigen Auge erschloß. Und dieses Bild war eines ihrer besten. Red hat es sich nicht genau genug angeschaut, dachte Hawkin, er war zu angewidert von dem, was es oberflächlich darstellte. Sonst hätte er sich um seine Nichte keine Sorgen gemacht.

Es war eine Karikatur. Überraschend kunstfertig und subtil für einen Teenager, aber tatsächlich eine Karikatur. Auf den ersten Blick sah man nur das Porträt eines jungen Mannes, für den die Künstlerin ebensoviel Liebe wie Lust empfand. Erst allmählich machten sich die leichten Übertreibungen bemerkbar, und bald wußte Hawkin, daß sie Andy Lewis nicht gemalt hatte, wie sie ihn sah und empfand, sondern so, wie Andy Lewis glaubte, daß die Frauen ihn sahen. Das Bild stammte aus dem April.

Trujillo hörte ihn lachen und tauchte aus dem Schrank auf, um zu ihm zu gehen und ihm über die Schulter zu schauen. Er grunzte anerkennend.

«Ich wünschte, mich hätte auch mal eine Frau so gesehen.»

«Wirklich?» fragte Hawkin. Ein geschäftiges Klappern im Flur verriet die Ankunft der Beamten von der Spurensicherung, und Hawkin gab Trujillo das Bild. «Ich will, daß Sie sich das ein paar Minuten lang genau ansehen und mir dann sagen, was Sie denken. Aber gehen Sie vorsichtig damit um», fügte er hinzu. «Es ist mehr wert, als Sie in einem Jahr verdienen.»

Zehn Minuten später kam er zurück und fand einen verwirrten und verstörten Trujillo vor, der in einem Sessel saß und das Bild des jungen Lewis anstierte. Er sah zu Hawkin hoch.

«Es ist … es ist grausam, finden Sie nicht? Sie verhöhnt ihn. Sie macht sich über ihn lustig.»

Selbst Trujillo sah es also, wenn man ihm Zeit ließ und ihm einen Hinweis gab. Wie lange hatte Andy Lewis gebraucht, bis er den Spott wahrgenommen hatte, der in diesem Bild lag? Vielleicht einen Monat, nachdem es gemalt worden war? Hatte Vaun ihm gesagt, was sie wirklich gemalt hatte, als sie ihm den Laufpaß gab? War Jemima

Brand wegen dieses Bildes gestorben? Und indirekterweise auch Tina Merrill, Amanda Bloom und Samantha Donaldson? Ja, beinahe sogar Vaun selbst?

Plötzlich fielen Hawkin wieder Lee Coopers Worte ein: «... daß diese Frau eher dem Selbstbild eines Menschen einen fürchterlichen Tod auf der Leinwand bereitet ...» Dieses Gemälde war ihre Waffe gewesen und ihr Opfer noch völlig ahnungslos, daß ihm bereits der Todesstoß versetzt worden war. Hawkin konnte sich gut vorstellen, daß niemand, der Lewis kannte und sich dieses Bild genau ansah, ihn danach noch hätte ernst nehmen können. Es sprach Bände über Lewis' Vorgehensweise, daß er Vaun nicht sofort umgebracht hatte, nachdem ihm klargeworden war, was sie getan hatte. Der bloße Tod allein war für ihn keine ausreichende Rache gewesen. Erst mußte sie durch die Hölle gehen.

Weder in der Wohnung noch in ihrer Umgebung fand man irgendwelche anderen Beweise, die auf den ersten Blick brauchbar erschienen. Auf dem Anrufbeantworter befand sich nur eine einzige lakonische Nachricht: «Tony? Hier ist Dan. Wir könnten jemanden gebrauchen, wenn du frei bist.» Es war unmöglich, festzustellen, wann die Nachricht hinterlassen worden war, aber der Zustand der Lebensmittel im Kühlschrank wies darauf hin, daß sich vermutlich schon seit einigen Tagen niemand mehr hier aufgehalten hatte. Und im Laufe des Tages bestätigten auch die Nachbarn, die sie vernahmen, daß er zuletzt vor dem großen Sturm gesehen worden war.

Es gab keinerlei Papiere, keine Adreßbücher oder hingekritzelten Telefonnummern, und auch im Briefkasten befanden sich nur Werbesendungen. Die Nachbarn konnten nur einige seiner zahlreichen Gäste beschreiben, und das einzige Fahrzeug, in dem sie ihn je gesehen hatten, war der alte Lieferwagen, der im Augenblick in Tylers Blechschuppen stand.

An diesem Mittwochabend kehrten Hawkin und Trujillo noch einmal zu dem Mietshaus zurück, um mit den Bewohnern zu sprechen, die während des Tages nicht dagewesen waren. Es war eine mühselige Arbeit, die ihren dürftigen Erkenntnissen nur wenig

Neues hinzufügte, bis sie schließlich an der Wohnungstür Nummer zweiundfünfzig klingelten. Es war schon nach neun Uhr, aber trotzdem wurde die Tür von einem etwa zehn oder elf Jahre alten Mädchen geöffnet. Es hatte schwarzglänzendes Haar, den Mund voller Zahnspangen und trug eine fuchsienfarbene Thermohose und ein zu großes Micky-Maus-T-Shirt. Ernst blickte es sie unter der Kette hinweg an.

«Guten Abend, Miss», sagte Hawkin. «Kann ich vielleicht mit deiner Mutter oder deinem Vater sprechen?»

«Ich wüßte nicht, wie ich meinen Vater beibringen sollte», antwortete das Mädchen mit überraschender Eloquenz, «aber mit meiner Mutter könnte ich Ihnen vielleicht dienen. Darf ich fragen, um wen es sich handelt?»

Hawkin erklärte dem Kind, wer er und Trujillo waren, doch es schien davon wenig beeindruckt zu sein. Gerade wollte es wieder etwas sagen, als es von einer weiblichen Stimme hinter ihm unterbrochen wurde.

«Wer ist da, Jules?»

Das Mädchen drehte sich um und bot Hawkin sein Profil dar. In acht oder zehn Jahren würde es eine Schönheit sein.

«Sie behaupten, Polizisten zu sein», sagte es. «Ich wollte sie gerade bitten, sich auszuweisen.»

«Das ist eine sehr vernünftige Idee, Miss», sagte Hawkin energisch und bemühte sich, nicht die Beherrschung zu verlieren. Zum siebenundvierzigsten Mal an diesem Tag zog er seinen Dienstausweis aus der Tasche, schlug ihn auf und hielt ihn vor das Augenpaar, das mittlerweile schief durch den Türspalt linste. Die Tür ging zu, die Kette rasselte, und als sie wieder geöffnet wurde, gab sie den Blick auf das Modell frei, dem die zukünftige Herzensbrecherin nachgebildet war.

Zehn Pfund Haare türmten sich bedenklich über einem ovalen Gesicht, dessen Farbe auf einen Anteil dunkelhäutigen Erbguts schließen ließ. Die faszinierenden goldgrünen Augen wurden von Lidern eingerahmt, deren Form ihren Ursprung irgendwo in Asien haben mußte. Feuchte Löckchen umspielten sanft den Kragen eines uralten Bademantels, der Hawkin an den erinnerte, den sein Großvater immer getragen hatte: ein besonders scheußlicher und überdies völlig ausgebleichter Purpurton. Sie hatte nackte Füße und trug eine schwere Hornbrille von der Art, die Cary Grant einer Sekretärin hätte abnehmen können, um ihre bislang unentdeckt gebliebene Schönheit zu enthüllen. Hawkin war sehr froh, daß er vor Trujillo stand, denn er wußte, daß man in seinem eigenen Gesicht nichts würde ablesen können, obwohl auch er unverzüglich und sehr deutlich erkannt hatte, daß sie unter ihrem Bademantel ebenso nackt war wie an den Füßen. Trujillo konnte vielleicht noch einen Augenblick brauchen, um sein Gesicht wieder unter Kontrolle zu bringen.

«Guten Abend, Ms. Cameron», sagte Hawkin kühl. «Bitte verzeihen Sie die Störung. Wir sind auf der Suche nach Informationen über einen Ihrer Nachbarn. Vielleicht könnten Sie uns helfen.»

«Aber gern. Bitte kommen Sie herein.» Sie trat zurück und machte eine einladende Geste. Das Zimmer war so nichtssagend, daß es aus einem Katalog für Motelzimmereinrichtungen hätte stammen können, auf die man eine dicke Schicht von Büchern gestreut hatte, die jede verfügbare Ablagefläche bedeckten. Schwere Wälzer in mehreren Sprachen, mit dunklen Ledereinbänden, auf denen die Titel in goldfarbenen gotischen Lettern eingeprägt waren. Sie sammelte ein paar davon ein, um die beiden anderen der vier kunstlederbezogenen Stahlrohrsessel leerzuräumen, die um einen Plastiktisch herum standen. Dann stapelte sie die dicken Bände auf dem Tisch, setzte sich hin und sah die beiden an. Sie war keine kleine Frau, obwohl sie unter der Masse ihrer aufgetürmten Haare, im Bademantel und hinter den Büchern versteckt so wirkte.

«Ich fürchte, ich werde Ihnen nicht sehr behilflich sein können», sagte sie. Ihre Stimme war angenehm tief und hatte weniger einen Akzent als eine sehr bewußte Aussprache und Betonung. «Wir sind erst seit Januar hier, und ich bin so selten zu Hause, daß ich bislang kaum Gelegenheit hatte, meine Nachbarn kennenzulernen.»

Eine Stimme meldete sich vom Sofa, begleitet von einem in der Luft wedelnden Fuß. Hawkin hatte den Nachwuchs dieser unglaublichen Rasse genialer Göttinnen schon beinahe vergessen.

«Meine Mutter ist kürzlich an der Universität auf den Lehrstuhl für mittelhochdeutsche Literatur berufen worden», sagte die Stimme und fügte noch hinzu: «Ich selbst werde einmal Anwältin.»

Hawkin wurde blaß bei dem Gedanken an eine solche Verteidigerin und hoffte nur, daß er pensioniert sein würde, bevor sie die Szene betrat. Jetzt lugte ihr Kopf hinter dem Chintzbezug hervor. «Welcher Nachbar denn?»

«Mr. Tony Andrews in Nummer vierunddreißig.» Mühsam wandte Hawkin seine Konzentration wieder der Mutter zu. «Er wird seit einigen Tagen vermißt, und seine Familie fängt an, sich Sorgen zu machen.»

Die Tochter schnaubte verächtlich.

«Und da schicken Sie gleich zwei hochrangige Kriminalbeamte los, nur um einen Vermißten zu suchen?»

«Jules», ermahnte ihre Mutter sie.

«Ach, Mutter, so arbeitet die Polizei nie und nimmer, und außerdem habe ich die beiden schon in den Nachrichten gesehen. Sie arbeiten an dem Fall mit den kleinen Kindern und dieser Künstlerin.»

Ihre Mutter wandte sich zu Hawkin um, und der kam sich wie ein Schüler vor, den man beim Spicken erwischt hatte.

«Stimmt das?» fragte sie.

«Manchmal arbeiten wir durchaus an mehr als nur einem Fall», erwiderte Hawkin und versuchte, glaubwürdig zu klingen, aber selbst in seinen Ohren hörte es sich wie eine schwache Ausrede an. Er riß sich zusammen. «Also, kennen Sie Mr. Andrews?»

«Nein, ich glaube nicht ...»

«Doch, Mutter, wir haben ihn doch letzten Monat kennengelernt, erinnerst du dich nicht mehr? An dem Tag, als du in San Francisco einen Vortrag halten solltest und der Wagen nicht ansprang.»

«Ach ja, der. Ich hatte seinen Namen vergessen. Ein netter Mann.»

«War er nicht», erklärte Jules rigoros.

«Na ja, ich dachte ...»

«Sag mal, Miss», unterbrach Trujillo, «warum fandest du ihn denn nicht nett?»

Einen Moment lang wußte das Kind überraschenderweise tatsächlich mal nicht, was es sagen sollte. Es nahm all seinen Mut zusammen, aber als es antwortete, spürte man seine Verlegenheit, auch wenn es halb trotzig das Kinn vorschob. «Ich habe eigentlich gar keinen richtigen Grund. Nichts Konkretes, meine ich. Es war einfach nur mein Eindruck. Es hat mir nicht gefallen, wie er meine Mutter angesehen hat. Es war ...» – Jules schwieg einen Moment, um das richtige Wort zu finden –, «es war ein forschender Blick, ohne die fleischliche Direktheit, mit der die meisten Männer auf sie reagieren.»

(‹Fleischliche Direktheit?› dachte Hawkin, peinlich berührt von der Fleischlichkeit, mit der er selbst zunächst auf diese Frau reagiert hatte. Von welchem Stern kam dieses Kind?)

«Jules!» schimpfte ihre Mutter. «Du hörst dich an wie ein primitiver Liebesroman.»

«Ich fand es einen gelungenen Ausdruck», wehrte sich ihre Tochter.

«Er ist unpassend.»

«Aber präzise.» Präzision war offenbar die höchste Maxime in Jules Camerons Leben, und nach der Entgegnung ihrer Mutter zu schließen, lag es offenbar in der Familie.

«War das der einzige Grund?» fuhr Hawkin dazwischen, bevor die Unterhaltung in Fragen der Semantik abzudriften drohte. «Nur die Art, wie er deine Mutter angesehen hat?»

«Außerdem fand ich, daß sein körperliches Erscheinungsbild, der ungeschnittene Bart und die schmutzigen Hände, nicht den Sachen entsprach, die er trug. Es kam einem fast so vor, als gehörten sie einem ganz anderen Mann, obwohl sie ihm gut paßten. Er hat uns mit dem Wagen geholfen», schloß sie, als ob sie zu einer Jury spräche, «aber ein netter Mann war er trotzdem nicht.»

«Ich verstehe», sagte Hawkin und versuchte, es tatsächlich zu verstehen. Er sprach die beiden Frauen (Frauen?) gemeinsam an: «Hat er irgend etwas darüber geäußert, wo er hinwollte? Hat er Freunde oder ähnliches erwähnt?» Zu seiner Erleichterung griff die Mutter seine Frage auf.

«Er sah, daß ich Probleme mit dem Wagen hatte. Jules und ich schauten unter die Motorhaube, weil wir dachten, wir würden vielleicht ein loses Kabel oder so etwas entdecken. Dann kam er vorbei und sah uns. Er hat ein paar Minuten herumgefummelt ...»

«Es war das Lichtmaschinenkabel, genau wie ich es gesagt hatte», meldete sich Jules.

«… obwohl ich ihm sagte, er solle doch nicht seinen Anzug schmutzig machen. Er sagte, darüber solle ich mir keine Gedanken machen, er sei Automechaniker und würde nur einen Moment brauchen. Und so war es auch – er hat ihn sofort wieder zum Laufen gebracht.»

«Er sagte Ihnen, er sei Automechaniker?» fragte Hawkin.

«Genau das hat er gesagt. Ich wollte ihn bezahlen, aber da lachte er nur – ein sympathisches Lachen …»

«Gar nicht», kam es knurrend vom Sofa.

«… und sagte nur, ich solle dafür lieber dem kleinen Mädchen eine Puppe kaufen.»

(Ah.)

«Können Sie sich das vorstellen?» rief die beleidigte Partei aus. «Wie kann denn jemand heutzutage noch solch sexistische und archaische Verhaltensweisen an den Tag legen?»

Entgeistert und mit leicht offenstehendem Mund schaute Trujillo zuerst die nachsichtige Mutter und dann ihre aufgebrachte Tochter an.

«Haben Sie gesehen, womit er weggefahren ist? In was für einem Wagen?» fragte Hawkin.

«Nein. Du, Jules?»

«Ja. Ein Mann hat auf der Straße auf ihn gewartet, in einem roten Grand Prix. Ich erinnere mich noch daran, wie witzig der Autoname war, weil es doch so offensichtlich war, daß er sich selbst wie ein großer Preis vorkam.»

«Wie bitte, mein Fräulein?» fragte Trujillo, der versuchte, alles mitzuschreiben. Sie sah ihn mitleidig an.

«Grand Prix. Ein Wortspiel, verstehen Sie?» seufzte sie. «Grand Prix ist französisch für ‹großer Preis›.»

«Ach so. Verstehe.»

«Und es muß auch sein Wagen gewesen sein, weil nämlich der andere Mann auf den Beifahrersitz hinübergerutscht ist, um ihn fahren zu lassen.»

«Du hast dir nicht zufällig auch noch das Kennzeichen gemerkt?»

fragte Hawkin, obwohl er wußte, daß sie das nicht hatte, weil sie es ihnen sonst längst gesagt hätte.

Sie machte ein verlegenes Gesicht. «Ich wußte, daß Sie das fragen würden. Nein, habe ich nicht. Ich weiß nur noch, daß es kein Kennzeichen mit einem persönlichen Buchstabencode war, sondern eins mit Buchstaben und Ziffern. Ich erinnere mich nämlich noch, daß ich danach geschaut habe. Und außerdem war es ziemlich neu.»

«War das das einzige Mal, daß Sie ihn gesehen haben?»

«Ja», sagte Jules.

«Nein», sagte ihre Mutter und schaute ihre Tochter reumütig an. «Ich habe ihn vor ein paar Wochen noch einmal gesehen. Es muß an einem Dienstagabend gewesen sein, weil ich von meinem Abendseminar kam. Als ich hereinkam, ging er gerade weg. Ich habe ihn begrüßt und mich noch einmal bei ihm bedankt. Er sagte, das sei doch nicht der Rede wert. Das war alles.»

«An welchem Dienstag war das?»

«Nicht letzte Woche. Der davor, ein paar Tage vor dem Sturm.»

Also einen Tag nach dem Mord an Samantha Donaldson. Für eine kleine Ewigkeit starrte Hawkin auf einen Buchrücken mit einem Titel, den er noch nicht einmal aussprechen konnte, und dachte nach. Und dachte nach. Als er endlich wieder aufblickte, sah die Frau ihn belustigt an.

«Entschuldigung», sagte er.

«Das passiert mir am laufenden Band.» Sie lächelte ihn an und erweichte damit sein nicht mehr ganz junges Herz. Am liebsten wäre er für immer an diesem schrecklichen Plastiktisch sitzen geblieben.

«Was hatte er an?» Er stellte die Frage beinahe zufällig.

«Irgend etwas Altes, Jeans und eine dunkle Jacke über einer Art Arbeitshemd. Ich glaube, es war kariert. Rot kariert. Es stand ihm besser als der Anzug. Paßte eher zu ihm.»

«Wie kam er Ihnen vor?»

«Gutgelaunt. Beinahe ausgelassen. Allerdings sah er müde aus.»

«Glauben Sie, daß er das kleine Mädchen umgebracht hat?» keuchte Jules und machte dabei ein nicht nur neugieriges und skeptisches, sondern auch ziemlich ängstliches Gesicht. Hawkin holte eine Visitenkarte hervor und schrieb eine Nummer darauf.

«Mrs. Cameron, wenn Sie oder Ihre Tochter diesen Mr. Andrews irgendwann noch einmal sehen, dann achten Sie darauf, daß Sie nicht allein mit ihm sind, und rufen Sie diese Nummer an, sobald Sie können. Es kann sein, daß er den Bart mittlerweile nicht mehr trägt.» Er zeigte ihnen die Zeichnungen. «Außerdem wäre ich Ihnen dankbar, wenn Sie nicht mit Ihren Freunden oder Nachbarn über unsere Unterhaltung reden würden, jedenfalls ein paar Tage nicht. Es könnte die Ermittlungen gefährden und Menschen in Gefahr bringen.» Er fixierte Jules mit einem scharfen Blick, und sie schob das Kinn vor.

«Ich tratsche nicht», erklärte sie feierlich.

«Das habe ich auch nicht angenommen», sagte er, stand auf und wandte sich zum Gehen. An der Tür blieb er noch einmal stehen, sah auf das Kind hinunter und mußte dabei an die arme verwirrte Amy von der Tyler's Road denken.

«Du willst also Juristin werden?» fragte er.

«Das ist eine von verschiedenen Möglichkeiten», erwiderte sie.

«Würdest du gern mal eine Verhandlung sehen, den Richter kennenlernen und mit den Anwälten reden?»

«Das würde ich unheimlich gerne.» Ihre Augen glänzten, als hätte er ihr einen Ausflug nach Disneyland vorgeschlagen.

«Wenn dieser Fall vorbei ist und ich mich einen Tag freimachen kann, dann schaue ich mal, was sich da machen läßt.»

Trujillo starrte ihn an, als ob er verrückt wäre. Jules schaute zu ihm auf wie zu einem Gott. Jules' Mutter taxierte ihn wie einen, den man sich überlegen konnte.

Im Lift konzentrierte sich Trujillo nur auf die vorbeihuschenden Zahlen, und erst als sie im Erdgeschoß die Kabine verlassen hatten, platzte es aus ihm heraus.

«Mußten Sie wirklich das Kind fragen, ob es mit Ihnen zum Gericht gehen will? Na schön, sie hat eine phantastische Mutter, und vielleicht kommt man nur über das Kind an sie heran, aber trotzdem. Können Sie sich vorstellen, wie die einen ins Kreuzverhör nimmt?» Offenbar verursachte ihm schon der bloße Gedanke daran Alpträume.

«Ich fand sie süß.»

Trujillo sah ihn fassungslos an. «So süß wie eine Kobra, würde ich sagen.»

«Sie war gar nicht so übel. Und betrachten Sie es doch einmal von der Seite: Vielleicht kann ich sie dazu bekehren, daß sie lieber Staatsanwältin wird. Ein paar von ihrer Sorte könnten wir doch gut auf unserer Seite gebrauchen, finden Sie nicht?»

Trujillo schüttelte nur den Kopf und murmelte leise. Es hörte sich an wie «fleischliche Direktheit».

Hawkin ließ ihn die restlichen drei Befragungen an diesem Abend führen. Sie verliefen kurz, unergiebig und außergewöhnlich langweilig.

28. Kapitel

Am Donnerstag wurden Leute losgeschickt, die mühsam jede Reparaturwerkstatt, jede Tankstelle und jede Karosseriewerkstatt durchkämmten – ohne Erfolg. Am Freitag weiteten sie, ohne sich große Hoffnungen zu machen, ihre Suche aus, aber schon eine Stunde später hatte einer der Beamten aus San Jose die Werkstatt gefunden. Zwanzig Minuten später waren Hawkin und Trujillo zur Stelle.

Es war ein großer, unordentlicher Arbeitsschuppen voller Männer, Autos und Lärm. Der Eigentümer, Dan Whittier, war ein Hüne mit einem riesigen Bierbauch und ohne Hüften, der bei jedem Schritt seine ölverschmierten schwarzen Hosen zu verlieren drohte. Anhand der Zeichnung erkannte er «Tony Andrews» wieder, der Bursche half gelegentlich bei ihnen aus, wenn sie viel zu tun hatten. Whittier war ihm zum ersten Mal vor einem Jahr in einer Bar begegnet. Ja, konnte schon sein, daß es der *Golden Grill* gewesen war, da ging er manchmal hin. – Nein, er glaubte nicht, daß jemand sie vorgestellt hatte, sie hatten einfach angefangen zu quatschen. – Nein, seit ein paar Wochen hatte er ihn nicht mehr gesehen. – Ja, er hatte versucht, ihn zu erreichen, hatte wie üblich eine Nachricht auf seinem Anrufbeantworter hinterlassen, aber er war nicht aufgetaucht.

Das war schon öfter vorgekommen, aber egal, sie hatten die Arbeit auch so erledigt. – Die Nummer? Ja, die lag hier, gleich neben dem Telefon.

Es war die Nummer der Wohnung.

Trujillo stellte noch einige weitere Fragen, bis klar war, daß Tony für diesen Mann nichts weiter war als ein netter Kerl und ein passabler Automechaniker, der hier und da aushalf und dafür nach Feierabend in der Werkstatt an seinen eigenen Wagen basteln durfte. Aus dem Stegreif konnte sich niemand an einen dieser Wagen erinnern, oder bestenfalls nur ganz vage – ein Pritschenwagen, ein roter Grand Prix, ein paar alte Dodge. Aber Wagenpapiere hatten sie nie in der Werkstatt gehabt.

Als sie frustriert wieder abzogen, blickten sie sich noch einmal um, und dann kam die kleine Beobachtung, mit der Trujillo sich eine Beförderung verdienen sollte. Unter den vielen Pkw, Lieferwagen und Lkw, die auf dem mit einer Kette abgesperrten Abstellplatz standen, befanden sich auch zwei Lieferwagen der Post, große weiße Fahrzeuge mit Kastenaufbau, die für die Paketzustellung verwendet wurden. Als Trujillo um den nicht gekennzeichneten Polizeiwagen herum zur Fahrertür ging, blieb er kurz stehen und blickte über das Wagendach hinweg noch einmal nachdenklich zurück auf den Abstellplatz.

«Ist Ihnen schon mal aufgefallen», sagte er langsam, «daß die Leute so etwas wie einen Paketwagen eigentlich nie registrieren? Es ist beinahe, als wären sie unsichtbar.»

Hawkin glotzte zuerst ihn an, dann die beiden harmlosen weißen Zustellwagen, und als sie wieder durch Dan Whittiers Tür kamen, war er schon einen Schritt vor Trujillo.

Dan Whittier war überrascht und ein bißchen genervt, daß sie schon wieder da waren, folgte ihnen aber trotzdem noch einmal in sein Büro. Ja, von Zeit zu Zeit hatten sie auch Fahrzeuge der Post da. Nicht regelmäßig, sondern nur, wenn die posteigene Instandsetzung überlastet war. O ja, von den beiden da hatten sie genaue Reparaturdaten, was genau wollten sie denn wissen? Trujillo nannte ihm die drei Daten. Das erste stehe in den Büchern vom letzten Jahr, erklärte Whittier, und die habe er im Moment nicht da, aber die anderen beiden waren eindeutig: Jawohl, zu beiden Zeiten hatten sie einen Postwagen zur Reparatur dagehabt; jawohl, Andrews hatte an ihnen gearbeitet und auch Probefahrten mit ihnen unternommen; ja, er war ziemlich lange weg gewesen, etwa vier bis fünf Stunden, mit der Zündung hatte irgend etwas nicht gestimmt; aber natürlich, er gab Trujillo gern die Kennzeichen, wenn er dann wieder an seine Arbeit gehen konnte.

Einige Telefonanrufe später beschlagnahmte ein Polizeikommando die beiden Fahrzeuge. Das eine, das im Januar zur Reparatur gewesen war, hatte man seitdem einer gründlichen Reinigung unterzogen. Das andere, das am Tag von Samantha Donaldsons Verschwinden in der Werkstatt gestanden hatte, dagegen nicht. Man fand mehrere sehr schöne Fingerabdrücke von Andrew Lewis, und zwar an ungewöhnlichen Stellen, wo ein Automechaniker normalerweise nicht hinfaßte, wo aber jemand, der eine sperrige Last aus dem Laderaum hob, sich vielleicht abstützen würde. Noch eindeutiger waren die Haare, die, wie sich später herausstellte, denen von Samantha Donaldson so sehr ähnelten, wie es mit modernen forensischen Methoden überhaupt nur feststellbar war, und schließlich ein Fädchen blauer Strickwolle, das sich unter dem Mikroskop als identisch mit dem Rest eines Wollknäuels im Strickkorb von Samantha Donaldsons Großmutter erwies.

Der Postwagen, die Wohnung, die Identität von Lewis/Dodson/Andrews, der verwischte Teilabdruck auf Samanthas Hals – Hawkin hatte einen wasserdichten Fall.

Alles, was ihm jetzt noch fehlte, war Lewis.

Noch nie war Lee ein Abendessen so wenig gelungen wie an diesem Freitag abend, und Kate registrierte zunächst erstaunt und dann amüsiert, daß Lee sich darüber viel mehr ärgerte, als nötig gewesen wäre. Sie zeigte das jedoch nicht, sondern protestierte nur pflichtschuldig, als die Köchin mit zusammengekniffenen Lippen das in sich zusammengefallene Soufflé in den Mülleimer beförderte, und beruhigte sie, daß sie mit der Möhrensuppe, den knackigen selbstgebackenen Mehrkornbrötchen, dem kalten Salat aus mariniertem

Gemüse und der Himbeer-Walnuß-Torte schon nicht verhungern würden. Normalerweise hätte Lee nur die Achseln gezuckt und das Soufflé einfach platt auf den Tisch gebracht, aber es schien, als würde sie sich selbst angesichts des Zweckbündnisses, das sie mit Hawkin geschlossen hatte, kein Zeichen der Schwäche gestatten wollen.

Nach einigen Gläsern eines hervorragenden Pinot noir jedoch war die Sache vergessen, und gegen Ende des Abendessens hatte sogar Lee sich wieder entspannt. Sie scheuchte die anderen mit einem Tablett mit Kaffee an den Kamin und spülte danach schnell noch das Geschirr ab. Kate legte ein paar Holzscheite in den Kamin und entfachte ein gemütliches Feuerchen.

Hawkin und Vaun saßen je an einem Ende des leinenbezogenen Sofas, er hatte die Füße auf einen Hocker gelegt wie ein Mann, der sich von einem anstrengenden Tagewerk erholte. Er balancierte die Tasse mit der Untertasse auf seinem Bauch und schloß die Augen. Vaun hatte ein Bein unter den Oberschenkel des andern geklemmt und betrachtete ihn mit zur Seite geneigtem Kopf. Kate trank ihren Kaffee und fragte sich, was die Augen der Malerin jetzt sahen – vielleicht die Spuren des langen Tages und die unschönen Züge, die seine Arbeit ihm ins Gesicht gefurcht hatte, die von Muskeln umgebenen Knochen, den Schädel unter der Haut? Kate sah von ihm zu ihr, und fassungslos wurde sie sich plötzlich darüber klar, daß Vaun Hawkin nicht mit den Augen einer Künstlerin ansah, sondern mit den Augen einer Frau, die ein Interesse an ihm hatte. Der Gedanke überraschte sie so sehr, daß sie klappernd ihre Tasse absetzte und damit die Szene zerstörte.

Hawkin öffnete die Augen und sah sie an, und sie hatte das unangenehme Gefühl, daß er ihre Gedanken erraten hatte, so unmöglich das auch erscheinen mochte. Vaun nahm das Bein wieder herunter, lehnte sich vor und goß sich aus der Kanne auf dem Tisch Kaffee nach. Dann hielt sie inne und sah Hawkin fragend an, der ihr daraufhin seine Tasse hinhielt. Sie goß ihm nach, und gerade lehnten sich beide wieder zurück, als Lee hereinkam und sich in den Sessel zwischen Vaun und Kate setzte.

Es folgten zwanzig Minuten leichter Konversation. Hawkin erzählte eine lustige Geschichte von einem Rockstar und seiner nicht weniger berühmten Freundin, die kürzlich splitterfasernackt aus dem Portal des feinsten Hotels in der Stadt getorkelt waren und zur Belustigung der Passanten und dem Entsetzen der Hotelleitung Obszönitäten gebrüllt hatten. Hawkin erzählte seine Geschichte gut. Selbst Vaun lachte, und ihre Wangen röteten sich ein wenig, obwohl Kate nicht sicher war, ob das von dem Wein kam oder von Hawkins Geschichte oder nur von seiner Anwesenheit.

Als das Gelächter seines Publikums abebbte, setzte Hawkin seine Tasse ab, und bevor die anderen auch nur ahnen konnten, was er als nächstes sagen würde, wandte er sich Vaun zu.

«Die Zeit ist reif für eine Entscheidung», sagte er, und bevor sie sich verkrampfen konnte, fuhr er fort: «Lassen sie mich zunächst kurz berichten, was wir haben.» Dann erzählte er ihnen von dem, was sie im Laufe der Woche herausgefunden hatten. Kate hatte den Bericht schon einmal gehört und auch bereits eine verkürzte Version weitergegeben, aber Hawkin erzählte noch einmal alles Schritt für Schritt, bis er bei Dan Whittiers Werkstatt angelangt war. Einen Moment lang ließ er seine Worte wirken, dann setzte er sich aufrecht, stützte die Ellbogen auf die Knie, schaute auf seine Handflächen und die ineinander verschränkten Finger und fuhr fort:

«Als wir uns den Plan überlegt haben, Vaun mit Hilfe der Presse zu outen, hatten wir noch fast nichts über Lewis, und der Grund, ihn zu ihr zu locken, war nicht nur, ihn zu überführen, sondern auch, ihn überhaupt zu schnappen. Jetzt stellt sich die Situation anders dar. Es wird ein paar Tage dauern, bis wir die endgültigen Ergebnisse aus dem Labor haben, aber ich glaube, daß wir in diesem Postauto genügend Beweise finden, um ihn festzunageln.

Wie schnappen wir ihn uns nun? Er könnte in Mexiko sein, aber das glaube ich nicht. Ich bin überzeugt, er ist noch in der Bay Area. Wenn wir die ganze Gegend auf den Kopf stellen und die Zeitungen und Anschlagbretter mit den Zeichnungen von ihm pflastern, würden wir ihn vermutlich finden. Dieser Weg wäre mir lieber. Es ist sehr gut möglich, daß wir ihn dann in zwei, drei Tagen hätten.»

«Und was ist noch möglich?» Vaun lächelte, aber er sah sie nicht an.

«Es ist auch möglich, daß er uns doch entwischt oder die Gegend bereits verlassen hat und in der Versenkung verschwindet, wenn er hört, daß wir Jagd auf ihn machen. Damit sind Sie in einer sehr vertrackten Situation.» Jetzt sah er zu Vaun hinüber und lächelte sie schief und mit traurigem Gesicht an. Kate hatte ihm gesagt, daß Vaun nicht mehr malen wollte, und das hatte ihm weh getan. Sie kannte ihn mittlerweile gut genug, um das zu sehen, auch wenn er nichts dazu gesagt hatte. «Sie könnten sich vermutlich einen Leibwächter leisten, aber ich kann mir kaum vorstellen, daß Ihnen das gefallen würde, jedenfalls nicht für längere Zeit.»

«Nein.»

«Also, normalerweise würde ich in einer solchen Angelegenheit nie jemanden um Rat bitten, aber in diesem Fall brauche ich Ihre Kooperation, und ich will wissen, wie Sie darüber denken. Setzen wir nun unsere Idee mit der Falle nach wie vor in die Tat um, oder begraben wir sie und jagen ihn, bis wir ihn haben?»

Vaun zögerte keine Sekunde.

«Ich würde lieber weitermachen.»

«Irgendwie hatte ich mir das gedacht.» Er grinste sie an, wurde aber sofort wieder ernst. «In Ordnung, morgen verlassen Sie drei das Haus und spazieren herum, posieren für ein paar Fotos und beantworten ein paar Fragen von unserem Lieblingsreporter. Nachmittags kehren Sie wieder zurück. In der Zwischenzeit wird Trujillo oder einer von seinen Leuten Ihren grandiosen Wagen von der Tyler's Road abholen, ihn hier unten in der Straße parken und wieder mit der Plane zudecken. Am Sonntag erscheint ein netter kleiner Artikel mit einem Foto von Vaun in der Zeitung, und darin werden sich zwei Hinweise befinden, denen Lewis nachgehen kann. Erstens, daß sie bei Freunden am Russian Hill wohnt, und zweitens, daß sie sich am Dienstag morgen an einem noch zu bestimmenden Ort mit einigen Reportern treffen wird. Damit hat Lewis dann zwei Möglichkeiten. Entweder kann er wie ein paar hundert andere Leute, die alle hoffen, Sie zu Gesicht zu bekommen, die Gegend abgrasen, bis er die Umrisse Ihres Wagens wiedererkennt, oder er kann bei der Zeitung anrufen und nachfragen, wo Sie sich am Dienstag morgen mit den Reportern treffen. Wir werden für jeden

Anruf dieser Art eine Fangschaltung einrichten, und wenn wir Glück haben, warten wir schon auf ihn, wenn er am Dienstag morgen den Kopf aus seinem Bau streckt. Wenn wir ihn mit keiner dieser drei Möglichkeiten erwischen, eröffnen wir am Mittwoch die Jagd auf ihn. Was ist? Stimmt etwas nicht?»

«Doch, doch», sagte Vaun, «das hört sich gut an. Es ist nur ... es fällt mir so schwer, diese ganzen Sachen mit Andy in Verbindung zu bringen.»

«Er ist ein Bastard, Vaun», erwiderte Hawkin hart. «Ein Monster in menschlicher Gestalt, eine Bestie, die nichts dabei findet, Katzen und Hunde und kleine Mädchen zu erwürgen und andere Leute ins Gefängnis zu schicken, nur um Rache zu bekommen.»

«Mein Gott, das weiß ich ja alles. Sie müssen ihn aufhalten – *wir* müssen ihn aufhalten. Aber bedenken Sie auch, daß er immerhin mein erster Liebhaber war, und für einen Teil in mir wird er das auch immer bleiben. Meine Güte, Al, jetzt schauen Sie nicht so griesgrämig drein. Keine Sorge, ich werde schon nicht gefühlsduselig. Ich mache alles, was nötig ist.»

«Sind Sie sicher? Es ist noch nicht zu spät, einen Rückzieher zu machen.»

«Ich bin sicher.»

Er musterte ihr Gesicht und versuchte darin irgendeinen Hinweis darauf zu entdecken, wie sie sich verhalten würde. Dann seufzte er.

«In Ordnung. Sie müssen mir nur kurz Bescheid geben, dann setze ich sofort alle Hebel in Bewegung. Wo wollen Sie morgen hingehen?»

Lee räusperte sich. «In der Legion of Honor gibt es eine reizende Ausstellung postimpressionistischer Bilder, falls Sie die noch nicht gesehen haben», schlug sie vor. «Oder einige wirklich umwerfende tibetanische Plastiken im ...»

Polternd stellte Vaun ihre Tasse ab, stand auf und steckte die Hände in die Hosentaschen, dann ging sie zum Fenster und spähte durch den Schlitz zwischen den Vorhängen auf die Stadt, die sich zu ihren Füßen ausbreitete.

«Das könnte ich nicht», sagte sie munter. «Ich könnte nie wieder guten Gewissens vor einen Cezanne treten, wenn ich diese Farce in seiner Gegenwart veranstalten würde. Nein, lassen Sie uns einen Ort aussuchen, an dem nichts zu verderben ist.» Sie drehte sich um und sah die anderen an, und in ihren tiefliegenden Augen und um den Mund herum lag ein seltsamer Ausdruck, der in einem anderen Gesicht, das nicht immer ernst war, vielleicht ein Zeichen von Galgenhumor gewesen wäre. Sie sah Hawkin in die Augen und deutete mit dem Kopf leicht in Richtung des Vorhangs hinter ihr.

«Wenn Sie nichts dagegen haben, finde ich, daß wir nach Alcatraz fahren sollten.»

29. Kapitel

Nachdem Hawkin gegangen war, verschwanden die drei oben in ihren jeweiligen Zimmern. Kate zog sich aus, streifte sich einen warmen Bademantel über und ging dann ins Bad, um sich eine Wanne heißes Wasser einzulassen. Schon mehrere Tage hatte sie nicht mehr gut geschlafen, teilweise, weil sie rund um die Uhr für die Frau am Ende des Flurs verantwortlich war, aber in erster Linie, weil sie nicht gern allein schlief. Sie war müde, gereizt und unzufrieden, weil sie nicht in allerbester Form war, obwohl der morgige Tag doch ihre ganze Aufmerksamkeit erfordern würde. Sie ließ sehr heißes Wasser einlaufen und lag darin, bis es abkühlte, dann ließ sie die Hälfte des Badewassers ab und erneut heißes Wasser nachlaufen, bis sie sich wie gekocht vorkam. Jetzt nahm sie einen rauhen Waschlappen und schrubbte bedächtig jeden Zentimeter ihres Körpers ab, den sie erreichen konnte, schamponierte dreimal ihr Haar und rasierte sich die Beine. Dann drehte sie an der Dusche heißes Wasser auf, und als ihre Haut gefühllos war, nur noch das kalte. Sie schrie leise auf und zählte bis zehn, bevor sie das Wasser abdrehte und sich einen Moment lang erleichtert an die Fliesen lehnte und schließlich zum Handtuch griff.

Sie trocknete sich die Haare, feilte ihre Fußnägel, putzte sich die Zähne und zog anschließend Zahnseide durch die Zwischenräume. Dann schlüpfte sie wieder in ihren Bademantel und ging durch den dunklen, mit Teppichboden ausgelegten Flur zu ihrem Zimmer. Die

Hitze und das Wasser hatten sie regelrecht ausgehöhlt, sie fühlte sich leer und gleichzeitig so ruhig wie schon seit Tagen nicht mehr. Jetzt würde sie schlafen können.

Am Ende des Flurs drang unter der Tür zu Vauns Zimmer ein Streifen Licht hervor, und man hörte das leise Murmeln des Fernsehers. Kate blieb vor Lees geschlossener Tür stehen und erkannte an dem blauweißen Streifen unter der Türritze, daß drinnen die Leselampe eingeschaltet war. Sie hörte, wie eine Seite umgeblättert wurde, und einen Augenblick später das Tippen des Bleistifts auf das große Zeichenbrett, das Lee im Bett als Schreibunterlage benutzte, sowie einen knurrigen Kommentar an den Autor des Artikels, den sie gerade las. Kate lächelte, griff nach dem Türknauf und ließ im nächsten Moment die Hand wieder sinken.

In ihrem eigenen Zimmer tauschte sie den Bademantel gegen ein zu großes T-Shirt und ein paar weiche Jogginghosen – für den Fall, daß es in der Nacht irgendeinen Notfall geben sollte – und kroch in ihr Bett. Bald übermannte sie der Schlaf und entführte sie an einen undurchdringlichen, schwarzen, schweren und traumlosen Ort.

Einige Stunden später durchbrach ein winziges Geräusch den Bann, in dem der Schlaf sie gefangen hielt. Sie kämpfte sich aus der Tiefe hervor und tastete automatisch nach ihrer Waffe, die auf dem Nachttisch neben ihr lag. In diesem Moment öffnete sich die Tür und strich mit einem leisen Geräusch über den Teppich. Noch bevor Kate ganz wach war, hatten sich ihre Augen schon an den hellen Türspalt gewöhnt, in den jetzt Lees Silhouette trat.

«Mein Gott, Liebes», platzte Kate heraus, «so etwas kannst du doch nicht machen.» Vorsichtig legte sie die Waffe zurück auf den Nachttisch und setzte sich auf. «Was ist los?» flüsterte sie.

«Nichts ist los.» Die Tür schloß sich, und Lee bewegte sich mit sicheren Schritten durch das dunkle Zimmer. «Rutsch rüber!»

«Lee, was soll das? Wir hatten doch ausgemacht ...»

«Ich habe gar nichts ausgemacht. Du hast es mir so gesagt, und jetzt bin ich zu dem Schluß gekommen, daß du einen Fehler gemacht hast. Rutsch rüber!»

«Hör mal, Liebling, Vaun ist drüben am anderen Ende des Flurs, und ich habe Al versprochen ...»

«Über unsere Schlafgewohnheiten hast du mit Al nicht gesprochen, und Vaun interessiert das kein Stück.»

«Aber was ist, wenn sie ...»

«Wenn sie heute nacht hier hereinkommt, wird sie wohl darauf kommen, daß wir zusammen schlafen. Ich glaube nicht, daß es noch viel gibt, was diese Frau überraschen könnte.»

«Darf ich vielleicht auch einmal einen Satz ...»

«Nein. Halt deinen Mund!»

Kate hielt ihren Mund und rutschte zur Seite, und danach gab sie sich redlich Mühe, weiterhin ein Ohr auf das zu haben, was vor ihrer Zimmertür passierte. Aber es gab Momente, in denen sie Andy Lewis noch nicht einmal durch das Haus hätte laufen hören, wenn er Stiefel mit genagelten Sohlen getragen und eine Kuhglocke um den Hals gehabt hätte.

Einige Zeit später lag Kate schlaff und schnurrend da und lehnte sich an Lees Schulter.

«Wieso warst du denn so aggressiv?»

«Was meinst du mit aggressiv?» fragte Lee schläfrig zurück.

«‹Was meinst du mit aggressiv?› Ha ha, guter Witz! Und was hast du mit deinem Alarmgeber gemacht?»

«Liegt auf dem Nachttisch, direkt neben deiner gottverdammten Kanone. Und außerdem war ich nicht aggressiv, ich habe lediglich auf gesunde Weise meine Aggressivität durch einen libidinösen Ausbruch sublimiert. Wenn du Jack Zuckerman gewesen wärst, dann wäre ich aggressiv gewesen.»

«Bin ich froh, daß ich nicht Jack Zuckerman bin. Ich war schon immer froh, daß ich nicht Jack Zuckerman bin. Wer ist überhaupt Jack Zuckerman?»

«Er hat im *Psychotherapeutic Journal* eine Attacke gegen den Artikel geritten, den ich letzten Monat für sie geschrieben habe. Wirklich ein hervorragender Aufsatz. Seiner, meine ich. Gemein und abfällig, aber trotzdem so aalglatt, daß man ihm nichts entgegensetzen kann. Er entläßt den Leser mit dem eindeutigen Gefühl, daß Lee Cooper eine Amateurin ist, die es zwar gut meint, aber trotzdem gut beraten wäre, die Köpfe anderer Leute den Größen zu überlassen, die wissen, was sie tun.»

«Erinnere mich daran, daß ich mich bei ihm dafür bedanke, daß er dir ein bißchen Aggressivität zum Sublimieren mit auf den Weg gegeben hat.»

«Oh, das würde ihm bestimmt gefallen. Er hat mich nämlich ganz besonders ins Herz geschlossen, seit er weiß, daß seine Exfrau mir die schmutzigen Einzelheiten ihrer Ehe erzählt hat, als sie sich dazu durchrang, ihn zu verlassen. Der Gedanke, daß ich diese Sachen weiß, ist ihm sehr zuwider. Außerdem denkt er, ich hätte sie dazu überredet, ihn zu verlassen.»

«Und hast du das?» Eigentlich interessierte Kate das gar nicht, aber es gefiel ihr, an Lees Schulter zu liegen und sie reden zu hören.

«Natürlich nicht. Das war überhaupt nicht nötig. Hör mal», sagte sie plötzlich, «was machen wir mit Vaun?»

«Na ja, eigentlich hatte ich gehofft, wir könnten dazu beitragen, daß sie nicht umgebracht wird», erwiderte Kate nachsichtig.

«Ja, aber was ist danach?» Kate lächelte heimlich, weil Lee wie üblich alle Hindernisse einfach vom Tisch fegte, und wünschte sich gleichzeitig, sie selbst wäre ebenso zuversichtlich, wie Lee es offenbar war.

«Na schön, leg los. Was machen wir also mit Vaun?»

«Ich muß noch einmal mit Gerry Bruckner reden und hören, ob ihm vielleicht was eingefallen ist.» Lee lag jetzt auf dem Rücken und starrte hinauf an die graue, rechteckige Decke, und wenn sie jetzt einen Arm frei gehabt hätte, hätte sie sich mit dem Bleistiftradierer gegen die Zähne getippt. «Vielleicht sollte sie eine Weile zu ihm ziehen.»

«Wenn sie das will», antwortete Kate noch nachsichtiger. Lee lachte.

«Ich bin schon ein zweiter Hawkin, was? Geh hierhin, geh dahin, tu dies, tu das. Aber eins fällt mir auf jeden Fall ein, was ihr helfen würde, und das wäre, wenn du sie deine Freundin sein ließest, anstatt wie üblich deine Gürteltier-Tour abzuziehen.»

«Meine was?»

«Jetzt sei nicht gleich eingeschnappt. Du weißt schon, was ich meine. Zwei Menschen haben dir in den letzten paar Tagen die Hand zur Freundschaft gereicht, und bei beiden tust du so, als würdest du es nicht wahrnehmen und verschanzt dich hinter deinem Panzer. Zuerst bei Hawkin und jetzt bei Vaun. Beide würden dir gute Freunde sein.»

«Ich dachte, du magst Hawkin nicht», sagte Kate und versuchte abzulenken.

«Mögen ist hier nicht das richtige Wort. Ich respektiere ihn. Ich vertraue ihm.»

«Wirklich?» Kate war überrascht.

«O ja. Er macht es dir vielleicht nicht leicht, aber er würde dich niemals verletzen. Und außerdem finde ich wirklich, daß es Vaun sehr helfen würde, wenn du ihr erlauben würdest, deine Freundin zu sein. Vielleicht mehr als alles, was Gerry Bruckner für sie tun könnte – zumindest als Psychologe.»

«Also gut. Ich verspreche, wenn wir die nächsten Tage überstanden haben, werde ich mich weniger gürteltiermäßig benehmen. Oder heißt es gürteltierisch? Kann ich jetzt noch ein bißchen schlafen? Es war wunderschön, aber anders als andere Anwesende komme ich nicht nur mit ein paar Stunden Schlaf aus.»

«Soll ich bleiben?»

«Ja, bitte bleib.» Kate versuchte sich an Lee zu schmiegen, aber ebensogut hätte sie versuchen können, es sich neben einer Sprungfeder gemütlich zu machen.

«Was ist los, meine süße Lee. Ist es immer noch wegen diesem Jack Zuckerman?»

«Ja, zum Teil. Er hat recht, weißt du das?»

«Nein.»

«Doch, wirklich. Ich habe mich bei diesem Artikel überschätzt. Ich habe versucht, etwas über eine bestimmte Theorie zu schreiben, ohne eine vernünftige Grundlage dafür zu haben. Seit ich aus New York zurückgekommen bin, habe ich mich ausschließlich mit Therapie beschäftigt, mich darauf konzentriert, Leuten zu helfen, damit sie ihr Leben wieder in den Griff bekommen. Nicht, daß ich es bedaure. Ich habe so viel gelernt.»

«Aber.»

«Ja, ‹aber›. Ich habe dir doch von meinen Alpträumen erzählt – daß ich öfter träume, aufgefressen zu werden. Ich weiß nicht, wie lange ich noch so weitermachen kann, ohne etwas mehr auf mich selbst zu achten. Was ich gelernt habe, ist zu einseitig. Entweder arbeite ich mit diesem Wissen, überprüfe es und baue darauf auf, oder ich entschließe mich, es einfach wegzuwerfen und mich auf die alltägliche Therapie zu konzentrieren. Genau das hat Jack auf seine unnachahmliche Art sagen wollen, und er hat recht.»

«Du willst San Francisco verlassen?»

«Nicht ohne dich. Auf keinen Fall ohne dich. Und auch nicht für immer. Vielleicht für ein Jahr. Gerry Bruckner hat mir angeboten, ich könnte ein paar Monate bei ihm wohnen. Danach würde ich gern drei oder vier Monate in New York verbringen und vielleicht ein halbes Jahr in Zürich.»

«Ich müßte meine Stelle aufgeben.»

«Du könntest doch unbezahlten Urlaub nehmen», schlug Lee vor. «Aber das ist wirklich der schlechteste Zeitpunkt, um über so etwas zu reden. Bitte, entschuldige, Liebling. Wir sprechen in ein paar Tagen noch einmal darüber. Jetzt schlaf.»

«Du hast gesagt, das wäre nur ein Grund. Was noch?»

«Nichts Bestimmtes, ich bin nur nervös. Ich überlege, was in den nächsten Tagen alles auf uns zukommen mag.»

Aha, dachte Kate, sie ist also gar nicht so locker und zuversichtlich.

«Ich denke, du solltest ein paar Tage das Haus verlassen, bis die Sache vorüber ist.»

«Das werde ich ganz bestimmt nicht, das weißt du genau. Mir macht nur das Warten und die Unsicherheit zu schaffen.»

«Hast du Angst?»

Lee gab keine Antwort.

«Es ist nicht richtig, daß du mit in die Sache hineingezogen wirst. Du hast weder die Ausbildung noch die Erfahrung dafür. Ich werde Hawkin sagen, er soll Vaun aus dem Haus holen.»

«Nein! Nein, Kate, das kannst du nicht machen. Das *darfst* du nicht machen. Ja, ich habe Angst, aber nicht um mich selbst. Warum sollte Andy Lewis mir etwas antun wollen? Nein, es ist deinetwegen. Weißt du, ich mache mir oft Sorgen um dich, wenn du die Nacht über weg bist oder wenn du plötzlich über einen Fall kein Sterbenswörtchen mehr erzählst und ich merke, die Sache wird ernst. Es ist das typische Polizistenfrauen-Syndrom, sonst nichts. Ich mache mir Sorgen um dich, aber du darfst keine Rücksicht auf mich nehmen, wenn es um deinen Job geht. Bitte.»

«Ich finde immer noch, du solltest die nächsten paar Tage ausziehen, bis alles vorbei ist.»

«Jetzt noch nicht. Vaun braucht mich. Ich komme schon zurecht. Aber du mußt mir versprechen, daß du auf dich aufpaßt. Versprichst du mir das?»

«Mein Liebes, bei all den Leuten, die dieses Haus beobachten, sind wir hier sicherer, als wenn wir nach San Jose fahren würden.»

«Versprichst du mir das?»

Kate merkte, wie sehr Lee sie anflehte, und sie lenkte ein.

«Ich verspreche es. Wenn die Sache vorbei ist, lasse ich mir eine Woche Urlaub geben, du besorgst dir eine Vertretung für deine Patienten, und wir fahren irgendwohin. Vielleicht die Baja California hinunter? Dann legen wir uns eine Woche lang an den Strand, trinken Margaritas und hören einer übergewichtigen Mariachi-Combo zu, die ein Lied über Tauben singt.»

«Und spielen mit den Papageienfischen und holen uns einen Sonnenbrand. Ja, das wäre schön. Ich liebe dich, Kate. Danke.»

«Wofür?»

«Dafür, daß du damals in Berkeley diesen Todd bestochen hast, damit er dich in mein Seminar einteilt. Dafür, daß du mich an einem trüben, grauen Tag in Palo Alto angerufen hast. Dafür, daß du mich liebst.»

Sie schmiegten sich in der Dunkelheit aneinander, Lee legte ihre Hand auf Kates Haar und streichelte es sanft. Sie spürte, wie Kate sich entspannte, und hörte, wie ihr Atem regelmäßiger ging. Dann zuckte Kate noch einmal kurz und schlief ein.

Zwei Stunden später wachte Kate wieder auf, weil sie ein leises Geräusch gehört hatte und Lee sich bewegte. Es war noch stockfinster, so finster, wie es in San Francisco überhaupt nur werden kann.

«Was ...?»

«Pssst!» zischte Lee. Kate hörte, wie eine Tür geschlossen wurde, und dann das kaum vernehmbare, aber dennoch unverwechselbare Geräusch von Vauns Schritten zunächst im Flur und dann die Treppe hinunter.

«Wie spät ist es?» fragte Kate flüsternd.

«Kurz nach vier.»

«Ich gehe besser hinunter und sehe nach, was sie will», sagte Kate. Sie schlug die Decke zurück, aber Lee hielt sie fest.

«Laß sie in Ruhe. Wenn sie etwas braucht, wird sie schon fragen, aber gestatte ihr ein wenig Freiraum. Ich stehe ohnehin gleich auf und mache mir eine Tasse Tee, dann kann sie reden, wenn sie will. Schlaf wieder ein.»

Kate stand auf, zog ihr T-Shirt und ihre Jogginghose an, dann ging sie über den Flur zur Toilette. Unten brannte Licht, aber kein Geräusch drang herauf. Wenigstens konnte sie nicht aus dem Haus, ohne daß Kate es hören würde. Und Lee hatte recht, daß man die arme Frau nicht auf Schritt und Tritt verfolgen sollte. Vielleicht wollte sie sich ein Video ansehen. Kate ging wieder ins Bett und schlief irgendwann auch wieder ein. Nach einiger Zeit stand Lee auf, machte sich einen Tee und trug ihn ins Wohnzimmer. Keine Spur von Vaun. Das bedeutete, daß sie nur in den Therapieräumen sein konnte.

Um halb sieben lag Lee immer noch zusammengerollt auf dem Sofa, mittlerweile mit einer Zeitschrift und einer Tasse Kaffee. Dann hörte sie, wie Vaun aus ihrer Praxis kam, in die Küche ging, sich etwas Kaffee nahm und die Treppe hinaufging. Lee sah von ihrer Lektüre auf.

«Möchten Sie darüber reden?» fragte sie sanft.

Die Schritte stockten, kamen dann näher, und im nächsten Moment stand Vaun in der Tür.

«Guten Morgen, Lee. Nein, ich glaube nicht. Es besteht eigentlich keine Notwendigkeit dazu.» Sie sah aus, als hätte sie seit Tagen nicht mehr geschlafen, machte aber dennoch einen ruhigen Eindruck. «Ich habe es stehenlassen. Sie können es wegräumen, wenn Sie möchten.» Sie hatte also ein Sandkastenbild gestaltet.

«Möchten Sie, daß ich es wegräume, bevor es sonst jemand sieht?»

«Das ist mir gleich.»

«Sie haben Angst vor dem heutigen Tag, nicht wahr?» fragte Lee und bemühte sich, einen Ton zu treffen, der nicht mitleidig klang.

«Hätten Sie denn keine?» Auch Vauns Stimme verriet keinerlei Gefühlsregung.

«Sie sind nicht allein.»

Vaun lächelte, ein zögerndes, aber warmes Lächeln.

«Ja, immerhin. Das macht es beinahe erträglich.» Sie blickte hinunter auf die halbleere Tasse in ihrer Hand. «Ich denke, ich werde jetzt erst mal duschen. Nach einer erfrischenden Dusche geht es mir vielleicht besser.» Sie trank die Tasse aus und stellte sie ins Spülbekken, dann kam sie zurück und blickte Lee in die Augen.

«Sie sind sehr gut, wissen Sie das? Ich habe schon eine Menge Therapeuten kennengelernt, und abgesehen von Gerry Bruckner kam keiner so schnell zum Kern der Sache wie Sie.»

Lee war überrascht und wußte nicht so recht, was sie sagen sollte. Aber Vaun nickte trotzdem, so als hätte sie ihr geantwortet. Dann ging sie hinauf, um zu duschen.

Um sieben Uhr stieg Lee mit zwei Tassen frisch aufgebrühtem Kaffee die Treppe hinauf. Kate war wach, aber ihre Augen waren noch verquollen vom Schlaf. Lee stellte ihr eine Tasse auf den Tisch und setzte sich dann auf die Bettkante.

«Ich bin froh, daß du nicht wieder versucht hast, mich zu erschießen.»

«Diesmal habe ich dich kommen hören. Heute nacht hast du dich angeschlichen.» Sie kuschelte sich an Lee, griff nach der Kaffeetasse und seufzte zufrieden. «Al Hawkin hat recht. Ich kenne wirklich niemanden, der so guten Kaffee macht wie du.»

«Vaun hat heute morgen ein Sandkastenbild gestaltet. Jetzt wissen wir also, wo sie war, nachdem sie aufgestanden ist.»

«Jetzt also doch?» Kate blickte flüchtig zur Tür und sprach leiser weiter. «Darfst du mir etwas darüber erzählen?»

«Sie hat gesagt, sie hätte nichts dagegen. Es war sehr seltsam. Eindrucksvoll. Ungewöhnlich einsam. Du weißt ja, daß die meisten Leute den Sand nur als Untergrund für ihre Geschichte benutzen, als eine Kulisse aus Bergen und Tälern oder auch nur aus abstrakten Linien und Formen – etwas, worauf man die Figuren stellen kann und von dem sie sich abheben. Aber bei ihr spielte der Sand die Hauptrolle. Sie hat sich den größeren Kasten ausgesucht, den Sand angefeuchtet und ihn bis zur Oberkante des Kastens zu einer regelmäßigen runden Schale ausgeformt, so daß fast der Holzboden zum Vorschein kam. Es sah aus wie eine kreisrunde Welle, die im nächsten Moment in sich zusammenzufallen droht, oder wie eine Tierfalle oder ein fleischfressendes Erdloch. Diese perfekte Rundung des Sands, die sich zu allen Seiten hin auftürmte, und dann in der Mitte, genau in der Mitte, ein kleines Stück orangefarbener Kreide.»

30. Kapitel

Alcatraz ist ein Fels. Ein riesiger, nackter, ausgeblichener Fels im Wasser, der vor der Halbinsel von San Francisco anmutet wie ein zu klein geratener Punkt auf einem umgedrehten Ausrufezeichen. Hätte er näher an der Öffnung des Golden Gate gelegen, wäre er vermutlich wegen Gefährdung der Schiffahrt weggesprengt oder als Stütze für eine Brücke benutzt worden, die dann ganz anders ausgesehen hätte als das beeindruckende orangerote Spinnennetz, von dem die Touristen so begeistert sind.

Doch der Fels stellte keine wirkliche Gefahr dar. Er war zu klein, zu öde und zu weit weg vom Festland, um von Nutzen zu sein, andererseits aber auch wieder zu groß, zu nah und zu verlockend, als daß man ihn einfach hätte ignorieren können. Er war – und ist bis heute – eine kahle, aus dem Wasser ragende Erhebung, auf der Seemöwen nisten und von wo aus man einen unvergleichlichen Ausblick auf eine der wenigen wirklich schönen Städte der Welt hat, und auf die langgezogene Bucht und die Berge, in die sie hineingesetzt wurde.

Also bauten sie dort ein Gefängnis.

Dafür, absolut unverbesserliche Kriminelle zu quälen, hätte sich kein Ort besser eignen können: häßliche Mauern, keine Privilegien, keine Beschäftigung, nur der immerwährende Gedanke an das unüberwindbare Wasser ringsherum und die unerreichbare Schönheit und die sprichwörtliche Freiheit von «Frisco». Der erste Militärgefangene wurde 1861 dorthin verfrachtet, der letzte Häftling der Bundesbehörden 1963 von dort verlegt. Dann stand alles leer. Schließlich wurde die Anlage von Indianeraktivisten besetzt, die heroisch in der Kälte zitterten und einige Gebäude niederbrannten. Nachdem sie weg waren, übernahm die Naturschutzbehörde die Kontrolle. Im Moment und wohl noch bis zu dem Tag, an dem man es womöglich zu einer Spielhölle oder einem Freizeitpark machen wird, sieht man auf Alcatraz nichts als zerbröckelnde Mauern und Touristen mit Kopfhörern, die sich von einer auf Kassette aufgezeichneten Stimme durch die Zellenblocks führen lassen und sich mit beeindruckten Gesichtern den Speisesaal anschauen, in dem Al Capone seine Cornflakes aß, oder die Zelle von Robert Stroud, dem Vogelmann von Alcatraz, oder die Brandflecken und Löcher in den Betonmauern, die noch von dem großen fehlgeschlagenen Ausbruchsversuch zeugen.

Vauns Ausflugstag war bis ins letzte Detail vorgeplant. Zu keinem Zeitpunkt würden weniger als drei Polizisten in Zivil in ihrer Nähe sein. Sinn und Zweck der Übung war es, Vaun für den Reporter Robert Grimes und alle seine Kollegen, die vielleicht sonst noch auftauchten, in der Öffentlichkeit zu präsentieren und sie dann wieder wegzuzaubern. Wenn alles nach Plan lief, würde Andy Lewis morgen wissen, daß es Vaun gutging, daß sie die Freiheit hatte, mit Freunden einen Ausflug zu unternehmen, daß sie in San Francisco war und vorhatte, am Dienstag mit Reportern zu sprechen.

Lee fuhr, damit Kate die Hände und die Augen frei hatte, und die ganze Strecke über folgten ihnen unauffällig einige Motorräder. Sie bog von der Straße in eine Parkbucht ein, die kurz zuvor mit orangefarbenen Pylonen abgesperrt worden war. Kate steckte eine Münze in die Parkuhr und öffnete dann die Tür für Vaun. Lee kam um den Wagen herum, sie nahmen Vaun in die Mitte und schlenderten dann gemütlich zum Fahrscheinhäuschen. Ein junges Pärchen, die Augen hinter dunklen Sonnenbrillen verborgen, folgte ihnen engumschlungen. Sie schienen nur Augen füreinander zu haben, obwohl sie in Wirklichkeit die anderen an Bord gehenden Passagiere genau beobachteten.

Wie abgesprochen ging Lee voraus durch die Fahrgastkabine auf das Oberdeck, wo Bänke standen und nach allen Seiten hin alles offen war. Der verwegen aussehende Mann in glatten Lederhosen und mit Sonnenbrille und seine noch verwegener aussehende, ebenfalls in Lederhosen gekleidete hellblonde Begleiterin zogen zwar einige Blicke auf sich, aber niemand würde sie lange genug ansehen, um sich später noch an ihre Gesichter erinnern zu können. Und in normaler Kleidung hätte sie ohnehin niemand wiedererkannt. Bob Fischer drehte sich vor der Bank um, zog mit dem Zeigefinger kurz die verspiegelte Sonnenbrille auf seine Nasenspitze herunter und zwinkerte Kate zu, dann schob er die Brille wieder hoch, setzte sich und nahm mit seinen ausgestreckten Armen über einen Meter Bankplatz für sich in Anspruch. Die blonde Frau, die einzige in Kates Abteilung, der gegenüber sie sich groß vorkam, sah zwar aus wie eine magersüchtige Heroinabhängige, war aber in Wahrheit eine Meisterin in verschiedenen obskuren Kampfsportarten.

Es war ein wunderbarer Frühlingstag, San Francisco zeigte sich von seiner besten Seite. Die wenigen Touristen, die sich jetzt in der Nebensaison zum Fisherman's Wharf verirrt hatten, konnten ihr Glück kaum fassen, hatten sie doch mit Nebel und Regen gerechnet. Aber die Regenzeit war für dieses Jahr so gut wie vorbei, und der Nebel macht sich hier nur im Sommer breit. Der Himmel war strahlend blau und klar, nur hier und da warf zur Abwechslung ein Wölkchen einen Schatten auf das Wasser und die Gebäude. Eine frische Brise setzte den Wellen Schaumkrönchen auf, aber selbst hier auf dem Oberdeck wärmte einen die Sonne. Der Mount Tamalpais stand schützend wie eine Mutter über der Stadt, und die auf der blauen Wasserfläche verstreuten dreieckigen Segel signalisierten, daß die arrivierteren Computerspezialisten und Drogenimporteure aus Nordkalifornien sich heute einen netten Tag machten.

Kate taxierte unauffällig die anderen Passagiere, während Lee Vaun ausgelassen von einer Bootsfahrt erzählte, die sie als Kind einmal unternommen hatte. Kate hatte Lee immer darum beneidet, daß sie ihr Leben auch noch genießen konnte, wenn etwas Unangenehmes vor ihr lag, ob es nun das ihr bevorstehende Rigorosum gewesen war oder der nahe Tod eines ihrer Patienten. Und heute wurde Lees Vergnügen an diesem Tag, bei dem Ausflug und der Gesellschaft, in der sie sich befand, nur noch verstärkt durch die Tatsache, daß der eigentliche Grund für diese Spazierfahrt ein ganz anderer war. Und ihre Ausgelassenheit steckte die anderen an – oder doch zumindest Vaun. Kate versuchte, wenigstens nach außen hin entspannt zu wirken, um den beiden anderen den Spaß nicht zu verderben. Bis jetzt hatte noch niemand Vaun erkannt, und wenn sich daran nichts änderte, bis die Passagiere sich nach der Überfahrt zerstreuten, dann würde Bob Fischer einem der zurückfahrenden Passagiere wohl oder übel einen Wink geben müssen. In der Zwischenzeit wollte Kate alles tun, damit Vaun diesen kurzen Moment der Freiheit an der frischen Luft genießen konnte. Davon hatte sie weiß Gott in der letzten Zeit nur wenige gehabt, und in absehbarer Zeit würde sich daran wohl auch nichts ändern.

Jetzt erzählte Lee Vaun gerade, daß Ende der sechziger Jahre Indianer die Insel anderthalb Jahre lang besetzt hatten. Kate hörte mit halbem Ohr zu. Das Boot legte ab und fuhr langsam rückwärts vom Pier weg. Gerade als es weit genug im Fahrwasser war und anfing zu wenden, bemerkte Kate eine kurze Bewegung am Fahrkartenschalter. Ein halbes Dutzend Touristen, die Frauen mit gefärbten Dauerwellen, schauten zu ihnen hinüber; eine Frau hatte den Arm ausgestreckt und zeigte auf Vaun, deren geneigter Kopf und gespanntes Gesicht im vollen Sonnenlicht lagen. Das Boot entfernte sich von der Anlegestelle, und Kate schaute zu Bob hinüber, um zu sehen, ob er das auch mitbekommen hatte. Er nickte ihr über einen blonden Kopf hinweg zu. Kate lehnte sich zurück und seufzte. Die arme Vaun. Sehr bald würden ihre Fans die Medien informieren. Der Countdown hatte begonnen.

Vielleicht blieb ihnen auf Alcatraz noch eine Stunde, bis jemand sie aufgespürt hatte. Sie holte eine Sonnenbrille aus ihrer Tasche und reichte sie Vaun, die sie geistesabwesend aufsetzte.

Sie gingen von Bord, hörten sich den Vortrag des Ranger an, kauften Postkarten und stiegen die Anhöhe hinauf, mit den beiden Pärchen an ihren Fersen. Dann marschierten sie durch den Tunnel, kamen vorbei an dem verglasten rostigen Wachturm und liefen kreuz und quer über das Gelände, vorbei an den längst verlassenen Wohnungen der Wachen und ihrer Familien, der ökumenischen Kapelle und den verbrannten Resten des Hauses, in dem der Gefängnisdirektor gewohnt hatte. Zwischen irgendwelchem Unkraut wehten ein paar Frühlingsblumen im Wind, die letzten hartgesottenen Überlebenden der Vorstadtträume des Gärtners. Im letzten Jahrhundert, als Alcatraz noch eine kanonenbestückte Garnison zum Schutz der Goldfelder gewesen war, hatte man Erde vom Festland herübertransportiert – ein mühsames Unterfangen mit dem Ziel, die Zerstörungskraft auftreffender Kanonenkugeln zu mildern. In ihren Resten wächst heute dürres Unkraut.

Dann betraten sie das eigentliche Gefängnis, das mit seiner feuchten Kühle die Sonne hinter ihnen verschluckte, obwohl sie gelegentlich noch durch die schmutzigen hohen Fenster hindurchschien. Sie gingen an den Zellen entlang, schauten in der Friseurstube vorbei und traten auf den Exerzierhof. Man fühlte sich wie in einer riesigen Maschine aus Stahl und Beton, die zwar schon abgeschaltet, aber noch nicht völlig demontiert war. Es waren nur ein paar unwesentliche Ausstattungsgegenstände entfernt worden, aber das Gefängnis als solches war noch intakt. Wenn das hier ein Vulkan wäre, dachte Kate und schaute hinauf zu den übereinanderliegenden Zellen und Gängen, dann würde man ihn als untätig einstufen, aber nicht als erloschen. Sie überlegte, was Vaun jetzt wohl empfand und ob die ehemalige Gefängnisinsassin den Zellen vielleicht nicht zu nahe kommen wollte. Aber so war es nicht. Vaun ging sogar in eine hinein und fuhr mit den Fingerspitzen über die Wand, wo sich die Insassen dreißig Jahre lang gegen den Zement gelehnt und ihn mit ihren rauhen Hemden glattgescheuert hatten. Nur die dunklen, massiv gebauten Löcher der Einzelzellen mied sie.

Schließlich standen sie im Speisesaal, wo noch der Frühstücksspeiseplan für den letzten Tag an der Wand hing, damit die Touristen ihn fotografieren konnten. Die langen Fensterreihen zu beiden Seiten ließen das Licht einfallen, und auf einer Seite erstreckte sich das ebenso verlockende wie höhnende Panorama von San Francisco. Lee stand bei Vaun, die beiden steckten die Köpfe zusammen. Lee erzählte immer noch, und Vaun ließ sich von ihrer Lebhaftigkeit anstecken.

«... haben sie ein bißchen zu gut gefüttert, es ihnen ein bißchen zu warm gemacht, ihnen kaum Gelegenheit zu körperlicher Bewegung gegeben und natürlich weder Besuch zugelassen noch irgendeine körperliche oder geistige Privatsphäre. Dadurch sind Männer, die vorher auf Taten brannten, zu willenlosen Waschlappen geworden. Nehmen Sie zum Beispiel Al Cap...»

Mitten im Satz wurde Lee von einem lauten, nasalen Ausruf von der Tür her unterbrochen.

«Da ist sie! Ich hab dir doch gesagt, daß das Eva Vaughn ist!»

Kate hatte die Frau schon kommen sehen und stellte sich vor die beiden Frauen, die sich ruckartig zu der Stimme umgedreht hatten. Bob Fischer und seine Partnerin standen am anderen Endes des Raumes und schauten halb gelangweilt zu der Störung hinüber. Kate nahm Vaun am Arm und schob sie entschlossen an der Gruppe schnatternder Gaffer vorbei nach draußen. Die Hauptfigur, die Frau, die Kate am Pier gesehen hatte, sprach jetzt lauter und machte Anstalten, ihnen zu folgen, wurde aber plötzlich und unerwartet durch ihren eigenen Ellbogen gebremst, um den sich eine große und unnachgiebige Hand legte. Sie sah auf und blickte auf den lächelnden Mund und die unsichtbaren Augen von Bob Fischer.

«Sie entschuldigen, Ma'am, aber ich habe zufällig mit angehört, was Sie sagten. Könnten Sie mir bitte noch einmal sagen, wer das war?»

Seine Worte ließen an Höflichkeit nichts zu wünschen übrig, seine Haltung und sein Aussehen waren eindeutig ... nun ja, furchteinflößend, und Daumen und Zeigefinger, mit denen er ihren Arm umfaßte, waren wie eine Klammer. Sie blickte auf die Brillengläser, in denen sie nur ihr eigenes Gesicht sah, und fing an zu zittern.

«Ich, äh, Eva Vaughn, die Malerin, Sie wissen schon, da auf diesem Waldweg, die drei kleinen Mädchen ...» Ihre Stimme wurde schwächer, als sie merkte, daß ihre Entdeckung sich in Windeseile von ihr fortbewegte. Nervös zupfte sie an seinen Fingern und schaute sich verzweifelt über die Schulter um. Ihr Mann hielt seine Videokamera vor der Brust umklammert und protestierte kraftlos. Die anderen drei Damen und zwei Männer zogen sich vorsichtshalber ein oder zwei Schritte zurück und warfen einander verstohlene Blicke zu, während ihre Anführerin heldenhaft über Künstler und Bilder sprach, und ob man nicht wohl ein Autogramm für die Enkeltochter bekommen könne, die, «müssen Sie wissen», ja selbst schon so eine begabte kleine Malerin war.

Nach mehreren Minuten entblößte Bob seine Zähne zu einem breiten Grinsen und entließ sie aus seiner Umklammerung.

«Ah, ich verstehe – die Malerin, die in der Zeitung war. Jetzt erinnere ich mich. Erinnerst du dich auch, Lily, diese Sache mit dem Waldweg, wo sie am laufenden Band diese kleinen Mädchen gefunden haben?»

Die blaßgesichtige Frau nickte und ließ ihre Handtasche fallen, und als der galante Gentleman aus Schenectady endlich den letzten weggerollten Lippenstift wiedergefunden hatte, hatte Kate bereits über ihr Walkie-Talkie sichergestellt, daß das Boot auf sie warten sollte, und zweimal die Böschung hinunter den Weg abgekürzt. Die Verfolger hatten nicht die geringste Chance.

Kate drängte und hetzte ihre beiden Begleiterinnen an Bord, dicht gefolgt von dem anderen «Pärchen», das den ganzen Morgen über hinter Bob und der aschfahlen «Lily» hergebummelt war, sowie von einem einzelnen älteren Japaner, der am Landungssteg mit einer Broschüre über die Geschichte San Franciscos auf einer Bank gesessen hatte, bis Kate in ihr Funkgerät sprach. Kate schob Vaun auf einen Eckplatz, und hinter ihnen wurde die Tür geschlossen. Die Leinen wurden gelöst, die Motoren sprangen an, und sie waren schon weit genug weg, als das Grüppchen der Kunstliebhaber durch den Tunnel gehastet kam und dann enttäuscht die Schritte verlangsamte. Kate lächelte grimmig und wandte sich an den Herrn mit der Broschüre.

«Hallo, Inspector Kitagawa. Wartet Tom Grimes denn schon auf uns?»

«Aber sicher, und mit ihm noch fünfhundert andere.»

«Was?»

«Die Sache ist durchgesickert», fügte er lakonisch hinzu.

«Dann können wir unmöglich anlegen.»

«Nur keine Sorge, die halbe Polizei ist auch da. Hawkin wartet mit einem Wagen. Er will, daß Sie drei sofort einsteigen. Wenn wir stehenbleiben und sie mit den Reportern sprechen lassen, gibt es einen Tumult. Deshalb hat er dafür gesorgt, daß Sie sich später mit Grimes treffen. Wenn Sie mir die Schlüssel geben, kümmert sich jemand um Ihren Wagen.»

Sie löste Lees Zündschlüssel von ihrem Bund, gab ihn Kitagawa und stand auf.

«Besser, ich spreche mit dem Kapitän oder Bootsführer – oder wie immer er sich nennt – und lasse ihn wissen, was los ist.»

«Er weiß es schon.»

Halb San Francisco wußte es schon. Jeder Tourist zwischen dem Ghirardelli Square und dem Pier 39 mußte davon gehört haben, und hinzu kamen auch noch die professionellen Voyeure. Ein bedrohlich schmaler Streifen war von uniformierten Polizisten abgesperrt worden, gesäumt von Kameras und Mikrofonen. Kate wandte sich zu Vaun um, um zu schauen, ob sie damit fertig wurde. Da sah sie dasselbe Gesicht, das sie vor vielen Tagen schon einmal gesehen hatte: leidend, wunderschön, leichenblaß und ohne das geringste Anzeichen von Leben. Vaun hob die Hand, nahm die Sonnenbrille ab, klappte sie zusammen und gab sie Kate. Doch selbst jetzt war ihrem Gesicht nicht abzulesen, was sie von dem Chaos hielt, das sich vor ihnen abspielte.

«Geht es Ihnen gut?» fragte Kate.

«Von jetzt ab vermutlich nicht mehr», antwortete Vaun ruhig.

Das Boot schlug gegen die Kaimauer, die Leinen wurden vertäut, die Tür ging auf, das Fallreep wurde auf die Menge zugeschoben, und dann schritt Vaun ihrem Schicksal entgegen.

Langsam lief sie durch das Chaos, durch die Fragen, die ihr zugebrüllt wurden, die hervorgestreckten Mikrofone und das Bombardement klickender und surrender Kameras und sah nur auf den mit allerlei Ausrüstung behängten Gürtel des bulligen Polizisten, der die kleine Prozession durch die Menge führte. Sie machte den Eindruck einer Frau, die ein kleines persönliches Problem im Kopf hatte und deshalb den ganzen Tumult um sie herum überhaupt nicht registrierte. Folgsam ließ sie sich zu dem wartenden Polizeiwagen führen und hineinschieben. Dort war auch Hawkin, und während Kate und Lee sich rechts und links von Vaun auf die Rückbank setzten, erklärte er den versammelten Zeitungs- und Fernsehreportern mit gelangweilt amtlicher Stimme, am Dienstag hätten sie Gelegenheit, so viele Fragen zu stellen, wie sie wollten, vorher jedoch nicht. Sorry, kein Kommentar. Damit stieg er auf den Beifahrersitz, und sie fuhren los.

Die nächsten fünf Minuten verbrachte der Fahrer damit, verschiedene Verfolgerautos und Übertragungswagen abzuschütteln. Währenddessen gab Kate Hawkin einen Bericht über ihren Besuch auf Alcatraz. Vaun schaute teilnahmslos aus dem Fenster, Lee umfaßte sanft ihre Hand und sah sie an. Der Fahrer verstand sein Handwerk, und zehn Minuten später waren sie bereits auf dem Freeway in südlicher Richtung. Niemand folgte ihnen mehr.

Zwanzig Minuten brauchten sie für die Fahrt zu einem großen, anonymen Motel, das etwa hundert Meter vom Freeway entfernt lag. Sie gingen sofort zu Nummer 1046 und bestellten sich etwas zum Lunch aufs Zimmer. Vaun bat um einen Tee. Zuerst kam das Essen, und unmittelbar danach Tom Grimes mit seinem Fotografen.

«Ist Ihnen auch niemand gefolgt?» fragte Hawkin ihn an der Tür.

«Nein, Al, niemand ist mir gefolgt, Sie brauchen also keinen Keil unter die Tür zu klemmen. Ist sie da?»

«Sie haben fünfzehn Minuten», knurrte Hawkin und ließ ihn eintreten.

Hawkin und Kate standen herum und kauten. Lee nahm sich ein Sandwich und wachte über Vaun wie eine Hündin über ihre Welpen. Der Fotograf kniff über seiner Zigarette ein Auge zusammen und füllte das Zimmer mit seiner Ausrüstung und grellem Licht. Grimes stellte vor Vaun einen kleinen Kassettenrecorder auf den Tisch. Sie saß mittendrin auf einem Plastikstuhl, die Beine aneinandergepreßt, die Hände im Schoß, so beherrscht wie ein Mitglied der Königsfamilie auf dem Weg zum Schafott. Seine Fragen beantwortete sie, als läse sie von einem Blatt Papier ab. Sie war unpersönlich, unnahbar und zurückhaltend, aber ehrlich.

Jawohl, bestätigte sie ihm, in der Tat sei sie Eva Vaughn ebenso wie Siobhan Adams. Jawohl, die Siobhan Adams, die man wegen Mordes verurteilt hatte. Nein, sie hätte die jüngsten Morde nicht begangen, statt dessen wäre sie beinahe selbst ermordet worden. Wer war dann der Mörder, und warum hatte sie damit zu tun? Leider kein Kommentar auf diese Frage, bis die Untersuchungen der Polizei abgeschlossen waren. Grimes hatte gar keine Antwort erwartet, aber trotzdem fuhr er fort. Wie lange wohne sie schon an der Tyler's Road? Fast fünf Jahre. Nein, ihre Nachbarn hätten von ihrer wahren Identität nie erfahren, weder als Künstlerin noch als Mörderin. Ja, sie male dort. Ja, zum Teil käme die Tyler's Road auch in ihren Bildern vor.

Eine Frage nach der anderen, alle über den Menschen Vaun Adams, den Rest konnte Grimes schließlich selbst hinzufügen. Bei alldem blieb Vaun höflich desinteressiert, bis kurz vor Schluß. Hawkin hatte bereits den Kopf aus der Tür gesteckt, um dem Fahrer ein Zeichen zu geben, daß sie bald soweit waren, und der Fotograf packte schon seine Objektive sowie die übrige Ausrüstung ein. «Eine letzte Frage, Miss Vaughn», sagte Grimes und hoffte verzweifelt, wenigstens eine wirklich schmissige Antwort von ihr zu bekommen, die er zitieren konnte. «Ich bin neugierig, etwas über Ihre Namensänderung zu erfahren. Hatten Sie einen besonderen Grund, ausgerechnet den Namen Eva Vaughn zu wählen?»

Diese unerwartete Frage erregte Vauns Aufmerksamkeit, und zum ersten Mal schien sie ihn wirklich anzusehen.

«Adam und Eva waren eigentlich ein und derselbe Mensch, nicht wahr? Zwei Teile eines Ganzen. Deshalb war es gar keine richtige Namensänderung.»

«Sind Sie religiös?» Grimes versuchte seine Überraschung zu verbergen und machte sich darauf gefaßt, daß Vaun im nächsten Moment erklären würde, sie sei eine wiedergeborene Christin. Ihre außergewöhnlichen Augen blickten ihn intensiv an, und sie lächelte freundlich.

«Nicht religiös im Sinne einer Kirche. Aber es ist wohl nicht verwunderlich, daß ein Mensch, der soviel durchgemacht hat wie ich, solche Gedanken nicht ... uninteressant findet.»

Ein letztes Mal blitzte die Kamera auf, und drei Minuten später befanden sie sich schon wieder auf dem Freeway in Richtung Norden. Der Fahrer fuhr an der zweiten Ausfahrt ab, dann ein paar Meilen in Richtung Osten und schließlich auf den zweiten Freeway in Richtung Norden. Hawkin nickte und lockerte seine Halsmuskeln. Sie wurden nicht verfolgt.

Kate lehnte sich in ihrem Sitz vor, und Hawkin wandte sich halb um, um mit ihr zu sprechen.

«In der Gruppe am Pier waren auch Leute vom Fernsehen dabei», sagte sie. «Was glauben Sie, wieviel sie heute davon senden?»

«Sie bringen mit Sicherheit etwas. Samstags ist doch nie was los.»

«Wie dem auch sei, Lee und ich bleiben von jetzt an im Haus. Ganz bestimmt werden laufend Leute die Straße absuchen. Ich hoffe nur, daß es wenigstens noch ein paar Tage dauert, bis einer von den Nachbarn uns verpfeift. Lee muß morgen nachmittag noch einmal das Haus verlassen, um einen ihrer Patienten in der Sterbeklinik zu besuchen, und zwei Patienten kommen noch ins Haus, einer heute abend und der andere am Montag abend. Die beiden wollte sie nicht vor den Kopf stoßen, aber alle anderen Termine hat sie abgesagt. Geht das in Ordnung?»

«Informieren Sie die Jungs gegenüber genau darüber, wer sie sind und wann sie kommen, damit sie nicht nervös werden. Es besteht kein Anlaß, daß Sie sich völlig verbarrikadieren, es sei denn ...» Er hielt überrascht inne. Kate wandte sich ruckartig um und schaute Vaun an.

Sie war schließlich doch noch zusammengebrochen. Die Augen waren geschlossen, der Mund zu einem wimmernden O geöffnet, und sie zitterte am ganzen Leib. Sie hob die Hände vors Gesicht und drehte sich zu Lee um. Lee streckte die Arme aus, und Vaun rollte sich, so gut es ging, zusammen. Sie legte ihren Kopf in Lees Schoß und klammerte sich mit Armen und Oberkörper fest an sie. Den ganzen Heimweg über lag sie so zusammengekauert da, und Lee wiegte sie und murmelte tröstende Worte. Die anderen schwiegen nachdenklich.

Den restlichen Nachmittag verbrachte Vaun oben in ihrem Zimmer. Lee backte Croissants und bereitete umständlich einen Salade niçoise mit vierzehn einzeln marinierten Zutaten zu. Sie brauchte dafür mehrere Stunden, und die ganze Küche war übersät mit Töpfen, obwohl sie den Leuten, die ihn anschließend probierten, ebensogut auch einen Eisbergsalat mit Dressing aus der Flasche hätte servieren können. Kate tigerte durchs Haus, bis ihr die Nerven völlig blank lagen – da ging sie hinunter in den Keller, um eine Stunde lang in ihren Heimtrainer zu treten. Anschließend kam sie schweißgebadet wieder hoch, trank ein Glas Wein, nahm eine Dusche, trank noch ein Glas und sah sich dann die Lokalnachrichten an. Sie zeigten unter anderem ein Amateurvideo, auf dem verschwommen drei Frauen mit dem Rücken zur Kamera zu sehen waren. Danach hätte sie am liebsten noch ein paar Gläser hinuntergekippt, ließ es aber sein.

Als die Nachrichten vorbei waren, ging Lee mit einem Glas Whisky nach oben und flößte es Vaun ein. Dann kam sie wieder herunter und deckte den Tisch für das Abendessen, doch alle stocherten appetitlos darin herum. Schließlich trug sie das Essen ab und machte Kaffee. Kate und Vaun räumten den Tisch ab. Danach ging Vaun zu Kates Überraschung nicht nach oben, sondern ließ sich auf dem Sofa nieder. Beflissen schichtete Kate einige Holzscheite auf und entfachte ein Kaminfeuer. Sie überlegte, ob Vaun vielleicht Gesellschaft haben wollte. Also holte sie das Tablett mit dem Kaffee und schenkte ihr und sich eine Tasse ein.

«Hätten Sie vielleicht Lust auf eine Partie Schach oder Dame? Oder vielleicht Backgammon?» schlug sie vor.

«Nein, danke. Ich würde Ihnen gern etwas erzählen, Ihnen und Lee. Etwas über mich.»

In der Küche setzte das Summen und Zischen der Spülmaschine ein. Lee kam herein, um Kaffee zu trinken. Vaun setzte klappernd ihre Tasse ab, stand auf und wanderte schweigend durch den Raum, berührte hier oder da einen Gegenstand und kehrte dann wieder zum Sofa zurück. Sie setzte sich im Schneidersitz hin und fing einfach an zu erzählen. Zweieinhalb Stunden lang erzählte und erzählte sie, als ob sie sich alles vorher zurechtgelegt hätte. Sie schien überhaupt nicht mehr aufhören zu wollen.

31. Kapitel

«Ich kann mich nicht erinnern, daß es eine Zeit gegeben hätte, in der meine Hände nicht etwas gezeichnet haben», begann Vaun. «Meine früheste Erinnerung ist die an eine Geburtstagsfeier – damals war ich zwei. Ich habe ein Foto davon, das mir meine Tante vor vier oder fünf Jahren geschickt hat, und darauf steht das Datum. Eines meiner Geschenke war eine Schachtel mit dicken Kinderbuntstiften und einem großen Zeichenblock. Ich erinnere mich noch lebhaft an meine Empfindungen, als ich den Deckel von der Schachtel nahm. Da lagen all die verlockenden, glatten, bunten und angespitzten Stifte in einer Reihe, sie paßten genau in die Schachtel. Und sie rochen aufregender als alles, was ich bis dahin gerochen hatte. Ich nahm einen aus der Schachtel – den orangefarbenen – und malte ganz langsam einen Kreis auf den Block. Überall um mich herum lagen Stapel von Geschenken für mich, aber ich würdigte sie keines Blickes, so fasziniert war ich davon, daß ich mit der Stiftspitze eine so dünne Linie ziehen konnte und mit der flachen Rückseite eine ganz zarte breite. Daß ich eine dicke Linie ziehen konnte, in der das Orange viel stärker aufleuchtete, wenn ich den Stift fester aufdrückte, und wie es aussah, wenn ich das ganze Blatt vollkritzelte. Ich sehe es immer noch vor mir, wie meine dicke kleine Hand diesen magischen orangefarbenen Stift umklammerte, die Begeisterung, die ich dabei empfand, wie unglaublich aufregend es war, wenn plötzlich diese Linien auf dem sauberen weißen Papier erschienen.

Bestimmt hat meine Mutter im nachhinein diesen Tag verflucht. Alles, was sie haßte, alles, wovor sie Angst hatte, begann da, stieg an diesem Tag in ihrer süßen kleinen, lockenköpfigen zweijährigen Tochter auf.»

Vaun verzog den Mund zu einem schiefen Lächeln und lehnte sich vor, um sich Kaffee nachzuschenken. Sie setzte die Kanne ab und löffelte einen Klecks Sahne in die schwarze Flüssigkeit, der zu einer dicken Schicht auseinanderlief. Gespannt sah sie zu, wie die Farbe sich veränderte, und war in Gedanken ganz weit weg.

«Meine Mutter wurde kurz nach dem Ersten Weltkrieg in Paris geboren. Ihr Vater hielt sich für einen Künstler, obwohl er nicht das geringste Talent besaß. Er klammerte sich lediglich an andere, wirkliche Künstler und trank deren Wein. Er war mit meiner Großmutter nicht verheiratet, aber sie hat es dennoch bis zum Winter des Jahres 1925 mit ihm ausgehalten. Damals war meine Mutter sechs Jahre alt und wäre beinahe an Lungenentzündung gestorben, weil sie in einer unbeheizten Dachbodenkammer wohnten. Da entschloß sich meine Großmutter, nach Kalifornien auszuwandern. Und als er über das Wochenende zu einem Fest aufs Land gefahren war, sammelte sie alle Geschenke zusammen, die man ihm gemacht oder die er sich anderweitig verschafft hatte, darunter auch einige anständige Leinwände, verkaufte alles und erstand für sich und ihre Tochter eine Passage nach New York. Fünf Jahre hat sie gebraucht, bis sie endlich in San Francisco war, aber am Ende hatte sie es tatsächlich geschafft. Als Ihre Tochter zwölf war, heiratete meine Großmutter und bekam noch zwei Kinder, Red und eine zweite Tochter, die allerdings früh starb. Aber trotzdem hat sie nie aufgehört, meiner Mutter gnadenlos einzubleuen, daß ein Künstler jemand ist, der stiehlt, trinkt und es in seiner Selbstsucht sogar zulassen würde, daß die eigene Tochter an mangelnder Fürsorge stirbt.

Folgerichtig heiratete meine Mutter einen Mann, der so wenig mit Kunst zu tun hatte, wie man es sich nur vorstellen konnte. Er war Buchhalter. Er trank so gut wie nichts, seine Eltern wohnten noch in dem gleichen Haus, das sie zu ihrer Hochzeit gekauft hatten, und seit der High School war er in keinem Museum und in keiner Galerie mehr gewesen. Absolut stabil und phantasielos, zwölf Jahre älter als meine Mutter und ihr vollkommen ergeben. Ich glaube, er hatte auch ein bißchen Angst vor ihrem scharfen Verstand und ihrer Schönheit. Ein guter Mann. Wenn er auch vielleicht nicht genau das war, was meine Mutter gebraucht hätte, war er doch zumindest das, was sie sich gewünscht hatte. Auf den Fotos, die er in diesen ersten Jahren geknipst hat, sieht man eine glückliche Frau. Bis zu meinem zweiten Geburtstag. Sie bekamen keine weiteren Kinder mehr, obwohl es, soweit ich weiß, keinerlei medizinische Probleme gab. Und für mich gab es auch nie wieder eine Geburtstagsfeier – vermutlich hatte sie Angst, jemand könnte mir einen Malkasten oder etwas ähnliches schenken.

Natürlich wußte ich damals überhaupt noch nichts davon, wie ihr Leben verlaufen war, und verstand nicht, warum sie einen so unglaublichen Haß auf meine Malleidenschaft entwickelte. Ich wäre wohl auch noch zu jung gewesen, selbst wenn sie versucht hätte, es mir zu erklären. Aber sie hat es auch nie versucht. Erst vor kurzem, vor etwa fünf Jahren, konnte ich mir endlich alles zusammenreimen.»

«Und wie ging es Ihnen dabei?» fragte Lee neugierig.

«Ich war grenzenlos erleichtert. Als ich jung war, dachte ich immer, es sei alles mein Fehler und ich sei auch am Tod der beiden schuld, weil ich mich nicht im Zaum hatte halten können. Als ich dann die Wahrheit ausgegraben und von den Eltern meiner Mutter gehört hatte, war das eine riesige Erleichterung für mich. Es war nicht mein Fehler, es war noch nicht einmal ihr Fehler. Vielleicht mußte es so kommen. Auf jeden Fall konnte ich damit leben.

Ich frage mich allerdings, ob ihre Phobie mich nicht noch weiter angestachelt hat. Mein Talent wäre natürlich immer dagewesen, aber vielleicht hätte ich es ruhiger und natürlicher entwickeln können. Doch so führten die immerwährenden Versuche, mich abzulenken, andere Interessen in mir zu wecken und mich von meinen Buntstiften und Bleistiften wegzulocken, nur dazu, daß ich mich immer mehr darauf fixierte. Ich interessierte mich nicht für Spielsachen, ich wollte nicht mit anderen Kindern spielen, ich wollte einfach nur zeichnen. Noch vor meinem vierten Lebensjahr hatte ich die untere Hälfte aller Wände im Haus schon völlig ruiniert, und niemand konnte irgendwo ein Stück Papier oder einen Stift liegen lassen, ohne daß ich angefangen hätte zu kritzeln. Ich erinnere mich noch, daß ich einmal in einem Geschäft einen Schreianfall bekommen habe, weil meine Mutter versuchte, mich von den Buntstiften wegzuzerren. Es muß ein einziger Alptraum für sie gewesen sein.

Als ich dann mit etwa vier Jahren in den Kindergarten kam, waren die Kindergärtnerinnen anfangs natürlich hocherfreut über dieses kleine Kind, das schon so erstaunlich gute Bilder malen konnte. Aber nach einer Weile hatten sie die Nase voll davon, mich immer wieder auf den Spielplatz zerren oder dazu zwingen zu müssen, daß ich mir einmal eine Geschichte vorlesen ließ und all die anderen Sachen machte, die normale, ausgeglichene Kinder machten. Das war die Zeit, in der ich dann zu einem Psychoanalytiker geschickt wurde.

Ich glaube, ich habe im Verlauf der kommenden Jahre ein Dutzend Therapeuten über mich ergehen lassen. Zuerst waren es meistens Frauen, und im Rückblick denke ich, sie waren alle davon überzeugt, daß alles, was ich brauchte, eine feste Hand und ein offenes Ohr waren. Als das nichts fruchtete, kamen sie auf die Idee, es könnte vielleicht besser sein, meine Mutter zu therapieren, und bald war ich wieder bei einer neuen Therapeutin.

Als ich ungefähr fünf oder sechs war, wurde ich von Männern behandelt, und sie waren auch älter und ernster. Ich erinnere mich noch, wie ich meine Mutter einmal gefragt habe, warum sie alle Bilder an der Wand hängen hatten, auf denen nur Geschriebenes war, und sie erzählte mir etwas von Diplomen und so weiter.

Und dann, als ich sieben war, gingen wir zu Dr. Hofstetter. Er hatte eine ganze Wand voll eingerahmter Diplome und Urkunden in seinem Wartezimmer hängen, und der Kontrast zwischen den schwarzen Rahmen, dem weißen Papier und der beigen Wand faszinierte mich. Auf vieren waren rote Siegel, wunderschöne symmetrische Strahlenkränze, so rot wie Blut, die förmlich von der Wand zu springen schienen.

Ich ging einige Monate zu Dr. Hofstetter. Ich durfte erzählen, was ich wollte, zeichnen oder mir Bücher anschauen, und irgendwann muß er wohl zu dem Schluß gekommen sein, daß eine Radikalkur vonnöten war. Denn eines Nachmittags – es war am Anfang der Sommerferien – ging mein Vater mit mir ins Kino, und als wir wieder nach Hause kamen, war im ganzen Haus kein einziges Schreibgerät mehr vorhanden. Keine Buntstifte, keine Farbe, keine Federhalter, Bleistifte, Kreide. Ich tobte. Sie mußten mir Beruhigungspillen geben, damit ich in dieser Nacht überhaupt schlief. Am nächsten Morgen schüttete ich meinen Grießbrei auf den Tisch und malte darin. Also verfiel meine Mutter darauf, mich mit dem Löffel zu füttern. Sobald ich nach draußen ging und mit einem Stock in der Erde malte, mußte ich drinnen bleiben. Also malte ich mit Seife auf den Fliesen im Badezimmer, und prompt durfte ich nicht mehr allein baden.

Fünf Tage habe ich es ausgehalten. Ich konnte nicht verstehen, warum sie mir das antaten. Es war, als hätte man mir befohlen, nicht mehr zu atmen. Es kam mir vor, als würde ich im nächsten Moment explodieren, und am sechsten Tag wollte ich schließlich nicht mehr aus dem Bett aufstehen, wollte nichts mehr essen oder trinken und machte in die Hose. Meine Mutter schleppte mich zum Psychiater, der mir zu erklären versuchte, es sei doch nur zu meinem Besten. Ich saß einfach nur da, starrte dumpf geradeaus und hörte seine Stimme gar nicht richtig. Schließlich gab er auf, brachte mich ins Wartezimmer und ging dann mit meiner Mutter wieder in sein Büro zurück. Ich konnte ihre Stimmen hören, die meiner Mutter klang sehr aufgeregt. Im Nachbarzimmer saß seine Sekretärin, tippte auf der Schreibmaschine und erledigte Telefonate, und ich saß dort in meinem gepolsterten Stuhl und sah mir das Muster der Bilderrahmen an der Wand und die roten Strahlenkränze an.

Als ich da ganz allein mit diesen roten Siegeln saß, fingen sie plötzlich an, mich zu stören. Sie hingen einfach falsch, irgendwie ungleichgewichtig. Und je länger ich sie anschaute, während im Hintergrund die Stimme meiner Mutter im Wechsel lauter und leiser wurde, desto mehr störten sie mich. Ich brauchte einfach noch einen roten Fleck, genau da oben, rechts oben, über dem Sofa. Also suchte ich in meinen Manteltaschen nach meinen Buntstiften, aber die waren natürlich nicht da. Dann überlegte ich mir, daß ich vielleicht im Schreibtisch der Sekretärin nach etwas Brauchbarem suchen könnte – aber sie würde mich bestimmt daran hindern. Aber da war doch dieses unausgeglichene Muster der roten Siegel an der

Wand, wogegen ich etwas unternehmen mußte. Ich mußte einfach etwas tun, konnte nicht einfach dasitzen und zusehen, wie diese so schief angeordneten Flecken an der Wand zerrten. Also tat ich das einzige, was mir einfiel. Ich stellte mich aufs Sofa, biß mir in den Finger und malte damit.»

Vaun schwieg, und für einen Moment herrschte völlige Stille, während sie mit dem Daumen über eine Narbe an der Kuppe ihres rechten Zeigefingers fuhr.

«Damit hatte ich erst einmal für lange Zeit Ruhe vor Psychiatern. Noch am gleichen Abend kam mein Vater mit einer Papiertüte in mein Zimmer. Er setzte sich zu mir auf die Bettkante, machte die Tüte auf und holte eine Riesenschachtel mit vierundsechzig Buntstiften hervor, mit Silber und Gold und Kupfer, und dazu einen Block mit dickem Zeichenpapier. Er legte die Sachen auf meinen Nachttisch, knüllte die Tüte zusammen und fing an, mit mir zu reden. Er sagte mir, daß Künstler ein weites Spektrum an Erfahrungen brauchen, damit sie wirklich gute Bilder malen können, daß jemand, der niemals von seinem Zeichenblock aufschaut, bald nicht mehr weiß, was er zeichnen soll. Deshalb schlug er mir einen Handel vor. Ich dürfe jeden Morgen vor der Schule eine halbe Stunde, am Nachmittag zwei Stunden und nach dem Abendessen eine halbe Stunde zeichnen, wenn ich ihm verspräche, in der Schule aufzupassen, in den Pausen draußen zu spielen und meine Hausaufgaben zu machen. Wenn ich einverstanden sei und mich daran hielte, dürfe ich an den Wochenenden Zeichenstunden nehmen. Er war ein sehr weiser Mann, aber ein bißchen kränklich, und er stand meistens total unter dem Pantoffel meiner Mutter. Der Kompromiß hielt, und so lebte ich die nächsten sechs Jahre, bis die beiden umkamen.»

Vaun schaute lange in das flackernde Feuer und schüttelte schließlich den Kopf.

«Meine arme Mutter», sagte sie. «Wenn sie am Leben geblieben wäre … Aber dann wäre ich heute ein völlig anderer Mensch, bestimmt nicht Eva Vaughn. Sie starben bei einem völlig sinnlosen Bootsunfall, als ich dreizehn war. Der Mann am Ruder war so betrunken, daß er einen Fehler machte. Danach wohnte ich bei Red und Becky, dem völlig normalen Halbbruder meiner Mutter und seiner völlig normalen Frau und zwei netten, völlig normalen Kindern, neun und elf Jahre alt. Sie waren überhaupt nicht darauf vorbereitet, daß jemand wie ich in ihr Leben plumpste – mitten in der Pubertät, völlig verängstigt, weil ich jegliche Geborgenheit verloren hatte, voller Wut auf meine Eltern und mit einem Schuldgefühl beladen, das ich nicht ausdrücken konnte, linkisch und körperlich häßlich und beschwert von einer alles verzehrenden Obsession, die niemand verstand und die ich selbst kein bißchen erklären konnte. Ich zog dreihundert Meilen weit weg in eine Kleinstadt auf dem Land, kam in eine Schule mit überarbeiteten Lehrern und Kindern, die noch nie einen erwachsenen Künstler gesehen hatten, geschweige denn so ein komisches Kind in ihrem eigenen Alter. Und natürlich gab es für mich am Wochenende auch keine Zeichenstunden mehr.

Sie haben sich wirklich bemüht, meine Tante und mein Onkel, aber sie wußten gar nicht, was sie machen sollten. Ich habe sie so lange drangsaliert, bis sie mir einen Schuppen gaben, in dem ich malen konnte, und dann dauerte es nicht mehr lange, bis ich dort auch wohnte. Ich habe mir auch redlich Mühe gegeben. Ich erledigte zum Beispiel die verschiedensten Arbeiten auf dem Hof, um ihnen weniger zur Last zu fallen. Als ich sechzehn war, fing ich an, in der Gemeinde als Babysitter zu arbeiten, um mir das Geld für meine Malutensilien zu verdienen. Ich baute eine Kiste für meine Farben und die kleinen Leinwände und war schon zufrieden, wenn ich Zeitungen auf dem Küchentisch ausbreiten und dort arbeiten konnte, bis mein Onkel und meine Tante nach Hause kamen.

Sechs Monate lang war ich glücklich, wirklich glücklich. Ich hatte Geld für Farben. Mein Onkel und meine Tante hatten beschlossen, mich in Ruhe zu lassen, bis ich alt genug war, meine eigenen Wege zu gehen. Die Schule war einfach und stellte keine großen Ansprüche an mich, und die Bibliothekarin in der Leihbücherei verstand sich gut darauf, mir Bücher über Kunsttheorie und Bildbände zum Anschauen herauszusuchen. Mit siebzehn dachte ich daran, auf die Universität zu gehen. Meine Noten waren halbwegs in Ordnung. Durch den Tod meiner Eltern hatte ich eine kleine Lebensversicherung ausgezahlt bekommen, mit der ich mich die erste Zeit über

Wasser halten konnte, und ich war dabei, eine Mappe zusammenzustellen, die ich gar nicht schlecht fand. Mit der Zustimmung meines Onkels schickte ich Bewerbungen an drei Universitäten.

Es war eine aufregende Zeit. Ich befand mich im letzten Jahr dessen, was ich für mein Exil hielt, und ich sah, daß meine Arbeit gut war, daß ich Zukunft hatte. Wir hatten die frühen Siebziger, und selbst auf dem Lande herrschte überall Aufbruchsstimmung. Und dann geschahen im Dezember meines letzten Schuljahres zwei Dinge: Ich schlief zum ersten Mal mit einem jungen Mann, der ein paar Jahre älter war als ich, und er gab mir zum ersten Mal Drogen. Andy Lewis. Es gehörte einfach dazu, verstehen Sie. Wenn man aussah wie ‹einer von dieses Hippies›, dann verstand es sich von selbst, daß man auch Drogen nahm, also machte ich es. Sechs Monate lang, meistens nur Gras, aber zweimal auch LSD. Das erste Mal war im Dezember.

LSD war eine interessante Erfahrung. Es veränderte die Art, wie ich Farben sah, und intensivierte die Schwingungen der einzelnen Farbtöne, die Leuchtkraft, die alle Dinge ausstrahlen. Und das nicht nur, wenn ich high war, sondern auch noch ein paar Wochen danach, bis ich allmählich wieder zum Normalzustand zurückkehrte. Mitte März hat mir Andy dann noch einen Trip angeboten, und ich habe ihn genommen.

Es war schrecklich. Ich weiß nicht, warum es diesmal anders war als beim ersten Mal, aber ich bin einfach durchgedreht. Einige Zeit nachdem ich das Zeug geschluckt hatte, saß ich da und schaute meine Hände an. Auf meinem Zeigefinger, in der Nähe der Narbe, war ein verblaßter roter Farbfleck. Und während ich hinsah, fing er plötzlich an zu schwelen und zu brodeln und sich in meinen Finger zu fressen, bis er den Knochen freigelegt hatte, der sich in einen weißen Borstenpinsel verwandelte …» Vaun schwieg einen Moment und sah schüchtern auf. «Ich muß wohl nicht in alle bizarren Einzelheiten gehen. Jedenfalls hatten sich am Ende alle meine Finger in Pinsel verwandelt, und als ich einen der Jungs ansah, die da waren – nicht Andy, ich weiß gar nicht, ob er dabei war; es war einer von seinen Kumpels –, da sah ich, wie aus seinem Körper Farbe hervorsprudelte, pulsierend, in allen möglichen Farbtönen, leuchtend und schillernd. Ich versuchte gerade, an die Farbe in seiner Kehle zu kommen, als die Polizei kam, und nachdem ich noch versucht hatte, mehrere andere Leute zu erwürgen, verfrachteten sie mich ins Krankenhaus und kippten mich voll mit einem starken Beruhigungsmittel. Das hat in unserer kleinen Stadt für ziemlich viel Aufregung gesorgt, wie Sie sich vorstellen können.

Am nächsten Morgen war ich wieder auf dem Damm – zwar war mir übel, und ich hatte Prellungen am ganzen Körper, aber meine Finger waren wieder aus Fleisch und Blut. Im Laufe des Tages ließen sie mich nach Hause gehen, aber am nächsten Tag, als ich gerade einen Topf mit heißer Suppe durch die Küche trug, merkte ich plötzlich, wie meine Finger zu Holz wurden, und ich ließ den Topf fallen. Ich hatte bestimmt noch ein halbes Dutzend solcher Rückfälle – manchmal sah ich zum Beispiel Farbe in meinem Vetter oder meiner Kusine pulsieren – aber allmählich wurden sie immer seltener und immer schwächer. Ich schwor, daß ich nie wieder etwas von dem Zeug anrühren würde, und nach und nach beruhigte sich die Familie.

In der ersten Maiwoche erhielt ich einen Brief von einer der drei Universitäten, und zwar von der, auf die ich am liebsten gehen wollte. Sie schrieben mir, wenn ich ihnen einige Stücke aus meiner Mappe schicken würde, würden sie mich für ein Erstsemesterstipendium im Herbst in die engere Wahl ziehen. Ich ging die Sachen durch, die ich in der letzten Zeit gemalt hatte, aber irgendwie sahen sie jetzt gar nicht mehr so gut aus, wie sie mir früher vorgekommen waren. Ich legte alle Bilder nebeneinander und war entsetzt. Seit Januar hatte ich nichts als Mist zustande gebracht. Nicht ein einziges Bild war dabei, das nicht stümperhaft und nachlässig gemalt war, und was noch schlimmer war, sie waren alle falsch, anmaßend und oberflächlich. Typisches Drogen-Zeug. Ich kippte das ganze Gras und die Pillen ins Klo, und noch am selben Nachmittag sagte ich Andy Lewis, er solle die Kurve kratzen, und machte mich an die Arbeit.

Wie ich schon sagte, das war Anfang Mai, kurz vor meinem achtzehnten Geburtstag.» Vaun unterbrach sich und wischte sich die Hände an den Knien ab. «Könnte ich vielleicht einen Drink haben? Ja, davon bitte. Danke.

Also, das war Anfang Mai. Mitte Mai rief mich Mrs. Brand an und fragte mich, ob ich bei ihr babysitten könne. Sie war eine Nachbarin, für die ich vorher schon gearbeitet hatte. Ein paar von meinen regelmäßigen Kunden hatten mich in diesem Frühjahr kaum noch gefragt – in so einer Kleinstadt spricht sich ja alles schnell herum, und ich habe mich auch nicht sonderlich diskret verhalten. Aber es war ihr Hochzeitstag, und ich glaube, meine Tante hatte ihr noch einmal versichert, sie brauche sich keine Sorgen zu machen. Und da ich das Geld gut gebrauchen konnte, nahm ich meinen Malkasten und war gegen acht Uhr da.

Sie hatten zwei Kinder, einen etwa fünfzehnjährigen Jungen, der aber an dem Tag Theaterprobe in der Schule hatte und deshalb nicht aufpassen konnte – ja, und dann noch ein kleines braunhaariges Mädchen, sechs Jahre alt. Sie hieß Jemima, aber jeder nannte sie nur Jemma. Sie war schon im Bett, als ich ankam, aber ich bin trotzdem noch einmal in ihr Zimmer gegangen, um ihr zu sagen, daß ich da war. Als ich um halb neun noch einmal nachgesehen habe, schlief sie.

Der Sohn kam kurz vor zehn nach Hause, aß etwas und flirtete ein bißchen mit mir oder versuchte es zumindest. Aber ich war völlig auf mein Bild konzentriert, das mir so gut von der Hand ging, das erste vernünftige seit langer Zeit. Ich legte ein paarmal den Kopf zur Seite, bis er den Wink mit dem Zaunpfahl verstand und ins Bett ging. Die Eltern kamen ein paar Minuten vor Mitternacht nach Hause, und ich fing an, meine Malutensilien zusammenzupacken. Als die Mutter nach den Kindern schaute, war das Mädchen tot. Es lag auf dem Boden. Erwürgt. Und nackt.»

Vaun sah erstaunt auf ihre Hände. Sie zitterten. «Fünfzehn Jahre lang habe ich niemandem diese Geschichte erzählt.

Die nächste Stunde stand ich einfach nur in einer Ecke der Küche herum und war wie betäubt. Der Arzt und die Polizei kamen, dann noch mehr Polizei, Kriminalbeamte.

Und schließlich kam jemand auf die Idee, sich mein Bild anzuschauen.

Haben Sie schon einmal einen Blutegel am Körper gehabt? Nein? Es ist ein entsetzliches, widerliches Gefühl, wenn man dieses schleimige, langsam kriechende Ding auf sich sieht, das einem an der Haut klebt und sich an einem vollsaugt. Und genauso sah mich der Polizist an, nachdem er das Bild gesehen hatte. Diesen Blick habe ich die nächsten Monate über noch oft gesehen.

Durch das Bild war ich praktisch verurteilt. Oh, da gab es natürlich schon auch noch andere Indizien, von meiner langen psychiatrischen Behandlung bis hin zu meinem LSD-Konsum und dem, was ich im März gemacht hatte. All diese Dinge kamen schnell heraus. Aber das Bild hat mich festgenagelt. Wenn ich einen vernünftigen Anwalt gehabt hätte, hätte ich vielleicht versucht, mich für unzurechnungsfähig erklären zu lassen. Aber so konnten alle das Bild sehen, den glasklaren Beweis dafür, daß ich eine kaltblütige, ruchlose Mörderin war, ein verrückter, abscheulicher Künstler-Kuckuck in ihrem Nest.

Wissen Sie, ich arbeitete damals gerade an einem Bild von Jemma, wie ich sie eine Woche vorher gesehen hatte. Ich hatte einen Spaziergang gemacht und darüber nachgedacht, was ich noch für die Mappe zur Vorlage für das Stipendium malen könnte. Und da tauchte Jemma auf. Sie sah mich nicht. Offensichtlich war sie unten am Teich gewesen und hatte Kaulquappen gefangen, was sie eigentlich gar nicht durfte, und hatte sich ihr Kleidchen und ihre Unterhose ausgezogen, damit sie nicht schmutzig wurden. Sie sah so unglaublich schön aus, wie ein zarter Baumgeist, völlig unbefangen in ihrer Nacktheit. Dann sah sie einen Schmetterling und ließ ihre Sachen fallen, um ihm über den Hügel hinauf nachzulaufen. Oben sah das frische grüne Gras so weich aus, und ich wußte schon vorher, daß sie sich im nächsten Moment hineinrollen würde. Ich wußte, ich hätte ihr sagen sollen, daß sie so etwas nicht mehr machen dürfe, zu ihrer eigenen Sicherheit, aber ein paar Minuten lang habe ich mich einfach nur an dem Anblick dieses Naturkindes erfreut. Am Ende hat sie einfach dagelegen, ganz allein im Universum, den Kopf im Gras, und die Wolken angeschaut. Und da wußte ich, daß ich das wichtigste Bild für meine Mappe gefunden hatte. Die Farben waren perfekt, ihre Haltung von der technischen Ausführung her eine Herausforderung, und es lag eine unschuldige Ausgelassenheit in der Szene, von der ich wußte, daß ich sie einfangen konnte. Es ist mir auch tatsächlich gelungen. Es war ein richtig gutes Bild, eines der besten, die ich je gemalt hatte. Und seinetwegen haben sie mich ins Gefängnis geschickt, weil man sie in genau der Position wie auf dem Bild gefunden hatte, mit ausgebreiteten Armen, zurückgelegtem Kopf und nackt.

Heute weiß ich, daß der ganze Prozeß eine einzige Farce war. Wir hatten nicht genug Geld für einen anständigen Anwalt, deshalb stellte mir das Gericht einen Pflichtverteidiger. Er war völlig inkompetent, aber was hatte ich schon für eine Ahnung? Ich konnte mir überhaupt nicht vorstellen, daß diese zwölf Leute wirklich den Anschuldigungen des Staatsanwalts Glauben schenken würden, so absurd erschienen sie mir. Einmal ließ er sich über Timothy Leary aus und darüber, daß die Hippie-Bewegung gegen die Prinzipien der Kirche verstoße. In meinem Bild sah er eine Kreuzigungsszene, weil Jemmas Vater Diakon in der örtlichen Kirchengemeinde war. Es war alles so lächerlich, daß ich tatsächlich anfing zu lachen. Später merkte ich, was für ein großer Fehler das gewesen war, aber da war der Spruch der Geschworenen schon erfolgt.

Die ersten paar Monate im Gefängnis waren die Hölle, aber danach wurde es besser. Sie ließen mich jeden Tag ein paar Stunden malen, und meine Tante schickte mir immer wieder neue Pastellstifte und Zeichenkreide und Papier. Ich lernte, mich bestimmten Insassinnen gegenüber unauffällig zu verhalten, und fertigte ziemlich viele schmeichelhafte Porträtzeichnungen an. Das war mein erster Vorgeschmack der Prostitution.» Vaun lächelte sanft, aber gequält.

«Ich war knapp drei Jahre im Gefängnis, als es in irgendeinem Zuchthaus im Mittelwesten, wo die Sicherheitsstufe relativ niedrig war, einen Aufstand gab. Plötzlich war die ganze Presse voll von Geschichten darüber, daß die Sträflinge in den Gefängnissen nicht bestraft wurden, sondern verhätschelt, und dann fielen jene Leute über uns her, die immer nach Law and Order schreien. Unser Gefängnis stand in dem Ruf, humaner zu sein als einige andere, und deshalb hatte man mich vermutlich auch dorthin geschickt, weil ich noch so jung war. Eine Zeitung beschloß, als abschreckendes Beispiel einen Leitartikel über unser Gefängnis zu schreiben, und die

Gefängnisleitung sah sich gezwungen, härter mit uns umzugehen. All das habe ich erst später erfahren. Das erste, was ich davon mitbekam, war, daß mir das Privileg entzogen wurde, malen zu dürfen. Zwei Tage später wurden alle Zellen durchsucht, und danach waren meine sämtlichen Malutensilien verschwunden. Es war wie damals mit sieben, nur hatte ich diesmal keine Eltern, von denen ich trotz all meiner Verwirrung wußte, daß sie mich liebten. Jetzt hatte ich gar nichts mehr.

Und wissen Sie, was das komischste war? Ich fühlte mich grenzenlos erleichtert. Seit meinem zweiten Lebensjahr hatte ich die Last dieses Talents auf meinen Schultern getragen, und es hatte mein ganzes Leben ruiniert. Jetzt war alles vorbei, war alles von mir genommen worden, und es gab nichts, überhaupt nichts mehr, was ich dagegen tun konnte. Ich fühlte mich, als würde ich schweben. Ich konnte mich loslassen, und genau das tat ich auch. Zuerst dachten sie, ich würde ‹Schwierigkeiten machen›, wie sie es nannten. Vermutlich glaubten sie, ich wolle einen Hungerstreik anzetteln, und prompt sperrten sie mich in Einzelhaft. Als sie kamen, um mich wieder herauszuholen, war ich in einem katatonischen Zustand.

Den Rest kennen Sie mit Sicherheit aus meinen Akten. Ich habe mich öfter gefragt, was wohl aus mir geworden wäre, wenn Gerry Bruckner sich nicht entschlossen hätte, einen Nachmittag pro Woche unentgeltlich in unserem Gefängnis zu arbeiten, oder wenn er keine Ahnung von Kunst gehabt hätte oder wenn der Gefängnisdirektor und der Aufsichtsrat weniger kooperativ gewesen wären. Ja, *wenn*, *wenn*, *wenn* – mein Leben eignet sich hervorragend dazu, dieses kleine Spielchen zu spielen, finden Sie nicht? Was wäre zum Beispiel gewesen, wenn er mir damals nicht den Pastellstift in die Hand gedrückt hätte, wenn er nicht zwei Jahre später einen guten Freund mit einer Galerie in New York gehabt hätte, wenn die Bilder sich nicht so gut verkauft hätten oder wenn er überhaupt nicht bereit gewesen wäre, sich so für mich einzusetzen …

Ich verdanke ihm mein Leben. Die Ausstellung, die Sie letztes Jahr gesehen haben, hatte ich ihm gewidmet.» Vaun trank ihr Glas aus, das dritte mittlerweile, und setzte es vorsichtig auf dem Tisch ab. «Er ist der einzige Mensch, den ich jemals von ganzem Herzen geliebt habe. Und dabei habe ich noch nicht einmal mit ihm geschlafen.» Sie grinste Kate an, ein schiefes Lächeln, bei dem auch die Augen mitlachten. «Na schön, einmal abgesehen von der Nacht neulich im Krankenhaus. Mein Gott, was bin ich müde. Ob ich mich wohl je wieder frisch fühlen werde? Und jetzt bin ich auch noch halb betrunken. Ich denke, ich werde Sie jetzt von meiner Trübsal erlösen und im Bett verschwinden, bevor ich noch Krokodilstränen auf dieses schöne Sofa weine.»

«Darf ich Sie etwas fragen?» unterbrach Kate.

«Nur eine einzige Frage? Das muß unter Kriminalbeamten ja wohl einsamer Rekord sein.»

«Na schön, eigentlich sind es zwei Fragen, aber eine davon geht mich überhaupt nichts an, und wenn Sie das auch so sehen, können Sie es mir ruhig sagen.»

«In Ordnung.»

«Warum haben Sie keine Berufung eingelegt?»

«Ich ... ich glaubte einfach nicht, daß das viel Zweck haben würde. Die Jury hatte sich kaum ein paar Stunden beraten, da hatte sie auch schon den Urteilsspruch gefällt. Und der Verteidiger ...»

«Ach, kommen Sie», wehrte Kate ab. «Sie sind alles andere als dumm und hatten genügend Zeit, um darüber nachzudenken. Warum haben Sie keine Berufung eingelegt?»

Vaun seufzte und macht ein etwas verlegenes Gesicht.

«Weil ich mittlerweile gar nicht mehr sicher war, daß ich es nicht getan hatte. Ich habe zwar nur zweimal Acid genommen, aber es hat eine komische Wirkung, so als ob einem jemand mit einem Löffel im Gehirn herumrühren würde. Schon nach dem ersten Mal hatte ich ein halbes Dutzend Flashbacks. Wie Schluckauf im Gehirn. Irgendwie verschob sich alles und wurde für Sekunden oder sogar Minuten vollkommen unwirklich. Und nachdem ich beim zweiten Mal schon versucht hatte, zwei oder drei Leute zu erwürgen ... nun ja, ich habe mich eigentlich schon während des Prozesses gefragt, ob ich es vielleicht tatsächlich getan hatte, während ich so einen Flashback oder Schluckauf hatte, oder wie immer Sie das nennen wollen. Das hat mir angst gemacht. Alles hat mir angst gemacht, schon allein der Gedanke, wieder all diese Blutegel-Blicke über mich ergehen lassen zu müssen. Ich verkroch mich im Gefängnis und kapselte mich dort völlig ab, und irgendwie war es gar nicht so schlimm, wie ich es mir vorgestellt hatte. Als mein Onkel mich besuchen kam, bot er mir an, in Berufung zu gehen, aber ich konnte mir schon vorstellen, was ihn das kosten würde. Ich glaube, er war auch erleichtert, als ich ihm sagte, ich sähe darin keinen Sinn. Es war einfacher, die Sache einfach zu vergessen, sich zu fügen und auf das einzustellen, was mir bevorstand. Heute hört sich das vielleicht ganz schwach an, geradezu dumm, aber ... in mancherlei Hinsicht war ich für meine achtzehn Jahre noch sehr jung.»

Kate machte ein unschlüssiges Gesicht, und Lee wartete ab, während Vaun an einer kleinen Muschel herumspielte, die auf dem Tisch lag. Irgend etwas wollte aus ihr heraus. Sie öffnete den Mund, überlegte es sich dann anders, machte noch einen Anlauf, und beim dritten Mal bekam sie es endlich heraus.

«Und außerdem ... außerdem war es einfach so, daß ich auf jeden Fall schuldig war, wenn auch vielleicht nicht an dem Mord an Jemma, dann doch an genügend anderen Dingen. Und ich hatte den Eindruck, daß ich es verdient hatte, ins Gefängnis zu wandern. Ich weiß schon», fügte Vaun zu Lee gewandt hinzu, obwohl die gar nichts gesagt hatte, «Gerry und ich haben lange Zeit an meinen völlig unbegründeten Schuldkomplexen gearbeitet. Aber damals kam es ... mir gerecht vor, daß man die Gesellschaft vor mir schützte und mich einsperrte.» Sie legte die Muschel wieder hin und schien das Thema beenden zu wollen. «Was war Ihre zweite Frage?»

«Sie müssen es mir nicht sagen ...»

«Die andere Frage hätte ich Ihnen auch nicht beantworten müssen.»

«Das stimmt. Ich stelle mit Freuden fest, daß Ihr Selbstbewußtsein sich wieder erholt hat.» Sie grinste Vaun an, und die grinste zurück. «Ich bin einfach nur neugierig. Warum gerade Andy Lewis? Was haben Sie in ihm gesehen?»

«Sehr viel. Er war sehr attraktiv, sehr sexy, er war geheimnisvoll und gefährlich, anders als die anderen. Er verbreitete eine Aura heimlicher Macht. Und er war ein Außenseiter, aber nicht, weil man ihn ausgeschlossen hätte, sondern weil er es selbst so wollte. Nach diesem Gefühl habe ich mich auch gesehnt, nach dieser Selbstsicherheit. Gemeinsam konnten wir auf alle anderen herabsehen. Ich fühlte mich in diesen paar Monaten auserwählt, mächtig, furchtlos – sogar schön. Mit Andy bekam mein ganzes verworrenes Leben plötzlich einen Sinn.»

«Aber es hat nicht gehalten.»

«Nein, es hat nicht gehalten. Ich konnte in der Zeit mit Andy nicht mehr malen. Das Zusammensein mit ihm ließ mir keinen Raum dazu. Ich konnte mich nicht genügend von ihm freimachen, um malen zu können. Ich fühlte mich wie zerrissen, und als ich merkte, daß ich seinetwegen nur Ramsch zusammenbrachte, mußte ich mich entscheiden. Und ich habe mich für meine Pinsel entschieden.»

«Was hat er gemacht, als sie es ihm gesagt haben?»

«Das hat mir wirklich Angst eingejagt. Es war an einem Samstag, und Red und Becky waren mit den Kindern in die Stadt gefahren. Ich war in meinem Atelier und versuchte gerade, eine Leinwand vorzuskizzieren, als er vorbeikam. Ich war völlig auf meine Arbeit konzentriert und wütend darüber, daß ich in den letzten fünf Monaten nur Müll produziert hatte. Deshalb war ich sehr kurz angebunden. Ich sagte ihm einfach, ich könne so nicht weitermachen, es sei vorbei, und fuhr mit meiner Skizze fort. Als ich mich eine Minute später umdrehte, saß er immer noch auf dem Bett, aber er war so wütend, so aufgebracht, daß es mich total verblüffte … Und er schien den gesamten Raum auszufüllen. Ich dachte – nein, ich wußte –, daß er gleich aufstehen, zu mir kommen und mich schlagen, mich verprügeln würde, aber trotzdem konnte ich mich nicht von der Stelle rühren. Ich wartete einfach nur, ich weiß nicht mehr, wie lange, und plötzlich veränderte sich sein Gesichtsausdruck. Er fing an zu lächeln. Es sah aus wie das Lächeln, das er aufgesetzt hatte, als er mich zum ersten Mal ins Bett schleppte, aber irgendwie war es doch anders – entsetzlich brutal. Dann stand er auf, und ich wußte, jetzt bringt er mich um. Aber er küßte mich nur, ein leidenschaftlicher Zungenkuß, und sagte: ‹Wenn du es so haben willst, Schätzchen.› Dann ging er hinaus, stieg auf sein Motorrad und brauste davon. Und wann immer ich ihn danach sah, lächelte er mich wieder so an wie ein grausames kleines Kind, das einer Fliege die Flügel ausreißt.»

«Wie lange hat es gedauert, bis Sie auf die Idee kamen, daß er vielleicht etwas mit dem Tod von Jemma Brand zu tun haben könnte?»

«Das habe ich mich schon während des Prozesses gefragt, weil er mir gleich am ersten Tag so einen ... zufriedenen Blick zugeworfen hat – als ob er sagen wollte: ‹Ich habe dich ja gewarnt.› Aber dann dachte ich, ich hätte es mir nur eingebildet. Ich konnte einfach nicht glauben, daß Andy etwas so ... so Krankes tun würde. Er war immer sehr gut zu mir gewesen. Wenn er wollte, konnte er sehr zärtlich sein. Wie hätte ich glauben können, daß er zu so etwas fähig sei? Selbst heute fällt es mir noch schwer.»

Völlig ausgelaugt schaute Vaun Kate an. «Habe ich Ihre Fragen damit beantwortet?»

«Ja, vielen Dank», sagte Kate und dachte: Bleiben immer noch hundert andere übrig – aber nicht heute abend.

Vaun stand auf wie eine alte Frau und musterte die beiden anderen.

«Mir fällt gerade auf, daß ich mich noch gar nicht für all das bei Ihnen bedankt habe, was Sie für mich getan haben. Nicht, daß ich Ihnen je ausreichend dafür danken könnte.»

«Es war mir ein Vergnügen», wehrte Lee ab.

«Mir auch», stimmte Kate zu. «Es tut mir leid, wenn es vorbei ist, obwohl ich mir wünsche, es wäre schon vorbei.» Sie dachte über ihren eigenen Satz nach und kratzte sich nachdenklich am Kopf. «Ich glaube, ich brauche einen Kaffee. Wollen Sie auch einen?»

«Nein, danke», sagte Vaun. «Ich möchte nur noch ins Bett krabbeln.»

«Lee?»

«Ja, bitte. Mach doch gleich eine ganze Kanne. Mein Patient Jon will vermutlich auch eine Tasse. Vielleicht sollte ich in der Diele das Licht anmachen, er wird sicher gleich da sein.»

Sie ging den Flur entlang, und Kate verschwand in die Küche. Vaun wandte sich zur Treppe, blieb dann aber stehen, machte wieder kehrt und folgte Kate.

«Von dem ganzen Gerede bin ich sehr durstig geworden», erklärte sie und nahm sich ein Glas. Sie schüttete ein paar Eiswürfel hinein, dann gluckerte die Flasche mit dem Quellwasser, und Vaun trank gierig.

Kate schüttete mit dem Meßlöffel Kaffeebohnen in die Mühle, und gerade als sie sie einschaltete, klingelte es an der Tür. Sie schaltete die Kaffeemühle wieder aus.

«Ich geh schon», rief Lee. Sie hörte sich geistesabwesend an, und Kate fragte sich, wie aufmerksam sie wohl den Problemen von Jon Samson, geborener Schwartz, würde zuhören können. Kate wandte sich wieder dem Kaffee zu, bis sie von einer plötzlichen Angst erfaßt wurde. Schnell lief sie an Vaun vorbei zur Tür.

«Vergiß nicht, die Kette ...», wollte sie Lee noch warnen, aber es war schon zu spät, denn als sie in der Diele ankam, hatte Lee schon den Riegel zurückgeschoben, und Kate sah in der Zeitlupe des Entsetzens, wie die Tür explosionsartig nach innen aufschlug und Lee strauchelnd an der Wand landete. Der Mann, der durch die Tür trat, sah mit seiner adretten Hose und dem ordentlich geschnittenen Oberlippenbart im ersten Moment aus wie Lees Patient. Aber es war nicht Jon Samson, es war Andy Lewis mit einer fünfundvierziger Automatik in der rechten Hand, Andy Lewis, der mit den Augen und der aggressiven Haltung eines Pit-Bull-Terriers sein Opfer anvisierte, Andy Lewis, der an Kate vorbei dorthin schaute, wo Vaun stand.

32. Kapitel

Der erste Gedanke, der Kate in ihrer Erstarrtheit kam, war, daß er kleiner war, als sie ihn in Erinnerung hatte, vielleicht sogar kleiner als Vaun und auf jeden Fall kompakter und konzentrierter als der haarige Mann aus den Bergen, den sie an Vauns Haustür gesehen hatte.

Seine Augen und seine Pistole zielten unverwandt auf Vaun, die hinter Kates rechter Schulter stand und sich auch keinen Millimeter von der Stelle rührte, als er mit der linken Hand die Tür zudrückte, nach dem Riegel tastete und ihn vorschob. Fünf Herzschläge lang atmete und rührte sich niemand, bis Lewis schließlich verächtlich die Lippen schürzte.

«Hallo, Vaunie.»

Die kalte Bedrohung, die in seiner Stimme lag, fuhr Kate wie Eis in die Glieder, während gleichzeitig ihr Verstand jammerte wie ein verrückt gewordener Affe, der an den Stäben seines Käfigs rüttelte. Flieh! schrie er sie an, geh in Deckung, spring die drei Schritte hinüber zur Schublade und schnapp dir deine Waffe, *denn das ist die Stimme einer gottverdammten Giftschlange, die Stimme eines Verrückten, Kate!* Aber obwohl ein kurzer Ruck durch ihre Muskeln ging, blieb sie wie angewurzelt stehen und starrte auf die Waffe in seiner Hand.

Lee stand immer noch an der Wand, gegen die er sie geschleudert hatte, und starrte bei seinen Worten entsetzt von der Waffe hoch in sein Gesicht. Vaun dagegen schien weder die Waffe zu sehen noch die Bedrohung in seiner Stimme wahrzunehmen. Keine der beiden kam auf die Idee, den Alarmgeber zu betätigen, den sie beide bei sich trugen. Bei seiner Begrüßung schien Vaun sich zu entspannen, und Kate hörte sie einen Seufzer ausstoßen, der sich beinahe erfreut anhörte.

«Hallo, Andy.» Ihre Stimme klang ruhig, geradezu freundlich, so als ob sie einen Freund begrüßen würde, der überraschend vorbeigekommen war. Er grinste noch breiter, und jetzt sah Kate das Gesicht, das Vaun beschrieben hatte, als er drei Wochen vor Jemma Brands Tod ihr Atelier verlassen hatte – heimlich belustigt, grausam und vollkommen selbstsicher.

«Was für einen netten Empfang ihr mir alle bereitet. Wirklich eine saublöde Zeit für einen Termin bei einem Psychiater, aber ich konnte ihn ja schlecht verlegen, nicht wahr?»

«Was ...» Lee schreckte vor seinem stechenden Blick zurück, aber die Waffe änderte ihre Zielrichtung nicht, und so preßte sie die Worte über die Lippen.

«Was ist mit Jon passiert?»

Zu Kates Überraschung lachte er, ein herzliches, sehr erheitertes Lachen, das überhaupt nicht zu diesem Mann paßte, dessen Augen vor Mordlust funkelten.

«Ich habe ein paar von seinen eigenen Spielsachen an ihm ausprobiert. Aber es wird ihm schon nichts passieren, es sei denn, er zerrt zuviel daran herum. Vielleicht macht es ihn sogar unheimlich an, daß ich ihn zusammengeschnürt habe wie ein Schwein. Dabei fällt mir ein», fuhr er fort und wandte sich, plötzlich wieder todernst, Kate zu: «Sie haben doch bestimmt eine Waffe. Wo ist sie?»

«Oben», log Kate instinktiv. Es bestand die hauchdünne Chance, daß er vielleicht einen Moment lang nicht aufpaßte, wenn er sie alle nach oben bugsierte. Er sah sie mit stechendem Blick an, seine Augen wurden zu Schlitzen, und er schien ihre Gedanken lesen zu können, denn er lächelte wieder, so als ob er ein Kind bei einer Notlüge erwischt hätte.

«Stimmt nicht. Aber das spielt auch keine Rolle, solange Sie sie nicht bei sich tragen.» Er blickte kontrollierend von ihrem T-Shirt bis zu ihren Jeans hinab, in denen sie kaum ein Taschenmesser hätte verbergen können, geschweige denn einen Polizeirevolver. «Trotzdem ist es wohl besser, wenn ich mich vergewissere. Vaun, du kommst jetzt in die Diele. Los, neben den Tisch da. Und Sie stellen sich neben sie.» Er gab Lee ein knappes Zeichen mit dem Kopf, und sie gehorchte ihm. «Und jetzt Sie, kommen Sie her. Hände an die Wand. Die Füße weiter zurück. So ist's recht.»

Plötzlich spürte Kate einen heftigen Druck auf ihrer Wirbelsäule, während er sich an ihr vorbei an die beiden anderen wandte. «Also, wenn ihr nicht wollt, daß euer Cop hier durchlöchert wird, dann verhaltet euch besser schön ruhig.»

Kate versteifte sich, aber die Durchsuchung verlief ganz sachlich, wenn auch gründlich. Einen Moment später trat er zufrieden zurück und sah in das große Zimmer mit dem Wandteppich hinein.

«Ist das hier das Wohnzimmer?» fragte er Vaun, und sie nickte. «In Ordnung, Vaunie, du zuerst, und dann Sie. Und jetzt Sie, Cop.»

Vaun wandte sich ruhig zum Wohnzimmer um, immer noch das Glas in der Hand, in dem die Eiswürfel leise klirrten. Lee folgte ihr in seltsam altjüngferlicher Haltung, beide Hände vor die Brust gepreßt und leicht gebeugt, als wolle sie sich vor Kälte oder Angst schützen. Kate ging den Flur hinunter und fühlte auf ihrem Rücken ein Kribbeln, dort, wo er ihr das kalte Metall seiner Waffe hineingedrückt hatte. Sie konzentrierte sich darauf, nicht zu stolpern und auch nicht zu dem Möbelstück hinzusehen, das Lewis als Tisch bezeichnet hatte. Eigentlich handelte es sich um ein sehr schönes Apothekerschränkchen aus Indien, auf dem sich das Telefon und das Adreßbuch befanden und in dessen oberster rechter Schublade sehnsüchtig ihre eigene Waffe auf sie wartete, so unerreichbar, als hätte sie auf dem Grund der Bucht gelegen. Mit Gewalt riß sie sich von dem Gedanken an ihren Revolver und ihrem Ärger los und konzentrierte sich darauf, wie sie ihn vielleicht doch noch zum Einsatz bringen konnte.

Im Wohnzimmer steuerte sie sofort auf das erste Sofa zu und setzte sich mit dem Rücken zur Eßecke hin. Lewis zögerte mißtrauisch, seine Instinkte sprachen dagegen, ihr irgendeine freie Entscheidung oder Bewegung zu gestatten. Doch dann schaute er sich im Zimmer um und stellte fest, daß sie nirgendwo heimlich eine Waffe versteckt haben konnte. Außerdem konnte er selbst so mit dem Rücken zur Zimmerecke stehen, mit genügend Abstand zur einzigen Tür des Raumes sowie zu den breiten, dicht verhangenen Fenstern und den beiden Oberlichtern, durch die man ohnehin nichts weiter sah als die Baumkronen des Nachbargartens. Er beruhigte sich, befahl Lee, sich auf das zweite Sofa zu setzen, und plazierte Vaun auf den Sessel zwischen ihnen, mit dem Gesicht zum Kamin. Gut, dachte Kate. Jetzt muß ich ihn zum Reden bringen.

«Wie haben Sie sie gefunden?» fragte sie und stellte erleichtert fest, daß ihre Stimme nichts preisgab als ein wenig Überraschung und Verdrossenheit – genau der richtige Tonfall, dachte sie.

«Das war nicht schwer», erwiderte Lewis selbstgefällig. «Ein Freund von mir hat sich als Reporter ausgegeben und so getan, als sei er bereit, eine Menge Geld zu zahlen, sogar für Gerüchte. Er hat einen Sanitäter aufgetrieben, der ihm erzählte, Vaun sei entlassen worden und jetzt in der Obhut einer Psychiaterin, die sich auf Künstler spezialisiert habe. Ich dachte mir, daß sie nur hier oder in Berkeley sein konnte, und weil die hiesige Polizei mit der Sache betraut war, habe ich hier mit der Suche angefangen. Ich bin in die Bars und Cafés gegangen, in denen sich das Künstlervolk herumtreibt, in der Haight Street, der Polk Street und südlich der Market Street.

Überall habe ich irgendwas von verrückten Künstlern und von der Frau da aus der Tyler's Road erzählt.»

Er machte eine Pause und fuhr mit der Spitze seines linken Zeigefingers an Vauns Ohr entlang. Sie rührte sich nicht. «Hat mich ungefähr zwanzig Liter Kaffee und hundertfünfzig Gläser Bier gekostet, aber schließlich hatte ich Glück. Irgendein kleiner schwuler Mistkerl bedrängte mich geradezu mit seiner Geschichte, daß er die Polizistin kannte, die man im Fernsehen auf der Tyler's Road gesehen hatte. Ja, ja, er kenne sie persönlich, nicht sehr gut zwar, aber er hätte sie einmal in Begleitung einer Psychiaterin gesehen, die im Krankenhaus einen seiner Freunde, einen Künstler, besucht hatte, der vor ungefahr einem Jahr gestorben war, und die hieß Cooper. Das war am Mittwoch nachmittag. Ich habe bis Mitternacht gebraucht, um einen von Dr. Coopers regelmäßigen Patienten ausfindig zu machen, und als ich herausgefunden hatte, wann er seinen nächsten Termin hatte, habe ich einfach dafür gesorgt, daß er ... na ja, daß er eben verhindert war. Und da bin ich.»

«Kann ich Sie etwas fragen, was uns sehr verwirrt hat? Ich meine, Inspector Hawkin und mich», fuhr Kate in dem Bemühen fort, ihn daran zu hindern, daß er selbst das Gespräch in die Hand nahm. Er machte ein ärgerliches Gesicht, nickte dann aber großmütig.

«Das waren die Namen. Sie sind Andy Lewis?» Sie ließ es wie eine Frage klingen und täuschte ein wenig Unsicherheit vor. «Ohne den Bart ... wie kamen Sie eigentlich an den Namen Dodson?» Sie hielt den Atem an und spielte auf Zeit. Wenn sie nicht preisgab, wieviel sie über Lewis und Dodson wußten, und ihm so die Gelegenheit bot, sich über die Ignoranz der Polizei lustig zu machen, dann konnte sie vielleicht die Situation entspannen. Aber sie durfte auch nicht den Eindruck von Inkompetenz erwecken, denn das würde ihn nur mißtrauisch machen. Sie mußte ihn am Reden halten, ihn in Sicherheit wiegen. Seine Antwort allerdings verblüffte sie.

«Kennen Sie meinen zweiten Vornamen?»

«Hm, nein. Nur den Anfangsbuchstaben ...»

«Er lautet Carroll.»

«Carol?»

«Nein, mit Doppel-*r* und Doppel-*l*, wie bei Lewis Carroll. Wissen Sie, wie der eigentlich hieß?»

«Ich glaube nicht ...»

«Dodgson. Ehrwürden Charles L. Dodgson, mit einem *g*. Und als ich dann jemanden traf, der mir ähnlich sah und dessen Name so ähnlich klang, nun ja, da mußte ich doch einfach er werden, finden Sie nicht?» Mit einem Grinsen forderte er Kate dazu heraus, ihn zu fragen, was mit dem echten Dodson geschehen war, aber diese Richtung wollte sie nicht einschlagen, jedenfalls jetzt noch nicht. Verzweifelt stocherte sie in ihrem Hirn nach einem anderen Thema.

«Wo waren Sie in den zwei Jahren, als sie die High School unterbrochen hatten? Hawkin vermutete, in Mexiko, aber ich ...»

«Okay, Schluß mit dem Blödsinn. Ich habe nicht den ganzen Abend Zeit.»

«Was willst du, Andy?» Die Ruhe in Vauns Stimme lenkte Lewis beinahe ab, aber doch nicht genügend. Dennoch spannte Kate die Muskeln, obwohl sie keine Ahnung hatte, was sie unternehmen sollte. Lewis schaute Vaun forschend an. Sie erwiderte abwartend seinen Blick.

«Ja, was will ich eigentlich?» sagte er, als ob er sich das selbst fragen würde. «Was habe ich eigentlich überhaupt jemals von dir gewollt? Ich habe dich geliebt, und du hast mich behandelt wie ein Stück Dreck.»

«Du hast mich nie geliebt», widersprach sie sanft.

«Nein? Na ja, vielleicht hast du recht. Aber als du mir gesagt hast, du würdest lieber malen als mit mir zusammensein, da hätte ich dich beinahe umgebracht, weißt du das eigentlich?»

«Ja, das weiß ich. Aber was du dann gemacht hast, war noch schlimmer, oder?»

Mit dem Tonfall in ihrer Stimme und ihrem Gesichtsausdruck ließ sie ihn wissen, daß sie es all die Jahre gewußt und darunter gelitten hatte. Nach einem Moment sah er Kate an, aber sie hatte bereits ein leicht verwundertes Gesicht aufgesetzt, hinter dem sie ihre Wut und ihre Angst verbarg. Verdammt noch mal, was machte diese Frau? Sie mußte doch selbst sehen, daß es im Augenblick nichts Schlimmeres gab, als Lewis in eine Ecke zu drängen und ihm klarzumachen, daß er in der Falle saß. Sie warf Lee einen argwöhnisch prüfenden Blick zu.

«Was ich gemacht *habe*, meinst du.»

«Was hast du jetzt vor, Andy?» fragte sie ihn, und Kate hätte sie am liebsten angeschrien, ihn nicht zu einer unüberlegten Handlung zu treiben, ihn hinzuhalten, damit Hawkin eine Chance hatte. Aber Vaun sah sie nicht an, und Lee saß nur wie erstarrt da.

«Ich verrate dir, was ich vorhatte», sagte er abwesend, und da wußte Kate, daß alles verloren war. «Ich hatte vor, die beiden da umzupusten und es so aussehen zu lassen, als hättest du es getan. Damit wärst du nie und nimmer nach nur neun Jahren entlassen worden. Vielleicht mache ich es auch so.»

«Nein, Andy. Sie wissen alles.»

«Alles? Aber klar doch.»

«Wirklich. Die Sache mit Tommys *Time Magazine*. Die Drogen in deiner Wohnung in San Jose. Diese Werkstatt. Deine Fingerabdrücke und ein paar Haare von einem der Mädchen in dem Postwagen. Sie würden heute nie mehr glauben, daß ich etwas mit einem Mord zu tun hätte.»

Sie muß verrückt sein, dachte Kate. Sie muß total verrückt sein. Vielleicht denkt sie, daß er sie zuerst erschießen würde und wir dadurch eine Chance hätten, aber das ist unmöglich. Ich muß sie aufhalten. Aber Kate fiel nichts ein, wie sie ihn jetzt noch hätte zurückhalten können. Sie hoffte nur noch auf Hawkin und bereitete sich innerlich auf den ebenso unvermeidlichen wie vergeblichen Sprung vom Sofa vor.

Auf seinen Lippen machte sich wieder das grausame Lächeln breit. Lee gab einen kraftlosen Laut des Aufbegehrens von sich, als er die linke Hand auf Vauns Kopf sinken ließ, zärtlich in ihren Lokken spielte, ihr über den Hinterkopf streichelte, dann ihr Genick umfaßte und mit dem Zeigefinger unter ihren Kragen fuhr. Plötzlich erstarrte er. Langsam kam seine Hand wieder zum Vorschein und zog an zwei Fingern die Schnur um Vauns Hals hervor, und dann tauchte der Alarmgeber aus ihrer Bluse auf. Er wickelte die Schnur um seine Hand und zog sie immer höher, bis die schwarze Kordel in Vauns bleichen Hals einschnitt. Sie sah ihn an, hob die

Hände und zog leidenschaftslos an der Schnur. Zum ersten Mal war die Waffe jetzt nicht mehr auf Kate gerichtet, aber dann riß plötzlich die Schnur. Vaun sackte ruckartig auf ihren Sessel zurück, und Lewis machte einen schnellen Ausfallschritt zurück. Dann blieb er stehen, und das kleine Gerät baumelte in seiner Hand.

Das ist der Andy Lewis, wie ihn die Predigerstochter gesehen haben muß, kurz bevor er sie windelweich geschlagen hat, dachte Kate. Sein Gesicht färbte sich dunkelrot, und die Hand mit dem Beweisstück zitterte vor Wut, daß man ihn, Andy Lewis, möglicherweise hereingelegt, in eine Falle gelockt, überlistet und seine Pläne vereitelt hatte. Er warf einen kontrollierenden Blick auf Kate, musterte ihr T-Shirt, erkannte, daß dort nichts war, und wandte sich Lee zu.

«Sie da. Zeigen Sie es mir.»

Lee sah hilfesuchend zu Kate herüber, aber die konnte nur nikken. Langsam, ganz langsam griff Lee hinter sich an ihren Hals, langsam zog sie ihre eigene Schnur über die blonden Locken und hielt ihm den Alarmgeber hin.

Er starrte auf das kleine Gerät, das von Lees Fingern herabbaumelte, und kniff ungläubig die Augen zusammen.

«Sie haben ihn gedrückt, stimmt's? Als wir durch den Flur gegangen sind, haben Sie sich so komisch zusammengekrümmt. Da haben Sie ihn gedrückt, oder? Oh, verdammt, Sie blödes Miststück, das wird Ihnen noch leid tun.»

«Mr. Lewis», sprach Kate ihn in dem ruhigen und sachlichen Tonfall an, den ihre Ausbildung und ihr gesunder Menschenverstand ihr jetzt geboten. «Ich fürchte, ich muß Ihnen sagen, daß das ganze Haus von Polizei umstellt ist. Allerdings möchte ich auch betonen, daß wir zum gegenwärtigen Zeitpunkt noch nichts gegen Sie in der Hand haben, ganz gleich, was Vaun gerade gesagt hat. Mit einem guten Anwalt ...»

«Halten Sie Ihren Mund!» fauchte er sie an und drückte Lee die Waffe an den Kopf. Kate erstarrte.

«Ich pfeife darauf, was für Beweise Sie haben», sagte er. «Ich habe Geiseln. Ich komme hier schon wieder raus. Sie würden es doch niemals riskieren wollen, eine ‹Eva Vaughn› zu verlieren, nicht wahr?

Aber *Sie* brauche ich nicht. Drei Geiseln sind zuviel, und ein Cop ist ohnehin nichts wert.»

«Andy», sprach Vaun ruhig auf ihn ein, «tu ihr nichts an. Du kannst sie ja fesseln, wenn du willst, aber laß sie am Leben. Ich komme freiwillig mit. Aber wenn du eine von ihnen tötest, dann mußt du auch mich töten.»

Er wandte ihr den Kopf zu, und sein Gesicht war so verzerrt, als würde er im nächsten Moment anfangen zu weinen oder sich übergeben, und tatsächlich verwandelte sich die Antwort, die er herausspuckte, sofort in ein kreischendes Geplärre.

«Dich? Meinst du etwa, es juckt mich, was mit dir passiert? Ich hätte dich schon vor Jahren umlegen sollen. Es ist doch alles nur deinetwegen passiert, du gottverdammte Hure. *Dir* hätte ich an jenem Abend damals den Hals umdrehen sollen! Deine süßen Äuglein hätte ich dir ausstechen sollen!»

Jetzt ergoß sich seine ganze Wut auf Vaun, und Kate saß immer noch regungslos da, obwohl sie wußte, daß er jeden Moment explodieren konnte, wußte, daß er es sehen würde, wenn sie sich bewegte, wußte, daß sie nur noch ein paar Sekunden Zeit hatte und jetzt den hoffnungslosen Kampf um ihrer aller Leben antreten mußte. Lee hätte vielleicht an ihn herankommen können, sie war nicht in seinem Gesichtsfeld, aber Lee saß nur da, wie betäubt von ihrer animalischen Angst, und umklammerte den Alarmgeber.

Ganz anders Vaun. Die passive Vaun, das Spiegelbild Vaun, die Beobachterin und Chronistin der Leiden der Welt, Vaun trat ihm entgegen, schüttelte beinahe sichtbar die Zwänge ihres ganzen Lebens von sich ab, und eine geradezu belebende, berauschende, befreiende Wut brach sich in ihr Bahn. Die sonst so bleichen Wangen waren rot vor Leidenschaft, die Augen funkelten wie zwei blaue Diamanten, ebenso hart und ebenso schneidend. Sie warf den Kopf zurück und rief in der grenzenlosen Erleichterung einer letzten Konfrontation ihren eigenen Tod herbei, ohne jeden Pardon, und all ihre Verwirrung und ihre Qual konzentrierten sich nur noch auf ihn, ihren Liebhaber, ihren Feind, ihren Tod. Sie stand auf und trat ihm entgegen, machte einen Schritt zurück und stützte sich ab, um ihm mit aller Macht ihre Worte entgegenschleudern zu können.

«Jawohl, Andy Lewis, das hättest du auch. Aber du hast es nicht gemacht, richtig? Und alles, was ich in den letzten fünfzehn Jahren zustande gebracht habe, jedes Bild, das ich gemalt habe, kam nur durch dich. Nur durch dich, Andy. Diese Hände ...» – sie hielt sie hoch und wedelte mit ihnen vor seinem Gesicht herum –, «diese Hände haben die Art und Weise verändert, wie die Menschen die Welt sehen, und nur durch dich ...»

«Du wirst nie wieder malen», kreischte er sie an und riß die schwere Waffe ruckartig in ihre Richtung. Und dann sahen sie alle drei, daß er die Fassung wieder zurückgewann und seine Hand unter Kontrolle bekam. Erstaunt sah er Vaun an, und dann fing er an zu lachen. Jetzt trat offen zutage, wie verrückt, wie hysterisch er war.

«Du glaubst wohl, daß ich dich umbringen will, du blödes Miststück. Genau das willst du, stimmt's? Aber so leicht mache ich es dir nicht. Du wirst dir noch wünschen, du wärest tot. Ich werde nämlich dafür sorgen, daß dir die zehn Jahre im Gefängnis wie ein Märchen vorkommen, weil du von nun an mit der Erkenntnis leben wirst, was deine kostbare Malerei angerichtet hat. Du wirst mit dem Wissen leben müssen, daß wegen dieser ach so kostbaren Malerei Menschen gestorben sind, daß diese Hände da, auf die du so stolz bist, sich ebensogut um die dünnen, weichen kleinen Halse hätten legen und diese Waffe hätten umgreifen können. Du wirst damit leben müssen, daß die süße kleine Jemma und dann Tina und Amanda, die übrigens versucht hat, mich zu beißen, das kleine Miststück, und die andere – wie hieß sie noch? Samantha –, daß sie und jetzt deine guten Freundinnen Lee und Casey nur durch deine verdammten Malerhände gestorben sind. Und selbst wenn du noch in der Lage sein solltest, einen Pinsel in die Hand zu nehmen, nachdem ich mit dir fertig bin, wirst du doch nichts mehr malen können außer Blut und Tod. Und das alles hast du angerichtet, Vaunie, du warst an allem schuld. Du.»

Er drehte sich um, und nun geschahen mehrere Dinge gleichzeitig. Lewis richtete die Waffe auf Lee, Vaun schrie auf, Kate unternahm endlich etwas und hechtete auf seine Knie zu, und im selben Moment übersäte das zerberstende Oberlicht das Zimmer mit Splittern, und zwei Waffen gingen los. Blut spritzte wie Farbe durchs Zimmer, der Tod war da, und man hörte zwei Frauen in tiefem, ewigem Leid aufstöhnen, dann hörte man noch mehr Glas zerbersten und das absurd überflüssige Schrillen der Alarmanlage, dann trampelnde Füße und Schreie und in der Ferne das Aufheulen von Sirenen. Hawkin zog Kate von Lee weg und erstickte ihr Jammern an seiner Schulter. Die Sirenen waren jetzt lauter, dann schwiegen sie plötzlich ebenso abrupt wie die Alarmanlage. Die Sanitäter gingen mit besonnener Betriebsamkeit zu Werke. Hawkin hielt Kate zurück, und im nächsten Moment war Lee weg. Und es war vorbei, vorbei, alles war vorbei.

Epilog
Der Weg

Kunstwerke sind immer das Produkt der Gefahr, davon, daß man bis zum Letzten gegangen ist.
Rainer Maria Rilke,
Brief

Dann war da eine Nonne, eine Priorin … und von ihrem Rosenkranz herab hing eine goldene Schließe, auf der ein bekröntes «A» zu sehen war und darunter die Aufschrift: «Amor vincit omnia».
Geoffrey Chaucer,
Canterbury Tales

33. Kapitel

In der Junisonne war die Tyler's Road ein völlig anderes Fleckchen Erde. Selbst die Mammutbäume, zwischen denen Kate in jener entsetzlichen Regennacht hindurchgelaufen war, kamen ihr jetzt freundlicher vor. Die Kletterrosen am Zaun erblühten in einer einzigen Farbenpracht, das rostige Schuppendach war seinerseits unter einem Dach aus grünen Blättern verschwunden, und an jedem Zaunpfahl flatterten bunte Wimpel mit Helmen, Lauten oder Federn, die als äußere Abgrenzung des mittelalterlichen Mittsommernachtsfestes fungierten.

Kate registrierte belustigt, daß die Medien immer noch mit ein paar Übertragungswagen vertreten waren, die sich allerdings in einer verschwindenden Minderheit befanden gegenüber den Bussen, Geländewagen, Pritschenwagen, Wohnmobilen, Käfern und anderen fahrbaren Untersätzen. Selbst jetzt, zu dieser frühen Morgenstunde, säumten sie schon zu beiden Seiten von Tylers Anwesen über fast eine Meile hinweg den schmalen Weg. Kate ließ sich von einem langhaarigen Jungen in einem bunten Narrenkostüm einweisen, ging dem Lärm und bald darauf auch den Gerüchen entgegen, die von Tyler's Barn herunterwehten, umgeben von einem Strom langhaariger, bärtiger und in lange Röcke gewandeter Gestalten. Die Kostüme reichten von Mönchskutten bis hin zu Trachten, die vielleicht in Marie Antoinettes Frankreich einmal modern gewesen waren. Dazwischen tummelten sich, etwas befangen, mit Videokameras bewaffnete Familien in einfachen Shorts. Kate selbst war auf Drängen eines von Lees Patienten zünftig kostümiert, wenn auch als Knabe in einem Waffenrock und dünnen Gamaschen. Auf Halskrause und Reifrock konnte sie verzichten, besten Dank.

Als sie zum Eingangstor kam, kramte sie aus dem Lederbeutel an ihrem Gürtel die Eintrittskarte hervor, die sie mit der Post erhalten hatte, und reichte sie der Torsteherin, einer Frau in braunem Bauernkleid, die ihr irgendwie bekannt vorkam. Mit einem undefinierbaren Ding, bei dem es sich entweder um einen Tintenfisch oder ein Musikinstrument handelte, drückte sie Kate einen Stempel auf die Hand. Hinter der Frau stand ein hünenhafter Mann in grüner Tunika und Gamaschen. Er lehnte an einer Fahnenstange, die so hoch war wie ein junger Baum, und an seiner Hüfte hing ein krächzendes Funkgerät. Kate musterte ihn genauer und erkannte ihn schließlich an seinem Ohrring.

«Mark Detweiler?»

Er sah sie unsicher an.

«Kate Martinelli – Casey», half sie ihm auf die Sprünge.

«Casey Martinelli», donnerte er und brach ihr mit seiner Pranke beinahe die Hand. «Wie schön, Sie zu sehen. Ich hätte Sie im Leben nicht mehr wiedererkannt. Wie geht es Ihnen denn so?» Dann fiel es ihm wieder ein, sein Gesichtsausdruck veränderte sich, und er donnerte weiter: «Hat mir wirklich leid getan, als ich gehört habe, was mit Ihrer Freundin passiert ist. Hat uns allen leid getan. Gibt es ...»

Schnell unterbrach sie ihn, weil sie die Frage nicht hören wollte.

«Danke. Nein. Mir geht es gut. Haben Sie eine Ahnung, wo Tyler oder Vaun Adams stecken?»

Er schaute sich verstohlen um und beugte sich dann zu ihr herab, um ihr etwas ins Ohr zu flüstern.

«Vaun habe ich gesehen. Ich glaube, sie hilft Amy bei den Pferdekarrenfahrten, oder vielleicht schminkt sie auch die Leute, genau weiß ich es nicht. Tyler treibt sich auch irgendwo da oben herum.» Er machte eine ausladende Geste in Richtung des farbenfrohen Menschengewirrs. Kate bedankte sich und wollte sich schon abwenden, blieb aber stehen, als er, nun wieder mit gewohnt dröhnender Stimme, sagte: «Aber raten Sie mal, wen ich gesehen habe.» Er wartete, und sie tat ihm den Gefallen.

«Wen?»

«Ihren Partner.» Als er die Verwirrung auf ihrem Gesicht sah, wiederholte er: «Ihren Partner, Al Hawkin.»

«Al ist da?» Kate war überrascht. Sie hatte nicht erwartet, daß ihm eine solche Veranstaltung Spaß machen würde. Aber vielleicht war er ja aus einem ähnlichen Grund hier wie sie selbst.

«Ist ungefähr vor einer Stunde gekommen, mit einem umwerfenden Mägdelein – oh, Verzeihung, Mägdelein sollen wir ja dieses Jahr nicht sagen. Was war es noch?» Nachdenklich kratzte er sich in den angegrauten Haaren, bis sein Federhut ganz schief auf dem Kopf saß. «Ach, richtig, stramme Frauenzimmer sollen wir sagen. Die beiden sind zum Vesperzelt gegangen – das weiße da drüben, sehen Sie?»

Kate bedankte sich noch einmal bei ihm und machte sich auf den Weg, hielt sich aber ein gutes Stück unterhalb der leuchtenden weißen Zeltbahnen, aus denen die Essensgerüche strömten. Sie war sich nicht sicher, ob sie ihn sehen wollte. Jetzt jedenfalls noch nicht. Vielleicht später, nachdem sie mit Vaun gesprochen hatte.

Doch das Schicksal hatte in seiner Ironie bereits besiegelt, daß das erste vertraute Gesicht, das Kate sehen sollte, das von Al Hawkin war. Gewandet in ein Hemd mit offenem Kragenknopf nach der Mode des zwanzigsten Jahrhunderts und eine hellbraune Baumwollhose, stand er allein am anderen Ende eines kleinen Platzes und hörte einem Quartett aus drei Blockflöten und einer Viola da gamba zu. Zwei Monate hatte sie ihn nicht mehr gesehen, seit jenem Abend, als er sie zu Hause besucht hatte. Erst vor kurzem war ihr klargeworden, daß er damals gekommen war, um sich dafür zu entschuldigen, daß er den Scharfschützen nicht früh genug in den Baum geschickt hatte, um Lees Wirbelsäule zu retten. Kate war damals nicht in der Verfassung gewesen, ihn zu sehen und seine Entschuldigung entgegenzunehmen. Am Rand völliger Erschöpfung und verzweifelt vor Angst, daß eine erneute Entzündung auch noch das letzte bißchen hinwegraffen könnte, was von Lee noch übrig war, hatte sie ihn mit bissigen und kränkenden Worten hinausgeworfen.

Diese Worte hörte sie sich jetzt wieder sagen, und sie zögerte und hätte sich am liebsten sofort hinter dem Zelt verborgen, aber dann kam ihr das doch zu lächerlich vor. Im nächsten Moment sah er sie, grüßte sie mit einer schüchternen Handbewegung und blieb wartend stehen, bis er sah, daß sie auf ihn zukam. Erst dann setzte auch er sich in Bewegung. Sie trafen sich auf halbem Weg.

«Hallo, Al», brachte Kate höchst originell heraus.

«Kate», antwortete er, «wie geht es Ihnen?»

«Mir geht es gut», erwiderte sie und stellte zu ihrer eigenen Überraschung fest, daß sie das ehrlich meinte.

«Und Lee?»

«Sie haben sie doch vor ein paar Wochen gesehen, oder?»

«Vor zehn Tagen. Sie sollte am nächsten Tag entlassen werden. Wie geht es ihr jetzt?»

«Sie fühlt sich zu Hause viel wohler und schläft viel. Und auch ihr Allgemeinzustand scheint sich zu stabilisieren.»

«Irgendeine Besserung?» Seine Auffassungsgabe war geschärft wie immer und registrierte sofort den vagen Hoffnungsschimmer in ihrer Stimme.

«Die Ärzte sagen, sie seien sich nicht sicher, aber Sie wissen ja selbst, wie Ärzte sind. Lee sagt, sie hat ein bißchen Gefühl im rechten Fuß, und vor ein paar Tagen hat sie ihn auch einmal reflexartig bewegt.»

«Ach, Kate, das sind ja gute Neuigkeiten. Ich freue mich sehr, das zu hören.»

Die Ehrlichkeit, die aus diesen abgedroschenen Phrasen herauszuhören war, trieb ihr die Tränen in die Augen, und schnell sah sie zu den Musikern hinüber. Ein paar Leute fingen an zu tanzen.

«Al, es tut mir leid, wie ich mich neulich benommen habe, als Sie mich besuchen kamen. Ich habe es nicht so gemeint. Ich hoffe, das wissen Sie.»

«Das weiß ich. Ich hatte mir wohl auch keinen günstigen Zeitpunkt für meinen Besuch ausgesucht. Vergessen Sie die Sache einfach. Ich komme demnächst wieder vorbei und besuche Lee, wenn ich darf.»

«Darüber würde sie sich bestimmt freuen.»

«Richten Sie ihr meine Grüße aus und daß ich mich freue, daß es ihr wieder bessergeht.»

«Sie wettet darauf, daß sie bis Weihnachten joggen kann. Früher hat sie natürlich nie gejoggt, also weiß ich gar nicht, was jetzt die ganze Eile soll.»

Er merkte, welche Gefühle sich hinter diesem kleinen Witz verbargen, und lächelte sie an.

«Kann ich Ihnen ein Bier spendieren?»

«Ist es dafür nicht noch ein bißchen zu früh?»

«Sie müssen sich in den Zeitgeist des Mittelalters versetzen. Damals haben die Leute den ganzen Tag nur Bier getrunken. Kaffee gab es nicht – unfaßbar, nicht wahr? Und auch keinen Tee außer irgendwelchen Kräutern, die sie als Medizin zu sich nahmen. Einen Großteil ihrer Vitamin- und Kalorienzufuhr haben die Leute damals mit Bier gedeckt. Stellen Sie sich mal vor, aus alten höfischen Aufzeichnungen weiß man, daß den Dienerinnen – also Frauen, verstehen Sie! – pro Tag fast zwölf Liter Bier pro Person zustanden.»

«Muß ja eine sehr vergnügte Ritterburg gewesen sein.»

Sie staunte über sein plötzliches, bisher verborgen gehaltenes Wissen.

«Mit ständig besetzten Toiletten. Wo wir gerade davon sprechen, ich möchte wissen, wo Jani bleibt. Na ja, sie wird uns schon finden.»

Mit diesen Worten legte er Kate einen Arm um die Schulter, und sie war so überrascht, daß ihr nichts anderes einfiel, als sich an ihn zu lehnen. Gemeinsam schlenderten sie über die Anhöhe und stellten sich in die Schlange derer, die für einen Pappbecher (mit aufgedruckter Holzmaserung) überraschend leckeren dunklen Biers anstanden.

Dann suchten sie sich ein ruhiges Fleckchen auf einem Stapel großer Holzkisten und sahen sich die immer größer und lebhafter werdende Menge der beschwipsten Mittelalter-Fans an. Schon jetzt am Morgen war es sehr heiß, und sie saßen im Schatten und spülten sich den Staub in ihrer Kehle mit Bier hinunter. Kate trank und gab sich ganz der entspannenden Wirkung ihres Getränks hin. Sie spürte, wie sich eine Anspannung in ihr löste, die sie schon gar nicht mehr als solche wahrgenommen hatte. Seit jenem Abend, der ihr auf ewig ins Gedächtnis gebrannt war, hatte sie keinen Alkohol mehr getrunken, weil ihr das allzu einfach, ja fast schon feige vorgekommen wäre.

Sie merkte erst, daß sie geseufzt hatte, als Hawkin sich zu ihr umwandte.

«Ich wäre fast nicht gekommen», sagte sie, so als müsse sie ihre Anwesenheit erklären.

«Ich war auch ein bißchen überrascht, Sie zu sehen», gestand er.

«Ein paar von Lees Patienten kümmern sich heute um sie. Übrigens auch Jon Samson – er bemüht sich wirklich aufopferungsvoll um sie. Eigentlich albern, daß ich sie Patienten nenne. Wenn überhaupt, dann sind sie eher Therapeuten, und zwar sowohl in medizinischer wie in psychologischer Hinsicht.»

«Vielleicht sind es einfach nur Freunde.»

«Freunde. Ja. Ich weiß nicht, was ich ohne sie gemacht hätte.»

«Kommen Sie wieder zurück?» fragte er unvermittelt.

«Wissen Sie, bis vor zehn Minuten war ich mir nicht so sicher.»

«Und jetzt?»

«Ja. Doch, ich glaube, ich komme wieder zurück.»

«Gut», sagte er nickend und trank seinen Becher aus. «Sehr gut. Und wie bald?»

«Zuerst muß ich mich um eine Betreuung für Lee kümmern.» Er wartete. «Jon hat sich erboten, für eine Weile bei uns einzuziehen. Er könnte in Lees Behandlungsräumen wohnen. Dann müßte ich nur noch ein Bett besorgen und jemanden suchen, der ihn gelegentlich ablöst.» Hawkin wartete. «Ein paar Tage brauche ich noch. Vielleicht drei. Warum?»

«Ich könnte Sie jetzt gut brauchen», sagte er und fingerte dabei an dem wächsernen Rand seines Bechers herum, bis er ihn aufgerollt hatte. Sein Blick glitt über die Menge, und nichts war in seinem Gesicht abzulesen.

«Ist das nicht der Moment, wo Sie sich normalerweise eine Zigarette anzünden?» fragte sie mißtrauisch.

«Ich habe aufgehört.»

«Weshalb brauchen Sie mich gerade jetzt?»

«Man hat mir den Fall Raven Morningstar übertragen.»

«Du lieber Himmel, Al, verschonen Sie mich bloß damit!» Ms. Morningstar war eine Woche zuvor tot in ihrem Hotelzimmer in der City aufgefunden worden. Die Liste der Feinde, die Ms. Morningstar gehabt hatte, hätte ein kleines Telefonbuch gefüllt. Denn Ms. Morningstar war eine der unverblümtesten, redegewandtesten, militantesten, angebetetsten und verteufeltsten lesbischen Radikalfeministinnen im Lande gewesen.

«Sie könnten mir da eine große Hilfe sein.»

«O ja, das kann ich mir vorstellen! Sie nageln mich an der Tür zum Polizeipräsidium fest, damit ich mich von den Leuten beschimpfen lasse, während Sie sich heimlich durch die Hintertür verdrücken.»

«Niemand würde Sie beschimpfen», entgegnete er nüchtern. «Schließlich hat nicht umsonst eine gewisse Polizistin einigen Ruhm erlangt, indem sie ihre Vorgesetzten gezwungen hat, Ihr unbegrenzten Urlaub zu genehmigen, damit sie sich um ihre verletzte Geliebte – wohlgemerkt: Geliebte – kümmern kann, und außerdem auch noch ein großes Tamtam veranstaltet, daß die Altersversorgung für Polizeibedienstete auch auf, sagen wir einmal, ‹unverheiratete› Lebenspartner ausgedehnt werden sollte.» Jetzt sah er sie endlich an und hob eine Augenbraue, als wolle er abschätzen, wie ihre Antwort ausfallen würde. Eine kleine Ewigkeit lang starrte sie ihn mit offenem Mund an, bis sie plötzlich ein Gefühl überkam, das sie nie wieder zu erleben geglaubt hatte. Ein großer Ballon voller Gelächter blähte sich in ihr auf, der schließlich lautstark zerplatzte, und sie kicherte und lachte, immer lauter und heftiger, bis sie schließlich mit dem Rücken auf den Holzkisten lag und ihr die Tränen in die Haare kullerten. Die wachsende Besorgnis auf seinem Gesicht machte es nur noch schlimmer, und es dauerte eine ganze Zeit, bis sie eine halbwegs zusammenhängende Erklärung herausbrachte.

«Als ich ... damals, am ersten Tag ... in Ihrem Büro ... da war es so offensichtlich, daß Sie mich nicht am Hals haben wollten ... und ich wußte genau, daß man mich bei dem Fall nur deshalb in die vorderste Front gestellt hatte, weil es um Kinder ging.» Ihr fiel wieder ein, wo sie waren, und sie sprach leiser weiter. «Und bei jedem Fall mit Kindern muß man unbedingt ein nettes Frauchen dabeihaben, das nur hübsch aussehen und den Kindern über die Haare streichen soll. Und jetzt» – sie lachte wieder los –, «jetzt bin ich auf dem Revier die Vorreiterin der kettenrasselnden Lesbenbrigade.» Sie wischte sich über die Augen, putzte sich die Nase, und plötzlich hörte sie auf zu lachen und seufzte tief. «Ach ja, wie heißt es doch so schön: Das gibt es nur in San Francisco.»

«Also, wann können Sie da sein?»

«Herrgott noch mal, Al, Sie geben aber auch nie auf, wie? Heute ist Samstag. Am Dienstag bin ich im Büro.»

«Sagen wir, am Montag.»

«Tut mir leid. Einige Leute kann ich am Wochenende nicht erreichen, und die muß ich am Montag morgen anrufen.»

«Dann eben am Montag nachmittag.»

«Na schön, verdammt noch mal, am späten Montag nachmittag.»

«Ich werde für drei Uhr eine Pressekonferenz ankündigen.»

«Eine Presse... Sie verfluchter Bastard», beschimpfte sie ihn wütend, und erst im nächsten Moment wurde ihr klar, daß der Mann, den sie so beschimpfte, immer noch ihr Vorgesetzter war.

Er wandte ruckartig den Kopf und starrte sie an, seine graublauen Augen nur Zentimeter von ihren braunen entfernt. Dann plötzlich grinste er spitzbübisch.

«Das sagen mir alle Frauen, Herzchen.»

Hinter ihnen meldete sich eine Stimme, nicht laut, aber dennoch durchdringend – die Stimme einer Frau, die es gewohnt war, vor Publikum zu sprechen.

«Ich gehe für einen Moment weg. Dann stehe ich eine halbe Stunde lang in der Schlange und muß mir verstaubte Musik anhören, nur um das zweifelhafte Vergnügen zu haben, in einen Klowagen zu kommen, der als Abort aus dem elften Jahrhundert hergerichtet ist. Dann komme ich zurück und stelle fest, daß mein Begleiter verschwunden ist. Und als ich ihn dann endlich wiedergefunden habe, sehe ich, daß er Bier in sich hineinkippt und einer anderen Frau schöne Augen macht.»

Ungeachtet dieser Worte hörte sich die Stimme nicht im mindesten besorgt an, und als Kate sich ruckartig umwandte, sah sie in ein höchst belustigtes Gesicht.

Kate nickte der Frau ernst zu.

«Heutzutage findet man eben einfach keine vernünftigen Begleiter mehr», erklärte sie der Frau.

«Liebling», rief Hawkin fröhlich, «das ist Casey Martinelli. Kate, das ist Jani Cameron.»

«Kate», erklärte Kate entschieden und streckte der Frau die Hand hin. Hinter den Holzkisten kam eine zweite, kleinere Hand zum Vorschein, die ungefähr in ihre Richtung gestreckt wurde. Kate reckte sich ein wenig und schüttelte auch diese Hand.

«Und das ist Jules», fügte Hawkin hinzu. Er rutschte von seinem Behelfssitz, verfluchte im nächsten Moment die Splitter und half dann Kate, unbeschadet hinunterzusteigen.

«Jani ist die weltweit größte Autorität auf dem Gebiet mittelhochdeutscher Literatur, und Jules wird einmal die jüngste Staatsanwältin von San Francisco. Wegen Kate brauchst du dir keine Gedanken zu machen, Jani», fügte er ganz nebenbei hinzu. «Die ist nämlich lesbisch.»

Kate vergrub das Gesicht in ihrem Becher, der allerdings schon leer war, und verpaßte daher die Reaktion der Frau. Als sie aber wieder aufschaute, musterte das Mädchen sie mit großem Interesse. Schließlich erklärte es, und zwar mit der gewichtigen Miene einer ernsthaften Wissenschaftlerin, die über die Geschichte des Iota referierte:

«Sind Sie tatsächlich eine Lesbierin oder doch vielleicht eher bisexuell zu nennen?» hub sie an. «Ich habe kürzlich einen Artikel gelesen, in dem dargelegt wurde ...»

In aller Eile machte sich das Grüppchen auf den Weg zum Essenszelt, wobei Jules und ihre Mutter in ernstem Gespräch zurückfielen (bestehend aus leisem Gemurmel, das mehrfach von einem *Aber Mutter!* unterbrochen wurde). Hawkin und Kate gingen voraus, er breit grinsend und sie auffällig rot im Gesicht – was ganz bestimmt nur von dem Bier und der Sonne herrührte –, aber dennoch mutig lächelnd.

Im Essenszelt ließ sich Kate an den kornischen Pasteten (mit Rindfleisch, Tofu oder vegetarisch) und den Tempura-Garnelen (vermutlich ein mittelalterliches japanisches Rezept) vorbei zu einem Schild führen, das den zweifelhaften Genuß von «Kröten im Loch» anpries. Das dubiose Gericht entpuppte sich als eine Art scharf gewürzter Wurst, die von einem zähen Brötchen umgeben war. Aber als sie es erst einmal mit einem weiteren Bier hinuntergespült und noch eine Portion Erdbeeren mit Sahne (gegossen, nicht geschlagen, und selbstverständlich nur mit Honig gesüßt – am Erdbeerstand legte man großen Wert auf Authentizität) nachgeschoben hatte, war sie doch sehr satt.

Die drei Erwachsenen saßen unter einer schattenspendenden bunten Zeltbahn auf einer Bank, während Jules losmarschierte, um ihr Glück bei einem Spiel zu versuchen, das bedenklich an das uralte Hütchenspiel erinnerte, bei dem man von der Fingerfertigkeit anderer hereingelegt wurde. Hawkin lächelte mit beinahe väterlicher Zuneigung, während das Mädchen voll konzentriert den gegenwärtigen Spielern zusah. Ein Pagenmädchen mit Zahnspangen unter lauter Edelmännern und Edelfrauen, die an den Ständen entlangstolzierten, in denen kunsthandwerkliche Gegenstände und Lekkerbissen feilgeboten und zu Spielen eingeladen wurde. Die drei Erwachsenen unterhielten sich zwanglos über Tyler, über Festivals, über ein bißchen Klatsch und Tratsch im Polizeirevier, die Entwicklung der Musik und die Herstellung von Bier. Nach einer halben Stunde hatte Kate festgestellt, daß Jani ein Mensch war, den sie bestimmt würde mögen können, und außerdem merkte sie, daß Hawkin sehr in sie verliebt war. Sie gab sich still und vielleicht sogar ein wenig distanziert, aber sie konnte zuhören und war immer auf der Höhe des Gesprächs. Und wenn sie dann etwas sagte, brachte sie die Sache präzise auf den Punkt und legte dabei genau wie ihre Tochter nicht immer ein ausgesprochen diplomatisches Gespür an den Tag. Hawkin und sie stritten sich, lachten zusammen und berührten einander, als würden sie sich schon eine Ewigkeit kennen. Und obwohl Kate bei dem Gedanken an Lee, die zu Hause in ihrem Spezialbett lag, ein kurzer Schmerz durchfuhr, konnte sie sich doch für die beiden freuen. Schließlich stand Jani auf, raffte ihre bestickten Röcke und ging ihrer Tochter nach. Mit Hawkin verabredete sie, ihn in einer halben Stunde unter dem goldenen Banner wiederzutreffen, wo es eine Vorführung in Fechtkunst geben sollte.

Er und Kate sahen ihr nach.

«Ich mag sie», sagte Kate.

«Das freut mich. Sie ist eine außergewöhnliche Frau.»

«Was die Tochter betrifft …»

Er lachte. «Die ist wirklich unglaublich, nicht wahr? Der arme Trujillo hat eine Heidenangst vor ihr.»

«Haben Sie Vaun schon wiedergesehen?»

«Schon ein paarmal. Erst am Montag bin ich mit Jani und Jules hergekommen, damit sie sie kennenlernen. Wir sind den ganzen Weg hochgefahren.»

«Ach, richtig, der Montag ist ja einer der Tage, an denen man fahren darf. Ich nehme doch an, daß Tylers Verbote wieder in Kraft sind, oder?»

«Ein wenig hat er sie gelockert. Sie haben jetzt eine Telefonleitung durch die Bäume gelegt, bis zu Angie und den Riddles.»

«Welch ein Sakrileg! Wie geht es ihr? Ich meine Vaun?»

«Sie erholt sich langsam. Immer noch zerbrechlich, aber entschlossen. Sie war es übrigens, die Ihnen die Eintrittskarte geschickt hat.»

«Das dachte ich mir.» Abwesend blickte sie in die Menschenmenge, bis die Frage doch aus ihr herausplatzte. «Hat er gewonnen? War alles umsonst? Sind so viele Leben zerstört, Lee zum Krüppel geschossen, drei, nein, vier Kinder ermordet worden, nur damit Andy Lewis doch noch seine heimtückische Rache bekommen hat? Haben wir ihn gefaßt und getötet und doch den kleinen Hoffnungsschimmer verloren, der all das gerechtfertigt hätte? Hat er in dieser ganzen entsetzlichen, häßlichen, teuflischen Geschichte doch noch das letzte Wort gehabt? Hat er gewonnen?»

«Nein.» Hawkins Antwort kam ohne Zögern. «Nein, das hat er nicht. Sie malt wieder. Vaun Adams ist als Mensch noch großartiger denn als Künstlerin, wenn das überhaupt möglich ist. Sie wird es nicht zulassen, daß er gewinnt.»

«Gott sei Dank», sagte Kate und hörte das Zittern in ihrer eigenen Stimme. «Das ... das wird Lee freuen», fügte sie hilflos hinzu, aber in seinen Augen las sie, daß er sie verstand.

«Sie wollen sie doch bestimmt sehen», sagte er und stand auf.

«Haben Sie eine Ahnung, wo sie ist? Ich habe unten am Eingang Mark Detweiler getroffen, und er hat mir erzählt, daß sie hier ist, obwohl ich eher damit gerechnet hätte, daß sie sich versteckt.»

«Das tut sie auch. Genau wie der gestohlene Brief.»

Ein paar Minuten später verstand Kate, was er mit diesen mysteriösen Worten gemeint hatte. Hawkin deutete auf eine Gestalt auf einem Stuhl, schlug Kate auf den Rücken, sagte noch, er werde sie am Sonntag abend anrufen, und ging dann seine Jani suchen. Eva Vaughn hatte sich als Malerin getarnt – allerdings bemalte sie Gesichter. Bezeichnenderweise hatte sie sich bewußt zurückhaltend kostümiert – nämlich als Nonne. Ihr Gesicht dagegen hatte sie mit Schminke in das einer Katze verwandelt. Dabei hatte sie sich nicht etwa Fell, spitze Ohren und Schnurrhaare aufgeschminkt, aber trotzdem verliehen ihr die heruntergezogenen Augenbrauen, die in sich geschlossene Mundpartie und das hübsche Kinn ein eindeutig katzenhaftes Aussehen.

Sie malte gerade auf das Gesicht einer jungen Frau die letzten Pinselstriche eines zarten Gewebes, das riesige Schmetterlingsflügel darstellte. So wurden aus den Augen zwei ebenmäßige Punkte auf den oberen Flügeln und aus der schwarz geschminkten Nase der Schmetterlingskörper. Es entstand ein überaus verwirrendes Bild, beinahe wie eine Doppelbelichtung in einem surrealistischen Film, denn sobald die Frau die Gesichtsmuskeln bewegte, schienen die Flügel zu flattern. Die Frau zahlte und zog glücklich mit ihrem erstaunten Freund von dannen, während ein kleiner Junge sich erwartungsvoll auf den Hocker vor Vaun setzte. Vaun sprach einen Moment lang mit ihm, dann setzte sie ihr Katzenlächeln auf, wandte sich um und kramte in den Farben neben ihr herum. Kate blieb reglos stehen und sah zu, bis Vaun plötzlich aufblickte. Das katzenhafte Lächeln wurde zaghafter, doch dann stand sie auf und ging auf Kate zu. Sie streckte die Hand aus, berührte kurz Kates Arm und zog sie sofort wieder zurück.

«Sie sind also doch gekommen. Ich wollte Sie unbedingt sehen, aber ich hatte nicht damit gerechnet, daß Sie kommen würden. Und dann habe ich mir überlegt, daß ich Sie vielleicht zu dem Fest einladen könnte.»

«Ich wäre auch so gekommen.»

«Wirklich?»

«Vielleicht nicht so bald», räumte Kate ein, «aber jetzt bin ich ja da.»

«Passen Sie auf, ich fertige nur noch schnell den Kleinen ab, und dann mache ich für heute den Laden dicht.»

Die Maske, die der Junge sich gewünscht hatte, ein außerirdisches Monster, wuchs vom Kinn über das ganze Gesicht, und wenn er die Backen aufblähte, traten die Monsteraugen hervor. Er probierte es im Spiegel aus und war begeistert. Seine Eltern zahlten, Vaun schloß energisch den Kasten mit ihren Malutensilien und schob ihn unter die Zeltbahn des Nachbarstands, an dem Webstoffe verkauft wurden (aber nicht die von Angie, wie Kate feststellte). Wieder griff Vaun zögerlich nach Kates Ärmel, und wieder zog sie schnell die Hand zurück, während sie mit der anderen den Berg hinauf deutete.

«Da oben steht ein Zelt für uns, das heißt, nur für die Anwohner. Lassen Sie mich nur eben schnell dieses Zeug in meinem Gesicht loswerden.»

Das Zelt, diesmal ein grünes, war so groß wie ein Haus und durch einen niedrigen Zaun und Schilder abgesperrt, auf denen die Besucher informiert wurden, daß diesen Bereich nur Anwohner betreten durften. Es stand ganz oben am äußersten Rand der Weide, wo schon die niedrigeren Äste der ersten Mammutbäume über das Dach strichen. Der Eingang befand sich zur Bergseite hin. Kate folgte Vaun in das kühle und geräumige Innere, in dem sich überall verstreut Stühle, Tische, Spiegel, Kleiderständer auf Rollen, schlafende Kinder und etwa ein Dutzend Erwachsene befanden. Als sie hereinkamen, stand ein junger Mann in einem Schäfergewand auf, nahm seinen Hirtenstab zur Hand und kam breitbeinig auf sie zu. Vaun hielt besänftigend wie eine Nonne die Hand hoch.

«Ist schon in Ordnung, Larry. Das ist eine Freundin.»

Er blieb stehen, und sein gereizter Blick wich einem verlegenen.

«Ach so. Dann ist es ja gut. Tut mir wirklich leid, aber es sind schon zehn Leute hier hereingekommen und haben herumgeschnüffelt, und Tyler hat gesagt, daß …»

«Daß sie hinter mir her sind? Was hast du ihnen gesagt?»

«Genau das, was Tyler mir aufgetragen hat: daß du in New York bist. Eine wollte es mir nicht glauben, aber die war auch schon ziemlich high.»

«Es tut mir leid, daß alle meinetwegen solche Schwierigkeiten haben, aber daran würde sich auch nichts ändern, wenn ich wirklich in New York wäre. Wenn du Tyler oder Anna siehst, würdest du ihnen dann sagen, daß ich nach oben gegangen bin und nicht weiß, ob ich zum Abendessen wieder herunterkomme oder nicht, aber sie sollen mir auf jeden Fall einen Teller voll aufheben. Danke.»

Mit einem Schulterzucken und einer Drehbewegung entledigte Vaun sich ihres Habits, hängte es zusammen mit dem Schleier an einen der vielen freien Bügel eines verchromten Kleiderständers, auf dem eine ganze Auswahl an Kostümen hing, von einfachen Wämsen aus selbstgesponnener Wolle bis hin zu einem glitzernden Brokatcape. Dann ging die Ex-Nonne, jetzt nur noch mit Shorts, Sandalen und einem feuchten T-Shirt bekleidet, zu einem Tischspiegel und rieb sich aus einer großen Tube eine Creme ins Gesicht. Der katzenhafte Blick und das Katzenmaul verschwanden unter einem Fetzen Tuch, und dann sah Kate im Spiegel wieder Vaun, so wie sie sie damals gesehen hatte (war das wirklich erst vier Monate her?) – mit schwarzen Locken, eisblauen Augen, aus denen sie sie abwartend ansah.

Und doch war sie verändert. Irgendwie war sie ganz anders.

Und als Vaun sich dann vom Spiegel wegdrehte und sie ansah, wußte Kate, was es war: die Augen.

Früher waren Vauns Augen so seelenlos gewesen wie die einer Toten und hatten nichts davon preisgegeben, welcher Mensch sich hinter ihnen verbarg. Aber jetzt waren diese Augen nicht mehr leer, sahen nicht mehr so aus, als würden sie nur die Welt widerspiegeln, ohne den Menschen zu beeinflussen, dem sie gehörten. Diese Augen waren klare, offene und einladende Fenster mitten in einen lebendigen Menschen hinein. Was auch immer Andrew Lewis getan hatte, auf jeden Fall hatte er Vaun aus ihrer Isolation und ihrer Defensive geholt. Jetzt hatte diese Frau nichts mehr zu verbergen. Wie entblößt stand sie vor einem.

All das sah Kate in einem kurzen Augenblick, und erschüttert wandte sie sich ab. Vaun schraubte den Deckel auf die Tube mit dem Make-up-Entferner und erhob sich. Noch einmal legte sie Kate die Hand auf den Arm, aber diesmal ließ sie sie einen Moment lang liegen.

«Haben Sie Zeit, mit mir hinauf in mein Haus zu kommen?»

«Ich habe den ganzen Tag frei.»

«Dann lassen Sie uns gehen.»

Die beiden Frauen verließen das Zelt und tauchten wie zwei schwänzende Schulmädchen in den Wald ein, hoben füreinander die Drähte des Zauns hoch und schlichen zwischen den Bäumen hindurch durch das trockene Unterholz, das leise unter ihren Schritten knackte. Sie sprachen nur wenig in der völligen Ruhe, die allmählich den fernen Lärm des Festes verschluckte und danach nur noch vom gelegentlichen lauten Kreischen eines Eichelhähers oder dem Bellen eines Kettenhundes gestört wurde. Es war kein langer Marsch, gerade mal vier Meilen, und doch erfüllte er Kate mit tiefer Befriedigung. Und allmählich spürte sie, wie durch die Wärme, die Ruhe, die angenehme Gesellschaft und das Bewußtsein, die richtige Entscheidung getroffen zu haben, der letzte quälende Rest ihres Jammers von ihr abfiel. Beinahe fühlte sie sich wieder wie ein ganzer Mensch.

Im Haus schickte Vaun sie hinauf in ihr Atelier und ging in die Küche, um etwas Kaltes zu trinken zu besorgen. Das Haus kam Kate vor wie eine Erinnerung aus ferner Kindheit, die man beinahe vergessen hatte und die doch sofort wieder präsent war. Und während sie die Treppe hinaufstieg, sah sie schon fast die aufgeräumte Luftigkeit in Vauns Arbeitsraum vor sich. Als sie aber oben ankam, traf sie ein ziemlicher Schock.

Der große Raum war ein einziges Farbenmeer, so als wäre mitten in intensiver, dringlicher Geschäftigkeit für einen Augenblick die Zeit stehengeblieben. Auf den langen Tischen stapelten sich gefährlich hoch Zeichenblocks, daneben lagen herausgerissene Blätter mit halbfertigen Skizzen, Tuben und Tiegel, Pinsel, halb vergrabene Kaffeetassen, die Reste uralter Sandwiches, braune, weiche Apfelkerne, zwei Schälchen mit Löffeln und einem undefinierbaren Bodensatz. Von einem Tisch hing eine lange, vertrocknete Orangenschale, deren eines Ende in einer geschlossenen Schublade verschwand. Zusammengeknüllte weiße Zeichenblätter lagen verstreut um einen übervollen Papierkorb herum, und Vaun schien mindestens drei Paletten und vier Staffeleien in Gebrauch zu haben.

Und dann die Gemälde.

An sämtlichen Wänden standen in Zweier- oder Dreierreihen Bilder, pulsierten, griffen nach dem Betrachter und sprachen ihn an. Gewaltige Bilder, gewaltig in ihrer Größe und in ihrem Temperament – kraftvolle, von allem Unwesentlichen, Ablenkenden entblößte Gesichter und Körper, und mehr als die Hälfte von ihnen war von Andy Lewis. Andy Lewis als Tony Dodson, mit Angie, Andy Lewis nackt vor einem Spiegel, der den Betrachter durch das Spiegelbild ansah und ebenso stolz und verächtlich und sehnig aussah wie der Drache auf seinem Arm. Andy Lewis mit Bart, wie er mit distanziert grüblerischem Blick auf ein Mädchen mit blonden Zöpfen hinabschaute. Andy Lewis in kalter Wut wie ein gefährliches Raubtier, das einem einen solchen Schauer über den Rücken jagte, daß man schnell wegsah. Und schließlich, noch auf der Staffelei, Andy Lewis mit einem Gewehr, verkleidet als Cowboy und deutlich erkennbar als Mörder.

Irgendwie hatte sie plötzlich ein kaltes Glas in der Hand, und dann bemerkte sie, daß Vaun neben ihr stand.

«Sie haben ... viel gearbeitet», sagte sie überwältigt.

Vaun schien sie überhaupt nicht zu hören, sondern studierte mit kritischen Augen den nackten Andy Lewis.

«Er hat mich wirklich geliebt, wissen Sie», sagte sie nachdenklich. «In diesem Punkt hat er die reine Wahrheit gesagt. Und er hatte auch recht damit, daß ich ihn nie geliebt habe. Der einzige Mann, den ich je geliebt habe, ist auf zweifache Weise sicher vor mir: Erstens ist er verheiratet und zweitens mein Therapeut. Vielleicht rettet mich gerade meine Unfähigkeit zu lieben», fügte sie gedankenverloren hinzu, so als wäre Kate gar nicht da. «Ich habe nie verstanden, wie Männer und auch Frauen stürmische Liebesaffären haben und trotzdem noch malen können. Zuneigung, ja, und ganz sicher auch Lust. Das kann ich verstehen. Aber Liebe nicht.»

«Aber Sie malen sie doch», wandte Kate ein. Vaun warf ihr einen kurzen Blick zu und schaute dann wieder auf ihr Bild.

«Nein, nicht oft. Und wenn, dann ist die Liebe im allgemeinen nur Teil von etwas anderem, von Verlust oder Bedrohung. Obwohl ich es in der letzten Zeit wirklich versucht habe.»

Beide blieben sie eine Weile schweigend stehen.

«Ich wollte, daß er mich umbringt, damals an diesem Abend», fuhr Vaun unvermittelt fort. «Es war verrückt, aber es ist einfach über mich gekommen, eine Lust wie die auf Sex, nur stärker. Als er durch die Tür kam, erschien mir das völlig richtig. Nicht gut, aber als die einzige Möglichkeit, wie alles enden konnte. Ich wußte, daß er nach all den Jahren gekommen war, um die Sache zu Ende zu bringen, und ich wünschte mir so sehr, daß alles zu Ende war, daß mir alles aus den Händen genommen wurde. Ich wollte, daß er mich umbringt», wiederholte sie.

«Ich bin sehr froh, daß er das nicht gemacht hat», sagte Kate gefaßt.

Vaun seufzte und sah ihr Glas an.

«Ja. Heute habe ich manchmal Tage, an denen es mir auch so geht.» Sie lächelte. «Erzählen Sie mir von Lee.»

Also erzählte Kate ihr von Lee, von den Operationen und der langsamen Besserung ihres Zustands, von Lees geistigem und seelischem Befinden, von Lees Freunden und ihrer eigenen Entscheidung, wieder zu jener Arbeit zurückzukehren, die ihre Geliebte beinahe das Leben gekostet hatte. Lange saßen sie zusammen in der heißen Stille auf Vauns Veranda, bis der Nachmittag eine kühle Brise vom Meer heraufschickte. Dann gingen sie wieder hinein. Kate blieb vor einer der Leinwände stehen, auf der nicht Andy Lewis zu sehen war, sondern ein kleines Mädchen mit braunen Haaren und einem fehlenden Schneidezahn.

«Jemma Brand?» fragte sie.

Vaun nickte, schien einen Moment zu überlegen und dann zu einer Entscheidung zu kommen. Sie kippte das Bild nach vorn und griff nach dem, das dahinter stand. Und als sie es hervorzog, war plötzlich Lee im Zimmer; Lee, die auf gesunden, starken Beinen an der Reling der Fähre nach Alcatraz stand; Lee, die sich halb über die Schulter umgewandt hatte und herzhaft lachte und gerade etwas sagen wollte. Der Wind wehte ihr die zerzausten dunkelblonden Haare ins Gesicht, und aus ihren Augen strahlte ihre ganze Lebensfreude. Schon einen Fremden hätte die Schönheit dieses Bildes geblendet, doch Kate durchfuhr es bei seinem Anblick wie ein niederschmetternder Stromschlag. Sprachlos stand sie da.

Als sie sich zu Vaun umwandte, waren ihre Augen weit aufgerissen und füllten sich mit Tränen, der Mund zuckte hilflos, und im nächsten Moment weinte sie an Vauns knochiger Schulter, fühlte, wie die starken Arme der Künstlerin sich um sie legten, und hörte die alte, trostspendende Litanei:

«Es wird alles wieder gut, Kate. Es wird alles wieder gut.»

Und obwohl sie wußte, daß nichts gut war, daß es nie wieder wirklich gut sein würde, hatte sie jetzt zum ersten Mal das Gefühl, daß es vielleicht doch so sein könnte.

ro
ro
ro

Kitty Ray
ro
ro
ro
Nells geheimer
Garten
Roman